KB154414

문학의 역사(들)

 C 카이로스총서 48

# 문학의 역사(들)
Histoire(s) de la littérature

지은이 전성욱

**펴낸이** 조정환
**책임운영** 신은주
**편집** 김정연
**디자인** 조문영
**홍보** 김하은
**프리뷰** 이종호

**펴낸곳** 도서출판 갈무리  등록일 1994. 3. 3.  등록번호 제17-0161호
**초판인쇄** 2017년 12월 26일  **초판발행** 2017년 12월 29일
**종이** 화인페이퍼  **인쇄** 예원프린팅  **제본** 은정제책

주소 서울 마포구 동교로18길 9-13 [서교동 464-56]
전화 02-325-1485  팩스 02-325-1407
website http://galmuri.co.kr  e-mail galmuri94@gmail.com

ISBN 978-89-6195-173-9 03800
도서분류 1. 문학 2. 문학비평 3. 철학 4. 정치학

값 30,000원

이 도서의 국립중앙도서관 출판예정도서목록(CIP)은 서지정보유통지원시스템 홈페이지(http://seoji.
nl.go.kr)와 국가자료공동목록시스템(http://www.nl.go.kr/kolisnet)에서 이용하실 수 있습니다.(CIP제어
번호 : CIP2017034729)

이 책은 2014년 아르코(ARKO)문학창작기금을 수혜하였습니다.

# 문학의 역사(들)

전성욱 지음

일러두기

1. 외국의 인명, 지명, 작품명은 혼동을 야기할 수 있다고 생각되는 경우를 제외하고는 본문에서 원어를 병기하지 않았으며, 인명의 경우에는 찾아보기에서 병기하였다.
2. 외국의 인명, 지명, 작품명은 국립국어원의 외래어표기법을 따르되, 관례에 따라 표기하기도 하였다. 기존의 국역본을 인용한 경우에는 그에 따라 표기하였다.
3. 외래어로 굳어진 외국어는 표준 표기대로 하고, 기타 고유명사나 음역하는 외국어는 발음에 가장 가깝게 표기하였다.
4. 단행본, 정기간행물에는 겹낫표(『』)를, 논문, 산문, 비평문, 단편소설, 시는 홑낫표(「」)를, 영화, 공연, 음반, 음원은 가랑이표(< >)를 사용하였다.
5. 인용문의 강조 표시는 별도의 설명이 없는 경우 모두 원저자의 것이다.

겨울이 얼마 남지 않았다고 그녀는 생각했다.

황정은

# 문턱을 넘는 동안

하스미 시게히코라는 이름은 단지 하나의 고유명사가 아니라 여태껏 가보지 못한 먼 나라의 어느 신비한 풍경처럼 아득한 매혹이었다. 만나보기도 전에 보고 싶은 사람, 가보기도 전에 닿고 싶은 장소가 있다. 그러니까 도착하기도 전에 환호받는 것들이 있다. 그 도착의 여부와 관계없이, 잔잔한 소문이 신화로 비등하는 일은 간난한 지성의 역사에서는 허다한 일이다. 오즈 야스지로와 스즈키 세이준에 대한 글을 이미 읽었지만,『영화의 맨살』이라는 비평선이 출간되었을 때에야 비로소 나는 그 소문의 진상에 다가가는 기분이었다. 무엇보다도 시네필의 마음이 그를 동경하게 한 주요한 이유가 되겠지만, 자기의 해석을 밑도 끝도 없이 밀고 나가는 그 뚝심의 비평이 나에게는 아찔한 매력이었다. 나는 그야말로 맨살을 훑듯이 에로틱한 성애의 눈길로 그의 글들을 깊숙이 훑어 내려갔다. 그리고 이 문장 앞에서 덜컥 멈출 수밖에 없었다. "사랑과 비슷하게 비평은 조우遭遇의 체험이다. 그러나 조우라고 해도 두 개의 주체가, 혹은 하나의 주체와 하나의 객체가 만나는 것이 아니다. 거기에서 주체는 얼굴과 기억과 이름을 잃고 충실해진 익명자로서 같이 익명화된 객체와 함께 사랑으로 변용한다. 이 비인칭적인 체험이야말로 사랑이고 비평이다. 그래서 비평은 존재하지 않는다. 그것은 사건으로서 체험된 것으로 소비되어버리고 어떠한 흔적도 남기지 않는다. 있는 것은 그 조우의 이야기뿐이다."[1] 정말로 그러했다. 그의 비평은 이론도 역사도 잊은 채, 오로지 그 조우에 대해서만 말한다. 그 강렬한 체험의 밀도를 어떻게 표현할 수 있을까. 그는 두 번 다시 그 영화를 보지 못할 수 있다는 조바심과 절박함 속에서 영화를 '체험'하는 사람이다. 플로베르 연구로 박사학위를 받았고 바르트와 들뢰즈, 푸코를 일본어로 소개한 불문학자였지만, 그의 비평에서 그런 이론의 흔적을 찾기는 쉽지 않다. 그 이론적 금욕주의는 그 영화체험의 쾌락주의와 전혀 어긋남이 없다. 영화 성애자 하스미는 오직 '조우'의 그 유일무이한 고유성으로 말하는 비평가다. 자기의 사랑을 누가 대신할 수 없는 바와 같이, 유일한 조우로서의 영화적 체험은 그 어떤 영화의 이론들로 대체될 수 없는 직접적이고 단독적인 행위이다. 그의 비평에서 유일한 논거는 자기가 보아왔던 엄청난 영화들, 그 조우의 주관적 경험으로서의 영화의 역사(들)일 뿐이다. 그래서 그의 비평에는 다 헤아리기에도 벅찬 고유명들이 어지러이 난무한다. 사랑에 눈먼 그 호색한적 비평의 문장은 호흡이 가빠올 만큼 한없이 길게 뻗어나간다. 그의 많은 글 중에서도 나는 「존 포드, 뒤집

---

1. 하스미 시게히코, 「영화와 비평」, 『영화의 맨살』, 박창학 옮김, 이모션북스, 2015, 137쪽.

어지는 하얀색」을 읽었던 때의 기억을 잊지 못한다. 존 포드가 하스미에게 갖는 중요한 의미를 여기에 따로 설명할 필요는 없으리라. 끝 모르고 펼쳐지는 그 만연체의 문장 끝에 이르러 하스미는 이렇게 결정적으로 말한다. 존 포드의 영화는 에이프런의 그 순백이다, 라고. 나를 놀라게 한 것은 그 '주장'이 아니라 그렇게 주장할 수 있다는 '사실'이었다. 나는 그렇게 보았노라, 그러니까 그 극강의 주관성이 하스미의 비평이 갖는 마력이다. "비평이란 음울하고 불능의 독신자의 입에서 **빼앗긴**, 소리로서 울리지 않는 언어의 무-의미한 공명이 아니고 무엇일 것인가."[2] 그는 이렇게 겸허한 듯 말하지만, 사실 그것은 역설적으로 대상의 의미를 초과하는 비평가의 자의식을 드러낸다. 그의 비평은 조우의 당사자인 자기를, 바로 그 루소적인 내면성의 주체를 관철하는 엄청난 에고이즘의 글쓰기이다. 유럽에 기원을 두는 그 고매한 자기 고백적 주체성의 어느 경지가 일본의 정신사에서 절정으로 만개한 것이 하스미의 비평이 아닌가. 내가 매혹되었던 것의 마력이란 그런 것이었다. 그 마력은 이른바 '하스미무시'라고 불리는 숱한 에피고넨들을 양산하였다. 하스미적인 것은 치명적인 중독성을 갖고 있다. 매혹되거나 미혹되거나, 그러니까 모방하거나 미워하거나. 그렇게 타인과의 '대화'보다는 무-의미한 공명을 '고백'하는 자들의 수가 점차로 늘어나게 되었던 것이다.

---

2. 하스미 시게히코, 「프리츠 랑 혹은 원환(圓環)의 비극」, 『영화의 맨살』, 187쪽.

어느 눅눅하고 무더운 여름날이었다. 신주쿠에서 게이오 선을 타고 나는 도쿄 외곽의 후추府中시에 있는 타마레이엔多磨霊園으로 향했다. 그 무렵 나는 아포리아를 아포리아로써 대결했던 다케우치 요시미에 한참 경도되어 있었다. 그러니까 나는 그곳에 영면하고 있는 다케우치를 만나러 간 것이다. 공원풍의 묘지 양식 자체가 유럽의 그것을 이식한 것이라 할 수 있을 터, 그 방대한 묘원에는 6만 기가 넘는 개인의 묘소가 자리를 잡고 있다. 너무나 광대한지라 구역과 행렬의 번호를 따라서 묘소를 찾는 일도 쉽지만은 않았다. 한참을 헤맨 후에야 나는 그의 묘소 앞에서 예를 갖추고, 상념 속에서 말 없는 침묵의 교류를 나눌 수가 있었다. '불 속에서 밤을 줍는 모험'이라고 했던가. 그는 언제나 난해한 상황의 한복판으로 과감하게 뛰어들었고, 그 난제들 자체를 사상의 자원으로 가져와 파고들었다. 시기하거나 모방하는 데에 빠져 있을 수는 없었고, 남루한 자기에 대한 번민으로 자책하고만 있을 수도 없었다. 그 숱한 하스미무시들의 존재는 거울처럼 나를 비추었고, 허름한 내 이면의 탐심과 야욕을 부끄럽게 만들었다. 떨쳐내야 할 것들이 많았고, 힘들게 받아들여야 할 것들이 적지 않았다. 여름 한낮의 열기를 형벌처럼 받들며 영령의 공간을 배회하였던 이유가 아마 그것이 아니었을까. 내처 나는 우치무라 간조와 도사카 준, 미시마 유키오와 에도가와 란포의 묘소들까지를 참배한 후에야 그 덥고 습한 곳에서 놓여날 수 있었다. 묘역 앞의 버스정류장에서 마셨던 달콤하고 시원한 음료, 타는 갈증을 해갈해주었던 그 유물론적인 맛은 살아있다는 실감의 맛이었다. 나는 지금 그 맛을 상기한다. 그 느낌은 망각의 침식 속에서도 어떤 생생함으로 지금의 시간을 흐르고 있다.

나의 네 번째 책이고 두 번째 비평집이다. 이 책이 내 마지막 문학평론집이 될 것이라고 감히 말하고 다녔다. 진심은 아니었으나, 그렇게 말할 수밖에 없었다. 그만큼 문학이란 의심스러운 것이 되어 있었다. 그러나 이 책을 다시 쓰는 과정 중에 문득 자문하게 되었다. 내가 지금껏 한 번이라도 제대로 문학을 (의심)해 본 적이 있었던가. 해보지도 않았으면서 떠도는 소문에 지레 도망치려고 했던 나의 불미함을 깨닫게 된 것만으로도 다행스럽다. 가라타니 고진은 자기에게 문학비평은 마르크스를 그 가능성의 중심에서 읽는 것이라고 했다. 훌륭한 믿음이고 자의식이라 하지 않을 수 없다. 그러나 나는 문학을 제대로 읽어내는 것만이 진정한 문학비평이라고 말하고 싶다. 그 '제대로'란 말이 목구멍에서 걸리지만, 그것이 아마 가라타니가 말하는 '가능성의 중심'과 크게 다르지 않을 것이다. 비평집의 제목과 목차의 체제를 고다르에게서 가져와 변형하였다. 그에게 영화는 하나의 역사가 아니라 역사(들)이었다. 〈영화의 역사(들)〉은 객관적인 영화사의 100년을, 고다르가 체험한 주관적인 영화의 역사(들) 속에 중첩하고 혼용한 것이었다. 영화가 쇠퇴의 길로 접어들고 있을 때, 그는 이 영화의 제작에 착수했다. 그에게 영화의 쇠퇴는 단지 한 예술 장르의 퇴락이 아니라, 개인이 세계와 맺는 관계의 근본적인 변화를 야기하거나 반영하는 것으로 여겨졌다. 그래서 나는 소설의 쇠락을 목도하며 고다르의 역사적 사색에 대하여 생각한다. 하스미도 역

시 상투적 유형성을 답습하는 소설의 지리멸렬에서 역사적 전환의 징후를 감지했다. 그는 『소설에서 멀리 떨어져서』小說から遠く離れて라는 비평서에 이렇게 적었다. "소설의 시대는 이제 막 종말을 고하고 있으며, 현대문학에 새로운 이야기나 제재를 창출할 힘은 남아 있지 않다." 서로가 서로를 인용하고 모방하는 가운데 점점 닮아가는 소설들은 균질화를 동요시키는 차이화하는 '소설의 상상력'을 잃어버렸다. 그렇게 역사의 종언은 소설의 종언이라는 증상으로 드러나는 것처럼 여겨졌다. 차이화마저도 답습하면서 이제 소설은 그 진부함 속에서 가능한 윤리를 모색할 수 있을 뿐이다. 서사적 패턴은 반복되지만, 그 따분한 반복을 거스르는 갱신하고 변신하는 인간의 잠재성에 대한 집요한 탐색. 지금 이 순간에도 최량의 소설은 자기의 폐허와 상실을 통해 우리의 삶을 세속화하고 있다. 한국이라는 국민국가의 문학은 여전히 문턱을 넘는 중이다. 그것에 걸려 넘어지지 않으려고 애쓰는 작가들의 기투가 나는 그저 경이롭다. 문턱 이전의 문학과 그것을 넘는 문학, 그것들과의 조우에 대한 내 사유의 조각들을 한데 모은 것이 이 비평집이다. 그래서 그것은 한국문학 100년사가 아니라, 문턱을 건너는 문학의 역사(들)이다. 내가 내뱉은 그 숱한 말의 조각들이 속 깊은 '고백'이기보다는 애타는 말 건넴의 '대화'이기를 바란다. 그리고 고다르에 대한 나의 '패러디'가 '환속화'가 아니라 '세속화'로 받아들여지기를 바란다. 그것은 치명적인 아름다움, 그것에 대한 나의 겸허한 마음이다.

# 도착하지 않은 문학들

"거기에 없음이 있다." — 파울 첼란

수전 손택은 독일 서적출판조합에서 수여하는 평화상을 받는 자리에서 그 수상 연설을 이렇게 마무리했다. "문학, 세계 문학을 접할 수 있다는 것은, 국가적 허영, 속물주의, 강압적 지역주의, 알맹이 없는 교육, 결함 있는 운명과 불운의 감옥에서 탈출하는 길이었습니다. 문학은 더 큰 삶, 다시 말해 자유의 영역에 들어가게 해 주는 여권이었습니다."[1] 문학은 자유다. 그러니까 문학은 비천한 세속의 삶에서 자기를 위로하고 고양하게 만드는 힘으로 여겨져 왔다. 그런데 언젠가부터 문학의 그 힘이 일종의 역사적 환영이었다고 폭로하는 목소리들이 비등하기 시작했다. 기원의 해부를 통해 담론의 위악을 까발리는 일은 나름의 파괴력이 있었다. 확신에 차 있던 시간, 그렇게 확고한 것들과 더불어 불안을 몰아낼 수 있었던 시간의 비밀이 폭로되자, 당당했던 믿음은 안타까운 회한이 되어 돌아왔다. 그리고 그 회한은 마침내 역사의 환영 속에서 만들어진 나

---

1. 수전 손택, 「문학은 자유다」, 『문학은 자유다』, 홍한별 옮김, 이후, 2007, 274쪽.

의 정체성에 대한 계보학적 회의를 불러일으켰다. 개인의 비밀스런 정체는 그처럼 문학의 기원과 미묘하게 연루하고 있었다.

창안된 개념으로서의 문학, 고안된 제도로서의 문학, 그것은 자연적인 실체가 아니라, 결국은 우리들의 막대한 욕망이었다. 그것은 누군가가 아비의 부재라고 명명하기도 했던, 그 역사적 결여와 공백을 메우는 위대한 망집이었다. 흠모하고, 모방하고, 답습하는 가운데, 마침내 환상은 실상을 대리하는 막강한 이데올로기로 자리를 잡았다. 그렇게 결핍의 정신사는 도취의 형이상학으로 반전되어, 문학이라는 한갓 이념을 진리라고 믿는 낭만적 열정으로 불타올랐다. 없음無의 공터를 차지하려고 들어온 있음有, 문학은 바로 그 없음에 침투한 기이한 있음의 신화로 현전하였다. 내가 저 위대한 망집에 기대어 나의 정체正體를 확립할 수 있었던 것처럼, 식민과 개발독재의 파고를 넘어온 이 나라의 정체政體는, 역시 그 기묘한 신화로써 통치의 권능을 확립했다. 그렇게 우리의 정체성을 수립하는 이데올로기적 힘으로서의 문학, 그것을 나는 기원론(시간)과 갈래론(공간)이라는 원론原論의 학습을 통해 습득하였다. '문학원론'이라는 이름의 교과서는 '문학이란 무엇인가?'라는 물음에 대한 응답의 형식으로 구성되어 있다. 근대문학을 정의하는 원론의 체계적 구성은, 국가와 국민을 정립하는 그 동일성의 논리와 서로 내통한다. 한국에서 그와 같은 동일성의 문학론이 충량한 국민을 양성하려는 기획으로 한창일 때, 푸코는 어느 강연에서 문학의 비동일성에 대한 인상 깊은 언설을 펼치고 있었다.

문학은 한 언어가 작품으로 스스로를 변형시키는 사실이 아니며, 하나의 작품이 언어적인 것과 함께 제작되는 사실도 아닙니다. 문학은 언어와도 다르며 작품과도 다른 세 번째 꼭짓점, 이들이 만들어내는 직선의 외부에 존재하며 이를 통해 '문학이란 무엇인가?'라는 질문이 태어나는 하나의 본질적인 흰빛白色, blancheur, 이 질문 자체인 하나의 흰빛, 하나의 빈 공간을 그려내는 세 번째 꼭짓점입니다. 그리고 이 질문은 어떤 보충적인 비판 의식에 의해 문학에 덧붙여지는 것이 아니며, 이제 오히려 이 질문이야말로 문학의, 본래적으로 분열되고 파열된, 존재 자체가 됩니다.[2]

푸코는 문학을 확실한 것, 분명한 실체인 것처럼 정의하려는 본질주의적인 의욕을 좌절시키면서, '문학이란 무엇인가?'라는 물음에 담긴 동일성의 사유를 비동일적인 것으로 반전시킨다. 문학에 대한 확고한 정의 대신에 오히려 그런 선명한 정의를 의문에 부치는 불확실함이야말로 문학의 유력한 성질이라는 것, 그것이 원론의 사유를 '흰빛'의 감각으로 파열시키는 푸코 특유의 문학론이다. 그러므로 문학에 대한 질문은 이제 분명한 정체성을 정의하는 응답의 요구로서가 아니라, 기존의 앎의 체계를 뒤흔드는 인식론적 도발로서 받아들여지게 된다. '문학이란 무엇인가?'라는 질문을 통해 '나는 어찌하여 내

---

2. 미셸 푸코, 「문학과 언어」(1964), 『문학의 고고학』, 허경 옮김, 인간사랑, 2015, 122쪽.

가 아닌가?'라는 질문에 도달하는 것, 그 질문으로써 나와 우리들의 정체의 역사를 탈구축하는 것, 그것이 바로 문학이라는 규범화된 제도와 개념 이후의 문학, 다시 말해 예외의 공간 creux을 창안하는 신생의 문학이 요청되는 진정한 이유이다.

문학은 그 형식적인 필연성의 법칙들을 체계화하는 합리화의 과정을 통해서 단단한 근대적 규범으로 정착했다.[3] 그러나 '문학'의 규범은 예외를 결정하는 '문학적인' 위반의 언어와 서로 화해하기 힘들다. "예외는 규칙을 확인해주지만 법칙을 무너뜨린다."[4] 문학적인 위반은 근대문학의 규칙(규범)을 어긋남(예외)으로써, 그 통치 근거로서의 법칙(신화적 폭력)을 무너뜨리는 혁명의 역능(신적 폭력)에 근접한다. 문학은 지면紙面의 물리적 여백을 활자들의 잉크로 채워나가는 선조적인 법칙화의 과정을 통해 성립하지만, 동시에 그 법칙에 저항하는 필사적인 위반으로써 자기를 실현하는 심오한 역설이다. 그러니까 그 역설은 "문학의 순수한, 백색의, 빈, 성스러운 본질에 대한

---

3. 그 규범을 '문학성'의 해명을 통해 정립하려고 했던 에콜이 이른바 '러시아 형식주의'이다. 그들은 '문학이란 무엇인가?'라는 질문을 '문학은 어찌하여 문학으로 되는가?'라는 질문으로 전도시킴으로써, 그 고유한 자율적 본성으로서의 '문학성'의 정체를 규정지으려고 했다. 탈주술화 혹은 탈신비화로서의 그 야심 찬 기획의 의욕을 그들 중의 누군가는 이렇게 요약한다. "그것은 문학의 자료들의 내재적 특성들을 분석함으로써 자율적인 문학 과학을 만들고자 하는 욕망인 것이다. 우리의 유일한 목표는, 있는 그대로의 문학 예술에 속하는 여러 현상들에 대한 이론적인 의식이며 역사적인 의식에 있는 것이다."(보리스 아이헨바움, 「〈형식적 방법〉의 이론」, 츠베탕 토로로프 엮음, 『러시아 형식주의』, 김치수 옮김, 이화여자대학교출판부, 1988, 28쪽.)
4. 피에르 마슈레, 『문학생산의 이론을 위하여』, 윤진 옮김, 그린비, 2014, 30쪽.

하나의 위반, 모든 작품에 있어 문학의 완성은커녕 문학의 단절, 추락, 침입을 만들어내는 하나의 위반"[5]으로 드러난다. 채움으로써 존재할 수 있으나 비움을 실현하는 공백으로만 자기를 암시할 수 있는 문학의 아포리아, 그것을 단적으로 집약하고 있는 것이 바로 푸코가 말하는 '흰빛'blancheur이다. 흰빛은 활자들의 얼룩으로 오염되지 않은, 다시 말해 규범의 침범으로부터 자기를 지켜낸 백지의 순결한 예외를 가리킨다. 푸코는 그 흰빛이 사드에게는 "결코 잠들지 않는 욕망의 천착"으로, 아르토에게는 "일종의 중심적 빔, 달리 말해, 말이 결여되어 있고, 언어가 자신을 결핍하고 있으며, 자신에게 고유한 필수적인 것을 갉아먹는, 자기 자신 위로 무너지고야 마는, 이 근본적인 빔"으로써 드러난다고 하였다.[6] 200여 년 전에 문학이라는 제도와 개념을 창안했던 바로 그곳에서, 50여 년 전의 푸코는 우리가 흠모하고 집착해 왔던 그 문학을 넘어, 문학적인 것의 가능성에 대한 사유를 펼쳐내고 있었다.

문학의 확고함 앞에서 우리가 그것을 미학적인 실체(순수) 혹은 정치적인 실체(참여)라고 우격다짐을 하던 때에, 푸코가 유럽에서 진행했던 그 급진적인 강연의 내용을 좀 더 차분하게 음미해 보자. 원근법의 법칙으로 정착한 근대문학의 원리는 '내면'과 대상으로서의 '풍경'의 계서화階序化된 분리를 그 규범의 요체로 한다.[7] 그것이 이른바 "있음직함–진실vérité–

---

5. 같은 책, 125쪽.
6. 미셸 푸코, 「광기의 언어」, 『문학의 고고학』, 74쪽.

vraisemblance을 확보하기 위한 특정 절차들"[8]이다. 푸코는 그런 있음직함과 그럴듯함을 통해 재현되는 진실에 대한 위반의 한 분명한 사례로, '진리의 욕망하는 기능'을 복원하려고 했던 사드의 글쓰기에 주목했다. 사드의 글쓰기는 서양의 형이상학적 전통이 긍정해왔던 절대적인 진리, 그 확고부동한 규범을 자연적인 속성으로서의 욕망이라는 예외의 실현을 통해 부정한다. 그 예외를 푸코는 '규칙을 벗어난 실존'existence irrégulière이라고 하면서, 사드가 네 가지(신, 영혼, 범죄, 자연) 비존재의 형이상학적 대상을 부정함으로써 얻게 된 자유에 대하여 이야기한다. 그것은 '있음직함−진실'에 반하는 '욕망하는 진리'라고 할 수 있으며, 앞서 손택이 말했던 '더 큰 삶'으로의 도약을 가능하게 해주는 '자유'에 비견해도 좋겠다.

> 규칙을 벗어난 실존이란, 어떤 규범norme도 인정하지 않는 실존, 곧 신으로부터 오는 종교적 규범이든, 영혼에 의해 규정되는 인격적 규범이든, 범죄라는 이름 아래 규정되는 사회적 규범이든, 자연적 규범이든, 여하튼 어떤 규범도 인정하지 않는 실존입니다. 만약 어떤 신도, 어떤 인격적 정체성도, 어떤 자연도, 사회 혹은 법으로부터 오는 어떤 인간적 구속도 없다면, 이제 가능한 것과 불가능한 것 사이에는 어떤 차이도 없습니다.[9]

---

7. 가라타니 고진, 『일본 근대문학의 기원』, 박유하 옮김, 도서출판b, 2010 참조.
8. 미셸 푸코, 「사드에 대한 강의」, 『문학의 고고학』, 211쪽.
9. 같은 책, 250쪽.

신, 영혼, 범죄, 자연이라는 '비존재의 형이상학적 대상'이 이질적인 것들, 그 모든 비동일적인 것들을 동일화의 힘으로써 추방하는 난폭한 진실이라면, 예외를 창안하는 사드의 글쓰기는 '규칙을 벗어난 실존'으로써 욕망의 역능을 실현하는 진리의 과정 그 자체이다. 경계를 세워 테두리의 안과 밖을 난폭하게 분할하고, 그 바깥을 배타적으로 규율하면서 내부의 완고한 통치 체계를 수립하는 근대의 정치적 패러다임, 그것의 심층에 도사리고 있는 것이 우악스런 이항대립의 분할지를 발생시키는 형이상학이다. 문학은 바로 그 형이상학의 일종이자, 그것을 강화하는 이데올로기로서의 역사적 소임을 충실하게 맡아왔다. 데리다는 그 형이상학의 내력을 이렇듯 간명한 문장으로 정리하였다. "플라톤에서처럼 물자체의 형상이든 데카르트에서처럼 주관적 재현이든 헤겔에서처럼 둘 다이든 간에, 문제는 여전히 본질이나 관념의 모방(표현, 기술, 재현, 묘사)인 것이다."[10] 진리와 미메시스의 관계에 착안했던 플라톤에서부터 원본의 부재로써 사본으로서의 자기를 증명하는 오늘날의 시뮬라크르에 이르기까지, 그와 같은 본질주의적 주제들은 역사의 모든 시대를 관통하는 예술의 도저한 욕망이었다. 문학의 규범은 모방되는 것과 모방하는 것을, 자연과 기술을, 현실과 이상을, 의도와 방법을 분리함으로써 다시 그 일치를 염원하는 기만의 형이상학이다.[11] 데리다는 푸코와 마찬가

---

10. 자크 데리다, 「첫번째 세션」, 데릭 애트리지 엮음, 『문학의 행위』, 정승훈 옮김, 문학과지성사, 2013, 192쪽.
11. 문학적인 것의 그 형이상학적 염원의 구현을 위한 체계적인 매뉴얼(규범)

지로 그 형이상학의 해체를 백지의 텅 빔, 그 순결하고 성스러운 공백의 문학론을 통해 기획하였다. 그는 말라르메의 「미미크」에서 그 단서를 포착한다.

즉, 스스로 자신의 독백을 기록하고 만들어내면서, 그 자신과 다름없는 백지 위에 그것을 옮겨 적으면서, 그 마임 배우는 자신이 자신의 텍스트를 다른 어딘가의 출처로부터 받아쓰게 되는 상황을 허용치 않는다. 그는 아무것도 재현하지 않고 아무것도 모방하지 않으며, 모방의 정확함 혹은 그럴 법함을 성취하고자 어떤 선행하는 지시대상에 부합해야 할 필요도 없다. 여기서 우리는 이의를 제기할 수도 있다. 배우가 아무것도 모방하지 않고 아무것도 재생산하지 않으며, 그가 베끼고 드러내고 혹은 생산하는 바로 그것을 그 자체의 기원 속에서 펼쳐 보인다면, 그는 바로 진실의 운동 자체임이 틀림없는 것이라고. 물론 재현과 현재의 물 자체 간, 모방하는 것과 모방되는 것 간의 일치라는 형태로 드러나는 진실이 아니라, 현재의 현재적 베일 벗기기, 드러냄, 표출, 생산, 즉 알레테이아〔현현〕로서의 진실 말이다. 배우는 그가 현재 쓰고 있는 것, 그가 수행하는 것의 바로 그 의미를 생산한다. 다시 말해 현재 속에서

을 처음으로 제시한 것이 아리스토텔레스의 '시학'이다. 그 요지는 구체적인 사실을 보편적인 진리로 비약(변형)시키는 데 필요한 기술적 방법을 제공하는 것이다. "작가는 구체적인 사실을 포착하여 이를 재생산하지만, 그것을 통해 더 높은 수준의 진리, 즉 보편적인 것의 개념이 빛나도록 그것을 변형시킨다."(사무엘 헨리 부처, 『아리스토텔레스의 창작예술론』, 김진성 옮김, 세창출판사, 2014, 106쪽.)

나타나게 하고 드러내 보인다.[12]

    이는 한마디로 재현의 체계에 대한 거부라고 요약할 수 있다. 그는 말의 무력함에서 사물의 중요함을 발견해낸 철학자다. 데리다는 마임<sup>mime</sup> 배우의 비유를 통해, 그 침묵의 몸짓이 모방의 대상을 사생寫生하는 것을 허용하지 않는, 그럴듯함의 원근법을 위반하는, 벤야민이 '지금 시간'Jetztzeit이라고 명명했던 바로 그 순간에서야 드러나는 '현현Aletheia으로서의 진실'에 대하여 말하고 있다. "거기서 드러나는 건 모방하는 것이 종국에는 모방되는 것을 갖고 있지 않으며, 기표가 종국에는 기의를 갖지 않으며, 기호가 종국에는 지시대상을 갖지 않는다는 사실이며, 그러한 작동은 더 이상 진실의 과정에 포함되는 것이 아니라 반대로 그것을 포함하며, 종국의 모티프는 기원, 종말, 목적의 탐색으로서의 형이상학과 분리될 수 없다는 사실이다."[13] 어떤 '출처'(기원)를 갖는 재현의 대상이 순결한 백지의 여백을 침범하려 할 때, 마임 배우는 침묵의 몸짓으로, 그러니까 온몸으로 그것에 맞선다. 그리고 온몸의 맞섬 그 자체로 현현하는 진실이란, 푸코가 사드에게서 발견해낸 '규칙을 벗어난 실존'이나 '욕망하는 진리'에 견줄 수 있겠다. 물론 그 견줌은 동일화를 위한 것이 아니라, 유사 가운데서 차이를 찾는 공통성의 모색을 위한 것임을 염두에 두자.

---

12. 자크 데리다, 『문학의 행위』, 209쪽.
13. 같은 책, 212쪽.

푸코의 '욕망하는 진리'나 데리다의 '알레테이아로서의 진실'은 무엇인가를 확고한 실체로 여기는 고답적인 진리관에 반대한다. 그들에게 문학은 결정되지 않는 애매함, 법칙으로 환원되지 않는 일탈, 필연으로 가늠할 수 없는 우연, 결말로 완결되지 않는 열림이다. 가라타니 고진의 『일본근대문학의 기원』(1980)과 「근대문학의 종언」(2003)은 문학에 대한 본질주의적 타성을 일깨운 충격적인 일성一聲으로 우리에게 전해졌다. '근대문학'이라는 담론을 역사화함으로써, 의심 없이 받아들여졌던 그 오인된 것의 본모습을 적나라하게 까발렸던 가라타니의 일성에는, 저 두 사람의 목소리가 한데 어우러져있다.[14] 데리다는 기원과 종언에 대한 가라타니의 작업을 미리 내다보기나 한 듯이 이렇게 말했다. "문학의 기원에 대한 질문은 곧 그 종말에 대한 질문이었습니다. 문학의 역사는 사실상 결코 존재한 적이 없었던 폐허가 된 기념비처럼 **구축되어** 있습니다. 이는 폐허의 역사이며 말해지겠지만 결코 현존하지 않을 사건을 만들어내는 기억의 내러티브입니다."[15] 문학은 역사적인 필요에 따라 일종의 제도로서 고안되었고, 그 역할을 충실하게 떠맡았다. 그 역할이란 배제와 선택의 이항 대립적 도식으로 통

---

14. " '차이의 철학자'라고 불리는 두 명의 프랑스 철학자 자크 데리다와 미셸 푸코에게는 연속성, 영향관계, 정체성보다 아포리아, 파열, 통약불가능성과 같은 관념이 그들의 사유에서 더 중요하다. 그것은 『일본근대문학의 기원』에서도 마찬가지다."(존 트리트, 「가라타니의 교훈」, 인디고연구소·가라타니 고진, 『가능성의 중심』, 궁리, 2015, 215쪽.)

15. 자크 데리다, 「 "문학이라 불리는 이상한 제도" ― 자크 데리다와의 인터뷰」, 『문학의 행위』, 60쪽.

치의 규범을 확립하는 근대국민국가의 정치적 정당화였다. 그러나 현대의 통치성은 그런 완악한 규범의 체계를 넘어서 지배한다. 조에zoe와 비오스bios, 퓌지스physis와 노모스nomos의 비식별역을 통해 이루어지는 예외상태의 통치성, 그것이 생명을 지배하는 정치적인 것의 복잡성을 구성한다. "예외상태가 가진 직접적인 생명정치적 의미는 법이 스스로를 효력 정지시킴으로써 살아있는 자들을 포섭하는 근원적 구조라는 것"[16]이며, 이는 이미 이항대립의 형이상학을 넘어선 내재성의 통치적 구조이다. '포함하는 배제로서의 예외화', '살인 가능하면서도 희생 불가능한 호모 사케르', '법의 정지를 통해 법의 효력을 발생시키는 예외상태', '민주주의와 절대주의 사이의 확정 불가능한 문턱', 현대정치의 주권 권력과 통치 패러다임에 대한 가장 창의적인 논리를 펼치고 있는 아감벤의 언술 자체가 이처럼 역설적인 아포리아들로 가득 차 있다는 것에 유의할 필요가 있겠다.[17] 이항 대립의 기제로 작동하는 정치는 선명한 구획과 분할을 강제하는 우악스런 폭력을 구사하지만, 영토를 넘어 인구를 지배하는 정치적 힘은 생명의 미세함을 장악하는 부

---

16. 조르조 아감벤, 『예외상태』, 김항 옮김, 새물결, 2009, 17쪽.

17. "서양정치의 근본적인 대당범주는 동지-적이 아니라 벌거벗은 생명-정치적 존재, 조에-비오스, 배제-포함이라는 범주쌍이다."(조르조 아감벤, 『호모 사케르』, 박진우 옮김, 새물결, 2008, 45쪽.) 아감벤의 정치철학이 갖는 고유한 맥락은 저 대립의 범주를 '비식별역'의 모호한 경계 속에서 사유하고 있다는 점이다. 다시 말해 아감벤은 분명한 구분과 구획에 의한 지배가 아니라 식별 불가능한 뒤섞임 속에서 발생하는 애매한 통치성의 메커니즘을 파고든다.

드럽고 섬세한 권능이다. 예외상태의 논리(비식별역)로 작동하는 주권의 통치는, 끊임없이 호모 사케르를 창출하면서 그 지배를 영속화한다. 이때 우리가 사는 이 삶의 공간은 생명에 대한 끔찍한 폭력이 자행되는 '수용소'로 드러난다. 다만 교묘한 정치적 기술이 그 끔찍함을 수용 가능한 것으로 순치시킬 뿐이다. 아감벤의 정치철학적 사유의 기저에 있는 벤야민, 슈미트, 푸코, 데리다의 사상은 공히 저 안이한 이분법적 분할을 가로지른다. 「역사의 개념에 대하여」에서 벤야민은 직선적이고 인과론적이며 유기적인 '역사주의'와, 공허하고 균질적인 시간을 초과하는 '역사유물론'을 구분하였다. 마찬가지로 데리다는 『법의 힘』에서 벤야민의 「폭력비판을 위하여」에 대한 해체적 독해를 수행함으로써 폭력과 정의, 신화적 폭력(그리스적)과 신적 폭력(유대교적), 법정초적 폭력과 법제정적 폭력의 '구분'에 대한 비판을 더 밀고 나갔다.

1970년 콜레주 드 프랑스의 교수로 채용된 푸코는 안식년이었던 1977년을 제외하고, 1971년부터 죽기 직전인 1984년까지 '사유체계의 역사'라는 이름의 강의를 진행했다. 그 강의들은 모두 13권의 강의록으로 출간되었다. 1978년부터 1979년까지 한 해 동안 미셸 푸코의 콜레주 드 프랑스에서의 강의를 정리한 『생명관리정치의 탄생』은 고전적 자유주의를 비롯한 신자유주의 담론의 역사를 계보학적으로 추적하고 있다. 이 강의는 푸코 당대의 상황에 대한 연구라는 측면에서 여타의 강의들과 뚜렷하게 구별된다. "내가 '생명관리정치'를 통해 의미하고자 했던 바는 인구로서 구성된 살아 있는 사람들의 총체에 고유한 현상들, 즉 건강, 위생, 출생률, 수명, 인종 등의 현상들을 통해 통치실천에 제기되어온 문제들을 18세기 이래 합리화하고자 시도한 방식이다. 주지하는 바, 이런 문제들은 19세기 이래 점점 더 중요한 위치를 차지해왔으며 오늘날에 이르기까지 정치 및 경제에서 관건이 되어왔다."18 애초에 계획했던 주제는 "정치적 주권 행사에서의 통치 실천 합리화에 대한 연구"로 요약될 수 있는 '생명관리정치'였지만, 실제로는 그 주제에 접근하기 위한 준비 단계로서 독일과 미국의 자유주의의 역사를 추적하는 데 대부분의 강의가 할애되었다. 그럼에도 우리는 푸코 스스로가 서론에 불과하다고 말한 이 강의록을 통해, 신자유주의 시대의 새로운 통치술로서 '생명관리정치'의 대강을 가늠할 수가 있다. 보편적 개념으로부터 출발하는 모든 종류의 연역적인 환원론을 거부하는 푸코의 방법론은 유명하다. "제가 보여주고자 하는 〔것은〕, 존재하지 않는 어떤 것이 무엇인가가 되도록 만드는 것은 특정한 진실의 체제라는 것이고, 그러므로 그것은 오류가 아니라는 것입니다. 그것은 환영도 아닙니다. 왜냐하면 그것은 바로 실제적인 실천의 총체로서, 어떤 것을 만들어내고 또 그 어떤 것을 강압적으로 현실에 각인하기 때문입니다."19 여기서 '특정한 진실의 체제'라고 한 것은 진실을 구성하는 역사적 과정으로서의 에피스테메epistēmē이며, 그러므로 '통치성'이란 저 실체화된 '문학'과 마

---

18. 미셸 푸코, 『생명관리정치의 탄생』, 오트르망 옮김, 난장, 2012, 435쪽.
19. 같은 책, 45쪽.

찬가지로 선험적으로 존재하는 절대적인 진리가 아니라 계보학적으로 탈구축할 수 있는 대상이다. 그리고 그것은 단지 '오류'나 '환영'이 아니라 생명을 관리하는 강력한 장악력으로서 자기의 존재를 드러내는 위험한 권능이다. 스스로를 기업으로 정의하는 '호모 에코노미쿠스'로서의 노동자는 자기의 교환가치, 그러니까 인적자본의 축적을 통해 이윤을 극대화해야 할 처지에 놓인다. 다시 말해 인구는 인적자본으로서의 가치로 측정되고 관리되는 생명이다. 그러니까 생명관리정치는 시장경제적 관점을 도입함으로써 그 통치 범위를 일반화한다. 그것은 곧 "'기업'의 형식을 사회체나 사회조직 내에서 실제적으로 일반화시키는 것"[20]이고, 그렇게 시장의 경제적 형식을 전 사회적으로 일반화함으로써 우리 삶의 모든 부문은 비용과 이윤의 관점에서 측정되고 평가된다. "결론적으로 권력이 개인을 조정하는 원리는 바로 이 호모 에코노미쿠스라는 종류의 그런 틀일 뿐인 것입니다. 호모 에코노미쿠스, 이는 통치와 개인의 경계면인 셈입니다."[21] 호모 에코노미쿠스는 새로운 통치 합리성의 주체이자 대상으로서 오직 '이해관계'에 따라서만 행동한다. 그러므로 호모 에코노미쿠스는 "이해관계의 강화 자체를 통해 자신의 행동이 증대적이고 유익한 가치를 발생시키게 되는 그런 이해관계의 주체"[22]라고 할 수 있다. 그렇게 이해

---

20. 같은 책, 335쪽.
21. 같은 책, 353쪽.
22. 같은 책, 382쪽.

관계에 따르는 행동이 전 사회적인 부면으로 일반화되는 영역을 푸코는 '시민사회'라 부른다. 내치국가의 국가이성과 구별되는 시민사회는 사회의 구성원리로서 새로운 형태의 유대관계로 정의되기도 한다. "순수하게 경제적인 것도 아니고 순수하게 사법적인 것도 아닌 유대관계, 계약의 구조, 즉 양도되거나 위탁되거나 소외되는 법권리 작용의 구조와 중첩시킬 수 없는 것인 동시에 그 형식에서는 그렇지 않다 하더라도 그 본성에서는 경제 게임과도 다른 유대관계, 시민사회를 특징짓게 되는 것은 이런 유대관계입니다."[23] 이 모호하고도 이질성으로 가득 찬 시민사회란, 결국 새로운 통치성이 작동하는 새로운 정치의 공간이다. 그렇다면 푸코에게 정치는 무엇인가. "결국 정치란 무엇일까요? 상이한 통치술들의 상이한 연동을 수반하는 작용인 동시에 그런 상이한 통치술들이 불러일으키는 논쟁이 아니라면 정치가 달리 무엇이겠느냐는 말입니다."[24] 그러니까 푸코가 제기한 흰빛의 문학, 텅 빈 구멍의 문학론은 모호한 이질성으로 구성된 '시민사회'라는 그 새로운 통치성의 공간에 응대되는 새로운 저항의 역량이며, 예외적 감성의 흐름을 창안하는 발랄한 활력이다. 무의식과 언어의 구조적 유비성에 착안했던 라캉이나 "법의 영역은 언어의 영역과 본질적으로 유사함을 알 수 있다"[25]고 한 아감벤의 언명은 백 번 지당하

---

23. 같은 책, 424쪽.
24. 같은 책, 433쪽.
25. 조르조 아감벤, 『호모 사케르』, 64쪽.

다. 랑그(잠재성)와 파롤(현실성)의 관계나 특이성 그 자체로써 재현 불가능한 것으로 재현되는 언어는, 법의 정지를 통해 법의 효력을 발생시키는 예외상태와 서로 닮았다. 언어가 법과 같은 방식으로 인간을 자신의 추방령 속에 포획하는 것과 같이, 정치적인 것과 문학적인 것은 이처럼 상호 이반하는 동시에 서로 연동되어 있다. 알랭 바디우가 구분했던 '귀속(현시)과 포함(재현)'의 개념을 응용하면, 생명을 관리하는 주권의 예외성에 대하여 다음과 같이 기술할 수 있다. "예외란 자신이 귀속되어 있는 집합에 포함될 수 없으며, 또한 자신이 이미 항상 포함되어 있는 집합에 귀속될 수 없다. 이런 한계 양상 속에서는 귀속과 포함, 외부적인 것과 내부적인 것, 예외와 규칙을 분명하게 구별할 수 있는 모든 가능성이 근본적으로 위기에 처하게 된다."[26] 이런 비식별역의 '위기'를 내파하는 것이 문학일 수 있다는 것, 그것이 근대적인 문학 이후의 문학, 규범의 통치성이 예외의 통치성으로 전환된 시대의 문학으로서 강력하게 요청되고 있다. 근대적인 것의 기원을 자임하는 유럽에서도 이미 그 '이후'가 이렇게 치밀하게 모색되고 있었음을 상기할 때, 가라타니의 종언론에 당황한 기색을 감추지 못하고 예민하기만 했던 우리들의 문단이란 무엇이란 말인가.

한국문학은 짧은 시간 동안에 급격한 변화들을 겪어왔지만, 그 변모는 대체로 국민국가의 논리와 심리에 착근한 것이었다. 내용과 형식, 순수와 참여와 같은 속류적인 이데올로기 투

---

26. 같은 책, 72쪽.

쟁도 명백한 실체로서의 한국문학에 대한 믿음을 벗어난 적은 없었다. 그러나 냉전체제가 흔들리게 되는 1980년대 말 이후부터 한국문학은 그 '감각적인 것의 분배'partage du sensible 27에 일대 격변과 파란이 일어난다. 굳이 따진다면 그 변화는 내발적이거나 자발적인 것이 아니라 외발적이며 인공적인 것이었다. 이를 두고 섣불리 그 악명 높은 '이식문학론'의 안이한 반복 정도로 폄훼하지는 마시라. 근대라는 것의 정체는 역시 그 옹골진 실체를 선명하게 확인할 수 있는 것이 아니므로, 자생이냐 유입이냐의 양자 중에서 택일하거나 간단하게 그 둘을 혼융해서 인식할 수는 없다.28 국제화(제국주의)에서 세계화(신자유주의)로의 이행, 그렇게 우리는 이념의 경계와 시장의 빗장이 풀리면서 봇물 터지듯 밀려들어온 것들의 외압에 별다른 저항

---

27. "문학은 세계를 자기 안으로 받아들이고 그것을 다시 밖으로 드러내는, 그 두 안팎의 감각적인 행위를 결합하는 새로운 방법으로 그 특이성을 표현한다. "문학은 우리가 살고 있는 세계를 규정하는 감성의 분할 속에 개입하는 어떤 방식, 세계가 우리에게 가시적으로 되는 방식, 이 가시적인 것이 말해지는 방식, 이를 통해 표현되는 역량들과 무능들이다. 바로 이 점에 입각해서 공동 세계를 형성하는 대상들의 구획, 이 세계를 채우는 주체들과 이 세계를 보고 호명하며 이 세계에 대해 행동하는 주체들이 지닌 역능들의 구획 속에 '문학으로서' 문학의 정치를, 그 개입양태를 사고하는 것이 가능하다."(자크 랑시에르, 『문학의 정치』, 유재홍 옮김, 인간사랑, 2009, 17쪽.)

28. 서구를 근대성의 기원으로 상정하는 근대론에 대한 비판과 대안적 논의는 이미 세계적으로도 활발하다. 그러므로 식민지 근대화론이나 자생적 근대화론을 넘어 근대성의 생성에 새겨진 복잡성을 읽어내는 역사의 까다로운 안목이 긴요하다. 역사적 근대가 동서 여러 문명권의 합작품이며 그 근대성의 통시적인 양태가 다차원적으로 변이해왔다는 '중층근대론'에 대해서는 김상준의 『맹자의 땀 성왕의 피』(아카넷, 2016)의 제1장과 같은 저자의 『유교의 정치적 무의식』(글항아리, 2014)의 제1장을 참조할 수 있다.

도 못 하고 휩쓸려 들어갔다. 개화파의 도도한 주류 속에서도 그 외압에 나름의 응전으로 대결하였던 흐름이 없었다고 할 수 없지만, 그나마도 신판 위정척사衛正斥邪의 답습인 경우가 허다했다. 유럽 문명의 파국 이후를 모색했던 이이제이以夷制夷의 흐름이, 그중에는 그래도 나름의 역사적인 대응으로 유효했다고 할 수 있겠다. 이 세 번째 방법은 근대를 실체로 확언하는 서투름에서 벗어나 근대적인 것의 생성을 그 절합의 과정(시간)과 다발의 관계(공간)라는 복잡다단함 속에서 가늠하려고 하였다. 신판 개화파와 위정척사파, 그리고 이이제이파라는 과격하고 서투른 범주화의 도식에도 불구하고, 이런 도해의 방법은 한국 지성사의 유형학적 갈래를 가늠하는 나름의 유효한 지표를 제시해 준다.[29] 그러나 이런 도식은 어떠한 경향성을 가르는 느슨한 구분에 지나지 않으며, 한 사람을 특정한 갈래의 경향으로 단정하거나 환원할 수 없다는 것에 유의하자. 우리는 다만 환원할 수 없는 복합성을 고려하면서 그 사람의 어떠한 경향을 가늠하거나 예감할 수 있을 따름이다. 근대적인 것의 응대를 둘러싼 저 입장들은, 자주파와 민주파라는 정치적 태도와 어떻게 결합하고 이반하는 가에 따라서 또 다른 갈래의 사상적 입장을 드러낸다. 먼저 위정척사의 논리가

---

29. 체계를 세우는 것은 언제나 아득하고 불안한 일임에 틀림이 없지만, 어떠한 강력한 체계의 지배력에 대한 방편적 응대로써의 대항체제론의 전략적 가치를 부정할 이유는 없다. 그런 의미에서 나는 한국문학의 사상사적 흐름을 사대파(식민주의)와 자주파(탈식민주의)의 길항으로 헤아린 조동일의 『한국문학사상사시론』(지식산업사, 1978)과, 그 이후 일련의 작업들에 주목할 필요가 있다고 생각한다.

자주파의 입장과 결합하면 극좌 내지는 극우의 격렬한 편향으로 치닫는다. 계급(반봉건) 혹은 민족(반제)의 이념으로 확고한 이들의 사상적 지향은 그것이 과격한 진보의 언설을 구사한다 할지라도 극단적인 보수화로 치닫기에 십상이다. 다음은 개화파의 논리가 민주파의 입장과 결합하는 해외파적 지향이다. 이는 이른바 시장의 자유를 옹위하는 부르주아적 자의식에 침윤되거나 '황색 피부, 하얀 가면'의 식민주의적 모순에 빠져들기 쉽다. 반면에 이이제이의 입장은 일종의 중도파라 하겠다. 그것이 민주파와 결합할 때는 건전한 리버럴을 자임하며 체제의 합리적 운용을 가로막는 전체주의적 폭력에 대한 저항으로 나아가지만, 그것이 자주파와 결합할 때는 특이성 속에서 공통성을, 현실성 속에서 잠재성을 실현하려는 의지와 함께 새로운 체제의 구상을 통해 기존의 체제를 지양하는 제헌적 역량의 모색으로 전개된다. 자주파와 결합한 위정척사가 교조적인 리얼리즘론을 답습해왔다고 한다면, 민주파와 결합한 개화파는 기법적으로는 전위적이지만 정치적으로는 체제 옹호적인 보수적 모더니즘의 역설로 드러났다. 반면에 민주파와 결합한 이이제이가 근대적응에 우호적인 후기-모더니즘의 지향을 드러낸다면, 자주파와 결합한 이이제이는 근대극복의 탈-모더니즘을 향한다. 그러니까 이이제이의 포스트-모던한 입장은 민족, 민중, 역사, 현실, 사회, 변혁과 같은 개념들을 본질적인 실체로 포착하지 않으며, 더불어 자아와 세계, 지속과 단절, 정치와 미학, 대중과 엘리트, 필연과 우연, 존재와 생성, 차이와 동일성의 그 모든 이항대립의 체계를 절단된 경계로서가 아니라 '클라인 씨의 병'과 같이 구별되지만 이어지는 것으로 받아들인다. 그리고 그것은 재현적인 것의 '합법화'에 맞서 비재현적인 것의 '정당성'을 옹호하는, 다시 말해 의문에서 해답으로, 출발에서 도착으로, 미숙에서 성숙으로 흐르는 선조적이고 획일적인 내러티브의 법칙을 위반하는 전위의 태도이다.

후기-모더니즘의 문학적 견해는 근대적인 것의 역사적 복잡성을 간과하지 않는다. 그들에게 유럽은 이어가야 할 정신의 교본이자 고생을 마다하지 않고 도착해야만 하는 문화의 엘도라도이다. 특히 모더니티의 수도 파리는 보들레르라는 산보자의 전형을 탄생시킨 곳으로서 "일시적인 것으로부터 영원한 것을 끌어내는"[30] 현대성의 장소로 선망되었다. 파리의 아케이드를 거닐며 자본의 판타스마고리아에 도취된 현대인들을 지켜본 것은 벤야민이었다. 그러나 그에 앞서 파리를 근대적인 것의 원형이 깃든 도시로 먼저 발견한 독일인이 있었으니, 그가 바로 포스트모던의 서광을 비춘 니체이다. 그는 확신에 찬 어조로 이렇게 단언했다. "예술가의 고향은 유럽에서는 파리뿐이다."[31] 그리고 바로 그 예술의 고향 파리에 매혹된 일

---

30. 보들레르는 현대성을 이렇게 정의한다. "현대성이란, 유행으로부터 역사적인 것 안에서 유행이 포함할 수 있는 시적인 것을 꺼내는 일, 일시적인 것으로부터 영원한 것을 끌어내는 일이다."(샤를 보들레르, 『현대 생활의 화가』, 박기현 옮김, 인문서재, 2013, 33~34쪽.); "그에게 관건이 되는 바는 유행으로부터 당대적인 것 안에 포함할 수 있는 시적인 것을 추출해내고, 변해가는 것에서 영원성을 이끌어내는 것이다."(샤를 보들레르, 「현대적 삶의 화가」, 『보들레르의 수첩』, 이건수 옮김, 문학과지성사, 2011, 52쪽.)

31. 프리드리히 니체, 「이 사람을 보라」, 『바그너의 경우·우상의 황혼·안티크리스트·이 사람을 보라·디오니소스 송가·니체 대 바그너』(전집15), 백승영

본인 모리 아리마사는 정말 대단한 여행자라 할 수 있는 사람이었다. 그는 가정이 있었고, 든든한 직장(도쿄대학교 조교수)도 갖고 있었다. 파리로 유학길에 오른 그는 도쿄에 두고 온 것들에 연연하지 않고, 끝내 귀환하지 않은 여행자로 살다가 파리에서 생을 마감했다. 역시 대단한 여행자라 하지 않을 수 없는 왕성한 의욕의 비평가 김윤식, 그는 파리에 머무르는 동안 샤갈과 마그리트를, 김현과 이옥의 기억을 더듬거리지만, 그의 마음을 온통 사로잡고 있었던 것은 오직 모리 아리마사라는 지성의 유목민이었다. 그리고 그는 김현이 번역한 푸코의 르네 마그리트론의 의미를 파고드는 중에 모리가 쓴 『바빌론의 흐름의 기슭에서』バビロンの流れのほとりにて(1968)라는 책을 뒤적인다. 유럽 문명의 보편원리로써 일본의 습속을 순화시키고 유럽의 높이에 이르려는 의욕, 그것이 메이지유신 이래 일본의 선각자들이 나아갔던 길이다. 그들은 자기의 개인적 운명보다 일본의 국가적 운명에 더 큰 무게를 두었던 사람들이다. 그러나 모리는 그들의 길을 답습할 수 없었고, 전혀 다른 길로 나아가야만 했다. "나라보다는 자기 '운명'이 소중하다는 것, 그것이 자기중심주의와도 전혀 다르다는 것."[32] 허락되었다면 나는 '운명'이 아니라 '자기'에 작은따옴표를 쳤을 것이다. 나라(집단)보다는 자기(개인)의 운명을 따르는 것, 그것은 신(고전주의)에서 내면(낭만주의)으로 방향을 돌린 근대예술의 탄생과 무관하지 않

---

옮김, 책세상, 2002, 362쪽.

32. 김윤식, 「파이프를 사랑한 동네, 파리」, 『내가 읽고 만난 파리』, 현대문학, 2004, 63쪽.

다. 오랫동안 일본과 한국의 사상계와 문화계를 사로잡고 있는 프랑스적인 것의 매혹이란, 다름 아닌 저 모던에의 미혹임에 틀림이 없으리라. 그것은 고혹적이기에 치명적이고 위험하기에 더욱 아름답다. 그 아름다움을 아는 어느 불문학 전공의 비평가는, 한국의 근대성을 이른바 "인공선택과 장기생성"[33]의 관점에서 접근하였다. 탈냉전기의 도래와 함께 근대적인 것의 체제가 심하게 요동하는 세계화의 흐름 속에 놓인 문학의 상황을, 그는 이처럼 요령 있게 정리하였다. "문학의 생산적 조건은 이미 사라지는데, 대신 문학의 소비적 조건은 남는다."[34] 여기엔 이제 문학은 네이션의 상상적 충족을 위한 이념도 아니고 영구혁명을 위한 장치도 되지 못한다는, 그러므로 그저 오락거리로서 겨우 지탱하고 있을 뿐이라는 가라타니의 생각이 겹쳐 있다. 그럼에도 그는 문학적인 것의 유용함 그 자체를 완전하게 부정하지 못한다. 오히려 그런 무용함의 주장들이 그 역설적 유용함에 대한 사유를 발본적으로 만든다고 여긴다. 문학적인 것이 놓인 그 역사적인 것의 위태로움 앞에서 그는 문학을 향한 항심恒心을, 그 애틋한 마음을 이렇게 적었다. "문학은 여전히 뚜렷한데, 그러나 애타게 갈구된다. 있는데, 없는

---

33. 근대는 자연이 아니라 인공이며, 결과로써 출현한 것이 아니라 과정으로써 생성된 것이다. 약언하자면 근대란 장기적인 생성의 과정에서 인공적으로 선택되어온 무엇이다. 정과리, 「인공선택과 장기생성으로서의 근대문학」, 『문학이라는 것의 욕망』, 역락, 2005, 참조. 이 글을 포함해 이 책의 1부에 편재하는 다섯 편의 평문은, 가라타니와는 또 다른 차원에서 한국근대문학의 '기원'과 '정체'를 심오하고 발본적인 사색으로 파고들었다.
34. 정과리, 「다시 문학성을 논한다?」, 『문학이라는 것의 욕망』, 42쪽.

듯하다."[35] '문학의 생산적 조건이 사라진다'는 말은 무엇이고, 그럼에도 '문학은 여전히 뚜렷하다'는 말은 또 무엇인가? 이 질문에 대하여 숙고하는 데에는, 다음의 견해가 나름의 참조가 된다. "생산의 조건을 안다는 것은 반대로 그 작품이 조직되는 실제적 과정을 분명하게 드러내는 것이다."[36] 문학이 여전히 소비되고 있지만, 그 생산의 조건은 이미 허물어졌다. 그러니까 허물어진 것은 소비재(상품)로서의 문학이 생산되는 조건이 아니라, 다른 어떤 것을 가능하게 하는 강력한 역능(이념)으로서의 문학이 생산되는 조건이다. 영광스러웠던 문학의 시절에 대한 기억과 흔적은 지금도 뚜렷하지만, 그것은 지금까지 이어지는 영광이 아니라 지나가버린 아쉬움의 회한일 뿐이다. 그렇게 회한을 남기고 사라진 것의 맥락을 누군가는 '진정성의 상실'이라는 쓸쓸한 표현으로 포착하였다.[37] 헤겔, 코제브, 후쿠야마로 이어지는 '역사의 종언'에 대한 철학적 사유에서 비롯된 이런 생각들은, 교양을 통한 내면성의 성숙이라는 진리 탐색의 주체에 대한 믿음, 그 근대적 개인주의가 위기에 처함으로써 진정성이 사라진 세계의 인간은 속물snob이거나 동물로 살 수밖에 없게 되었다고 한다.

---

35. 정과리, 「다시 문학성을 논한다, 두 번째」, 『문학이라는 것의 욕망』, 46쪽.

36. 피에르 마슈레, 『문학생산의 이론을 위하여』, 79쪽.

37. "신자유주의는 진정성의 인간상을 우리의 눈앞에서, 마음에서 제거해 나가며 '탈진정성 체제'(post-authenticity regime)를 구축한다."(심보선, 「우정으로서의 예술」, 『그을린 예술』, 민음사, 2013, 23쪽.); 김홍중, 「진정성의 기원과 구조」, 『마음의 사회학』, 문학동네, 2009 참조.

아서 단토나 가라타니의 종언론은 역사의 종말 이후라는 상황하의 예술에 대한 철학적, 정치적인 성찰이다. 그러나 미국의 패권이 중국의 부상과 함께 도전받고 있는 세계질서는, 역사의 종언을 미국화의 귀결로 보는 관점에 근거한 묵시록적 예언들의 설득력에 치명적 타격을 입힌다. 따라서 역사의 종말 이후라는 가설, 그 가설에 크게 기대고 있는 문학의 종언론도 새로운 역사적 상황을 고려하면서 전혀 다르게 읽혀져야 한다. 예술에 대한 절멸의 사유에 맞서 그 '잔존'하는 문학의 가능성을 읽어내려는 의지는, 근대적인 것의 '생존'을 통해 문학적인 것의 가능성을 확인하려는 처절한 투쟁으로 전개된다.

인간의 동물화가 대세라고 해도 주어진 자연과 문화를 부정하려는, 그것들에 의해 규정된 자신을 부정하려는 충동은 인간에게 남아있다. 그 남아도는 부정성이 그 자체로 '역사적 행위'를 산출하지 못한다고 할지라도 그 부정성의 활동은, 인간적 존엄성이라는 관념을 포기하지 않는다면, 발견되고 촉진되어야 한다. 이것은 문학을 포함한 문화형식이 정치적으로 쇠퇴하거나 사회적으로 고립되는 징후를 드러내고 있더라도 그것에 대한 미련을 쉽사리 버릴 수 없는 이유이기도 하다.[38]

바타이유의 '쓸데없는 부정성'négativité sans emploi에서 착안한 '남아도는 부정성'은, '예술의 종언 이후'에 대한 헤겔

---

38. 황종연, 「문학의 묵시록 이후」, 『탕아를 위한 비평』, 문학동네, 2012, 31쪽.

의 사색에서 아서 단토가 착안했던 '인간 생활을 고양시키는 일'enhancement of human life이라는 개념을 떠올리기에 충분하다.[39] 인간의 저 '부정하려는 충동'에 대한 신뢰에는, 종언 이후에도 문학적인 것들의 역사적 역할은 끝나지 않고, 사소하지만 그래서 더욱 중대한 역할들을 다채롭게 펼쳐나갈 것이라는 기대가 담겨 있다.[40] 위의 문장을 쓴 비평가와 깊이 결속되어 있는 또 다른 비평가의 마음도 이와 크게 다르지 않은 것 같다. "문학이란 무엇인가. 몰락의 에티카다. 온 세계가 성공을 말할 때 문학은 몰락을 선택한 자들을 내세워 삶을 바꿔야 한다고 세계는 변해야 한다고 말한다. 지금까지 그래왔고 앞으로도 그러할 것이다. 문학이 이런 것이라서 그토록 아껴왔거니와, 시정의 의론義論들이 아무리 흉흉해도 나는 문학이 어느 날 갑자기 다른 것이 될 수 있다고 생각하지 않는다."[41] 지성과

---

39. 이와 같은 '부정성'의 가능성에 대한 역설적 사유는 아감벤의 다음과 같은 서술을 통해서도 확인할 수 있다. "이제 우리는 예술이 스스로를 넘어선다는 것이 과연 무엇을 의미하는가라는 질문에, 예술은 죽지 않고 스스로를 파괴하는 무가 되어 자신으로부터 영원히 살아남는다고 답할 수 있을 것이다."(조르조 아감벤, 『내용 없는 인간』, 윤병언 옮김, 자음과모음, 2017, 126쪽.) 그러니까 이런 사유는 종언 이후라는 역사적 국면에서, 현대의 예술이 처한 운명을 바라보는 어떤 패턴을 드러낸다.

40. 조정환은 『비루한 것의 카니발』(2001)에서 『탕아를 위한 비평』(2012) 사이의 간극과 진화를 고체근대에서 액체근대로의 질적 전환이라는 역사적 관점에서 읽어내는데, 고체근대 이후의 문학에 대한 황종연의 비평적 사유가 급진적 개인주의에 기초한 자유민주주의 어떤 협애함을 넘어 공동체의 본원성에 대한 탐구, 즉 새로운 정치적/미학적 주체성의 창안에 대한 모색으로 깊어지고 있다는 것에 비판적인 기대감을 내비쳤다.(조정환, 「'액체근대'에서 개인과 공동체의 문제」, 『오늘의문예비평』, 2012년 가을호 참조.)

공감의 비평가 김현에게서 유래하는, 무용함에서 그것의 유용함을 이끌어내는 그 역설의 사유는 이 비평가에게로 면면히 계승되고 있다. 그는 문학이라는 것의 유용한 근거를 (윤리적이지 않은) 정치에서 (정치적인) 윤리로 역전시킴으로써, 문학의 역능이란 치안으로서의 정치la police가 아니라 정치적인 것la politique의 윤리로 드러나는 무엇이라고 말한다. 그러니까 문학은 자기의 몰락을 통해 공공의 에티카를 창안하고 또 실현한다는 것이다. 대체로 문학에 대한 이런 믿음을 '문학주의(예술을 위한 예술)'라는 말로 간단하게 깎아내리는 이들이 있으나, 개인의 내밀한 공감을 매개하는 문학의 가능성에 대한 믿음은, 그런 식의 비하와는 달리 그 매개를 통해 공적인 것으로 비약할 수 있다는 정치적 의지를 포기하지 않는다. 이 비평가는 말한다. "글을 쓴다는 것은 그런 줄(서로 어긋날 줄 ― 인용자)을 알면서도 그 어떤 공동체를 향해 노를 젓는 일이다."[42] 나는 네가 아니고, 너는 내가 아니므로, 끝내 우리는 서로에게 낯선 타자일 수밖에 없다. 그러나 서로가 서로를 낯설게 느끼는 것이, 상대에게 다가가지 못하는 이유가 될 수는 없다. 합일될 수 없음(몰락)에도 불구하고, 낯선 그대를 향해 노를 젓는 것(에티카). 거센 물결을 거슬러 온 힘을 다해 저을 수 있는 그 노가 문학이라면, 문학이란 불가능성을 되뇌며 내빼는 것이 아니라 불가능성을 반박하는 불온한 저항이다. "느낌은 희

41. 신형철, 「책머리에」, 『몰락의 에티카』, 문학동네, 2008, 6쪽.
42. 신형철, 『느낌의 공동체』, 문학동네, 2011, 12쪽.

미하지만 근본적인 것이고 근본적인 만큼 공유하기 어렵다."[43] 희미하기 때문에 섬세한 감응력이 요청되고, 공유하기 어렵기 때문에 공감은 귀하고 보배로운 역능이다. 미세하게 느낄 수 있는 감응의 역량을 벼리는 부지런한 교양의 의지, 그것은 합일 불가능한 타자를 기꺼이 받아들이겠노라는 윤리적 결기이다. 그리고 공동체와 결속된 더 큰 자유의 공간을 여는 데 문학이 할 수 있는 것이 있다는 선량한 믿음이 그 결기를 지탱한다. 그러나 이들의 역사적 자의식이, 이상이나 최인훈에 대한 그들의 편파적인 매혹만큼이나 근대적인 것, 그 지성적인 것에 대한 미혹과 번민으로 복잡하다는 것에 주의를 기울여야 하겠다. 그 역사적 모호성으로 말미암아, 이들은 때때로 민주파와 결합한 개화파의 목소리를 내기도 했다. 더불어 식민의 역사가 남긴 고통의 앙금에 대해서는 부주의하면서도, 제국의 지배가 갖는 그 복잡함의 실상은 예리하게 파고들었다. 현대성에 대한 인식론적 모호성에서 말미암은 그 위태로움은, 개화파와 이이제이파 사이에서 흔들리는 약한 주체성의 실존적 양상을 반영한다.

느낌, 그것은 핥고 빨고 어루만지는 비밀스러운 성애의 감촉이다. 눈과 눈의 소통을 "빛으로 하는 성교"(박용하,「성교」)라고 한 시에서, "말의 타락 현상 반대편에서 순정한 소통의 이미지"를 읽어낸 비평가는, 그 성교 근처에 "말의 낙원"이 있을 것이라고 믿는다.[44] 사랑이란 느낌을 나누는 일이다. 장-뤽 낭

---

43. 같은 책, 12쪽.

시의 어떤 언급에서처럼, 사랑은 그 느낌을 '분유'하고 '공감'하고 순정하게 '소통'하는 일이다. "사랑에 빠진다는 것은 지금과는 '다른 나'의 가능성에 빠진다는 것이다."[45] 그렇게 사랑은, 서로 느낌을 순정하게 소통시키는 것으로써 지금의 나를 지양하고 변이시킨다. 그런데 그 사랑이란 무엇인가, 그이에게 그것은 정확하게 해석하는 일이다. 함부로 다루지 않고, 정교하고 조심스러운 손길로 다정하게 어루만지는 성교의 몸짓, 그러니까 그것은 대상을 읽는 섬세한 해석의 행위이다. "해석자의 꿈이란 '정확한 사랑'에 도달하는 일"[46]이다. 그러나 세상의 일이란 정말 그렇게 순정하게 소통 가능한가? 그 애틋한 사랑을 가로막는 세속의 시비와 이전투구는 어찌해야 하는가? '불화'[47]에 대한 감각의 결여, 저 순정한 사랑의 공동체는 가장 구체적인 세속의 느낌을 회피한다.[48] 그런 것이 사랑이라면 망상

---

44. 신형철, 『느낌의 공동체』, 77~78쪽.

45. 같은 책, 222쪽.

46. 신형철, 『정확한 사랑의 실험』, 마음산책, 2014, 10쪽.

47. 랑시에르는 부르주아적 정치기획이 의존하고 있는 합의와 대의의 체제가 정치적인 것을 공백으로 만들기 때문에, 그런 기성의 정치 체제에 대항하는 개념으로 '불화'(la mésentente)를 제안한다.(자크 랑시에르, 『불화』, 진태원 옮김, 길, 2015 참조.)

48. "벤야민이 이해한 바 메시아의 시간은 역사의 시간으로부터 유기적으로 연결되어 나오는 것이 아니다. 천국으로부터 역사의 폭풍이 불어온다는 그의 「역사철학 테제」 중의 발언이 말해주듯이 그 둘은 방향이 서로 반대다. 메시아에 의한 구원은 역사가 끝난 시점에, 자연의 재앙과 파국을 예고로 시작된다. 벤야민에게 역사란 쇠락과 소멸을 본질로 하는 과정이며, 그가 자연사(Naturgeschichte)라고 부른 그 과정의 종료 없이 삶의 구원은 없다."(황종연, 「대지진 이후」, 『탕아를 위한 비평』, 495쪽.) 종말의 '이후'를 사

의 로맨스에 가깝다고 하겠다. 그것이 느낌이라면 실감 없는 추상의 감각이라고 하겠다. 너무 아픈 사랑은 사랑이 아니거니와, 혼자서 너무 사랑하면 그 사랑은 부담스럽고, 도가 지나치면 공포가 된다. 물론 그이도 더 깊은 사랑을 위한 싸움의 필요에 대하여 말하고 있다. "유물론이 왜 형이상학으로 깊어지지 않는지, 변혁론이 왜 구원에 대한 사유로 급진화되지 않는지 알 수 없었습니다. 세계는 어디로 가는가, 인간은 구원될 수 있는가, 신은 도대체 어디서 무엇을 하는가. 이런 물음을 던지는 것은 세계의 현재를 합리화하는 형이상학이 아니라 그

---

유하는 그 묵시록의 역사 감각은 신학(유대교의 신비주의적 종말론)과 유물론(마르크스주의적 변증법)을 특유의 방법론적 연금술로 결합한 벤야민의 사상에서 깊은 영감을 얻는다. 신학적인 것의 구도(求道)적 수난을 대신하는 추상적이고 애매한 사유의 모험, 나는 그것이 세속을 능가하는 피안의 상상력에 대한 애호, 다시 말해 비-현실, 탈-현실, 몰-현실의 어떤 경향을 암시하는 지성사의 한 증상이 아닐까 의심한다. 이와 관련해 1962년에 『소설의 이론』(1920)의 머리말을 다시 쓰면서, 이 저작이 '좌파적 윤리관'과 '우파적 인식론'의 융합을 통해 유토피아주의를 합성해낸 '낭만주의적 반자본주의적 태도'였다고 회고했던 루카치의 자기비판에 주목할 필요가 있다. 루카치는 에른스트 블로흐, 발터 벤야민, 초기 아도르노의 저술들이 히틀러의 파시즘에 반대하는 정신적 투쟁으로써 이런 태도를 더욱 강화했다고 하면서, 그 경향이 독일에서보다 프랑스에서 먼저 등장하였음을 주목하였다. 더불어 그는 그 태도와 경향을 '비타협의 가면을 쓴 타협주의', '심연이라는 초호화 호텔'이라는 표현을 써가면서 신랄하게 비판했다. 그리고 그는 본인의 저작 『이성의 기능』의 어느 부분을 다음과 같이 인용한다. 제2차 세계대전 이후의 주도적 지식인들이 "심연과 무(無), 그리고 불합리성의 가장자리에 위치하고 있는, 모든 안락시설이 구비된, 이를테면 '심연이라는 초호화호텔'에서 살고 있다. 느긋하게 즐기는 식사 시간이나 예술품 사이에서 매일처럼 바라보는 심연의 광경은 이러한 세련된 안락시설에 대한 쾌감을 단지 증가시킬 수 있을 따름이다."(게오르그 루카치, 『루카치 소설의 이론』, 반성완 옮김, 심설당, 1985, 20쪽.)

것과 투쟁하는 형이상학입니다. 천지 만물에 범재하는 자비의 신을 '느끼는' 시가 아니라, 인간의 불행과 '싸우는' 시를 기다렸습니다."[49] 비판보다는 공감을, 익살보다는 비극을, 세속보다는 신성을 애호해왔던 비평가로서는 의외로, 이 문장에서는 굳이 '느낌'이 아니라 '싸움'에 따옴표를 쳐서 강조하고 있다. 이상한 도착倒錯이라고 여겨지지만, 받아들이지 못할 것은 아니다. 그런데 '세계의 현재와 투쟁하는 형이상학'이란 무엇인가? "세계의 참혹에 눈물을 흘리는 데서 그치지 않고 이 엉망인 세계를 누군가는 책임져야 한다고 신을 향해 말할 때 '투쟁하는 형이상학'이 시작될 것"[50]이라고 한다. 신에 맞서는 항의가 그가 말하는 싸움이라면, 그 신이란 도대체 무엇인가. 신이 형이상학적 초월이라면, 신이라는 그 형이상학과 싸우는 형이상학이란 또 어떻게 그 싸움을 실행하는가. 신에 맞서는 개인? 그렇게 정교한 언술의 수사修辭로써만 가능한 투쟁은 진짜 싸움을, 그 징글맞은 세속적인 불화의 진창을 빗겨나간다. 지금 문학으로 가능한 싸움은 떠나버린 신의 흔적에 대고 떠드는 말싸움이 아니다. 싸워야 하는 것은 신이 떠난 그 자리를 차지하고 있는 순수한 개인이라는 신화, 내면이라는 형이상학이다. 왜 해석의 층위에는 싸움에 대한 어떠한 언급도 없이 사랑의 느낌만으로 도도한데, 작품의 층위에서는 느낌을 부정하고 싸움만을 긍정하는 것일까.[51] 작품에서의 그 싸움을 해석으

---

49. 신형철, 『느낌의 공동체』, 118쪽.
50. 같은 곳.

로써 정확하게 느끼는 것, 그것으로 느낌의 공동체는 도래하게 되는가? 석연치 않은 느낌이 드는 것은, 역시 저 모호한 말들의 한 중심에 순수한 개인이라는 나르시시즘의 주체가 있기 때문이다. 신과의 투쟁을 벌이는 그 주체가 절실한 싸움꾼이 아니라 다윗과 같은 도저한 영웅처럼 생각되는 이유는 무엇인가? "비평은 공부이면서 공부 이후의 글쓰기일 수 있는 유일한 가능성"이라고 한 어떤 비평가는 "해석이 자기차이화의 변증법이자 나르시시즘(동화)의 체계화로 굳어갈 때, 비평은 자신의 몸을 끄-을-며 나아가는 곧 해석 이후의 것이어야 한다"[52]고 했다. 해석이라는 이름의 사랑, 그 행위가 자기의 쾌락을 위해 타자의 몸을 이용하는 것이 아니려면, 세속의 진창에서 아프게 살아내는 자기 소모를 견뎌내야 한다. 모리스 블랑쇼가 말하는 '익명성'의 나르시시즘이 그런 것이 아닐까. "즉 자기로

---

51. 사조가 아닌 정신으로서의 낭만주의를 뤼디거 자프란스키는 이렇게 설명한다. "그것은 현실과 익숙한 생활에 대한 불만으로 인해 출구와 변화, 일탈의 가능성을 찾게 될 때면 언제나 나타나는 현상이다. 낭만적인 것은 환상적이며 상상력이 풍부하며 형이상학적이고 공상적이며 유혹적이며 과도하고 수수께끼 같은 것이다. 그것은 꼭 합의를 이루어낼 의무가 없으며 공동체에 유익할, 심지어는 삶에도 유익할 필요가 없는 것이다. 그것은 죽음을 사랑하게 될 수도 있는 것이다. 낭만적인 것은 고통과 비극에까지 이르는 강렬함을 추구한다. 이 모든 것을 볼 때 낭만적인 것이 특별히 정치에 적합하다고는 할 수 없다. … 낭만성과 정치성 간의 긴장관계는 상상의 세계와 현실세계 간의 더욱 포괄적인 긴장관계에 속하는 것이다. 이 긴장관계를 모순 없이 하나로 통일하려는 시도는 빈약한 삶 내지 황폐한 삶을 초래할 수 있다."(뤼디거 자프란스키, 『낭만주의 판타지의 뿌리』, 서유정 옮김, 한국외국어대학교출판부, 2012, 425~426쪽.)
52. 김영민, 『산책과 자본주의』, 늘봄, 2007, 9쪽.

부터 우회해서, 그 우회를 촉발시키고 견디면서, 자신을 다시 알 수 없기에 죽어가면서, 일어나지 않았던 것의 흔적을 남기는 자인 한에서 나르시스이다."[53] 그러니까 자기에 대한 사랑을 소멸하고 남은 자기의 흔적 속에서 이겨내는 것이 진짜 사랑이다. 종언 이후의 문학이 싸워야 할 적은 공동체의 환상을 날조하는 바로 저 고고한 낭만주의이다. 장-뤽 낭시가 말하는 '무위의 공동체'는 나르시시즘적 주체의 죽음, 나를 넘어 너에게로 가는 그 어떤 한계치의 근접으로써만 도래한다. "죽음은 주체의 형이상학의 모든 원천적 힘들을 돌이킬 수 없이 초과한다."[54] 누구나 죽을 수밖에 없다는 물리적인 유한성에 대한 자각이야말로 나의 한계를 겸허하게 인정하게 하는 강력한 계기이다. 그 겸허한 자각으로부터 타인의 죽음을 애틋하게 느끼는 공동체의 감각이 발아한다. 블랑쇼는 낭시의 사유에 자기의 생각을 보태 이렇게 거들었다. "죽어가면서 결정적으로 멀어져 가는 타인 가까이에 자신을 묶어두는 것, 타인의 죽음을 나와 관계하는 유일한 죽음으로 떠맡는 것, 그에 따라 나는 스스로를 내 자신 바깥에 놓는다. 거기에 공동체의 불가능성 가운데 나를 어떤 공동체로 열리게 만드는 유일한 분리가 있다."[55] 전체주의의 그 동일화하는 폭력과 개인주의의 그 특권화하는 에고이즘을 가로지르는 공동체의 가능성을 기다리

---

53. 모리스 블랑쇼, 『카오스의 글쓰기』, 박준상 옮김, 그린비, 2012, 224쪽.
54. 장-뤽 낭시, 『무위의 공동체』, 박준상 옮김, 인간사랑, 2010, 45쪽.
55. 모리스 블랑쇼, 「밝힐 수 없는 공동체」, 모리스 블랑쇼·장-뤽 낭시, 『밝힐 수 없는 공동체/마주한 공동체』, 박준상 옮김, 문학과지성사, 2005, 23쪽.

는 일, 그 무위無爲의 기다림은 아무것도 하지 않는 것이 아니라 유위有爲를 거스르는 적극적인 실천이다. 말의 유희에서 벗어나 그 능동적인 부정의 실천에 가담하는 것이야말로 종언 이후의 문학이 걸머져야 할 운명이다.

탈냉전, 역사의 종언, 신자유주의, 액체근대, 인지자본, 포스트휴먼. 근대적인 것의 질적인 전환은, 정치와 경제는 물론 사회와 문화의 제 방면의 일대 변화로 이어졌다. 포스트모던은 그 전면적이고 급진적인 역사의 전환을 단적으로 집약하는 어휘이다. 모더니즘이 그러했던 것과 마찬가지로, 사조와 양식과 기법과 철학적 개념이 혼재된 포스트모더니즘을 명쾌하게 설명하기란 거의 불가능에 가깝다. "포스트모던의 출현이 증언하는 바는 어떤 한 시대로부터 다른 시대로의 이행이라기보다는, 논쟁의 여지가 없는 것으로 가정되던 역사-지정학적인 짝짓기(전근대와 근대)가 점차 문제적이 된 결과, 우리의 담론이 전환 또는 변용되었다는 것"[56]을 의미한다. 모더니즘의 '이후'는 바로 그 구획의 불가능성으로 출현한 포스트post 역사의 시공간을 일컫는다. 그러니 포스트라는 접두사로 구분되는 근대적인 것의 그 모호한 경계를 사이에 두고 위태롭게 흔들리는 마음을 누가 감히 쉽게 탓할 수 있으랴. 단토는 무엇만이 예술이고 다른 무엇은 예술이 아니라는 '선언'manifesto [57]으로

---

56. 사카이 나오키, 『번역과 주체』, 후지이 다케시 옮김, 이산, 2005, 260쪽.
57. 선언으로부터의 해방은 혼란 속에서도 예외를 결단함으로써 초월적인 규범을 넘어서는 일이다. "그렇다고 모든 예술이 동등하고 무차별적으로 훌륭하다는 뜻은 아니다. 그것은 단지 좋음과 나쁨이 하나의 올바른 양식이

자기의 정체성을 공언한 것이 모더니즘이었다고 설명한다. 그 선언은 다른 양식을 죽임으로써 자기의 양식을 정의하는 이른바 '양식전쟁'으로서의 '예술의 죽음'과 관련이 있다. 그리고 그렇게 명확하게 다른 양식의 예술을 죽이고 자기를 정의할 수 있었던 모더니즘의 종막이 곧 '예술의 종언'이고 포스트모던의 시작이다. 예술의 종언 이후에는 '예술이란 무엇인가?'를 묻는 대신에 '무엇이 예술인가?'를 묻는다. 그것은 '예술이 무엇인가를 규범적인 것으로 정의하는 것'이 아니라, '그 무엇도 예술이 될 수 있다는 예외의 가능성을 어떻게 실현할 것인가'로의 패러다임의 전환을 함의한다. 앙투안 콩파뇽의 표현을 빌린다면, 그 전환은 "독창성의 숭배를 대신하여 비진정성의 숭배가 승리"[58]를 거둔 것이라고 할 수 있다. 앞서 역사의 종언 이후 '진정성의 상실'에 대하여 언급하였거니와, 그렇다면 '독창성의 숭배'라는 근대예술의 이념은 어떻게 '비진정성'에 그 자리를 내어주게 되었는가?

　독창성이라는 근대적인 이념은 예술의 종언에 대한 헤겔의 관념과 깊은 관련이 있다. 헤겔에게 고대 그리스의 예술은 절대적인 신(진리)을 표현함으로써 예술과 종교를 일치시킨 아름다움의 정점이자 완성이었다. 그러나 루카치가 고전주의적 감수성으로 읊조렸던 복된 시대, "별이 빛나는 창공을 보고,

---

나 올바른 선언문에 속하는 문제가 아니라는 것을 의미한다."(아서 단토, 『예술의 종말 이후』, 이성훈·김광우 옮김, 미술문화, 2004, 97~98쪽.)

58. 앙투안 콩파뇽, 『모더니티의 다섯 개 역설』, 이재룡 옮김, 현대문학, 2008, 221쪽.

갈 수가 있고 또 가야만 하는 길의 지도를 읽을 수 있던 시대"
는 이미 지나가버렸다. '선험적 고향상실'transzendentale Obdachlo-
sigkeit에 처한 예술은 더 이상 신성하고 영원한 절대를 재현할
수 있는 수단이 아니다. 절대적인 것을 재현할 수 없는 예술은
종언을 고한다. 그러나 이제 예술은 신의 표현이라는 종교적
사역에서 벗어나, 재현의 수단이 아닌 목적 그 자체로서의 자
율성을 얻는다. 이를 두고 벤야민은 '제의Kultwert에서 전시Aus-
stellungswert로'라는 짤막한 구절로써 그 예술사적 전환의 핵심
을 찔렀다. 그렇게 "'예술의 종언'은 끝이 곧 시작이라는 의미에
서, 역설적이게도 근대적인 예술관의 탄생을 증명한다."[59] 오타
네 다네히사는 헤겔의 예술 종언론이 근대적 예술의 종언론으
로 재구성되는 두 가지 계기를 다음과 같이 제시하였다. 먼저
선험적으로 주어진 미의 이상이나 고전적 규범이 재현 불가능
한 것으로 해소되어버렸다는 것(초월성의 계기). 다음으로 규
범에 종속당하지 않는 자유롭고 독립적인 개인들에 의한 다
채로운 창작이 가능해졌으며 그 창조의 행위는 절대성을 갖지
않는다는 것(내재성의 계기). 그러니까 절대적 이념을 표현할
수 있었던 예술이 이제는 자기를 표현하는 상대적인 수단으로
타락했다는 것이다. 헤겔은 예술의 그 역사적 전락을 종언의
근거로 들고 있다. 자율성과 독창성을 유지하기 위해서 자기만
의 고유한 차이를 발명해내야 한다는 강박이 기존의 예술사
적 자산은 물론 예술의 자기부정을 촉진했다. '절대적인 것'으

---

59. 오타베 다네히사, 『예술의 역설』, 김일림 옮김, 돌베개, 2011, 292쪽.

로부터의 해방이 '독창성'이라는 근대적 예술의 이념을 이루어 냈지만, 그 결과 예술 그 자체의 존립을 스스로 부정하게 되는 역설. 독창성의 이념이 새로운 것의 창조라는 강박을 낳았고, 그 강박이 낡고 진부한 것들의 부정이라는 증상으로 표출되었으며, 그렇게 극단적인 부정을 거듭하다가 끝내는 자기의 존재론적 기반까지 말소해버리는 파국에 이르렀다. 이것이 바로 모더니즘의 파국, 다시 말해 근대적 예술의 종언이다. "여기서 문제가 되는 것은 바로 과거의 역사를 부정한다는 행위가 지불해야 할 대가이다. 역사의 부정은 오히려 역사에 의한 구속을 초래하기 때문이다."[60] 근대문학은 어떠한 전제적이고 전체적인 권능에 구속되지 않는 근대적 개인의 내면성, 주체성, 자율성을 확립하기 위해 분투하다가, 근대적인 것의 질적 전환을 거치며 그 분투의 유효성을 회의하기에 이르렀다. 그런 회의에도 불구하고 문학에 기대를 저버리지 못하는 이들은 여전히 그 '부정'[61]의 역량에 작은 희망을 건다. 그 위반과 부정이 자기의 존립 자체를 위기로 몰아넣었음에도 말이다. 이런 역설은 그 자체로서 역사적인 것, 문학적인 것이 처한 위기의 한 증

---

60. 같은 책, 299쪽.

61. 일체의 긍정적 결과를 낳지 않는 부정, 그 부정을 다시 부정함으로써 ― 이른바 '부정의 부정'이라는 이중 부정 ― 그것은 역사의 공허를 초극하는 적극적 행동이 된다. "부정성이란 존재에 규정을 가하는 것(die Negativität Bestimmtheit nur am Sein)으로서 행위란 바로 이런 부정의 힘을 행사하는 것과 다름없으므로, 결국 행위하는 개인에게서는 그의 타고난 본성이 해체되어 부정성이 온갖 방향으로 치달으면서(die Bestimmtheit aufgelöst in Negativität überhaupt) 어떤 성질의 틀이라도 받아들이는 것이 된다."(G. W. F 헤겔, 『정신현상학 1』, 임석진 옮김, 한길사, 2005, 411~412쪽.)

레이다. 민중문학이라는 것, 민족문학이라는 것, 리얼리즘이라는 것, 이런 것들을 '선험적 고향상실' 이전에나 가능했던 신(진리)으로 다시 불러들일 수밖에 없었던 것이, 이 나라에서 펼쳐진 근대적 양태의 특이한 면모였다. 그러나 저 절대적인 것의 초월성을 내파하려고 착안했던 개인의 내면성과 주체성도 역시 마찬가지의 형이상학이라는 것은 누구나 아는 사실. 초월성의 부정이 내재성의 덫이었던 바와 같이, 역사에 대한 부정은 역사로부터의 구속을 불러온다. 종언 이후의 문학은 바로 그 덫에서, 구속에서, 부정의 부정이라는 이중 부정의 역설에서 가능한 길을 더듬는다.

모더니즘에게 역사는 비록 부정은 할지라도 여전히 강박관념으로 남았던 반면, 포스트모더니즘은 모더니티와 역사에 종지부를 찍었다. 모더니즘은 19세기 중반에 사실주의와 결별한 이후로 삶의 배제를 수락하고 예술을 종교화했던 반면 전위는 예술의 자율성, 삶과의 타협, 엘리트예술과 대중예술의 구분의 소멸을 그 목표로 삼았다. 하지만 포스트모던의 관점에서 전위파도 모더니즘과 마찬가지로 그리 성공을 거두지 못했다. 전위파도 여전히 갱신화를 정당성의 근거로 삼았기 때문에 그들이 민주화하려고 추구한 것은 바로 엘리트예술이었고 그 결과는 예술의 자율성을 공고하게 했을 뿐이다. 포스트모더니즘은 엘리트예술을 민주화하려고 탈진하기보다는 대중예술을 정당화하려고 애썼다.[62]

콩파뇽의 이런 설명은 "수많은 모더니스트들이 민주주의자였지만, 모더니즘은 민주주의 운동이 아니었던 것은 확실하다"[63]고 했던 피터 게이의 단호한 문장을 기억나게 한다. 예술의 자율성을 공고하게 했을 뿐인 '엘리트예술의 민주화'가 아니라, '대중[64]예술의 정당화'라는 반전反轉을 통해 역사의 부정(종언)을 다시 부정하는 것, 그것이 포스트모던이 가리키는 방향이고, 종언 이후의 문학이 가야만 하는 길이다. 이제는 문학이 무엇인지를 정의하는 대신, 무엇이든 문학이 될 수 있다는 그 잠재성에 주의를 기울여야 한다. 종언 이후의 문학은 '문학(엘리트, 제한, 규범)'이 아닌 '문학적인 것(대중, 가능성, 예외)'으로 그 잠재성을 현재화한다. '대중예술의 정당화'는 대중적인 것에 대한 환호나 엘리트적인 것에 대한 구역질이 아니다. 그것은 차이화의 열정에 도취하여 공통성의 가능성을 잃어버린 엘리트에 대한 혐오만큼이나, 소비자본의 달콤함에 투항해 동질성의 사물이 되어버린 대중에 대해 비관적이다. '대중예술의 정당화'는 그런 가름과 구분에 은폐된 근대적인 폭력의 구조, 사카이 나오키가 제기한 그 '쌍형상화도식'the schema of cofiguration의 견고한 대칭을 혼란에 빠뜨림으로써, 마침내 그것을 허물어뜨리려는 부정의 기획이다. '무엇만(엘리트적인 것)'

---

62. 앙투안 콩파뇽, 『모더니티의 다섯 개 역설』, 217쪽.

63. 피터 게이, 『모더니즘』, 정주연 옮김, 민음사, 2015, 53쪽.

64. 여기에서 '대중'은 자본에 획일적으로 포섭된 그런 수동적인 주체성의 의미보다는, 포섭되어 있으면서도 동시에 그 포섭을 해제시킬 수 있는 창조적 역량의 주체성으로서 네그리의 '다중'(multitude) 개념에 가깝다.

이 문학이 될 수 있다는 한계를 걷어치우고, '그 무엇도(아무나의 것)' 문학적이 될 수 있다는 가능성을 향해 나아가는 것이 바로 그 부정의 의지이다. 그렇게 폐색적인 근대의 문학을 부정하는 '근대문학의 종언'이란, 결국은 엘리트적인 것의 부정이며 부르주아적이고 나르시시즘적인 모더니즘의 부정이라고 하겠다. 따라서 그것 — 예술의 종언, 근대문학의 종언, 엘리트적인 것의 종언, 모더니즘의 종언 — 을 부정하는, 부정의 부정이 종언 이후의 역사적 시간을 개시한다.

여러 예술론들의 창의적 절합을 통해 예술의 종언 이후에 가능한 예술의 역량을 궁리하고 있는 조정환은 '이후'라는 전환의 시간, 그 카이로스의 시간 속에서 '예술인간'이라는 새로운 주체성의 출현을 예감한다. 예술인간은 예술마저도 축적의 도구로 만드는 인지자본의 권능을 전유하는 새로운 주체성이다. 물질적인 것이 비물질적인 것으로, 이념이 정념으로 확장되는 자본 축적의 질적 전환기, 그는 자기를 착취의 도구로 삼는 푸코의 호모 에코노미쿠스(경제인간) 속에 잠재하는 예술인간의 발현을 촉구한다. "이제 문제는, 경제인간의 형상에 의해 가해진 제한을 넘어서는 예술인간의 자기조직화하는 힘, 자기의 테크놀로지, 자기 배려적 경향, 그 자율성을 드러내고 발전시키는 것이다."[65] 예술의 소비자일 뿐인 대중과는 달리, 무엇이든 예술이 될 수 있고 누구나 예술가일 수 있는 새로운 패러다임(대중예술의 정당화)이 탄생시킨 예술인간은, 자기의

---

65. 조정환, 『예술인간의 탄생』, 갈무리, 2015, 18쪽.

삶 그 자체를 예술로서 창안해내는 주체성이다. 그렇다면 새로운 주체성으로서의 예술인간은 예술의 잠재적 힘을 어떻게 현실화해야 하는가? "특이성들이 우글거리는 잠재성의 세계, 모든 것이 허용되는 광기의 세계야말로, 요컨대 그 다양성 자체야말로 가장 극진한 형태의 협력이 출현하는 세계"이며, 그렇게 예술이 창안하는 "특이한 것이야말로 어떤 제한도 없는 공통적인 세계, 생태적으로 사회적으로 정치적으로 공통적인 지평이다. 특이화야말로 공통되기의 진정한 운동이다."[66] 들뢰즈의 개념에 따르자면, 문학은 '내재성의 평면' 위에서 다른 어떤 것dehor과의 이접disjunction을 통해 유기적인 것에서 비유기적인 것으로, 규범에서 예외로, 그렇게 특이한 것의 공통되기를 변조modulation하는 힘의 근거이다. 이접이란 기존의 영토를 부정하는 계기이며, 변조는 그 부정의 과정이고, '−되기'는 그 부정의 결과이다. 끊이지 않고 부정함으로써만 거듭해서 다른 존재로 될 수 있다. 그렇게 부정하기 위해서는 평온한 '있음'으로 머무를 수 없고, 언제나 있음의 '비움'을 실현하는 가열 찬 운동으로 '없음'의 순간을 갱신해야 한다. 그러므로 탈영토화는 위험을 무릅쓰는 용기 있는 결단이다. 무엇으로 되기 위해서는 그 무엇으로도 되지 않아야 하는 바틀비적인 거부I would prefer not to가 요구된다. 노자의 도덕경에서 허虛라고 했고, 푸코의 문학론에서는 빈 구멍creux이라고 했던, 채움을 위한 비움으로서의 빈 터, 그 잠재성의 공간을 생성시키는 결단의 행동

---

66. 같은 책, 240쪽.

이 바로 바틀비적 거부이다. 비움으로써 채우는 그 중단 없는 없음의 있음, 그 갱신이 곧 생성이며 탈주이다. 문학은 그처럼 머무르지 않는 흐름으로 새로운 배치agencement를 만들어내는 잠재성이다. 배치를 만들어내는 것이 욕망이라면, 문학은 배치를 구성하는 바로 그 욕망의 흐름이다. 어떠한 배치와 이접하느냐에 따라서, 누구든 문학을 생산할 수 있고, 무엇이든 문학이 될 수가 있지만, 중요한 것은 어떤 욕망의 흐름 속에서 어떠한 배치를 구성하느냐에 있다. 그리고 그 욕망은 아버지나 어머니와 같은 상징적 대상으로 환원되어서는 안 된다. 정신분석의 그런 편협한 환원주의에 대해 들뢰즈는 이 세계와 온 우주를 향하는 욕망의 분열분석schizo analysis으로 응대하였다. 분열분석은 문학을 해석이나 치료의 대상으로 삼는 정신분석에 적대적이다. 사목권력을 계승한 신경정신분석가들은 역량의 발휘를 가로막는 슬픔의 정동과 관련이 있지만, 역량을 발휘할 수 있게 만드는 분열분석은 기쁨의 정동과 관련이 있다. 삶이란 돌아다니고, 만나고, 다른 무엇으로 되는 즐거운 모험이다. 문학은 그런 모험의 순탄하지 않음을 반복 속의 차이로써 변주한다. 들뢰즈는 사후死後의 공개를 전제로 이루어진 제자 클레르 파르네와의 인터뷰 영상[67]에서 작가가 글을 쓴다는 것은 "그들을 '위해' 쓰는 것이 아니라, 그들을 '대신하여' 쓰는 것"이라고 했다. 위하는 것과 대신하는 것의 그 차이는 무엇인

---

67. 〈질 들뢰즈의 A to Z〉(L'Abécédaire de Gilles Deleuze, 미셸 파마르, 1996)

가? 위하는 것이 치안이라면 대신하는 것은 정치적인 것이다. 위하는 것이 재현하려는 것이라면 대신하는 것은 현현하게 하는 것이다. 그러니까 대신하는 것은 '-되기'의 실현, 즉 그것으로 되는 능동의 실행이다. 희생자를 위하려고 하지 말고 희생자-되기를 수행해야 한다는 말이다. 예컨대 우리는 이렇게 물을 수가 있다. 임철우의 『봄날』은, 한강의 『소년이 온다』는, 5월 광주의 희생자들을 위하고 있는가, 아니면 대신하고 있는가?[68] 들뢰즈는 그 인터뷰에서 소재를 가지고 글을 쓰는 것은 부끄러운 일이며, 글을 쓴다는 것은 전 우주를 아우르는 것이라고 했다. 노동자를 '위해' 쓰는 것은 곧 노동을 '소재'로 쓰는 것이다. 노동자를 위해서, 민중과 민족을 위해서, 혹은 분단의 극복을 위해서, 많은 이들이 역사의 정의를 위한다는 그 명분에 사로잡혀 그것들을 소재화하고 말았다. '전 우주를 아우른다는 것', 그것은 '특이한 것의 공통되기'를 가리킨다. 이어서 그는 이렇게 말한다. "문학이란, 글쓰기란, 삶과 근본적인 연관이 있는 것이라네, 하지만 인생이란 다만 개인적인 것만이 아니라 문학에서 어떤 개인 혹은 그 작가의 인생에 대한 것이 드러나는 것은 기본적으로 좋지 않은 일이지, 그건 우리로 하여금 다른 더 중요한 것을 보는 것을 방해하지 않나, 어떤 개인의 사생활 때문에 말이네." 고도의 추상으로 구상의 흔적을 감춘다 하더라도, 은밀하게 자기의 내면을 고백하려 드는 모더니즘의

---

68. 이런 질문에 대한 응답으로는 전성욱, 『남은 자들의 말』, 오월의봄, 2017 참조.

그 나르시시즘적인 주관주의는, 속류적인 리얼리즘의 객관주의만큼이나 해롭다. 그의 말을 더 들어보자. "우리가 언어를 그것이 말을 더듬게 되는 한계점까지 밀고 가지 않는다면, 그리고 그것은 쉽지 않은 일이야, 단지 베베베 하고 말을 더듬게 하는 것만으로 충분하지 않거든, 우리가, 우리가 거기까지 가지 않는다면, 문학 안에서 언어를 어떠한 한계까지 밀어붙이는 힘은 언어 안에서도 '동물−되기'가 발생하게 한다네, 그리고 작가에게 있어서는 '아이−되기'가 있겠지만 그것은 그 자신의 유년기가 아니라네, 그는 아이가 되지만 그것이 그 자신의 유년기가 아니라고. 그건 아무의 유년기도 아니고 모든 사람의 유년기, 어떤 세상 안의 유년기가 되는 것이야." 언어를 그것이 말을 더듬게 되는 한계점까지 밀고 간다는 것은 무엇인가? 그 한계점이란 소리와 음악과 소음의 경계면에 견주어 볼 수 있는 바와 같이, '−되기'가 이루어지는 이접의 임계점이고 형이상학이 붕괴되는 내재성의 평면이다. 바로 그 경계에서 유기적인 것은 비유기적인 것이 되고, 동일적인 것은 비동일적인 것이 되며, 특수한 것은 특이한 것이 된다. 특이한 것으로서의 주체는 바로 그 경이로운 자리에서 공통적인 '대화'를 통해서 특수한 자아의 '고백'을 지양한다. 특수한 것은 남성, 성인, 백인, 이성애자, 자본가와 같이 그들이 곧 기준(규범)이 된다는 점에서 일반적이며 다수적이고 엘리트적이다. 그러나 기준에서 벗어나 그 무엇으로도 되지 못 하는 그들은 사실 '아무도' 아니다. 반면에 여자−되기, 아이−되기, 유색인−되기, 동성애자−되기, 노동자−되기를 통해 '누구나'가 될 수 있는 소수적인 문학이야말로 단독적이다. 문학은 인물을 창조하고 지각의 대상을 만들어 냄으로써 보이지 않는 것을 보이게 만든다. 그것은 랑시에르가 제기했던 '몫 없는 자들'(비가시적 존재)에게 제 몫을 부여(가시화)하는 것과 마찬가지라는 점에서 '정치적인 것'이라 할 수 있다. 들뢰즈의 또 다른 말이 문학의 역능, 삶을 자유롭게 놓아주는 그 힘에 대하여 생각하게 한다. "삶의 역량을 해방시키기 위한 저항을 하지 않는 예술이란 없다네." 다시 말해 위대한 문학은 삶을 증언하는 그 미학적이고 정치적인 역량으로써 판가름 난다.

헤겔의 예술 종언론은 고전주의 예술의 끝에서 낭만주의 예술의 시작을 알렸다. 그렇게 모더니즘은 신의 재현을 내면의 표현으로 대신하려 했던 심미적 프로젝트였다. 누군가처럼 내면, 그 '순수한 개인'에 대한 심오한 천착으로써 문학의 어떤 역사를 읽어낼 수도 있으리라.[69] 그런 개인의 인지적 역량으로서 모더니즘은 '지성'에 주의를 기울인다. 이른바 '주지주의' 主知主義는 전체화하는 세계의 암울한 기운 속에서 식민지 조선에 당도하였다. 그 이름은 비평가이자 소설가 아베 도모지 阿部知二가 엘리엇, 리처즈 등 영국 모더니즘의 어떤 성격을 지칭하기 위해서 만든 것이었고, 그것이 김기림과 최재서의 비평으로 흘러들었다. 서유럽의 유복한 환경에서 발아한 모더니즘

---

69. 정과리는 한국문학을 읽는 새로운 지평으로서, 국민이나 민족이라는 집합적 주체성으로부터 탈각한 '순수 개인'의 출현과 심화에 주목했다.(정과리, 「순수 개인들의 탄생」, 『뫼비우스의 분면을 떠도는 한국문학을 위한 안내서』, 문학과지성사, 2016 참조.)

이 파시즘의 폭력에 짓눌렸던 1920년대 말부터 1930년대에 걸쳐 크게 위축되었다는 사실을 기억한다면, 바로 이 시기에 조선에 불어 닥친 주지주의의 바람은 아이러니컬하다. 거기에는 만주사변 이후 15년 전쟁으로 치닫게 되는, 제국 일본의 후방 보급기지로서 식민지 조선의 생산력 증대가 중대한 배경을 이룬다. 난폭하게 이입된 식민지 근대와 전근대적인 것들이 뒤섞여 있었던 문화적 혼거 상태, 그 혼란을 극복하기 위해서 요구되었던 것이 합리적인 과학의 정신, 그러니까 르네상스의 전통에 결부된 휴머니즘과 그에 잇닿은 서구적 지성이었다. 그러나 서구의 그것과는 달리, 역사적 두께가 얕은 박래한 이념으로서의 지성은, 베버적인 의미의 탈주술화를 밑도 끝도 없이 밀어붙이는 과잉된 만용으로 드러나기가 일쑤였다. 벗겨내야 할 주술이란 진부하고 고루한 것들만이 아니었다. 박래한 지성은 이미 정치적인 이념인 것으로 드러났던 바, 불화를 조화로, 적대를 공감으로, 전체를 개인으로 역전시키는 그 합리화의 과정이 곧 자유의 실현인 것으로 정당화될 수 있었다. 지금 나는 지성이 불필요한 역량이라고 말하려는 것이 아니다. 지성이라는 정동, 그 인지적 역량은 예술 그 자체를 깊게 만들고, 또 그것을 더욱 폭넓게 감각하고 사유하게 돕는다. 그러므로 누구도 예술에서 지성의 역할을 부정할 수는 없을 것이다.

예술은 어떤 장르의 경우에나 지적 계기들과 상호 침투되어 있다. 위대한 음악 형식들도 그러한 지적 계기 없이는 구성되지 않는다. 즉 미리 예측하거나 듣거나 이미 들은 것을 다시 기억하는 일, 기대와 회상 혹은 분리되어 있는 요인들의 종합이 없다면 그러한 형식은 이루어질 수 없다. 어떤 점에서 그와 같은 기능들은 감각적인 직접성에 기인한다고 생각할 수도 있다. 즉 현재의 부분적 복합체가 과거와 미래의 형태에 수반되는 성질을 지닐 수도 있다. 그러나 예술 작품은 그러한 직접성이 그치는 곳에서, 즉 작품에 대해 외재적인 반성을 통해서가 아니라 자체로부터 생각되어야만 하는 곳에서 비로소 가치를 지니게 된다. 말하자면 예술 작품 자체의 감각적인 복합체는 지적으로 매개되어 있으며, 이는 또한 작품의 지각에서도 함께 작용한다.[70]

아도르노는 예술을 직관할 수 있다는 직접성의 신화를 탈신비화하기 위해 지성이 갖는 현실적인 매개의 힘에 주목하였다. 문제는 지성을 특권화함으로써 예술에 있어 개인의 실존을 지배적인 것으로 끌어올리려는 낭만주의적 야욕이다. 그 야욕은 특이한 것의 창안에 대한 의욕이라기보다는, 자기를 유별난 존재로 차이화함으로써 인정을 갈구하는 특수화 내지는 특권화의 욕망이라고 하겠다. 모더니즘의 그런 왜곡된 일탈을 피터 게이는 예술사의 흐름 속에서 이렇게 포착하였다. "반성적인 아방가르드 예술가들은 개인주의가 파괴라는 짐, 당대의 비속함, 권력의 압박에서 자신들을 해방시켜 준다고 믿고

---

70. 테오도르 W. 아도르노, 『미학이론』, 홍승용 옮김, 문학과지성사, 1984, 148~149쪽.

자랑삼았지만, 친분과 인정받고자 하는 욕망 때문에 번번이 지켜지지 못했다는 것을 인정했다."[71] 이어서 그는 그런 모더니스트들을 '개별자들의 무리'라고 조롱했던 미국의 비평가 해럴드 로젠버그의 말을 소개하고 있는데, 그 말은 차이화 그 자체를 모방하고 답습하는 그들의 음흉한 나르시시즘을 적확하게 내다보고 있다. 그러므로 우리는 지성의 거부가 아니라 지성의 종속에서 벗어난 문학의 가능성에 대하여 사유해야 한다. "감성과 상상력은 예술을 통해서 지성에의 종속이라는 '한계를 넘어서' 사용되는 것이다. 다르게 말하면 감성은 더 이상 지성을 가능하게 했던 자기의식에 매개되지 않음으로 해서, '익명적 장'이 되고 법에 구속될 주체란 사라져버리게 된다."[72] 포스트모던이 부정해야 하는 것은 모더니즘의 모든 것이 아니라, 타인의 얼굴을 마주할 수 없게 만드는 바로 그 장막으로서의 '자기의식'이다. 개인의 단독성을 말살하는 전체주의의 압제를 비판하는 것과 이 거대한 우주적인 전체에 대한 경외를 품는 것은 전혀 다른 차원의 문제이다. 마찬가지로 저 우주의 신비 가운데 내가 함께하고 있다는 사실을 자각하는 것, 그 감성적이고 반성적이며 성찰적인 개인의 자의식은 소중하다. 삶이 신비로움으로 가득한 것은, 그 각각의 개인들에게는 지성으로 다 해명될 수 없는 나름의 비밀스러운 영역이 있고, 우주 속의 한 생명으로서 그들이 짊어진 각자의 운명이 있기 때문이다. 속

71. 피터 게이, 『모더니즘』, 46쪽.
72. 서동욱, 「감정교육」, 『익명의 밤』, 민음사, 2012, 156쪽.

악한 개인주의는 전체주의와 다를 것 없이 삶에서 신비를 몰아내는 탈주술의 악마적 속성이 있다. 공감의 역량은 내 해석의 월등함을 과시하거나, 내 느낌의 예민함을 흐뭇하게 여기는 것과는 전혀 다른 것이다. 공감은 언젠가 죽을 수밖에 없는 너와 나의 유한성 속에서, 서로의 운명을 애틋하게 여기는 마음이다. 그래서 나는 '위해서' 쓰지 말고 '대신해서' 쓰라는 들뢰즈의 말이, 공감하는 데 그치지 말고 같이 싸워주어야 한다는 것으로 들린다. "경험해 보지 않은 것이 익숙한 것보다 낫고, 드문 것이 평범한 것보다, 실험적인 것이 상투적인 것보다 낫다."[73] 다른 것으로 되려는 것이 아니라 다른 것으로부터 구별되려고 하는 이 놀라운 모더니즘의 의욕. 다른 이들을 따돌리는 고고한 자의식으로 이룩되는 것을 새로움이라 하지 않는다. 새로움은 불화 속에서도 포기할 수 없는 타자와의 끈질긴 연합을 통해서 이룩하는 것이다. 신의 재현이 궁지에 빠지자 고전 예술은 종말을 맞이했고, 그것이 역설적으로 독창성(새로움)이라는 근대예술의 이념을 낳았다. 그리고 끝없는 새로움의 신화가 진부한 것들을 부정하는 그 극단에서 근대예술은 종언에 이르렀다. 바야흐로 독창성의 이념적 주체인 순수한 개인은 근대예술의 황혼 속에서 함께 저물어가고 있다.[74]

---

73. 피터 게이, 『모더니즘』, 27쪽.
74. "자신의 독창성을 특별히 강조함으로써 미래로부터 자신을 지키려는 이러한 경향은, 오늘날 새로움에 대해서는 별 이야기가 없어도 모두가 타자에 대해 말하는 상황으로 이어진다. 자신의 담론이 여타의 담론들과 다름을 보여주는 일은, 이 담론의 다름(Andersartige), 개성, 특별함이 미래에도 보존될 수 있으며, 늘 갱신되기 마련인 보편적 견해의 무규정성으로 해소되

블랑쇼의 이 철저한 자기 초극의 다짐. "'나'는 자기에게 속해 있지 않음으로써만, 따라서 언제나 이미 상실된 채로만 나인 것이다."[75] 종언 이후의 '나'는 특별한 내면성의 자의식을 부정하고, 이 세계의 아장스망agencement 속에서 접속하고 변조하면서 '-되기'를 통해 거듭 갱신하는 '함께-있음'(낭시)으로 살아갈 수 있다. 보르헤스 소설의 한 구절이 그것을 이처럼 간명하고 생생하게 압축한다. "간단히 말해 나는 마치 율리시즈처럼 '아무것도 아닌 자'가 될 것이다. 간단히 말해 나는 모든 사람이 될 것이다, 나는 죽을 것이다."[76] 마찬가지로 문학은 순수한 개인의 창작이 아니라 타자와의 연대 속에서 이루어지는 '생산'이다. 그것을 피에르 마슈레의 문장을 빌어 이렇게 표현할 수 있겠다. "작품은 (객관적이든 주관적이든) 하나의 의도에 의해 **창조되지 않는다**. 작품은 결정된 여러 조건들로부터 **생산된다**."[77] 그렇게 포스트모던한 대중예술은 '예술'의 타락이 아니라 '대중'의 고양으로써 예술을 정당화할 수 있다. 그리고 테크놀로지의 진화가 그 정당화를 적절하게 보조해 줄 것이다.

---

지 않으리라는 희망에서 연유한다. 다시 말하자면, 오늘날 전체주의의 유혹에 굴복하지 않으려는 태도는 동시대 저자들의 모럴이 높아진 때문이라기보다는, 〔그들이〕 자신의 아이디어에 대한 배타적 권리를 지키는 데서 그 태도가 전략적으로 불리해진 때문이다."(보리스 그로이스, 『새로움에 대하여』, 김남시 옮김, 현실문화, 2017, 62쪽.)

75. 모리스 블랑쇼, 『카오스의 글쓰기』, 박준상 옮김, 그린비, 2012, 119쪽.
76. 호르헤 루이스 보르헤스, 「죽지 않는 사람들」, 『알렙』, 황병하 옮김, 민음사, 1996, 35~36쪽.
77. 피에르 마슈레, 『문학생산의 이론을 위하여』, 118쪽.

재현의 불가능성이라는 것을 이유로 포기하지 말고[78], 대의의 불가능성이라는 것을 이유로 타협하지 말아야 한다. 아포리아라는 말로 재현의 불가능성을 합리화하지 말고, 직접민주주의라는 것으로 대의의 불가능성을 초월하려고 하지 말아야 한다.[79] 종언 이후에도 문학이 존재할 수 있는가, 라는 물음은 천박하다. 이제라도 모든 것을 무릅쓸 수 있는가,

---

78. 절멸의 폭력에 맞섰던 자들의 숭고함, 그 살아남음을 생존이 아닌 잔존으로 읽어내는 것. 재현의 불가능성이라는 그럴듯한 말로 간과하지 말고, 그럼에도 불구하고 모든 것을 무릅쓴 이미지들이 가능하다는 믿음을 포기하지 않는 것. 그 모든 불가능성의 담론들이 풍기는 허무주의와 패배주의를 넘어서는 이미지(문학)의 가능성에 대해서는, 조르주 디디-위베르만의 『모든 것을 무릅쓴 이미지들』(레베카, 2017)로부터 깊은 인상을 받았다.

79. "비평에서 불가능성이라는 범주가 널리 유행한 데에는 불가능으로서의 '실재'(the real)를 말한 정신분석 담론의 역할을 빼놓을 수 없다. 이 담론의 영향은 위기와 파국과 재앙을 말하는 비평에서 특히 두드러지는데, 여기서는 어떤 돌연하고 섬뜩한 파편이나 무엇으로도 채워지지 않는 심연처럼 상징계로서의 현실에 맞추어 넣기가 불가능한 것들이야말로 핵심적 중요성을 갖는다고 생각된다. 총체성이 아니라 총체성이 깨어지는 지점에 진실이 있다는 것이다. 그러나 '실재' 범주의 도입이 현실에 대한 한층 치밀한 탐구로 이어지는 대신 현실 너머를 암시해줄 외상적인 이미지를 발견하고 재현하는 데 골몰하는 순간, '실재주의'라고 이름 붙일 만한 어떤 안이함이 생겨난다."(장정아, 「리얼리즘과 함께 사라진 것들」, 『개념 비평의 인문학』, 창비, 2015, 225~226쪽.) '실재'는 현실 너머의 진리라는 형이상학적 관념이 아니라 현실의 결과이며, 따라서 현실에 대한 총체적 이해라는 불가능한 시도를 통해 드러나는 잔여적 공백이라는 것이다.(장정아, 「실재와 현실, 그리고 '실재주의' 비평」, 같은 책, 255쪽.) 나는 우리가 너무 섣불리 기각해버린 그 숱한 리얼리즘론들, 그것들의 가능성을 지젝에 대한 적극적 독해를 통해 되살려내려고 하는 장정아의 이론-비평적 분투를 가치 있게 생각한다. 같은 이유로 나는 조정환의 '내재적 리얼리즘'(조정환, 「삶미학과 리얼리즘」, 『예술인간의 탄생』)에 대한 구상이 대단히 귀한 이론적 작업이라고 생각한다.

에 대하여 물어야 한다. 우리가 진정 모든 것을 무릅쓸 수 있는 용기가 있다면, 문학은 수전 손택이 믿었던 바의 그 자유를 가능하게 해 줄 것이다. 물론 그 자유는 자유주의자의 그것으로 한정되지 않는다. 내가 종언 이후의 문학으로써 가능하다고 믿는, 그래서 반드시 실현하리라 다짐하는 자유는 이런 것이다.

사실 자유의 나라Reich der Freiheit는 궁핍과 외적인 합목적성 때문에 강제로 수행되는 노동이 멈출 때 비로소 시작된다.[80]

문학은 아직 오지 않은 세상, 도착해야 할 세계에 대한 적극적인 무위의 기다림이다.

---

80. 카를 마르크스, 『자본 III-2』, 강신준 옮김, 길, 2010, 1095쪽.

# 지성과 반지성

대체로 실력이 없는 권력이 가르고 나누는 분별을 통해 자기를 합리화한다. 그래서 권력의 자기 합리화正統를 위해 정치적 반대자들은 언제나 비합리적인 것異端으로 매도되어야 했다. 정치적 과정의 복잡성을 제어해낼 수 없는 치안권력의 무능과, 간단한 이원론에 기댈 수밖에 없는 취약한 사람들이 그런 구태의연한 통치를 지속 가능하게 만들었다. 정치적 무능에도 불구하고 지배의 야욕만은 결코 작지 않았던 집권세력은, 그 무능과 야욕의 비대칭을 은폐하기 위해 더더욱 자기 합리화에 열을 올렸다. 그것이 바로 합리화를 통한 정당화의 전략이었다. 그들은 정당한 항의들을 위법으로써 막아내려 했고, 공식적인 통치의 무능을 이른바 비선을 통한 지배의 야욕으로 은폐하려 했다. 그러나 결국 은폐되었던 적폐가 드러났고 합리적이라고 했던 것들의 비합리성이 폭로되었다. 공공의 정의를 사적인 이해관계로 절취한 국정의 농단이 백일하에 드러나자, 권력을 위임했던 다중들은 '이게 나라냐?'라는 질타와 함께 대통령의 즉각적인 하야下野를 요구하였다. 그러나 의회권력이 '촛불'의 의미를 저마다의 방식으로 타산하는 가운데,

하야의 요구는 탄핵의 발의로 절충되었다. 제헌권력의 정치적 요구가 제정권력에 의해 그렇게 온건한 타협으로 향하자, 현행의 질서를 지속하려는 수구세력은 그것을 기회로 마침내 일대 반격에 나선다. 그것은 적대의 선분을 선명하게 구획함으로써 분열과 분란을 조장하는 예의 그 정치적 공작이었다. 증오와 분노로 끓어올랐던 태극기집회는 활기와 신명으로 약동하는 촛불광장의 카니발과 기묘한 대비를 이루었다. 그것은 촛불광장의 모방이되 오독에 근거한 유사품적인 모조에 불과했다. '촛불'은 하나의 정체성으로 수렴될 수 없는 이질적인 흐름의 권능이었으나, '태극기'는 반공과 친미의 구호 속에서 단일대오로 결집한 하나의 동질적 세력이었다. 적폐에 대한 분노 속에서도 흥겹게 요구하는 촛불광장과는 달리, 손에 태극기를 든 이들은 적의로 가득한 울분 속에서 저마다 비장하였다. 전쟁의 경험을 나누어갖지 못했던 역사적인 단절은, 그렇게 전후의 감수성을 세대적인 대립의 양상으로 배분하게 만들었다.

분열의 공작으로써 자리를 보전했던 대통령은 마침내 파면되었다. 그러나 소멸 직전의 마지막 발악이었던 만큼, 파면당한 대통령의 지지자들은 드세고 우악스럽게 반발하였다. 이른바 문협 정통파의 거두이자 우파 순수문학의 대변자였던 김동리의 아들 김평우가 거기에 있었다. 그는 경기고와 서울대 법대를 나와 하버드의 로스쿨을 수료한 사람이었다. 그야말로 법조 엘리트인 그는 탄핵심판의 대통령 측 변호인으로 나와서 깊은 인상을 남겼으며, 'UCLA'가 새겨진 모자를 쓰고 태극기 무리의 연단에 올라 목소리를 높였다. 법정과 광장을 오가며 그가 쏟아낸 무수한 말들은 그들의 절박함, 간절함, 긴급함을 충분히 짐작하게 했다. 어제까지 누려왔던 것들을 오늘부터 누릴 수 없게 된 자들의 공허와 박탈감, 그 허허롭고 안타까운 마음은 이내 과잉된 적의로 비등하였다. 그들은 이제 좌파의 집권을 막기 위해 우파의 총집결을 호소하였지만, 그것은 다만 이념의 좌우나 세대의 신구를 압도하는 격앙된 정념의 결합으로써 드러났다. 그리고 그 정념을 가공하는 밑바닥에는 반지성의 이데올로기가 작동하고 있었다. 지성에 대한 '의지의 승리'를 내걸었던 나치즘과 같이, 전체주의는 집단적인 대중동원의 효과적인 방법으로써 반지성주의를 적극 이용해왔다. 반공친미의 논리로 정적을 제압하고 국민을 동원하는 것은, 이 나라에서 독재를 유지하는 유력했던 하나의 방법이었다. 그러나 탈냉전의 시대에도 그것은 정치경제학적인 불평등을 기만하는 정신분석학적인 방법으로써 유용했다. 도태된 패자들의 심리는 반지성주의적 통치의 유용한 대상이 되었다. 그 심리적 적의를 타인에 대한 격렬한 혐오의 정동으로 전치하는 것은, 정치경제적 불만에 대한 계급적 저항을 불식하고 정신분석적 불안에 대한 주체적 각성을 방해하는 간단한 방법이다. 일본의 '재특회'에 대한 이런 진단은 배타적 인종주의나 광신적 애국주의의 정신적 구조를 짐작하는 데 도움을 준다. "무언가를 빼앗겼다고 생각하는 사람들의 분노는 아직 가라앉지 않았다. 조용히, 그리고 천천히 국가적인 분위기로 확산되고 있다. 그것은 반드시 보수 우익이라 불릴 성질의 것도 아니다. 일상생활에서 느끼는 불안과 불만이 종착점을 찾다 도착한 지평이 우연히 애국이라는 이름의 전장이었을 뿐이다. 여기서는 적의 모습이 확실하게 보인다. … 세상의 부조리는 모두 그곳으로 수렴된다."[1] 이처럼 빼앗아간 자들은 빼앗긴 자들의 박탈감마저도 절취해서 자기들의 기득권 유지에 필요한 동력으로 환수해간다.

'종북좌빨'은 사탄이자 적그리스도가 되고, 미국은 그 모든 사악함으로부터 우리를 구원할 메시아로 찬양되었다. 촛불의 저편 태극기 광장에는, 그렇게 다른 세상이 펼쳐지고 있었다. 그 세상에서는 박사모의 정광용이, 엄마부대의 주옥순이, 어버이연합의 추선희가 권력의 마름으로서 대중 선동을 주도했다. 그 말들은 분노에 치를 떨고 있었고, 그래서 공격적이었으며, 무엇보다도 과잉되어 있었다. 그 과잉된 선동의 말들은 진실을 내세운 허위에 지나지 않았지만, 이념이나 신념에 들린 자들은 그 허위에 기대어 현실의 부당함과 부조리를 견디려 했다. 이해할 수 없는 것이나 수긍하기 싫은 것들에 대한 나태한 대처가 음모론을 불러온다. 그들의 과잉된 결여, 그러니까 회피하고 싶은 고통과 초월하고 싶은 소외를 거짓으로 해결시켜주는 환상이 반지성주의를 부추긴다. 반지성주의는 극우의 전유물이 아니다. 모든 독단적인 신념과 이념이 활개를 치는 곳이 반지성의 온상이다.[2] 강력한 자기 확신, 그 배타적인 나

---

1. 야스다 고이치, 『거리로 나온 넷우익』, 김현욱 옮김, 후마니타스, 2013, 316~317쪽.
2. 반지성주의는 지성의 반대라기보다, 다른 지성에 대한 원한의 형태로 출현하기도 한다. "제대로 배운 사람의 가장 유력한 적은 어설프게 배운 사람

르시시즘이 반지성의 원천이다. 열광적인 증오는 얄궂게도 지성의 확신 속에서 무성하게 피어오른다. 섣부른 지식이 완고한 신념과 결합하여 최악의 반지성주의로 치닫는다. 특히 진보적 열정에 도취한 자들의 반지성주의는, 자기들만이 정의롭다는 착각을 장착한 것이기에 더더욱 가공할만하다.[3] 극우의 배타적 쇼비니즘과 마찬가지로 극좌의 테러리즘도 합리적인 지성을 초과하는 광신적인 맹목에 빠져들기 쉽다. 연합적군파가 그랬던 것처럼, 혁명의 이상이 행동의 가능한 역량을 넘어설 때 참사는 필연이 된다. 견해의 상대성을 용납하지 못하는

인 것처럼, 으뜸가는 반지성주의자는 대개 사상에 깊이 몰두하는 이들이며, 종종 케케묵거나 배척당한 이런저런 사상에 강박적으로 빠져드는 이들이다. 반지성주의에 빠질 위험이 없는 지식인은 거의 없고, 일편단심으로 지적 열정에 사로잡힌 적 없는 반지식인도 거의 없다. 반지성주의가 역사적 연원을 추적할 수 있을 만큼 분명해지거나 당대의 논쟁거리가 될 만큼 널리퍼지게 되면, 어느 정도의 힘을 지닌 대변인이 있어야 한다. 이러한 대변인은 대체로 배우지 못한 사람도 아니고 교양 없는 사람도 아니다. 오히려 주변적 지식인 혹은 자칭 지식인이거나 소속 집단에서 제명당한 지식인, 인정받지 못해 울분을 품은 지식인 등이다."(리처드 호프스태터, 『미국의 반지성주의』, 유강은 옮김, 교유서가, 2017, 44~45쪽.)

3. 미학적 전위의 자의식으로 확고한 어느 리버럴 지식인의 시각에서 그것은 '전체'에의 욕망과 단단히 연루하고 있는 것으로 여겨지고 있다. "여전히 확신생들은 자신이 세계의 첨단을 이끌고 있다고 믿는다. 그래서 소위 '진보'라는 휘장을 언제나 두르는 것이다. 그것은 자기기만이 아니다. 신념이다. 다시 말해 거짓 의식이다. 아마 사시를 들어 달리 볼 수도 있을 것이다. 저믿음에 매몰된 자들의 상당수가 좌뇌가 특별히 발달한 집단으로부터 나왔다. 이들의 언행을 가만히 보면, 저 확신이 세계의 구원에 대한 소명에서 나왔다기보다는 좌뇌의 욕망에서 나온 게 아닌가 의심이 든다. 세상을 내 손안에서 주무르고 싶다는 욕망 말이다."(정과리, 「전위(轉位)로서의 전위(前衛) 서설」, 『쓺』, 2016년 상권, 11쪽.)

과도한 자기 확신, 논리의 복잡성을 부르주아적 허세로 단정하는 반엘리트주의, 이런 것들이 극좌의 정신적 병리를 드러낸다. 이들은 쉽게 단정하는 만큼 조급하게 분노하고, 거칠게 비판한다. 그 격렬한 단호함은 강력한 지적 갈망에서 나온다. "반지성주의자는 종종 소름 끼칠 만큼 박식하다."[4] 그러나 지식을 실천의 도구로 수단화하는 습속은 지성을 당파적인 분별의 표식으로 만들어버린다. 그렇게 운동의 파벌은 앎의 파벌로써 더욱 공고하게 된다. 누군가의 말처럼 "한국의 전후 민주주의를 유지·보호해온 두 개의 강력한 기둥은 '빨갱이'와 '친일파'"[5]라 할 수 있을지도 모른다. 친미반공주의가 정치적 상대를 종북으로 몰아붙이듯이, 뉴라이트는 진보의 본질을 민중주의와 민족주의라는 비과학적 이념주의로 격하한다.[6] 내

---

4. 우치다 다쓰루, 「반지성주의자들의 초상」, 우치다 다쓰루 엮음, 『반지성주의를 말하다』, 김경원 옮김, 이마, 2016, 15쪽.

5. 김철, 「우리를 지키는 더러운 것들 - 오지 않은 '전후'」, 『문학과사회』, 2015년 가을호, 326쪽.

6. 반지성주의에 대한 자유주의적 반박의 가장 유력한 방식은 '과학'으로써 응대하는 것이다. 그들에게 신념이나 이념은 주술적인 믿음과 크게 다르지 않은 것으로 여겨진다. 이른바 전문가들의 식견 자체를 비웃고 조롱하는 '대중심리'에 대해서는 분명 심오한 통찰이 요구된다. "과학적 지식들에 바탕을 둔 믿음들은 상식들에 바탕을 둔 믿음들과의 경쟁에서 힘이 부친다. 이것은 개인적으로나 사회적으로나 심각한 위험이다. 그러거나 부정확한 지식은 그것을 지닌 사람들과 그것이 널리 퍼진 사회에 아울러 해로울 수밖에 없다. 어느 사회에서나 부정확한 지식에 바탕을 둔 믿음들로 인한 폐해는 크니, 건강에 관한 잘못된 믿음들에서 테러를 부추기는 근본주의 교리에 이르기까지, 이 세상엔 해로운 믿음들이 너무 많다. 따지고 보면, 20세기에 인류에게 가장 큰 괴로움을 준 전체주의의 득세도 근본적으로 그른 과학 이론들에 바탕을 둔 믿음들의 너른 전파가 부른 재앙이다."(복거일, 『벗어남으로서의

재적 발전론이 과학으로서의 역사학이 아니라 이데올로기로서의 내셔널리즘에 불과하다는 뉴라이트의 비판에 대해, 진보역사학은 그네들이야말로 천황제 파시즘을 옹호하는 친일 반역자라고 응수한다. 좌우를 막론하고 한국의 진보와 보수는 계급정치의 적대 대신에, 민족주의와 탈민족주의라는 국민국가의 논리와 심리 안에서 대결하고 있다는 점에서 하나다. 그러나 지성으로써 이념과 신념의 주술성을 타매했던 고고한 유미주의자들이 대학의 호위 속에서 유려한 문필로 이름을 떨치고 있을 때, 현장에 대한 강박 속에서 도주와 체포를 거듭하며 비참한 수인囚人의 시간을 견뎌야 했던 이들의 그 말할 수 없는 고초는 분명하게 구분되어야 한다. 그 엄중한 차이에 역사의 진실이 내재하기 때문이다.

　신성의 세속화와 주술의 합리화는 근대의 정신사적 배경을 이룬다. 1960년대를 지배했던 개발근대의 파고 속에서 창간한 『문학과지성』은 그 창간사에서 한국인의 의식을 참담하게 사로잡고 있는 것으로 '심리적 패배주의'와 '정신의 샤머니즘'을 지목하고 있다. 특히 정신의 샤머니즘은 "현실을 객관적

----

과학』, 문학과지성사, 2007, 183쪽.) 그러나 이들이 통계학적 지식이나 경제학적 효율을 내세움으로써 지양하고 또 옹호하려는 대상들에 대한 태도는 지극히 이념적이고 신념적인 것으로 드러난다. 식민지기의 근대성과 그 역사적 실상의 복잡성에 근접하려는 복거일, 이영훈, 김철, 박유하 등의 태도가 그러하다. 그들이 과학으로써 지양하려는 비과학적인 이념과 신념들을 대하는 그 정치적 적의는 또 다른 형태의 이념이나 신념이 아닌가. 무엇보다, 합리적인 과학이 어떤 신념이나 이념보다 우위에 있는 인지적 역량이라고 확신할 수 있는 분별지적인 근거는 무엇인가. 이런 질문에 답하기 어려운 자의적 과학주의는 또 다른 형태의 반지성주의로 이어질 가능성이 다분하다.

으로 정확히 파악하여 그것의 분석을 토대로 어떠한 결론을 도출해내는 것을 방해하는 모든 것"을 가리킨다. 그러니까 지성에 의한 탈주술화라는 '문지'의 창간 정신은, 동인 대다수가 유럽문학의 전공자였던 사실에서도 유추할 수 있는 바와 같이 서구의 자유주의적 교양에 착근해 있다. 실험적인 소수문학을 애호하는 문지적 취향에서도 확연하게 드러나듯이, 그들의 '지성'은 계몽적이고 목적론적인 이념 경사의 문학에 대한 반명제로써 주창되었다. 그러나 그 지성주의 역시 서구의 고급문화를 가치의 중심에 두는 또 다른 형태의 이념이기는 마찬가지였다. 그 이념의 심층에는 선진적인 유럽의 지성에 대한 도입을 통해 저개발의 반지성적 남루함을 벗어나야 한다는 어떤 강박이 작용하고 있다. 그런 강박은 알게 모르게 위계적인 서열화를 조장한다. 대중이라는 하류인간의 출현을 역사적 반역으로 받아들였던 오르테가 이 가세트는 이렇게 비꼬지 않았는가. "나는 적잖은 사람들이 단지 지성을 경멸하고 지성 앞에서 굽실거리지 않아도 될 권리를 얻기 위해 이런저런 노동자정당에 가입한다고 알고 있다."7 그렇게 계서화된 분별 속에서 지식인은 대중을 가르치려 들고, 서구가 비서구를 교정하려고 하였다. 고고한 엘리트주의는 지성의 결여를 진리에 반하는 것으로 여긴다. 그러나 반지성적 연원에 대한 고고학적 이해 없이, 세속의 감정주의와 그 이념주의를 그냥 비토하는 것은 섣

7. 오르테가 이 가세트, 『대중의 반역』, 황보영조 옮김, 역사비평사, 2005, 260~261쪽.

부른 일이다. 감정에 격동될 수밖에 없는 자들의 곤궁한 처지, 이념에 말려들 수밖에 없었던 자들의 유약한 상황, 그것을 배려하지 못하는 지성의 불관용은 여느 광신만큼이나 지독하다.

탄핵국면이 선거국면으로 전환되자 촛불의 제헌적 요구는 각각의 선호에 따른 정치적 취향의 문제로 치환되었다. 상황은 다시 그렇게 기성의 정치적 질서로 빠르게 회귀하였다. '규범'에 맞서 새로운 '예외'의 창안을 요구했던 사람들이, 다시 일상의 규범에 자기를 맞추는 순응주의자로 돌아가려고 했다. 정치는 정치인들에게 맡기고 그들은 다만 위탁자의 자리에서 비난하거나 옹호하려고 한다. 그렇게 어떤 정치적 인물에 대한 영웅주의적 숭배나 통속주의적 격하가 일종의 장외전으로 펼쳐진다. 그것은 모두 자기의 불행과 불안을 타자에 의탁하여 초월하려는 안이함과 나태의 결과이다. 반지성주의는 그렇게 복잡한 것을 단순화하고, 피로한 것을 회피하려는 지성의 태만과 깊이 연루되어 있다. 민족의 국난 앞에서 구국의 영웅이 호출되는 바와 같이, 독재자는 난국의 타개를 막강한 타자에게 일임하려는 대중들의 그 태만한 열정이 만들어낸 화신이다. 그것이 이른바 '대중독재'(임지현)의 요지라고 한다면, 그 모든 영웅주의의 이면에는 파시즘의 그림자가 아른거린다. 전전戰前의 시기에 미키 기요시는 파스칼의 인간학을 통해 근원적인 권태와 불안에 대하여 인간이 어떻게 대처해야 하는가의 문제를 깊이 사색하였다.[8] 인간은 무한과

---

8. 미키 기요시, 『파스칼의 인간 연구』, 윤인로 옮김, 도서출판b, 2017 참조.

허무 사이의 중간자로서 그 사이를 안타깝게 헤맬 수밖에 없는 불안정한 존재이다. 그러나 우리는 대체로 그 불안을 허위와 부정과 위락娛樂으로 회피함으로써 안이하게 만족하려고 한다. 그러나 그것이 죽어서 사라질 수밖에 없는 유한한 운명의 인간에게 구원이 될 수는 없다. 우리에게 진정으로 필요한 것은 자기에 대한 의식 속에서 질문하고 자각함으로써 공포와 전율, 곤혹과 불안을 끌어안는 것이다. 자기애에서 벗어나지 못하고, 심심하고 고요한 시간 속에서 자각하지 못하는 사람은 덧없는 위락에 자기를 의탁한다. 그렇다면 어찌해야 하는가? 미키 기요시는 단언한다. 사랑만이 우리를 구원한다고. 자기에 대한 사랑이 아니라 신에 대한 사랑. 자애自愛는 신을 향한 사랑을 가로막는 장애물이다. 기독교는 세속적 비참과 신성한 위엄을 지양하고, 인간의 존재론적 모순을 종합하는 지고의 원리이다. 타락이 구원으로 극복되는 바와 같이 모순은 종합으로써 지양된다. 미키 기요시는 그렇게 파스칼의 인간학에서 멸사와 봉공의 원리를 읽어낸다.[9] 그것은 어쩌면 훗날 그가 쇼와 연구회와 합작해 일본을 세계사의 보편으로 설정하

---

9. 멸사봉공(滅私奉公)은 일본의 국민적 고전 『주신구라』(忠臣藏)에서 분명하게 드러나듯 대의멸친(大義滅親), 상명하복(上命下服)과 함께 일본 사무라이의 충효관을 반영한다. 그것은 유교의 정치학이자 윤리학의 바탕인 극기복례(克己復禮)와는 전혀 다른 사고를 함의한다. 자기를 극복함으로써 도달하게 되는 예(禮)의 경지는 타자와 더불어 함께 하는 인(仁)의 세계이다. 자애를 극복함으로써 신의 사랑에 이르는 미키 기요시의 사상이, 극기가 아닌 멸사로 기울었을 때, 그것이 동아협동체론이라는 전체주의의 논리로 흐르게 되었던 것은 아닐까. 그러므로 여기서 멸사는 극기로 봉공은 복례로 다시 전유되어야 한다.

는 이른바 '동아협동체론'의 사상적 맹아가 되었는지도 모른다. 위락으로 회피하지 말고 자각으로써 불안을 끌어안기, 그것이 바로 자기를 넘어 신에게로 가는 길이다. 우리는 인간학의 외피를 두른 이 종교적 사색을 자기 통치성과 관련된 정치적 사색으로 전유할 수 있다. 자애에서 신에 대한 사랑으로, 그것은 사적인 이익을 넘어서는 공공적 대의에 대한 자각으로 받아들일 수 있다. 바로 그 신적인 대의를 따르는 자기 극복의 행동이 규범을 내파하는 예외적 결단이다.

촛불의 요구가 선거의 결과로 수렴되어버리는 것은 예외가 규범으로 환수되는 퇴행이며, 공적인 대의가 사적인 취향의 문제로 환원되는 일종의 전도이다. 그리하여 우리가 결국 누군가의 지지자로 만족하고 만다면, 그것만큼 헛되고 헛된 위락은 또 없을 것이다. 공공성의 자각을 가로막고 이처럼 우리를 위락으로 퇴행하게 만드는 반역사적인 힘을 일컬어 에티엔 발리바르는 '폭력'Gewalt이라고 했다.[10] 그리고 그 폭력에 맞서는 실천을 '반폭력의 정치'라고 했으며, 그 저항의 요체를 '시민다움'civilité이라는 개념으로 압축했다. 폭력은 인간을 사물화한다. 극단적인 폭력은 '갈등'을 말소시킴으로써 '정치적인 것'을 불가능하게 만든다. '시민다움'이란 폭력에 대한 저항의 계기를 발명해내는 것이며, 반폭력의 정치는 '이성'을 통해 폭력을 문명화시키는 것으로써 실행된다. 결국 이성의 지배력을 강화하는 지성의 통치가 '시민다움'의 핵심이라고 할 때, 만연한

---

10. 에티엔 발리바르, 『폭력과 시민다움』, 진태원 옮김, 난장, 2012 참조.

반지성주의는 정치적 주체화의 가능성을 침식하는 예의 그 '극단적 폭력'이라고 하겠다. 미키 기요시는 짐승적인 '신체'와 인간적인 '정신'과 신적인 '자비'의 세 질서를 예리하게 구분하였던 바, 여기서 인간적인 정신을 규정하는 것이 바로 자각적 의식으로서의 '이성'이다. 우리는 '섬세의 마음'과 '기하학적인 마음'으로 세분되는 바로 그 '정신'으로 인해 짐승의 상태를 벗어날 수 있고, 신앙이라는 '자비'의 질서에 의해서 신적인 것에 닿을 수 있다. 그리고 그 '자비'에 관련된 정동이 언어의 매개 없이도 소통할 수 있는 역량이자, 논리적 확실함을 넘어 진리에 바투 근접하게 해 주는 비밀로서의 '직관'이다. 그러니까 공공의 대의를 실현하기 위해서는 반지성주의를 비판하는 지성(이성)의 역량만으로는 부족하다. 직관의 통찰하는 힘은 지성의 추론하는 사유의 힘과는 달리 구체적인 것들을 겪어낸 경험의 축적에서 비롯되는 안목眼目으로써 발현된다. 진정한 박물관 사람 혜곡 최순우가 그렇게 낱낱의 유물에 대한 감각을 농익혀 특유의 멋과 아름다움 간파하고 감식하는 심미안을 얻었던 것이 직관의 역능에 대한 가장 실감나는 사례가 아닐까 한다.[11] 대상의 낯섦에서 마침내 자기의 남다름을 발견하는 높은 경지의 그 안목이란, 미키 기요시가 말했던 자비,

---

11. "혜곡 선생은 미술품을 '학'(學)으로 보기 이전에 감상하는 자세로 '멋'을 관찰하였다. 그리고 거기에서 느끼는 미적 감흥을 온 가슴으로 받아들이며 그 아름다움의 미적 가치를 하나씩 발견해갔다. 혜곡 선생은 사변적인 논리체계로서 한국미학의 틀을 전개하는 대신 낱낱 유물을 통하여 우리 미술의 아름다움을 논증하는 미학적 사고의 모범을 보여주었다."(유홍준, 『안목』, 눌와, 2017, 102쪽.)

그러니까 사물에 대한 너그러운 포용과 그리 멀지 않은 거리에 있다.

크로체는 개념적 지식으로서의 지성을 상대화함으로써 미학을 직관에 관한 학문으로서 정립하려 했던 탁월한 문예학자였다. 그에게 "직관이란 실재하는 것에 대한 지각과 가능적인 것에 대한 단순한 이미지가 서로 구별되지 않은 채 통합되어 있는 상태"[12]이며, "직관이 예술작품에서 드러내주고 있는 것은 시간이나 공간이 아니라 특성character 또는 개별성individual physiognomy이다."[13] 그리고 무엇보다 "모든 진정한 직관, 진정한 표상은 곧 표현expression이다."[14] 그렇게 상상력의 능동적 표현인 예술은 직관함으로써 단독성에 이르는 잠재적인 것의 실재화이다. 그러니까 예술은 직관을 통하여 정치적인 것에까지 이른다. 모든 차원의 민주주의를 절대화하는 힘으로서의 '절대민주주의'라는 정치적 사유를 이끌어낸 조정환도, 새로운 인지역량의 배양에 주목하면서 각성된 본능으로서의 '직관'이라는 베르그손의 개념에 주의를 기울였다. "지성에 대한 비판과, 직관을 통한 생명의 인식을 통해, 인식론이 지성을 생명의 일반적 진화 속에 다시 위치시키게 되면, 그래서 고립된 계들을 전체에 통합시킬 수 있게 되면 비로소 인식론과 생명론의 호혜적 순환이 가능해질 것이다. 앎이 삶인 한에서 이 인지적

---

12. 베네데토 크로체, 『미학』, 권혁성·박정훈·이해완 옮김, 북코리아, 2017, 25쪽.
13. 같은 책, 26쪽.
14. 같은 책, 30쪽.

혁명은 삶의 혁명들을 수반하지 않을 수 없다."[15] 이렇듯 지성의 차원을 넘어 새로운 정동의 인지적 역량을 발굴하고 숙성시키는 것, 그것이 갖는 정치적 의미는 지대하다. 그리고 그것을 가능하게 만들기 위해서는 자기애의 극복, 그러니까 자각을 통한 극기克己의 수양이 요청된다. 그것은 아집의 독소를 해독하는 타자의 윤리를 요청하는 것이기도 하다.[16] 후지타 쇼조는 그 '타자'를 '사물'로 지칭하면서, 그것과의 상호교섭을 일컬어 '경험'이라고 했다. 그의 사상적 핵심인 '경험'은 근대적 합리성의 타락이 가져온 지성의 파탄을 넘어서는 인지적이고 관계적인 역량이다.[17] "경험이라는 것이 전두엽만의 것도 신체만의 것도 아니며 감정만의 것도 아닌, 심신 전체가 행하는 사물과의 교감인 이상, 심신 일체의 태반이 준비되지 않은 곳에서는 경험이 자라날 여지가 거의 없다고 해도 좋다."[18] 전후 고도

---

15. 조정환, 『절대민주주의』, 갈무리, 2017, 88쪽.
16. 배병삼은 극기복례(克己復禮)를 콩이 된장으로 발효되는 과정에 비유한 바 있다. 콩은 바람과 햇볕, 소금과 물을 만나 자기의 아상(我相)과 아집(我執)으로부터 자유로워지고, 시간의 숙성 속에서 마침내 된장으로 발효된다. 그렇게 외부와 접속함으로써 자기를 갱신하고 변이하는 생성의 사유는 들뢰즈에게서도 볼 수 있는 것이지만, 자애(自愛)를 넘어 타애(他愛)에 이르는 천하위공의 사랑이라는 인(仁)을 공자는 이미 오래 전에 설파하였던 것이다. "공자 식으로 말하자면 내 손을 내미는 것이 극기요, 그대의 손을 잡는 때는 복례하는 순간이요, 우리로 변모하는 순간이란 곧 인(仁)으로 승화하는 때다."(배병삼, 『유교란 무엇인가』, 녹색평론사, 2012, 24쪽.)
17. "이렇듯 '경험'은 오늘날 인식의 중심적 범주가 되어야 하는 것이다."(후지타 쇼조, 「전후 논의의 전제」, 『정신사적 고찰』, 조성은 옮김, 돌베개, 2013, 189쪽.)
18. 후지타 쇼조, 「어느 상실의 경험」, 『정신사적 고찰』, 14쪽.

성장기의 일본에서 상실되어버린 것이 바로 그 타자성의 경험이라는 것, 그 상실이 이른바 에른스트 블로흐가 말하는 '이성 없는 합리화'Rationalisierung ohne Ratio라는 것이며, 자기의 표현으로는 합리성의 물화이자 이성의 폐문이라는 것. 그는 사물과의 상호적인 교감 대신에 그것을 지성주의적으로 절취해 '인용'하는 속류적인 몽타주가 현대의 물상화를 체현하는 신품의 문화라고 비판했다.[19] 그러므로 지성이라는 반지성의 현대적 타락에 응대하기 위해서는, 신품에 매혹된 자아의 만용과 과욕을 극복하고, 타자와의 순수한 교감을 회복하는 일이 절실하다. 그 교감의 회생에 있어 후지타가 벤야민의 브레히트 독해(「브레히트에 대한 코멘터리로부터」)에서 수난과 패배의 가치를 다시 읽어내고 있는 데에 주목할 필요가 있다.[20] 벤야민이 주석한 바, 승리가 패배의 잠식이 아니라 그 승패의 사건을 나누어 갖는 것이라고 했을 때, 패배와 수난이라는 상실의 경험은 그 승리 혹은 충만의 일의성을 지양하는 양의적인 상호 통합의 실천이다. 그렇게 경험은 "혼돈과 유토피아, 결핍과 판타지, 비참함과 신성, 약자의 강함, 파멸과 구제, 진지함과 익살, 단테적 하강과 상승"[21]이라는 현대성의 양극단을 상실의 회복, 파국의 재생이라는 구제의 실천으로써 감싼다. 문학은 극단의 사이에서 흔들리는 바로 그 진동에 대한 예민한

---

19. 후지타 쇼조, 「신품 문화」, 『정신사적 고찰』 참조.
20. 후지타 쇼조, 「어느 상실의 경험」, 『정신사적 고찰』, 27~37쪽 참조.
21. 후지타 쇼조, 「전후 논의의 전제」, 『정신사적 고찰』, 201쪽.

감각과 관련이 있다. 그러므로 지성의 역량에 의해 전개되어온 근대적인 문학은, 지성과 정서와 의지를 감싸고 또 떨쳐내는 새로운 감각을 통해 타자의 낯섦을 '경험'하는 또 다른 문학의 가능성으로 반전될 수 있지 않을까. 갱신되어 도착하여야 할 문학을 위하여, 비평은 그 믿음과 함께 그런 반전을 위한 열의에 동참하는 난해한 행동이어야 하리라.

# I

# 모든 역사

# chapter 1A
# 모든 역사들

# 변이하는 세계, 변태하는 서사

소설의 힘에 대하여

## 1. 역사의 반복과 로망개조론

역사의 반복은 그 반복을 암시적인 것의 명료한 현시로 보았던 마르크스의 유명한 전언처럼 "한 번은 위대한 비극으로, 다른 한 번은 비참한 소극으로"(『루이 보나파르트의 브뤼메르 18일』) 그렇게 극적인 예언처럼 도래하지 않는다. 반복이란 언제나 지속과 단절 속에서 차이를 발생시키는 주체적인 역량으로써 실현된다. 역사의 반복은 특유의 파동과 리듬을 그린다는 점에서 순환적이며 구조적이다. 반복이 그려내는 그 파동과 리듬을 구조적인 '주기'로 분석하는 명민한 역사가는 바로 그 시간의 불가해한 질서를 탐구하는 사람이다. 가라타니 고진은 역사의 반복과 그 구조적 주기에 대한 논의를 펼치는 자리에서, 1930년대 파시즘의 대두와 근대초극의 논리가 1990년대 이후의 포스트모더니즘으로 반복되고 있음을 주목했다.[1] 두 시기는 태평양전쟁과 걸프전쟁을 앞둔 전전<sup>戰前</sup>의 위기

---

1. "1990년대에 절정을 맞은 일본의 '포스트모더니즘'은 바로 전후 고노에 신

적 순간이었으며, 사회주의의 신념이 붕괴되는 몰락의 시간이었다는 점에서 같은 맥락 안에 있다. 파시즘과 포스트모더니즘은 각각 '전체'와 '개인'이라는 일반성을 통해 '특이성의 공동체'(어소시에이션)를 해소해 버림으로써 사이비적인 '역사의 종언(초극)'에 도달한다. 근대의 유력한 서사 장르인 소설은 자기 몰락의 위기감을 고조시킴으로써 역사의 종언을 징후적으로 예시하였다.

'공감'이라는 역능을 통해 네이션을 상상하는 장치로 기능했던 소설은, 역사의 종언이라는 유사 사건의 여파 속에서 공공의 아이덴티티에 내러티브를 부여하는 이데올로기적 영향력을 망실했다. 그리하여 소설은 근대적 정체성의 구축이라는 역사적 과업을 중단하고, 이제는 오히려 그런 정체성들을 의심하고 파괴하는 쪽으로 돌아서려고 한다. 어차피 정체성은 동일성의 사유가 조작한 거대한 환상에 지나지 않았음으로 '구축'에서 '파괴'로의 전환은 소설의 바람직한 전회로까지 여겨질 수 있었다. 소설은 지금까지 근대적 자아(국민)와 투명한 제도(국가)를 구성하는 정치적 이데올로기로써 작동해왔다. 그러므로 소설의 몰락은 네이션의 구성적 욕망에 종속되었던 '근대소설'의 탈구축을 암시하는 것으로 여겨질 수도 있으리라. 하지만 실제로 벌어진 것은 소설의 탈구축이 아니라 소설의 탈정치적인 순응과 시장 자본으로의 발 빠른 적응이었다.

체제="근대의 초극'에서 준비되고 있었다."(가라타니 고진, 「일본에서의 역사와 반복」, 『역사와 반복』, 조영일 옮김, 도서출판b, 2008, 58쪽.)

그리고 그것은 '고유명의 상실' 혹은 '주객관의 분열'이라는 양상으로 표출되었다.

'고유명'은 그 무엇으로도 환원되지 않는 '특이성'이고 유일한 '사건성'이며, 그러므로 '구체성'의 감각 그 자체이다. 그것은 "일반성이나 집합에 결코 귀속되지 않는 어떤 단독성을 지시한다."[2] 예컨대 가라타니에게 무라카미 하루키는 고유명의 결여와 거부를 전면화하는 이름으로, 그의 소설은 경험적 자아를 부정한 초월론적 자아가 세계를 임의로 구성하는 독아론에 갇혀있는 것으로 읽혀졌다. 구체성의 실감을 초월한 관념적 자아가 구축한 세계는, 사소한 것이 유의미한 것들을 능가하는 그 전도 속에서만 유지된다. 어떤 의미에서 관념이 현실을 능멸하는 세태는 실재론과 유명론이 맞서 싸웠던 중세 보편 논쟁의 반복인 것처럼 보인다. 1930년대 식민지기 조선의 문학계는 파시즘의 대두와 사회주의의 위축이라는 역사의 위기를 돌파하기 위해, 일종의 타개책으로써 장편소설의 새로운 길을 모색하였다. 제1차 세계대전을 겪은 유럽에서 소설의 붕괴가 부르주아 계급의 타락을 여실히 드러내는 한 징조였다면, 아직 서구적인 근대성의 이식으로 혼란스러웠던 식민지 조선에서, 소설이라는 장르의 혼란과 위기는 곧 역사 그 자체의 위기로 받아들여질 수밖에 없었다.[3] 임화는 당시의 소설이 세태

---

2. 가라타니 고진, 「무라카미 하루키의 풍경 — 『1973년의 핀볼』」, 『역사와 반복』, 111쪽.

3. "1930년대 후반 소설 장르에 관한 논의는, 사회주의 사회나 민족국가의 수립 전망이 불투명해진 상황에서 일본 제국주의 이데올로기에 거리를 둔

와 내성으로 분열되어 있다는 인식의 전제(「세태소설론」)로부터 출발해 '본격소설론'이라는 담론의 구축(「본격소설론」)으로 나아갔다. 임화의 저 도저한 근대적 기획은 한 시대를 소설속에 온전히 담아내는 서사의 '구성력'을 요청한다. 그것은 "세태도 풍속도 아니요 체험도 고백도 아니며 그것들이 들어있는 사회적 우주인 현실"이 입체적으로 구성되는 것이고, 그런 "구성력에 의하여 만들어지는 소설의 양식은 불가불 장편이 아닐 수 없다"는 것으로 요약할 수 있다.[4] '분열'하는 특이성보다 '조화'로운 보편성을 추구하는 임화의 소설론은, 고유명을 세태의 쇄말적인 파열로 읽어내는 일종의 실재론이다.

임화에게 세태소설의 한 사례로 지목되었던 김남천은, 냉철한 자기고발을 통한 주체의 재건과 풍속에 대한 성실한 탐구를 주요 내용으로 하는 '관찰문학론'을 제기하였다. 작가의 전제적 의도(모럴)와 같은 것을 완전히 감각화함으로써 '세태'를 '풍속'으로 고양할 수 있다는 그의 논리는, 경험적 현실로서의 세태를 풍속이라는 이념(관념)으로 추상화시킴으로써, 역시 임화가 빠져들었던 보편주의적 실재론을 반복했다. 마르크스주의 역사철학자 서인식을 통해 근대초극론의 주요 이론가들인 도사카 준戶坂潤과 카메이 카츠이치로龜井勝一郎의 깊은 영향을 받았던 김남천은, 「소설의 운명」에서 근대적 시민사회

---

채 조선 사회를 인식하고자 했던 비평가들의 노력을 잘 보여준다."(이진형, 『1930년대 후반 식민지 조선의 소설 이론』, 소명출판, 2013, 284쪽.)

4. 임화, 「소설의 현상 타개의 길」, 『임화 문학예술 전집 ─ 평론 2』, 소명출판, 2009, 209쪽.

의 개인주의로부터 출발했던 소설이 근대의 초극이라는 역사적 국면에서 새로운 운명을 맞이하고 있음을 주목했다. '자본주의의 황혼'이 불러온 소설의 위기는 근대적 "개인주의가 남겨놓은 모든 부패한 잔재를 소탕"함으로써, 그러니까 "단 하나의 길, 리얼리즘"을 통해서만 극복될 수 있다고 믿었다.5 따라서 소설의 운명이란 '개인'의 지양을 통해 '보편'에 이르는 과감한 도약으로서, 그것은 결국 작가의 개인적 의도 따위를 초월하는 리얼리즘의 위대한 승리를 통해 이루어진다는 것이었다. 여기서 단 하나의 길로 제시된 '리얼리즘'이란 문예의 일개 방법론으로 국한되지 않는, 개인을 초월한 역사적인 보편으로의 도저한 비약을 일컫는 이름이다.

그들의 의지와 달리 '고유명의 부정'이라는 맥락 안에서 임화와 김남천은 근대의 자장을 벗어나지 않는다. 가라타니는 메이지기 일본의 근대문학이 고유명의 부정을 통해 '풍경'을 발견하는 과정을 구니키다 돗포의 「잊을 수 없는 사람들」을 사례로 들어 서술한 바 있다.6 요컨대 임화와 김남천의 로망 개조론은 근대적 장편소설을 탈구축하는 근대 극복의 의욕이 아니라, 근대의 위기로부터 소설을 구출하는 지극히 근대적인 기획의 일환이었다. 근대라는 거대한 '환각'에 사로잡힌 이들로서는, 결코 근대소설이라는 난해한 이데올로기로부터 간단하게 해탈할 수가 없었던 것이다.

---

5. 김남천, 「소설의 운명」, 『김남천 전집 1』, 박이정, 2000, 668쪽.
6. 가라타니 고진, 『일본근대문학의 기원』, 박유하 옮김, 민음사, 1997, 32~36쪽 참조.

계간 『창작과비평』은 2007년 여름호에서 '한국 장편소설의 미래를 열자'라는 기획 특집을 통해 이른바 '장편소설 대망론'을 제기한 이래로 소설의 몰락에 대한 담론들에 비판적으로 응대해 왔다. 근대를 적응과 극복의 이중과제로 서술하고 있는 이른바 창비라는 담론의 결사체는, 지금까지 민족문학론에서 동아시아론으로, 다시 분단체제론으로 이어지는 거대담론의 창안을 통해 주기적인 역사의 위기에 응전하였다. "우리도 서구에서 기원한 서사형태만이 유일한 모델이라고 생각하지 말고 근대 이전의 우리 서사나 중국 서사의 풍요로운 전통에 주목"[7]해야 한다는 최원식의 발언에는, 동아시아의 내재적인 역량을 통해 서구적 근대를 극복할 수 있다는 '근대초극론'의 발상이 내포되어 있다. 이런 논리는 그 웅혼한 기개에도 불구하고 협애한 내발론이나 자주파의 논리를 답습하고 있는 것처럼 여겨진다. 2012년 여름에도 '창비'는 '다시 장편소설을 말한다'라는 특집을 꾸려 그간의 논쟁을 정리하면서 장편소설의 역사적 의의를 적극적으로 옹호했다. 그중에 김영찬, 김형중과 논쟁을 벌였던 한기욱의 평문이 제법 단단하다. 장편소설에 대한 회의론에서 기대론으로 전향한 김영찬, 여전히 탈근대의 논리를 문학의 새로움으로 승인하면서 총체화의 불가능성이라는 명목 하에 장편의 역사적 위상을 기각하는 김형중, 윤리의 지평에서 나름의 장편소설론을 구축하고 나선 신형철의 논

---

7. 최원식·서영채, 「대담 — 창조적 장편의 시대를 대망한다」, 『창작과비평』, 2007년 여름호, 179쪽.

리적 맹점을 각각 비판적으로 논술하는 대목들은 그 정치한 분석으로 인해 설득력을 얻고 있다. 그러나 2000년대 장편소설의 여러 성과를 일별하고 분석하는 과정을 통과하면서도, 끝내 장편소설의 당면한 역사적 의의를 충실하게 설명해내지는 못했다. 결국은 "근대의 장편소설을 근거지로 삼되 '탈근대적 상상력'을 근대의 경계를 뚫고 새 길을 개척하는 일종의 전위대로 활용하는 것"[8]을 제안하는 그 논리 역시, 이른바 근대 적응과 극복의 이중과제론을 소박하게 응용하고 있는 것 이상으로 여겨지지는 않는다. 근대소설의 몰락을 부정하면서 소설의 해체에 반대하는 창비의 그 입론들을, 임화와 김남천의 로망 개조론의 또 다른 판본이라고 한다면 지나친 것일까. 그러니까 결국은 근대의 어떤 성취에 대한 집착에 가로막혀, 역사적 근대에 대한 미련으로부터 벗어나지 못하고 있는 것이 그 맹점이라 하겠다.

자본주의(경제), 국민국가(정치), 개인주의(사상), 인쇄매체(기술)는 근대문학이라는 역사적 공간을 구축한 질료들이다. 소설은 바로 저 질료들의 전환 국면이 닥칠 때마다 갱신과 극복을 주문받았다. 그러나 근대라는 구조의 바깥을 쉽게 벗어날 수 없는 보수적인 미련이나, 근대를 다만 구태의연한 질곡일 뿐이라고 하면서 기껏 포스트 사조들의 이식을 대안으로 삼으려는 아방가르드적 착오가 그 엄중한 갱신의 과업을 피로하게 만들었다. 근대라는 역사의 공간은 이미 엔트로피의 지속

---

8. 한기욱, 「기로에선 장편소설」, 『창작과비평』, 2012년 여름호, 226쪽.

적인 축적으로 폭발 직전이다. 근대문학의 종언은 그 폭발의 징조로 제기되었으며, 소설은 이제 역사의 막다른 길로 들어섰다. 자멸함으로써만 역설적으로 생존을 이어가고 있는 소설의 운명. 그 자멸의 방법이 새로운 서사의 형식을 창안하는 위대한 해체의 길일지, 아니면 모든 이야기들의 죽음을 도발하는 파국의 징조일지는 아직 확언하거나 단언하기 어렵다.

## 2. 서사의 반복과 소설의 파국

이야기한다는 것story-telling은 혼돈으로 가득한 우발적인 삶에 필연적인 질서를 부여하는 과정이다. 질서를 부여하는 그 작위적인 서사 구성의 방법과 양상은 구조적인 상투형pattern의 수순으로 펼쳐진다. 그러므로 이야기는 자연(본질)이 아니라 문화(현상)다. 아리스토텔레스는 감정을 정화하는 이야기의 효능에 주의하였고, 이야기를 인공적으로 구성하는 인간의 능력을 일종의 정치적 역량으로 포착하였다. 그래서 그는 『시학』을 통해 서사시와 비극이라는 이야기의 양식에서 보편적인 서사의 규범을 추출하려고 했다. 보편적인 서사의 법칙은 특이한 것들의 반복이 공통적인 것으로 수렴될 때 도출된다. 블라디미르 프롭이 러시아 민담에서 31개의 서사 기능을 유형화한 것이나, 조지프 캠벨이 고대의 신화에서 영웅 서사의 원형을 패턴화한 것도, 역시 이야기의 무한한 상상력을 구조적인 유한성의 원리로 일반화한 것이었다. 그 일반화된 법칙들을 일컬어 "공식formula이 아닌 형식form"(크리스토퍼 보글러)이라고 하거나, 정형화된 "플롯은 과정이지 대상이 아니다"(로널드 B 토비아스)라고 단언하여도, 그 서사적 동일성의 논리가 가진 폐쇄성을 숨기기는 어렵다.

　이야기는 인간이 세계를 상상적으로 체험하는 하나의 방법이다. 이야기로 체험되는 삶이란 실재가 아니라 상상이므로, 이야기의 구조 자체로는 끝내 그 형이상학적인 결여를 초월하지 못한다. 인류가 고안해낸 그 숱한 서사의 법칙들은 바로 그 결여의 충족을 기도하는 형이상학적 기투의 결과물이다. 상상을 실재로 오인하게 만드는 것, 다시 말해 개연성pravdopodovie과 핍진성verisimilitude으로 실재라는 환상을 야기하는 것이야말로 서사가 법칙을 필요로 하는 근본적인 이유이다. 그런데 '실재'the real를 이야기라는 '환상'으로 붙잡을 수 있느냐의 여부를 떠나, 과연 작위적으로 꾸며낸 허구의 세계와 구별할 수 있는 '실재'의 세계란 무엇인가? 물리적인 시공간의 경험적 세계를 이야기의 상상적 세계와 나란히 세우는 순간, 그 이항대립적인 도식 안에서 두 세계는 모두 연역적인 관념의 세계로 추상화된다. 그러므로 진짜와 가짜, 실재와 상상의 이분법은 역시 일종의 형이상학이다. 그 형이상학에 근거해 가짜를 진짜처럼 보이게 만드는 그 모든 예술적 장치와 기교들은, 실재에의 충동 속에서 추상적 보편으로의 도약을 기도하는 불가능한 욕망을 '대리보충'한다. 들뢰즈는 바로 그 불가능한 재현의 형이상학을 접힘과 펼침의 운동이 만들어내는 주름으로서의 '표현'을 통해 탈구축하려고 했다. 자기 동일성을 파괴하고 진리를 자처하기를 그만두는 '거짓된 서사'는 영화의 '시간–이미지'에서 가장 잘 표현된다. "시간-이미지는 재현하지 않는다. 시간-이미지는 현현顯現한다. 들뢰즈에게 재현이란 언제나 초월성에 종속되어 있는 것이기 때문이다."[9]

영화의 등장이 당대의 소설가들을 긴장하게 만들었던 이유는, 소설로써는 도저히 불가능한 것들을 영화가 해낼 수 있는 것처럼 보였기 때문이다. 그러나 이내 작가들은 소설이라는 서사의 형식으로도 그 오묘한 '시간'의 해석을 표현할 수 있다는 도저한 의욕으로 고무되었다. "프루스트에 이르면 시간은 이미 분해와 파괴의 원리가 아니요, 그 속에서 이념과 이상이 가치를 잃고 삶과 정신이 실체를 상실하는 요소가 아니고, 오히려 우리는 시간이라는 형식을 통해 우리의 정신적 존재, 생명 없는 물체와 기계작용에 반대되는 우리 삶의 본질을 포착하고 의식하게"[10] 된다. 그러나 "감정분석 및 의식분석의 제 1인자로서 프루스트는 심리소설의 정점을 이루는 동시에, 하나의 독립된 실체로서의 영혼psyche이 붕괴되기 시작하는 과정을 보여준다."[11] 이른바 '예술의 비인간화'라는 흐름이 발자크, 플로베르, 톨스토이와 같은 이름으로 대변되는, 인간이라는 존재에 대한 신뢰에 바탕을 둔 리얼리즘의 권위를 빼앗아버린 것. 이처럼 유럽의 소설가들이 재현의 난처함을 자각하는 순간, 그들은 문학을 매개로 한 시민사회와의 건전한 소통이라

9. 쉬잔 엠 드 라코트, 『들뢰즈: 철학과 영화』, 이지영 옮김, 열화당, 2004, 108쪽.
10. 아르놀트 하우저, 『문학과 예술의 사회사 4』, 백낙청·염무웅 옮김, 창작과 비평사, 1999, 269쪽.
11. 같은 책, 300쪽.

는 것 역시 불가능한 환상이었음을 자각했다. 그 비참한 자각이 '저주받은 시인'Le Poètes maudit이라는 자의식으로 비등해 작가들의 고독한 내면을 '표현'하게 만들었고, 더 깊숙이 그 내면의식의 분열을 그리는 데 몰두하도록 이끌었다. 그것이 이른바 '예술가 소설'이고 '내면의식 소설'이다. "소설이 소설에 대한 의식, 소설을 쓰는 것에 대한 의식과 구분하기 힘들게 될 때, 그것은 이미 소설의 종언을 예감하고 있다."[12] 이런 흐름은 급기야 소설이라는 양식의 자기 파괴로까지 나아간다. 소설의 자기 파괴는 서사에서 갈등을 제거함으로써 사건의 초점을 모호하게 만들었다. 그리고 그것은 냉전체제의 해체 이후 '적대'가 사라진 역사적 현실을 서사물의 구조적인 상동성으로 암시하는 것이라 하겠다.

전쟁은 정치적 적대의 극단적 형식이다. 죽임과 죽음의 혈투가 일상으로 파고들 때, 살아있다는 생존의 감각은 그때까지 자각하지 못했던 실존의 의미를 일깨운다. 그리하여 익숙했던 기존의 통념과 형식은 마침내 상투적인 진부함으로 체감되기에 이른다. 양차의 세계대전을 겪은 서구의 소설가들은, 그동안의 익숙했던 세계를 마치 『구토』의 '로캉탱'이 그랬던 것처럼 발작적으로 낯설어한다. 그들이 정치적인 대립과 갈등을 내면의 정신적 파열로 치환함으로써 세계의 폭력과 고통을 개인의 것으로 내면화한 것은, 그 '기이한 낯섦'을 표현하는 일종의 방법이었다. 그러나 그 내면화는 서사적 갈등의 형식으로

---

12. 가라타니 고진, 「근대문학의 종언」, 『일본근대문학의 기원』, 182쪽.

첨예하게 드러나는 정치적 대립 대신, 형이상학적인 실존의 문제로 깊이 파고듦으로써 소설의 철학화를 심화시켰다. 소설사의 이런 흐름은 이른바 프랑스의 '신소설'nouveau roman이라는 형식에 이르러 극단적인 양상으로 전개되었다. 그것은 "현실과 환상의 혼동, 세계의 복잡성과 불안정성, 계속되는 진행, 사물의 끊임없는 변화, 근본적으로 일관성이 없는 상태, 가장과 합쳐진 변신, 묘한 것과 애매한 것, 경이와 마술, 폭력과 잔혹, 죽음의 모습"[13]으로 드러났다. '외적인 현실'을 거부하는 위악 속에서 '내적인 자기'에로의 탐닉에 빠진 것은 소설만이 아니었다. 비평과 사상의 언어들도 자기 과잉의 시적인 아포리아에 빠져들었고, 이런 나르시시즘의 매혹은 '전후'를 힘겹게 지나온 세계의 젊은이들을 강렬하게 사로잡았다. 한국전쟁이 적대의 과잉을 불러왔다면 현실 사회주의의 붕괴는 적대의 소멸을 통해 정치적인 것의 가능성을 봉쇄했다. 역사의 종말이라는 자유주의의 환호는 바로 그 정치적인 것의 불가능성에 대한 히스테릭한 조롱이었다. 소설은 이제 인정 투쟁의 적대적 타자를 상실하고 속물화와 동물화의 막다른 길에서 파열된 자기를 응시한다. 타자의 상실은 '대화'를 불가능하게 했고, 대신 그 뜻을 헤아리기 힘든 자기 탐닉의 '독백'이 어떤 웅얼거림으로 남았다.

---

13. Pierre A. G. Astier, *La crise du roman français et le noveau réalisme* (Paris : Debresse, 1968), pp. 307~308(조동일, 『소설의 사회사 비교론 3』, 지식산업사, 2001, 227쪽에서 재인용.)

모래의 문법으로 위장한 서사. 모래의 독법으로만 읽을 수 있는 문장. 흩어지는 서사. 흩날리는 문장. 서사가 문장에 침을 뱉고 문장이 서사를 잡아먹는 모래의. 흙흙흙. 어떤. 모래. 가. 어떤. 모래. 의. 어떤. 이야기. 와. 어떤. 모래. 의. 어떤. 문장. 을. 묵독하고. 음독하고. 훈독하고. 해독하고. 재독할 수. 있을까.[14]

작위적인 건축술로서의 소설 작법은 유사 총체성을 구현하는 목적론적 서사를 강요한다. 이제 소설은 그런 구태의연함에 몸서리를 치면서 '뒤에' 무슨 이야기가 이어질지도 모르는, 모호하고 막연한 그 기다림의 운명을 받아들일 수밖에 없게 된 것일까. 그러니까 이제 소설은 이야기의 관습적 규약을 와해시키는 자기 파괴의 형식이 아니라면, 그것을 쓴다는 것의 포이에시스적 자의식을 메타적으로 반성하는 형식으로밖에는 존재할 수 없게 된 것인가. 매끄러운 동일성의 사유로 귀결되는 서사의 사상 따위는 더 이상 아무런 의미도 없는 것처럼 여겨진다. 중요한 것은 오히려 그 동일성의 사유를 담아내는 형이상학적 틀로서의 소설형식 그 자체이다. 그러므로 오늘의 소설은 사상보다는 형식을 탐구하고, 그 형식을 파괴하거나 초월하려 한다. 다시 말해 근대소설은 지금 탈구축의 대상으로써만 생존 가능한 것처럼 보인다.[15] 예컨대 한유주는 이야기에

---

14. 김태용, 『숨김없이 남김없이』, 자음과모음, 2010, 226쪽.
15. 그것을 일종의 저항으로 적극 옹호하는 입장도 있다. '문지의 논리 1975~2015'라는 부제가 달린 책에 수록된 평문이므로 이를 문지 에콜이 공유하

대한 이야기, 죽어가고 있는 그 '마지막 비밀 이야기'(「죽음에 이르는 병」, 『달로』)[16]에 몰두한다. 이 작가에게 소설이란 거창한 무엇이 아니라, 애당초부터 언어의 취약성을 조롱하는 놀이에 지나지 않았다.

세상은 빠르게 변화했고, 옛날부터 전해오는 이야기들은 더 이상 빛나지 않았다. 어째서 이렇게 되었을까? 사람들은 질문했고, 또 질문하지만, 그러나 대답은 없었다. 말들의 세계는 언뜻 정교하고, 섬세하게 보였지만, 빈틈이 너무나 많았고, 사람들은, 말로 표현할 수 없다는 표현을 즐겨 쓰고는 했다.(「암송」, 『달로』, 209쪽)

말로는 표현할 수 없다는 그 사실을 이야기하는 것, 그것은 이야기 자체를 패러디하는 발랄한 자기 학대이다. 수단으로서의 언어를 신뢰했던 계몽의 시대는 저문 지 이미 오래되었고, 재현의 불가능성을 떠드는 시대에 애써 언어로 발설된 이야기는 "일방적인 전언들, 돌아서는 순간 대부분 증발해버리고 마

---

는 어떠한 견해로 이해해도 무방하지 않을까 싶다. "흥미로운 서사로서 소비되지 않기 위해 씌어지는 소설, 그리고 서사의 재미를 소비하지 않기 위해 읽는 소설, 그런 소설들을 쓰고 읽는 행위 자체로 이 속도전의 시대가 마련한 시스템에 맞서고 있다고 말할 수는 없을까."(조연정, 「왜 끝까지 읽는가 — 최근 장편소설에 대한 단상들」, 김형중·우찬제·이광호 엮음, 『한국 문학의 가능성』, 문학과지성사, 2015, 477~478쪽.)

16. 여기서 인용하는 한유주의 소설은 『달로』(문학과지성사, 2006)와 『얼음의 책』(문학과지성사, 2009)이다. 인용할 때는 인용문 끝에 작품명과 쪽수를 병기한다.

는 덧없는 것들"에 불과한 것으로 여겨지게 되었다.(그리고 음악」,『달로』, 114쪽) 투명한 소통과 핍진한 재현이란 덧없는 환영에 지나지 않으며, 문학은 다만 그 덧없음에 대한 애도이거나 언어의 결락을 상상적으로 보충하는 욕동이라는 것이다.

> 말들은 대개 의미와 문법이라는 환상을 품고 있었지만, 사람들이 입을 다물, 그 환상도 사라졌다. 내 비밀은 사라진 환상, 사라지는 이야기, 사라져버린 환희에 관한 것이다.(「죽음에 이르는 병」, 158쪽)

언어에 대한 신뢰를 거두고 나면 잔해처럼 남는 것은 말 그대로 의미를 가늠하기 어려운 기표들이다. 예컨대 "키움 비움 지움 미움 미음 마음 모음 자음 수음 간음 신음 신실 실신 시신 사신 서신 소신 송신 수신 수사 서사 시사 사사 사자"(「흑백 사진사」,『얼음의 책』, 141쪽)와 같은 단어들의 나열은 의미를 말소한 기표들의 연쇄일 뿐이며, 그저 말의 유희적 장난질이다. 소설은 이야기를 들려줄 내용을 갖고 있지 않으며, 오직 쓴다는 행위 자체의 흔적으로 남겨진다. 그렇게 출력된 언어들이 사물의 얼룩처럼 만들어낸 독특한 형식 안에서, 소설 속의 '나'는 바로 그 흔적처럼 이 세계에 현상학적으로 등록된다.

> 쓰는 것, 쓰고 있는 것, 그것만이 중요하죠. 나를 봐요. 이게 나예요. 내가 나를 바라보지 않는다면 누가 나를 볼 수 있을까요.(「K에게」,『얼음의 책』, 99쪽)

아무것도 전할 수 없다는 것 말고는, 달리 말할 것 없는 부질없는 이야기를 그만두지 못하는 이유가 이 때문이다. '나'는 이야기하고 있는 그 순간, 무엇을 말하든, 이야기를 함으로써 존재한다. 이야기하는 '나'는 이야기하는 과정, 그러니까 소설의 형식을 창조하는 그 행위로써만 세계와 만난다.[17] 그러므로 "허구적 기록은 계속될 것이다 혹은, 계속해서 반복될 것이다. 반복은 반복되기를, 혹은 반복하기를 멈추지 않을 것이다."(「허구 0」, 『얼음의 책』, 36쪽) 그렇게 "영원히 멈출 수 있는 이야기는 없다."(「장면의 단면」, 『얼음의 책』, 263쪽) 그렇다면 "결코 끝나는 법이 없는 모든 이야기들은, 오래 지속"(「되살아나」, 『얼음의 책』, 226쪽)될 것이라고 굳건하게 믿어지는 시대란 무엇인가. 현대소설은 시작에서 끝으로 예정조화의 수순을 만족시키는 유기적인 서사의 규범에서 벗어나려는 의지로써 치열하였다. 그러나 그것은 역시 반복의 충동이라는 또 다른 대타자의 목소리로부터 전혀 자유롭지 못했다. 이제 소설

---

17. 일찍이 소설의 이 같은 창조적 능력을 깊게 신뢰했던 자들은 누보로망 작가들이었다. "소설은 자기가 이야기하는 것을 야기한다는 사실로 만족하여야 한다. 이 점이 바로 소설이 가장 뛰어난 현상학적인 분야인 이유이며, 현실이 우리에게 어떤 방식으로 나타나며 또 나타나야 하는지 연구할 수 있는 더할 나위 없이 훌륭한 장소인 이유이다. 또한 바로 그 때문에 소설이란 이야기의 실험실이다."(미셸 뷔토르, 「탐구로서의 소설」, 『새로운 소설을 찾아서』, 김치수 옮김, 문학과지성사, 1996, 9쪽.); "소설의 기술(記述)은 정보를 제공하는 것을 목적으로 삼지 않는다. 연대기나 증언이나 과학적인 진술이 그러한 것과 마찬가지로 소설의 기술은 현실을 구축하고 있다."(알랭 로브그리예, 「사실주의로부터 현실로」, 『누보 로망을 위하여』, 김치수 옮김, 문학과지성사, 1981, 120쪽.)

은 끝이 없는 영원한 유예의 형식으로서, 서사의 파국을 표현하는 위악 속에서만 그 목숨을 부지하는 역설의 양식으로 지속될 것인가. 파괴를 통해서만 자기를 증명하는 존재, 그것은 죽음으로써 자기를 현시하는 유령이 아니라면 무엇인가.

역사의 위기를 서사의 탈구를 통해 초월하려 했던 서양 소설사의 어떤 전례들은, 세계의 곤경을 개인의 내면적 파열로 표현함으로써 현실의 모사를 우회했다. 여기에서 '개인'이 추상적인 유(類)로서의 개별적 존재일 뿐, 구체적인 경험적 존재로서의 '단독성'이 아니라면 곤란하다. 고유명에 의해 지시되는 단독성은 일반화한 개체로서의 특수성과 구분된다. 따라서 추상적 개인의 분열된 내면은 경이로운 차이들의 난장으로 드러나는 활력과는 무관하고, 다만 탈정치적이며 비역사적인 파열을 지시할 따름이다.

> 내가 어떤 사물들의 고유명사를 알 수 없을 때, 이를테면 아네스 소렐, 몽파르나스, 마르셀 프루스트, 뮈세, 이지도르 뒤카스, 앙굴렘 공작과 같은 — 프랑스어로 된 장미의 품종이 많은 까닭은 원예학이 프랑스 궁정의 비호로 발전할 수 있었기 때문이다 — 특정한 이름들을 알 수 없을 때, 알 해먼드 주니어나 스트록스, 소닉 유스, 버락 오바마, 5번가, 브라질리언 걸스, 모마, 소호, 첼시, 그리니치 빌리지와 같은 이름을 알 수 없을 때, 여기서 나는 무엇을 쓸 수 있을까?(「허구 0」, 『얼음의 책』, 42~43쪽)

이런 고유명사들은 단독성을 가능하게 하는 고유명과는 아무런 관련이 없다. 저 이름들은 책의 여백을 채운다는 점에서만 의미가 있는, 별 뜻 없는 기표들의 나열일 뿐이다. 저 고유명사들은 장소, 성명, 꽃의 품종과 같은 집합성(일반성)으로 환원될 수 있는 특수한 개체에 지나지 않지만, 고유명에 의해 주어지는 진정한 단독성은 "타자에 의해 발견되는 것"[18]으로써 우리 앞에 그 모습을 드러낸다. 타자와 관계 맺지 못하는 이름들은 외롭지만, 타자에 의해 발견되는 고유명으로서의 단독성은 사회적이며 역사적이다. 현실의 곤궁을 자아의 과잉으로 전도함으로써 시적인 것으로 변질된 서양 소설사의 전락을 매혹적인 아방가르드로 오인한 한국 소설들은, 저 파편적인 이름들을 단독성으로 착각하며 열성을 다해 인용하고 모방한다. 그렇게 소설은 갱신하지 못하고 몰락하는 중이다. 그렇다면 "오직 이해받지 못함을 통해서만 이해가 가능한 종류의 이해에 도달"[19]하는 것은 어떻게 가능할 수 있을까? 지금 우리는 소설의 종말 이후를 상상할 수 있을까? 이야기를 부정하는 이야기 다음에, 어떤 이야기가 가능할 수 있는가?

3. 소설의 종말 이후 : 속죄와 구원의 서사, 책임의 공동체 『퀀텀 패밀리즈』

---

18. 가라타니 고진, 「고유명을 둘러싸고」, 『언어와 비극』, 조영일 옮김, 도서출판b, 2004, 452쪽.
19. 배수아, 「밤이 염세적이다」, 『올빼미의 없음』, 창비, 2010, 288쪽.

뮈토스에서 로고스로, 그렇게 철학의 시대는 풍요로운 신화의 시대를 결산하였다. 이성의 역능에 눈 뜨기 전에 사람들은 이 세계에 대한 신비로운 상상으로 충만하였고, 그리하여 삶이란 경이로움으로 가득 차 있었다. 그러나 이성이 세계를 탈주술화하면서 삶은 경이가 아니라 독해를 기다리는 텍스트가 되었다. 하지만 이성이 전능한 무엇이 아니라는 자각은 그리 긴 시간을 필요로 하지 않았으며, 사람들은 다시 원초적인 상상의 힘에 눈을 돌렸다. 그리고 이야기의 관심도 다시 미메시스에서 판타지로 이동했다. 이 세계가 합리적인 통제가 불가능한 것으로 느껴질수록 예술은 현실을 초월하거나 현실을 파괴하는 것으로써 세계의 불합리와 맞선다.

> 말에는 힘이 없어. 의미조차 없어. 그러나 특정한 말로 폭력이 만들어지고, 사람들이 픽픽 죽어간다면, 그동안에는 관심을 가질 수밖에 없겠지? 21세기의 말은 이제는 그렇게 살아남을 수밖에 없어. 사상이나 문학은 테러에 기생해서 살아남을 수밖에 없다고. 우리 시대에는 테러야말로 최선의, 그리고 유일한 계몽 수단이야.[20]

종언과 몰락 이후의 문학은 과연 어떠한 모습일까? 현실과 몽상, 이성과 환상, 과학과 문학, 다시 말해 로고스와 뮈토

---

20. 아즈마 히로키, 『퀀텀 패밀리즈』, 이영미 옮김, 자음과모음, 2011, 206쪽. 앞으로 인용할 때는 쪽수만 밝힘.

스의 뒤섞임 속에서 소설은 문학과 비문학의 경계마저 초월하거나 파괴하는 형식으로 역사의 악력을 견뎌낼 수 있지 않을까? 처음부터 가능하지 않았던 총체화의 불능을 이유로 들어 소설의 불가능성을 말하는 것은 섣부르다. 양차 대전의 포화 속에서 표출되었던 서구 소설사의 어떤 곤경을, 여전한 냉전의 감각과 더불어 분단체제의 역사적 현실을 살아가고 있는 한반도의 상황에 곧장 적용해버리는 것은 섣부르다. 장편이냐 단편이냐, 리얼리즘이냐 모더니즘이냐, 서구의 소설이냐 비유럽의 서사적 상상력이냐를 분법적으로 따지거나, 그것을 이른바 '회통'會通이라는 관념으로 매개하거나 통섭하려는 의욕으로는 충분하지 않다. 이른바 장편소설 대망론에 비판적인 한 비평가의 냉소적인 시각이 이렇다. "어떤 적들이 있어 장편소설이 활성화되지 못하는가를 찾을 것이 아니라, 새로운 장편소설이 탄생할 만한 조건으로서의 감수성의 변화가 어디서 어떤 방식으로 일어나고 있는가를 찾는 것이 우선이다."[21] '감각적인 것'의 전변에서 소설의 운명을 짐작하려는 이 비평가가 예감하는 새로운 감수성이란 입체적(이장욱)이고 퀼트적(윤성희)인 형식들이고, 그것은 기존의 리얼리즘이나 장편의 양식으로 환원할 수 없는 그 어떤 무엇이다. 그러나 나는 그가 예감하는 것들을 소설의 운명에 대한 징후라는 데 동의하지 않는다. 그것은 단지 부정의 증상이지 도달해야할 역사에 대한 능동적인 요청은 아니기 때문이다. 나는 이른바 '소설의 종말' 이후를 아즈마

21. 김형중, 「장편소설의 적」, 『문학과사회』, 2011년 봄호, 258쪽.

히로키의 장편 『퀀텀 패밀리즈』를 읽으며 사색하여본다. 나에게 아즈마의 소설은 그저 숱한 SF 중의 하나가 아니라, 거대서사가 기능부전에 빠진 지금, '멸망해가는 이 세계'에 정치적으로 개입하는 기묘한 소설로 읽힌다. 굳이 한국소설이 그런 역할을 선도해야 한다는 불합리한 사명감에 거리를 두기 위해서라도 나는 이 소설에 주의를 기울인다.

놀라울 정도로 현기증 나지만 경이로울 만큼 정교한 이 소설의 내러티브는, 그 자체로 서사적 복잡성의 장관을 이룬다. 그 복잡한 서사의 형식은 새로운 공동체의 가능성이라는 난제에 대한 이 소설의 사상적 깊이에 조응한다. '퀀텀 패밀리즈'는 양자회로의 복잡성에 대한 사유로 미래의 공동체에 대한 상상을 촉발한다. 시공간의 중층성 속에서 구성되는 다세계 구조로서의 '평행세계'는 미래의 공동체가 기거하는 집이다.

> 평행세계는 물리적인 존재가 아니라 논리적인 존재입니다. 그러므로 우리는 평행세계에 대해 양자회로의 네트워크를 충족시킨 탈현실 명제군의, 고도로 수학적이며 지극히 관념적인 분석을 통해서만 접근할 수밖에 없습니다. 따라서 평행세계가 실재하는가, 아니면 지나치게 복잡해진 네트워크가 평행세계가 실재하는 것처럼 그릇된 정보를 우연히 만들어낸 것뿐인가, 그 양자兩者는 논리적으로 구별할 수 없었습니다. 원래 양자뇌계산기 과학의 공리公理에서는 우리의 의식도 현실도 양자적 파동의 분산물일 뿐이므로 양자兩者는 같은 것으로 정의됩니다.(75쪽)

평행세계의 실재성을 의심하면서 그것을 '잘 만들어진 허구'로 해석하는 '인간원리 철학'이 대두되기도 하지만, '다른 세계의 다른 역사'를 생각할 수 있는 평행세계의 존재는 '역사의 필연성'을 의문에 부침으로써 역사의 공간을 다원적으로 상상할 수 있게 해 주었다. 지금 눈 앞에 펼쳐지는 어떤 사건의 유일성은 또 다른 평행세계에서 다른 사건들의 가능성으로 실현될 수 있는 단독성이다. 퀀텀 패밀리즈의 아버지 아시후네 유키토는 한 세계에서 혁명을 냉소하는 보수적인 소설가이지만, 또 다른 세계에서는 '지하생활자'의 구원을 꿈꾸는 테러리스트이기도 하다. 이처럼 다차원의 평행세계 안에서는 하나의 존재가 여러 겹의 삶을 사는 다원적 주체가 된다. 평행세계 속에서 삶은 유일한 것이 아니다. 개인의 삶과 인류의 역사는 수없이 많은 다른 사건들의 가능성을 품고 있는 일종의 잠재성이며, 그것은 특정한 시공간의 평형세계에서 하나의 분명한 현실이 된다. 물론 '하나의 분명한 현실'로 실현되는 그 복수의 현실들은 디지털 게임과 같은 가상현실일 수 있다. 그래서 소설의 여러 장면에서 "게임 플레이어는 그것이 게임이라는 사실을 잊어버렸을 때 가장 강해질 수 있다"는 말을 되풀이한다. 정말 그럴까, 환상에 몰입하는 것이 지금의 순간에 가장 충실한 삶인가?

　유키토는 그 말이 반드시 진실이 아니라고 생각했다. 게임은 언젠가 끝난다. 게임을 계속하기 위해서는 리셋하지 않으면 안 된다. 그것이 게임임을 자각해야 한다. 게임을 계속 플레이하기 위해서라도, 허구의 세계에서 살아남기 위해서라도, 우리는 늘 리셋 버튼에 손을 올려놓고 있어야만 한다. 재가동할 수 없는 게임에는 의미가 없다.(406쪽)

평행세계라는 복수의 삶을 인정하면서, 그 허구의 삶을 지속하기 위해서라도 '허구'에 대한 자각은 중요하다. 평행세계는 가능성의 공간이면서 각성되어야 할 잠재성의 공간이다. 적대가 사라진 탈정치적 현실은 투쟁 대상으로서의 타자를 봉인하고, 자기의 과잉 속에서 삶을 사적인 소비의 대상으로 탕진하게 만든다. 그러므로 적대의 말소를 자각하게 만드는 것은 정치적인 힘을 복원하는 진보적 실천이다. 적과 동지의 구분으로 정의되는 '정치적인 것'(칼 슈미트)의 실행이란 잃어버린 적대를 복원(정치적인 것의 귀환)하는 것으로 이루어질 수 있다. 이때 폭력의 능동적 실행은 적대를 복원하는 가장 효과적인 정치적 행동이다.

진정한 테러리즘이, 진정한 공포가 어떤 역학 하에 발생하는지 전혀 몰라. 이 세계에 이데올로기는 존재하지 않아. 친구와 적의 경계 따위 존재하지 않아. 존재하는 건 시스템 에러뿐이야. 적이 아니라 리스크뿐이야. 정치가 아니라 적반하장 격인 역전된 원한뿐이라고. 나는 그런 세계에서 신이 된다!(239쪽)

적대의 실체를 은폐하는 폭력이 '신화적 폭력'이고, 그 신화적 폭력을 해체하고 적대의 실체를 폭로함으로써 다시 정치적인 것을 복원하는 권능이 '신적 폭력'이다. 한 세계에서는 어린 소녀를 추행하고 아내를 겁탈했던 비루한 삶을 살았지만, 다른 세계에서는 인간의 존엄을 구하기 위해 정치적인 실천을 감행하는 혁명가의 삶을 살아갈 수도 있다. 그것이 평행세계의 입체적 삶이다. 그렇다면 그 복수적인 삶의 가능성 속에서 정치적으로 올바른 삶이란 어떤 것일까?

나는 생각했다. 사람의 인생은 성취한 것, 앞으로 성취할 수 있는 것만이 아니라, 결코 성취하지 못했지만, 그러나 성취할 수 있었을지도 모르는 것으로 채워진다. 산다는 것은 성취될 수 있었을 것의 일부를 성취한 것으로 바꾸고, 나머지를 모두 성취할 수 있었을지도 모르는 것으로 밀어 넣는, 그런 작업의 연속이다. 어떤 직업을 선택하면 다른 직업은 선택할 수 없고, 어떤 사람과 결혼하면 다른 사람과는 결혼할 수 없다. 직설법 과거와 직설법 미래의 총계는 확실하게 감소하고, 가정법 과거의 총계는 그만큼 늘어간다.
그리고 양자의 균형은 필시 서른다섯 살 무렵에 역전한다. 균형이 유지되던 최소한의 지점을 시나브로 넘어서면 인간은 과거의 기억이나 미래의 꿈보다는 오히려 가정법의 망령에 시달리게 된다. 그것은 애당초 이 세계에는 존재하지 않는 신기루와도 같은 것이기 때문에 제아무리 현실에서 성공을 거둬 안정된 미래를 손에 넣는다 해도 결코 그 우울에서 해방될 수 없다.(37~38쪽)

이것은 무라카미 하루키의 소설에 대한 아시후네 유키토의 해석이다. 이루어지지 못한 바람도 아니고, 실현된 꿈에서 만족하지 못하는 인간의 비애는 욕망에 사로잡힌 현대인의 멜랑콜리를 표현한다. 하루키의 소설은 '눈물과 이야기의 힘'으로 '신기루'를 날려버리고 예의 그 '우울'의 감각은 매혹적이기까지 하다. 그러나 유키토는 "모든 걸 리셋하고 싶은 충동"(38쪽)에 사로잡혀 이렇게 말한다. "나는 하드보일드 원더랜드에서 살아갈 바엔 오히려 세계의 끝을 보기를 원했다"(39쪽)고. 신기루를 대하는 하루키와 유키토의 차이는 '하드보일드 원더랜드'와 '세계의 끝'의 차이고, 그것은 결국 레이먼드 챈들러와 필립 K. 딕의 차이이다. 그리고 양자의 균형이 역전하는 서른다섯의 나이란, 지나온 과거의 시간과 다가올 미래의 시간, 그 한가운데서 깊은 번뇌로 우울을 앓는 그런 시간의 도착을 함의한다. 여러 겹의 평행세계를 오가며 '세계의 끝'을 찾아 헤매는 유키토의 여정은 목적지에 도달함으로써 완결되는 그런 것이 아니다. 유키토는 마침내 태어나지 않은 딸 후코, 유산되었던 아들 리키, 서로 다른 두 세계에서 함께 살았던 아내 유리카와 다 같이 한자리에 만나 '세계의 끝'을 향해 여행을 떠난다. 그 여행에 대한 유리카의 감상이 이렇다.

> 내가 이 여행에서 마무리 지으려 하는 것은 오히려 제아무리 현실이 변하고 역사가 변해도 되풀이해 반복되는, 그런 끈질긴 운명의 사슬입니다.(351쪽)

현실적으로 도저히 한 자리에 함께할 수 없는 가족이 양자quantum의 수학적 공리 안에서 함께할 수 있다는 것. 서로 다른 시공간을 초월해 이들이 한자리에 모인 것은 어린 시절 유키토가 저질렀던 죄(아동 성추행)의 속죄를 위한 것이었다. "죄의 기억이 사라져버리기 전에 나 스스로 내 죄에 막을 내려야 합니다. 진실을 남겨야 합니다."(339쪽) 세계의 끝에 이르는 여행을 기획한 유리카의 말이다. 그러므로 이들 '퀀텀 패밀리즈(양자 가족)'는 형벌로서의 번민 속에서 고통을 함께하는 책임의 공동체이다. 유키토가 쓴 시오코 이야기는 자신의 죄의식이 투영된 동화이고, 그것은 사실 그 양자 가족의 이야기이다. 그 소설 속의 시오코 이야기는 양자 가족의 알레고리이며 여기서 '이야기'라는 형식은 '올바른 길'을 되찾는 속죄와 구원의 서사를 구성한다. 수학적 공리가 만든 평행세계는 게임의 시뮬레이션이나 소설의 허구와 같은 일종의 '신기루'이다. 신기루가 사라지면 우울도 함께 사라지는 것이 아니라, 우울을 떨쳐버리기 위해 우리에게는 신기루가 필요하다. 멜랑콜리를 견디는 힘은 알레고리로부터 나온다. 그러므로 이야기는 여전히 정치적으로 막강하다.

# 변신하고 갱신하는 자의 사상

염무웅과 그의 시대

## 1. 종언 이후의 풍경

식민지기를 지나 열전과 냉전의 시간을 거쳐 갈등과 혼란 속에서 구성되어온 한국의 근대화는 약진과 반동의 첨예한 대립을 근간으로 전개되었다. 이른바 현실사회주의의 파산이 가져온 냉전체제의 해체는 적대적인 동맹관계로 공고했던 그 첨예한 대립의 안정성을 파괴했다. 안정이 사라진 곳에서 불안은 영혼을 잠식한다. 역사의 전망은 기각되었고 진보의 이념 아래 지치지 않았던 근원을 향한 열정은 부질없는 시대착오처럼 여겨졌다. 역사 자체에 대한 메타적인 물음과 함께 사유의 버팀목 구실을 해온 발본적인 이념들은 계보학적인 탐구의 대상으로 주저앉았다. 역사 '이후'란 바로 그 황폐한 이념의 잔해들이 나뒹구는 스산한 풍경을 소묘한다. 역사의 종말이란 또하나의 강력한 이념이며, 중심의 상실이 가져온 혼돈, 그것으로부터 파생되는 불안과 공포를 매끄럽게 거두어들이는 일종의 주인기표이다. 그렇다면 종언 이후에 남은 것은 무엇인가? 그 이후에 남은 것은 그야말로 온갖 포스트주의의 난립이었고, 적대적인 투쟁의 대상을 잃은 스놉들의 활개였다. 그리고 어떤 이들은 그 난립과 활개를 새로운 시대의 활력으로 오인했다. 이제 '종말'은 파국과 구원의 정치신학으로 일어서고, '혼란'은 창조적 분열의 아방가르드로 추앙된다.

첨예한 적대로 대립했던 냉전의 해소를 인정투쟁의 헤겔적 관념론으로 수렴해 자폭해버린 것은 포스트주의의 우파적 변용이었다. 그 변용이 사이비 아방가르드와 결합할 때 벤야민의 '역사의 천사'도 결국은 '날개 잃은 천사'일 뿐이다. 변혁의 사상은 그렇게 하나씩 구원의 형이상학으로 전도되어갔다. 자유주의자들은 유려한 언술로 서구적 지성을 그 전도의 도구로 삼았고, 혁명적 로맨티시즘의 투사들은 그 전도를 전향의 도구로 삼았다. 한국의 자유주의자들과 전향 좌파들은 유럽의 정치적 논쟁들을 '정치철학'이라는 이름으로 입수해 서로 연합하였지만, 민주화 이후 합종연횡으로 뭉친 세력들은 기존의 진보적 역량을 비판적으로 계승하기보다는 오히려 그것을 수구적인 것으로 폄훼하기에 바빴다. 지난 시대의 노고들은 그렇게 변론의 여지도 없이 야유 속에서 부정되고 말았다. 종언 이후를 흐르는 시간은 그렇게 담론이 행동을 압도하고 문화가 정치를 야유하는, 그러니까 그 대신에 정치적인 것이 문화적인 것을 잠식하는 아이러니컬한 부정의 양상으로 전개되었다.

## 2. 전환의 시대

확고하다고 여겨졌던 모든 것들을 회의와 질문의 대상으

로 만들고, 그 확고함의 이면에 은폐된 정치적 노림수를 폭로하여 무력화시키는 것, 그것이 지금 이 시대의 지적 풍토의 유력한 한 단면이다. 그렇다면 '역사'와 '진보'처럼 이미 기각되어버린 것들의 함의를 다시 묻는 일은, 오직 그 말들의 부조리를 폭로하기 위해서만 필요한 것일까. '민족'과 '아시아'는 그때도 이미 위험한 말이 되어버렸지만, 다케우치 요시미는 그것을 불 속의 밤을 줍는火中取栗 마음으로 다시 사색하지 않았던가. 마찬가지로 우리는 저 구태의연한 말들을, 다케우치와 같은 마음으로 다시 거두어들일 수 있지 않을까. 논리적인 정합성이나 정치적인 올바름만으로는 다 납득할 수 없는 어떤 잉여의 지대가 있다. 지금 우리에게 진부한 것처럼 보이는 것들을 그 잉여의 자리에서 새로운 것으로 재생할 수 있지 않을까. 어쩌면 1960년대가 우리에게 그 남아도는 역설의 자리인지도 모른다.

해방공간의 탈식민주의적 기획들이 좌초하고 수구적인 반공주의가 전후의 사상공간을 지배하고 있을 때, 진보적인 의지의 표명이란 지극히 불온하고 위험한 행동이었다. 진보가 억압된 뒤의 사상공간에는 1930년대의 순수주의와 모더니즘이 다시 돌아와 그 빈 터를 채웠고, 더불어 박래한 휴머니즘과 실존주의가 창궐했다. 한국의 모더니티는 그렇게 민족주의적인 전통과 서구적인 이론들이 착종하고 난립하는 도가니 속에서 주조되었다. 그러나 억압되었던 진보의 역량은 어떤 계기로 다시 돌아왔고, 다시 돌아온 그것은 단순한 반복이 이상이었다. 진보의 귀환을 매개한 사건이란 이른바 4·19이다. 4·19는 반공주의라는 초자아의 엄숙한 권위를 타매함으로써, 그 완악함에 균열을 내고 틈새를 만들었다. 그 틈새로 분출된 것은 주체성의 자각으로 강력해진 진보주의적 민족문화와 자유주의적 지성이었다. 이로써 맹목적인 반공주의는 물론이고 고답적인 전통주의와 추종적인 서구주의도 그 기세를 한풀 꺾는다.

불문학에서 국문학으로 전공을 바꾼 조동일의 방향 전환은 4·19를 전후한 세대의 시대감각을 가장 극적인 방식으로 드러낸다. 그 세대에게 있어 저항하고 극복해야 할 역사의 망탈리테는 복고적인 전통지향이고, 근본 없는 서구추종이었다. 그것은 이른바 한국의 근대성에 대한 뒤늦은 반성이었고, 그 반성을 추진하는 동력은 민족과 민중이라는 주체성과 자유와 민주라는 이념의 결합이었다. 서구화가 곧 근대화의 등식이었던 때에 불문학을 비롯한 외국문학이란 근대의 매혹 그 자체였다. 그러나 4·19는 그 피의 경험으로 서구적 근대의 미망에 사로잡혀 있던 당시의 대학생들에게 충격을 주었다. 그 당시의 조동일을 회고하는 김지하에게서 우리는 그 시대의 어떤 기미幾微를 감지할 수 있다. "나는 4·19와 5·16 이후 서울대학교의 문리대, 법대, 상대 등에서 불붙기 시작한 민족주의와 민족문화 열풍, 민족주체적인 세계관과 민중주체의 역사의식을 조형을 통해 받아들였고 새로이 채집되기 시작한 탈춤·판소리·민요·무가와 민화·민예 등의 내용과 형식에 대한 연구 및 그 방향성을 공유하며 '우리문화연구회' 운동에 곁에서 참여하였다."[1]

진보적 민족주의는 해방 이래 남한의 사상 공간에서 반공

---

1. 김지하, 『흰 그늘의 미학 1』, 학고재, 2003, 422쪽.

주의로부터 억압된 채로 잠복해 있었고 『청맥』의 창간(1964)은 바로 그 끊어질 듯 이어져 온 흐름의 복원이라는 의미가 있다. 여기에 발표된 조동일의 평문들은 선명한 논리로 확신에 차 있고, 분명한 신념으로 날이 서 있다. 서구를 보편적인 규준으로 삼아온 천박한 역사의식에 대한 극복의 의지가 치밀할 뿐 아니라, 서구적 근대성의 추종 그 자체를 향한 시선은 분노에 찬 맹렬함으로 기세등등하다. 11회에 걸쳐 연재된 '시인의식론'에서는 시를 역사적 현실로부터 극단적으로 분리시켜 언어의 무망한 세계로 끌어들이는 이른바 모더니즘에 대한 공박이 특히 신랄하다. 그는 '파멸시인'이라는 개념으로 모더니즘의 역사허무주의를 비판한다. "파멸시인은 새로운 대두를 시인하지 않으며 모든 걸 파멸로만 보는 역사적 허무에 가담한다. 역사적인 허무주의 이것이야말로 파멸시인의 시작을 이해하는 열쇠가 된다."[2] 파국과 종언의 풍문을 확고한 것으로 떠드는 지금, 그 파멸의 논리가 과연 어디에서부터 연원하는가를 다시 생각하게 하는 구절이다. 민족문화의 유산을 진부한 것으로 부정하면서 우리의 현대를 전통과의 단절로 인식할 때, 서구적 현대성의 추종인 모더니즘이 번성하게 되었다는 것. 이런 역사적 인식은 구비전승의 문화 연구에서부터 시작해, 소설론의 재구성과 갈래론의 정립을 거점으로 전개된 한국문학사 다시 쓰기, 중세 동아시아문명의 재해석, 유럽중심주의를 넘어서

---

2. 조동일, 「시인의식론 4 ─ 시인의 사회적 위치에 관한 역사적 고찰」, 『청맥』, 1965년 5월, 217쪽.

는 대안적 세계문학사 기술에 이르는 장대한 그의 학술적 여로에서 지금까지 일관되어 왔다.

"지금은 그렇지 않지만, 그 당시 문단에서는 서구문학의 작품과 이론에 관해서 휘황찬란하게 늘어놓으면 일류 비평가로 행세할 수 있었으니, 대학 진학을 앞두고 서구문학 가운데서도 특히 더 알아주는 불문학을 전공으로 택한 것은 사실 그리 나무랄 수 없는 일이다."[3] 이것은 국문학 연구자로 자리를 잡은 뒤의 조동일의 회고다. 4·19로 열린 1960년대의 사상 공간에서 근대성 탐구의 방향이 유럽의 이론과 사상으로부터 민족·민중문화로 옮겨갔다고 하지만,『68문학』과 『산문시대』로 이어져 『문학과지성』으로 만개한 자유주의적 흐름은 또 하나의 지류로 유장했다.『한양』,『청맥』,『창작과비평』을 지평으로 전개된 진보적 문학론은, 대체로 서구적 지성에 친연성을 갖는 저 자유주의적 흐름과 어우러지고 갈라져 쟁투하다가, 베를린 장벽의 붕괴 이후를 흐르는 시간 동안 거의 자취를 감추다시피 되어버렸다. 그 당시의 조동일은 '지금은 그렇지 않지만'이라는 단서를 달았으나, 어쩌면 지금이야말로 '서구문학의 작품과 이론에 관해서 휘황찬란하게 늘어놓으면 일류 비평가로 행세'할 수 있는 자유주의적 지성의 호시절이다. 인문학의 곤경과 유럽 관련 학과들의 통폐합이라는 대학 구조의 신자유주의적 전환 속에서도, 유럽산 담론의 세속적 인기는 식을 줄을 모른다. 그런 의미에서 1960년대 그 이후는 근대성에

---

3. 조동일,「국문학을 하는 보람」,『우리 문학과의 만남』, 기린원, 1988, 12쪽.

대한 그 이전 시대의 사상적 고투를 온전하게 이어받지 못했다. 따라서 불문학에서 국문학으로, 조동일의 학문적 선회는 개인적 결단이라는 차원 이상의 세대론적 공통성을 함축한다. 그것은 서구적 근대성의 추종이라는 해독을 푸는 탈식민주의적 기획의 일환이었다.

지금 나는 진보의 패퇴라는 대세의 한가운데에서, 지난날 비평의 어떤 흐름들을 반추해 본다. 조동일은 결국 비평을 그만두고 학문의 자리에서 근대성의 탈식민주의적 재구성에 몰두했다. 물론 비평과 학문을 어떤 고정된 형태로 실체화할 수 없지만, 조동일은 분명한 자의식으로 또 한 번의 전회를 감행하였다.[4] 그렇다면 한국 비평의 다기한 흐름들에서 조동일의 예외적 전회를 제외한다면 한국 근대성의 탈식민주의적 천착은 불모의 지대로 남게 되었는가? 나는 바로 이 지점에서 백낙청과 김종철을, 그리고 염무웅이라는 이름을 떠올린다. 영문학 전공의 비평가들인 백낙청과 김종철, 이들은 '분단체제론'과 '농적 순환사회론'으로 근대성의 문제에 대해 실천적으로 개입해 왔다. 『창작과비평』과 『녹색평론』이라는 사상공간의 매체를 움켜쥐고 있는 이들에 비할 때, 독문학 전공의 비평가

---

4. "문학 비평과 문학 연구는 둘 다 과학적이어야 하고, 둘 다 문학 본질론이어야 하는 점에서는 일치하지마는, 기능에서는 구별될 수 있다. 즉 문학 비평은 문학 창작 작업의 현장에서 이루어지고 실천적 문제에 더욱 큰 관심을 가진 것이라면, 문학 연구는 문학을 보다 이론적인 관점에서 다루는 것이다. 실천과 이론은 서로 깊은 관련을 가지고 서로 보완하는 작용을 하면서도, 당면한 과제에서는 구별될 수 있는 것이다."(조동일, 「문학 비평과 문학 연구」, 『우리 문학과의 만남』, 40쪽.)

염무웅의 영향력이란 제한적으로 느껴진다. 그러나 나는 그의 비평적 행로야말로, 지금 다시 진보적 문학론을 발본적으로 사유할 수 있게 하는 중요한 사상자원이라고 생각한다. 그의 사상적 전회와 진보적 문필활동은 그 시절의 어쩔 수 없는 시대적 한계에도 불구하고 여전히 풍요로운 자산이다.

## 3. 서구적 근대의 매혹과 식민성의 자각

1941년생인 염무웅은 1960년에 서울대 독문학과에 입학했고, 그해에 4·19를 만났다. 거리의 현장에 있었지만 그는 다만 통금 걱정이 앞섰던 유약한 신입생이었다. 오랜 시간이 지나고 나서야 그날의 의미를 그는 이렇게 회고할 수 있었다. "현대 서구문학의 전위적 경향에 매료되기 마련인 외국문학도의 눈에 민족현실의 당면한 심각성은 제대로 들어오기 어려웠다. 그러니까 우리가 먼 나라의 지적 유행에 정신을 팔고 있는 동안 사회의 심층에서는 오랫동안 국가권력의 폭압에 눌려 숨죽이고 있던 온갖 정치적 불만과 사회적 모순이 폭발을 향해 끓어오르고 있었던 것이다."[5] 그러니까 그에게 4·19는 정신의

---

5. 염무웅, 『자유의 역설』, 삶창, 2012, 64쪽. 이 글에서 다루는 염무웅의 텍스트는 『한국문학의 반성』(민음사, 1976), 『민중시대의 문학』(창작과비평사, 1979), 『혼돈의 시대에 구상하는 문학의 논리』(창작과비평사, 1995), 『모래 위의 시간』(작가, 2002), 『문학과 시대현실』(창비, 2010), 「염무웅·김윤태 대담 : 1960년대와 한국문학」, 강진호·이상갑·채호석 편저, 『증언으로서의 문학사』(깊은샘, 2003)이다. 각각의 텍스트는 『반성』, 『민중』, 『혼돈』, 『시간』, 『현실』, 『증언』으로 약칭하고 인용할 때에는 본문에 작품명과 쪽수를 병

성장을 가져온 주관적 계기가 아니라 자유의 공간을 열어준 객관적 사건이었다. 아직 그의 삶-문학의 지평 안으로 '시대'와 '현실'이라는 '민족'과 '민중'의 역사는 도착하지 않았던 것이다.

염무웅은 1964년 『경향신문』 신춘문예에 문학평론이 당선된 이래로 지금까지 여러 권의 평론집을 펴냈다. 그는 '시대'와 '현실'을 "내 비평적 사유의 단자운동에 양축이 된 두 낱말"(「책머리에」, 『현실』, 6쪽)이라고 말한다. 평론집의 제목들을 일별해 봐도 그렇고, 그의 살아온 자취를 따라가 보아도 그것은 사실이다. 민중과 민족을 주체로 현실의 변혁을 기도하는 진보적 문학론의 한 중심에 그의 삶-비평은 자리하고 있다. 그러나 문학을 자율적인 예술의 범주로 실체화하지 않고, 그것을 시대와 현실의 역사공간에서 유동하는 것으로 인식하기까지는 어떤 전회의 시간이 필요했다. 그 시간을 정신의 성장에 이르는 입사식入社式의 과정이라고 할 수 있다면, 4·19라는 역사적 사건은 아직 그에게 직접적인 전회의 순간으로까지 자각되지는 못했던 것 같다. 따라서 그는 체험하고 모색하는 가운데, 시행착오를 축적하는 개인적 분열을 직접 겪어내야만 했다. 그것은 비약하거나 거듭 좌절하는 내밀한 진통의 시간이라고 할 수 있을 것이다. 역사로의 진입이란 거대한 구조적 시간의 관념과 결속하는 것이 아니라, 그렇게 규정되지 않는 어떤 관계들 속에서 일상의 긴장을 자기의 내부로 가져와 스스로를 파열할 때 이루어진다. 그러므로 염무웅에게 있어 '민중

---

기할 것이다.

시대'의 열망 속에서 '혼돈의 시대'를 헤쳐 나가는 삶-문학의 도정이란, 쾌조의 진격이 아니라 굴곡의 길을 걷는 고난의 행군이다.

'정신의 성숙'을 헤겔의 개념으로는 '정신의 자기실현'이라고 이를 수 있겠다.[6] 개인이 교양Bildung의 형성을 통하여 현실을 주체화하는 것, 다시 말해 개인이 시대와 현실을 유기적으로 총체화하는 그 지난한 과정이 바로 정신의 자기실현이다. 염무웅은 고은 시의 궤적을 따라 읽으며 예의 그 정신의 성장을 목도한다. "이 시들을 읽으면서 나는 역사의 발견이야말로 진정한 의미에서 자기의 발견을 가능하게 하고 또 민족현실의 바른 인식 위에서만 개인적 현실의 옳은 인식도 가능하다는 것을 새삼 깨닫는다. 어쩌면 그 역도 있을 것이다. 치열한 자기탐구의 과정이 허위의식과 자기기만 없이 충실하게 지속된다면 그것은 필연적으로 그 개인의 사회적 기반에 대한 성찰로 확대되지 않을 수 없을 것이기 때문이다. 그런 점에서 고은의 문학적 발전과 성숙은 인간적 차원과 역사적 차원을 겹쳐 가진다고 말할 수 있다."(「한라에서 백두까지」, 『혼돈』, 100

---

6. "현실세계는 개인을 통해 생성되어가는 것임에도 이것이 자기의식에게는 단적으로 소외된 상태에서 한 치의 흔들림 없는 현실이라는 형식을 띠고 맞서 있다. 그러나 이와 동시에 자기의식은 그 현실이 바로 자기의 참모습을 띤 것이라는 확신 아래 이 현실을 제압하려고 한다. 이때 자기의식이 현실을 제압할 수 있는 힘은 교양을 통하여 획득되므로, 이런 면으로 보면 교양이란 타고난 성격이나 재기발랄한 에너지가 허용하는 한에서 자기를 현실에 적합하도록 꾸며내는 것이라고 하겠다."(G.W.F. 헤겔, 『정신현상학 2』, 임석진 옮김, 한길사, 2005, 71쪽.)

쪽) '역사의 발견'이 '자기의 발견'을 견인하고 '민족현실의 바른 인식'이 '개인적 현실의 옳은 인식'을 가능케 한다는 것, 그렇게 역사와 개인의 변증법적 종합이 '인간적 차원과 역사적 차원'에 겹친 '발전과 성숙'이라는 것, 이것이 바로 고은의 시에 대한 주석으로서 정신의 성장을 약론한다. 그러나 우리는 그 성장을 추상적인 지양의 과정으로 매끄럽게 설명하는 것에 만족해서는 안 된다. 그런 의미에서 고은의 시적 성장과 발전을 서술하는 염무웅의 비평은 너무 단조롭다. '자아'와 '역사', '개인'과 '민족'을 상호 연관하는 대립적 개념으로 실체화할 때, 그 고형적인 대립의 틀은 유동하는 경험적 현실의 초과와 잉여를, 산란하는 구체성의 감각을 관념적인 차원으로 추상화시키게 된다. 염무웅이 시대와 현실의 자각에 이르는 그 길을, 나는 그런 추상적인 도식으로 환원하지 않도록 각별히 유의할 것이다. 사실 우리의 '진보'는 바로 그 '성장'의 도식을 답습함으로써 지금의 퇴락에 이르렀다. 개인의 성장이라는 교양의 변증법을 역사의 진보와 발전에 관념적으로 대입할 때 생기는 누락과 결락, 그렇게 사상(捨象)되어버린 이질성들이 지금 다시 돌아와 역사의 종말을 선언하고 있는 것이 아닌가.

모든 과거는 현재화된 기억이다. 지금의 자리에서 이루어지는 회고란 현재의 시간에 간섭받지 않을 도리가 없으므로 언제나 불완전하기 마련이다. 그러나 불완전하다는 그 말 속에는 지난 시간을 형이상학적인 진실의 위상학으로 서열화하는 분별지가 개입해 있다. 다시 말해 그때 그 시간의 완전한 기억이라는 것은 이데아와 같은 것이다. 그러므로 현실의 시간에 간섭받는 기억이란, 그 이데아적 진실성을 훼손당했다는 점에서 열등하다는 것. 그러나 과거의 시간은 기억이라는 능동적인 활동의 개입을 통해 현재의 시간과 만난다. 우리가 염무웅의 과거와 만날 수 있는 가장 유력한 통로는 그가 흔적으로 남긴 언어들이다. 스스로가 남긴 기록과 회고 속에서 그는 어떤 사람인가. 그는 자기의 동일성을 어떤 정체성으로 입증하려 하는가. 어떤 정체성을 정위定位하고 사수하려는 그의 말들은 물론 의심스럽다. 그럼에도 그 불안한 말들이 재현하는 기억들의 지평 위에서만 우리는 지금의 그 어떤 염무웅과 만날 수 있다.

그는 자기의 지나온 삶을 사사私事의 세계에서 공공公共의 세계로 '성장'하고 '발전'해온 진화의 시간으로 회고한다. 말년의 루카치가 자기의 생애를 회고하는 자서전에 그의 삶의 행로를 '마르크스로 가는 길'이라 단언했던 것처럼, 그는 비평가로서 자기의 행로를 서구적 근대의 미혹을 떨치고 민중과 민족의 주체성에 대한 자각과 함께 당대의 역사적 상황에 적극적으로 기투하는 목적론적 도정이었다고 믿는다. 물론 이런 사후적인 내러티브는 숱한 단절과 전회의 시간으로 펼쳐졌을 그의 생애를 지극히 균질한 시간으로 단순화하는 것이다. 그러나 나는 그의 회고들 속에서 사울이 바울로 되는 회심의 순간을 발견하고 놀라지 않을 수 없었다. 그것은 한 인간이 어떤 강력한 이데올로기에 사로잡히는 포획의 순간이면서, 극적인 반전으로 경이로움을 경험케 하는 매력적인 드라마이다. 현대 서구문학의 전위적 경향에 매료되어 있었던 독문학도가 어떤 사정으로 민족과 민중의 역사적 현실에 눈뜨게 되었을까. 그가 스스로 자각하고 상상하는 극적인 전회의 시간은, 만남과 사귐으로 숙성된 우정의 날들 속에서 가능한 것이었다.

염무웅의 문학적 출발은 역시 그 어떤 사귐들 속에서 이루어졌다. 그의 회고가 그 사정을 이렇게 전한다. "당시 우리가 1학년 때는 영문과, 독문과, 불문과가 한 교실에서 1년간 교양과목을 들었어요. 그때 영문과에는 박태순·홍기창·정규웅이 있었고, 불문과에는 김승옥·김현·김치수가 있었고, 또 독문과에는 이청준·김광규·김주연이 있었죠. 다 한 교실에서 배웠죠. 그러다 보니까 서구적인 분위기가 조성되고….".(『증언』, 403쪽) 염무웅이 증언하고 있는 그 당시 서울대 문리대의 풍경은 저 이름들만으로도 장관을 이룬다. 한국문학이 이들로 인해 더 깊어졌고 더 풍요로워졌음을 그 누가 부인할 수 있겠는가. 그만큼 저들의 풋풋했던 시절, 서구의 매혹에 사로잡힌 청춘의 열기를 단순한 서구 추종이라고 쉽게 단정하기는 어렵다. 그들은 저마다의 삶의 궤적 속에서, 서로 다른 각자의 형식으로 정신의 자기실현을 이루어나갔을 것이다. 그럼에도 그들은 각각의 개인이면서 동시에 한 시대의 유적 존재이다. 따라서 그들의 서구 지향이란 개인의 취미 이상으로 사회사적 맥락 안에서 읽힐 수 있다. 그것은 다름 아닌 한국의 근대성과 관련된 문제이다.

생산력의 규모라는 면에서 1960년대 당시 한국의 자본주의는 분명 후진적이었다. 전후의 열악한 경제상황은 당대의 엘리트 지식인들에게 저개발국의 열등감과 열패감을 느끼게 했을 터. 전란 이후의 황폐한 현실에 대한 도피의 욕망이 독일에서 낭만주의를 불러온 것처럼, 당시 한국의 지식인들에게 유럽의 선진 자본주의는 구체적인 실체라기보다는 낭만주의적인 동경의 대상이었을 것이다. 1960년대 한국의 대학생들에게 유럽은 남루한 현실을 초월할 수 있는 영감과 상상력의 터전인 동시에 무한히 신비로운 황홀경의 세상이 아니었을까. 아득하게 먼 곳, 손닿을 수 없는 신비의 세계는 죽음만큼이나 매혹적이다. 그 시절의 시대적 감성이라고 할까, 전혜린의 삶과 죽음이 남긴 비극성마저도 서구를 동경하는 일천한 부르주아적 교양주의와 무관하지 않았다. 저개발국의 비루한 현실을 몸으로 살아내야 했던 농민과 노동자들에게 고단한 삶은 그 자체로 인간의 역사였다. 그러나 서구 추수적인 젊은 지성들은 인간의 역사로부터 스스로를 유폐시키고, 구체적인 생활의 현장을 이탈하는 낭만주의적 감수성으로 퇴폐적이었다. 그러니까 그 시대의 교양이란 자기를 성숙시키는 정신의 성장과는 무관한 부르주아적 속물주의로 기울어 있었다.

문학이라는 역어譯語의 성립 사정에 대한 분분한 논의들은, 고정적인 범주의 실체화된 개념으로 문학을 취급하는 것이 얼마나 덧없는 것인가를 일러주었다. 그렇다면 1960년대의 젊은이들에게 문학이란 무엇이었던가. 그들의 문학은 분명 그 이전의 문학과는 또 다른 것으로 구별되어야만 했을 터, 그래서 그들은 선배들의 문학을 의도적으로 오독함으로써 자기들의 문학을 구축하려고 했다. 진부함을 떨쳐내려는 의기로, 새로운 것을 창안하겠다는 의지로 뭉친 이들은 새로운 문학을 선언할 매체가 필요했다. 조동일과 임중빈을 비롯한 '정오평단'의 동인지 『비평작업』(1963)은 종간호가 되고 만 창간호에서 백철, 이어령, 조연현을 강도 높게 비판하면서 진보적인 문학론의 가능성을 타진했다. 김현, 김승옥, 최하림이 함께 한 동인지 『산문시대』(1962)는 역시 기성문단에 대한 강렬한 대타의식을 전면화했고, 창간호를 이상李箱에게 헌정한 데서 짐작할 수 있는 것처럼 그들은 전위적인 모더니즘으로 전후문학의 고답성을 돌파하려고 했다. 염무웅은 이 동인지의 제4집(1963)에 「현대성 논고」라는 평문을 게재하면서 참여했다. 그는 여러 회고의 글에서 학부시절의 은사 이동승 교수의 영향을 언급한다. 이 교수의 소개로 그는 한스 제들마이어의 『중심의 상실』과 『현대예술의 혁명』, 후고 프리드리히의 『현대시의 구조』를 읽고 큰 감응을 얻은 듯하다. 한스 제들마이어는 문화적 보수주의자라고 할 수 있지만, 현대의 아방가르드를 비판적으로 분석하는 그의 입론에 대한 깊은 공감과 함께, 후고 프리드리히로부터 예술의 '현대성'에 대한 사유로 이끌려갔던 것 같다. 일종의 처녀작이라고 할 수 있는 「현대성 논고」는 그 내용들의 요약이나 다를 것이 없다. 이로 미루어볼 때, 그 당시 염무웅의 문화적 취미는 서구의 현대성에 대한 탐색으로 기울어 있었던 듯하다. 본인의 말을 옮겨 적으면 "모더니즘이라는 개념이 그때는 1970년대 이후와 같이 리얼리즘과의 대립 구도 속에서 정착되기 이전이었기 때문에, 서양의 새로운 이론들은 다 흥미를 가지고 이것도 보고 저것도 보고 했"다는 것이다.(『증언』, 407쪽)

『산문시대』의 인맥과 문화적 취향은『사계』(1966)로 이어
졌고, 다시『68문학』(1969)을 거쳐 드디어『문학과지성』(1970)
으로 집결되었다. 이것이 바로 주지주의적 엘리트주의와 자유
주의적 정신을 근간으로 하는 이른바 문지의 계보다. 염무웅
은『산문시대』에 이어『68문학』에도 동인으로 참여함으로써,
문지의 계보에서 의미 있는 한 자리를 차지하고 있다. 이것은
진보적인 문학자로 널리 알려진 지금의 염무웅에 대한 통념과
쉽게 어울리지 않는 이력이다. 다시 그의 회고를 옮기면 "1963
년부터 4, 5년간 김현, 김승옥, 김치수 등과 이틀이 멀다 하고
같이 몰려다니면서 술 마시고 떠들고 그야말로 희로애락을 같
이 했죠."(『증언』, 409쪽) 염무웅의 지나온 길을 되돌아보면,
누구라도 그러하겠지만 특히 그에게 사귐이란 대단히 중요한
삶의 분기점임을 알 수가 있다. 그래서 아마도 그가 살았던 시
대의 정신과 더불어 4, 5년간의 그 사귐은 그의 문화적 아이덴
티티를 구성하는 중요한 계기로 작용했을 것이다. 등단작「에
고의 자기점화」(1964)는 역시 그 교제의 시간들이 숙성시킨
교양으로부터 빚어진 것이다.

「에고의 자기점화」는 염무웅의 첫 평론집에 수록되지 않
았다. 그것은 일종의 의도적인 누락처럼 보인다. 그러니까『한
국문학의 반성』이 나온 1976년 무렵에는 이미 의식적인 차원
에서 사상적인 선회가 이루어졌던 것으로 보인다. 그리고 그
등단작은 2002년에 펴낸 네 번째 평론집『모래 위의 시간』에
수록되었다. 이 평론집은 지금까지 나온 다섯 권의 평론집들
과는 그 성격이 확연하게 다르다. 대표작을 묶어서 선집을 내

자는 것이 출판사의 제의였다고 하지만, 결과적으로 기존의 평론집에 수록하지 않았던, 신작 아닌 묵은 글들을 모은 것이 었다. "문학적 입장의 단층 때문이 아니라 글의 됨됨이에 대한 불만 때문에 서랍 속에 넣어두었던 것"(「머리말」, 『시간』, 6쪽)이라고 해명했지만, 그 해명 자체의 역설이 발언의 신뢰를 무너뜨린다. '입장의 단층'이 아니라고 굳이 밝혀서 말하는 것도 그렇지만, '됨됨이에 대한 불만'이 오랜 시간을 지내오는 동안 더 깊어진 것이 아니라, 오히려 그것을 용인할 수 있게 된 사정이 눈길을 끈다. 그러므로 그런 의식적인 해명이 더 흥미롭다. 당연한 말이겠지만, 텍스트는 그의 표면적인 해명과 회고를 빗나간 자리에서 다르게 읽힐 수 있기 때문이다.

「에고의 자기점화」는 '최인훈의 초기작들'이라는 부제를 달고 있다. 이후에도 그는 몇 편의 최인훈론을 더 썼다. 그렇다면 왜 최인훈인가. 그리고 한 해 전에 발표한 「현대성 논고」와 이 등단작은 어떻게 단절하고 또 연속되는가. 그는 이렇게 적었다. "행동과 의식은 분열하고 밀실(자아)과 광장(환경)은 분화했으며 하늘에는 검은 태양이 떴다. 이것이 인훈이 생각하는 현대이다."(「에고의 자기점화」, 20쪽) 그러니까 그에게 최인훈은 무엇보다 현대성의 문제를 파고든 작가였다. 염무웅은 '에고의 천착'을 통해 현대성의 심연을 탐색하는 최인훈을 프로이트의 방법론으로 해석한다. 여기에다 카프카의 사례를 근거로 들며, 유일성과 동일성을 보장받는 근대적 성격(에고)의 불가능을 현대성의 징후로 읽는다. 최인훈의 소설은 "무수한 자의식의 분열로부터 에고의 실체를 최대한으로 추구"(17쪽)

하며, 그것을 "우화적인 것, 상징적인 것, 기타 많은 수사학적 장치들"(19쪽)로 표현했다는 것. 그리고 그는 "사랑을 통해서만 현대의 분열된 자아가 구원될 수 있다"(26쪽)는 믿음을 표현했다는 것이다. 분열된 주체와 파열된 세계의 조응, 염무웅은 최인훈의 현실인식을 프루스트에 빗댄다. "그러니까 작가는 전면적인 현실을 그대로 받아들이지 않는다. 마치 프루스트가 외계의 여러 잡다한 현상들로부터 격리되어 콜크벽에 둘러싸인 방안에서만 소설을 길러낼 수 있었던 것처럼 인훈은 에고에 투영된 현실만을 그리는 것이다."(29쪽) 현실은 주체 외부의 객관으로 고정된 것이 아니므로 재현의 대상이 될 수 없다. '에고에 투영된 현실'은 주체의 분열된 내면으로부터 굴절된 것이므로 그의 소설은 현실을 재현하는 것이 아니라 주관성을 표현한다. 이처럼 서구의 아방가르드 전통에 충실한 최인훈의 소설이 가진 매력에 젊은 염무웅은 깊이 공감했고 매료되었던 듯하다. 그의 등단작에 억지로 자유주의적이라는 딱지를 붙이는 것이 곤란한 일인 줄 알지만, 그럼에도 그의 사상적 지향성의 어떤 면모가 그 속에 녹아있음을 부인하기도 어렵다. 한국전쟁이라는 현실의 참화가 가져온 지식인의 내면적 분열을 사랑이라는 관념으로 구원하려는 최인훈의 작가적 노고를 지금 우리는 어떻게 평가할 수 있을까. 1차 대전 이후의 유럽에서 일군의 예술가들은 일체의 합리성을 거부하는 극단적인 허무주의에 이르렀다. 그것은 기술합리성으로 대량살상을 가능하게 했던 전쟁의 위력에 대한 예술적 항거였다. 살상과 파괴의 엄청난 규모는 합리성의 근대를 회의하게 했고, 그 회의는 파국의 상상력과 묵시의 정조로 이어졌다. 전후의 근대에 저항했던 유럽 아방가르드의 예술적 기획은 한국전의 참상 이후에 한국에서 어떻게 반복되고 모방되는가. 1950년대 한국문학의 폐쇄적인 내향성과 그로부터 파생되는 질 낮은 관념성이란, 서구적 근대성의 비판이라는 유럽의 아방가르드를 소박하게 추수한 결과가 아니었을까. 또 다른 최인훈론에서도 염무웅은 이렇게 적는다. "현대는 좌절의 시대이며 난파의 계절이다. 보편과 특수, 광장과 밀실 사이의 고전적 통로는 차단되었다. 현대에 있어서 개인의 인격적 분열이란 원리적인 것이다."(「망명자의 초상화」, 36쪽) 그가 말하는 좌절과 난파의 '현대'는, 그리고 그것으로부터 비롯되는 '개인의 인격적 분열'은 제1차 대전 이후의 유럽의 상황인가, 아니면 한국전쟁 이후 남한의 상황인가. 한국 모더니즘 예술의 가장 큰 미학적 모순은 유럽의 아방가르드가 가졌던 근대성의 고뇌를 한국의 상황에 그대로 일반화한 데에 있다. 그 일반화는 자본주의적 생산력의 격차를 무시할 뿐 아니라, 사회문화적 차이마저도 등한시한 몸 달은 서구 추수의 한 양상이었다. 서구적 근대를 동경했던 젊은 날의 염무웅은 아직 그런 사정을 감지해낼 만큼 충분히 예민하지 못했던 것이었을까.

훗날의 그는 서구적 근대를 보편으로 여기는 인식의 식민주의를 지양하려고 분투한다. 그리고 여전히 모호하고 추상적인 개념이기는 하지만, '민중'과 '민족'이라는 주체성의 자리에서 유동하는 현실의 예술적 드러남에 대하여 고뇌하기에 이른다. "어떻든 중요한 것은 객관적 현실의 변화된 의미를 제대로 읽어내는 일이고 또 다양하고 다방면적으로 이루어지는 문학적 모색 속에 그 현실이 얼마나 제 모습대로 그려지는가를 밝히는 일이다. 내 생각에 그것은 작가와 비평가 모두에게 혼신의 집중과 악전고투를 요구하는 힘든 작업이다."(「변화된 현실과 객관세계의 준엄성」, 『현실』, 451쪽) 그러나 '인식론적 단절'에 준하는 사상의 전회는 하루아침에 이루어지는 것이 아니다. 모든 변화에는 숨은 계기와 이유가 있기 마련이다.

## 4. 근대성의 재인식, 매혹에서 환멸로

염무웅이 「에고의 자기점화」로 『경향신문』의 신춘문예에 당선되었을 때, 심사를 맡은 것은 그 신문사의 논설위원을 맡고 있었던 이어령이었다. 그 당시 이어령은 새 세대 문학의 기수로 한참 이름을 떨치고 있었다. 그것이 인연이 되어 신구문화사의 편집 고문을 겸했던 이어령의 추천으로 염무웅은 그 출판사에서 일하게 된다. "1964년 바로 경향신문 신춘문예에 문학평론이 당선되어 문단에 얼굴을 내민 나는 그 신문 논설위원이자 그해 평론부문 심사위원이었던 이어령의 소개로 신구문화사 편집부에 취직을 했다. 당시 『세계전후문학전집』의 성공에 고무된 신구문화사는 그 후속작업으로 1964년 『노벨상 문학전집』을 간행하고 이어서 18권짜리 『현대한국문학전집』을 기획하였다. 이 전집의 얼개를 짜고 작가들을 섭외하는 것은 그 무렵부터 신구문화사에 상근하기 시작한 신동문의 일이고, 내용을 채우는 것은 나의 몫이 되었다. 1965년 11월부터 1967년 1월까지 세 차례에 걸쳐 모두 18권으로 완간된 이 전집은 미숙하나마 신동문과 나의 합작품이라고 나는 자부하고 있다. 이 작업을 통해 나는 많은 선배 문인들을 사귀게 되었고, 이것이 60년대 말부터 내가 잡지 편집자로 일하는 데 자산이 되었음은 말할 것도 없다."(「신동문과 그의 동시대인들」, 『현실』, 127~128쪽)

우연과 필연의 만남들 속에서 인생의 행로는 예상치 않았던 곳으로 이끌릴 때가 있다. 염무웅은 두 개의 신춘문예에 투고했고, 『동아일보』에 낸 글은 앞서 『산문시대』에 실렸던 「현대성 논고」와 겹치는 것이었다. 그가 만약 『경향신문』이 아닌 『동아일보』의 신춘문예에 당선되었다면 어떻게 되었을까. 신춘문예 당선으로부터 비롯된 이어령과의 인연은 그만큼 그의 인생에서 중요한 분기점을 이룬다. 그러나 훗날의 그는 이처럼 야박하게 그를 평가했다. "하지만 지금 읽어볼 때는 아주 역겨워요. 외래어와 외국어도 너무 많고, 또 이어령 세대만 해도 일본어의 영향을 많이 받았기 때문에 일본 문체 냄새가 많이 나지요. 그러나 당시 읽을 때는 아주 매력적인 문장이었죠."(『증언』, 407~408쪽) 당시에 염무웅이 이어령의 문장에서 느꼈던 매혹은, 한때 그의 서구적 보편성에 대한 탐닉과 동전의 양면이다. 전후의 사상공간에 저항과 투쟁의 정신으로 무장하고 나타난 이어령은 서구적인 아방가르드의 한국적 판본으로 여겨졌다. 의고적인 전통주의와 보수적인 반공주의로 주저앉았던 기성문단에 대한 야멸찬 비판과, 식민지의 모더니스트 이상에 대한 선구적인 연구는, 전후 조국의 남루한 현실을 초월하는 신기루와 같은 마력을 갖고 있었다. 그것은 이어령의 직접적인 고백을 통해서도 새삼 확인할 수 있다. "저는 그것이 영어든 불어든 나의 내면의 의식을 폭발시킬 수 있는 전압을 가진 것이면 모두 수용하려고 했지요. 아리스토텔레스가 '외국어는 모두 시적인 것처럼 보인다'라는 말을 한 것처럼 현실을 낯설게 하는 인식의 언어라면 모든 것을 수용하려고 했어요. 이상이 외래어나 아이를 '아해兒孩'라고 괴벽스런 한자를 함께 사용해서 오스트라네니의 효과를 준 것처럼 말입니다."7 현실을 낯설게 하고 싶은 마음이란 당장의 현실을 벗어나고픈 심정이며, 그러므로 낯선 외국어의 감각은 형이상학적인 초월의 의지와 닿아 있다. 저 멀고 아득한 서구의 현대에 대한 매혹은, 비참한 현실을 이겨내겠다는 결연한 의지를 압도했다. 그것이 식민지배와 열전을 치러낸 나라의 젊은 지식인들의 대체적인 감수성이었다고 한다면 어떠할까.

전후의 문화공간에서 신구문화사의 위상은 각별해 보인다. 백철, 전광용, 정병욱, 임종국, 신동문, 이어령 등 당대의 내로라하는 지성들이 편집자문이나 직원으로 이 출판사를 거들었고, 개론서와 연구서는 물론 국어국문학회의 학술지 발간을 통해 일천했던 국문학 연구의 수준을 일신했다. 대학 전임이 되기 전 신구문화사에서 외국문학 번역원고의 감수를 맡았다는 조동일의 회고8에서도 짐작할 수 있는 것처럼, 학계의

---

7. 이상갑, 「『작가연구』 대담」, 『상상력의 거미줄』, 생각의 나무, 2001, 566쪽.
8. 조동일, 『학문에 바친 나날 되돌아보며』, 지식산업사, 2004, 18쪽.

권위자는 물론 학문 후속세대에 이르기까지 지성 교류의 장으로서 이 출판사의 역할은 지대했다고 하겠다. 신구문화사는 편집이나 장정, 보급에서도 당시로서는 파격적이고 혁신적인 출판문화를 선도했다. 염무웅은 여기서 4년을 근무했다. 그 4년이란 그에게 만남과 교류의 시간이었고, 공부와 단련의 시간이었을 것이다. 당대 최고의 지성들과 같이 작업하면서 그들의 내밀한 정신적 밀도와 교분을 나눌 수 있었다는 것은 행운이 아니었을까. 출판사의 편집자로서 꼼꼼한 읽기는 기본이었고, 그 세밀한 읽기의 직업적 단련이 그에게는 평론가로서의 성실한 훈련이 되었을 것이다. 특히 그는 『현대한국문학전집』(총 18권)의 편집을 맡았을 때를 중요한 시기로 회고한다. 수록할 작품을 엄선하기 위해 그는 책에 수록된 분량의 배가 넘는 작품들을 읽지 않을 수 없었다고 하면서 이렇게 적었다. "이것은 그 후 평론가로서의 나의 활동에 매우 유익한 밑거름이 되었을 것이다. 또, 이 전집 일을 통해 나는 김수영·신동엽·이호철·유종호 같은 많은 선배 문인들을 사귈 수 있게 되었다. 이 역시 그 후 내가 『창작과비평』 편집자로서 활동하는 데 커다란 자산이 되었다고 믿는다."(「1960년대의 출판 풍경」, 『시간』, 124쪽) 이른바 독학자의 서재가 아니라, 지성의 살롱이라고 할 만한 곳에서 그는 사람을 만나고 겪었으며, 그들의 글을 날 것의 활자로 세밀하게 마주했다. 그 몸의 공부는 그의 정신에 아로새겨져 어떤 질적인 전회를 불러오지 않았을까. 그러니까 '시대'와 '현실'에 대한 그의 예민한 감각은 신구문화사 시절의 풍요로운 경험을 통해 숙성되었을지 모른다.

그런 의미에서 신구문화사 시절을 마감하면서 나온 「선우휘론」(1967)은 주목을 요한다. 그는 전후의 선우휘 소설을 "김동리의 퇴영적 순수주의를 규탄"(『시간』, 77쪽)하는 것으로 받아들이면서, 전후문학에 대한 당시의 비평을 '실감을 잃은 관념희롱'으로 비판한다. 그의 말을 그대로 옮기면, "전후세대는 여러 구호적 유행어휘를 방패로 삼아 사실상 우리의 역사적 현실을 깊이 있게 투시하는 어려움에서 도피하는 것이 아닌가 하는 혐의를 벗어날 수 없다."(81쪽) 이 문장은 경험적 현실의 실감을 배반하는 관념적 글쓰기를 역사적 현실에 대한 도피라고 꼬집는다. 동시에 '행동'과 '참여'로 찬미되었던 선우휘 소설의 인물들이, 실은 '현실도피적 순응주의와 소극적 개인주의'로 빠져들어 허무주의로 귀착되고 있음을 지적한다. 그리고 선우휘 소설의 미덕을 "체험에 밀착된 현실을 진정한 실감으로 묘사했다"(93쪽)는 데서 찾았다. 염무웅이 이 평문을 통해 전하려 했던 것은, 선우휘의 한계나 미덕이 아니다. 이 글의 근저에는 선우휘를 관념적으로 오독하는 당시의 팽배한 사조에 대한 어떤 역겨움이 자리하고 있다. 그는 실천 없는 '행동'과 결단 없는 '참여'의 구호들에서 허위와 위선을 읽었다. 그래서 그는 '체험', '현실', '실감'과 같은 어휘들을 대립시킴으로써 맞섰다. 그렇다면 과연 그 반대급부의 어휘들은 관념이 아닌 무엇이라고 할 수 있을까. 그 역시 어떤 관념에 대항하는 또 다른 관념일 뿐이다. 그러나 비록 관념 그 자체를 소박하게 인식하고 있긴 하지만, 이 시기의 염무웅은 관념과의 '적대'를 실감이나 체험을 통해 추진하고 있다. 그것은 이전의 그를 반추한다면 분명 일종의 전회이다. 그는 드디어 적대의 발굴을 통해 정치적인 것의 가장자리로 나아가게 되었다.

관념에 대한 적의는 처벌의 형태로 되돌아왔다. 그는 이 하나의 평문 때문에, 사실상 내정되어 있던 서울대 전임 자리에 발령을 받지 못하게 된다. 당시 송욱은 서울대 교수였다. '1960년대 한국시를 개관하는 하나의 시선'이라는 부제를 달고 제출된 「서정주와 송욱」(1969)은 과감한 글이다. 이제 그는 확신에 차 있고, 그 확신은 분노에 찬 비판으로 폭발한다. 그는 감히 서정주와 송욱을 '퇴영적 복고주의와 전통부정적 현대주의'의 계보에 등록시킨 다음에, 전자의 도피주의와 오만한 전통주의를 꾸짖고 후자를 일컬어 진정한 현대주의를 모독하는 모더니즘의 날조 행위로 몰아세운다. 그러니까 이제 그는 적대의 전선을 이른바 순수주의와 모더니즘이라는 구체적 대상으로 분명하게 선언한 셈이다. 그리고 이들의 반대편에 김수영과 신동엽, 김광섭과 김현승이라는 중진과 함께 민용태, 최민, 김지하, 김준태라는 신진을 맞세움으로써 그 적대는 한층 선명하고 격렬해진다. 이 적대의 정치에서 그가 향하는 칼날은 "문학을 철저히 비정치화·비사회화시킴으로써 올바른 현실감각을 마비"(『시간』, 99쪽)시키는 내재적인 문학론의 패거리들이다. 그러나 관념의 허위의식을 향한 그의 분노는, 그것이 정념인 이상 위태로울 수밖에 없었다. 정념에 휘말릴수록 그의 날선 이분법은 교조적으로 되어갔다. 하지만 이런 교조화의 과정은 허물을 벗고 새로운 자각에 이르기 위한 일종의 수순이었다. 전도유망했던 그의 진로는 이 한편의 글로 답답하게 가로막힌다. 인생의 행로와 일상의 생활에 타격을 받은 이런 체험은, 적의를 꺾기는커녕 관념의 허위성에 대한 더 깊은 확신을 심어주었다. 몇 년 후에 그는 대학에 자리를 잡았지만 반체제적인 활동들로 이내 해직되었고, 복직까지 또 몇 년의 시간을 보내야 했다. 이런 굴곡들의 고통스런 경험들은 그에겐 또다른 단련의 시간이 아니었을까. 그 단련 속에서 그의 사상도 교조적인 경직성에서 벗어나 유연한 리얼리즘으로 숙성되어 가지 않았을까.

　물론 그 고뇌 속의 단련은 더 깊은 발효의 시간을 필요로 했다. 변절이든 전향이든, 기존의 자기를 변형하거나 극복한다는 것은 사상의 차원에서 심원한 사유를 요구하는 문제이다. 그 변화 내지는 전환의 계기가 아무리 단순해 보이더라도, 그런 질적인 전회에는 사회구조적인 요인으로 쉽게 환원될 수 없는 복잡한 요인들의 비동시적인 개입이 있기 때문이다. 등단작까지를 포함해 여러 편의 평문들을 걸러낸 후에 펴낸 첫 평론집 『한국문학의 반성』(1976)은, 1960년대를 보낸 뒤 그의 사상의 향방이나 정신의 밀도를 가늠하기에 좋은 자료이다. 그 선택과 누락이 말하고 있는 것에 귀 기울일 때, 들을 수 있는 의외의 것들이 있기 때문이다. 이때 무엇보다 '반성'이라는 선언적인 표제가 선명하다. 반성이란 자각이고, 자각은 깨달음의 자의식일 터인데, 대체로 사람은 스스로 그 자의식과 대결하는 과정에서 성장한다. "모든 것이 조화와 질서에 따라 정돈되어 있는 아름다운 소년 시절은 언제나 그리고 누구에게나 되돌아가고 싶은 마음의 성역이다. 사람이 성장한다

는 것은 이런 행복한 미분화 상태에서 벗어난다는 것을 의미
한다."(「좌절과 도피」, 『반성』, 29쪽) 성장에 관한 지극히 원론
적인 서술임에도 불구하고, 그 자명한 원론의 표명에서 우리
는 안락에의 소시민적 욕망에서 벗어나 불편을 감당해야 한
다는 어떤 자각적인 의지를 읽어낼 수 있다. '소시민'은 염무웅
의 평문에서 빈번하게 마주치게 되는 어휘 중의 하나다. 예컨
대 이문구의 소설집을 평하며 그 인물들의 성격을 서술한 다
음과 같은 대목이 그 전형이다. "소시민적 생활의 안정이나 정
서적 자기만족과 거리가 먼 상태에서 자기 육체의 힘과 육체에
의한 지혜를 가지고 어려운 세파를 뚫고 살아갈 수밖에 없다.
따라서 그들의 의식은 세계에 대한 직접적인 경험을 바탕으로
구축되어 있으며 관념을 관념으로서만 경험하는 일은 있을
수 없다."(「60년대 현실의 소시민적 제시」, 『반성』, 73쪽) 불편
한 것들을 회피하면서 안주하려는 심성이란, 다만 '개인'의 차
원에 국한된 문제가 아니라 공적인 역사의 차원에 걸쳐 있다
는 인식. 그것은 화해와 조화 속의 안락을 추구하는 자유주의
적 삶의 반역사성에 대한 질타이기도 하다. 좌절을 두려워하
는 마음은 도피를 조장한다. 따라서 불편함 속에서 사유하지
않는 지성이란 위험하다. 다시 말해, 반성은 곧 불편함의 시좌
에서 추궁하는 일이다.

　　그렇다면 독문학도인 그에게 반성되어야 할 한국문학의
면면이란 어떠한 것이었을까. 그에게 "올바른 문학은 인간의
가능성과 인간적 이성의 작용을 억압하는 모든 종류의 폭력
에 언제나 단호히 반대"(「행동·허무·향수」, 『반성』, 41쪽)하는

것이어야 하는데, 아마도 그 '반대'의 부재가 곧 한국문학의 결핍이며 반성의 지점일 것이다. 반대하지 못하는 것은 불편을 감내하지 못하는 그 소시민적 근성 때문이다. 그러니까 관념은 현실의 불편을 감당하지 못하는 자들의 도피처이다. 염무웅은 이런 안락애호가들 사이에서 그 '반대'의 사례로 김정한을 지목했다. 요산의 소설이 "소시민 문학의 왜소성과 감각주의 및 그 자기만족과 자기기만에 일대 타격"(「사회적 현실과 작가의 임무」, 『반성』, 185쪽)을 주었다는 것. 인간의 옹호가 올바른 문학의 조건이라고 믿는 염무웅에게는, 통치와 지배의 정치로부터 자기의 몫을 부정당한 사람들을 누구보다 밀착해서 그려온 요산의 리얼리즘이 하나의 모범사례로서 적합했다. 그러나 약자의 편에 섰다고 모두 정의로운 것은 아니다. 수탈과 피해에 집중할 때 약자는 그 자체의 발랄한 주체성을 암시하기보다는 강자의 대상화된 존재로 고형화될 수 있다. 그러므로 약자는 그저 피해자가 아니라, 수탈의 구조 속에서 저항하고 또 좌절하는 그 기투와 결투의 주체로 궁리되어야 한다. 그러나 염무웅은 "역사의 진보에 대한 신뢰와 인간의 긍정"이 "당면한 부정적 현실을 고발하고 개혁하려는 실천적 의지에 결합"(「현실과 허위의식」, 『반성』, 161쪽)되어야 한다는 '올바른' 문학의 당위를 입론함으로써, 여전히 교조적인 도덕률에서 벗어나지 못하고 있다. "민족과 민중의 편이냐 그렇지 않느냐를 가리는 것이야말로 옳은 사고의 기본적 전제"(「식민지문학의 청산」, 『반성』, 137쪽)라고까지 할 때는, 정작 '민중'과 '민족'이라는 관념은 반성에서 열외가 되고 그 '사고의 기본 전제'는 거스를 수 없는 정언명제로 정립한다. 이처럼 정치적으로 급진화될수록 문학에 대한 순정한 신념은 교조적인 강령으로 경직되어 간다. 그것은 아마도 적의라는 감정이 적대라는 정치의 조건을 초과함으로써 어긋나버린 유감스러운 귀결이라 할 수 있겠다.

그의 첫 평론집에서는 서구적인 현대성에 심취했던 초기의 면모를 전혀 확인할 수 없다. 오히려 이전의 자기를 부정하고 극복하려는 의지가 선명하다. 때때로 그 극복의 의지가 분노와 경멸이라는 정념의 과잉으로 치닫기도 하지만, 결국 그 과잉은 타자가 아닌 일종의 자기혐오이기에 그렇게 격렬한 양상을 보이는 것이라 여겨진다. 다시 말해, 반성이라는 명목으로 한국문학이라는 대타자를 비판하고 있지만, 사실 그것은 자아를 향한 공격의 충동을 표출한 것에 다름 아니다. 독문학도이면서 서구적 현대성에 매료되어 있던 그에게, 1960년대 당시 한국은 저개발의 남루함과 정치적 부조리의 현실로 실감되었다. 그 실감은 물론 만남과 교류의 과정 속에서 자각된 것이었다. 이 평론집의 첫 번째 글은 이상론이다. 그는 이상을 매개로 자기의 회개를 고하고 있다. 그것은 이 글의 제목 그대로 '내면의 수기'이다. "문학청년 시절에 가장 매력 있는 한국 문인의 하나는 아마 이상일 것이다. 그의 작품이 지닌 재치있는 시니시즘과 타락의 분위기 및 난해성과 반속성反俗性은 청년기의 지적 허영심을 만족시키는 데 가장 적합한 것이다."(「내면의 수기」, 『반성』, 9쪽) 그는 역시 이상의 기이한 행적과 기교가 아니라 그 소설 속 병리적 인물들의 '내면'을 낳은 사회의 구조에 관심을 기울인다. 그러나 그는 그 '내면'에 대한 매혹이 사실은 "초현실주의나 신심리주의와 결부된 각종의 해석들, 신과 구원의 문제라든가 의식의 분열이라든가 하는 범주"(10쪽)로 해독되기 쉬운 서구적인 것을 향한 탐닉에서 비롯되는 것임을 주목한다. 그러니까 "현대 서구적인 문학이란 우리가 서구인들의 제국주의적 우월감에 복종하여 자기망각과 자기부정에 빠지기를 자원하지 않는 한 결코 세계적이라거나 보편적이라고 불려 질 수 없는 성질의 것이다."(11쪽) 자본주의 후발국가로, 로스토우W. W. Rostow 식의 산업화와 근대화를 지상명제로 삼았던 때에, 한편으로는 민족주의의 발흥 속에서도 서구는 도달해야 할 목표점이자 가치 척도의 기원이었다. 근대성의 현현인 서구에의 미혹에 대한 반감이, 제국주의에 대한 반대급부로 민중과 민족이라는 관념을 호출하게 했다. 염무웅은 한때 서구의 그 매혹을 알았던 젊은이였으나, 이제는 그것에 대한 비판을 넘어 서구적 근대성을 반성과 극복의 대상으로 숙고한다.

염무웅의 등단작은 최인훈론이었고, 그에게 최인훈은 현대성의 심연을 치열하게 파고든 작가였지만, 첫 평론집에 수록된 「관념의 창험」에서 그 평가는 비판으로 바뀌었다. "한국 근대 문학사에서 최초의 성공적인 지식인 작가"(69쪽)라는 인정은 여전했지만, 그는 여기서 최인훈의 소설이 현실의 복잡성을 이념적으로 추상화해버린다는 것과, 서구적인 것에의 애착 속에서 경험적인 것을 선험적인 것으로 착각하는 오류를 범하고 있음을 비판적으로 논구한다. 추상과 선험이라는 형이상학적인 것에의 편향이 결국은 '내면' 지향으로 기울었고, 그 결과로 소설에서 현실은 소외되고 생활은 상실되고 말았다는 것. 개인의 내면을 관념적으로 추수하고, 현실의 복잡성을 모호하게 추상화함으로써 삶은 아득한 형이상학이나 신학적 지평에서 지적인 사유의 대상으로 비약한다. 그렇게 천박하고 남루한 세속을 초월해버림으로써, 고고한 지성은 존재와 삶을 관념 속에서 비극적인 것으로 고양시킨다. 그리고 그 관념의 고양 속에서 비극은 고통의 실감이 아니라, 그것을 해소하는 평안함의 카타르시스이다. "개인의 밀폐된 자유를 고집하려는 주인공들의 기도는 한결같이 실패로 끝나는데, 그것은 최인훈 문학에 있어서 현재에 대한 비관주의와 사회적 현실에 대한 니힐리즘을 반영하는 것이다."(69쪽) 아방가르드의 취향에 물든 자의식이 고답적인 관습에 저항하면서 '전체'의 논리에 대해 '차이'로 맞서는 것 같지만, 실은 차이의 발굴보다는 그 역시 어떤 전위의 상투적 유형을 답보하고 있음은 아이러니라 할 만하다. 이상과 최인훈은 공히 '내면'의 성곽에서 관념의 위안으로 완악한 현실을 버틴다. 그러나 그 버팀이 허약한 도피주의나 비관주의로 느껴지는 것은, 경험에 대한 치밀한 탐구가 부재하는 가운데 당대의 현실과 유리되는 서구적 비극의식을 모방하고 있기 때문이다. 민중의 난잡한 웃음에 담긴 활력보다 비극적인 것의 고상한 비장함에 이끌리는 마음은, 소설에서 그들의 인물을 지식인으로 한정하게 만든다. 그 지식인들은 현실을 살아낸다기보다 어떤 상투적인 관념의 틀 안에서 현실을 사유하려고만 한다. 그 상투적인 관념의 틀이란 경험이 아닌 선험적인 무엇으로 상상되는 무책임한 형이상학의 일종이다. 그 틀 속에서 인물들은 고뇌하지만 진정으로 고통 받는 것이 아니다. 사산될 운명의 그들은 아늑한 자궁 속에서 세상 밖으로 태어나지 못하고, 그저 웅크린 채 세상의 공포를 자아의 쾌감으로 전도할 따름이다. 그러나 타락한 에고이즘을 고고한 형이상학으로 전도하려는 위선적인 아방가르드의 기획은 결국 실패할 수밖에 없다. 그러나 그 아류들의 번성이 더 가열한 것은, 서구적 현대성의 탐닉에서 좀처럼 벗어나지 못하는 정신의 식민주의 때문이다. 그 정신의 식민주의가 체화된 인간을 염무웅은 '소시민'으로 명명해 왔다. 무엇보다 자신이 서구적 현대성의 탐미자였기에 소시민적 속악함을 자각했을 때 그 혐오는 한층 격렬할 수밖에 없었다. 그러므로 모더니즘의 외투를 걸친 모든 소시민적 양상에 대한 분노와 비판은, 결국 뼈아픈 자기비판이라고 하겠다.

## 5. 소시민성의 극복과 식민지적 근대성의 초극

소시민성의 극복이라는 테제는 염무웅 비평의 근간이다. 소시민은 경험에서 오는 불안과 유물론적인 고통을 공포라는 정념으로 고뇌할 뿐인 허약한 주체다. 그래서 그들은 대개 정신의 분열증을 앓는 병적인 인간으로 표현되곤 한다. 그리고 한국의 근대성이 갖는 식민성의 질병을 앓고 있는 이들이 바로 그 병적인 주체들이라고 할 수 있다. 그들은 어떤 '상투적인 관념의 틀' 속에서 차이를 고뇌하지만, 결국은 다시 같은 것을 반복할 뿐이다. 그 상투적인 관념의 틀이 바로 식민성의 주체인 소시민을 육성하는 장소이다. 그 매트릭스에서 자라나 궁리하고 고뇌하지만, 사실 그곳은 자기 '내면'의 감옥이기에 벗어나기가 결코 쉽지 않다. 염무웅의 비평에는 교조주의에서 비롯되는 이념적 경직성이 뚜렷하다. 그러나 그것은 '내면'이라는 매트릭스를 깨고 나오는 과정의 불가피한 실패가 아니었을까 싶다. 그러므로 그 실패 이후에 염무웅의 비평이 그려나간 궤적은, '내면'의 반대급부로서의 '민족'과 '민중'이라는 이념적 주체, 그리고 '현실'과 '역사'라는 관념적 객체를 그가 어떻게 문학적으로 사유하고 체화했는가를 살필 수 있는 단서로서의 흔적이라고 할 수 있겠다.

염무웅을 일컬어 외우(畏友)라고 했던 곽광수는 "아마도 외국문학을 전공한 평론가들 가운데 염무웅만큼 외국학자들의 인용을 드물게 한 사람은 없으리라"[9]고 꼬집은 바 있다. 독문학을 전공했으나 그가 천착한 것은 한국문학이었고, 독해의 근거는 서양의 이론이나 사조가 아니라 당대의 현실에 대한 역사적 자의식이었다. 신구문화사 시절의 그는 문학가들과의 교류와 직업적 독서를 통해 한국문학을 새로운 감수성으로 다시 독파해 나갔다. 그리고 그는 그 독서와 성찰의 경험을 바탕으로, 1970년에 이르러 한국문학의 주요 쟁점에 적극적으로 개입한다. 특히 당시 한국학계에서 내발과 이식의 첨예한 대립으로 논쟁적이었던 근대기점론에 그는 나름의 견해를

---

9. 곽광수, 「비평적 원융의 한 경지」, 『실천문학』, 2011년 봄호, 364쪽.

제출하였다. 민족문학론자들이 대체로 내발론을 제창하고 있던 상황을 고려한다면, 19세기의 문학사에 대한 정치한 분석을 바탕으로 근대의 기점을 억지로 끌어올려 잡으려는 시도를 비판하는 그의 입론은 의외라 할만하다. "이식문학적 현상을 지적하는 것과 그럼에도 불구하고 그들이 작품 내부에서 전대의 문학적 유산을 계승하고 있는 측면을 지적하는 것은 결코 모순이 아니"(「민족문학의 모색」, 『민중』, 29쪽)라고 하면서, 이식 안에 내재된 전통적 가치의 재검토를 요청하고 있는 것도 당시로서는 대단히 균형 잡힌 시각이라고 하겠다. 그는 식민사관의 극복을 위해 창안된 민족사관에 대해서도, 그 '민족'이라는 관념의 함의에 대한 숙고 없이는 대안이 될 수 없다는 것을 온당하게 지적했다. 그러나 그 인식이 "민족의 실체는 민중이요 근대화의 내용은 자주화"(「식민지시대 문학의 인식」, 『민중』, 39쪽)라는 다분히 도식적인 선언으로 드러나고 있다는 데서는 또 다시 아쉬움을 느낀다. '민족'이라는 담론의 '실체'를 '민중'이라는 또 다른 담론으로 확인하는 것은 일종의 동어반복에 가깝다. 그리고 그는 민족문학이라는 '규제적 이념'을 목적론적 진보의 논리로 치환함으로써 식민지기의 문학을 전일적인 하나의 정박점에 고정시켜버렸다. "현단계에서 민족사의 최고가치인 반봉건적 근대의식과 반제국주의적 민족의식을 자기 속에 예술적으로 통일한 문학, 즉 항일민중문학이 되어야 하는 것이다."(49쪽) 식민지기 문학의 다채로움은 협력과 저항, 개인주의와 공동선의 지향, 심미성의 탐닉과 정치적 실행이라는 이항분지적인 논리를 초과한다. 염무웅이 제기한 '항일민중문학'은 식민지기의 그 모든 다성악을 일자적으로 동일화하는 독백의 목소리다. 민중과 민족이라는 이념을 밑절미로 한 진보문학론의 구성이란, 적대의 정치라는 긴급한 정세 속에서 이처럼 논리적인 경직성의 답보를 피하기 어려웠던 것이다. 그러나 한국문학에 대한 역사적 이해를 매개로 하여 그의 비평적 자의식은 더 분명하게 서구라는 타자를 대타화하게 된다. 그렇게 두 번째 평론집『민중시대의 문학』은 한국문학의 '근대성'에 대한 탐구를 통해 자기 해체의 길로 나아가는 분기점이라고 할 수 있겠다. 그는 늘 역사와 민족이라는 거시적 틀을 통해 발언하지만, 사실 그 발언의 이면에서는 자기 분해와 자기 구축의 미세한 주체구성이 이루어지고 있었다. 거대서사의 애호와 천착이 주체구성의 미시적 차원에 연루하는 방식은 대단히 복잡한 메커니즘을 갖고 있을 터. 그러나 그것이 지극히 사적이고 탐미적이며 사변적인 것들에 대한 혐오의 격렬한 표현일 수 있음을 짐작할 수 있을 것 같다. 물론 그 혐오와 애호의 취향이란, 그가 살아온 삶의 궤적 속에서 다채로운 경험들의 축적과 더불어 구성된 것이다. 그러므로 윤동주의 시를 평하며 적었던 이 문장은 자기에게 하는 말이기도 하다. "본질적인 것은 어떤 삶을 사느냐 하는 것이며, 이 삶의 무게가 작품 속에 올바르게 운반될 때 그것은 작품 자체의 무게로 전화轉化되는 것이다."(「시와 행동」,『민중』, 174쪽)

첫 번째 평론집이 대체로 작품집의 해설을 엮은 작가론 위주였다면, 두 번째 평론집은 한국근대문학 연구서라고 할 수 있을 만큼 원론과 각론들이 국문학 논문의 형세를 취하고 있다.[10] 독문학자이면서 한국문학의 현장비평을 수행해온 평론가로서, 그 두 개의 정체성 사이의 낙차는 그에게 성실한 작품 읽기와 문학사적 연구를 요청한 활력으로서의 아이러니라고 하겠다. 그러나 3년을 틈으로 70년대에 출간된 이 두 권의 평론집 이후, 16년이 지나고 나서야 세 번째 평론집이 나올 만큼 80년대는 그에게 과작의 시기였다. 물론 이따금 작품집의 해설이나 대학신문사의 청탁에 응해 짧은 글을 쓰지 않은 것은 아니다. 염무웅은 1976년 덕성여대에서 해직당한 이후 1980년에 영남대 독문과의 교수로 강단에 복귀했다. 80년대의 과작은 아마도 이런 사정과 무관하지 않을 것이다. 80년대는 광주의 살육으로 시작해 87년의 민주화로 이어지는 이른바 불의 시대였으나, 해직 이후의 재임용과 지방에서의 생활은 중년에 나이에 이른 그의 문필을 휴식하게 했다. 그러므로 세 번째 평론집 『혼돈의 시대에 구상하는 문학의 논리』는, 그 휴식을 끝내고 다시 현장으로 돌아올 수밖에 없었던 어떤 사정을 고지하는 저작이다. 그것은 제목에 뚜렷하게 드러나 있는 그대로, 당대를 '혼돈의 시대'로 규정하는 그의 시대인식과 관련이 있

---

10. 1970년대에 집중적으로 이루어졌던 한국근대문학에 대한 국문학적 연구는 80년대에도 이어졌다. 텍스트 분석을 통해 서사시의 개념과 그 흐름의 향방을 논의하고 있는 「서사시의 가능성과 문제점」(1982)은 물론 채만식의 소설에 대한 꼼꼼한 주석이라고 할 수 있는 「식민지 민족현실과의 대결」(1985)은 『혼돈』에 수록되어 있다. 2000년대에 이루어진 근대문학 연구는 임화와 김광섭 등에 대한 작가론이며, 이는 염무웅이 '탄생 100주년 문학인 기념문학제'에 간여하면서 발제로 제출한 것들이다. 이들 논문은 『현실』의 1부에 수록되어 있다.

다. 따로 부연할 것도 없이, 1990년대는 동구권 몰락으로 냉전체제가 해체되고 자본주의가 전승일로로 우리들의 일상을 잠식하던 때다. 사회과학의 수요가 문화로 옮겨가고, 진보는 진부한 무엇으로 타매되었다. 거대서사가 붕괴되고, 그야말로 혐오에 마지않았던 쇄말적인 것들이 경이로운 차이들로 찬양되었다. 그가 혐오하고 비판했던 것들이 역사의 공간에서 주인의 자리를 차지하고, 그가 정립하고 옹호했던 가치들이 하염없이 비하되거나 퇴거당할 때, 그의 문필은 다시 예의 그 적의의 예봉을 휘두르지 않을 수 없게 되었던 것이다. '혼돈의 시대'를 서술하는 머리말은 격정을 넘어 격분에 차 있다. "오직 남은 것은 유일초강대국의 무도덕적 패권주의이고 물질적 탐욕과 감각적 쾌락에 대한 광신적인 우상숭배뿐이지 않은가. 잘못된 판단인지 몰라도 내가 보기에는 정신적 가치가 인간의 마음을 사로잡는 힘을 이토록 철저하게 잃어버렸던 때가 일찍이 없었던 것 같다. 학문도 예술도 또 종교도 그 지배적인 성격에 있어서는 물질이 세계에 자기를 관철하는 형식들로 변해버리지 않았는가 하는 것이 나의 극단적인 견해이다. 한마디로 모든 종류의 진지함에 대한 염증이 보편화된 시대, 텅 빈 영혼의 시대, 모든 것이 제자리를 잃어버린 시대 즉 혼돈의 시대가 바로 우리 시대라고 나는 생각한다."(4~5쪽) 그리고 이 난세에 자기가 해야 할 일은 "물질에 제압된 정신의 자율적 힘을 재생시키는 것"(5쪽)이고, 그 실행의 방법이란 읽고 쓰는 것이라고 하면서 출사표를 던졌다.

　　1990년대의 염무웅은 궁핍한 시대를 살았던 윤동주의 시를 다시 읽으며 지금의 난세를 반추하기도 하고, 한 지인의 시에서 "역사적 전망에 대한 확고한 믿음이 사라진 분열과 해체의 시대에 있어서 삶과 예술이 통합적 기능을 잃어버렸고 적대적 모순에 빠진다는 문제"(「밀폐된 자기분석의 시적 진실」, 『혼돈』, 80쪽)를 질타하기도 한다. "소시민적 일상성의 허구적 본질"(「개인사에 음각된 민족사」, 151쪽)을 그려낸 이호철의 소설에 주목하면서, 1990년대의 변화된 현실에 응대하는 현기영의 소설들을 따라 읽기도 한다. 그러나 이렇게 자기가 옹호하는 문학에 대한 재확인과 더불어, 염무웅은 월평이나 계간평을 통해 동시대의 소설들을 꼼꼼하게 읽으며 혼돈의 시대를 구체적으로 가늠할 수 있었다. 낙관적 전망을 박탈당한 혼돈의 시대에는 종언과 몰락을 떠드는 종말론과 구원론이 득세한다. 그가 90년대의 소설에서 목격한 혼돈의 징후는 대략 두 가지로 정리된다. "하나는 이론으로부터 도출된 추상적 이념의 틀 안에 현실의 세목들을 적당하게 배치하는 방식으로서의 소설쓰기이고, 다른 하나는 개인적 감수성이라는 안테나에 포착된 현실의 파편들만을 조립하는 방식으로서의 소설쓰기이다. 이런 방식이 좀 더 정형화될 때 변경 불가능한 과거의 시간 속에서 이미 종결된 인생의 길을 추체험하는 역사소설이 나타나게 되고, 다른 한편으로는 소설쓰는 일 자체의 어려움을 소설화하는 일종의 사소설이 등장한다."(「고립과 단절을 넘어」, 257쪽) 이런 진단은 이 시대의 한국소설이 산출한 어떤 경향들의 도식성을 적확하게 요약하고 있다. 물론 1990년대의 저 소설적 경향들을 쉽게 비판할 수만은 없다. 대체로 이들은 이념의 과잉에 대한 피로와 문학의 어떤 정형화된 고답주의에 대한 저항으로 등장한 면이 있기 때문이다. 그럼에도 염무웅은 저 경향들이 혼돈의 시대를 표현하는 창조적인 혼란이라기보다는, 문학사의 어떤 일관된 반복을 답습하고 있음에 주의를 기울인다. 그의 비판은 식민지기의 모더니즘에서부터 이어져 온 서구 추종을 향하고 있는데, 그것은 그가 오래도록 천착해온 '근대성'의 식민성에 대한 비판과 연결된다.

네 번째 평론집이자 근작인 『문학과 시대현실』에도 1995년 한 해 동안 집필했던 계간평이 정리되어 있다. 이 평론집은 저자의 여전한 신념이 오랜 문단의 경험 속에서 숙성되어, 문장에 있어서나 그 언설에 있어서 완숙한 경지를 보여준다. 그의 계간평을 읽으며 나는 두 번 놀랐다. 그의 열정적인 소설 읽기에 한 번 놀랐고, 변함없는 정치적 신념의 확고함에 다시 놀랐다. 그러면서도, 그 신념의 지나침 혹은 섣부름에서 비롯되었던 교조적 판단들을 이제는 거의 볼 수 없다는 것에 반가웠다. 적의의 정념 대신에 적대의 정치적 역량은 더 강화되었다. 나이가 들어가면서 사람들은, 대체로 적대의 정치가 주는 피로에서 벗어나 조화 속에서 달관하려는 초월의 욕망에 이끌리게 되는데, 염무웅의 비평은 정치적으로 더 깊어졌고 문체 역시도 더 날카로워졌지만 사유는 오히려 훨씬 유연해졌다. "작품에 대한 비평적 논의 역시 기존의 개념들을 부단히 재점검하는 동시에 새로운 상황을 설명하고 돌파할 힘이 남아있는지에 대해 늘 자기반성을 해야 한다."(「변화된 현실과 객관세계의 준엄성」, 『현실』, 449쪽) 이런 반성적 성찰을 통해 기존의 비평적 술어들을 점검하면서도, 그는 섣불리 자기가 고수하던 문학의 신념이나 이론을 포기하지 않는다. 오래된 것들은 쉽게 내던져버리고 유행을 좇으면서 새것을 탐하는 작금의 부박한 세태에 견준다면, 지녀왔던 것의 가치에 질리지 않고 의리를 지키며 그 알속을 더 단단하게 다져나간다는 것은 경이로운 일이다. 민족문학의 유효성을 의심하는 후배를 질타하는 자리에 그는 이렇게 적었다. "돌이켜보면 지난 150년간 우리의 변함없는 역사적 과제는 근대적 민족국가의 건설이었으며 지금도 여전히 그렇다고 믿는다."(「역사의 멍에, 해방의 빛」, 491쪽) 문학을 비롯한 사상적 실천이 '근대적 민족국가의 건설'에 참여할 수 있다는 믿음은, 당연히 그 믿음을 부정하는 것들에 대한 적대로 치열할 수밖에 없다.

그는 여전히 '삶의 구체성'이나 '상황적 진실'이라는 관점에서 문학을 탐독한다. 예컨대 그는 윤대녕의 관념성과 현란한 기교에의 탐닉을 최인훈의 소설에 견주어 읽으면서, 그의 소설이 역사적 차원을 결여하고 사적 체험을 신비화하고 있다고 비판한다. 삶이 혼돈에 처하게 된 것은, 특이성들의 난립이 공통적인 것을 위해하기 때문이며, 역사라는 공통의 지평에서 벗어난 고립된 주체들이 서로 연합하지 못하고 자기만의 사념에 사로잡혀있기 때문이다. 우리는 지금 1960년대에 출현해 지금에 이르기까지 줄기차게 이어져 온 염무웅의 장구한 비평이, 여전히 지향하고 또 비판하고 있는 것에 대하여 생각해 보아야 한다. 사상과 예술에 국경을 그어 배타하는 민족주의적 적대의식은 극복되어야 한다. 그럼에도 지금 한국의 비평은 우리

내부에서 축적된 비평의 역량에서 배우기보다는, 이국의 소란과 논쟁을 수용해 참조하려는 경향이 성찰 없이 우세하다. 염무웅의 비평이 지나온 역정에서 지금 한국의 비평이 결여하고 있는 그 공백을 사유해야 하는 이유도 바로 그 때문이다.

## 6. 서구라는 타자와 역사적 주체의 재구성

염무웅은 독문학자다. 그는 외국문학 전공자이면서도 서구적인 것에의 경도에 대해 예민하게 비판적이었다. 그것은 그가 협애한 민족주의자라서가 아니라 탈식민주의자이기 때문이다. '서구적인 것'이란 지금 이곳의 삶으로부터 멀리 떨어진 아득한 것이므로, 그것은 곧 경험이 아니라 관념의 세계로 대상화되기 일쑤였다. 그는 리얼리티를 왜곡함으로써 현실의 비참을 관념적으로 추상화하는, 비참한 현실의 고통으로부터 초월하려는 모든 낭만적 기도를 혐오한다. 한국의 근대성을 제대로 이해하기 위해서라도 서구의 예술과 사상에서 배워야 하지만, 한국의 근대성이 아닌 근대성 자체를 일반화함으로써 서구를 곧 근대성의 현실태로 모조하고 모방하려는 예속적인 정신의 식민주의가 문제라는 것이다. 독문학자인 그가 한국문학의 연구와 비평에 그렇게 몰두했던 것은 이런 인식 때문이기도 했다. 저개발국가의 젊은이로서, 그도 처음엔 찬란한 서구의 근대에 매혹되었다. 유럽의 모더니즘을 동경했고, 『산문시대』에 서구의 아방가르드와 그것의 모더니티를 다룬 「현대성 논고」라는 글을 연재했다. 그는 보들레르, 랭보, 말라르메를 애타게 흠모하며 유럽 현대시의 원류를 더듬었고, 노발리스와 고트프리트 벤에 이르러 얼마간의 지적 허영을 만족하게 되었을지도 모른다. 훗날의 그는 서구의 현대성에 대한 허영과 그에 따른 오독을 솔직하게 고백했다. 그리고 덧붙여 그 허영과 오독을 빠져들게 했던 '서구적인 것'(현대성 혹은 근대성)의 매혹에 대한 감상을 이렇게 길게 토로했다. "왜 서구문학은 우리에게 그토록 매혹적인가. 저항하기 힘든 마력으로 우리를 사로잡는 서양문학의 힘은 어디에서 연원하는가. 우리의 주체성을 파멸적 심연으로 몰아가 지옥의 불길에 던져버린다 하더라도, 이튿날 새벽 악몽에서 깨어나자마자 머리칼을 쥐어뜯으며 회한의 눈물을 쏟는다 하더라도, 복원될 수 없는 생의 균열에 의해 번민과 불면의 가혹함이 영구히 지속된다 하더라도 왜 우리는 한번 빠졌던 미혹의 감옥에서 풀려나오지 못하는가. 이것은 서구 바깥에 있는 나라들이 공유하는 문학사의 숙제인 동시에 서구문학의 덫에 걸린 수많은 개인들의 실존적 질문일 것이다."(「생의 균열로서의 서구문학 체험」, 『현실』, 618~619쪽) 자못 장황하게 느껴질 정도의 이런 고백은, 그 자체로써 서구문학이라는 매혹의 마성魔性이 얼마나 지독한 것이었는가를 절절하게 표현한다. 서구문학의 체험이 '생의 균열'에 육박한다는 고백은 그가 "평생 겪었던 자기분열의 질환"(619쪽)을 자백하는 것이기도 하다.

　　주체는 타자에 대한 자의식을 통해 자기를 구성한다. 독문학도인 그에게 서구문학은 자기를 애태우는 이질성의 타자였을 것이다. 그 휘황찬란한 현대성의 아방가르드는, 이제 막 조국의 근대화를 부르짖는 저개발의 현실을 참담하게 느껴지게 하지 않았을까. 1960년대의 청년 학도들은 그렇게 압도적인 서구의 현대성 앞에서 번민할 수밖에 없었다. 서구의 바깥 나라들은 탈주술화의 근대가 아니라 서구적 근대의 주술에서 풀려나기 힘들었다. 특히 서구문학을 공부하는 이들에게 그 주술은 생을 균열시킬 만큼 강력했고, 그들은 대개 자기분열의 질환 속에서 고투해야만 했다. "아마 외국문학을 전공하는 사람치고 자신이 하는 일의 정당성의 근거에 대해 묻고 의심하는 존재론적 회의로부터 자유로운 사람은 없을 것이다."(「서구문학의 망령에서 벗어나기」, 『현실』, 626쪽) 염무웅의 존재론적 회의는 다른 그 누구보다 철저했던 것처럼 보인다. 그런 의미에서 「리얼리즘의 눈으로 읽는 카프카의 소설」(1983)은 그 회의를 결산하는 노작勞作이다. 이상과 최인훈의 뒤를 좇아온 이들 중에는, 필시 같은 이유로 해서 카프카에 매료된 사람이 적지 않을 것이다. 카프카에 대한 신학적이고 형이상학적 해석들은, 그의 텍스트를 역사적 현실로부터 분리시켜 언어와 의미의 층위로 데려간 다음, 그 독특한 난해함이 현실의 불가해함에 대한 가장 전위적이고 형이상학적인 표현이라고 믿는다. 그러나 염무웅은 그 "난해성이 어떤 심오한 형이상학적 근원에서 나온 것이라기보다 좀 더 비근한 현실적 사정에 근거했으리라는 심정"(「리얼리즘의 눈으로 읽는 카프카의 소설」, 『혼돈』, 441쪽)을 기반으로 카프카의 문학을 독해한다. 염무웅은 카프카가 놓여 있던 사회적 조건과 그의 전기적 사실들을 두루 살펴, 그 텍스트의 언어적 심층으로부터 분출되는 불가해성의 의미를 해석한다. 그리고 그 난해함이 역사적 상황 속에서 구성되었다는 일종의 유물론적 분석을 내놓았다.

형이상학은 인간과 세계의 물리적 한계를 넘어 사유할 수 있는 통로이다. 신학은 역시 속악한 현실을 벗어날 수 있는 구원의 계기를 계시하는 힘을 암시한다. 그런데 그것이 오히려 현실을 초월해버리는 알리바이로 오용되고 있다면 어찌할 것인가. 현실의 고통을 외면하려는 안락함에 대한 유혹이 내성의 관념 속에서 차이들의 난동으로 활력 넘치는 현실을 추상화시킨다. 추상화는 차이들을 제거하는 전일화이며, 그 추상화를 매개하는 것은 공공성으로 올라서지 못하는 타락한 지성이다. 병적인 개인(주체)들과 말세적인 세계(구조)가 예술과 사상을 살찌운다는 역설. 역사의 종말과 예술의 종언을 기정사실로 수리하려는 세태를 생각한다면, 염무웅의 저 고색창연한 언어들은 얼마나 진부한가. 그러나 염무웅의 비평은 오히려 새롭다는 것의 상투성을 고발하고 엘리트주의의 내밀한 보수성을 기소한다. 그가 문학의 언저리를 맴돌며 오랜 시간에 걸쳐 고뇌해온 것은, 저 악덕을 주조하게 만든 모더니티의 식민성이다. 그리고 그에게 민중과 민족, 시대와 현실, 역사와 진보, 경험과 실감이란 그 악덕에 대항하는 가장 유력한 무기였다고 하겠다. 이제 그의 후학들에게는 그 대항의 무기들을 비판함으로써 그의 비평적 유산을 온전하게 상속받아야 하는 과제가 남아 있다. 그것은 부정함으로써 계승해야 하는 까다롭고 난해한 일이다.

# 익명의 비평

## 미시마 유키오와 신경숙, 심층근대의 갈림길

1

섣부른 확신과 단언들은 성급한 단죄의 목소리로 비등해 결집된 자들의 울분을 선동적으로 자극한다. 그러므로 그것을 표절이라고 쉽게 단정해버림으로써 어렵게 치러내야 하는 복잡한 사유의 과정을 그냥 건너뛰어서는 안 된다. 그럼에도 그런 선명한 적의가 하나의 대오를 이루어 일제히 발악하는 것은, 그 같은 항의가 기세등등한 나름의 이유가 있기 때문이다. 그러니까 그런 심란한 항의의 본심에는 중심부의 언저리를 맴돌며 끝내 그 진입이 좌절당한 (반)주변부의 복잡한 심리가 작용하고 있다. 그러나 중심부는 언제나 그래왔듯 그런 세속의 심사를 전혀 헤아리지 못한다.[1] 타자성을 담론화할 수는

---

1. 계간 『창작과비평』의 창간 50주년을 기념하는 자리에서, 그 잡지의 편집인이자 출판사 창비의 최대 주주인 백낙청이 밝힌 표절 논란에 대한 견해가 그러하다. "최근의 표절시비와 관련해서도 그렇습니다. 창비의 대응에 대해 자성하고 자탄할 점이 많습니다. 특히 독자와의 소통능력이나 평소 문학동료들과의 유대 형성, 사내 시스템의 작동 등에 큰 문제가 있었음을 확인했습니다. 그런 가운데서도 우리가 어떤 '기본'을 어렵사리 지켜낸 것만은 자

있어도, 결코 그 타자성에 공감하지 못하는 둔감함. 그것을 두고 타자의 입장에서 사유하지 못하는 중심부의 윤리적 무능을 지적할 수는 있으리라. 그러나 배제당한 자의 울분으로 중심부를 비토하는 쉬운 방법이 아니라, 중심부를 향한 나의 선망이나 원망이 그 오만한 무능을 당연하게 만들었다는 뼈아픈 자각으로부터 출발해야 한다. 남의 탓으로 미봉하지 말고, 자기의 탓으로 자학하지도 말고, 그것이 결국은 우리가 놓인 관계의 배치 안에서 벌어지는 난해한 일이라는 것을 간과하지 않는 것이 중요하다. 그런 의미에서 이번의 표절 논란은 근대적인 문학, 그 예술적 체계의 구축에 골몰해왔던 우리의 어떤 맹목에 대하여 되돌아볼 중요한 기회이다. 그것은 문학이

---

부할 수 있습니다. 굳이 이 말을 하는 것은, 바로 '기본'을 고수하는 그 자세가 많은 비판자들의 맞춤한 표적이었고 창비를 염려하는 분들이 특히 답답하고 안타깝게 여기신 대목이기 때문입니다. 한 작가의 과오에 대한 지나치고 일방적인 단죄에 합류하지 않는 것만으로도 부패한 공범자로 비난받는 분위기에서, 그 어떤 정무적 판단보다 진실과 사실관계를 존중코자 한 것이 창비의 입장이요 고집이었습니다. 결과적으로 더 큰 뭇매를 자초하기도 했습니다만, 한 소설가의 인격과 문학적 성과에 대한 옹호를 넘어 한국문학의 품위와 인간에 대한 예의를 지키고자 최선의 노력을 기울였다는 점을 말씀드릴 수 있습니다. 저는 이것이 창비의 다음 50년을 이어갈 후진들에게 넘겨줄 자랑스러운 유산의 일부라고 감히 주장합니다."(서울 프레스센터, 2015년 11월 25일) 예술의 장에서 가치의 선별이란 당연한 것이지만, 마찬가지로 선택하고 배제하는 분별의 결정에 대한 쟁론 역시도 당연한 것이다. 그러나 백낙청이 일방적인 단죄와 비난에 맞서 '진실과 사실'이라는 대전제 하에 '한국문학의 품위와 인간에 대한 예의'라는 '기본'을 수호했다는 것을 창비의 '유산'으로 자랑할 때, 그것은 정당한 쟁론을 부당한 논란으로 오도하는 기묘한 언변에 지나지 않았다. 그는 세속의 논란에 대한 성실한 응답 대신에, '품격과 예의'라는 고상한 덕성론으로 반대자의 이견들을 무참하게 묵살해버린 것이다.

라는 근대적 예술 체계를 생산하고 소비해온 시스템의 구조적 한계가 돌출된 사건이기 때문이다. 이런 지적은 합당하다. "한국문학 시스템의 붕괴는 평론가 집단 혹은 평론가들이 그동안 담당해 왔던 비평적 작업의 효용성이 역사적으로 임계점에 도달했다는 사실과 깊은 관련이 있다고 생각합니다."[2] 비평적 지성에 의해 그 근대성의 결핍을 보충해왔던 한국문학의 관성이 더 이상은 포스트모던한 역사의 거센 흐름을 버틸 수 없게 되었다. 그럼에도 여전히 그 관성을 지속하면서 기득권을 놓지 않으려는 세력과, 그것을 내놓으라고 하는 세력이 이전투구의 양상으로 대결하거나 한다면, 이는 얼마나 불행한 일인가. 더는 버티지를 못해서 터져버린 사고이다. 망가진 것을 다른 새 것으로 교체한다고 해결될 수 있는 수준의 문제가 아니다. 비평이 추동해온 문학장의 운동성을 다른 운동성으로 지양하기 위해서, 지금 비평이 할 수 있는 최선은 과감한 자기해체의 실행이다. 해체의 운명 앞에 놓인 구태의 비평이 표절에 대한 윤리적 비판에 앞장서는 것은 자가당착이다.

신경숙이 옮겨다 적은 미시마 유키오의 문장은, 그것이 표절이냐의 여부와는 별도로 중요한 무엇인가를 드러내는 일종의 징후이다. 여러 갈래의 검토들을 통해 이미 드러났듯이, 신경숙이 미시마의 「우국」憂國(김후란 번역)을 읽고 '영향'을 받았다는 것은 거의 틀림없는 사실이다. 그럼에도 나는 그것이 표

---

2. 강동호, 「비평과 전망 ─ 비평은 무엇을 할 수 있는가」, 『지금 다시, 문예지』, 미디어버스, 2016, 54쪽.

절이라는 단언에는 간단하게 동의하기가 어렵다. 두 텍스트 (「우국」과 「전설」) 간의 상호텍스트성이 신경숙이라는 작가의 주체성을 가늠하는 지표가 된다고 할 때, 표절이라는 논쟁적인 의제는 그 문제의 복잡성을 단순한 도덕성의 문제로 축소시킬 수 있기 때문이다. 문제의 발단이 된 미시마 유키오의 「우국」(1961)이란 무엇인가? 그것의 해명을 위해서는 먼저 1970년 11월 25일 이치가야의 육상자위대에서 펼쳐진 미시마 유키오의 극적인 할복 퍼포먼스에 주목할 필요가 있겠다. 1936년의 2·26사건을 다룬 이 짧은 소설은 어떤 의미에서는 이치가야에서의 그 거사를 위한 일종의 리허설이 아니었을까. 미시마는 그 소설을 직접 각색하고 스스로 주연을 맡은 영화를 연출하기도 했다. 그 소설과 영화를 2·26사건의 서사적 재현이라고 할 수 있다면, 육상자위대에서의 할복은 그 소설과 영화의 실행적 재현이라 하겠다. 그러니까 미시마는 2·26이라는 원형적 사건을 소설과 영화로 '재현'한 뒤에, 기어이 그 각본을 자신의 할복으로 '실행'한 것이다. 그렇다면 원형적 사건으로서의 2·26이 무엇이었기에 미시마는 그것에 자기의 목숨까지 걸었던 것일까? 그 모든 사건의 저층에는 천황이라는 곤란한 기표가 가로놓여있다. "당초 군 내부에는 천황기관설을 용인하는 세력과 천황기관설을 배격하는 세력이 있었다. 전자는 주로 군 중추를 장악한 군 관료(통제파)이며, 후자는 주로 이른바 천황중심주의자인 황도파와 그들과 연결된 젊은 청년 장교 중에 많았다. 2·26사건은 전자에 대한 후자의 반역으로 일어났다."[3] '천황기관설'은 일본의 주권이 천황에 있다는 이른바 '천황주권설'에 대한 반론으로 제기되었다. 그리고 그것은 일본 제국헌법에 명시된 주권의 주체를 둘러싸고 도쿄제국대학의 교수들이 벌인 법리적 해석의 투쟁으로 전개되었다. 천황이라는 신격화된 존재의 초월적 관념성을 합리적인 근대 헌법학의 논리 안에 적응시키려는 필사의 기투가 천황기관설이었다. 주권이 국민에게도 천황에게도 있지 않으며, 그것이 오직 국가라는 법인에 있다는 것. 그렇게 천황을 일종의 기관으로 비켜놓음으로써 메이지 이후의 일본이 반복적으로 마주해야 했던 초월(전통)과 합리(근대) 사이의 딜레마를 극복하려고 했던 것이다. 그러나 군국주의가 심화되면서 일어난 국체명징운동과 함께 일본의 사조는 극우화로 치달았다. 미노베 다쓰키치에 의해 지배적인 학설로 자리잡았던 천황기관설은 우익들의 십자포화를 견디지 못하고 결국은 담론의 장에서 무력하게 퇴각한다. 천황기관설이 서구 법사상의 무비판적인 수용이라고 낙인찍힌 데서 알 수 있듯이, 그것에는 천황이 연루된 일본의 복잡한 근대성의 문제가 잠복해 있다. 천황과 인민, 전통과 근대, 초월과 합리 사이의 균열과 조화를 오가며 진행되었던 일본의 근대화는, 바깥으로부터의 이입과 수용에 대해 예민한 자의식으로 응전해온 역사였다. 그러니까 2·26은 그 자의식이 너무 오른편으로 기울어, 그 양자 사이의 균형이 요동침으로써 일어난 사건이다. 그리고 바로 다음 해인 1937

3. 다치바나 다카시, 『천황과 도쿄대 2』, 이규원 옮김, 청어람미디어, 2008, 251쪽.

년에 관동군의 노구교盧構橋 사건 조작으로 중일전쟁이 발발했고, 이후 일본은 총력전체제의 비상적인 상황으로 말려들어갔다. 비록 실패는 하였으나, 황도파의 청년 장교들이 천황의 친정親政을 요구하며 일으킨 그 날의 쿠데타는, 화혼和魂으로 서구적 합리성을 압도할 수 있다는 근대초극의 야망이 본격적으로 시작되는 계기가 되었다.

「우국」과 그것을 모방한 할복의 퍼포먼스는 패전 후 아메리카의 문물에 침윤된 일본의 현실을 개탄하면서, 다시 그 근대초극의 웅혼한 야망을 천황이라는 화혼의 상징적 기표를 통해 부활시키려 했던 대단히 도착적인 의지의 산물이다.[4] 미시마에게 천황이란 타락한 세속을 정화하고 완전한 아름다움을 회복시킬 수 있는 단 하나의 절대였다. 그러나 "미시마의 텐노오는 실체로서의 히로히또라기보다는, 그 자체가 진짜 얼굴을 가지지 않은 커다란 가면이었다."[5] 그것은 육체를 갖지 못한 혼처럼 실체가 없는 이념이었고, 욕망의 대상이지만 가닿을 수 없는 일종의 환영이었다. 그러니까 그것은 결코 자기 앞에 도래할 수 없는 숨은 신이다. 천황이라는 초월적인 화혼和魂의 현현으로 근대洋才를 초극하려 했던 미시마의 기획은, 너

---

4. "물론 이런 영예 대권적 내용의 부활은 정치 개념으로서의 천황이 아니라 문화 개념으로서의 천황의 부활을 재촉하는 것이어야 한다. 문화의 전체성을 대표하는 이와 같은 천황만이 궁극의 가치 그 자체이기 때문이며, 천황이 부정되거나 전체주의의 정치 개념에 포괄될 때야말로 일본의, 그리고 일본 문화의 진정한 위기이기 때문이다."(미시마 유키오, 『미시마 유키오의 문화방위론』, 남상욱 옮김, 자음과모음, 2013, 90쪽.)
5. 김항, 『제국일본의 사상』, 창비, 2015, 113쪽.

무도 문인다운 발상에서 비롯된 것이었다. 보디빌딩으로 육체 미를 뽐내고, 방패의 모임楯の会이라는 친위대를 앞세워 역사 앞에 자기를 각인시키려 했지만, 결국에 그것은 표면(육체)으로 이면(마음)을 속이는 얼굴 없는 가면의 고백에 지나지 않았다. 2·26이란 이처럼 굴절된 근대성에 연루된 화혼과 양재의 분열을 머금은 사건이었다. 미시마의 「우국」이란 죽음(관념)과 에로스(육체)를 일치시킴으로써 그 분열을 봉합하려는 사투의 열정이다.

> 그때 두 사람은, 물론 그것이라고 분명히 의식한 것은 아니지만, 또 다른 남들이 모르는 둘만의 정당한 쾌락이 대의와 신神의 위엄에 있어서도 한 치의 어긋남이 없을 완전한 도덕으로 지켜진 걸 느낀 것이었다. 두 사람이 서로를 바라보면서 서로의 눈 속에서 정당한 죽음을 발견했을 때, 그때 또다시 그들은 그 누구도 깨뜨릴 수 없는 철벽鐵壁에 둘러싸였고, 아무도 손끝 하나 댈 수 없는 아름다움과 정의의 갑옷으로 무장되어졌음을 느꼈던 것이다. 그래서 중위는 자신의 육체적 욕망과 우국충정과의 사이에 하등 모순이나 당착을 볼 수 없을 뿐 아니라, 오히려 그것을 하나로 생각하기까지 했다.[6]

삼십 세의 타케야마 신지 중위와 스물셋의 부인 레이코.

---

6. 미시마 유키오, 「우국」, 『금각사 외』, 김후란 옮김, 학원사, 1983, 221쪽. 강조는 인용자의 것임.

타케야마는 죽음을 결단함으로써 '쾌락(육체적 욕망)'과 '대의(우국충정)'를 하나로 일치시키려고 했다. 칙명이 내려진다면 거사를 치렀던 친구들을 자기의 손으로 처단해야 하는 타케야마. 그리고 천황과 전우 사이의 그 딜레마를 지양하고 극복하는 방법이 자기의 죽음밖에 없다는 결의. 부부는 결국 그들의 진지하고 격렬한 에로스를 우국의 이데올로기로 승화시키기 위하여 자신들의 세속적인 육체를 결연한 죽음으로써 지양했다. '건강한 젊은 육체의 소유자'들인 그들이 세속적인 육욕을 고매한 우국의 대의로 비약시킬 수 있는 유일한 방법은, 스스로 그 육체를 지양하는 것 말고는 아무것도 없었다. 미시마는 아마도 그 죽음이 사私를 지양하고 공公에 이르는 변증법적인 도약의 길이라고 여겼을지 모른다. 미시마는 그리스 여행을 다녀온 1955년부터 보디빌딩을 시작했다. 자기의 육체를 고전적인 아름다움에 근접시키려고 했고, 그렇게 만들어진 몸을 할복의 결단으로 지양함으로써 천황을 복권하려고 했다. 그러나 자해自害의 스펙터클을 전시함으로써 패전 후 일본의 정신사를 개조하려 했던 그의 기획은 실패로 돌아갔다. 미시마의 사후, 대미 종속은 더 심화되었고 서구적 근대는 더욱 확고하게 되었다. 그 근대는 일본의 전통과 끊임없이 착종하다가, 마침내 포스트모던의 서브컬처로 화려하게 분열한다.

2

　신경숙의 「전설」(『문학과사회』, 1994년 겨울호)은 발표 이후 거의 주목을 받지 못하다가, 얄궂게도 표절 시비의 문제작으로 거론되면서 널리 알려지게 되었다. 「전설」은 「우국」을 표절했다는 강력한 혐의에도 불구하고, 부분적 유사성보다 그와 다른 점이 훨씬 분명한 작품이다. 오히려 그 유사성이 차이를 더 선명하게 부각하게 한다. 논란은 그 부분적 유사성의 표절 여부를 두고 첨예했지만, 실은 그 유사 속의 차이에 사건성의 핵심이 내포해 있다. 신경숙은 어느 신문과의 인터뷰에서 「우국」을 읽은 기억이 나지 않지만, "지금은 내 기억을 믿지 못하겠어요. 어떤 작품을 반쯤 읽다 말고 이건 전에 읽었던 작품이구나, 하는 식이니까."라며 당혹스런 심경을 고백했다. 나는 이 고백의 진의를 의심하지 않는다. 그러나 일부 단락의 문장과 어휘의 유사한 배치는 두 작품의 연루를 거의 의심할 수 없게 만든다. 남자가 역사적 대의를 위해 사적인 행복을 포기한다는 결단을 감행한다는 점에서도 두 소설은 상당히 흡사하다. 그러나 표절이라는 확언과 작가에 대한 도덕적 비난은 사태의 본질을 비껴간다. 물론 그 비판이 그 작가의 권위와 명망을 만들어낸 이른바 '문학권력'으로까지 확대된 데에서 알 수 있듯이, 표절의 논란은 문학장의 적폐를 향한 공격충동이 분출하는 계기가 되었다. 한국의 문학장은 중심부의 헤게모니가 관철되는 통로로 기능하고 있는 메이저 출판과 언론, 그리고 대학과 깊이 관련되어 있다. 여기에 금권과 인력이 결합해 작가의 명망을 구성하고, 그것을 다시 자본과 권력으로 재생산하는 체계가 바로 지금 한국의 문학장이다. 이 체제는 회수율이 떨어지는 주변부의 작가와 지식인을 배제했고, 반주변부의 자원을 적절하게 활용했다. 한국의 문학장은 주변부와 반부변부를 약탈적으로 이용하면서, 결국은 중심부의 헤게모니가 관철되는 장으로 작동해 왔다. 권위와 명망을 획득하기 위해서는 스스로를 소수화해야 한다. 그러니까 다수를 배제하는 소수화는 특권화를 위한 수순이다. 중심을 선망하는 주변부와 반주변부의 결핍된 자들이 존재하는 한, 소수화로 특권화된 중심부의 헤게모니는 자본과 권력을 재생산하면서 언제까지나 지속될 수 있는 탄탄한 제도로서 굳건하다. 그리고 그 남루한 선망의 열정은 중심부의 가치를 우월한 것으로 대타화하는 대신에, 열등한 주변부라는 자학적인 자기상을 이념화한다. 이처럼 중심의 헤게모니를 일방적으로 재생산하는 중심과 주변의 비대칭적인 구도는, 중심이 조장하고 주변이 말려들어 구성해낸 지독한 이데올로기적 환상이다.

　「전설」이 처음 표절의혹을 받았던 것은 2000년이었다.[7] 그러나 15년이 지난 지금에 와서 그 사실이 이렇게 폭발적인 논란으로 비약한 데는 그 나름의 이유가 있다. 그것은 중심부의 회수율이 기능부전에 빠진 문학장의 질적 변화와 밀접한 관련이 있다. 그리고 탈식민주의적 인식의 확산이 가져온 정전에 대한 대중의 반역적 태도가, 신경숙의 표절논란과 문학권력 비판에 주의를 집중하게 만든 또 다른 요인이다. 어쩌면 비평은 자기가 옹호하는 것들에 적극적으로 권위를 부여하는 행위이다. 그렇다면 문예지나 어떤 에콜이 특정의 작가나 작

7. 정문순, 「통념의 내면화, 자기 위안의 글쓰기」, 『문예중앙』, 2000년 겨울호.

품을 옹호하거나 지지하는 것은, 그 자체로 부당한 일은 아니다. 정전화란 그 결사체의 연합에 근거가 되는 공통성을 능동적으로 구성하는 일종의 정치적 실천이기 때문이다. 그러나 문화정치적 헤게모니 투쟁을 목적으로 연합했던 기존의 문학적 결사들은, 민주화와 산업화 이후에 주류화되는 과정 속에서 그들을 결속시켜주었던 그 정전의 성격이나 연합의 정당성을 의심받게 되었다. 개발독재와 민주주의의 탄압에 대한 저항이라는 정전 구성의 대의가 와해되고, 마침내 정전이란 주류의 지배적 헤게모니에 편승하는 방법이 되고 말았다. 쉽게 말해, 그들이 옳다고 옹호하는 작가와 작품 혹은 담론들의 진정성이 더 이상은 예전과 같은 정도의 지지를 얻기 힘들게 되었다.

앞서「우국」이 일본의 근대화가 갖는 딜레마를 천황을 매개로 지양하려다가 실패한 작품이라고 했다. 사적인 에로스를 공적 대의의 죽음으로써 극복하고, 결국에는 공과 사, 정신과 육체, 화혼과 양재, 전통과 근대를 하나로 종합하려는 변증법적 기획이「우국」의 요체이다. 그렇다면 신경숙의「전설」은 도대체「우국」에서 무엇을 취했다는 것인가? 단지 문장의 일부를 비슷하게 옮겨 적은 것이 사태의 핵심은 아니라는 말이다.

6·25전쟁, 발발 전부터 남북 간의 소규모 무력충돌 계속 발생하다. 그 불안의 땅속에서도 사과나무에는 꽃이 피고 사과가 열린다. 누군가는 사랑을 하고, 누군가는 논에 거름을 내고 누군가는 복수를 하고 누군가는 자살을 하고 누군가는 상점을 내고 누군가는 책을 읽다.[8]

인용한 대목은 한국전쟁이라는 공적인 역사와 '누군가'들의 개인사를 대비시키고 있는 「전설」의 프롤로그 일부이다. 소설의 마지막도 작가는 저 '누군가'들의 사적인 삶들을 되뇌는 것으로 마무리한다. 역사의 요동 속에서도 끈질기게 이어지는 '누군가'들의 삶이 결코 사소하지 않은 무게를 갖고 있다는 것, 그러니까 역사의 대지에 깊이 뿌리내린 '사과나무'에 피어난 꽃이 바로 그 '누군가'들의 전설이다. 전쟁이라는 거대서사가 그 익명의 삶을 송두리째 뒤흔들기도 하지만, 그들은 또 그렇게 그런 대문자의 역사에 아랑곳없이 자기의 삶을 살아간다. 소설은 이처럼 공적인 것으로 환원될 수 없는 개별적인 삶 singularity에 착근한다. 여기에서는 사私의 세계를 공적인 것으로 지양하지 않을 뿐 아니라, 미시마의 그 소설과는 전혀 다르게 개별적인 삶의 특이성에 대한 공적인 폭력이 문제가 된다. 공적인 역사가 개인의 삶에 질곡이 되는 그런 세계를 신경숙은 3인칭의 서술로 풀어낸다. 초점인물인 여자를 서술자로 내세우지 않은 것은, 바로 그 공적인 역사에 대한 '거리'를 유지하기 위해서였을 것이다. 그럼에도 이 소설의 어조는 1인칭의 고백조로 여겨질 만큼 서정적이다. 다시 말해 그 서정성은 이 소설의 지향이 역사적 세계를 객관적으로 그리는 것이 아니라, 가혹한 현실을 살아낸 주체의 내면적 감응을 표현하는 데 있다는 것을 알려준다. 그러므로 관건은 무엇보다도 그 주체성의 성격에 달려있다. 결론적으로 말한다면, 그 주체성은 대단

8. 신경숙, 「전설」, 『감자 먹는 사람들』, 창비, 2005, 239~240쪽.

히 폐쇄적인 주관성에 가깝다. 남자와의 만남과 사랑, 그리고 두 남녀의 몸과 마음의 지극한 희열은 대체로 회고의 형식으로 서술되며, 여자의 그런 일방적인 회고 속에서 소설의 대화성은 약화된다. 이런 독백성은 남자의 부재 원인이라고 할 수 있는 한국전쟁을, 여자의 지극히 내성적인 자의식으로 분식함으로써 절정에 달한다. 전쟁이라는 압도적인 '사건성(서사성)' 대신에, 이 소설은 그 외부적 사건에 응대하는 여자의 '내면성(서정성)'에 집중한다. 그러므로 우리는 이 소설을 외적인 역사에 대한 한 여자의 섬세한 내면의 응전으로 읽을 수 있다. 여기서 역사는 주관적인 내면에 현상하는 객관적 대상이며, 따라서 그것은 주체의 구성에 개입하는 역동적인 현실로 읽어내기는 어렵다. 그래서인지 이 소설의 세심한 감수성은 미시마의 소설이 주는 어떤 긴장감과 치열함에 비해 다소 미미한 느낌을 준다.

미시마의 소설에서 자살의 결행은 자기를 극복함으로써 대의를 따르려는 형이상학적인 비약의 열망을 표현한다. 그러나 신경숙의 소설에서 여자의 회고는 섬세한 내면의 결을 묘사하는 것에 만족할 뿐이다. 이것은 단순히 서사적인 구성이나 소설 미학적인 차원에 국한된 문제가 아니다. 서정성이라는 표현으로는 좀 부족한 신경숙의 그 과잉 주관성, 주로 여성의 내밀한 사연과 관련이 있는 그 내면성은, 사소하고 비루한 것들에 정당한 몫을 부여하려는 태도와 더불어 신경숙의 소설이 견지해온 일종의 유력한 규범이었다. 그러나 주지하듯이 이런 규범은 개인의 특색이 아니라 동구권의 몰락과 함께 개시된 냉전체제 이후의 어떤 문화적 규약과 연루되어 있다. 그러니까 신경숙의 소설은 역사와의 대결이라는 근대성의 문제를 건너뛰고, 근대적인 자의식으로 완고한 과잉 주관성의 주체를 앞세워 냉전 이후의 문화적 규약을 답습하였다.[9] 이런 어긋남이 포스트모던한 분열의 양상으로 깊어지기보다는 완고한 주관성으로 봉합되고 마는 것을 두고, 이미 여러 평자들은 그 내성적인 통속성에 우려를 표명하지 않았는가.

다시 처음의 질문으로 돌아가 본다. 신경숙은 미시마의 「우국」에서 무엇을 취했는가? 나는 미시마의 그 소설이 우익 내셔널리즘의 시대착오가 반영된 실패한 기획이라고 생각한다. 그럼에도 그 기획에는 일본의 근대성에 대한 한 작가의 치열한 (그래서 극단적인) 미학적 대결이 내재되어 있다. 신경숙은 미시마의 그 치열한 대결을 읽어낼 재간이 없었던 것일까? 그 소설을 읽고 그의 무의식에 각인된 것이 단지 그 유려하고 매혹적인 문장의 '스타일'만이었을까? 그는 습작기의 문장훈련을 필사로 단련했다고 고백한 바가 있다. "나는 내 삶을 소설가로서 살아가리라 다짐했고, 습작 시절에 언제나 내가 그 여름방학 동안 내 노트에 옮겨 적어본 작품들이 세상에 퍼뜨

9. 물론 『외딴방』의 성취를 간과하지는 말아야 한다. 예컨대 이런 평가가 간곡하다. "신경숙의 문학은 소설 이전에 글쓰기다. 자기 내면의 목소리를 찾아가고, 거기에 표현을 주려는 한없는 욕망의 세계. 그 간절한 욕망이 시대와 역사의 중심과 만난 것은 단지 우연이었을까."(정홍수, 「쇠스랑으로 다시 발등을 찍는 시간 — 신경숙 씨를 생각하며」, 『마음을 건다』, 창비, 2017, 208쪽.) 문제는 내면의 욕망과 역사의 중심이 팽팽한 긴장을 잃고 급하게 내면쪽으로 기울어버렸다는 데 있다.

려놓고 있는 그 의미망들을 놓치지 않으려고 애썼다. 할 일을 찾았으므로 거기에만 매달린 덕에 나는 이른 나이에 등단을 했고 누가 뭐라건 꾸벅꾸벅 십 년을 걸어왔다."10 그 치열한 필사가 그 문장에 내재해 있는 다른 무엇이 아니라, 오로지 매혹적인 원문의 스타일을 모방하는 것에 지나지 않았던 것일까? 실은 저개발의 콤플렉스를 서둘러 극복하고 싶었던 우리의 근대화가 이와 같지 않았는가.11 서구적 근대의 역사가 함축하고 있는 근대성의 심층을 헤아릴 길 없었던 우리는, 다만 표피적인 스타일을 베껴서 제법 그럴듯하게 흉내 내는 것으로 만족하는 습속에 길들었다. 근대성에 대한 미시마의 고투를 보지 못하고, 그 표피로서의 문장에 탐닉했던 한 문학 지망생의 순수한 열의는, 한 나라의 대표작가로 우뚝 선 지금의 그를 나락으로 떨어뜨렸다. 그러므로 필사筆寫로 보냈던 그 여름의 한때는, 바로 그 미혹함으로 해서 얼마나 가혹한 시간이었던가. 그렇다면 그가 왜 그런 과잉 주관성의 주체가 되었는가도 이제

---

10. 신경숙, 「筆寫로 보냈던 여름 방학」, 『아름다운 그늘』(개정판), 문학동네, 2004, 176쪽.

11. 모조 근대의 실상은 표절이냐 아니냐의 차원을 훌쩍 넘어선다. 무분별한 모방과 인용의 결과로 드러나는 잡거(雜居)의 난맥상은 스타일에 대한 기묘한 탐닉으로 귀결되었다. 이런 지적이 그 파행을 적확하게 포착한다. "표절이란 그야말로 빙산의 일각처럼 노출되지만, 우리 인문학의 파행적 성격을 보여주는 보다 광범위하고 심각한 현상은 오히려 '인용'의 문제일 것이다. 인용은 표절과 달리 그 형식적 적법성 때문에 선정적으로 가시화되지 않는다. 그러나 한국 현대 인문학은 실질적으로 '인용 인문학'이며, 따라서 그 학문의 성격은 바로 이 인용의 구조와 생리에 의해서 결정될 수밖에 없는 것이다."(김영민, 『보행』, 철학과현실사, 2001, 96쪽.)

조금은 이해할 수 있겠다. 숱한 타자들을 자기화한 필사의 시간들은, 어느 순간에 그 타자들을 자기로 동일시하는 오인의 순간을 맞이하였을 것이다. 그 오인이란 식민성에서 발원하는 피식민 콤플렉스의 결과가 아니고 무엇이겠는가.

3

우리의 근대가 이처럼 번역과 중역으로 얼룩진 필사筆寫/必死의 시간이었다는 것, 그런 의미에서 우리는 모두 신경숙이다. 일제의 식민지배를 받았던 비서구의 어느 반도 국가에서, 저 필사의 시간을 제대로 통과해낸 사람이 몇이나 될까. 그렇다면 신경숙이라는 한 인격체를 비판하는 것에 열을 올릴 것이 아니라, 필사로 구축된 신경숙이라는 주체성에 대하여 사유하는 일이 우선이다. 다시 말하건대, 지금의 이 모든 사단은 표피적인 스타일에 목을 매달았던 우리들의 일천한 근대성에서 발원한다. 일찍이 그것을 '심층근대화'의 개념으로 제기했던 한 비평가의 이런 말이 폐부를 찌른다. "근대의 공허함은 지식인들이 그 상당 부분 책임을 느껴야 하는 '사상의 황폐'와 동전의 양면과 같은 관계에 있다."[12] 근대를 제대로 마주하고 응전하지 못했으면서도, 서둘러 포스트모던으로 비약하려는 조급함 그 자체가 서구적 근대에 대한 열등감의 표현이다. '근대의 공허'가 '사상의 황폐'와 하나라는 점에서, 근대의 아포리아

12. 김영민, 『지식인과 심층근대화』, 철학과현실사, 1999, 39쪽.

는 공허를 채울 수 있는 견실한 사상의 수립을 요청한다.

신경숙의 표절을 둘러싼 이번의 논란은 문학장의 부도덕한 권력에 대한 비판으로 확전되었다. 정의와 불의의 분법에 입각한 도덕적 비난으로 난망한 상황이 타개될 리는 만무하다. 이른바 권력비판론자들은 권력을 부당하게 소유하고 있다고 여겨지는 특정 인물이나 단체를 도덕적으로 비난하고 정치적으로 공격함으로써 번번이 권력을 실체화하는 오류에 빠진다. 민족의 전통에 대한 옹호로써 서구적 근대에 맞서는 의욕과 마찬가지로, 타락한 중앙이라는 상상으로써 중심에 항쟁하는 전략은, 역시 오인된 실체화의 덫에 빠져있다. 권력은 고정된 실체가 아니라 관계의 미세한 배치 안에서 흐르는 힘이다. 중심부의 힘과 권위는 주변부의 선망과 열등감, 울분과 비난이 공조해 만들어낸 것이다. 그러므로 중심부로의 편입에 대한 열망과 마찬가지로, 타락한 중심에 대한 반역이라는 담론은 중심부의 권력과 적대적으로 공모한다. 쉽게 말해 누구도 권력의 외부에 있을 수는 없다. 권력은 중심과 주변이라는 바로 그 위상학적 관계 안에서 재생산되기 때문에, 권력을 향한 주변부의 비판은 사실 권력에 대한 선망의 다른 표현이다. 따라서 권력에 대한 비판보다는 권력을 가능하게 하는 그 관계의 배치를 탈구축하는 것이 유효적절한 일이다.

이른바 상징자본의 빈곤이 구조화된 반주변부 지식인들의 사상적 자원은 대체로 서구의 이론 자재들이다. 마치 박람강기로 주변부적 열등의식을 극복하고 자존감을 지키려는 듯이, 우리는 최신의 이론과 사상에서 쉽게 눈길을 거두지 못한다. 그러나 "자기 현실에 대한 반성과 그것을 실천하기 위한 고민이 없는 최신 이론의 계속적 수입은 국민문화와 자기 현실의 비평가들을 폄하하는 동시에 반주변부 지역의 학문세계의 지적 연속성의 단절과 결여를 의미한다."[13] 그래서 자기의 열등감이 사실은 중심부의 시각을 내면화한 스스로의 전도된 의식의 결과물이라는 것을 먼저 자각하고 반성하지 않으면 안 된다. 주변부와 반주변부 지식인들은 자기의 저주받은 지방성을 지워내기 위해 중심부의 이론과 방법, 문체와 감수성을 굴욕적으로 이식한다. 중심부의 인사들과 교류하기를 원하고, 중심부의 매체를 통해 자기의 언술이 공표되기를 바란다. 더불어 중심에 대한 선망은 (반)주변부의 동료들에 대한 폄하 내지는 멸시와 짝을 이룬다. 세련된 것과 투박한 것, 모던한 것과 진부한 것이라는 비대칭적인 이원론이 일종의 유력한 프레임으로 이념화된다. 중심으로부터의 인정을 소망하고 그 안에 기꺼이 편입되기를 바라는 사람은, 중심부의 언술을 재주껏 모방하고 구사할 수 있는 역량을 입증해 보이려고 한다. 전유Appropriation하는 탈식민의 기획이 아니라, 중심으로의 투항을 통해 주변부의 지방성을 분식하려는 것은 대단히 모멸적이며 예속적인 태도이다. 오히려 중심에 대한 선망과 좌절, 시기와 울분의 경험들을 변혁의 역량으로 비축해야 한다. 그렇게 축적된 결렬의 경험들을 마침내 자기를 고양할 수 있는 숙성의 기회로 반전하게 될 것이다.

---

13. 김용규, 『혼종문화론』, 소명출판, 2013, 259쪽.

억울한 자들의 울분이 외로운 탄식 속에서 자조로 잦아들지 않게 하려면, 그 울분을 연합의 힘으로 결속해 고양시킬 수 있는 계기가 필요하다. 자기가 옹호하는 것들에 합당한 권위를 부여함으로써 제 몫을 다하게 해 주는 것이 비평이라고 한다면, 그런 비평은 자기의 몫을 배당받아보지 못했던 이들의 울분을 삭혀 변혁의 힘으로 비등하게 하는 연합의 촉매가 될 수 있다. 통치적 권력에 굴복하지 않는 자치적 권능의 숙성도 역시 비평의 그런 올바른 역할과 밀접하다. 대상의 가치를 분별하는 것이 비평이기에, 불미할 수밖에 없는 인간의 그 불완전한 판단은 항시 엄정한 자기비판을 전제로 이루어져야 한다. 오히려 비평가는 그 편파적인 상대성을 정치적 실천의 거점으로 전유할 수 있어야 한다. 누가 언제 어디에서 어떻게 바라보는가에 따라 좋은 작품은 얼마든지 다르게 판별된다. 그러니까 좋은 작품은 그 작품의 내재적 본성으로 결정되는 것이 아니라, 비평가의 시차적 관점에 의해 능동적으로 구성된다.

반주변부를 거점으로 활동하고 있는 비평가들의 정체성은 분열적이다. 그들은 주변과 중심의 비좁은 틈 사이에서 자만과 자학을 오가며 고독하게 진동한다. 로컬에서의 삶이기에 얻을 수 있는 기득권을 누리면서도, 중심부의 바깥에 있다는 것만으로 배제되고 있다는 환각에서 헤맬 수밖에 없는 이들. 이들은 심지어 자기의 무능에서 비롯된 사태들마저도 중심과 주변의 분할에 따른 배제의 결과라고 믿는다. 우리는 때때로 그런 자기의 분열된 자의식을 자각하고는 깊은 슬픔에 빠져든다. 이런 분열과 파행의 자리가 바로 지금 우리가 이 세상을 바라보는 시좌이다.

주변과 중심의 '사이'에 위치한 반주변부는, 자칫 주변부로 밀려날 수 있다는 두려움과 함께 언제든 중심으로 올라서겠다는 열망이 잠거하는 기묘한 자리이다. 가라타니 고진은 그 횡단적transversal이고 전위적transpositional인 '이동'의 잠재성과 더불어, 강력한 '시차'로 인해서 가능한 비판을 '트랜스크리틱'이라 명명하였다. "그것은 자신의 시점에서 보는 것이나 타인의 시점에서 보는 것이 아니라, 그것들의 차이(시차)로부터 드러나는 '현실'에 직면하는 일이다."[14] 그러니까 트랜스크리틱이란 중심부-반주변부-주변부라는 계서적 위상학의 분열된 시차가 열어놓은 시선으로 세계의 복잡성을 읽어내는 일이다. 이동은 진부하게 굳어진 관계의 배치를 새롭게 재구성하는 아방가르드적 실천이며, 그런 의미에서 트랜스크리틱은 끊임없는 탈주의 계기이고 '감각적인 것의 분배'를 일신하는 해석의 전위이다. 따라서 이동이 전제되지 않은 시좌에서 시차는 불가능하다.[15] 그렇게 이동의 자유를 쟁취한 주체성만이 진정한

---

14. 가라타니 고진, 『트랜스크리틱』, 이신철 옮김, 도서출판b, 2013, 24쪽.

15. 일본을 방문한 푸코는 어느 대담에서 철학자 혹은 지식인의 역할을 묻는 말에 이렇게 응답했다. "철학자는 '보이지 않는 것'을 보이게끔 하는 것이 아니라 '보이는 것'을 보이게끔 하는 역할을 맡고 있다고 생각합니다. 즉 사람들이 늘 보고 있으면서도 그 실태에서는 보이지 않는 것, 혹시 놓치고 있는 것을 약간 시점을 비틀어서, 그렇게 함으로써 확실하게 보이게끔 하는 작업입니다. 철학이란 이처럼 아주 살짝 고개를 비틀고, 아주 살짝 시점을 이동시킴으로써 성립하기 때문에 그것은 18세기 유럽에서 '필로조프'로 불린 의미에서의 '철학자'의 작업에 훨씬 가깝습니다."(미셸 푸코·와타나베 모리아키, 「철학의 무대」, 『철학의 무대』, 오석철 옮김, 기담문고, 2016, 54쪽.) 그러니

사상의 자유를 누릴 수 있다. 다르게 말하면, 그것은 주변부로의 전락을 두려워하는 마음이나 중심부로의 편입을 궁리하는 간교함으로부터 자유로운 주체성이다. 그래서 그것을 '획득'이라 하지 않고 굳이 '쟁취'라고 하는 것이다. 그렇다면 그 쟁취는 어떻게 가능한가?

진짜 싸움은 중심부와의 대결이 아니다. 어쩌면 중심을 대상으로 한 그 싸움도 자기 과시의 교묘한 방법일 뿐이다. 진짜 싸움은 자기를 널리 알려서 중심부로부터 인정받으려는 그런 자의식과의 필사적인 대결이다. 나를 드높이려는 자기 고양의 의지가 부질없다는 것이 아니라, 자기의 기득권은 물론이고 자신의 옹졸한 집착과 자기애로부터의 용감한 단절이 필요하다는 것이다. 트랜스크리틱을 위해서라면, 자유자재로 나를 이동시킬 수 있는 자기로부터의 망명이 선결과제이다. 모리스 블랑쇼의 생각에 기대어 그렇게 자기 망명의 이동 중에 있는 주체를 '익명의 주체성'이라는 개념에 겹쳐 볼 수 있겠다. 그런 비평가는 "글 뒤로 후퇴한 후, 개인의 의견을 읊조리는 것과는 구분되는 방식으로 말하면서 공적인 존재의 다양성을 표출한다."[16] 글의 전면에 자기를 앞세우는 것이 아니라 그 뒤로 후퇴하는 것, 그렇게 글을 단지 자기를 표현하는 의장으로 여기지 않은 것이 어떻게 가능할 수 있을까? 나의 우월함과 위대함을 표현하는 글쓰기가 아니라 공적인 존재의 다양성에 기여하는

---

까 여기서 '철학자'는 곧 '비평가'라 해도 무방하다.
16. 울리히 하세·윌리엄 라지, 『모리스 블랑쇼 침묵에 다가가기』, 최영석 옮김, 앨피, 2008, 199쪽.

비평이란 어떤 것일까?

　　대의를 위해 자기를 바치는 멸사봉공이 자기로부터의 망명은 아니다. 그런 의미에서 우국의 지성(至誠)을 내걸고 자기를 사멸시켰던 미시마의 기획은 실패할 수밖에 없었다. 그 죽음으로 자기를 망명시키려 했다기보다는, 오히려 그것은 자기를 어떤 숭고한 관념으로 비약시키려는 과욕의 현시였을 뿐이다. 스타일의 수용을 통해 자기의 문체를 정립하려 했던 신경숙의 문학적 의욕 역시도, 중심부에 대한 (전유가 아닌) 모방으로 자기를 수립하는 식민지적 주체의 한 착잡한 모습이었다. 그래서 자기를 절제하고 공적인 삶에 기여하는 익명성의 비평은, 멸사(滅私)가 아니라 극기(克己)의 능동적인 실천으로서 요청된다. 그리고 그것은 탈식민의 문화적 기획인 동시에, 적응과 극복의 중층적 과제로 주어진 한국의 근대에 대한 적극적인 비평적 응전이다.

　　개인의 내면을 발견한 르네상스는 자기 고백의 문장들을 통해 유럽의 근대를 반성적 주체의 문제로 심화시켰다. 따라서 유럽 이외의 지역에서 근대는, 그 반성적 주체의 문제를 자기 문화의 고유한 맥락 안에서 사상적으로 어떻게 숙성시키느냐가 관건이었다. 그러나 근대의 자장 안에서 자기를 반성하기도 전에 타자에 의해 압도되어버린 식민의 역사는, 한국의 근대를 타자성의 표피를 모방하는 것으로 이끌었다. 특히 사유의 방법과 표현의 형식을 입수하는 데 열을 올렸던 사상의 식민화는, 한국의 비평이 대체로 외국문학 전공자들에 의해 주도되어왔던 사실에서도 어지간히 가늠할 수가 있다. 반성적 주체성이 정립되지 않은 처지에서의 외국문학이란 자립학의 가능성을 위축시키는 제국의 학문일 수밖에 없었다. 서구적 근대의 형식이란 그만한 내용의 역사를 응축하고 있지만, 그 내용을 간과한 형식의 섣부른 이식은 사유와 표현의 스타일에 집착하는 공허한 형식주의로 귀결되고 만다. 그것은 또한 세속의 비천함을 참지 못하는 지극히 관념적인 모더니즘의 매혹으로 출현하였다.

관념적 모더니즘의 공허한 형식주의는 영화비평에서 그 전형을 제시한다. 앙리 랑글루아의 시네마테크를 가져본 적이 없었던 우리의 비평은, 당연히 『카이에 뒤 시네마』와 같은 비평지를 창안할 수가 없었다. 그럼에도 우리는 앙드레 바쟁을 가져와 영화의 장르와 작가, 그리고 영화적 리얼리즘에 대하여 함부로 말했고, 자크 리베트와 세르쥬 다네를 가져와 태연하게 영화의 윤리에 대하여 말하고 싶었다. 거기다 데쿠파주 découpage에 대한 노엘 버치의 치밀한 형식주의를 가져와 모던 시네마의 매혹을 마치 자기의 감상인 냥 떠들어댔다. 프랑스의 누벨바그에는 전후의 경제적 풍요가 굴착했던 근대성의 어두운 이면에 대한 역사적 자각이 담겨있었다. 그러나 그런 역사적 내용을 결여한 저 모더니즘의 유혹에 대한 처절한 굴복은, 저개발의 콤플렉스를 극복하지 못한 어떤 미성숙의 조급함으로 달떠있었다. 그러므로 스타일에 대한 집착이 불러온 자만과 열등감은 중심부에 예속된 자들의 심란한 마음을 반영하고 있다는 점에서 하나다. 유럽에서 모더니즘은 사물이 아닌 사실에의 강박에 대하여, 갱신하지 않고 그저 오래된 것들의 오만함에 대하여 저항과 혁신으로 응답한 미학적 고투의 결과였다. 그러나 반주변부로 이입된 모더니즘의 양상은 이와는 확연하게 달랐다. '사실'을 거부하고 '사물'에 매달린 결과가 주관성의 극대화로 귀결되었고, 낡고 진부한 것들에 대한 미학적 처단은 새로운 것에 대한 속물적인 숭배로 이어졌다. 이처럼 미학적 저항의 이면에 담긴 정치적 혁명성이 망실되자, 모더니즘이라는 표피는 나르시시즘의 향락에 도취된 주체성을 구성하고, 나아가 오래된 것들에 대한 무분별한 파괴의 이념으로 정립되었다. 그러므로 모더니즘의 해독에서 벗어나기 위해서는, 바로 그 편파적인 선입견으로 얼룩진 주관성과 새로움의 신화를 탈구축하는 것으로부터 시작해야 한다.

익명의 비평은 자기를 앞세우지 않는 대신에, 합목적성과 논리적 정연함을 거부하는 타자들의 목소리들로 잡스럽다.[17] 그 잡스러움을 유기적으로 정돈하는 합리적 질서의 의지가 타자의 다른 목소리들을 동일성으로 회수하는 힘이라면, 익명의

---

17. 익명성은 지성적인 주체, 그 내면적 주체의 고유성과 자율성을 넘어, 주체의 파열 속에서 자기 한계를 체감함으로써 타자와의 새로운 관계를 능동적으로 구성하는 것을 가리킨다. 박준상은 식민지적 경험을 겪었거나 겪고 있는 자들의 고독한 몸으로부터 근대문학의 종말을 넘어서는 어떤 가능성을 찾는다. 식민지적 주체는 "자아의 자기 의식 일반과 그것과 동근원적인 사회적 의식 일반의 합리성과 정상성(正常性) 그 아래의 밑바닥으로 내려가는 힘이 있다는 것을 알아야 한다. 그 힘 또한 하나의 힘이라는, 자아가 아닌 어느 누구가 되어 감당할 수 없는 것을 감당하고 겪어내면서 동시에 그것에 저항하는 힘이라는 사실에, '우리'를 설명하지도 증명하지도 않지만 '가리키는' 힘이라는 사실에 주목해야 한다. 또한 그 힘이 문학의 역설적인 수동성의 힘과 다르지 않다는 사실에 눈길을 돌려야 한다."(박준상, 「문학의 미종말(未終末)」, 『암점 2』, 문학과지성사, 2017, 157쪽.)

비평은 바로 그 타자들의 목소리에 자기의 목소리를 가볍게 얹어 또 다른 음향의 일부를 이룰 뿐이다. 그것은 마치 새들이 지저귀는 아침에 바람에 흔들리는 나뭇잎의 소리에 비견될 수 있으리라. 그러니까 익명의 비평이란 있어도 그만 없어도 그만인 자의 목소리가 아니라, 그 사소함이 다른 소리들과 연합해 미세하게 참여함으로써 풍요로운 소리들의 교향악을 만든다. 자기의 목소리를 관철시키려는 이기적인 야욕은 세상의 다른 많은 소리들을 들리지 않게 만든다. 중심부의 오만과 반주 변부의 열등감이 그런 압도적인 소리로 다른 소리들을 제압한다. 그러므로 익명의 비평이란 언제나 반드시 다성악적이다. 과거와 현재, 전위와 상투, 세속과 신성, 신념과 이념, 현실과 환상, 그러니까 세상의 그 모든 유물론과 형이상학의 경계를 횡단하는 섞임의 자리에서 트랜스크리틱을 가능하게 하는 자리의 이동이 이루어진다. 그러므로 익명의 비평은 다성악과 혼종성의 비평이면서 동시에 횡단적인 이동의 비평이다. 결국 저 근대의 문제를 가로질러 그 이후의 삶을 살기 위해 필요한 것은, 선망의 시선으로 중심을 모방하는 약자의 비굴에서 벗어나는 일이며, 아무도 자기를 알아주지 않을지도 모른다는 조바심 때문에 스스로를 알아서 자랑하려는 낯 뜨거운 자기과시를 그만두는 일이다. 자기의 아집으로부터 망명하는 익명성의 비평은, 비굴한 모방과 낯 뜨거운 자기과시로 타자를 피로하게 하지 않는다. 풍경 속의 한 부분으로, 다른 것들과 서로 어우러질 때라야만 가능한 아름다움이, 익명성의 고유성에 대한 가장 분명한 표현이다.

# 위악의 유산

마광수의 『즐거운 사라』와 장정일의 『내게 거짓말을 해봐』
가 남긴 것

검열과 필화를 표현의 자유에 대한 권력의 탄압이라는 일
방적인 시각으로 서둘러 확정하지는 말아야 한다. 권력의 폭
압에 분노하는 피해자의 감각만으로는 그 사건들의 미묘한
복잡성에 근접하기 어렵기 때문이다. 눈을 가리고 입을 틀어
막으려는 우악스러움은, 오히려 그 권력의 유약한 실체를 은폐
하려는 서툰 위장술처럼 보인다. 그러니까 노골적인 탄압이란
강압에 의지할 수밖에 없는 권능 없는 권력의 초조한 자기고
백일지도 모른다. 뭣 모르는 순진무구함이 제어되지 않는 난
폭함으로 광란할 수 있는 것처럼, 기반 없는 순진한 권력일수
록 가시적인 금기와 처벌은 잔혹하다. 전근대적인 지知의 통제
는 지배체제를 떠받치는 이데올로기의 정통성을 수호하기 위
해 이단異端과 음사淫祀를 엄격하게 금지하였다. 어떤 주저함도
없이 정통과 이단을 명징하게 구분해버리는 권력의 그 오만함
은, 체제의 도덕률을 공고하게 유지하려는 경직된 권력의 단순
하고 투박한 면모를 그대로 닮았다. 그러나 이념의 교화보다
는 법령의 구속으로 국민을 통치하는 근대적 국민국가는, 촘
촘한 제도로서 사상의 통제를 엄혹하게 수행한다. '사상과 표

현의 자유'가 '인권'의 주요 항목으로 제기된 근대 이후의 법제는, 그것을 굳이 '보장'해줌으로써 기어이 '규제'를 실행하는 역설의 형식으로 확립되었다. 보장의 범위를 제한함으로써 그 범위의 바깥을 모두 규제의 범주로 포함시키는 것, 그것은 곧 자유의 범위를 제시함으로써 그 한계를 규정하는 기묘한 통치술이다. 정통의 규준 앞에서 명백했던 이단과는 달리, 보장된 자유와 규제된 금기 사이의 모호한 경계는 권력의 통치를 보다 유연하고 교묘하게 작동시킨다.

검열이 권력의 입장에서 미연의 예방책이라면, 필화는 그 예방책을 뚫고 통과한 것들에 대한 사후적인 처벌의 결과이다. 식민지기의 검열은 제국의 통치를 저해하는 문화적 공작을 제어하기 위해 '출판경찰'이라는 특유의 제도를 통해 체계적인 사상통제를 수행할 수 있었다. 삭제와 수정의 지령이나 통과와 허용의 여부에 대한 일제의 검열기록에는, 선택과 배제의 정치적 역학과 함께 제국의 욕망이 노골적으로 새겨져 있다. 그리고 우리는 당시 수행되었던 규제와 처벌의 강밀도를 통해 그 욕망의 정도를 가늠할 수 있다. 제국의 몰락과 더불어 시작된 냉전체제는 이념의 좌우를 예리하게 가르고, 그 적대를 근거로 사상 자유의 탄압과 검열을 정당화했다. 이른바 불온한 것들은 죄다 빨간 딱지를 붙이면 만능이었고, 의심스런 것들은 모두 간첩의 소행으로 각색할 수가 있었다. 그러나 4·19가 반공의 이데올로기를 중화시키자 그 문화적 해방의 공간은 아연 활기로 약동했으며, 뒤이은 군부 독재의 억압적인 통제와 가혹한 탄압에도 불구하고 자유의 열의는 통치세력과의 분쟁을 마다하지 않았다. 남정현의 「분지」(1965)에서부터 김지하의 「오적」(1970)에 이르기까지, 당대의 개발독재는 표현의 자유를 체제에 대한 강력한 도발이자 위협으로 간주하였다. 더불어 이 총력전체제와도 같은 병영화된 국가는 헌법마저 예외화하는 긴급조치를 발동함으로써 불온한 상상의 자유를 간단하게 범죄화했다. 그럼에도 경제 개발을 우선으로 하고 다른 모든 자유를 억압하는 권위적 체제에 대한 저항은, 1960년대에 불타올랐던 세계혁명의 흐름과 더불어 필사적인 반체제운동으로서 기세등등하였다. 나아가 탄압과 저항의 내전으로 펼쳐진 문화정치적 적대는 1987년 6월 항쟁이라는 절정 끝에 제도적인 민주화의 안착으로 귀결되었다.

냉전체제에도 불구하고 한국전쟁과 베트남전쟁이라는 열전에 휘말려들었던 한반도의 현대사는, 경합하는 두 체제의 적대적 의존 속에서 안정을 도모하는 대가로 다수 인민의 복지와 인권이 희생당하는 야만적 구조를 고착시켰다. 이때 문화는 긴장과 이완의 술수를 통해 인민을 통제하는 이데올로기적 기구로 활용되었다. 수구적인 도덕률을 앞장세워 장발과 미니스커트를 단속했던 국가권력은, 1970년대 말부터 국제적인 데탕트의 기운이 감도는 가운데 풍기문란을 방조하거나 심지어 조장하는 방향으로 통치술의 일대 전환을 기도한다. 이른바 3S로 명명되는 문화소비가 적극 장려되었고, 부녀자의 성적 일탈을 다룬 소설과 영화가 대중의 억압되었던 성적 판타지를 자극했다. 보수적인 도덕률의 단죄 대상으로 격하되었던 풍기문란의 내용들이 적극적 향유와 소비의 대상으로 격상하는 대신, 자주파와 민주파의 정치적 요구들은 더 철저한 공안통치의 대상으로 관리되었다. 성적인 욕망을 방기함으로써 정치적 욕망을 옥죄는 권력의 술수는, 정치에서 문화를 떼어냄으로써 인민을 대중으로 전도시키고, 부분적 해방으로써 전반적인 구속을 일상화하는 문화정치적 통치의 새로운 전략으로 기획되었다. 그것은 1960~70년대의 급속한 개발근대화를 거쳐 1980년대에 이룩한 경제적 성장과 그 결과로서의 중산층의 부상을 배경으로 한 통치 형태의 질적 전회였다.

동구권의 몰락으로 일국사회주의의 실험은 일단락되었지만, 한반도의 북쪽은 체제의 동요를 핵무기의 개발로 저항하며 오히려 더 완고한 국가주의로 돌아섰다. 이른바 탈냉전기로 지칭되는 1990년대는, 이 같은 분단체제의 특수한 조건 위에서 문민정부로 이양된 남한의 정부가 나름의 국가주의로 응대하는 가운데 미국 주도의 세계화가 패권적으로 관철되었던 때였다고 할 수 있겠다. 그리고 이 시기는 경제의 양적 성장과 절차적 민주화의 달성을 기반으로 사회 전반의 변혁이 가시화되었던 때이기도 하다. 절약과 근검의 미덕이 소비의 쾌락으로 반전되었고, 역사의 진보를 주장하는 혁명의 거시 담론이 일상의 욕망을 분석하는 미시 담론으로 대체되었다. 일원적인 것이 다원화되고, 직선적인 것은 굴절되었으며, 연속적인 것이 단속적으로 되는 이 갑작스런 격랑이 모든 억압되었던 것들을 해방시키는 자유의 시대를 여는 것처럼 보였다. 바야흐로 총체화하는 적분의 시대가 가고 분열하는 차이들의 혼돈을 반기는 미분의 시대가 온 것으로 여겨졌다. 대학 앞의 사회과학

서점이 하나 둘 문을 닫았지만, 대기업의 문화 시장 진출과 더불어 영화와 공연, 음반과 출판의 황금기가 도래하였고, 어제의 열혈 운동권은 오늘의 시네필이 되어 마르크스와 레닌 대신에 타르코프스키와 앙겔로풀로스를 소리 높여 떠들었다. 국교정상화(1965) 이후에도 여전히 닫혀 있던 일본의 대중문화가 빗장을 풀었고(1998), 공영방송의 '열린무대'에서는 클래식(순수예술)과 팝(대중예술)이 한데 어우러졌다. 밀리언셀러가 예사인 음반시장에서 김수희와 태진아가 서태지와 듀스와 함께 순위를 다투는, 혼종과 잡거가 일상이었던 이상한 열기의 문화적 황금기가 바로 그때였다. 그리고 한편으로는 궁지로 몰린 북한이 서울을 불바다로 만들겠노라고 위협하면서, 대내적으로는 '고난의 행군'으로 대외적으로는 핵개발을 통한 무력시위로써 체제의 몰락을 방위하려고 몸부림치던 때이기도 했다. 그러므로 욕망의 빗장이 풀린 그 문화적 해방의 시기는, 동시에 그 해방을 시장의 이윤으로 전유하는 자본축적의 시기이자, 흔들리는 분단체제의 기미를 시대착오적 공안통치로 미봉하려는 권위적 체제의 발악이 고조되었던 시기이기도 했다. 반체제의 운동권은 대세를 모르고 진영 투쟁으로 분열하다가 이념의 늪에서 익사하였으니, 이른바 연세대 사태(1996)가 그 익사의 풍경을 아프게 소묘하였다. 그리고 적군파의 시대착오적 강경론으로 좌파의 지리멸렬을 불러온 일본의 경우와 마찬가지로, 결국 한총련이 이적단체로 규정됨으로써 4·19 이래로 대학생이 주도했던 한국의 혁명적 반체제운동은 완전히 퇴조하기에 이르렀다.

지배체제에게 문화는 통치의 도구이지만, 대항세력에게 그것은 저항의 무기이다. 탈냉전기 문화정치적 쟁투의 역사에서 우리는 이 한 장의 음반을 기억해야 한다. 정태춘의 〈92년 장마, 종로에서〉(1993)가 그것이다. 이 음반은 공연윤리위원회의 사전심의를 받지 않고 무단으로 제작, 판매되었고 결국은 법률적 분쟁 끝에 사전심의를 폐지한 '음반 및 비디오물에 관한 법률 개정'(1995)을 이끌어 냈다. 이 문제적 음반 표제곡의 한 구절은 탈냉전기의 시대적 정서를 이렇게 압축한다. "다시는, 다시는 시청 광장에서 눈물을 흘리지 말자/ 물대포에 쓰러지지도 말자/ 절망으로 무너진 가슴들 이제 다시 일어서고 있구나" 지금도 경찰의 물대포는 사람을 쓰러뜨리고 죽이고 있다.(백남기 농민의 죽음!) 그리고 절망으로 무너진 가슴들은 여전히 시청 광장에서 눈물을 흘리고 있다. 그러나 지금 한국의 대중음악은 정태춘의 저항을 망각한 지 이미 오래다. "근래 힙합과 일렉트로닉 댄스음악이 유행의 축을 이루면서 전통성에 기저한 것을 찾아 땀을 흘리는 경향은 상당히 퇴색했다. 가공과 재가공의 개념이 아닌 외국의 최신 스타일을 직수입해 복제하고 재현하는 수준에 그치는 음악들이 넘쳐나고 있다."(임진모, 「대중음악을 지배하는 미국화 경향」, 『경향신문』, 2016. 9. 30.) 이런 세태는 대중음악에만 국한된 일이 아니라 이미 문화 전반의 풍토가 되었다. 정태춘이 국가 권력의 심의를 거부한 것은 '절망으로 무너진 가슴들'에 대한 정치적 공감이 있었기 때문에 가능한 저항이었다. 자기 과시의 스웨그swag는 연대를 위한 공감을 잠식하고, 상대를 향한 가소로운 디스

diss가 정치적인 적대를 대신하는 세태는, 본고장의 저항적 서브컬처마저도 사적인 향락의 대상으로 소비하는 우리들의 자화상이다. 2000년대의 K-POP은 1990년대의 주류 음악에까지 잔존했던 공감과 저항의 정치성을 계승하지 못했고, 그 막대한 산업적 가치와 국위선양의 민족주의만이 한류의 부상과 함께 크게 부각되었을 따름이다.

　이념과 신념으로 미학의 고유한 무늬를 지워버리는 정치성의 과잉은 오히려 정치적 무능함의 한 증례이다. 민족문학과 민중문학이 주도해온 1980년대의 진보문학은 지성을 내세운 자유주의적 문학의 정치로부터 정당한 견제를 받아왔다. 그렇게 탈이데올로기의 반동이 탈냉전기의 문학을 사로잡았다. 무라카미 하루키를 위시한 일본의 소설들이 이국적인 도시의 소비적 감성으로 매혹적이었다면, 움베르토 에코의 『장미의 이름』은 패러디와 패스티시의 경계를 가로질러 표절마저도 상호텍스트적인 이론으로 합리화하는 창작론의 궤변(이인화의 『내가 누구인지 말할 수 있는 자는 누구인가』)을 뒷받침하기도 했다. 일군의 여성소설가들이 그들 각자의 고유한 특이성 속에서 그린 쓸쓸한 내면은 전환기의 현실에 대한 감각적인 응대였고, 이른바 후일담은 변혁의 시대에 대한 낭만적 결산이었다. 포스트주의의 이론에 기댄 인공서사와 현실의 고통을 회피하는 탈역사적 공간에 대한 해방적 상상의 탐닉이 범람하면서, 공감과 저항의 정치성에 대한 감각적인 전회가 요청되었다. 공감 불가능한 단절이라는 독아론적 감각 위에서 기성의 작법에 대한 일탈이라는 엇비슷한 방법에 몰두하는 것, 그런 것을 두고 기존의 감각적 분배를 전복하는 혁명의 정치라고 할 수 있을지는 의문이다. 지금 한국의 문학은 정태춘의 감수성과 단절한 이후의 K-POP을 닮았다. 정태춘의 〈나 살던 고향〉이라는 곡은 전통과 현대, 민족적인 것과 서구적인 것을 단속적으로 절합하려 한 나름의 실험적 시도였다. 창작에서의 이런 도전적 결기 대신에 "가공과 재가공의 개념이 아닌 외국의 최신 스타일을 직수입해 복제하고 재현하는 수준"을 넘어서려는 한국문학의 의욕은 언제부터 그렇게 작게 쪼그라들어 버린 것인가.

문화적 해방기라고 할 수 있는 1990년대의 필화는 이색적인 것이었다. 내가 볼 때 마광수의 『즐거운 사라』(서울문화사, 1991)는 감각적인 것의 전복을 통한 정치적 충격을 의도한 작품으로 여겨진다. 남자의 성기를 물고 빠는 장면들로 가득한 이 소설에서, 여대생 사라의 성적 오디세이아를 그렇게 대단한 정치적 알레고리로 읽을 여지는 크지 않다. 다만 도덕적 엄숙주의로부터 해방된 사라의 '즐거운' 삶, 그 신랄한 일탈과 배설의 자유를 통해 라블레적 카니발의 희열을 전시하는 것이 이 소설의 노림수가 아니었을까. 그러니까 이 소설은 1980년대의 과잉된 정치와 교조적인 이념의 무게를 성적인 엄숙주의와 억압적인 도덕주의로 치환하면서, 그 도덕의 체계에 반대하는 정치적 의욕을 노골적으로 표현하였다. 그런데 노골적인 목적성과 그 방법의 단순함이라는 점에서 이 소설은 그 비판의 상대와 하나의 짝패라고 하겠다. 위선적인 금욕주의자들을 조롱이라도 하듯, 사라의 분방한 성애는 부르주아를 향해 목의 핏대를 세우는 교조적 공산주의자를 닮았다. 그래서 이 소설은 교조적 이념의 소설들만큼이나 따분하다. 타락한 자본가와 혁명적인 노동자의 선연한 대립처럼, 도덕적 금기와 위반으로서의 쾌락을 대립시키는 서사의 구도는 삭막하고 기계적이다. 배설을 금하는 시대에 배설할 수 있는 자유를 맞세우는 것, 그것으로 시대에 대한 저항을 말하는 방식이란 얼마나 구태의연한 것인가.

아버지의 통제를 벗어난 사라의 일탈, 그러니까 사라의 성애가 체제의 금기를 위반하는 것이라면, 그 에로스는 혁명의 에너지라고 할 수도 있을 터인데, 과연 그 성적 편력이 '인형의 집'을 뛰쳐나온 '로라'의 결단에 비견될 수 있을까? 자위와 동성애를 즐기고 빨간 입술과 긴 손톱에다 미니스커트에 하이힐을 신은, 오로지 성애적 판타지 속에서 여러 남성을 편력하는 사라에 대한 묘사는 지극히 선정적이고 자극적이며 편향적이다. 이런 선정적 묘사의 수위는 도덕적인 엄숙주의에 대한 분노의 강도에 비례하여 드러난다. 사라의 도착적인 성적 카니발리즘에는 이 세계의 위선에 대한 작가의 노여움이 굴절되어 있다. 사라의 분방한 성적 배설은 글을 쓴다는 작가의 창작적 배설 행위와 일정하게 조응한다. 그리고 그 배설이 위반을 통한 쾌락의 탐닉을 지향한다는 점에서 작가의 펜은 사라의 성기이며, 글쓰기는 곧 성애이고, 그 작품의 귀결은 결국 오르가슴이다.

『즐거운 사라』를 대단한 문제작으로 만든 것은 작가의 역량이 아니라 국가의 과도한 처분이었다. 1991년 서울문화사본이 간행물윤리위원회의 제재를 받자 1992년에 청하에서 개정판을 출간하였고, 곧이어 동년 10월 29일 현직 교수인 작가가 출판사 대표인 시인 장석주와 함께 형법 제243조의 '음란문서 제조 및 판매혐의'로 검찰에 구속되는 초유의 사건으로 비화하였다. 1992년 12월 28일 1심은 징역 1년에 집행유예 2년을 판결했고, 항소심의 기각을 거쳐 1995년 6월 16일 대법원에서 형이 확정되었다. 1998년 3월 13일 김대중 정권에 의해 사면복권이 이루어지긴 했지만, 작가는 형 확정과 함께 만 3년간의 해직 기간을 보내야 했다. 의도하진 않았겠지만, 검찰의 개입은 오히려 범작을 문제작으로 비약시켰다. 그러나 재판을 둘러싼 논쟁은 외설과 예술의 이분법적인 논란을 벗어나지 못했고, 음란과 혁명에 대한 공공적 자각에까지 이르지는 못했다. 그러니까 그 사건을 사상의 자원으로 숙성시키지 못하고 황색저널리즘에 부화뇌동하는 세속의 공허한 담론으로 소비하고 말았다.

국제적인 탈냉전의 흐름에도 불구하고 경색된 한반도의 정치적 역학은 체제의 위기를 낡아빠진 공안통치로 방위하도록 만들었다. 그것은 단지 음란물에 대한 문화적 규제가 아니라 위반의 상상력에 대한 정동情動적 봉쇄조치였다. 언론의 관심이 집중될 사건에 대해서, 현역 교수의 신분을 인신 구속하는 과도한 법 집행은, 지성의 일탈을 통제하려는 당국의 의도를 의심하게 한다. 그러나 검찰의 무리한 기소와 그 법 적용의 반교양주의적 과정만을 문제 삼는 것은 별로 유효하지 못하다. 민용태, 하일지, 장정일, 구중서, 임헌영, 이문열, 이태동, 조정래, 반경환, 홍정선, 김영현 등 사법처리를 둘러싼 당시 문인들의 견해를 들추어보면, 그 면면의 명망에 비해 그 논리의 소박함이 너무도 놀랍다. 도덕적 위선에 대한 비판이라는 부분을 부분적으로 긍정한 하일지와 장정일의 소수의견을 제외한다면, 작가의 인신구속에 대한 찬반과는 별개로 이 작품에 대한 평가는 박하거나 비판적이다. 그리고 이 작품에 강한 혐오감을 표현한 몇몇 이들이 작가에 대한 형사처리를 인정했지만, 대체로는 창작에 대한 사법적 개입을 반대하였다. 요컨대 수준 미달의 작품이라는 것을 동의한다고 해도, 그것을 법적으로 단죄한다는 것은 표현의 자유는 물론 독자들의 주체적 역량을 무시하는 처사라는 점에서, 오히려 권력의 지나친 간섭이 작가의 도덕적 책임보다 더 문제적이라는 것이었다. 떠들썩한 세론에 비할 때, 그런 리버럴한 일반론은 다음과 같은 감각에 공감할 수 있을 만큼 충분히 급진적이지 못했다. "혓바닥이 얼얼해질 정도로 한참 동안 핥아주고 나니까, 그제서야 드디어 쩰쩰쩰 정액이 흘러나온다. 생각보다는 수압<sup>水壓</sup>이 별로였다. 나는 그것을 한 방울도 남기지 않고 다 받아 마셨다. 별로 맛있게 느껴지지 않았다. 예전에는 그게 한없이 감칠맛 나게 느껴질 때도 있었는데 말이다."(청하판, 172쪽) 이 필화사건의 요점은 바로 여기에 있다. 이런 도발적인 감각의 출현에 대한 당혹스러움, 어쩌면 그것은 냉전체체하의 익숙했던 감각이 붕괴되는 강렬한 불안감으로 자각되었던 것이다. 사법권력의 개입은 그 불안감의 창궐이 가져올 공공의 혼란이 체제의 위기로 반전될 것임을 예감한 일종의 발작적 반응이었다고 하겠다. 그러니까 새로운 감각의 출현이 기존의 감각 속에 안주하는 이들의 감성을 건드릴 것에 대한 두려움, 그 공공적 안전의 위협에 대한 권력의 응대가 바로 그 사법적 단죄였다. "아버지는 입으로는 계속 요조숙녀의 몸가짐이 어쩌구저쩌구 해가면서도, 눈으로는 나의 관능적인 옷차림이나 화장, 특히 예쁘게 기른 내 손톱에 힐끔힐끔 게걸스런 눈길을 보내는 게 예사였다."(청하판, 15쪽) 외면의 도덕과 내면의 욕망이라는 이런 위선적인 이중성은 모든 '아버지'(권력)의 본질적 감각이다. 새로운 정동의 출현으로 그 비열한 감각적 본질이 폭로되어버렸을 때, 역시 우악스런 힘으로 그것을 제압하려드는 섣부름은 그 권력의 나약함을 스스로 고백하는 것에 지나지 않는다. 그러므로 진정으로 중요한 것은 작가를 사법처리하는 것에 대한 격앙된 반응 따위가 아니라, 그 재판이 스스로 노출해버린 체제의 음란성 그 자체를 주목하는 것이었으리라.

『즐거운 사라』를 쓴 작가에 대한 단죄의 사법적 논리는 '멘스에 밥을 말아먹는'다는 이 소설의 참신한 언어적 감각에 비한다면 얼마나 경직되고 또 조악한 것이었던가. 그것은 변호를 맡았던 한승헌의 '상고이유서'에 적절하게 반박되어 있다. 그 요지는 작중인물의 음란을 작가의 음란과 동일시하는 것은 물론이고, '음란'에 대해 "성욕을 흥분 또는 자극시키고 또한 보통인의 성적 수치심을 해하는 것이어서 건전한 성풍속이나 선량한 도의관념에 반하는 것"이라고 지극히 모호하고 자의적으로 정의한 바탕 위에서 이루어진 유죄 판결은 무리하다는 것이었다. 그리고 음란에 대한 대법원의 정의가 기대고 있는 것이 다이쇼 18년의 판결을 계승한 일본의 1951년 『채털리 부인의 연인』 번역판의 외설 판결이었다는 것도 징후적이다.[1] 그렇게 식민/제국의 역사와 치열한 대결을 치러내지 못한 국가에서, 다시 그 우악스러움을 스스로 답습하는 아이러니는 얼마나 뼈아픈 일인가.

『즐거운 사라』와 그 작가에게 내린 대법원의 판결 이듬해에 장정일의 『내게 거짓말을 해봐』(김영사, 1996)가 출간되었다. 얼마 안 있어 간행물윤리위원회가 관계 당국에 제재를 권고했고, 출판사의 상무이사가 '음란물판매죄'로 구속되었다. 작가는 '음란문서제조죄'로 불구속기소 되었다가, 1997년 5월 30일 재판에서 징역 10월을 선고받고 법정 구속되었으며, 1998년 2월 18일 항소심에서 징역 6월에 집행유예 1년으로 감형되고, 2000년 10월 27일 대법원에서 형이 확정되었다. "형법에서 말하는 '음란'이라 함은 정상적인 성적 수치심과 선량한 성적 도의관념을 현저히 침해하기에 적합한 것을 가리킨다"고하는 대법원의 판단은 『즐거운 사라』에 대한 판결로부터 조금도 달리진 것이 없었다. 대법원의 입장은 절반 이상의 분량이 38세의 유부남과 18세의 여고생의 변태적 성행위로 채워져있어 그 양과 질의 차원에서 음란하다고 하지 않을 수 없으며, 예술성이 있다고 하여 음란성이 없다고는 할 수 없다는 것으로 그 대강을 요약할 수 있다. 재판 과정에서 류철균과 황현산이 이 소설의 예술적 의의를 옹호하였고, 변호인 강금실은 음

1. 한승헌, 『권력과 필화』, 문학동네, 2013 참조.

란이지만 예술작품으로서의 사회적 가치가 있어 반사회적 음란에 속하지 않는다는 논리로 변론했으나 그 모두 받아들여지지 않았다.

『즐거운 사라』가 정욕의 분출로써 기성의 도덕적 엄숙주의를 야유하려는 의도가 선명했다고 한다면,『내게 거짓말을 해봐』는 그에 반해 이지적인 계몽성이 도드라진 소설이다. 전자가 '괴로운' 세계의 도덕에 적대하는 배설의 쾌락으로써 정치적이었다면, 후자의 변태적 성애는 강력한 권위에 짓눌린 자의 고통스러운 몸부림에 가깝다. 마광수에게 변태는 권태로운 세계에 대한 하나의 발랄한 태도라고 할 수 있고, 장정일에게 그것은 금기의 명령에 내재한 공포를 견디는 자학(자기모멸)적 반란이다. 그 모두 열락에 취한 몸을 선정적인 묘사로써 과장되게 표현하는 것은, 도덕적인 권력에 대한 시위의 방식으로 위반의 실행을 전시하는 것이라 하겠다.

겁에 질린 자의 그 애틋한 위악은 어쩔 수 없이 '거짓말'일 수밖에 없다. 시와 소설, 희곡과 산문에 이르는 장정일의 글쓰기는, 대체로 그것이 강력한 살부의식의 소산으로 설명될 수 있다는 점에서 상투적이다. 부권을 모성으로 역전시키는 그 도식은 "하늘에 계신 우리 어머니"[2]로 주기도문의 주인(신)을 뒤바꿔버린 어느 희곡의 한 구절에 상징적으로 집약되어 있다. 정치경제학의 계급적 적대를 정신분석학의 가족적 적대로 돌려놓는 것, 그것이 탈냉전기의 시대적 증후를 표현하는 일종

---

2. 장정일, 「실내극」, 『긴 여행』, 미학사, 1995, 32쪽.

의 유력한 형식으로 출현하였던 것이다. 따라서 권력에 대한 이런 식의 저항은 1980년대의 그 교조주의적 상투형을 거꾸로 뒤집어 놓은 것에 지나지 않는다.

> 아무것도 하지 않는 친구 제이는 현재 취하고 있는 그 자세가 세상에서 제일 마음에 든다. 그리고 지금 막 자신이 행하려는 이 일만이 죽지 못해 살아 있는 자신에게 기쁨을 준다. 막 나신이 되려는 여자의 벌려진 무릎 밑에 꿇어 엎드려 자기 두 손을 여자의 치마 단추나 바지의 지퍼로 가져가려는 이 순간 그는 그의 뇌리와 두 손에 달라붙은 신버지를 잊는다.(26쪽)

신과 아버지의 결합체인 '신버지'는 제이를 사로잡고 있는 정치경제학적인 권력이면서 정신분석학적인 초자아이다. "신버지는 따로 있는 것이 아니라 자신의 내적 욕구에 의해 만들어진 가상"(104쪽)이다. 제이의 현재는 군인이었던 아버지의 억압적 규율로 점철된 유년의 기억에서 벗어나지 못한다. 아버지의 명령을 내면화한 제이는 철저한 금욕으로 빠져들었고, 조각가로서 창작을 시작하면서부터 얻은 쾌락의 자각을 통해 아버지의 망령을 겨우 떨쳐낼 수 있었다. 그러나 그는 결국 그 창작마저도 아버지의 명령을 수행한 것에 지나지 않았다는 것을 뒤늦게 알게 되었다. "그가 십여 년 동안 만들어 온 작품들은 자신의 삶을 보이지 않는 아버지의 면전에 보고하는 기록 체계이면서 바로 아버지의 형상, 아버지의 우상을 만드는 일이었다."(54쪽) 그래서 제이는 스스로 '분뇨예술'이라고 명명한

'자기모멸' 내지는 '아무것도 하지 않기'라는 방법을 고안해 아버지에 대한 복수를 감행한다. 와이는 제이의 그 복수를 위한 조력자이다. 둘이서 벌이는 폰섹스와 비역질, 가학과 피학의 변태적 행동은 자기 안의 파시스트, 그 내면의 신버지를 몰아내기 위한 제의의 일종이었다. 자기 안의 신버지를 내쫓는 것은 결국 자기를 파괴하는, 자기부정의 형이상학적 각성으로 고양되어야 가능한 일이다. "제이는 자기 속의 또 다른 나를 향해 다시 중얼댄다. '나를 죽여라!' 그러나 제이에게도 '나'가 있는 것일까? 그는 하나의 복제에 불과하며 그의 삶은 그림자놀이다."(166쪽) 자기 부정을 매개하는 영매가 바로 와이이며, 제이에게 그녀는 이제 '성모'로까지 이상화된다. 둘은 파리에서 최후의 제의SM를 치루고, 드디어 제이는 "애초에 내게는 그 어떤 아버지도 존재하지 않았다는 것"을 깨우침으로써 아버지의 자장에서 벗어난 듯 보인다. 그리고 와이는 리우데자네이루에서 '아마조네스' 클럽의 여신으로 강림한다. 그러니까 이 소설도 결국은 '하늘에 계신 우리 어머니'의 서사로 귀착된다. 장정일의 글쓰기는 이처럼 원형적인 상징들의 소박한 배합에, 정신분석적 이미저리들을 도식적으로 결합한 상투형을 반복한다. 이런 반복으로 자기 안의 신버지를 몰아내는 것은 무리이다. 지금 장정일이 오랫동안 창작에 뜸한 이유가, 바로 그 상투형의 반복을 넘어서는 다른 돌파구를 찾아내지 못했기 때문이 아닐까? 끊임없이 읽고 거듭해서 쓰는 '독서일기'라는 강박적인 형식에 고착되어 비평가의 그것을 모방하는 계몽주의자가 되어버린 것이, 그 끝없는 반복의 최종적인 귀결이었던 것일까? 그럼에도 장정일은 이 소설의 필화로 인해 나름의 스펙을 얻었다. 마광수도, 장정일도 그렇게 검찰의 기소와 사법적 처분을 받음으로써 '수난당하는 정열'(문광훈)의 고매한 본보기가 되었다. 그러니까 수난이 정열을 창조하고, 징벌이 투사를 발명하였던 것이다.

'지금까지는 나도 아슬아슬하게 버텨왔는데 이번에는 조심해야겠어. 누구처럼 개피 보지 않으려면 말이야.' 그때 제이는 이렇게 대꾸해 주었다. '나라면 개피를 뒤집어쓰겠어. 내 주먹을 스스로 망치질해서 뭉뚱그릴 용기가 없다면 누군가 강제로 나의 손발을 묶어 주는 것도 좋은 방법이지'라고 대답했다. 만약 제이가 친구와 같이 소설을 쓰는 입장이라면 예술과 외설의 선을, 검열과 표현 자유의 경계를 아슬아슬하게 밟고 있으며 처벌을 면하는 게 아니라 그 선을 훌쩍 넘어가 버리기를 원했을 것이다. 구속당하기를, 감옥에 갇히기를, 그리하여 예술이 아버지나 권력의 대항물이 아니라 권력과 아버지에게 바치는 고해에 불과했음을 드러내고 싶었을 것이다.(135쪽)

'누구처럼 개피 보지 않으려면'이라는 그 말에서의 '누구'는 아마 그 모든 사드 후작의 후예들이거나 아니면 이 소설이 나오기 전에 먼저 처벌을 받은 『즐거운 사라』의 작가일 수도 있으리라. 제이의 저 바람은, 지금 그 문장을 쓴 작가의 법적 처분을 통해 예언처럼 정확하게 실현되었다. 변호인 강금실은 회고에서, 장정일이 법정에서 별다른 변호 없이 자기에게 내려진

처분을 담담히 받아들였다고 전했다.[3] 그것은 『사라를 위한 변명』(열음사, 1994)을 내놓으며 적극적으로 자기를 변호했던 마광수와는 확실하게 다른 태도이다.[4] "구속당하기를, 감옥에 갇히기를, 그리하여 예술이 아버지나 권력의 대항물이 아니라 권력과 아버지에게 바치는 고해에 불과했음을 드러내고 싶었을 것"이라는 작가의 그 마음이 그런 수긍을 복종처럼 연기하게 한 것이 아니었을까? 이런 위악의 포즈가 다음 세대의 문학에 이월된 결과를 지금 우리는 보고 있다. 이것이 역사의 간계가 아니라면 무엇인가?

---

3. 강금실, 「장정일을 위한 변론」, 장정일, 『장정일 화두, 혹은 코드』, 행복한책읽기, 2001 참조.
4. 마광수는 2017년 9월 5일 스스로 목숨을 끊었다. 그것은 자포자기적인 상황 회피라기보다, 어떤 극렬한 항의였으리라고 이해할 수 있지 않을까.

# chapter 1B
하나의 역사들

# 만년[晩年]의 글쓰기

## 김원일의 『비단길』과 윤후명의 『강릉』에 이르는 길

시간은 흐르고 세상의 모든 것은 변한다. 그 흐름을 비켜 날 수 없는 우리는 하나의 예외 없이 모두 죽음에 이른다. 그러나 자연의 그 당연한 이치에도 불구하고 문명 속의 인간은 불안하다. 늙어감이란 죽어감의 다른 말이기에 노화는 죽음 앞의 실존적 불안을 가중시킨다. 언제나 신생의 욕망으로 숭고한 예술은 바로 그 불안의 보편적 아포리아 속에서 영원을 염탐하는 인간의 도저한 발악이다. 그러므로 예술은 결코 육체를 초월하는 형이상학으로 완결되거나 완성되지 않는다. 토마스 만의 『베니스에서의 죽음』에서 소년의 아름다움과 젊음을 멀리서 바라보며 죽어갈 수밖에 없었던 늙은 예술가 아셴바흐의 어쩔 수 없는 운명이 역시 그러하지 않았는가.

감각적인 것의 새로움을 잃은 작가는 이미 죽은 것이나 다름없다. 새로움이 없는 예술은 창의적인 공허를 일상의 진부함으로 가득 채워버림으로써, 비일상적인 것의 체험으로부터 가능한 경이로움을 말살한다. 물론 여기서 말하는 새로움이 오래된 것들을 적대하는 진귀한 것의 취향을 일컫는 것은 아니다. 그 새로움은 밤이 지나고 맞는 나날의 아침과 같이 장구한 반복 속에서 도착하는 다름이다. 작가는 결코 육신의 노쇠라는 유물론적 조건을 벗어날 수 없지만, 역설적으로 그 쇠락하는 몸의 변화가 세계에 대한 새로운 인식과 새로운 표현을 끊임없이 자극한다. 작가가 펜을 놓아야 하는 순간은 몸의 변화가 인식과 표현의 변화를 이끌어내지 못하는 감응의 마비가 찾아왔을 때다. 때때로 노년에 이른 작가가 새로움을 향한 과감한 도전 대신에 어떤 거대한 망상의 세계로 초월하는 것은, 어쩌지 못하는 노욕으로 그 감응의 마비를 돌파하려는 안쓰러운 비약의 감행 때문이다. 노년의 작가가 쇠락한 몸과 세속의 삶을 고고한 관념의 작란으로써 배반할 때, 초월해버린 그이는 홀로 쓸쓸하고 그럴수록 자주 노하는 사람이 되어갈지도 모른다. 나이가 들어서 죽음으로 근접해가는 육체적 마멸의 시간을 생생하게 겪어내고, 그 체험을 깊이 되새겨 사유할 수 있는 감응의 역량을 잃어버리지 않는다면, 우리는 늙음을 청춘의 침식으로 여기지 않고 그 소멸의 감각으로부터 '역사적인 것'에 가닿을 수 있을지도 모른다. 그러니까 초월하지 않고 내재하는 만년.

이제 겨우 불혹의 나이에 이른 내가 늙음에 대하여 말한다는 것은 가당찮고 또 겸연쩍은 일이다. 그럼에도 이렇게 서두를 시작하는 것은, 내가 살아온 시간보다 더 오랫동안 글을 써온 노년의 두 작가에 대하여 말하기 위해서이다. 각각 등단 50년과 49년을 맞은 김원일과 윤후명의 신작 소설집을 앞에 두고, 나는 창작이라는 행위와 작가의 존재론에 대하여 사색하게 된다. 그들은 그 50여 년의 시간을 작가라는 자의식으로 살았고, 그렇게 꾸준하게 쓰고 또 써냈던 것이다. 그 끈질김 속에서 그들은 열렬한 자기 비약의 인정투쟁으로 살아야만 하지 않았을까. 그 지독한 반복 속에서도 매번 새로운 차이를 생성해야만 하는 예술가의 삶이란, 때로는 어떤 성취로 만족했을지도 모르지만, 대체로는 실패로 점철된 고독의 시간이 아니었을까. 이 작가들이 그렇게 50여 년을 글쓰기로 살 수 있었던 것은, 아마도 그 실패를 만회하기 위한 매번의 도전과, 더 높은 성취에 이르기 위한 도약의 의욕 때문이었는지도 모르겠다.

1942년 경남 김해군 진영읍에서 태어나 1966년부터 소설을 발표하기 시작한 김원일과, 1946년 강원도 강릉에서 태어나 1967년에 시로 등단하고 다시 1979년 신춘문예에 소설로 당선된 윤후명. 우리가 알 수 없는 지극히 사적인 부분들을 논외로 하고 이들의 작가적 역정을 되짚어본다면, 전업의 작가로서 그들의 삶은 다복한 것이었다고 할 수 있으리라. 유력한 문예지와 출판사들과 작업하였고, 명망 높은 유수의 상을 받았으며, 말년에 이르러 그동안의 작품들을 엮어 전집을 발간하고 있다는 것은, 세상의 어느 작가라도 누릴 수 있는 평범한 영광은 아닐 테니까. 그렇다면 왜 어떤 작가는 이렇게 영광과 더불어 살 수 있는 데 반해, 대다수 작가들은 세속적 인정의 갈망 속에서 외롭게 흘러갈 수밖에 없는가. 그 연유가 간단치 않음은 물론이겠지만, 숱한 인연들 속에서 발생하는 우연과 필연의 비밀스러운 조화와 더불어, 결국은 우연마저도 필연적인 것으로 만드는 그들 각자의 비범한 역량에 그 결정적인 차이가 내재하는 것이 아닐까. 그러니까 그것은 운명의 결정에 의한 것만은 아니다. 물론 비루한 연고와, 도적과도 같은 상술이 가소로운 허명을 만들기도 하지만, 우리가 익히 보아 온 바대로 그런 명성은 오래가지 못할 뿐 아니라 언젠가는 거품처럼 허망하게 사라진다. 김원일과 윤후명, 이들의 명망이 어떤 것인가를 함부로 이야기할 수는 없으리라. 그러나 이들의 명망이 허명이 아니라 충분히 납득할만한 것이라는 데에 나는 주저함이 없다. 그것은 무엇보다 고단한 여정에 비견될만한 그 작가 경력의 50여 년을 꾸준한 성실함으로 살아냈다는 것과, 자기의 일생 그 자체를 그들의 소설에 겹쳐 반추해온 놀라운 집요함 때문에 그렇다. 그리고 그 집요한 탐색이 늘 역사적인 것의 깊은 심연에 닿아, 일상적인 것과 비일상적인 것을 가로지르는 담대한 서사의 기획으로 펼쳐져 왔다는 사실이 그런 신뢰를 굳건하게 뒷받침한다.

해방을 전후로 한 시기에 태어난 이들 두 작가에게 '한국전쟁'은 그들의 일생을 규정지은 강력한 유년의 체험으로 각인되어 있다. 그렇게 역사적인 것은 그들의 개인적인 생에 아로새겨진 뚜렷한 상흔이다. 그리고 그들의 소설은 '가족'을 매개로 역사적인 것과 개인적인 것을 합류시킨다. 특히 아비의 부재는 전쟁이라는 참화를 육화하는 서사적 전제이자 인물들의 실존을 압도하는 일종의 주인기표Master-Signifier이다. 그 서사들은 아비의 부재로 표상되는 세계의 어떤 망실과 존재론적 결여를 견디는 지난한 몸부림으로써 추진된다. 어머니나 소녀로 표상되는 모성적인 것이나, 대지나 바다의 원형으로 표상되는 시원으로서의 고향에 대한 이끌림, 또는 풀리지 않는 물음의 대답을 갈구하는 여정이, 아비의 부재라는 그 헛헛하고 고독한 실존을 지양하려는 바로 그 지난한 몸부림이다. 김원일의 『비단길』(문학과지성사, 2016)과 윤후명의 『강릉』(은행나무, 2016)에는 부재와 결핍을 견디며 살아낸 두 작가의 그 오래된 화두가, 여전히 그리고 오롯하게 응축되어 있다.

등단작인 「어둠의 혼」에서부터 『노을』, 『마당깊은 집』, 『불의 제전』 등에 이르는 짧고 긴 이야기들을 관통하는 김원일의 문학적 상상력은, 한국전쟁의 내상을 입은 가족사의 원체험으로부터 발원한다. 그러나 주의할 것은 그의 소설을 이른바 분단소설이나 전쟁소설 따위의 상투적인 분류로 환원해야 할 필연적인 이유가 없다는 점이다. 전쟁과 분단은 그 인물들의 삶을 규정하는 실존적인 조건임에 틀림없지만, 그의 소설이 파고드는 것은 전쟁이나 분단이라는 역사적 상황 그 자체가 아니다. 더 과감하게 논급하는 것이 허락된다면, 그 상황이 반드시 전쟁이나 분단이 아니라 하더라도 크게 상관이 없다. 작가가 겪어낸 가족사의 풍상이 한국전쟁이라는 역사적 사건으로부터 비롯되었다는 것에, 다만 그 서사적 구성의 임의적인 개연성이 있을 뿐이다. 그렇다고 그들이 겪은 한국전쟁의 체험 그 자체를 가벼이 볼 수 있다는 것은 아니며, 그의 소설에서 진정으로 중요한 것은 그 가혹한 역사적 상황 속에 놓인 존재가 삶의 공허로부터 어떤 각성에 이르는 과정이다. 김원일은 전쟁과 분단에 '대하여' 이야기하기보다는, 전쟁과 분단으로 '인하여' 곤경에 처한 누군가들의 삶을 그 간난한 곡절에 착근해 파고들었다.

"나는 문단에 나온 초기부터 아버지의 험난한 생애를 유추하며 당신의 곡진한 삶을 다루어보겠다고 애면글면 애써온 셈이었다. 한마디로 아버지야말로 내 문학의 풀리지 않는 화두였다."(「아버지의 나라」, 245쪽) 이 애틋하고 절절한 고백처럼, 이번 소설집에서도 김원일은 역사적 참상을 아버지의 부재로 가시화하고 있다. 좌익으로 활동하다가 전란 중에 월북한 그의 친부 김종표金鍾杓(1914~1976)는 단편적인 기억과 수소문한 소식들로 짐작될 뿐인 일종의 존재론적 공백이었다. 작가는 『아들의 아버지』를 통해 그 나름의 존재론적 복원을 시도한 바 있다. 그러나 결코 충족될 수 없는 공허인 그 공백은, 어떤 언어로도 메워질 수 없는 형이상학적인 틈새이기에, 그 복원의 시도는 언제나 실패로 귀결될 수밖에 없었다. 채워질 수 없는 공백이자 만회할 수 없는 그 실패로부터 그의 글은 언제나 그렇게 다시 시작한다. 모두 일곱 편의 단편을 묶은 소설집에서 「형과 함께 간 길」을 제외한 나머지 여섯 편이 월북한 아버지와 남겨진 가족의 신산한 기다림을 그리고 있다.

월북한 아버지의 부재 가운데서 보낸 인공人共 치하의 생활과, 결국은 수복된 서울을 떠나 북으로 피란할 수밖에 없는 한 가족의 사연을 그린 「난민」. 이 소설은 자기의 의지 내지는 선택과는 무관하게, 그런 아버지의 아들이라는 사실에 의해 '결정'될 수밖에 없는 삶의 부조리가 핍진하다. 그때 이 나라에 살았다는 숙명으로 전쟁의 참화를 겪을 수밖에 없었던 것처럼, 인민의 실존을 국민으로 포섭하는 국가주의는 누군가들의 삶을 폭력적으로 결정해버린다. 마찬가지로 그 아버지가 좌익이라는 이유로 그 가족들의 삶이 일방적으로 규정되어버리는 것에서, 국가주의와 가부장제가 서로 깊이 내통하고 있음을 확인한다. 「기다린 세월」의 할머니와 「비단길」의 어머니가 그렇듯, 이 여인들의 한평생이란 그 어떤 지고지순한 순응 속에서 떠난 아비를 기다리는 것으로 점철되었다. 반역 없는 이런 순응은 역시 전쟁이라는 국가주의적 폭력과 삼종지도 三從之道의 가부장제가 열어놓은 참극의 한 양상이다. 마찬가지로 「일등병 시절」에서 군에 간 아들이 겪는 구타와 굶주림, 그리고 모진 사역의 가혹행위들도, 그 참극의 또 다른 반복이라고 할 수 있겠다. 그러나 역사적 폭력이 자행한 죽임들에 대하여 피와 모성과 대지라는 원초적 시원始原의 관념을 맞세운 「형과 함께 간 길」의 그 여정은, 애상 짙은 정조에도 불구하고 큰 아쉬움을 남긴다. "이제야 다 왔군. 저기, 저기가 고향 땅이야! 금곡리가 보이잖나. 어서 가자. 어느 누구보다도 어서 엄마부터 보고 싶어. 전쟁터가 얼마나 절망적이고, 하루하루가 무서운 나날인지 …, 엄마 품에 안겨 어리광 부리며 울고 싶어."(37쪽) 나이 차가 많이 나는 동생 앞에서 의젓하던 형은 고향에 이르자 함창 김가의 시조에 대하여 이야기하다가 갑자기 이렇게 아이처럼 눈물을 흘린다. 그 눈물이 피와 대지와 모성에 대한 그리움의 반응으로 제약되는 순간, 그것은 내재성의 평면 위에서 흐르는 공포와 불안의 감응이 아니라 형이상학적인 상징성의 의미로 추상화된다. 이런 미묘한 아쉬움이 그의 끝나지 않은 글쓰기의 행로를 여전히 궁금하게 만든다.

『강릉』은 모두 열두 권으로 기획된 윤후명 전집의 첫 번째 책이다. 전집의 첫 책을 작품 발표의 연대기적인 순서와 관계없이, 최신작들을 엮은 소설집으로 택하여 그 제목을 '강릉'으로 한 데는, 겉으로 단순하지만 속으로는 간단치 않은 기획의 의도가 반영되어 있다. 작가의 고향이자 그 예술적 상상력의 시원인 강릉은, 일개 지명이자 구체적인 장소이면서, 세상의 어느 곳일 수도 있고, 세상 어디에도 없는 그런 곳이다. "고향은 또 한 번의 다른 시작이었습니다."(「알타이족장께 드리는 편지」, 73쪽) 따라서 강릉은 구체이면서 보편이고, 추상이면서 구체이며, 장소place이면서 공간space인 세계이다. 이 책의 편집 구성을 보면, 묵은 글이 아닌 근작 아홉 편에다가 등단작인 「산역」(1979)을 더했다. 그렇게 강릉이라는 구체적 보편의 세계를 다룬 등단작과 근작의 글들을 첫 책에 한데 모은 것은, '전집'의 구성에서 빠지기 쉬운 획일적인 종합에서 벗어나려는 나름의 방법인 것처럼 보인다. 윤후명의 소설은 대체로 어떤 완고한 동일성의 경계를 넘어서려는 월경의 소망으로 반짝거린다. 세심하게 부려 쓴 그 문장의 면면에는 국경을 넘고 예술 장르의 경계를 넘어, 시간과 공간을 초월하려는 비약의 의지가 선연하다.

그렇다면 그는 왜 그렇게 국경을 건너 떠돌아야 했으며, 예술의 장르를 넘어 필사적으로 쓰고 또 그려야만 했던 것일까? "우리에게는 도저히 필설로 다 말할 수 없는 전쟁, 전쟁이라는 것이 있지 않았던가."(「방파제를 향하여」, 85쪽) 윤후명의 문학적 상상력의 기저에는 유년의 기억과 더불어 그 시간을 충격적으로 강타했던 '전쟁'의 시간이 흐른다. "살아보니 인생은 늘 어린애의 길이었다. 더군다나 고향 바닷가 산모퉁잇길은 변함없이 외로운 기다림의 상징이었다."(「핀란드 역의 소녀」, 244

쪽) 아무리 나이가 들어도 결국은 어린 시절의 그 고향 바닷가 산모퉁잇길을 벗어날 수 없었다는 고백이 유별난 것은 아니지만, 다시는 되돌아갈 수 없는 불가능한 현전의 시간과 장소를 '외로운 기다림'의 노스탤지어 속에서 견뎌낼 수밖에 없었다는 그 예민한 자의식은 예사롭지가 않다. 작가는 다시는 되돌아갈 수 없는 그때 그곳의 휘발되어버린 물질성, 추억 속의 관념이 되어버린 그 결핍의 시공간을 '아버지의 부재'로 압축한다. 김원일이 그랬던 것처럼 아버지의 부재는 그에게도 일종의 원초적 결핍으로 각인되어 있다. 전쟁은 역시 아버지의 부재를 조건 짓는 근원적 사건이지만, 그것의 역사적 의미는 미약하며 오히려 그 부재로 인한 자식의 존재론적 결핍이 신화적 상상력 속에서 묘연하게 굴절되고 있다. 둔황, 몽골, 알타이에 이르는 이방의 강역은 민족의 시원이자 존재의 뿌리로서 지금 이 결핍된 세속의 삶을 상상적으로 정화하고 충족시키는 낭만적 이국주의를 암시한다. 그리고 이런 고유명들이 참으로 이채롭다. 백석, 박목월, 김수영, 김춘수, 프로스트, 빅토르 초이, 고흐, 요제프 보이스, 백남준, 김금화, 임만혁, 장욱진, 박성룡…. 윤후명은 이처럼 시, 회화, 사진, 음악 등의 예술에 대한 애호를 숨기지 않고 표 나게 드러내어왔다. 예술에 대한 이런 애착을 일종의 미학주의라고 할 수 있다면, 그에게 예술의 아름다움은 저 부재하는 아버지의 자리를 대신하는 심리적 등가물이다.

부재의 현존은 결핍의 주체를 낳는다. 그리고 결핍의 주체는 고독의 감응 속에서 홀로 그 부재의 상황과 맞선다. "동 떨어진 존재는 그 자신 속에, 우리들 속에 고독으로 동참한

다. 진실을 향한 몸부림이다."(「방파제를 향하여」, 95쪽) 고독
이 맞섬이자 진실을 향한 몸부림일 수 있는 것은, 그것이 자폐
적인 은둔의 감응이 아니라 타자(진리)를 기다리는 애타는 윤
리적 의욕이기 때문이다. 그래서 그 고독의 주체는 타자와 함
께 기거할 수 있는 방 한 칸을 소망한다. "햇볕이 한껏 쏟아지
는 봄날, 뻐꾸기 소리 고갯길을 넘어 꺾여 들려오면 나는 그저
하염없이 누군가를 기다리고 싶었다. 그러기 위한 방 한 칸이
었다."(「아침 해를 봐요」, 131쪽) 그렇게 기다림이란 고독 속에
서 자기의 결여를 확인함으로써 타자를 그 결여 속으로 초대
하는 능동적 계기이다. "그렇게 기다리는 시간이 나를 확인하
고 인정하는 시간이다. 자기 자신을 확인하고 인정하기 위해
우리는 누구나 홀로 길을 가보아야 한다."(「핀란드 역의 소녀」,
241쪽) 또 다른 소설에서 방의 절실함은 이렇게 토로되고 있
다. "방이 없는 사람은 바닷가의 소라게조차 부럽기 그지없다
는 것을 나는 알고 있는 것이다."(「샛별의 선물」, 216쪽) 그리고
그 방은 결국 글쓰기를 위한 공간이고, 따라서 글을 쓴다는
것은 곧 타자와의 만남을 기다리는 윤리적 행위이자 부재를
극복하는 자기구원의 실천이다. "어디든 나만의 공간을 만들
고 싶은 욕망의 뒤에는 글 쓴다는 목적이 도사리고 있다."(「호
랑이는 살아 있다」, 286쪽) 그러므로 글을 쓴다는 것은 타자
를 만나러 길을 나서는 고독한 여정이다. "나는 글을 쓰는 게
아니라 길을 가고 있었다."(「아침 해를 봐요」, 127쪽) 그렇게 쓰
고 떠도는 가운데 그 사람은 만나고 깨치고 위로받는다. 그러
나 둔황으로, 또 시베리아로 먼 길을 떠나서 만나는 이역의 누

군가들이 자기의 근원적 결핍을 채워주는 목적론적인 '대상'인 것은 아니다. 이방으로서의 그 원심적인 여정은 유년의 기억 속에 결핍의 원체험으로 남은 고향을 향한 구심적인 충족의 욕망과 짝을 이룬다.

그러나 고독한 주체가 기다리는 그 무엇인가를, 실감의 상대가 아니라 인류의 비밀스런 시원적 상상력(설화)으로 정형화하는 것은 공허한 비약(관념적 추상화)일 수 있다. 「방파제를 향하여」, 「아침 해를 봐요」, 「대관령의 시」, 「호랑이는 살아 있다」에는 공히 강릉단오제의 기원이라고 할 수 있는 호랑이와 처녀에 얽힌 이야기가 중요한 모티프로 등장한다. 그리고 작가는 기어이 "만약 이 소설집에 하나의 제목을 단다면 '강릉 호랑이에 관한 소설'이라고 할 수 있음을 덧붙인다."(「작가의 말」, 342쪽)고 사족을 달고 말았다. 물론 호랑이(자연)와 처녀(문화)의 신비한 통교를 함축하는 그 이야기를 세속을 초월한 피안彼岸 지향으로 쉽게 단정하지는 말아야 한다. 처녀 혹은 선녀, 그것이 아니라면 소녀 혹은 어머니라는 그 여성성의 깊은 함의도 도식적인 비평의 논리로 소박하게 해석될 수 없다. 나는 다만 윤후명의 소설에서 그 '방 한 칸'의 손님으로 기다리는 누군가가, 어느 무엇으로도 확언되지 말았으면 한다. 이런 바람은 김원일의 소설에서 그 어떤 여정이 근원적인 것을 목적으로 하는 닫힌 여행으로 완료되지 않기를 바라는 마음과 다르지 않다. 나는 그들의 문학이 여전히 그런 도저한 문제들 속에서 계속되리라 믿는다. 그리고 그 문제들이 왜 도저할 수밖에 없는지를 잘 알고 있다.

# 이인자의 존재론

윤정규 소설집 『얼굴 없는 전쟁』에 남아있는 것

차이화를 찬양해 마지않는 신자유주의는 연대를 깨고 뿔뿔이 흩어진 개개의 파편들을 다양성이라는 이름으로 아름답게 거두어들인다. 그러나 그것은 저 하늘의 무리지은 별들의 반짝임처럼, 어둠 속에서 서로를 비추어 밝히는 성좌의 알레고리와는 별로 관계가 없어 보인다. 각각의 다름 속에서도 서로 통하는 의지들을 모아 연합하는 공동체가 어렵게 된 데에는, 냉전체제의 해체 이후를 흐르는 역사의 시간이 깊이 간여하고 있다. 어떤 결집의 힘을 저해하는 거대한 자장 속에서 우정의 연대를 지속한다는 것은 그 자체만으로 충분히 반시대적인 저항을 내포한다. 서두가 이렇게 장황해도 좋을까? 그럼에도 이렇게 시작하는 것은 부산의 소설 작단에서 느껴지는 어떤 기묘한 활력의 정체에 대해 말하기 위해서이다.

결집을 위해서는 어떤 구심이 요구되는 바, 부산의 소설가들을 강력하게 결속시켜온 구심에는 요산 김정한이라는 거인의 존재가 장구하게 버티고 있는 것이 아닌가 한다. 부산 문단에 건재한 선배들의 기억 속에 요산은 언제나 대인의 풍모로 남아있다. 파행과 부침 속에서도 단절 없이 거행되어온 요산

문학제(요산문학축전)의 전통은, 다른 여타의 기념사업과는 다른 어떤 각별함이 느껴진다. 그것은 요산이 단지 기념화의 대상으로 박제되지 않고, 함께 지냈던 후배들의 마음 한 자리에 지금도 생생하게 자리 잡고 있기 때문이리라. 때때로 기억을 더듬어 요산을 회고하는 선배들의 언어와 표정에서, 먼저 간 자와 남은 자의 여전한 우정과 연대가 오롯하게 느껴질 때가 있다. 요산을 넘어서야 한다는 결기들마저도, 실은 요산에 대한 깊은 추앙의 염을 표현하는 것처럼 여겨진다. 부산에서 요산은 연합을 추동하는 강력한 결속의 구심이다. 그 구심은 다른 것들을 하나로 집합시키는 다른 어떤 결합의 이념과는 달리 교조적이지도 맹목적이지도 않다. 서로 다른 추억과 기억을 간직하고 있는 여러 후배들에게, 요산은 그저 과거의 시간에 고착된 고인이 아니다. 신화화의 의지들을 감시하는 비판적 지성의 역량이 훼손되지 않는 한, 요산은 결코 기념화의 대상으로 박제되지 않고 결속과 유대를 촉구하는 정치적 활력으로 남아있을 것이다.

사람과 사건을 기억에서 불러내 회고하는 일은 회고자의 주관을 거쳐 어느 정도는 각색된 것일 수밖에는 없는 것이기에, 쉽게 그것에 객관적인 증언의 지위를 부여할 수는 없다. 그러나 증언과 기록의 객관성이란 과연 가능한 것이냐를 따져 물을 수 있고, 어쩌면 기억하기의 과정에서 발생하는 그 왜곡이야말로 증언의 잠재적 가능성일 수 있다. 2015년으로부터 30여 년 전에 부산의 중앙동 화국반점에서는 로컬 문학장의 역사에서 중요한 사건이라 할 만한 모임이 이루어지고 있었다. 그것은 마치 해방정국의 긴박함 속에서 진보적 작가들을 규합하고 연합하기 위한 조직과 기구의 창설을 논의했던 아서원 좌담회나 봉황각 좌담회에 비견될 만하다. 역시 그 좌장은 요산 김정한이었고, 거기엔 훗날 부산의 진보 문인들의 결사체라고 할 수 있는 '부산작가회의'를 이끌어갈 작가와 시인, 평론가들이 함께 자리하고 있었다. 그것이 이른바 '5·7문학협의회'다.[1] 적통에 집착하는 것이 권력화의 한 증례인 것과는 달리, 그 계보를 추적해 탈구하는 것은 권력화를 저지하는 유능한 방법이다. 당시 젊은 연배로 그 자리에 참여했던 최영철 시인과 구모룡 평론가의 주도로, 30년이 지난 5월의 어느 날 같은 장소에서 그때 함께했던 사람들이 다시 모였고, 나도 그 곳 어느 자리에 조용히 앉아 그 역사적 반복을 기묘한 마음으로 지켜보았다. 모든 반복에는 차이가 내재한다. 그때의 젊은이들이 백발이 되어가는 동안 세상은 놀라울 정도로 많이 변해버렸다. 아마도 가장 큰 변화란 당시에 가능했던 그 연합의 마음들이 시들어버린 것이 아닐까? 그날 말석에서 그 역사의 반복을 지켜보았던 나는 한동안 여러 생각들로 마음이 어지러웠다. 회고의 자리에서 드러난 5·7문학협의회의 작명을 둘러싼 기억의 차이들도 나에게는 예사롭지 않게 여겨졌다. 그것은 누구의 기억이 옳은가라는 진실 여부의 문제라기보다는, 그런 차이들로 기억할 수 있는 증언자들의 실존이 갖는 무게감 때

---

1. '부산작가회의'의 모태로 받아들여지고 있는 '5·7문학협의회'의 결성과 그 전후에 대한 사정은 구모룡, 「요산의 발자취와 부산작가회의의 갈 길」, 『부산작가회의 30년사』(부산작가회의, 2015)를 참조할 수 있다.

문이었다. 그리고 무엇보다 지금 그런 차이들을 통해 당시의 현장을 재생하고 있는 저 후배들의 앞길을 비춰주었던 별, 그 정도의 연합을 촉발하고 매개할 수 있었던 요산의 존재론적 의미가 새삼스러웠다.

이인자의 존재론은 위대하지만 그 운명은 언제나 애틋하다. 어쩌면 이인자라 불릴 만한 그릇의 인물이 떠받치고 있기에 일인자는 그 권위와 명망을 누릴 수 있는지도 모른다. 그러므로 일인자의 권위를 구성하는 역량의 많은 부분은 이인자와 그 동지들의 몫이다. 의인義人 윤정규는 요산에게 있어 그런 사람이 아니었을까?

윤 형은 요산의 직계다.

사는 곳이 부산이라서도 그러하지만 그 문학 정신의 이어짐에서나 문학 외적 활동에서나 다 그러했다. 요산이 가는 곳이면 그림자처럼 윤 형은 따라 다녔고 함께 있었다. 서울에서 있는 문학행사에서나, 그 어렵던 시절 문학인의 단체 결성과 그 실천에 윤 형은 항상 요산과 함께 했다. 이것이 어쩌면 윤 형을 더 자유롭지 못하게 한 것이 아닌가고 생각되기도 한다. 부산의 소설가들은 요산의 그늘에 있다고 말할 수 있겠는데 유독 윤 형이 직계가 되었던 이유는 문학정신의 이어받음 말고도 또 다른 어떤 면이 있었을 법하다. 그것은 아버지에 대한 그리움(?) 같은 것으로 비춰 보인다.[2]

2. 김중하, 「윤정규 형에 대한 기억 조각 몇」, 『오늘의문예비평』, 2002년 가을

작가는 글을 짓는 사람이지만, 그래서 그들의 존재론적 의의는 그들의 글에서 한 치도 벗어날 수가 없지만, 작가는 동시에 그들의 말과 행동으로써 자신이 쓴 글의 가치를 가늠하고 검증하게 해 주는 사람이기도 하다. 글은 좋은데 사람은 덜하다거나, 글은 좀 모자라지만 사람이 워낙 매력이 있는 경우처럼, 작품이 그 작가와 어긋날 때 오히려 어떤 묘연한 진실을 실감하게 되는 것은 바로 그 때문이다. 이른바 '작가의 죽음'이라는 것도 그 어긋남의 오연한 진실에 관한 언명이리라. 요산이나 의인이나 두 작가를 기억하는 회고들은 언제나 그들의 작품과는 별개로 인간학의 차원에서 진지했다. 작품이 논평되기로는 의인의 소설은 요산에 결코 미치지 못할 것이다. 그러나 윤정규는 그 후배들에게 그만한 존경을 받는 선배라는 점에서 이인자의 자리에 고착된 사람은 아닌 것 같다. "우리 위에 우리 뒤에 아직 그대로 계신다고 답해 주십시오./ 다시 길 잃지 않도록 다시 빛 꺼지지 않도록/ 더 멀리 더 높이 우리 곁에 계신다고 답해 주십시오."(최영철, 「아직 우리 곁에 계신다고 답해 주십시오」) 별은 서로가 서로를 비출 때 마침내 빛나는 별일 수 있다. 그러니까 요산과 의인은 그 작품만큼이나 그들의 인간적 풍모로 부산의 작가들을 연합할 수 있게 해 주었던 빛나는 성좌가 아니었던가.

그런 말을 들은 적이 있다. 부산 시단의 흐름이 실험적인 모더니즘의 경향으로 도도했다고 한다면, 소설에 있어 주류

---

호, 57쪽.

는 진보적인 리얼리즘의 기율로써 확고했다고. 소설의 그러한 명맥이 민족사의 풍상이 격심했던 이 고장의 내력과 무관하지 않을 터이고, 개발독재의 파고 속에서 터져 나온 부마항쟁이 선명하게 드러낸 바 있는 것처럼, 여기 사람들의 반골 기질과 미묘하게 이어져 있는 것이 아니겠는가. 그리고 바로 요산, 그 인물의 됨됨이와 더불어 로컬의 삶과 일국주의를 초과해 동아시아에 닿아있는 그 작가적 사유의 호방한 기풍이, 1980년대에 비로소 분명한 실체로서 형성된 부산의 진보적 작가연합의 큰 바탕이었다고 할 수 있을 것이다. 요산의 직계 윤정규의 소설이 그 흐름에 깊이 동참하고 있다는 것은, 그래서 전혀 새로울 것이 없는 사실이다. 의인의 후배 정태규가 그의 갑작스런 죽음을 애도하며 쓴 글에서 "윤정규 소설의 특성을 사회비판의식, 역사의식, 민중주의적 특성, 행동주의적 특성 등으로 정리"[3]했던 것처럼, 그의 작가론은 대체로 민족과 민중의 삶에 착근한 리얼리즘이라는 통념으로 기술되어왔다. 역시 의인의 후배 조갑상의 작가론에서도 전후의식의 측면에 대한 주목이 참신하긴 하지만, 대체로 정태규와 같은 맥락에서 그의 작품들을 리얼리즘으로 결산하면서 그 요지를 '개인적 외로움의 사회화', '이웃을 위한 글쓰기'[4]라는 표현으로 압축했다. 조갑상의 경우는 좀 다르지만, 윤정규나 정태규는 그 당시에 기세를 떨치던 진보적 이념들에 대하여 아주 직핍하게 반응한

---

3. 정태규, 「윤정규의 작품 세계」, 『시간의 향기』, 산지니, 2014, 211쪽.
4. 조갑상, 「전후의식에서 자유의 바다까지 ― 윤정규의 소설세계」, 『오늘의문예비평』, 2002년 가을호, 78쪽.

작가들이었다. 그래서 당시의 어떤 열기와 무관하게 그의 소설들을 읽으면, 무언가 조금은 심심하고 따분하게 느껴질 수가 있다. 그 심심함과 따분함에는 소설의 미학주의에 대한 경도를 정치적 참여에 대한 배반으로 간주했던 한 시대의 무거운 편견이 침잠해 있는지도 모른다. 그런데 여기서 조갑상의 작가론이 '개인적 외로움의 사회화'로 포착한 지점에 다시 주의를 기울여 보면, 한 시대의 그런 일반적 편견 이외에 의인의 소설에 내재된 어떤 특이성을 감지할 수 있다. 그러나 조갑상은 의인에게서 작가의 개인적 외로움을 사회현실의 문제라는 공적인 차원에서 해소하려는 욕망을 포착하였으나, 그것을 더 깊이 궁리하지 않고 멈추어버렸다. 작가의 사적인 외로움이 어떻게 소설에서 사회적인 것으로 비약하는가를 해명하는 것은 의인의 소설을 독해하는 데 있어 가장 중요한 지점이라고 할 수 있을 것이다. 물론 그것을 해명하기 위해서는 작가론의 기본으로서, 윤정규의 생애사에 대한 정밀한 실증적 연구가 뒷받침되어야 하겠다. 그리고 요산과의 비범한 관계를 둘러싼 비사秘史 역시 그 외로움과 더불어 고찰할 만한 주제가 아닌가 한다.

　　누군가의 실존적 외로움을 가늠하기란 쉬운 일이 아니다. 그럼에도 외로움을 윤정규의 소설에 있어 일종의 지배소dominant로 독해한다면 그 나름의 유익함이 없지는 않을 것 같다. 특히 그가 영면하기 직전에 내놓은 『얼굴 없는 노래』(창작과비평, 2001)야말로, 그 외로움에서나 글쓰기의 역정에 있어 돌출적인 문제작이라고 할 수 있겠다. 누군가에게 그것은 기존의 리얼리즘적 경향과는 다른 일대 '변신'5으로까지 여겨졌다.

그렇다면 그것이 왜 변신일까? 여기서 이른바 '말년의 양식'(에드워드 사이드)이라는 개념을 소환할 수도 있겠지만, 그보다는 역사적인 전환기를 통과하는 가운데 발생한 글쓰기의 형질 전환이라고 하는 것이 더 납득할만하다. 냉전의 시대가 종식되고 난 뒤에 거대한 이념들이 허망하게 기각되자, 그 기각의 텅 빈 자리에서 오는 공허가 목소리 높던 사람들의 실존을 압도했다. 탁월한 분장술로 충무로를 사로잡았던 한 남자, 그의 고독하고 추레한 노년이란 역시 그 역사적 전환의 알레고리라 할 수 있겠다. 그리고 무엇보다 이 소설이 그의 다른 소설들과는 달리 '범죄소설'의 형식을 차용하고 있다는 것이 이채롭다.

　　윤정규와 범죄소설이란 쉽게 매칭이 되지 않는 조합이다. 범죄소설은 오랫동안 부르주아적 오락거리로 취급되었다. 그러므로 진보적 작가에게 현실도피의 범죄소설이란 가당찮은 것으로 여겨졌다. 그러나 40대 중반의 윤정규는 재정적인 어려움 때문이었는지, 일본 작가가 쓴 몇 권의 추리소설을 번역했다. 후쿠모토 카즈야의 『살인병동』(대작사, 1983)과 니시무라 쿄타로의 『침대특급 살인사건』(대작사, 1983)을 번역했고, 부정기간행물 추리문학전문지 『현대추리』(대작사, 1984)에 수록된 소설을 번역하기도 했다. 윤정규가 번역한 이들 추리소설

---

5. 김중하, 「윤정규 형에 대한 기억 조각 몇」, 『오늘의문예비평』, 2002년 가을호, 55쪽. 『얼굴 없는 전쟁』의 발문 「자유를 향한 변모」에서 구중서도 그 변신을 이렇게 지적하였다. "윤정규 원래의 소설은 대개 사회현실을 주제로 한 정공법의 것이었다. 그런데 이번에는 돌연 변신의 수법을 쓰기로 작심한 것 같다."(287쪽)

들은 모두 '대작사'大作社라는 출판사에서 나왔다. 대작사는 김성종이 당시 부산의 중앙동에 집필실을 겸해 등록을 한 출판사로, 본인의 작품인『국제열차 살인사건』(1987)을 비롯해 해외의 추리소설들을 주로 번역해 출간했다. 요산 김정한과 향파 이주홍을 고문으로 하고, 최해군이 회장을 맡아 1982년 2월 6일 광복동의 중국집 동화반점에서 부산소설가협회가 창립되었다. 이때 윤정규는 부회장을 맡았으며, 대작사를 협회의 임시 사무실로 사용했다.[6] 일본의 나고야에서 나서 해방을 맞아 귀국할 때 윤정규는 만으로 여덟 살이었다. 이른바 한글세대이긴 했지만 일본어에 대한 그의 감각은 일본에서 나고 자란 유년의 삶과 무관하지 않았을 것이다. 일본 추리소설의 번역은 소설창작을 업으로 하는 그에게 나름의 창작기법적인 영향을 미치지 않았을까? 근대문학의 성립기에 논리적인 플롯을 구사하는 추리소설을 번역하고 번안하는 과정이 근대작가들의 서사기법에 미친 영향은 널리 알려진 사실이다. 마찬가지로 현실의 전형적 재현에 충실한 사실적 작법에 익숙해 있던 윤정규에게 추리소설의 정형화된 장르 클리셰가 만들어내는 정교한 서스펜스는 신선한 것이 아니었을까? 범죄자와 추적자라는 추리소설의 구도 역시, 리얼리즘에서 전형적인 빈자와 부자의 대립에 견줄 수 있는 변증법적 구성을 공유한다. 죄 지은 자는 반드시 붙잡혀 죗값을 치러야 하고, 가진 자의 탐욕으로

---

6. 부산소설가협회의 창립 전후에 관해서는 최해군,『작가 최해군 문단 이야기』, 해성, 2005, 193~196쪽 참조.

인한 인간적 비참은 철저하게 고발되어야 한다. 따라서 윤정규에게 범죄소설은 인간학적인 차원에서 그 전의 소설들과 연속적이며, 미학적인 차원에서는 그것과 단절하는, 작지만 심오한 도약이었을지도 모른다.

그런데 『얼굴 없는 전쟁』은 왜 범죄소설인가? 여기엔 범인의 뒤를 쫓는 탐정이나 형사와 같은 이른바 이성적 영웅이 등장하지 않는다. 그리고 사건의 '해결'에 초점을 맞추는 추리소설과는 달리 범죄소설은 사건의 '전모'를 드러내는 데 주력한다.[7] 민중과 민족이 처한 부당하고 열악한 현실을 계몽적인 논법으로 풀어내던 작가가 노년에 이르러 이런 범죄소설을 내놓고 세상을 뜬 것은 기묘한 일이다. 그러나 그 기묘함은 마르크스주의 경제학자인 에르네스트 만델의 범죄소설에 대한 설명을 참조할 때 어느 정도 짐작이 되는 바가 있다. 범죄소설의 역

---

7. 울리히 브로이히는 범죄소설의 사회사적 함의와 함께 그 구조적 특성을 추리소설과의 대비를 통해 다음과 같이 설명한다. "18세기 초부터 범죄소설에 대한 관심이 커진 까닭은 특히 범죄의 심리학과 범죄의 사회적 조건에 대하여 관심을 두고 있는 것과 연관되어 있다. 이러한 관심은 사회적으로 개혁을 추구하는 데서 비롯되는 경우가 많았다. 이에 반하여 추리소설의 주인공은 탐정 자신이다. 탐정은 보통 결말에 이르러 범인을 알아내기 때문에 범죄의 심리적, 사회적 원인을 분석해 낼 기회를 거의 갖지 못하는 것이다. 바로 여기에서 추리소설의 구조가 파생된다. 곧, 범죄문학이 '하나의 범죄에 대하여 사건의 전말을 전개하는 것'이라면, 추리소설은 '하나의 범죄 사건을 해결하는 이야기'가 되는 것이다."(울리히 브로이히, 「추리문학에 대하여」, 진상범 옮김, 대중문학연구회 엮음, 『추리소설이란 무엇인가?』, 국학자료원, 1997, 10~11쪽.) 줄리언 시먼스도 거의 유사한 차원에서 그 둘을 구분하고 있다. "범죄 소설가는 이야기를 인물에게 종속시키는 경향이 있고, 탐정 소설가는 신빙성을 배제할 만큼 수수께끼에 집중하는 경향이 있다."(줄리언 시먼스, 『블러디 머더』, 김명남 옮김, 을유문화사, 2012, 255~256쪽.)

사를 사회사적으로 풀이했던 만델은 "부르주아 사회의 역사는 사유재산의 역사이기도 하며 사유재산의 부정, 즉 간단히 말해서 범죄의 역사"[8]이기 때문에 범죄소설에는 부르주아 사회의 역사가 반영되어 있다고 했다. 그러니까 민중과 민족을 역사의 주체로 세우는 윤정규 소설의 그 완고한 휴머니즘은, 계급과 제국이라는 적대를 지양하려는 변증법적 역사의식을 견지한다는 점에서 『얼굴 없는 전쟁』에 이르기까지 초지일관했다. 그러므로 우리는 이 소설을 그의 문학적 역정에서 어떤 단절을 내포하는 연속으로 읽을 수 있다.

　'외로움'에 주목해 윤정규의 소설을 읽는다면, 그의 작품들의 곳곳에 출현하는 지나치다 싶은 '음주'의 묘사가 예사롭지 않게 다가온다. 그러니까 술은 외로움이라는 정신의 공허를 채우는 대체물로써 주의를 끈다. 그리고 취기의 몽롱함이 완악한 현실의 통각을 무디게 한다는 점에서 그것은 진통의 소도구이다. 이 소설에서도 일주일에 소주 세 병을 마셔야 할 만큼의 외로움이, 육십이 좀 넘은 김덕중이라는 노인을 사로잡고 있다. "자작을 하지 않으면 안 되었던 세월이 30년은 넘은 듯했다."(64쪽) 그리고 여기선 술에 버금갈 만큼 '커피'에 대한 애착이 그의 어떤 결핍을 더욱 부각시킨다. "커피만 생각하면 입에 군침이 돌았다. 온몸에 전율 같은 즐거움이 스쳐가면서 까닭 모를 애잔함을 불러일으키는 것이다."(12쪽) 술과 커피에 대한 애잔한 집착과 더불어 끽연喫煙의 애호도 무심하게 넘길

---

8. 에르네스트 만델, 『즐거운 살인』, 이동연 옮김, 이후, 2001, 241쪽.

수 없는 부분이다. 술과 커피 그리고 담배, 이런 것들은 오래전에 파괴되어버린 그의 사회적인 관계를 보상하고 보충하는 정신적 대리물이다. 특히 커피에 대한 욕구가 그에게 처음 커피의 맛을 알려주었던 봉섭의 존재를 환기하게 하고, 그 기억이 어떤 불안한 예감을 촉발한다는 점에 커피는 주의를 기울여야 할 대상물이다. 그리고 조반 후의 숙면과 빨래에의 탐닉도 어떤 결여에 대한 병리적 집착이라는 점에서 기억해 두어야 한다.

노년의 김덕중이 처한 상황은 철저한 사회적 고립이다. 초반부에서 집중적으로 부각하고 있는 것도 바로 그 고립의 처절함이다. 그런데 그 고립은 실존적인 것이기에 앞서 사회적이다. "그는 의료보험이니 국민연금이니 하는 사회적 보장제도와는 인연이 끊어지고 말았다. 주민등록만은 되어 있지만 동사무소가 어디에 있는지도 몰랐고 주민등록증을 갱신하지도 않았다."(31쪽) 충무로의 분장사로 활약하며 신의 손으로 불릴 만큼 명성을 떨쳤던 젊은 날을, 그는 돈과 여자에 방탕한 시간으로 흘려보내고 말았다. 그래서 그는 지금의 그 고립과 외로움을 일종의 죗값으로 받아들인다. 그런 그의 심리적 상태를 직접적으로 표시하는 불안, 외로움, 참담, 비참, 모멸감, 배신감, 죄의식, 미련과 같은 어휘들이 소설의 서두를 빼곡하게 채우고 있다. 정신적 외로움은 신체적 증상으로 굴절되기도 한다. 한 달을 주기로 공포감과 함께 가슴의 통증이 찾아왔다. 그는 스스로 그것을 '홀로살이노인 불안증후군'이라고 이름 붙인다. 물론 이런 명명은 외로움의 공포를 견뎌내기 위한 일종의 심리적 방어행위이다. 그럼에도 불구하고, 그런 방어적인 노력을 초과하는 공포가 죽음에 대한 충동을 불러일으킨다. "정말 못 견디게 외로우면 자살할 각오까지 하고 있으면서도 피할 도리가 없어 후유증이 더 컸고 그는 그런 자신이 말할 수 없이 역겨웠다."(47쪽)

연락할 그 누구도 없는 외로운 노인이 지독한 냄새를 풍기는 17평의 서민아파트에 살면서 일주일에 소주 세 병을 비우는 삶. 초라한 행색에다 말까지 어눌하게 되어버린 이 노인은 너무 외로워서 도둑이라도 침입해 주길 소망한다. 사회보장제도를 비롯해 국가의 보호도 받지 못하는 완전한 사회적 고립. 이 소설의 작가가 이와 같은 처절한 사회적 고립과 실존적 외로움의 정념으로써 현실의 문제를 제기하고 있다는 점은, 그의 그 전 소설들을 읽어온 독자들로서는 의미심장하고 미묘한 변화임에 틀림이 없다. 사회와 역사의 구조적 모순을 분석적으로 조형해왔던 이전의 작법과는 달리, 이런 변화는 작가의 자의식이 주체의 심급에 대한 탐구로 향하고 있음을 가리킨다. 남북정상회담의 후속조치로 취해진 장관급회담이나, 의약분업에 대한 항의로 벌어진 의사들 파업이라는 사회적 의제들도 라디오에서 흘러나오는 뉴스로 후경화backgrounding되어 있다. 그런 의미에서 이 소설은 조갑상이 '개인적 외로움의 사회화'라고 했던 그 소설적 태도를 더욱 진전시킨 것으로 볼 수 있겠다. 그럼에도 자기가 사는 서민아파트 저편의 고급주택가에 대한 위화감을 드러내는 데서 확인되듯, 자본제의 불평등에 대한 분법적 적대감은 여전히 뚜렷하다. 이 소설이 범죄소설의 사회적 함의를 분명하게 내포하고 있는 지점이 바로 그 적대감이다. 자기의 외로움이 심대할수록 타자에 대한 적대감이 확대된다는 점에서, 타자에 대한 적대는 곧 자기의 외로움과 하나다. 그렇다면 김덕중을 그렇게 비참한 고립으로 몰고 간 계기 역시 개인적인 의미를 넘어 사회적인 차원에 걸쳐있다고 할 수 있을 것이다.

> 불확실하게나마 말할 수 있는 것은 보통의 배우는 점차 하찮게 보이고 분장을 한 배우, 즉 자신이 분장해 변조를 시킨 작중인물만이 생생하게 살아 있는 인물로 교감의 상대가 된다는 것이었다. 자신이 분장을 해주지 않은 배우는 영화판에서는 아무 쓸모가 없는 사람으로 여겨졌다. 마치 자신이 모든 배우들의 대부가 된 듯한 기분이었다. 이 기분은 그의 인식체계를 뒤바꿔놓았고 마침내 분장을 하지 않은 배우는 전혀 쓸모가 없게 보였다. 그리고 쓸모가 없는 사람들의 이름은 기억에서 지워져갔던 것이다. 그의 기억에 남는 것은 분장을 한 작중인물뿐이었다.(35쪽)

김덕중이 충무로에서 분장사로 활약했던 때는 대략 1960~70년대다. 한국영화는 1960년대의 전성기를 이어가지 못하고 1970년대에 이르러 쇠퇴의 길로 접어들었다. 분장사로서 그의 개인적 부침은 영화산업의 그런 성쇠와 겹쳐있다. 그러나 영화산업의 구조적 변동이라는 이런 구체적 맥락보다, 분장사로서의 그 역할이 내포하고 있는 상징성에 더 주목할 필요가 있다. 분장이란 배우의 실존을 탈존시켜 대본에 등장하는 배역의 인물로 그 사람을 변신하게 만드는 작업이다. 달리 표현하자면, 현실적 인간을 허구적 인물로 변신시키는 일이 분장이기에 그것은 곧 변장이기도 하다. 그리고 〈모던타임즈〉(1936)의 찰리 채플린이 그 기계화된 작업의 반복 속에서 모든 것들을 나사처럼 조여야 한다는 강박에 사로잡히게 되는 것과 마찬가지로, 마침내 김덕중은 실존과 탈존의 혼란 속에서 현실의 배우와 그 허구적 배역의 인간을 구분하지 못하는 정신증적인 증상을 드러낸다. 그는 이제 배우가 아닌 배역의 인물만을 알아볼 수 있게 됨으로써, 그의 분장은 드디어 인간의 실존을 소외시키는 병리적인 노동이 되고 말았다. 여기서 라캉의 언술을 참조하자면, 언어를 매개로 구성되는 허구적인 환상이란 진짜 현실의 기괴함을 견디기 위한 일종의 방어기제이다. 그러나 그 환상이 비등해 현실을 초과해 버린다면, 그 환상 자체가 기괴한 것으로 되어버릴 수 있다. 그것은 환상이 현실을 잠식함으로써 진짜 현실의 공포가 내습하게 되는 상황이다.

이렇게 소설의 서두는 김덕중이 어떤 범죄에 가담하게 되는 합리적 조건과 개연성을 충족시키는 데 할애된다. 비참한 고립으로 인해 정신적 분열의 직전에 있는 김덕중의 상태는 그 자체로 팽팽한 긴장감을 형성한다. 김해 출신으로 삼십 대 후반의 박학수라는 잠입자, 비밀스런 사연과 더불어 침투한 그의 존재는 김덕중의 오랜 고립을 중단시킨다. 그러므로 박학수의 잠입은 신경쇠약의 김덕중에게 새로운 환상을 제공함으로써 진짜 현실의 공포를 이겨내게 만드는 치유의 계기가 된다. 박학수는 무료하게 반복되던 김덕중의 일상으로 일종의 메시아처럼 임재한 것이다. 서사의 기능적 층위에서 그의 할 일은, 일종의 죽음충동이라고 할 수 있는 김덕중의 그 반복 강박을 해제시키는 것이다. 앞서 커피로부터 연상된 봉섭과의 기억들은 이와 같은 우발적 만남을 통해 바로 그 대상의존으로부터 벗어나기 위한 서사적 수순이었을 수 있다. "내가 사랑하는 커피 자리를 자네가 대신한 셈이 됐네."(243쪽) 그리고 박학수의 침입을 냄새로 알아차리는 것으로써, 다시 활성화된 김덕중의 예민한 감각을 표현한다. "침입자인지 또는 틈입자인지 모를 다른 냄새를 풍기는 무엇이 집안에 들어와 있다는 증명이었다."(56~57쪽) 그리고 그들은 사람들이 싫어할 수밖에 없는 지독한 냄새를 풍긴다는 바로 그 악취의 공통성으로써 연합할 수 있다. 그 틈입자의 존재로써 김덕중은 대상화의 전락 직전에 가까스로 구출되어 다시 주체의 자리를 회복하게 된다. 그러니까 박학수는 고립된 대상으로 전락하고 있던 김덕중을 다시 주체의 자리로 일으켜 세운 타자이다. 소설에서 둘의 우발적인 만남은 서사적으로 대단히 엉성하지만, 그 개연성의 밀도와는 상관없이 둘의 만남이 갖는 상징적 함의는 다대하다. 그들은 악취를 풍기는 사람들이라는 점에서 타인들에게 환대받을 수 없는 자들이었고, 가족의 어떤 결핍으로 내상을 입고 있다는 점에서도 같은 처지였다. 박학수는 아내와 아이를 치인 뺑소니 덤프트럭을 뒤쫓으며 세월을 흘려보냈고, 노인에게도 가족은 아무도 없었다. "그는 여태 살아오면서 자신과 연관 지어 가족이란 말을 써본 일이 없었다."(78쪽) 그래서 그들은 갑작스런 만남에도 불구하고 술을 나누고 같이 식사를 하며 서로의 결핍을 조금씩 채워나가게 되는 것이다.

　이제 노인은 조직의 추격을 받고 있는 박학수의 적극적인 조력자로 나선다. 그는 "학수를 거드는 일이 자신에게 주어진 일생의 과업"(112쪽)이라고 여긴다. 박학수도 노인을 연민한다. "이런 노인을 홀로 살게 하는 사회는 옳은 사회가 아니라는 생각을 지울 수 없었다."(105쪽) 그들의 감정은 어느새 사회적 공분으로 합류하고 있었다. 박학수의 특수부대 동기이자 조직의 이인자인 오기삼은 그를 청부살인에 이용한 뒤에 살해하려고 했다. 뒤늦게 이를 알게 된 박학수는 오기삼을 없애는 복수를 감행하려고 하는 것이다. 노인은 협력자의 역할을 뛰어넘어 그 복수극의 작전을 펼치는 능동적 연출자가 된다. 그 작전에 깊이 가담할수록 그는 다시 충무로 시대의 활력을 서서히 회복해나간다. "자네가 나타나서 죽어 없어진 줄 알았던 신명이 되살아나고 잃어버렸던 낙이 샘솟는다고⋯다 자네 덕분이네."(135쪽) 노인의 이런 적극적인 개입에 박학수는 정작 당황스럽지만 일을 되돌릴 수는 없다. 이 일련의 복수극은 니카츠日活社의 장인 스즈키 세이준의 〈살인의 낙인〉(1967년)을 떠올리게 할 만큼 그로테스크하고 인상적이다. 이 싸움은 개인적이지만 동시에 사회적이다. "우리는 지금 거대한 사회악을 상대로 버거운 전쟁을 하는 거지만 나는 반드시 승리하리라 확신한다네."(152~153쪽) 오기삼의 저택이 서민아파트의 저편에 있는 예의 그 고급주택가라는 점도 이 복수극의 사회정치적 적대를 확인시켜준다. 김덕중에게 이 싸움은 그 적대를 해소하는 정치적 투쟁인 동시에 세속의 공리를 떠난 실존적 고투이다.

혼자서 끼니를 해결하고 망연히 앉아 외로움을 반추하고 고독을 켜켜이 쌓아 가는 홀로살이는 진저리가 났다. 이젠 그런 과거로 돌아갈 수가 없는 것이다. 그러니 학수가 어떤 생각을 하건 계획대로 일을 밀고 나갈 수밖에 없고 그것은 어쩌면 20년을 허송세월을 한 자신에게 신이 준 최후의 일거리가 아닌가 하는 생각이 들었다.(153~154쪽)

배우의 실존과 배역의 허구를 분간할 수 없게 되었던 김덕중에게, 마치 영화의 시나리오 같이 기획되고 구성된 이 전쟁은 다시 그것을 분별할 수 있는 역량을 회복하는 하나의 방법이다. 그것은 과잉된 환상을 극복하기 위해 새로운 환상을 도입하는 것으로 실현되었다. 오기삼을 죽이고 작전은 성공한 듯했으나 경찰의 개입으로 이제 국가의 공권력이, 그들이 극복해야 할 새로운 적으로 나타났다. "두 사람은 오기삼을 제거한 대신 대한민국 경찰이 공적인 적으로 등장했음을 인정하지 않을 수 없었다."(181쪽) 그러나 '대한민국 경찰'이라는 새로운 적의 표상으로 국가를 지양하고 또 다른 연합의 길을 모색하는 것은 아니다. 복수극은 완결되었으나 경찰의 개입으로 이제는 탈주의 서사가 필요하게 되었다. 김덕중은 다시 탈주의 서사를 연출함으로써 자기의 실존을 회복하는 최종 관문을 통과하게 될 것이다. 그러나 마지막 탈주의 극을 연출하기에 앞서 작가는 과거의 회상이나 잡다한 이야기들로 머뭇거리며 개막의 시간을 지연시킨다. 그 내용이 작가의 전기적 사실의 투영인지는 모르지만, 해방 직후 부모와 함께 일본에서 귀국한 전후의 이야기를 통해 부모의 죽음과 당숙의 양자로 들어간 사정을 췌사처럼 늘어놓는다. 분장사가 된 계기와 분장사로 살다가 쫓겨나다시피 일을 그만두게 된 사연, 그리고 한국전쟁 당시 고향 사람들의 애틋한 사연들과 심지어는 '우 순경 사건(1982)'에 이르기까지, 이야기는 그렇게 한참 동안 본류를 벗어나 지엽 말단으로 자잘하게 이어진다. 김덕중의 이런 기나긴 회고는, 이제는 부자의 관계처럼 되어버린 박학수와의 이별을 유예하기 위한 의도적인 지연인 것처럼 여겨진다. 박학수도 그 며칠 동안의 동거와 협력으로 둘의 관계가 어떤 임계를 통과하고 있음을 동물적 감각으로 알아챈다. "조만간 두 사람 사이에 새로운 관계가 정립되리라 예상했다."(226쪽)

겨우 일주일 정도의 시간이었지만, 그들에게 벌어진 일들과 심리적 변화들은 엄청나다. 그 엄청난 변화의 간극이 서사의 합리성을 위협하는 것은 사실이지만, 그 변화의 함의는 합리성 따위의 서사적 규약을 훌쩍 뛰어넘는다. 그러니까 "가짜 속에서 허상을 잡고 아옹다옹하다 진짜 내 인생을 실종시키고 만 것"(217쪽)을 깨닫고, 이제 김덕중은 '얼굴 없는 전쟁'을 수행함으로써 진정한 타인의 얼굴(레비나스)을 발견하게 될 것이다. 그 윤리적 각성의 길이 이 소설의 주된 요지이다. 다시 말해, 박학수의 얼굴을 김덕중의 얼굴로 분장해 탈출하게 하는 것이 노인의 마지막 기획이고, 이는 자기를 버림으로써 자기를 완성하는 윤리적 비약의 길이다. 자기의 얼굴을 타인에게 내어줌으로써 타자를 살리고 자기 또한 완전한 주체로 고양시키려 한다는 점에서 그것을 '얼굴 없는 전쟁'이라고 한 것이다.[9] "이 시간이 자기의 얼굴을 자신이 보는 마지막 시간임을 알고 있었다. 이 시간 이후부터 김덕중은 존재하지 않는 것이었다."(278쪽) 그러므로 결국 그 싸움은 자기를 지양하는 싸움이다. 그리고 그것은 타자와의 완전한 연합을 통해 고립으로부터의 해방을 성취하는 일이다.

> 분장이 완벽해야 학수가 자유로워진다는 그의 생각은 신앙에 가까웠다. 그리고 그 믿음이 자신의 홀로살이를 청산하는 여러 방법 가운데서 가장 극적이고 예술적인 방법을 선택하게 했다고 생각했다. 한 노인이 생을 마감하면서 궁지에 빠진 젊은이에게 새로운 생을 되돌려주게 된다면 그 끝이 어찌 장엄하다 하지 않을 것인가.(281쪽)

자기를 죽임으로써 타인을 살리고, 타인을 살림으로써 자기를 성취하는 마지막 생의 기획은 '신앙'에 견주어도 좋고 '가장 극적이고 예술적인 방법'이라 해도 좋을 것이다. 불과 한 달 뒤에 『왕과 왕』(해성)이 출간되긴 했지만, 이 소설이 윤정규의 생의 마지막에 내놓은 것이라는 점에서, 김덕중의 마지막 기획

---

9. '얼굴'은 단지 '표면'이 아니다. 타인의 위급한 얼굴은 구조하는 나의 시혜를 정당화하기 위한 대상물이 아니다. "결국 타자의 얼굴을 맞이하는 사건(accueil)은 위급한 타자의 절대적 우선성에 대한 복종이며, 이러한 타자의 절대적 우선성이 '윤리'란 근본적으로 주체의 책임이 결코 어느 정도 하다 중단될 수 없는, 무한(l'infini)으로의 부름임을 드러낸다."(김혜령, 「레비나스 얼굴 윤리학의 진보적 수용」, 강영안 외, 『레비나스 철학의 맥락들』, 그린비, 2017, 250~251쪽.)

에는 이 작가의 숙연한 의지가 굴절되어 있다고 할 수 있겠다. '작가의 말'에 그는 이렇게 적었다. "작품을 쓴 동기나 작품성이 어찌 됐건 한 권 분량을 탈고한 뒤 온몸을 꿰뚫어간 것은 조그마한 안도감이었다. 아직도 완전히 거덜 난 것이 아니라는 자위를 할 수 있었기 때문이다. 뿐만 아니라 새로이 도전할 수 있으려니 하는 용기도 얻어 다행이다."(5쪽) 그 도전의 의욕이 그의 갑작스런 죽음으로 영원히 유예되고 만 것이 못내 유감스럽다. 그럼에도 그가 어떤 자신감 속에서 '도전'이라는 단어와 함께 이 소설을 마지막으로 남겼다는 사실에서 나는 안도하게 된다. 물론 미완이기는 하지만, 그는 요산의 직계나 이 인자로 기억되기에는 이미 더 나가버린 것이 아닐까? 이로써 의인과 요산의 관계론은 부산이라는 지방의 문학을 바라보는 계서적 구도가 역시 그렇게 무망한 환상이라는 것을 일깨운다.

# 아비들의 역사

### 조갑상 소설집 『다시 시작하는 끝』의 재출간에 붙여

모든 시작은 끝을 예언한다. 그렇게 시작에는 끝으로 펼쳐져 나갈 시간의 유전정보가 들어있다. 그러나 시작과 끝이 인과적인 필연의 고리로 긴밀하게 이어져 있다는 믿음은 금물이다. 시작이 끝을 결정한다거나 끝에서 시작을 연역할 수 있다는 생각은 위험한 편견이다. 차라리 시작은 끝에 이르는 그 지난한 역사를 생성하는 힘이다. 그런 의미에서 에드워드 사이드는 새로운 '시작'Beginnings을 특권적이고 폐쇄적인 '근원'Origin과는 구별되는 저항과 해방으로서의 역사적 지평으로 숙고하였다. 그러므로 끝은 신성한 근원으로부터가 아니라 세속적인 시작으로부터 찢겨 나온 고통스런 파열의 흔적이라 하겠다. 지금은 절판되어버린 조갑상의 첫 소설집 『다시 시작하는 끝』(1990)의 재출간 원고를 앞에 두고, 나는 다른 어떤 생각들에 앞서 먼저 이런 사념에 사로잡힌다. 이미 환갑을 넘은 중견의 작가가 다시 펴내는 처녀작의 존재론. 그 엄청난 무게가 나의 해석학적 충동을 억누른다. 그러니까 그 무게의 구체적 질량은 이런 것이다. 등단을 하고 난 뒤로 이런저런 지면에 발표했던 27편 정도의 단편들 속에서 첫 창작집으로 묶을 작품들을 다시 솎아내는 한 신진 작가의 고뇌. 무엇을 뺄 것인가, 아니면 무엇을 넣을 것인가? 그는 과연 어느 쪽이었을까? 처음은 끝을 내포하므로, 시작의 그 고뇌는 미래를 예감하는 결단의 고투였으리라. 그렇게 해서 그의 첫 책은 17편을 골랐고 10편을 버렸다. 버렸다, 라는 말은 아프다. 그러나 '작가의 말'을 보면 그는 버려서 아픈 것이 아니라, 골라낸 것에 민망해하고 있다. 그 심란한 심정의 토로 속에서, 버려서 아프고 골라서 민망한 첫 책의 복잡한 심사를 가늠할 수 있다. 그러니까 그는 쉽게 시작하지 않았던 것이다. 달뜬 마음도 없진 않았겠지만, 가볍게 즐기지 않고 무거운 자괴감으로 출발했다. 그리고 그 시작은 이미 그의 소설이 나아갈 길을 예감해주고 있었다.

조갑상의 첫 소설집을 지금 다시 읽는다는 것은 무엇인가. 그것은 반평생을 몸담았던 직장에서 정년을 맞고, 몇 권의 장편과 단편집을 출간한 지금의 자리에서, 그 출발의 자리를 더듬고 회고하는 그런 것으로만 설명되고 말 일이 아니다. 기원을 기념하고 오연한 감상에 젖어드는 것은, 현재의 불미함을 덮어버리는 일종의 자기 합리화가 되어버릴 수도 있다. 끝에서 생각하는 처음의 자리는 감상적 회고의 대상으로 머무를 수 없다. 그것은 다시 거듭날 수 있는 새로운 출발의 지점이다. 그러므로 이 책의 재출간이란 말 그대로 '다시 시작하는 끝'이어야만 한다.

여러 개의 옹골진 기둥들이 떠받치고 있는 이야기는 그 든든한 골격으로 인해 쉬이 무너지지 않는다. 조갑상의 소설을 떠받치고 있는 여러 기둥 중에서도, 이야기의 장소place는 아마 가장 실한 버팀목일 것이다. 소설가이기 이전에 연구자로서, 그는 오랫동안 부산의 소설 지지학地誌學, topography에 천착했다. 편저와 연구서를 출간하기도 했지만, 무엇보다 소설 속의 부산 곳곳을 직접 답사하고 그 감상과 함께 작품들의 결을 따라 읽은 『이야기를 걷다』(산지니, 2006)로 보람을 얻었다. 흘러간 시간이 소멸시키고 변질시켜 놓은 것들, 그 쇠락하는 것들에 대한 애틋한 정조가 그의 지지학적 탐색의 근본을 이룬다. 그 장소사랑topophilia의 애틋함은 등단작 「혼자 웃기」(1980)에서 이미 오롯하였다. 작가가 20여 년을 살았던 부산 동구의 수정동은 그의 소설의 심상지리적 원형이다. 이 소설과 함께 탈영사건의 모티프를 공유하는 중편 규모의 「은경동 86번지」는 그 장소의 기억을 더 드라마틱하게 풀어냈다. 방금 잠에서 깨어난 사람이 마치 자신의 꿈을 해독하는 것처럼, 작가의 기억은 의식과 무의식을 오가며 실화의 파편들을 단서로 전혀 새로운 이야기를 직조해낸다. "어린 시절의 자취나 땟자국이 그대로 남아있다는 데서 오는 푸근함이나 안도감"과 함께, "이토록 게딱지같이 더러운 동네였을까 하는 수치스런 당혹감"이 뒤엉킨 곳. 동백나무가 있던 우물이 사라진 것에서 느끼는 상실감. 사라지지 않고 있었다면 좋았을 것들은 하나 둘 소멸하고, 정작 사라져야 할 것들은 끈질기게 남아있는 곳. 추억이 되어버린 그곳에는 가난과 울분이 아직도 대를 이어 끈질기게 남아있다. 이처럼 조갑상의 소설은 소멸과 지속의 척력과 인력을 특유의 아이러니로 포착한다. 저 두 소설에서 '아버지'라는 이름은 바로 그 소멸과 지속이 어긋나는 아이러니의 결절점이다. 무장탈영을 해서 인질극을 벌인 문식이나(「혼자 웃기」), 강도질을 한 원태는(「은경동 86번지」) 모두 아버지 때문에 일을 저질렀다. 아버지는 오래도록 곁에 머물러주었으면 하는 존재이면서도, 동시에 어서 사라져버렸으면 하는 증오스러운 대상이다. 원태의 이런 절규는 착잡하다. "어떡하든지 아버지를 버티게 하고 싶었단 말이오. 아버진 옛날부터 이 동네에서 살아온 아버지들의 마지막 남은 사람이거든. … 우리 동네 아버지들의 마지막 표본으로 버티게 하고 싶었단 말이오. 불쌍하다는 말은 할 수조차 없어요. 나나 문식이나 또는 내 형이나, 아버지들이 살아온 삶을 털털 털고 일어설 아들이 우리 동네에서 몇이나 되겠어요. 그랬더라면 아버지들의 죽음은 용서될 수 있었지만 … 그럴 수가 없어요." 남루하지만 외면할 수 없는 우리들의 과거, 그 근대화의 복잡한 심사가 응축된 존재가 아버지이다. 아버지는 우리가 맞닥뜨린 현실의 벽이고, 우리의 마음 깊은 곳에 있는 죄의식이다. 그들은 가난했고, 그 가난을 견디기 어려워 방황하거나 방탕하였다. 그들은 나름 성실하였으나, 아들들에게 그것은 그저 한심한 순응으로 느껴졌다. 아버지를 극복한다는 것, 그것은 아버지를 지속시키면서 동시에 아버지를 소멸시키는 역설을 통해 가능한 일이다. 문식을 설득하러 지하 다방으로 들어가던 김갑령의 갑작스러운 웃음. 그것은 예의 그 역설과 아이러니에서 터져 나오는 일종의 발작이 아니었을까. 서술자나 인물의 입을 빌려 자의식을 쉽게 노출하지 않는 이 작가는, 예나 지금이나 그 발작을 통해 표현할 뿐이다. 그 발작이 이미 그의 등단작에 지문으로 새겨져 있었다는 사실이 인상적이다.

근대화란 개발이면서 파괴였다. 개발과 파괴의 각축 사이에서, 지속하여야 할 것은 파괴되고 소멸되어야 할 것은 지속되었다. 그러니까 아버지는 지속과 소멸이었고, 무엇보다 바로 그 하이 모던의 욕망 그 자체였다. 그렇게 아비의 연대기는 우리들의 장구한 역사와 하나로 포개진다. 조갑상에게 근대란 무엇인가. 그것을 가늠할 수 있게 하는 뜻밖의 단서가 있다. 조갑상은 이태준의「석양」을 이야기하는 어느 자리에서 김동리를 떠올린다. "상허 이태준의 작품을 읽을 때면 김동리 선생이 떠오른다. 강의 시간에 김동리 선생이 무슨 이야기 끝에 그에 관한 이야기를 잠깐 했다."[1] 개발근대화가 적극적으로 추진되고 있을 그 무렵, 대학 강의실에서『문장』의 전통주의자 이태준을 회고하던 김동리가 그에겐 무척 인상적인 기억으로 남아 있었던 것 같다. 서구적 근대성에 대하여 조선적인 것의 고유성으로 맞섰던 김동리는, 반근대와 탈근대를 넘어 근대초극에 이르는 형이상학적 모색을 거듭하였다. 상허 역시「복덕방」과「패강랭」에서 근대화의 파고로 사라져가는 것들에 애잔한 눈길을 보냈던 염결한 전통주의자였다. 동리가 회고했던 상허를 다시 떠올리는 조갑상은, 그들과 함께 근대화에 대한 어떤 위화감을 공유한다. "땀내 나는 우리네 삶의 풍경을 효율성을 앞세운 도시의 풍경이 압박하고 재편하리라는 생각은 농사짓던 박성운과 점이의 고향인 대저도 개발제한구역에서 풀려 곧 '강

---

1. 조갑상,『이야기를 걷다』, 산지니, 2006, 97쪽.

서 신도시'의 모습을 갖출 거라는 점에서 더욱 절실하게 다가온다. 강물을 따라 그들도 그렇게 시간 저편으로 흘러가는 모양이다."(『이야기를 걷다』, 39쪽) 합리와 효율에 떠밀려 시간 저편으로 흘러가버리는 것들에 대한 아쉬운 마음. 그런 아쉬움에도 아랑곳없이 추진되었던 개발근대화의 우악스러움. 우리네 아버지란 그 거대한 역사의 추진에 동원되었던 일꾼이었고, 그 재빠른 개발의 속도에 적응하지 못하고 뒤처진 낙오자였다. 그 아버지를 바라보는 답답하고 미묘한 아들의 마음이 곧 역사를 읽는 작가의 마음과 하나로 겹쳐진다. 그의 첫 소설집에 실린 작품들은 모두 요란한 이념과 자극적인 구호가 난무하던 시대에 쓰였다. 그는 그 시대의 소란스러움으로부터 조금 거리를 두고 떨어져서, 자기만의 방법으로 역사와 대면하고 있었던 것 같다. 그렇게 그는 홀로 고고하게 그의 아버지들과 싸우고 있었던 것이다.

31년의 공직 생활 끝에 그 자리에서 밀려난 아버지를 쌀쌀하게 대하는 가족.(「바다로 가는 시간」) 그 아버지는 낚시나 수석, 신문 따위에 매달리며 소외감을 견뎌보려고 한다. 직장에서, 그리고 집에서도 안주할 곳을 잃어버린 아버지의 처지는, 어느새 공간을 빼앗기고 반이나 매립되어버린 바다처럼 쓸쓸하다. "시내에서 가까워 사람들이 즐겨 찾던 곳이었는데 이제는 그 이유로 매립되고 있었다. 해수욕장을 폐쇄하고 아파트를 짓는다는 건 생각할 수도 없었던 일이었다. 그리고 무엇보다 그렇게 넓어보이던 바다를 반이나 메울 수 있었다는 사실이 눈앞에 보면서도 실감되지가 않았다." 오래된 해수욕장은 효율 앞에서 소멸을 앞두고 있다. 그 아버지도 역시 세속의 효율에 밀려 갈 곳을 잃었다. 점점 좁아져 끝내 매립될 바다의 역사가 이 아비의 살아온 날들을 유비(類比)한다. 그렇다면 아들은 이런 아버지를 어찌해야 할 것인가. "아들이 이 세상에서 아버지께 할 수 있는 일 중의 가장 큰 하나가 배신이 아니라면 결국은 연민이다." 배신과 연민, 그러니까 거부하거나 끌어안거나. 아비로부터 달아나거나 아니면 답답한 마음으로 그저 지켜보는 것이 전부일까? 「방화」의 아들은 결국은 아버지를 배신하고 달아나 육지의 끝, 바다에 이른다. 5분 빠른 벽시계처럼 부지런하고, 화단을 가꾸는 것이 그저 유일한 낙인 아버지를 지켜보는 아들의 마음은 답답하다. 그리고 갑갑하기는 학교도 마찬가지. "칠판은 언제나 내가 알지 못하는 음모들로 가득 채워지곤 했다. 그러나 무엇보다도 5분 빠른 벽시계의 추처럼 반복되는 질식할 것 같은 집과 아버지에 대한 답답함이 풀리지 않고서는 어려운 수학 문제의 정답도 결코 소용이 없다는 것을 나는 알고 있었다." 이 아버지는 시간에 밀린 낙오자가 아니라, 변함없이 일관하는 진부한 지속에 갇힌 노역자다. 집으로 돌아가지 않겠다는 결심을 한 소년은 학교에 불을 지르고 '바다'로 간다. 학교와 집을 버린 아이의 미래는 어떠할까. 염려하는 마음으로 읽었다면 이 소년의 성장기를 잘못 이해한 것이다. 어른들의 그 염려가 바로 학교이고 집이니까.

연민과 배신의 대상이 되어버린 아비들, 그들의 지난한 삶은 화해될 수 없는 아포리아다. 그 아비들이 살아낸 역사란 무엇이었나? 제국과 식민의 역학 속에서 근대를 모색했던 아버지들은 처참하게 피살되었다.(「어윤중」) 그렇게 피살된 아버지의 딸들은 제국의 노예로 팔려가 몸과 마음을 버려야 했다.(「살아있는 사람들」) 그 치욕은 가해자의 사과로 그냥 청산될 수 없는 지독한 앙금으로 남았다. 그들은 지금도 여전히 악몽의 기억 속에서 현재를 산다. 스스로 일으켜 세우지 못한 나라는 끝내 두 동강으로 갈라졌고, 참고 살았던 이산의 아픔은 불현듯 다시 나타나 실어증으로 발병했다.(「사라진 사흘」) 그 딸은 오래도록 아비를 증오했으나, 행방이 묘연했던 그의 사흘을 생각하며 연민에 가까운 화해의 마음에 이른다. "안다고는 해도 이해하지 못할지도 모르는 아버지 시대의 삶의 조건들이 영원한 침묵으로 끝나고 말 사흘 속에 담겨 있을까." 이렇게 마음이 누그러진 것은 자기의 태중에 아이를 품었기 때문이다. 그러나 이산의 고통만이 다는 아니었다. 어떤 아비들은 막연한 이념의 대결을 핑계로 너무도 어이없이 학살을 당하고 말았다.(「사라진 하늘」) 훗날 작가는 이 이야기를 『표적』이라는 제목으로 연재하다가 중단했고, 마침내 『밤의 눈』(2012)으로 결실을 보았다. 분단의 시간은 독재의 시간으로 연장되었고, 수배와 도주를 반복하며 그 우악스런 시간에 저항하는 사람들이 있었다. 그리고 그들을 외면하고만 죄의식이 또 다른 희생을 낳았다.(「폭염」) 우리의 아비들이 살아온 역사의 시간이란 이처럼 숨 막히는 것이었으니, 쉽게 망각하지도 못하고 크게 숨 쉬지도 못하는 그 주눅 든 아비들의 답답하고 갑갑한 마음을 어찌해야 할 것인가. 연민과 배신? 그것으로 해결하지 못하는 결핍과 잉여의 시간이 저 아비들의 역사다.

숨 가쁜 시간이 지나가면 사정이 좀 나아질까? 우리의 아비들은 그것이 섣부른 기대였음을 이내 깨달았다. 이른바 급속한 산업화와 고도성장이 가져온 경제적 풍요는, 그 성장의 밑천이었던 정치적 억압을 더 이상 견딜 수 없게 만들었다. 시민들의 궐기가 개헌을 이룩했지만, 처음 맞는 민주주의가 생소했던 사람들은 어찌할 바를 모르고 촌극을 펼칠 수밖에 없었다. 「하창기 씨의 주말 오후」가 그리고 있는 것이 그 우왕좌왕하는 촌극이다. 직선제 이후의 첫 대선을 앞두고 펼쳐지는 대규모 유세현장에 휘말리던 하창기 씨. 그가 겪는 어느 주말의 봉변으로 드러나는 민주화의 실상은 한편의 소극이다. 여기서 조갑상 소설의 어떤 계열체를 발견하게 되는데, 그것은 바로 '중산층의 소시민성'에 대한 차갑고도 예리한 시선이다. 이 대목은 좀 길게 인용해볼 만하다.

따지고 본다면야 하창기 씨야말로 '말 없는 다수'일 수도 있을 터였다. 세 아이의 아버지이고 그만한 기업체의 중견사원인 그로선 실재實在하는지의 여부는 둘째 치고 그런 테두리에 속하는 게 당연할 것이었다. 요즘에 회자되는 용어로 각 당이 서로 자기세력이라고 주장하는 '안정을 바라는 중산층'일 터였다. 하창기 씨로서도 세상 돌아가는 꼴이나 비민주적인 처사를 두고 정부나 여당을 비난해 보기도 했지만 집에서 마누라를 상대로 해서이거나 친한 친구들끼리 술자리에서 목소리를 낮추어서였다. 그러므로 그것은 글자 그대로 '말없는' 거나 마찬가지였다. 지금 이 유세장에 뜻하지 않게 다소의 방관

자적인 자세로 서게 된 그의 사정이나 과정이 하창기 씨의 위치와 입장을 고스란히 보여주는 것일 수도 있었다. 무색무취의 소시민. 정치적이거나 사회적이라는 거창한 이름이 아니더라도, 세상살이 전반에 걸쳐 자신의 색채나 주장을 강력하게 내세우는 게 좋은 건지 나쁜 건지 또는 비겁한 건지 아닌지는 뒤로 하더라도, 다소 애매하게 다수의 편에 서거나 중도에 서는 게 살아온 경험에 비추어 그렇게 손해 본 적이 없었던 것도 사실인 듯했다. 남이 비겁하면 나도 비겁해도 괜찮다는 식으로, 결정적 반대나 절대적 지지도 없이 그만그만하게 살아온 인물이 바로 하창기 씨였다.

직접적인 설명조의 서술을 피하는 이 작가에게는 다소 의외의 장황한 서술이다. 그만큼 중산층의 소시민성에 대한 작가의 비판적 자의식이 뚜렷하다는 반증이다. '중산층'이란 1960년대의 산업화가 만들어낸 새 말이고, 그것은 역시 근대화와 단단히 결부된 개념이다. 그러니까 중산층은 저 숨 가쁜 역사의 시간을 겪어내고, 이제는 먹고 살 만하게 된 사람들을 가리키는 일종의 세태 반영적 신조어였다. 이들은 적당히 타협하고 체제에 순응하며, 공적인 부조리에 눈감는 대가로 사적인 안일을 보상받으려 한다. 「은어와 바다」에서는 중형 자동차가 주는 과시와 편리에 흡족해하는 어떤 중산층의 보신주의적 안락함의 이면을 들춘다. 자동차와 유명 브랜드의 옷으로 자기를 과시하는 형. 이런저런 말썽으로 분란을 일으키는 동생. 운동권 학생으로 구류와 잠적을 반복하는 조카. 이들 사이에서 남자는 한 소시민으로서의 고뇌를 토로한다. "따라간다 싶어도 진보란 이름의 그것은 언제나 저만치 앞서 있는 기분이었다. 그것은 지난 6월, 분명 데모군중이었으면서도 상황에 따라서는 재빨리 인도로 올라서야 했던 자신의 걸음걸이 그 자체에 고스란히 매달린 고민이기도 했다." 여기서 1987년 6월 항쟁 직후의 어떤 사회적 기미를 가늠할 수 있다. 당시 정치의 물적 토대를 훨씬 초과해버린 시민들의 진보적 의식. 그 괴리가 불러일으키는 막막함과 답답함. 그 괴리의 위태로움을 중산층의 자아도취로 해소해버리는 가족을 지켜보며 남자는 위험을 감지한다. "언제부터인가 집안을 맴돌고 있는 어정쩡한 중산층이 내뿜는 고기 굽는 냄새와도 닮은, 해수욕장에서 목격한 아우성과 같은 오탁에서 지금 벗어나지 않으면 너나없이 저 어둠 같은 바다의 심연으로 실추하고 말리라는 것이었다." 이것은 경제적인 풍요에 도취되어 정치적 주체로 거듭나지 못하는 중산층의 소시민성에 대한 경고라 할 만하다. 그럼에도 '은어'의 상징성을 통해 그 소시민성을 지양하고 난 뒤의 중산층에 대한 정치적 기대를 포기하지는 않는다는 데 주의를 기울이게 된다. 그러니까 중산층의 소시민성에 대한 그 비판은 단순한 힐난이 아니라 기대를 건 질책이라고 할 수 있겠다. 그리고 기대를 걸고 있는 만큼 비판은 철저하다. 그 철저한 비판에 작가의 정치적 자의식이 묻어나는 것은 어쩔 수 없는 일이다.

　　정치는 비약적인 경제성장을 따라가지 못했다. 분배정의는 실현되지 못했고, 물질적인 풍요는 공공성과 무관한 사적인 성공의 보상인 것처럼 여겨졌다. 한 회사의 중역으로 성공한 50대 남자는 이성理性과 물질을 신봉한다. 이에 반해 남자와 동거를 하게 된 20대의 여자는 피아노를 치고 소설을 즐겨 읽는 감상파다. 「사육」飼育은 이 둘의 만남과 동거와 결별을 이야기한다. "나는 연이에게 물질적 안정과 풍요를, 연이는 내게 활력과 낭만을 주는 것으로 우리의 관계는 이루어질 수 있는 것이 아닌가." 철저한 교환가치의 셈법으로 여자를 대하는 남자는 언제나 합리를 내세우지만, 그것은 결국 천박한 자본의 논리일 뿐이다. 정치의식이 결여된 경제적 성공이라는 것은 언제나 이처럼 사람을 비인간적으로 만든다. 이른바 '소외'와 '물화'는 사회의 그런 비인간화를 가리키는 말로써 고안되었다. 남자는 모든 관계를 타산과 공리의 차원에서 이해한다. "사람은 어쩌면 원래부터 제 입장과 분수를 모르고 태어나는 존재일지도 몰랐다. 그런 생각은 직장에서 노사문제에 부닥칠 때마다 한 번씩 해보는 것이기도 했다. 근로자들의 요구라는 건 어쩌면 끝이 없는 것이기도 하니까." 이성과 논리로써 자만하는 남자는 사람의 정당한 요구를 분수를 모르는 욕심으로 매도한다. 중산층의 소시민성은 이처럼 부르주아의 속물근성과 그 결이 같다. 말 그대로 남자는 주고받는 타산의 논리로 여자를 사육했고, 여자는 끝내 분열증의 발병과 함께 병원으로 보내진다. 그것은 이별이라기보다는 유기遺棄이고, 논리와 능률로 감성을 압살하는 폭력의 한 사례이다. 그럼에도 남자는 마지막까지 그 모든 파국의 원인을 다른 데서 찾는다. "사람이 다른 사람들 때문에, 그것도 지어낸 이야기에 지나지 않는 소설로 인해 고통이 시작되고 마침내는 파멸할 수 있다는 사실"을 놀라워하며 앞으로도 다시는 소설 따위를 읽지 않겠다는 다짐을 하는 남자. 다른 사람의 입장에서 생각할 수 있는 공감의 역량을 길러주는 것이 소설이다. 그러나 부르주아적 속물성의 가장 큰 폐단은, 바로 그 공감하는 능력의 상실에서 비롯되는 타자의 멸시이다. 그러므로 그네들은 끝끝내 그들의 갑질에 들끓는 민심을 진정으로 이해할 수 없을 것이다. 공감하지 못하는 무능력은 사람을 괴물로 만든다.

사람이 어떻게 괴물이 되는가? 「그리고 남편은 오늘도 늦다」는 남편의 귀가를 기다리는 아내의 사념을 통해 중산층에 진입한 남자의 불안과 병리를 추적한다. 부부는 전세를 전전한 끝에 아파트 분양을 받았고, 드디어 내 집 마련의 꿈을 이루었다. 교사로 있다가 전문대 교수가 된 남자는 여자에게 "시를 같이 나누어 읽고, 너하고 결혼할 수 있어서 행복하다고" 말했던 사람이다. 그러나 역사의 진창을 포복으로 건너온 아비들처럼, 이 남자는 역시 어떤 부담감 속에서 다른 사람으로 변해버렸다. "무릇으로 TV를 끄고 30분이나 변기를 타고 앉아 신문을 읽으며 킬킬거리며 어색하도록 인용 자료를 밝히고 술을 마시고 온 세상 욕을 해대는 근본 원인"을 소설은 끝내 자세하게 말해주지 않는다. 그것은 굳이 해명될 필요가 없는 시대적 징후로서의 불안이기 때문이다. 그러니까 남자의 이상행동은 병리학적이면서도 사회학적이다. 이루었지만 더 이루어야 하고, 올라갔지만 더 올라가야 한다는 압박. 올라갔지만 언제 떨어질지를 알 수 없다는 불안. 그 불안과 압박이 어렵게 중산층으로 편입된 이들의 심리를 규정한다. 이렇게 불안해하는 사람들이 정치적인 대의를 위해 행동할 수 있겠는가? 그러니까 그 불안이란 체제에 순응하게 하는 통치술의 한 방편이다. 그 불안이 중산층을 소시민으로 순치시키는 통치의 힘이다. 자기를 기업의 논리로 경영하는 신자유주의 아래의 사람들을 푸코는 '호모 에코노미쿠스'로 명명한다. 다시 말해 기업화된 개인의 경영 압박이 심리적 불안을 조장함으로써 그 사람을 시장의 노예로 전락시킨다. 요컨대 조갑상이 파고든 중산층의 소시민성은 현대의 생명정치적 통치술로부터 주조된 바로 그 노예의 감각이다. 권력은 그 특유의 메커니즘으로 지배의 질서를 재생산하고 통치를 항구화한다. 「병들의 공화국」에서 소묘하고 있는 군대 내의 권력 다툼, 그것은 역시 이권을 둘러싼 암투의 한 사례이며, 「동생의 3년」에서 회고되는 군생활도 대물림되는 지배와 순응의 영원한 반복을 암시한다. 결국 그 안에서 살아남기 위해서는 자기의 내면에서 소시민성이라는 항체를 만들어내야 한다. "앞서지도 뒤서지도 말고 중간 정도 하면 돼. 괜히 옳으니 그르니, 부당하니 어쩌니 깊이 생각지 말고 그냥 남하는 대로 해." 갑갑한 아버지를 답답해하던 아들은 그렇게 소시민이 되고, 결국은 스스로도 갑갑한 아버지가 되고 말 것이다. 그렇게 불의 시대에 쓰인 조갑상의 소설이야말로 엄밀하게 정치적이었다.

첫 책의 존재론을 궁리했던 글을 이제 마무리할 때가 되었다. 『다시 시작하는 끝』은 1980년에 등단해 1990년에 펴낸 조갑상의 첫 창작집이다. 갓 서른을 넘기고 등단을 하여, 갓 마흔을 넘기고 낸 첫 책이다. 그 십 년은 1980년 광주의 5월로부터 시작되었고, 1987년의 6월 항쟁을 거쳤으며, 마침내 1990년의 소련 붕괴로 일단락되었다. 그 십여 년은 경제적 번영과 함께 민주화의 진전이 가시화되던 시간이었다. 조갑상은 그 불의 시대를 통과하면서 한 가족의 아버지로, 대학의 선생으로, 그리고 무엇보다 소설을 쓰는 이야기꾼으로 살았다. 그러나 그의 소설은 흥분에 들뜬 당시의 분위기에 편승하지 않았다. 노골적인 정치의 이념과 구호를 생경하게 발설했던 당시의 언어들에 거리를 두었다. 그리고 그는 정치에 대해 쉽게 발설하지 않고 정치적인 것에 대하여 탐색했다. 그 탐색의 진정성은 설명해대지 않고 담담히 보여주기만 하는 그의 남다른 소설적 문법이 담보하고 있다. 다시 되풀이하거니와, 모든 시작은 끝을 예언한다. 머무름 속에서 떠남을 골몰하는 것처럼(「익숙한 자는 두렵지 않다」), 시작으로부터 우리는 끝을 예감할 수 있다. 기억이 현재에 미치는 영향만큼이나(「다시 시작하는 끝」), 시작되었던 과거는 끝나게 될 미래를 태어나게 한다. 왜 다시 조갑상의 첫 책을 읽어야 하는가? 그것은 그와 함께 우리 모두가 다시 시작하기 위해서다. 그 시작을 섣부른 희망으로 응원하는 것보다는, 그와 함께 고단한 길을 같이 걸어가겠다는 다짐이 더 절실한 마음이겠다.

# 자기로부터 멀어짐으로써, 돌아갈 수 있는

비평가 권성우의 자의식

## 1. 자의식

　누구보다도 절실하게 비평의 고유한 자리를 찾아 헤맸던 고바야시 히데오. 다른 문학의 갈래들과는 구별되는 비평 특유의 언어를 탐색했던 그의 비평가적 열정을 다시 생각해 본다. 그런 그가 "작가와 비평가 사이의 정당한 주종관계"를 이야기했고, "비평은 작품을 추월할 수 없고, 추월해서도 안 된다"고 했을 때, 나는 그것이 깊은 사랑이라고 생각했다.[1] 비평의 언어는 자기를 표현하는 것으로되, 그것이 자기를 작품 앞에 앞세우는 일과는 전혀 다른 것이며, 추월할 수 없지만 따라잡고픈 애타는 마음을 조심스레 드러내는 일이라는 것, 나는 그것을 사랑이라고 여겼고 그렇다면 비평은 사랑의 고백이라고 알게 되었다. 물론 그 사랑이 상대에게 도취된 일방적인 찬미가 아니라, 어쩔 수 없는 불화들 속에서도 쉽게 놓아버리지

---

1. 고바야시 히데오, 「비평에 대해서 II」, 『고바야시 히데오 평론집』, 유은경 옮김, 소화, 2003, 171쪽.

못하는 미련이라는 것을 생각하면서. 그러므로 비평가의 사랑은 상대를 대하는 성실함으로 가늠될 수 있으리라. 그 성실한 교감의 과정을 비평의 무늬를 직조하는 아라크네의 섬세하고 여린 손길에 비유할 수 있다면, 자기의 잘난 솜씨에 반해 상대를 놓치고 마는 오만한 열정의 비평은 거미로 변신한 아라크네처럼 슬픈 운명을 답습하게 될 것이다. 비평의 아름다움은 문장의 유려함이나 해석의 치밀함에서 오는 것이라기보다, 비평가의 '자의식'이라고 하는 성실한 내면의 섬세한 무늬로써 드러난다는 믿음이 있다.(비평은 논문이 아니라는 것!) 그리고 그 무늬는 타자와의 우발적 만남이 빚어내는 긴장 속에서 만들어진다. 그러므로 타자는 곧 비평가의 존재기반이다. 타자와의 만남에 소홀한 게으른 비평, 타자의 깊이를 가늠하지 못하는 무지한 비평, 자기의 욕망으로 타자를 압도하는 무례한 비평은, 사실은 그 대상이 아니라 자기를 몰락시키는 자해의 비평이다. 결국 비평가는 타자를 예민하게 의식함으로써만 자기를 적극적으로 표현할 수 있다. 그렇게 비평의 아름다움은 비평가의 자의식에 아로새겨진 타자들의 흔적으로써 드러난다. 상대를 사랑한다고 하는 자기의 그 마음을 반성하는 것, 그것이 또한 성실함의 어떤 모습일 것이다. 사랑이란 얼마나 황홀하고도 어려운 일인가.

권성우는 역시 사랑의 비평가이다. 그에게 타자는 매혹과 비판 사이의 아슬아슬한 긴장을 통해 비평가의 실존을 끊임없이 되묻는 존재이며, 따라서 비평은 낯선 타자들과의 만남을 통해 자기를 일깨우는 영원한 동경의 글쓰기다. "자기에게서 멀리 떨어질수록 자기에게로 가까이 간다"[2]는 김현의 어느 구절을 자주 인용하는 것도, 자기와 타자 사이의 그 심오한 관계에 대한 분명한 자의식 때문이다. 그에게 비평은 무엇보다도 "'타자'를 통해서 '자아'의 유아성을 극복하면서 한 사람의 성인이 된다는 명제가 가장 전형적으로 드러나는 장르"[3]이다. 그러므로 그에게 비평가의 길이란 곧 타자의 현상학 속에서 스스로를 성숙시키는 교양의 길이다. 비평가에게 타자는 그렇게 자기의 주체성을 구성하는 존재의 밑절미이다. 그것은 "타자를 통해서만이 나의 모습과 욕망, 무의식적 편향·편견·체질·한계·성취·내상內傷을 생생하게 확인할 수 있기 때문이다."[4] 무엇으로도 환원할 수 없는 타자들의 다채로운 질적 차이는 주

---

2. 김현, 『김현 예술 기행 — 반고비 나그네 길에』(김현문학전집 제13권), 문학과지성사, 1993, 15쪽.
3. 권성우, 「근대 문학 비평과 '타자의 현상학'」, 『모더니티와 타자의 현상학』, 솔, 1999, 33쪽. 1994년에 제출된 박사학위 논문을 전재한 이 글은, 권성우 비평의 '태도'를 형성하고 있는 '타자의 현상학'에 대한 학술적 정리라고 할 수 있다. 이 논문은 미셸 푸코, 뱅상 데콩브, 자크 라캉 등의 '타자'이론을 참조하면서 김환태, 임화, 박영희, 최재서의 1920~1930년대 비평을 분석한다. 결과적으로 이들의 비평은 타자와의 건전한 교섭보다는 동일자의 논리로 타자를 복속시키려는 근본적인 한계를 드러내고 있다고 평가된다. 권성우의 이런 비판적 분석의 방법은 자신의 비평세계에 대한 평가에도 재귀적으로 적용될 수 있겠다.
4. 권성우, 「다시 생산적인 대화를 위하여, 혹은 '타자의 현상학'」, 『비평의 매혹』, 145쪽. 이 글에서 다루는 권성우의 비평집은 다음과 같다. 『비평의 매혹』(문학과지성사, 1993), 『비평과 권력』(소명출판, 2001), 『비평의 희망』(문학동네, 2001), 『논쟁과 상처』(숙명여자대학교출판부, 2006), 『낭만적 망명』(소명출판, 2008), 『고독의 비평』(소명출판, 2016). 앞으로 인용을 할 때는 각각 『매혹』, 『권력』, 『희망』, 『상처』, 『망명』, 『고독』이라고 표기한다.

체의 자기다움을 균열하는 보배로운 혼돈 그 자체이다.

교양주의의 저편에서 권성우의 또 다른 비평가적 에토스를 발견할 수 있다. 그의 비평에는 기만적인 주류체제에 대한 매서운 비판의 자의식이 뚜렷하다. 자본과 권력의 영토로부터 탈주하는 유목과 방랑, 그리고 '외부'를 향한 형언할 수 없는 매혹과 동경은 어떤 얽매임으로부터도 자유로운 유목민적 비평가 혹은 낭만적 망명의 비평가라는 '규제적 이념'으로 비약하였다. 비평의 매력을 옹호하던 사람이, 건전한 교양의 길을 가로막는 제도의 우악스러움에 대한 강력한 비판으로 나아가지 않을 수 없는 사정이란 무엇인가. "나에게는 분명 중심과 주류를 불편하게 생각하는 피가 흐르는 것 같다"(「책머리에 — "굳고 정한 갈매나무"를 꿈꾸며」, 『망명』, 7쪽)는 고백에서 드러나는 것처럼, 부당하게 차지하고 있는 중심의 기득권과 타성에 젖은 주류에 대한 적대는 권성우의 비평가적 기질을 정의하는 유력한 태도이다. 이 때문에 그는 때때로 대상에 대한 매혹을 뒤로한 채 고독과 상처를 초래하는 격렬한 비평적 논쟁의 진창으로 뛰어들 수밖에 없었다. 그러나 그 참혹한 논쟁의 중심에서도 그는 "'비판'이라는 지적행위를 글쓰기의 기본 동력으로 활용하는 비평은 자기성찰과 자기비판이 세심하게 동반되어야 한다"(「비판, 그리고 '성찰'의 현상학」, 『권력』, 131쪽)고 함으로써 객관적 비판을 자기 성찰의 동력으로 이끌었다. 다시 말해 권성우의 비평은 주체와 타자, 비판과 성찰을 분법적인 논리로 답습하지 않고, '전체'의 객관적인 악력이 '개인'의 주체적인 성숙을 억압하는 것에 단호하게 반대한다. 비평가는 무엇으로 사는가? 권성우의 비평가적 행로는 이 자각적인 물음 속에서 펼쳐져 왔다. 그러니까 그의 비평은 '희망'과 '매혹'의 기대가 '상처'로 배반당하자 마침내 '망명'과 '고독'으로 깊어진다.

## 2. 매혹

매혹은 대상에 대한 즐거운 홀림이며 '너'에게 '나'를 보내는 기꺼운 마음이다. 대상이 내뿜는 고혹적인 열정에 사로잡힌 '나'의 겸허함과 '너'를 취하고 싶다는 권력에의 의지는, 매혹이라는 정념의 분별없음이라고 하겠다. 그러니까 매혹은 빨려드는 것(끌림)이면서 사로잡히는(홀림) 역설적인 이끌림이다. 그런 역설에 붙들려 본 적이 없는 사람이 있을까. 때로는 그것이 미혹함으로써 삶을 탕진하게도 하지만, 생의 헛헛한 결여를 채우는 위대한 환상으로서 매혹의 역능은 가공할만하다. 그리고 매혹하는 것이 무엇인가는, 결국 그 사람의 고유한 삶의 궤적 속에서 우발적으로 결정될 것이다. 대학 시절에 만난 비평의 세계는 권성우에게 그 자각적인 매혹의 대상으로서 구체적인 기억과 함께 다음과 같이 소환되고 있다.

나에게 당시의 교양과목이었던 '한국 근대문학의 이해'는 문학비평의 특이한 매력을 선사한 특이한 과목이었다. 그 교양과목을 통하여 나는 문학비평의 세계가 지니고 있는 '황홀한 지적 모험의 세례'를 듬뿍 맛볼 수 있었다. 말하자면 나는 어느 지면에서 고백했듯이 '화려한 논리의 축제를 섬세한 예술

적 감성의 세계보다 먼저 맛보았던 것이다.'(「비평이란 무엇인가?」, 『매혹』, 43쪽)

　권성우는 황지우나 이성복의 시적 감수성에 반응하기도 전에, 먼저 김윤식과 김현의 화려한 논리에서 황홀을 맛보았다. 그 황홀경의 체험은 마치 신적인 것의 계시와 같은 초월적인 신비함으로 그의 내면에 깊이 새겨졌다. 그러니까 그것은 자기를 "한 사람의 비평가가 되게끔 한 시원적 공간이며 비평 글쓰기의 모태"(『매혹』, 43쪽)라는 신성한 기원으로 회고됨으로써, 그 비평가적 자의식을 재귀적으로 강화한다. 그렇다면 이처럼 신성화된 기원의 신화로 각색되어야 할 정도로 그를 사로잡았던 비평의 황홀한 매력이란 무엇인가. 권성우의 비평은 무엇보다도 바로 그 질문, 비평의 매혹에 대한 정체를 탐구하는 근본적인 물음으로부터 시작되었다. 첫 번째 평론집 『비평의 매혹』은 그의 모든 저작 중에서도 가장 치열하고 뜨겁게 그 물음을 천착하고 있다. 그 속에는 패기와 열정으로 가득 찬 한 젊은 비평가의 도도한 자의식이 터질 듯이 팽팽하고, 그래서 한편으로는 그것이 위태로움으로 느껴지기도 한다. 그에게 비평의 매혹에 대한 물음은 곧 비평이란 무엇인가에 대한 물음이며, 왜 어떤 인간은 시인이나 소설가가 아니라 비평가로 존재하는가에 대한 물음이기도 하다. 다시 말해 그 물음은 비평(가)의 자의식에 대한 근원적인 성찰을 내포한다.

　글쓰기를 비롯한 모든 인간의 지적 활동에는 적어도 그것이

성실하고 진지한 모색 아래 전개된다면, 그 행위에 대한 정밀하고 치열한 '자의식'이 존재한다. 말하자면 자신이 과연 무엇때문에 특정한 지적 행위에 참여하게 되었고 특정한 방식의 글쓰기를 수행하는 것인가에 대한 성찰이 그러한 자의식에 해당될 터인데, 그러한 차원의 문제의식이 천박한 운명론이나 허무주의로 귀결되지 않는다면, 그 성찰은 그 자신의 지적 행위의 근원에 대한 '전체적 통찰'과 '반성적 사유'의 기회를 제공하기 마련이다.(「비평이란 무엇인가?」, 『매혹』, 41쪽)

그는 자기에게 처음으로 비평의 매혹과 희열에 눈뜨게 해주었던 김윤식과 김현의 비평론을 탐구함으로써 자신의 비평적 자의식을 가다듬는다. 그것은 매혹이라는 정념을 논리적으로 해명하는 세속화의 과정이었다. 신비에서 벗어나 그것의 맨 얼굴을 보려는 그의 의욕은, 비밀스러운 운명을 파고드는 오이디푸스의 비극처럼 어쩌면 대단히 위험한 것이었는지도 모른다. 그럼에도 그는 육안의 눈멂에서 벗어나 심안의 통찰로 비평의 매력을 꿰뚫고자 했다. 김윤식과 김현은 권성우의 비평적 자의식을 촉발시킨 타자들이라는 점에서, 이들에 대한 해명은 곧 자신의 존재근거를 밝히는 일이다. 이 매혹적인 타자들과의 대화와 투쟁, 그 힘겨운 공부의 과정을 거쳐내야만 그는 비로소 '나만의 비평적 공간'을 확보한 개성적 비평가로 우뚝 설 수 있다. 삼십여 년을 넘어 지속되었던 그들의 비평에서 권성우는 '고독한 정신의 위험한 풍경'을 엿본다. 김윤식은 그에게 은사이자 전범典範의 비평가로서 "비평가 주체의 성실성과 비평 쓰기를 운명적으로 감당해나가는 자의식, 비평가의 고유한 개성이 결여되어 있는 모든 형태의 비평에 대한 강력한 항의"(『매혹』, 53쪽)를 일깨워 주었다. 그리고 김현은 "특유의 깊고 넓고 치열한 반성적 사유를 이 땅의 비평문학에 본격적으로 끌어온 최초의 비평가"(『매혹』, 76쪽)이자, 실증주의와 교조주의라는 질곡을 넘어 자신의 비평을 '공감의 비평'에서 '분석적 해체주의'의 세계로 심화시킨 성찰의 비평가였다. 이들의 사유와 열정을 파고든 뒤에 이끌어낸 비평적 성찰의 방법론이 이른바 '에세이비평'과 '메타비평'이다. 그것은 권성우의 비평을 직조하는 씨줄과 날줄이다. 에세이비평이란 시, 소설을 대상으로 이루어져 왔던 비평 영역의 상투성에 대한 저항인 동시에, 자기 내면의 섬세한 결을 드러낼 수 있는 비평 문체의 새로운 발굴에 대한 의욕을 표현한다. 그러니까 에세이비평은 '에세이에 대한 비평'이면서 동시에 '에세이로서의 비평'이다. 메타비평은 '비평이란 무엇인가'라는 근본적인 물음을 통해서 비평 그 자체를 존재론적인 사유의 대상으로 삼는 일종의 자기 성찰적 비평론이다.

첫 비평집의 첫 번째 평문으로 수록된 「동경憧憬과 분석, 그리고 유토피아」에는 에세이비평과 메타비평에 대한 자의식이 뚜렷하게 드러나 있다. 비평문의 글쓰기에 서간체를 도입하는 한편, 변두리 양식으로 폄훼되었던 에세이를 새로운 감각으로 재발견하려는, 당시로서는 나름대로 신선한 시도들이 인상적이다. 더불어 그는 선배 비평가들의 글쓰기에 대한 메타비평을 수행함으로써 비평가로서 자신의 세대론적인 자의식을 확인한다. 그에게 메타비평은 임화, 유종호, 김현, 김병익, 백낙청, 도정일이라는 비평계의 매혹적인 타자들과 나누는 일종의 대화이다. 그것은 읽고 느끼고 사색하면서, 그 느낌과 사유의 과정 자체를 복기하듯이 다시 쓰는 비평적 대화의 글쓰기라고 할 수 있겠다. 그중에서도 김현에 대한 메타비평은, 오래도록 다시 갱신되었던 그 끈질김 자체로써 그에게서 받은 압도적인 매혹의 질량을 가늠하게 한다. 그는 여러 번에 걸쳐 김현을 다시 읽고 썼다. 그 일련의 '김현론'을 통해 그는 매혹과 동경의 우상에서, 비판과 성찰의 타자로 김현을 새롭게 발견해낸다. 그러므로 메타비평은 타자를 다르게 발견하는 인식의 갱신이면서, 동시에 맹목에서 깨어나 개안開眼하는 자기 계발의 공부이다.

「매혹과 비판 사이」는 대중문화에 대한 김현의 인식변화를 주의 깊게 살핀 글이다.(『비평의 희망』에 수록된 이 글은 수정 보완된 형태로 『낭만적 망명』에 다시 실렸다.) 권성우는 이 평문의 서두에서 지금까지의 김현론들이 대체로 추모나 회고가 아니면 숭앙에 가까운 긍정의 시각으로 기울어 왔음을 지적한다. 그러니까 "김현 비평에 대한 합리적인 이해를 위해서 이제 절실하게 필요한 것은 무엇보다도 비평가 김현에 대한 환상과 거품, 선입관과 편견, 지나친 신화화의 휘장을 걷어내고 김현을 있는 그대로 이해하는 작업"(『망명』, 105쪽)이라는 것이다. 권성우는 대중문화를 대상으로 한 김현의 비평에서 "매혹된 자만이 그 자신을 매혹시킨 대상의 실체를 가장 구체적이며 세밀하게 파악할 수 있다는 사실"(『망명』, 123쪽)을 새삼 확인한다. 그리고 김현에 대한 그의 비판은 바로 그런 확인과 긍정들의 토대 위에서 이루어진 유별난 사랑의 행위에 다름 아니었다. 비판이란 타자를 향한 일방적인 비난이나 멸시가 아니라, 그렇게 매혹된 것의 미혹을 떨치는 능동적인 깨침의 실천이다. 김현을 포함해 이른바 4·19세대의 비평가들에 대한 보다 근본적인 비판적 독해가 개진된 평문이 「4·19세대 비평이 마주한 어떤 풍경」(『희망』)이다. 그는 4·19세대 비평가들이 자신들의 비평적 정체성을 구축하기 위해 선배 세대를, 특히 1950년대의 문학을 대타화하여 과잉 비판했다는 것을 지적한다. 그것이 결국은 세대론적 인정투쟁으로서의 전략적 부정이었다는 것이다.[5] 이런 세대론의 지평 위에서 김현은 개인적인 숭앙의 대상이 아니라 역사적인 해석의 대상이 된다. 섬세한 자의식으로 낯선 타자와 공감하는 순간을 자기 고양의 계기로 삼았던 김현의 교양주의, 권성우는 그것을 배우려 했고 또 넘어서려고 했다. 그에게 매혹과 비판은 하나의 얼굴 위에 짓는 서로 다른 표정이다. 『김현 예술 기행』과 『시인을 찾아서』라는 두 권의 에세이집은 프랑스라는 낯선 이방의 땅에서 김현이 나누었던 치열한 교감의 기록이다. 그 매혹적인 예술

---

5. 4·19세대의 세대론적 전략을 비판하는 권성우 역시 1980년대에서 1990년대로 넘어가는 이행기에 비평을 시작한 세대로서, 자기 세대의 비평적 입지를 확보하기 위해 기성 관념의 고루함을 상대로 치열한 논쟁을 펼치지 않을 수 없었다. 『비평의 매혹』의 제2부 '경계선의 진정성'을 구성하는 네 편의 평문(「다시 생산적인 대화를 위하여, 혹은 '타자의 현상학'」, 「예술성·다원주의·문학적 진정성」, 「김영현의 소설과 정남영의 비평문에 대한 열네 가지의 생각」, 「베를린·전노협, 그리고 전노협」)은 바로 그 세대론적 투쟁의 흔적이다. 그의 말처럼 "모든 비평적 담론은 운명적으로 전략적이다."(「다시 생산적인 대화를 위하여, 혹은 '타자의 현상학'」, 『매혹』, 130쪽.)

기행서들을 탐독하면서 권성우는 "자기에 대한 치열한 성찰은 타자에 대한 깊이 있는 관찰과 동전의 양면의 관계"(「만남의 글쓰기, 혹은 에세이의 매혹」,『망명』, 294쪽)라는 것을 새삼 깨닫는다. '현장과의 만남'에서 빚어진 김현의 생생한 글쓰기에서 그는 "섬세한 직관, 대상과의 직접적인 만남을 통한 공감의 비평, 에세이적 글쓰기 등의 특징"(303쪽)을 놓치지 않았다.

권성우에게 비평이라는 글쓰기의 매혹은 시나 소설과 같은 주류화된 문학 장르에서 얻을 수 있는 그것을 훨씬 앞지른다. "좋은 비평문을 읽는 즐거움은 좋은 시나 소설 혹은 수필을 읽는 즐거움에 결코 못지않다."(「두 비평가의 내면 풍경」,『매혹』, 110쪽) 비평은 그에게 최량의 희열을 안겨주는 문학의 한 갈래이자, 다른 종류의 예술들과는 뚜렷하게 구분되는 독립적인 예술이다. 그렇다면 독립적인 예술로서 비평의 매혹은 어디에서 비롯하는가? "비평이라는 장르는 다른 어떤 장르보다도 주체의 내면이나 정치적 무의식이 확연하게 드러나게 되며 이데올로기 문제에 대해서 정치한 접근을 시도"(111쪽)할 수 있다. 더불어 "비평이 과학과 예술 혹은 상상력과 논리의 팽팽한 긴장 상태의 접점에 존재한다는 사실"(111쪽)을 들어 그는 비평의 고유한 매혹을 옹호한다. 감성과 지성이 어우러진 비평의 글쓰기는 예술과 학문의 경계를 가로질러 또 다른 지성적 표현의 통로를 개방한다. 권성우의 비평이 작품에 대한 실제비평보다는 메타비평에 기울어져 있는 이유가 여기에 있다.[6] 그렇다고 해서 권성우가 텍스트비평을 게을리했던 것은 아니다. 동시대의 작가와 작품들에 대한 그의 애정은 독자적인 예술로서의 비평에 대한 매혹만큼이나 확고하다. 그런데 그의 작품론과 작가론에는 뚜렷한 편향이 드러난다. 그가 비평의 대상으로 삼은 대부분의 작품은 인물의 내면적 성찰이 두드러진다는 점에서 지성적이라고 할 수 있다. 이 같은 주지주의적 취향은 인간의 '자의식'에 대한 그의 유별난 감수성과 무관하지 않다. '내면'의 성찰을 통해 표현되는 '자의식'의 탐구는 권성우 문학론의 기축이다. '에세이 소설선'이라는 명명과 함께 그가 직접 엮은 『생각하는 별들의 시간』(태성, 1990)에 실린 단편들의 면면에서 그 미학적 편애를 고스란히 확인할 수 있다.[7] 그렇게 선별된 목록은 이른바 '운동으로서의 문학'에 대한 대타의식을 분명하게 드러내고 있다. 그의 지적대로 1980년대라는 '불의 시대'에도 정치적 계몽이 능사는 아니었다. "내면

---

6. 최원식의 비평을 논하면서 실제비평의 부족을 한계로 비판했던 권성우는 「창비 비판을 둘러싼 비평가의 내면풍경」(『상처』)에서 지난 시절의 그 비판을 철회하고 다음과 같이 자신의 입장을 새롭게 정리한다. "물론 능력이 된다면, 메타비평, 이론비평, 텍스트비평 등 비평의 모든 분야에서 열정적인 능력을 발휘할 수도 있으리라. 그러나 대부분의 경우, 이 모든 것에 대해서 남다른 비평적 열정을 발휘하기란 쉽지 않다. 엄청나게 다양한 비평적 스펙트럼 중에서, 각기 자신이 선택한 비평방법에 상대적으로 비중을 둘 수밖에 없는 것이다."(387쪽)

7. 그 목록은 다음과 같다. 이상의 「날개」, 허준의 「습작실에서」, 김승옥의 「무진기행」, 이청준의 「전짓불 앞의 방백」, 최인훈의 「달과 소년병」, 이문열의 「이 황량한 역에서」, 윤후명의 「모든 별들은 음악 소리를 낸다」, 임철우의 「사평역」, 김영현의 「포도나무집 풍경」, 하창수의 「더 깊어지는 강」, 박상우의 「한 편의 흑백영화에 관하여 그는 말했다」. 권성우가 엮은 또 다른 편저인 『문학이란 무엇인가』(문학동네, 1994)의 필자 목록(김현, 복거일, 황지우, 김종철, 이청준, 정과리, 이문열, 김명인, 이성복, 유종호, 신범순, 김윤식)을 통해서도 '자의식'을 중핵으로 하는 그의 문학적 취향을 가늠해 볼 수 있다.

적이고 심리적이며 한 개인의 절망과 번민·방황 등의 내면 풍
경이 진솔하게 노정되는 작품을 창작하기 위해서는 철저한 예
술가 정신이 요구"(「'이 세계를 형성하는 사소한 일' 너머의 풍
경」,『매혹』, 87쪽)되어야 하는 것이 당연하다. 그러나 민족과
민중의 이념이 미학적 요구를 압도하는 시대의 조류는 '예술가
정신'을 일종의 부르주아적 자의식으로 취급하기 일쑤였다. 이
른바 객관적 정세를 추수하는 문학이 초래할 미학적 파탄을
피하기 위해서는, 주객관의 긴장 속에서 빚어지는 내적인 고뇌
의 무늬를 드러내는 작품들에 대한 새로운 인식이 절실했다.
역사의 부조리한 모습은 인간의 불온한 내면을 통해 더 핍진
하게 표현될 수 있다고 믿었기 때문이다.[8] 그는 주체의 자의식
이 깊게 드러난 소설들이, 1980년대 문학이 간과했던 개인과
실존의 문제들을 다시 중요하게 일깨울 것으로 생각했다. 이
문열에 대한 그 애착도 이런 신념에서 유래한 것이리라.

서울대 재학시절에 대학신문사의 현상모집에서 평론 부
문 문학상을 받았던 「이문열론 : 세계관의 변화과정을 중심으
로」(서울대 『대학신문』, 1985. 12. 2.)에서부터 시작해,「작가에
게 보내는 젊은 비평가의 편지 ─ 이문열 씨에게」(『매혹』),「우
리는 어떻게 진정으로 변화할 수 있을까요? ─ 이문열 선생님

---

8. 미셸 제라파는 변증법적 문학론과 형식주의 문학론을 이분법적으로 구분
하는 속류인 문학사회학에 반대했다. 그는 비(반)사회적인 모더니즘 작
가로 규정되었던 베케트, 프루스트, 포크너의 소설들에 담긴 사회적 의미를
적극적으로 읽어냄으로써 리얼리즘 문학론의 일방적인 시각적 편향을 바
로잡는다.(미셸 제라파,『소설과 사회』, 이동렬 옮김, 문학과지성사, 1977.)

께」(『희망』), 「예술을 위한 예술과 정치적 보수주의 ─ 이문열의 예술가소설에 대해」(『망명』)에 이르기까지, 그는 이십여 년이 넘게 이문열의 문학에 대한 애정 어린 독서를 멈추지 않았다. 그러나 예의 그 사랑의 또 다른 표현으로, 그의 이문열론은 매혹의 근거를 밝혀내기보다는 미학적 한계를 비판하는 데 집중하였다. 예컨대 그는 이문열의 소설들에서 '세계관의 구조'와 '이야기의 구성원리'가 일종의 상투형으로 유형화되어 있음을 지적했고, '작가의 지나친 개입과 주관적 해설'이 야기하는 설교적 계몽주의를 비판하였다. 그리고 무엇보다 소설의 표면에 드러난 예술의 독자성에 대한 강조가, 그 이면의 정치적 보수주의를 은폐하고 있다는 지적이 예리하였다. 작가적 자의식의 과잉을 특징으로 하는 이문열의 소설에 대한 지속적인 비판은, 김현에 대해 그러하였듯이 매혹의 대상에 대한 미혹을 떨치는 권성우 비평 특유의 방법이라고 해야 할 것이다.

　권성우에게 작가론은 비평가의 자리를 성찰하는 대타의식화의 글쓰기이다. 김현과 이문열에게서처럼 그의 애정이 투사된 작가의 면면을 보면 그 이념적 내지 미학적 색채를 짐작할 수가 있다. 이인성은 자폐적 엘리트주의에서 벗어나 치열한 문학적 자의식의 작가로서(「존재론적 고독에서 '당신'과의 만남으로」, 『매혹』; 「문학은 어떻게 살아남는가」, 『희망』), 이성복은 "주체중심주의에 기반을 둔 자기 동일성에서 벗어나 타자에 대한 성실한 이해와 배려로 나아가는 도정"(「문학에 대한 근원적 질문」, 『희망』, 36쪽)을 보여준 시인으로 읽힌다. 그러니까 주체의 고립을 돌파하여 타자에게 나아가는 그 열림과 만남의 과정을 거쳐낸 작가에 대한 그의 평가는 곧 비평가로서 자신의 방향성을 표현하는 것이다. 타자를 자기의 감수성으로 동일화하지 않고, 그 타자의 낯섦을 통해 자기의 비동일성을 자각하는 교양주의, 권성우에게 좋은 작가란 이처럼 비평가로서의 자기 성찰을 매개하는 '타자의 현상학'으로 가늠된다. 그러나 타자에 대한 과민한 자의식은 징후적이다. 타자를 동일화하지 않으려는 그 염결한 자의식도 징후적이다. 주체와 타자의 관계에 대한 문제의식을 지나치게 반복하고 있는 권성우의 평문들은 타자와의 열린 대화와 소통을 소망하는 비평가로서의 강밀한 자의식을 반영하는 것이겠지만, 성찰의 강박에 붙들린 그 결벽증은 비평적 주체에 내재한 욕망의 병리학을 암시한다. 동일성으로 회수되지 않는 타자의 현상학에 집착하는 것은, 타자를 자기 성찰의 매개로 동일화하고 있는 역설적 행위를 방어하기 위한 것이 아니겠는가. 그러니까 그것은 매혹된 자의 나르시시즘에 대한 알리바이라고 할 수 있지 않을까. 리버럴리즘의 자장 안에서 숙성된 그 교양주의는 입으로는 타자 배려를 외치면서, 실제로는 그 타자를 자기 성장의 계기로 동원한다. 이런 어긋남의 자각으로부터 '망명'에 대한 의지가 솟아나는 것이며, 결코 동일화될 수 없는 타자와의 간극을 깨닫고는 마침내 '고독'의 심연 속에서 진정한 성찰의 길을 찾게 되는 것이 아닐까.

3. 비판과 논쟁

문학의 장은 권력과 자본, 세속의 인정과 연고로부터 초연한 탈속의 세계가 아니다. 그럼에도 어떤 작가는 세속적인 것으로 다 처분해버릴 수 없는 잉여의 지대를 형이상학적으로 숙고함으로써 문학의 아름다움을 옹호한다. 실은 그 세속의 의미마저도 간단하게 정리해버릴 수 없는 심오한 궁리의 대상이다. 그러나 특정의 이념이나 신념을 앞세운 목청 높은 이들이 그런 형이상학적 탐색을 부르주아적 아취雅趣로 쉽게 단정해버린다. 특히 그 위험한 열정이 정의를 내세워 자기의 주장을 밀어붙이려 할 때, 분별없는 사람들이 가세해 일종의 대중주의로 비평의 분별력을 압도하기도 한다. 그릇된 신념과 반성없는 이념은 정당한 해석과 판단을 위태롭게 만드는 위험한 열정이다. 자기 인식의 오류 가능성을 반성하지 못하고 정의롭다는 확신에 빠진 이들은, 무분별한 주장들로 합리적인 토론을 감정적인 투쟁으로 만든다. 형이상학적 탐구가 역사의 유물론을 관념적으로 초월하는 수단으로 활용될 때, 이로써 일상의 당면한 곤혹들과 역사적 난제들을 건너뛰는 관념의 유희가 되어버릴 때, 그것은 충분히 비판받아야 마땅하다. 상상의 사실화는 신성의 세속화처럼, 유물론적인 것을 형이상학적인 것으로 전도하는 유망한 방법이다. 결국은 세속과 신성, 유물론적인 것과 형이상학적인 것의 이분법을 넘어 역사적인 것의 고유한 물질성을 체감할 수 있는 주체의 역량이 중요하다. 난해한 관념의 깊이를 공공의 것으로 현상하지 못하는 엘리트주의나 자기의 신념에 현혹된 반지성주의는, 그 같은 주체의 역량이 부실하다는 점에서 하나의 짝패이다. 주체의 역량을 끌어올리기 위한 고단한 훈련은 회피하고, 관념이나 신념에 의탁해 주체의 능력을 과장하는 것은 위선적이라 하겠다. "가치판단의 객관성 문제는 문학의 실천적 의의를 생각함에 있어서는 더욱 직접적인 함의를 갖는다. 문학의 사회성·운동성에 대한 강조가 문학 자체에서 획득되는 뛰어난 현실인식에 대해 무관심을 초래하는 경우도 없지 않은데, 이런 점에서도 문학과 문학연구의 근본적인 사회성·정치성을 강조하는 동시에 그것을 곧 문학의 탁월한 사유와 언어사용에서 찾는 논의는 되새겨 볼 필요"[9] 있다. 리비스가 말한 '사유의 훈련'을 그 역량을 고양시키는 일종의 방법으로 이해할 때, 비평은 저 극단의 엘리트주의와 반지성주의를 넘어 예술과 삶, 관념과 사물, 개념과 사실, 신성과 세속, 해석과 실천의 분법을 가로지르는 최상의 행동이라 할 수 있을 것이다.

'매혹'이 감상적 도취로 빠지거나 '비판'이 감정적인 분노로 폭발하지 않기 위해서는 매혹과 비판 사이의 미묘한 긴장에 유의해야 한다. 한 사람의 비평가는 비판과 논쟁을 통해 상처와 고독을 견뎌냄으로써만, 진정한 매혹 속에서 황홀경을 느낄 수 있다. 그러니까 그렇게 지고한 행복으로써 황홀경에 이르려는 절실한 과정이 곧 '사유의 훈련'이라고 할 수 있으며, 그 과정은 평탄한 대로가 아니라 모순과 부조리로 가득 찬 비열한 거리이다. 문학의 장은 미의 유토피아가 아니라 조폭들의 질서로 지배되는 비정한 혈투의 공간champ이다.[10] 자기를 사로

---

9. 김영희, 『비평의 객관성과 실천적 지평』, 창작과비평사, 1993, 249쪽.

잡았던 그 타자의 매혹이 한갓 제도와 권력이 만들어낸 일종의 담론효과였다고 한다면 어찌할 것인가. 문학을 둘러싼 공모와 담합의 음험한 힘들에 대한 뼈아픈 인식이 권성우를 가혹한 논쟁의 장으로 이끌었다. 다시 되풀이하거니와, 권성우에게 비판은 매혹의 또 다른 얼굴이다. 매혹하는 것의 미혹을 떨치기 위해 비판하고, 매혹의 대상을 정치적으로 재생산하는 제도의 비열함에 맞서 비판한다. 그는 비평가로서의 활동을 시작한 초기부터 '논쟁'에 대한 자의식을 분명하게 견지하고 있었다. 그러나 논쟁에 대한 그의 인식은 지극히 온건하다. "자신의 문학적·비평적 입장을 정당화시키기 위하여 상대방의 논지를 과장·축소·오해하거나, 글쓰기를 지극히 권력적인 헤게모니의 창출을 위한 공간으로 인식하는"(「다시 생산적인 대화를 위하여, 혹은 '타자의 현상학'」, 『매혹』, 130~131쪽) 그런 논쟁에는 반대한다는 것, 그러므로 예의 그 '생산적 대화'를 위한 비평가의 성찰이 무엇보다 중요하다는 것이다. 그러나 비평의 논전이란 원하는 것처럼 그렇게 점잖게 이루어지기보다, 언제 어떻게 진흙탕의 싸움으로 비화할지 알 수 없는 불온함 속에서 이루어진다. 그가 치열한 논쟁을 거치고 그 '상처'에 그렇게 예민했던 이유가 바로 여기에 있다. 생산적 대화의 의욕은 그 생산성을 가로막는 타자의 사악한 욕망을 앞에 두고 벌이는 이전투구 속에서 상처로 얼룩졌다.

---

10. "문학 장은 권력 장 안에서 피지배적인 위치를 차지한다. 권력 장은 (경제적이거나, 또는 특히 문화적인) 여러 다양한 장들 속에서 지배적인 위치들을 점유하기 위해 필요한 자산을 소유하려고 하는 행위자들이나 집단들

이른바 민주화의 기운으로 들썩이던 1987년에 『서울신문』의 신춘문예를 통해 비평가로 등단한 권성우의 비평적 과제는, 그 데탕트의 시대적 전환기 속에서 1980년대와 1990년대라는 양극단의 감수성을 매개하는 새로운 문학의 방향성을 모색하는 것이었다. 그는 1980년대 민족문학론의 맹신과 1990년대 포스트모더니즘 문학론의 맹목 모두를 비판하였다. 그리고 극단적 사유가 내재하고 있는 '배타적 거부와 열광적 옹호'의 주술에서 벗어나기 위해, 이질적인 것들의 공존을 인정하는 가치의 '다원주의'와, 기존의 보수적 관념을 전복하는 인식론적 '상대주의', 정치적 패배주의와는 다른 문학적 '허무주의'의 가능성을 탐색한다. 이런 입장은 보수화된 민족문학론의 관제성과 포스트모더니즘의 이름으로 창궐하던 대중문학의 상업성을 동시에 극복하면서, 양자가 가진 창의적 가능성의 벡터를 모색하는 것이었다. 그러나 그에게 더 위험하게 여겨진 것은 이념 경사의 문학이 빠져있는 연역적인 환원론과 교조적인 배타성이었다.[11] 이문열, 이인성, 유하에게 매혹당하는 문학적 감수성은 경직된 유물론적 변증법의 논리와 불화할 수밖

---

사이의 힘의 관계의 공간이다."(피에르 부르디외, 『예술의 규칙』, 하태환 옮김, 동문선, 1999, 285~286쪽.)

11. "포스트모더니즘 논쟁에 관하여 말하면 나로서는 그러한 문학사조를 일종의 '새것 콤플렉스'에 지배되어 맹목적으로 수용하는 것도 문제지만 사회 구성체의 질적인 변모로 인한 새로운 이론적 지평이 가져다준 문학·예술의 질적인 변모를 정확히 보지 못하고 포스트모더니즘을 단순히 '제1세계 다국적 기업의 세계 전략'이라고 거친 잣대로 비판하는 것도 일정하게 문제가 있다고 생각된다."(「예술성·다원주의·문학적 진정성」, 『매혹』, 162~163쪽.)

에 없었다. 이른바 '김영현 논쟁'은 바로 그 같은 감수성이 '불의 시대'와 불화하는 진통의 한 풍경을 소묘한다.

"평범한 현실주의 작품보다는 탁월한 모더니즘 작품을 훨씬 좋은 문학이라고 생각하며 이와 똑같은 의미에서 탁월한 현실주의 작품을 황당하고 깊이가 없는 모더니즘 작품보다 월등한 문학작품이라고 생각한다"(171쪽)는 그의 말이 언뜻 공평무사하게 들릴 수도 있겠지만, '이념보다는 작품의 수준'이라는 이 소박한 입장표명은 대단히 무책임한 절충주의로 들릴 수 있다. 모더니즘이나 리얼리즘과 같은 특정한 이념이 문학의 가치를 판가름하는 최종의 심급이 될 수 없다는 생각 자체를 부정할 수는 없겠지만, 그 이념이 진영을 이루어 투쟁하는 세속적인 현실을 외면할 때, 그의 작품주의는 또 하나의 이념으로서 탈(비)정치적인 것이 가장 정치적일 수 있다는 오래된 명제를 반복하게 된다. 그래서 정남영과 조정환이 그를 '자유주의자'라고 비판한 것이고, 권성우는 여기에 답해 그들을 '교조주의자'라고 맞받아쳤다. 권성우는 김영현의 소설들(『깊은 강은 멀리 흐른다』, 실천문학사, 1990)이 "80년대 민중문학에서 현저히 부족했던 섬세한 내면의 풍경과 심리적인 복합성, 소설 구성의 깔끔한 완결성, 솔직하고 진솔한 자기 고백 등의 신선한 면모들"(172쪽)을 통해 민족문학론의 한계를 훌쩍 뛰어넘어 1990년대 문학의 새로운 지평을 열어 보여주었다고 고평했다. 그러나 권성우에게 정남영의 비평은 그가 옹호했던 것들을 '당파적 현실주의'라는 사회과학의 척도로 가볍게 부정해버리는 것처럼 여겨졌다. 권성우에게 정남영의 비평은 문학의 구체성과 그 복잡성의 미묘한 질감을 '당파성'과 '총체성'이라는 추상적인 관념을 통해 해소해버리는 무서운 맹목과 우악스러움의 글쓰기로 읽혔다. 권성우의 해석을 계급적 논리로 환원해버리는 정남영의 비평 ─ 그에게 이 논쟁은 해석투쟁이기에 앞서 계급투쟁이다 ─ 에는 확실히 이념의 과잉이라 할 수밖에 없는 단정들이 눈에 띤다. 그런 의미에서 정남영에 대한 권성우의 비판은 합리적이다. 그러나 또 다른 차원에서 보면 그의 비판은 정의롭지 않았다. 투쟁의 현실 깊숙이에 있었던 정남영에게 권성우의 비평은 "그 의도가 얼마나 진지하고 정의로운 것인지는 모르겠으나 실상은 반동 부르주아지를 대신하여 민중진영 내의 가장 진보적인 부분과 전쟁을 벌이고 있는 것"(「'김영현 논쟁'의 결론」, 『노동해방문학』, 1991. 1.)으로 인식될 수 있는 여지가 충분했다.[12] 논쟁의 내재적 논리 안에서 권성우는 분명 정남영을 압도했다. 그러나 전환기라는 당대의 역사적 맥락을 고려할 때, 그의 비판은 정치적인 위급함에 대해서 충분히 사려 깊지 못했다. 이 논쟁은 해석투쟁이나 이념투쟁이기 이전에, 무엇보다 역사적인 투쟁이었다. 이 논쟁에서 권성우는 당당했지만 가혹했고, 확신했지만 다 몰랐으며, 결

---

12. 훗날 권성우는 (신형철로 생각되는) 신진 평론가 'S'에게 다음과 같이 조언한다. "자신의 비평이 어느 사이에 특정한 문학제도의 정치적 무의식과 특정 문학집단의 이해관계 속에서 작동하고 있다는 사실에 대한 자각이야말로 S형의 비평적 전회, 이론적 도약을 위해서 반드시 필요한 자기 부정, 자기 성찰의 과정이라고 생각됩니다."(「이론의 매력과 비평의 전회」, 『망명』, 90쪽.) 이것은 정남영이 권성우에게 보냈던 그 비판을, 지금 그가 S에게 반복하고 있는 것이라고 할 수 있지 않을까.

국은 이겼으면서도 마음 편하게 이긴 것이 아니었다. 진보를 이념이 아니라 합리적인 사유의 대상으로 삼겠다는 의욕까지야 이해할 수 없는 것이 아니지만, 작품의 수준에 대한 옹호가 미학주의라는 이념으로써 체제의 논리를 합리화하는 것이라면 그것이 착종이 아니고 무엇이라 하겠는가. 미학적 진보가 정치적인 진보의 감각적인 발현이라고 한다면, 이 나라에서 '진보'는 여러모로 혼란스러웠다. 그것이 이념이냐 이론이냐 행동이냐의 문제와 함께, 정치적 보수와 결합한 미학적 진보가 아니면, 정치적 급진을 내세운 미학적 보수로 착종하거나 분열하였던 것이 그 혼란의 요지이다.

논쟁 이후 한동안 침묵을 지키고 있던 권성우는 1994년 창간된 계간 『리뷰』에 일련의 에세이들 — 『희망』의 5장에 재수록된 평문들 — 을 발표하면서, 본격적인 비판의 글쓰기로 비평의 중심을 이동한다. 앞으로 활화산처럼 분출될 '비판적 글쓰기'의 어떤 충동들이 그 에세이들에서 용암처럼 들끓고 있다. 비평의 매혹을 미혹으로 변질시키고, 해방의 비평을 구속의 비평으로 역전시키는 문학판의 적들을 향한 분노는 드디어 폭발하고 만다.

유수한 문학 계간지와 연계된 각 비평적 서클들은 자신들의 입지에 대한 근원적인 반성에 근거한 치열한 비판적 담론과 활발한 논쟁을 전개하기보다는 출판자본의 유혹에 굴복하거나 자신들 동네의 작품만을 옹호하는 나팔수 역할에 만족하고 있다.(「PC통신과 비평의 역할」, 『희망』, 227쪽)

그리고 그와 그 문학적 지향이 여러모로 통하는 이른바 '문학과지성'의 비평가에 대한 과감한 비판을 제출함으로써, 그의 비평가적 입지는 문단의 주류에서 급격하게 멀어지게 된다. 그것은 '문지'의 지성이 가진 협소함을 방증하는 것이기도 하겠지만, 합리적 지성과 탈속적인 미학주의를 요체로 하는 자유주의의 보수성이 갖는 폭력적인 배타성의 일면을 드러내는 것이기도 하다.

> 저널리즘이나 J씨 같은 신진 문학평론가들은 늘상 새로운 작품에 대해서 적극적인 의미를 부여하면서 '새로운 축제'를 구성해 나가는 것 아니겠습니까. 이러한 현상은 문학적 권력의 작동방식이라는 측면에서 해석될 수도 있을 겁니다. 최근에 젊은 작가들의 부상은 이러한 비평과 저널리즘의 속성 자체에서 기인하는 면도 있겠지요. 그런데 제가 보기에는 거기다 덧붙여, 문학 계간지를 가진 채 단행본 출판을 통해 출판사를 운영하는 출판자본의 난립으로 인한 치열한 경쟁이, 문학적 수련을 철저히 거치지도 않은 신인들의 때 이른 화려한 등단과 스타 시스템 현상으로 나타나고 있다고 생각하고 있습니다.(「신세대문학에 대한 비평가의 대화」, 『희망』, 247~248쪽; 이 발언은 『문학과사회』(1997년 겨울호)를 통해 '문지'에서 출간된 신인들의 작품을 논하는 자리에서 나왔다.)

이것은 이른바 '문학권력'에 대한 도발이자 선전포고문이다. 그러나 '문지' 쪽에서는 권성우의 선전포고를 "문단의 역학

관계 속에서 전략적으로 행해지는 자객의 글쓰기"(「총평 ─ 문학공간」, 『문학과사회』, 1998년 봄호)라고 간단하게 묵살해버렸다. 열린 비판과 생산적 대화를 희망했던 그에게 이런 무시는 멸시와 다르지 않았을 터. 그 멸시가 실질적인 결과로 돌아오는데, 이른바 이 자객은 주류 문단의 이런저런 청탁과 행사뿐 아니라 출간의 기회마저 차별당하는 처지로 몰렸다. 그는 훗날 이렇게 적었다. "이런 선택을 하면 결국 고립되리라는 것, 패배하리라는 것을 알면서도 그렇게 갈 수밖에 없는 그런 순간들이 있었다."(「책 머리에」, 『고독』, 8쪽) 배제당하는 자의 설움과 분노는, 그의 비평을 매혹하는 것들에 대한 공감의 표현에서 매혹을 가로막는 권력에 대한 비판으로 이끌었다. 이로써 그의 비평은 강준만을 비롯해 김정란, 진중권, 김영민, 김명인, 『비평과전망』 동인을 비롯한 이른바 '비판적 글쓰기' 그룹과 연대하면서, 『문학과사회』, 『문학동네』, 『창작과비평』 등의 문단주도 세력이 견지하는 편협한 섹트주의와 위선적인 상업주의를 비판하는 쪽으로 완전히 기울어진다.

그 비판적 투쟁의 과정들은 『비평과 권력』, 『논쟁과 상처』라는 두 권의 비평집에 고스란히 담겨있다. 이 두 권의 비평집에는 『비평의 매혹』이나 『비평의 희망』을 내놓았던 비평가와 같은 저자의 글이라 도저히 믿기 힘든 정조와 어조가 배어있다. 비판과 논박, 공박과 반박이 오가는 거친 메타비평의 논전은, 즉각적이었고 격정적이었기에 차분한 성찰의 과정 속에서 단련되는 교양의 길과는 거리가 멀었다. "도덕주의적 분노와 단순화보다는 과학적인 상황 이해"[13]가 중요하다는 의견이

원칙적으로는 틀리지 않지만, 세속의 소통이란 대체로 과학보
다는 정념에 쉽게 이끌린다. 언어는 거칠어졌고, 때로는 보이고
싶지 않은 감정을 숨기지 못했고, 되돌아온 반박은 절망적이었
다. 그럼에도 타자를 통한 주체의 '성찰'이라는 초기의 관념적
의욕보다는, 이런 세속적 분투의 과정 속에서 오히려 그는 더
깊어졌을지도 모른다. 그러므로 비판의 상호주체성이야말로
그를 성숙하게 만든 교양의 근거라고 할 수 있을 것이다.

　　문학권력 비판은 세 개의 논점으로 정리된다. ① 권력의 공
정하고 합리적인 행사에 대한 문제제기[14] ② 권력 비판의 전제
로서 자기의 권력의지에 대한 철저한 반성과 성찰의 요구[15] ③
권력 비판에 대한 반론들의 권위적이고 불성실한 태도에 대
한 재비판[16].『비평과 권력』은 ①과 ②를『논쟁과 상처』는 ①
과 ③을 주로 다루었다. 세 개의 논점 중에서 ①은 ②와 ③을
종속적으로 불러오는 근본적인 문제설정이다. 그런데 실제로

---

13. 김우창 외,『행동과 사유』, 생각의 나무, 2004, 73쪽.
14. "문학권력 논쟁의 진정한 의미는 이 논쟁이 문학장 내에서 비평계의 부정
　　적 관행, 문학성이라는 척도에 의해서 은폐된 모순, 왜곡된 역학관계 등을
　　공공연하게 드러나게 만들었다는 점에서 찾을 수 있을 것이다."(「심미적 비
　　평의 파탄」,『상처』, 122쪽.)
15. " '비판'이라는 지적 행위를 글쓰기의 기본 동력으로 활용하는 비평은 자기
　　성찰과 자기비판이 세심하게 동반되어야 한다. 투명하고 지혜로운 성찰이
　　동반되지 않은 비평은 때로 타인에 대한 폭력적인 비판이나 천박한 나르시
　　시즘, 자기동일성에 대한 일방적 옹호로 귀결되기 마련이다."(「비판, 그리고
　　'성찰의 현상학'」,『권력』, 131쪽.)
16. "필자는 이러한 태도에서 부정적인 편견이 지적 불성실성과 결합하여, 비
　　판 대상자에 대한 참으로 폭력적인 표식을 붙이는 전형적인 사례를 목도한
　　다."(「우리를 아프게 하는 비판을 원한다」,『상처』, 318쪽.)

논의의 중심인 ①은 그 동기의 순수성과 비판의 윤리적 정당성에도 불구하고, 파괴력을 가진 참신한 비판의 논리보다는 소박한 동어반복으로 일관하고 말았다. 문단의 제도적 권력에 대한 비판은 성역에 대한 침범이나 금기에 대한 위반이라기보다는, 누구나 알면서도 아무나 말하지 못했던 불편한 진실에 대한 새삼스런 환기였다. 문학권력 비판이 "주류 문학권력과 불합리한 문학제도에 대한 비판을 금기시하던 묵시적 관행을 깨뜨린 의미 있는 시도"(「비판, 추억, 그리고 김현」, 『권력』, 57~58쪽)라고 한 자평은 틀린 말이 아니지만, 분명 과장된 표현이다. 겉으로는 생산적인 대화를 요청하면서도 실제로는 상대방의 윤리적 취약성을 집요하게 추궁함으로써, 비판의 당사자들을 궁지로 몰아넣어 단죄에 가까운 비판의 칼날을 휘둘렀다. 이러한 이유로 논쟁 자체를 추문으로 폄훼하는 반론들이 나올 수밖에 없었고, 이에 대해 권성우는 ③의 비판으로 다시 응수해야 했다. ②는 이 논쟁의 구도 속에서 ①과 ③에서 전개된 비판을 정당화하기 위한 전략적인 논법이기도 하지만, 기실 그것은 권성우 비평에 시종일관하는 '자기성찰'의 자의식이 드러난 것이라 하겠다. 이처럼 문학권력 논쟁은 '타자'와의 비판적 대화를 통해 '나'의 성찰을 지향하는 것처럼 제기되었지만, 실제 논쟁은 '나'의 입장을 타자에게 관철시키려는 철저한 자기동일화의 의욕으로 전개되었다. 그러니까 "욕망의 과격성은 격렬한 논쟁의 과정에서 가장 직접적이며 노골적으로 드러"난다.(「심미적 비평의 파탄」, 『상처』, 122쪽) 그렇다면 권성우는 그 논전을 거듭하면서, 자기성찰의 강박과 타자의 현상학에 대한 집착이 사실은 자기중심주의라는 동일한 욕망의 다른 증상이라는 것을 어떻게 깨닫게 되었을까.

## 4. 망명과 고독

감정이 이성을 압도하고 수사가 논리를 능가하는 냉엄한 논쟁의 장에서, 생산적인 대화의 기대는 뭣 모르는 순진한 바람으로 기각되었다. 황홀과 설렘의 순간들이 비열한 현실로 반전되었을 때, 그 사람은 환멸의 시간을 고독하게 견뎌내야 한다. 에드워드 사이드는 매혹과 희망에서 환멸과 비판으로 반전되는 그 세속화의 길에서 비평의 올바른 자리를 찾았다. 그 길은 숱한 논쟁 속에서 상처와 고독을 견뎌내는 힘겨운 인고의 시간이다. 이제 권성우는 타자의 현상학으로부터 성찰을 이끌어내는 자의식의 비평가로 머물러 있을 수 없었다. 상처받은 영혼에게는 위로의 순간이 필요하며, 의기가 꺾인 비평가에겐 타자의 격려가 절실하다. 대타자의 응답을 갈망하는 그의 앞에 임화, 에드워드 사이드, 가라타니 고진이 보였다. 다시 그는 처음의 자리에서 근본적인 물음과 마주한다. "어떤 글이 제대로 된 비평인가? 나는 비평가로서 어떤 길을 걸어가야 하는가?"(「망명의 비평 ─ 임화·에드워드 사이드·가라타니 고진과의 만남」, 『망명』, 21쪽) '실명비판'과 '메타비평'을 통해 문단의 주류적 흐름과 싸우면서 겪었던 '고립'은 역설적으로 그에게 어떤 이념과 집단으로부터도 구속받지 않는 '독립적 비평의 길'을 열어 주었다. 임화, 에드워드 사이드, 가라타니 고진은 그 길을 먼저 간 비평가들이었으며, 이 세계의 낯익은 삶으로부터 스스로를 적극적으로 고립시킨 진정한 망명가였다. 그렇다면 이들은 권성우에게 인생의 반 고비 외로운 길에 먹구름 뒤의 태양처럼 나타난 베르길리우스와 같은 존재가 아니었을까. "임화는 늘 문단의 중심에 있으면서도, 외부자의 입장에서 그 중심의 제도적 모순과 지배이데올로기에 대해 항상 자각한 비평가였다."(30쪽) 사실이 그러했느냐의 문제보다도, 지금 권성우에게 임화가 그렇게 보이고 있다는 것이 중요하다.17 에드워드 사이드는 비평행위의 역사적 행동성과 논쟁의 정치성에 대한 주목과 함께, 비평가의 중요한 덕목으로서 '독립성과 보편성'을 제시하였다. 권성우는 바로 이 대목에서 어떤 주류적 체제의 구속으로부터도 자유로운 '낭만적 망명'의 비평을 착안한다.

나는 개인적으로 우리 시대 비평가에게 요구되는 긴요한 자세가 바로 자신을 지적인 망명자라고 간주하는 독립성과 주체성이라고 생각한다. 스스로의 비평을 둘러싼 정황과 맥락에 대한 성찰을 통해, 자신의 비평이 어느 사이에 특정한 문

---

17. 권성우는 박사학위 논문에서부터 『횡단과 경계』(소명출판, 2008)의 1부에 묶인 네 편의 임화론과 근작 『고독』에 실린 짧은 임화론에 이르기까지 오랫동안 임화의 글쓰기에 천착해 왔다. 임화에 대한 그의 학술적 연구는 이문열(작가론), 김현(메타비평)에 대한 지속적인 탐구에 비견할 수 있겠다. 『횡단과 경계』는 비평가와 연구자, 비평과 논문, 주류 장르(시, 소설)와 비주류 장르(에세이)라는 근대문학의 완고한 경계를 횡단하려는 의지의 산물이다. 권성우는 임화에게서 어떤 경계와 장벽으로부터도 구속받기를 거부하는 유목적 지식인으로서의 면모를 읽어내려고 하는데, 그런 독해는 곧 본인의 욕망을 투사한 것이라고 할 수 있겠다.

학제도에 수동적으로 연루되어 있거나 특정 문학 집단의 편파적인 이해관계에서 자유롭지 않다는 성찰을 할 수 있을 때 비로소 독립적인 비평의 길을 모색할 수 있는 것 아닐까.(「망명의 비평」, 『망명』, 37쪽)

그러니까 고독과 상처는 망명의 결단을 위한 불가결한 조건이다. '문학제도와 시스템에 대한 비판적 탐문'을 통해 당대 문학의 편협함으로부터 망명을 감행한 가라타니 고진에게서는, 문학제도의 한계로부터 결별하는 과감한 결단의 역량을 확인한다.[18] 그러나 이들 '낭만적 망명'의 위대한 타자들은 영웅서사의 상투적인 조력자(구원자)처럼 권성우를 위해서 불려나온 피동적인 소환자들처럼 보인다. 권성우는 서로 다른 이 타자들을 '망명자'라는 하나의 이름으로 호명함으로써 자기와의 동일성 속에서 교묘하게 위안의 거처를 마련하고 있는 것이 아닌가. 논쟁이 가져다준 고독과 상처는 타자들의 낯섦을 자기애의 환상 안에서 폭력적으로 제거해버리는 나르시시즘의 부정적 발현일 수가 있다. 그러니까 타자를 매개로 주체를 확인하는 동일화의 수순과 마찬가지로, 이들은 결국 그의 욕망을 충족시키기 위해 주조된 환각의 대상일 수가 있는 것이다.

망명은 아늑한 고향과의 힘겨운 단절이며, 그 행로를 알 수 없는 우발적 삶으로의 과감한 기투이다. '성찰'이 그 당위의

---

18. 권성우는 「추억과 집착 ― '근대문학의 종언'과 그 논의에 대하여」(『망명』)에서 가라타니의 테제를 한국문학의 제도와 문단시스템에 대한 비판적 성찰의 계기로 전유한다.

반복만으로 이루어질 수 없는 것처럼, '망명' 역시도 스스로의 자리를 박차는 결단 없이 실행할 수 없는 의욕이다. 나는 권성우가 "모든 기성의 제도와 그물로부터 탈주한 '유목민적 주체'"(「회색인, 유목민, 오리엔탈리즘」, 『망명』, 179쪽)라는 식의, 그 구체적인 형상을 가늠할 수 없고 실감할 수도 없는 관념의 비평가로 안주하지 않기를 바란다. 그에게 필요한 것은 세계로부터의 초월로 오해될 수 있는 '낭만적 망명'이 아니다. 지금 절실한 것은 매혹과 비판, 성찰과 망명을 희원하는 동일성의 주체, 바로 그 '자기'로부터의 망명이다. 결국 이 글의 결론은 "자기에게서 멀리 떨어질수록 자기에게로 가까이 간다"는 김현의 명제로 다시 돌아간다. 그리고 근작 『비평의 고독』(2016)에서 나는 그의 진전을 확인한다. 무엇이 문학인가를 다시 묻는, 그 정체에 대한 근본적인 질문을 통해 한국문학의 배타적 범주를 개방시키려는 의지는 더 확고해졌다. 완악한 경계를 가로지르는 비평의 자유에 대한 여전한 희망 속에서도, 역사적인 절망에 대한 반항의 자의식을 더하고 있다는 것, 그런 정치의식의 심화가 유독 반갑다. 예술의 깊이가 역사적인 것의 예민한 감각으로 인해 더욱 심화될 수 있다는 확실한 자각이 분명하게 드러나 있다. 인식론적 단절 속에서도 끈질기게 지속되는 자기의식에 대한 반성, 그것이 겹겹이 쌓여 그의 비평의 두께를 이루고 있다. 그 비평의 두께를 우리 모두의 행복의 두께로 만드는 것이 역사적인 것이다. 그렇게 그의 사랑은 자기애에서 타자애로 조금씩 전회하고 있다.

# II

# 도착해야 할 시대의 역사

# chapter 2A
## 오직 문학만이

# 자기를 구원하는 사람

황정은 소설집 『아무도 아닌』[1]


황정은의 소설은 무언가 확실하게 다르다. 그만의 고유한 결이 있고, 그래서 그것을 이미 맛본 독자는 그이의 새 소설들 앞에서 미묘한 긴장감으로 그 결의 감촉을 기다리게 된다. 그이의 소설은 어떤 과장이나 과잉에 빠지지 않은 담담한 어조를 갖고 있다. 그 어조가 곧 소설의 격조이다. 너무 많이 알아서, 혹은 너무 지나치게 의욕적이라서, 아니면 다르게 쓰고 싶거나 더 잘 쓰고 싶은 욕심 때문에, 소설小說은 그 소박한 이름처럼 겸손하지 못하고 그저 그런 식으로 진부해지거나 역겨워질 때가 있다. 한국의 작단에서 이런 과오를 멀리하는 작가를 만나는 것은 드문 일이다. 황정은 소설의 고유한 결이란 무엇인가. 우선은 인물의 그 강밀한 자의식에 특별함이 있다. 대체로 일인칭의 화자인 그 사람들은 어떤 특이한 상황에 놓여 있다. 그 상황에 대한 대타의식으로서의 자의식, 그것이 소설에서 인상 깊은 정조를 자아낸다. 자의식의 소설이 자기과잉에 빠지는 사례는 허다하다. 그런 과잉은 타자의 낯섦까지도 자기

1. 황정은, 『아무도 아닌』, 문학동네, 2016.

화해버리는 극도의 주관주의로 기운다. 특별하게 타자들에 대한 애틋함을 드러내는 경우에도, 결국에는 그마저도 자기애의 일종인 것으로 드러난다. 황정은의 소설에서 자의식은 차라리 타자의식이다. 후지타 쇼조의 '경험'의 사상에 기대어 읽어본다면, 그것은 타자를 경험할 때의 그 충돌에 가까운 위험을 감수하는 자의식이다. 위험을 감수한다는 것은 또한 자기의 '안락'을 포기하는 일이다. 그렇게 타자의식으로서의 자의식은 안락을 거절하는 과감한 자기 망명의 실천이다. 그리고 그것이야말로 바흐친의 '대화주의'에도 합당하다. 자기만의 의식으로서의 독아론적 자의식, 그것의 독백주의는 자기 안락의 평안함 속에 안주하면서 경험을 거부한다. 그렇다고 황정은의 소설에서 인물이 놓인 '상황'이, 그 인물의 주체성을 결정하는 싱거운 인과론으로 설명될 수 있는 것도 아니다. 대체로 그 상황은 엄중하되 모호한 추상주의로 절충되지 않는다. 그것은 분명하고 구체적인 사건으로서, 관행적인 일상을 벗어난 일종의 비상시非常時이자 예외로써 돌발한다. 인물은 바로 예외적 상황 속에서 어떠한 '결정'을 해야만 하고, 또 그 결정 때문에 대가를 치러내야 한다. 황정은의 소설이 그리는 자의식은 바로 그 상황 앞에 놓인 자의 고뇌이며, 운명처럼 주어진 예외상황을 회피하지 않고 받아들이는 자의 결단에 대한 의식이다. 그런 부분에 있어서 그이의 소설은 서구적인 양식의 비극미를 공유한다.

　이 소설집의 출간 후에 있었던 어느 자리에서 작가는 수록된 세 편의 소설이 세월호 사건 이후에 쓰인 것이라고 밝혀주었다. 「누구도 가본 적 없는」, 「웃는 남자」, 「복경」이 그것이다. 물론 이들은 작가의 의도가 직접 관철되는 따위의 그런 소설들이 아니다. 그럼에도 거기엔 세속의 삶에서 받은 충격이, 작가의 마음을 뒤흔든 그 충격이 어떤 방식으로든 담겨 있을 터. 역사적인 것이란 역사적 사건 그 자체를 뜻하지 않는다. 그 것을 오해하는 이들이 그 사건을 소재로 쓰면서 역사를 떠든다. 세월호를 소재로 쓴 소설들이 있지만, 그것 중에서 역사적이라 할 만한 소설을 나는 아직 보지 못했다. 저 세 편의 소설은, 비단 작가의 고백이 아니었다 하더라도 역사적인 소설로서 손색이 없다. 그 소설들에서 우리는 침몰하고 있는 세상의 세월호들을 만날 수 있기 때문이다. 그 비참과 자책을 경험할 수 있기 때문이다.

나는 먼저 「웃는 남자」에 주목하고 싶다. 도도라는 사람의 이야기. 그에겐 늙은 부모가 있다. 아버지는 병든 어머니를 돌보며 남루한 삶을 견뎌내듯 그렇게 살아가고 있다. 도도는 빛도 바람도 들지 않는 꽉 막힌 곳에서 마치 유형流刑의 시간을 보내는 것처럼 살고 있다. 그는 그 집에 틀어박혀 단순해져야 한다고 반복해서 되뇌고 있다. "이곳은 암굴이나 다름없다. 나는 여기서 매일, 단순해지자고 생각한다."(170쪽) 도도는 왜 그렇게 자기를 고문하는가. 사건이 있었고, 어떤 죽음이 있었으며, 자기가 그 사건에 연루되었기 때문이다. 동창회에서 다시 만난 디디, 그는 도도의 연인이었으며 함께 동거했다. 그런데 지금 디디는 세상에 없다. 함께 버스를 타고 가다가 사고가 났고, 그 충격의 순간에 도도는 디디를 붙잡지 않고 잡동사니들로 가득했던 자기의 가방을 붙들었다. 그러니까 디디는 도도의 죽음에 대한 죄의식 때문에 자기 처벌을 하고 있다. 그 사고에 앞서 도도는 또 다른 일을 겪었다. 버스를 타기 전 정류장에서 곁에 있던 노인이 갑자기 쓰러졌고, 도도는 넘어지는 노인을 받아주지 않고 피했다. 그리고 그는 기다리던 버스가 오자 그냥 올라버렸다. 도도는 디디를 만나 사랑을 하면서 이타적인 마음을 갖게 되었다고 믿었다. "처음으로 내가 아닌 다른 사람을 행복하게 만들고 싶다고 생각했고, 그 행복으로 나 역시 행복할 수 있다고 생각했다."(172쪽) 그러나 그는 결정적인 예외의 순간에 자기의 믿음을 배반했다. 그는 그 돌발적 사건의 순간에 단순하게 결정하지 못했고, 복잡하게 자기를 합리화했다. "판단이고 뭐고 없이 그렇게 하는 인간이 있고 그렇게 하지 않는 인간이 있는데 나는 그렇게 하지 않았지. 어째서일까. 조금도 단순해지지 않는다."(178~179쪽) 그 사고, 아니 사건들은 도도의 잘못 때문에 일어난 것은 아니다. 그러나 그는 그 결정적인 비상시의 순간에 일상의 감각(안락)에 타협하고 말았다. 여태 겪어보지 못했던 낯선 경험을 거부한 것이다. 하지만 도도는 경험을 거부했다는 그 사실을 경험함으로써 윤리적인 주체로 갱신된다. 그는 자기의 위선에 대해 가차 없는 복수를 가한다. 그것이 자기 폭로이고 자기 학대이다. 단순함의 강박 속에서 그는 벽에 있는 것들을 떼어내고, 벽지마저도 떼어낸다. "다 벗겨내고 보니 벽은 내가 미처 상상하지 못한 방식으로 흉했다. 반듯하지도 균일하지도 않았다."(173쪽) 이것은 자기의 위선에 대한 자책이 아닐까. 우리는 모두 그럴듯한 벽지로 자기를 위장하고 있는 위선의 벽이 아닌가. "당신이 항상 바라보는 벽, 너무 믿고 있어서 믿고 있지도 않은 그 벽이 … 실은 그렇다는 걸 알아?"(174쪽) 그래서 그는 자책하고 또 자책한다. "내가 잘못한 것이 무엇인가. 뭔가 잘못되었는데 … 그 잘못에 내 잘못이 있었나. 잘못이기는 한가 … 아니다 잘못이다. 그게 잘못이 아니라면 무엇이 잘못인가. 나는 어쩌면 총체적으로, 잘못된 인간인지도 모르겠다."(177쪽) 도도의 아버지에게도 후회하는 일이 있었다. 그가 목공소를 운영할 때 일했던 직원이 교통사고를 당했고, 현장으로 달려간 그는 구급차 안에서 마지막 말을 힘겹게 내뱉고 있던 직원의 말을 가로막았다. 직원의 부인은 그가 남긴 마지막 말이 없었느냐고 물었고, 아버지는 대답할 수가 없었다. 아버지는 성실한 가장이었다. 그러나 그 가족주의는 일종의 이기주의이며, 개인주의의 확장판처럼 여겨진다. 후회할 일, 사소한 잘못들은 그것이 사소하다는 이유로 간과되다가 끝내는 참사가 되어 돌아온다. 죽은 디디는 이렇게 말할 줄 아는 사람이었다. "작은 것 속에 큰 게 있어."(172쪽) 그 작은 잘못들이 바로잡히지 않고 대물림 된다는 것, 도도의 가족사를 통해 암시하는 것이 그것이다. 아버지는 직원의 말을 가로막았다. 왜 그랬을까. 그는 아무 생각 없이 그랬다고 대답했다. "그냥 하던 대로 했겠지. 말하자면 패턴 같은 것이겠지. 결정적일 때 한 발짝 비켜서는 인간은 그다음 순간에도 비켜서고 …"(184쪽)[2] 이 악무한의 매듭을 어떻게 끊어야

---

2. 패턴은 안이하고 나태한 관성이다. 사람들은 대개 관성에 맡김으로써 치러내야 할 불편과 불안을 회피한다. 상황 속에서 결단을 회피하는 것이다. 그러니까 위락(미키 기요시)과 안락(후지타 쇼조)인 것이다. 어느 인터뷰에서

하나. 자기에의 집착, 자기애에서 벗어나는 것이 그 한 방법이다. 곰이 어두운 동굴에서 사람으로 변신했던 것처럼, 도도는 지금 암굴에서 그것을 하고 있다. "굴에 틀어박힌 짐승은 인간이 되어 나왔는데 인간은 무엇이 될까. 인간이 굴에 틀어박혔다면 무엇이 될까."(170쪽) 자기 아닌 것으로 될 수 있지 않을까. 어둠은 그렇게 자기의식의 주체를 타자의식의 윤리적 주체로 변신(갱신)하게 해 주지 않을까. 그것이 혁명이 아니면 무엇이겠는가. 그러나 희생을 감수해야 하고 안락을 포기해야 하는 혁명은 어려운 일이다. 언제가 디디는 사람이 많은 버스 안에서 책을 보다가 '혁명'이라는 단어를 입 밖으로 내뱉고는 놀란다. 그것은 그처럼 마음의 깊은 곳에 억압되어 있다. "그게 그렇게 놀랄 정도의 일인가? 사람들 많은 곳에서 혁명…하고 말하는 것이."(180쪽) 그럼에도 해내야만 하는 것이 혁명이 아닌가. 그래야 사소한 것들에 무감한 그 징그러운 습속, 그냥 하던 대로 하는 그 패턴의 악무한에서 벗어날 수 있는 것이 아

---

이 작가가 한 말을 참조해 볼 수 있겠다. "한 사람이 20년 30년, 40년 산다는 것은 계속해서 상황과 만난다는 이야기 아닌가. 계속 어떤 상황의 연속이고, 계속 어떤 선택을 하고, 그게 모여 그 사람 나름의 어떤 패턴이 되는 것 같았다. 어떤 선택의 순간에 자신은 그때그때 판단한다고 믿지만 실은 본인이 그동안 살아온 패턴을 따르는 것 같다. 성찰이 드문 삶에서는 그런 패턴에 따르기가 훨씬 쉬워지고 자기도 미처 모르는 자기 패턴에 따라 살게 되고. 그게 쉬우니까. 자기 자신에 대한 성찰이 별로 없거나 그런 기회가 별로 없는 삶을 살수록 패턴에 휩쓸리기 쉬운 것 같다. 그래서 어떤 결정적인 순간에는 치명적인 결과를 만들어낼 수도 있고 그런 것들에 대해 계속 생각했다."(황정은·정용준, 「낙담하는 인간 분투하는 작가」, 『Axt』, 2017년 9/10월, 33쪽.)

닌가. 그것을 누가 대신해 줄 것이라고 전가할 수는 없다. 메시아를 기다리지 말아야 한다. 구원이 아닌 구조는 자기의 초극으로부터 시작된다. 도도가 암굴에서 벗어나는 것은, 그가 다시 웃음을 웃게 되는 것은, 대화적인 주체가 탄생하는 그 순간에 비로소 가능하다. "아무도 나를 구하러 오지 않을 것이므로 나는 내 발로 걸어나가야 할 것이다."(185쪽) 구조되지 못한 세월호의 아이들은, 그렇게 우리에게 구원의 유일한 길을 아프게 일깨운다.

진정으로 웃을 수 없는 사람들이 있다. 그런 사람들은 가짜 웃음을 웃으며 살아갈 수밖에 없는가. 「복경」에서 여자는 그렇게 가짜로 웃어야만 하는 사람이다. 가난이 사람을 그렇게 만든다. 비굴하게 만든다. 너무 일찍 죽은 아버지를 대신했던 어머니는 여자(복경)를 돌보기가 어려웠다. 눕혀놓으면 울지 않고 여자는 가만히 있는 것으로 어머니를 안심시켰다. 그래서 여자는 뒤통수가 납작해졌고, '가난한 머리통'이 되었다. 그 콤플렉스 때문에 거울 보는 것을 두려워하는 여자가 되었다. 몇 년 전 어머니는 심한 고통 속에서 죽어갔다. "살려내고 싶어도 살릴 수 없는 사람이 죽음을 앞두고 고통으로 괴로워하는데 진통조차 해줄 수 없는 형편이라면 그 마음은 뭐가 되겠습니까? 짐승 아니겠습니까."(194쪽) 여자는 지금 백화점의 침구매장 점원으로 일한다. 고용된 자들은 고객이 아니다. 그래서 그들은 자기들끼리 경쟁하고 시기하고 불화한다. 짐승의 시간을 사는 것이다. 이른바 갑질의 세계에서, 그들은 항의하는 고객들을 동물적인 것으로 여김으로써 그 짐승의 시간을 견딘다. "뭔지 모르게 인간 아닌 것이 소리를 내고 있다, 라고 생각해야 흉측한 상황에서도 끝까지 웃으며 제대로 서 있을 수 있습니다."(199쪽) 그리고 인간의 발 앞에 무릎을 꿇는 도게자土下座. "꿇으라면 꿇는 존재가 있는 세계. 압도적인 우위로 인간을 내려다볼 수 있는 인간으로서의 경험. 모두가 이것을 바라니까 이것은 필요해 모두에게."(201쪽) 그렇다면 그 짐승의 세계에서 인간의 존귀함이란 무엇인가. "자존하고 있습니까 제대로… 존귀합니까. 존나 귀합니까… 누구에게 그것을 배웠습니까."(203쪽) 그러니까 이런 세계에서 여자의 웃음은 일종의 가면이다. 피에로의 짙은 화장과 같은 것이다. "웃늠 웃늠 웃늠. 웃늠이라니 기묘하지만 웃음보다는 기묘한 이름으로 불러야 한다는 생각인데요. 웃늠이 적당하지 않을까요 그러니까. 왜냐하면 이것은 진짜, 웃지만 웃음이 아니니까."(206쪽) 여자는 다른 사람들이 다 퇴근하고 난 뒤의 백화점에 남아서 가죽 소파에 앉아본다. 그것을 손으로 쓰다듬어본다. 그런데 다음날 소파의 가죽은 난도질이 되어 있다. 여자가 그런 것이 아니었지만 CCTV에는 여자가 앉아서 가죽을 쓰다듬는 장면이 녹화되어 있다. 화면 속에서 여자는 웃고 있다. "미친다는 것은 껍질이 모조리 깎여 알맹이로 벗겨진다는 것이고 알맹이로 벗겨진 인간은 무섭겠죠 모든 게. 세상은 모서리와 첨단尖端으로 가득하니까. 세상은 이렇게 찔러대고 무서운 것, 투성이니까 울어야죠 무서우니까. 그런데 왜 웃는 걸까요 미친년은."(210쪽) 뾰족한 것에 찔린 사람이 울지도 못하고 웃는 아이러니. 그렇게 사람을 미치게 하는 세계의 폭력. 소설의 결미에서 여자의 언술 자체가 그런 광기 속에서 발화되는 장면은 섬뜩하다. "당신이 웃는 것을 어떻게 경험하는 인간인지 내가 몹시 궁금합니다. 웃고 있습니까. 웃고 싶습니까. 웃음입니까. 웃음입니까. 웃고 있습니까. 왜 너는 웃지 않냐 장난하냐 내가 지금 웃는데."(201~211쪽) 그러니까 이 웃음, 웃음이란 짐승의 세계가 파열시킨 인간의 발작이다. 이 소설은 세계의 폭력과 공포를 그 파열된 인간의 자의식, 광기로 분열된 자의식으로 드러낸다. 그 자의식이 곧 세계의식이며 타자의식이다.

이야기의 관행에서 여행의 기능은 뚜렷한 효과를 담보해왔다. 사람들은 그 길 위에서 자기를 발견하고, 상처를 치유하며, 미래의 인간으로 거듭난다. 그러나 그 여행으로써 가능했던 교양의 시간은 이미 가로막혔다. 여행이 구원이 되지 못하는 시대. 「누구도 가본 적 없는」이 그리고 있는 것이 그런 것이 아닐까. 부부는 유럽으로 여행을 떠났다. 그들은 왜 떠났을까. 상처가 있기 때문이다. 애도해야 할 죽음이 있었기 때문이다. 14년 전 여덟 살이었던 아들은 가족이 함께 간 계곡에서 심장발작으로 죽었다. 소설은 그 사건과 현재의 여행을 병치하면서 흘러간다. 폴란드의 식당에서 화성탐사선의 기사를 본다. "뭔가가 있었는데 이미 떠나고 없는 장소."(147쪽) 이 부부의 마음이 그 화성과도 같을 터. 언젠가 아이는 자전거의 안장을 도둑맞은 적이 있다. "어느 개새끼가 가져갔을까. 안장은 어디에 있을까. 세상이 아이에게서 통째로 들어낸 것, 멋대로 떼어내 자취 없이 감춰버린 것. 이제 시작이겠지, 하고 나는 생각했지 … 이렇게 시작되어서 앞으로도 이 아이는 지독한 일들을 겪게 되겠지. 상처투성이가 될 것이다. 거듭 상처를 받아가며 차츰 무심하고 침착한 어른이 되어갈 것이다."(149쪽) 그러나 이 아이는 그런 어른으로 되기도 전에, 상처투성이가 되기도 전에 죽어버렸다. 여행 중에 부부는 한 번씩 서로를 내버려 둔다. 그들은 서로를 떠나버리고 싶은 것일까. 아이의 죽음을 서로에게 탓하고 싶은 것일까. 프라하 광장의 시계탑이 작동한다. "삶은 끄덕이고 죽음은 가로젓고."(154쪽) 베를린행 기차를 탔을 때 아내는 여권이 든 가방을 잃어버린 것을 알게 된다. "도둑질을 당한거야, 잃어버린 거야?"(158쪽) 남편은 격분한다. 남자는 그렇게 여자를 탓한다. 아이의 목숨을 도둑맞은 것이 그녀이기라도 한 것처럼. 어느 역에 기차가 정차했을 때 남자는 내리고 여자는 그대로 가버렸다. 뒤늦게 기차를 향해 달려가지만 따라잡을 수가 없다. "나는 아내를 잃어버렸다."(161쪽) 그렇게 그들의 여행은 애도에 실패한다. 그 여행으로, 서로 위로하기는커녕 서로를 탓하는 그 자의식만이 뾰족하게 드러났다. 결국 그들은 아이를 잃고, 서로를 잃었다. 세월호가 가라앉았고, 어른들은 터무니없는 싸움을 벌였다. 그 죽음 앞에서 좌와 우란 웬 말이며, 친박과 비박은 무엇인가. 사건 앞에서 책임지지 않는 주체는 그 책임을 다른 것으로 전가함으로써 세계를 비참하게 만든다.

　세월호 이후에 이 작가의 소설이 크게 달라졌다고 볼 수는 없다. 그 일이 있기 전에 발표된 「양의 미래」를 보면 그것을 알 수 있다. 이 소설은 타자에 대한 책임의 윤리, 그 윤리적 주체의 주체성에 대한 깊이 있는 탐문이라고 하겠다. 그러니까 황정은의 소설은 언제나 그래왔고, 다만 사건 이후에는 더 예민하고 예리해졌다. 여자는 가난 때문에 어릴 때부터 일을 했다. 어머니는 간암 투병 중이고 아버지는 그런 어머니를 돌보았다. 여자도 폐결핵을 앓았고 일자리를 잃었다. 실직 중에 집에서 읽었던 책에는 투신자살한 작가의 단편이 실려 있었다. "병신 같은 건 싫다고 생각했다. 특히나 마지막에 병신 같은 걸 남기고 죽는 건 싫다. 걱정이 될 테니까 말이다. 세상에 남을 그 병신 같은 것이."(43쪽) 여자에게는 그만한 것을 남기고 죽어버린다는 것은 안 될 일이다. 치료를 하고 여자는 서점에 취업했다. 그 서점에 다니는 동안 여러 일들이 있었다. 가난한 연인 호재와 만나고 헤어졌으며, 담배를 사러 들렀던 진주라는 소녀가 실종되었다. 여자는 남자들과 함께 있던 진주를 보았다. 실종된 뒤에 소녀의 가방과 분비물이 묻은 속옷이 발견되었다. 행색이 초라한 소녀의 어머니가 매일 서점 앞에 자리를 잡고 전단지를 나누어준다. 결국 여자는 서점을 그만두고 떠난다. "아무도 없고 가난하다면 아이 같은 건 만들지 않는 게 좋아. 아무도 없고 가난한 채로 죽어."(61쪽) 여자는 그 소녀의 죽음이 가난 때문이었으리라고 생각한다. 그래서 여자는 그 소녀가 마치 또 다른 자신처럼 여겨졌을 것이다. 비참하도록 가난한 이 여자의 이야기는 조르주 베르나노스의 소설을 원작으로 한 로베르 브레송의 〈무쉐뜨〉(1967)에서 어머니의 수의를 입고 언덕에서 몸을 던지던 그 소녀를 떠올리게 한다. 나는 어린 무쉐뜨가 자기를 강간하는 남자를 껴안던 그 손을 잊지 못한다. 아무도 책임져 주는 어른이 없는, 스스로의 삶을 알아서 책임져야 하는 조숙한 아이들이란 얼마나 가여운가. 빈곤한 가족, 부양과 책임 때문에 쉴 수가 없는 노역. 실종된 소녀를 기다리는 것은 그녀의 어머니만이 아니다. 이 비참하도록 가난한 여자가 소녀를 잊지 않는다. 고객에게 당해본 사람은 고객이 아닌 자들의 비참과 비굴에 대해서 안다. 가난의 윤리, 가난한 자의 외로움은 가난한 자들이 잘 느낄 수가 있다. 이해가 아니라 느끼는 것이다. 「웃는 남자」의 서두에는 이런 부분이 있다. "나는 이해한다는 말을 신뢰하지 않는 인간이었다. 이해한다는 말은 복잡한 맥락을 무시한 채 편리하고도 단순하게 그것을, 혹은 너를 바라보고 있다는 무신경한 자백 같은 것이라고 나는 생각하고 있었다."(165쪽) 이해하는 것이 아니라 먼저 느끼는 것이 윤리이다. 「웃는 남자」나 「누구도 가본 적 없는」의 인물들이 안고 있는 그 불안과 불편, 그들은 그것을 떠나보낼 수가 없다. 그것은 이해하고 넘어갈 수 있는 것이 아니라 자꾸만 느껴지는 것이기 때문이다. 이 소설의 가난한 여자에게도, 자기의 그 비참한 조건들이 그녀의 외면을 정당화해주지 않는다. 그래서 여자는 실종된 소녀, 그 타자의 없음을 불편하게 느낄 수밖에 없다. 또 다른 영화, 다르덴 형제의 〈언노운 걸〉(2016)의 이 대사를 역시 나는 오래 기억할 것이다. "끝난 게 아니니까 우리가 이렇게 괴롭겠죠." 의사 제니는 어느 저녁 병원의 문을 두드리는 소녀에게 문을 열어주지 않았다. 그 소녀가 어떤 범죄에 연루되어 죽었다는 것을 알게 된 후에, 제니는 자책감 속에서 괴로워하며 끝까지 사건을 파헤친다. 제니가 그렇게 책임의 윤리를 다하는 것은 바로 그 괴로움 때문이었다. 사람들이 '양심'이라고 부르는 그것을 저버릴 때 우리는 짐승으로 떨어진다. 대접받는 고객이 못되어도 좋으니 용서받을 수 없는 짐승이 되지 말자는 다짐, 그런 다짐이 이 소설의 윤리적 태도라고 하겠다.

황정은의 소설이 파고드는 형이상학은 구체성을 잠식하는 추상의 관념이 아니다. 세계의 악은 인물의 내면을 잠식하는 그 자의식으로 현상한다. 그래서 그이의 소설에서 폭력은 모호한 악덕이 아니라 광란을 불러오는 병리적인 사건으로 드러난다. 「누가」에서 여자의 내면은 그 외부의 힘들로부터 심각하게 침해되고 있다. 여기에서는 '소음'이 그 막강한 힘으로 여자를 발광하게 만든다. 이사한 지 일주일이 된 여자의 집에 누군가 초인종을 누른다. 그렇게 침입은 시작되는데, 윗집에 사는 이웃이라고 밝힌 여자는 소음에 대해서 묻지만 그 말이 횡설수설이라 분명하게 알아듣지 못한다. "미친 게 틀림없다. 어쩌라고 … 미친년이 별것도 아닌 용건으로 문을 두드리고 아 사람 바쁜데. … 아 싫다. 아 피곤하다. 만나기 싫고 마주치기도 싫다. 요즘은 어디나 이상한 사람들 천지다. 미친년에 아 미친놈, 천지다."(119쪽) 보아하니 이 여자에게도 어떤 사연이 있는 듯하다. 그녀는 왜 사람들을 싫어하게 된 걸까. "그녀는 본래 사람을 싫어하는 사람이 아니었다. 아니었다고 그녀는 생각하고 있었다. 싫어져서 싫은 거다. 이제 사람이 싫다. 싫어졌다. 결정적으로 그렇게 된 것은 이전에 살던 집에서였다."(120쪽) 이전에 살던 동네는 그 길가의 가게들이 끊임없이 업종을 변경하며 바뀌었다. 가게 주인들은 과도하게 친절했고 그들의 의욕적인 모습은 여자를 불편하게 했다. 아마도 그 가식이 싫었을 게다. 잘 알지도 못하면서, 알려고 하지도 않으면서, 팔기 위해서 혹은 이득을 얻기 위해서 꾸며낸 친절. 그 무분별한 친절은 「웃는 남자」에서 나왔던 그 '패턴'과도 같은 것일 터. 그러니까 그 과잉된 친절이나 의욕은 타자를 잠식하는 이기적인 자의식이다. 여자는 자기를 집어삼킬 듯한 그들의 자의식이 역겨웠을 것이다. 장사가 안 되고 가게를 접어야 할 때면, 그들은 본색을 드러낸다. 여자는 그렇게 당한 적이 있었다. 가게들이 장사를 접고 새 가게들로 바뀌는 그 폐업과 개업의 반복 속에서 부동산업자들만 호황을 누린다. 당시에 실업급여를 받으며 집에 있던 여자는 가게들의 소음에 시달리다가 몸에 이상이 온다. 민원을 넣어도 보지만 해결이 되지 않는다. "그녀는 그 때 자신이 계급적 인간이라는 것을, 자신이 속한 계급이라는 걸 알았다. 이런 거였구나. 이웃의 취향으로부터 차단될 방법이 없다는 거. 계급이란 이런 거였고 나는 이런 계급이었어. 왜냐하면⋯ 왜냐하면 더 많은 돈을 가져서 더 많은 돈을 지불할 수 있다면 더 좋은 집에서 살 수 있을 테니까."(123쪽) 여자는 소음을 통해 자기의 계급적 자의식을 각성하게 되었다. 그리고 더 나은 계급적 삶을 위해서 이사를 왔지만, 여기에서도 곧 위험한 타자들의 침범은 끊이지 않는다. 먼저 그 집에 앞서 살았던 노인의 존재가 여자를 괴롭힌다. 마치 자기가 이사를 와서 노인이 쫓겨난 것 같은 기분, 그 죄책감이 독거노인의 고립된 삶을 생각하게 만든다. "연체금이 있을 때나 호명되는 사람들."(125쪽) 그리고 집주인은 도배를 안 해주려고 버틴다. "사람들은 왜 이렇게 할까. 대체 이 사람들은 사람에게 왜 이렇게 하는 걸까."(126쪽) 이 말로도 지금껏 여자가 당해온 것들이 적지 않았음을 충분히 짐작하게 된다. 지금껏 상처를 받아왔던 여자는 그래서 누군가의 상처에 대해서 예민한 모양이다. 그 노인에 대한 죄책감이 그렇고, 무례한 이들에 대한 과잉된 반응이 그렇다. 여자는 전화 상담원으로 연체금을 독촉하는 일을 맡고 있다. 함께 일하던 상담원 선배는 기간이 만료되어 계약이 해지되었다. 이 세상은 그렇게 서로를 고통으로 내몰고 괴롭혀야만 유지될 수가 있는 것인가. 독촉하거나 해지되거나, 가하거나 당하거나, 어쨌거나 서로 상처를 주고받는 동안 그 마을의 부동산업자들처럼 이득을 챙기는 놈들은 따로 있을 것이다. 출근을 위해 일찍 잠이 들어야 하는데, 위층이 소란스럽다. 올라가보니 윗집 여자라고 하면서 찾아왔던 사람은 없고, 젊은 여자들이 시끄럽게 떠들며 고기를 구워먹고 있다. 따져보았지만 별 소용이 없고 고기 굽는 냄새와 소음 때문에 잠을 잘 수가 없다. "왜 내게 이런 일이 생기는 걸까. 왜 이렇게 참을 수 없는 일이 많아졌을까. 다른 사람들은 이런 걸 어떻게 참고 있는 걸까. 그보다 나는 여태까지 어떻게 참아왔지? 뭔가 요령 같은 것을 잃어버린 것 같다는 생각이 든다 완전히 …"(133쪽) 여자의 피해의식은 점점 더 심해지고, 결국은 폭발하고 만다. 고함을 지르며 천정으로 물건들을 던진다. "서로가 서로에게 고객이면서, 시달리면서, 백 퍼센트의 고객으로는 평생 살아보지도 못하고 어? 나는 이게 다 무서워서 불쾌한데 니들은 이게 장난이고 나만 미쳤고 내가 우습지? 웃어라. 우스

우니까 웃어."(134쪽) 그러고 나서 잠이 들었다가 벨소리에 잠을 깼을 때, 현관에서 누구냐고 물었을 때 누군가가 대답한다. "아래층이야 씨발년아."(135쪽) 이 악무한의 반복, 만인의 만인에 대한 투쟁, 이 짐승의 세계, 진짜 웃음 대신에 가짜 웃음을 웃을 수밖에 없는 세계. 그 세계의 모습을 여자가 처한 조건으로써 드러내는 황정은 소설의 특별함. 그렇게 내면과 외부를 잇는 정교함이, 그 여자를 사로잡고 있는 이 세계의 흑주술을 폭로한다.

이번 소설집에서는 특히 죽음의 그림자가 아른거린다. 죽음을 앞둔 어머니와 그를 돌보는 아버지, 자식의 죽음, 연인의 죽음. 그리고 폐병을 앓는 이들은 왜 그렇게 많은가. 죽음이 그렇게 흔하게 나오는 데는 이유가 있을 터, 그것이 세계에 대한 어떤 묵시의 정조를 자아내는 것은 분명하다. 그렇다면 「명실」에서 죽음은 무엇인가. 그것은 아마 문학의 죽음에 대한 알레고리가 아닐까 싶다. 늙은 여자 명실은, 먼저 죽은 그의 남자 실리에 대해 쓰려고 한다. 실리는 읽고 썼던 사람이었다. 그는 역시 폐병으로 죽었다. 써서 남긴다는 것은 죽은 자를 기억하는 하나의 방법이다. "아무도 실리를 모르게 되는 순간이 올 것이고 실리는 조만간, 아마도 곧…아무도 실리를 모르게 되는 순간이 올 것이고 실리는 영원히 잠길 것이다. 망각으로."(106쪽) 명실은 실리가 너무 많이 읽어서, 그 책더미 때문에 죽었다고 믿는다. 쓰고 싶은 대로 쓰지 못해서 죽었다고 생각했다. 그래서 명실이 한 복수는 이런 것이었다. "한 권도 버리지 않고 그 책들을, 그 책상을…닥치게 만들었고 죽게 내버려두었다."(108쪽) 그것들을 무용하게 함으로써 죽게 내버려두었다는 것, 그것은 쓸모를 빼앗아버림으로써 무용한 것으로 만들어버렸다는 것이다. 외로움을 많이 타는 실리는 아마 고독한 낭만주의적 작가였으리라. "실리는 늘 다루곤 하는 사물에 특별한 애착을 품었고 종종 그런 사물들에 어떤 정서가 있다고 우겼다."(103쪽) 그에게 이 세계는 자기와 이어져 있는 유기적인 전체였는지 모르겠다. 언젠가 그는 명실에게 이런 이야기를 들려주었다. 새벽의 벌판에서 누군가를 기다리는 사람에 대한 이야기. 남자는 연인 마르코를 기다린다. 들판 가득 풀이 자라, 앉으면 보이지 않을 수가 있기 때문에 서서 기다린다. 명실은 이 이야기가 "죽은 사람이 죽은 사람을 기다리는 이야기"(105쪽)라고 생각한다. 실리는 그것을 완성하지 못하고 죽었기 때문에 그 이야기의 남자는 언제까지나 마르코를 기다리고 있어야 한다. 마르코가 떠나가 버린 독자를 상징한다면, 그를 기다리는 남자는 근대의 작가를 의미하는 것이 아닐까. 명실이 마르코라면 실리는 그 작가인가. 근대적인 문학의 죽음 이후에, 가능한 것은 그 죽음에 대하여 쓰는 것뿐인가. 아니다, 이 소설은 그런 허무주의가 아니라 그 폐허의 너머를 보고 있다. "죽은 뒤에도 실리를 만날 수 있다고 생각하는 것은 얼마나 난처한 상상인가. 얼마나 난처하고 허망한가. 허망하지만 얼마나 아름다운가. 그게 필요했다. 모든 것이 사라져가는 이 때, 어둠을 수평선으로 나누는 불빛 같은 것, 저기 그게 있다는 지표 같은 것."(110쪽) 죽었지만 만날 수 있다는 역설, 그 난처하지만 허망하고, 허망하지만 아름다운 역설. 폐허 뒤에는 잔해만남을지 모르지만, 그 잔해만으로도 가능한 아름다움이 있다는 믿음. 나는 그 믿음이 투영된 소설의 이 마지막 구절을 사랑하지 않을 수 없다. "겨울이 얼마 남지 않았다고 그녀는 생각했다."(111쪽)

「上行」과 「상류엔 맹금류」는 황정은 소설 특유의 감각을 느낄 수 있는 단편들이다. 별것이 아닌 것 같은 사건들 속에 특별함이 깃들어 있고, 심심한듯하지만 심오하다. 먼저 「上行」. 친구 오제와 함께 어느 산골로 들어가 고추를 따서 돌아오는 하루 동안의 이야기. 오제와 그의 어머니와 동행하는 하루. 오제의 어머니에게 새 고모로 불리는 이의 집, 새 고모는 그의 늙은 어머니와 함께 살고 있다. 그 집과 농사짓는 밭은 새 고모의 남동생 소유였는데, 도시에 처자를 두고 혼자 내려와 어머니를 모시고 누이와 농사를 지었던 그 동생은 작년에 죽었다. 그는 돈을 들여 오곡공장을 준비했지만 일을 해보지도 못하고 말았다. "이 모든 것들의 주인이었던 남자가 문득 궁금했다. 병들어 썩을 정도로 많은 열매를 두고 죽은 수줍은 남자, 그의 누이가 묵직한 자루를 끌고 공장 바깥으로 나왔다."(29쪽) 오제의 아버지도 폐암 진단을 받았으니, 여기에서도 죽음은 살아있는 자들의 삶에 깊은 그늘이다. 새 고모라는 이상한 명명이 암시하듯, 오제 어머니의 고모부의 새 부인이니 친인척의 범주와는 상관없이 대단히 먼 관계인 것. 이런 기묘한 관계가 미묘한 느낌을 주는데, 고추를 따러 온 것도 흥미롭다. 도시와 농촌이라는 공간의 대비에 어떤 함의가 있을 듯하다. 오제는 지금 도시의 삶에 염증이 생겼다. "시골에 살면 좀 나을까 싶어서 알아보러 내려온 거거든. 나, 도시에서 사는 건 이제 싫다. 육 개월 단위로 계약서 써가며 일해봤냐, 사람을 말린다. 옴짝달싹 못하겠어."(27쪽) 그러나 농촌도 도시적인 것들의 침범으로 많이 변했다. 최근에 도시에서 피서객들이 몰려온다는 이야기. "걔네들이 와서 돈 좀 쓰고 가겠네요, 라고 오제가 말하자 걔네들이 와서, 쓰레기를 버리고 간다, 라고 아주머니는 무뚝뚝하게 말했다."(20쪽) 고추밭 근처에는 유럽식의 울타리를 친 전원주택이 들어서 있다. 고추를 따다가 감도 따고 은행도 줍고, 그렇게 저녁이 되었다. 어두워진 저녁의 풍경 묘사가 예사롭지 않다. "거대한 무언가가 말할 수 없도록 검은 눈을 유리창에 찰싹 붙이고 안을 들여다보고 있는 듯했다. 무게로도 밀도로도 도시의 밤과는 다르게 닥쳐올 밤 속에서 개들이 짖었다. 신통한 개들이라고 고추밭 주인이 말했다. 불행한 소식이 들려오기 전에 반드시 운다는 것이었다. 동생이 죽을 때도 개들이 울었다고 그녀는 말했다."(31쪽) 그러니까 문명의 파국에 대한 징조처럼 그 죽음의 분위기가 심상치가 않다. 동생이 남긴 집과 밭을 도시에 사는 그의 가족들이 팔아서 사업을 하겠다고 내놓았다고 한다. 그 사업 때문에 이 집에 살던 이들은 거처를 잃게 생겼다. 도시에서 무엇을 하기 위해서는, 농촌에서는 무엇을 하지 못하게 될 수도 있다. 저녁을 먹고 떠나려는데 노부인이 자고 가라며 붙잡는다. '나'는 당황스러워하며 다음에 다시 오겠다고 대답을 하는데, 자기가 죽기 전에 언제 오겠냐며 핀잔을 준다. 이 붙잡음이 이 소설에서 가장 오래 기억될 장면이라고 생각한다. 아흔 살 노부인의 그 애틋한 붙잡음을 뿌리친다는 것은 무엇인가. 지금 우리는 과연 무슨 짓을 하며 살고 있는 것인가. 돌아가는 상행선 자동차의 라디오에서는 부동산 거래와 경기침체를 알린다. 오제는 부동산에 대해서 신이 나서 이야기를 한다. 그리고 이내 시무룩해진다. "오제는 문득 또렷했던 모습에서 피로한 모습으로 돌아가 운전대를 잡고 있었다."(35쪽) 오제는 낮에 밭일을 하고 난 뒤에, 아홉 살 때 겪었던 이상한 경험을 이야기했다. 해질녘에 집으로 돌아왔는데 집 문이 닫혀 있더라는 것. "이 문만 통과하면 내 것이 다 있는데, 내가 아는 것들, 따뜻하고 거칠거칠하거나 부드럽거나 각이 지거나 닳은 것들, 내 머리 냄새가 밴 베개 같은 것들이 전부 있는데, 엄지보다도 짧은 열쇠 하나가 없어서 안으로 들어가지 못하는 상황이라는 말이야."(24쪽) 너무나 선연하지만 가닿을 수 없는 막막함의 경험, 그 낙원과도 같은 평안의 처소로 들어가지 못하는 답답함, 그때 집에서 울리던 날카로운 시계 알람 소리. "나는 그게 생물인 것처럼, 야비하고 잔인하게 나를 놀려대는 생물인 것처럼 증오하면서 벽을 향해 서 있었거든."(25쪽) 그 소리의 공포를 이기기 위해 그는 벽 너머로 손을 뻗어 알람을 껐다. 손으로 벽을 투과한다는 것은 물리적으로 불가능한 일이지만, 오제는 그 기억이 사실이라고 믿고 있다. 그 이상한 경험은 벽의 안과 밖, 그 경계가 나뉘어 놓은 것들에 대해 생각하게 만든다. 농촌과 도시의 경계가 그렇고, 사고파는(교환가치) 땅과 농사짓는(사용가치) 논밭의 경계가 그렇다. 그런데 그 경계를 무력화시키는 것이 부동산이다. 상행의 길에 라디오에서는 '내일' 저녁에 있을 월식에 대해서 말하고, 한참 뒤에 오제는 '오늘' 저녁에 월식이 있을 거라고 말한다. 지구의 그림자가 달을 삼키는 것처럼, 도시가 삼키고 있는 것들은 무엇인가. 그리고 하행과 상행, 내일과 오늘의 그 차이는 무엇인가. 이른바 자연과 문명의 분법에 대한 낡아빠진 논술이 아니라, 그 차이의 예리한 절단면에 대한 애매한 서술이 막대한 상상을 불러일으킨다.

쓸쓸함이라는 것을 어떻게 표현할 수 있을까. 이렇게 표현할 수가 있구나, 생각하게 한 것이 「상류엔 맹금류」이다. 재희가 아닌 제희, 그와 헤어진 여자가 복기하는 어느 나들이의 추억. 그의 아버지도 앞에서 본 오제의 아버지처럼 폐암에 걸렸고 한쪽 폐를 잘라냈다. 사진으로 본 제희 어머니의 젊은 모습은 아름다웠다. 제희의 부모는 시장에서 장사를 했고, 사기를 당했다. 그들은 동반 자살을 할 것인지 야반도주를 할 것인지 고민했고, 아이들을 키우며 빚을 갚기로 결정했다. 그렇게 긴 시간이 흘렀고, 그들의 아이들은 부모의 고된 빚을 물려받았다. 여자는 제희의 이야기를 듣고 그들의 선택이 부도덕했다고 여겼다. 그러나 빚으로 하나가 된 그 가족은 서로를 믿고 의지했다. "내가 제희네를 수차례 들락거리면서 동경하고 부러워하고 어떤 밤에는 눈물이 날 정도로 질투했던 것이 바로 그런 광경이었다. 그리고 그건 어쩌면 내가 그들로부터 나눠 받을 수 있게 될지도 몰랐던 어떤 것이었다."(71쪽) 그러나 제희 아버지의 투병은 오래 갔고, 가족들은 지쳐갔다. 그 무렵 제희와 그의 부모와 함께 나들이를 가게 된 것이다. 그 나들이가 일종의 여행이라면, 그것은 역시 그 식구가 처한 어떤 난처함을 해소하기 위한 것이었을 게다. 소설은 이루어지지 못한 여행의 목적, 그 결렬에 대한 이야기다. 짧은 여정 속에도 제희의 어머니는 커다란 감정의 기복을 드러낸다. 여자는 그 상황이 불편했다. "고집스럽고 뜨거운 것을 무릎에 올려두고 앉은 기분이었다. 파도를 수차례 타고 넘는 것처럼 가라앉았다가 떠오르고 가라앉기를 반복하면서, 아슬아슬하게 나아가는 길이었다."(74쪽) 여자는 가벼운 산책일 거라고 생각했지만, 그들은 도시락과 피크닉 용품으로 가득 채운 카트를 끌고 식물원으로 올라갔다. 미세한 결렬이 느껴지는 지점이다. 숲속에서 거미를 본 그의 어머니가 피난시절의 이야기를 꺼냈다. 여자는 언젠가 그녀로부터 이런 이야기를 들은 적이 있다. 자기 등 뒤에서 갓난쟁이 동생이 타죽었다는 끔찍한 이야기. "그녀는 전쟁고아였다가 헵번스타일로 머리를 만 아름다운 여인이었다가 이제 오십견으로 고통을 받고 관절염으로 다리를 저는 노부인이었다. 그 사이사이에, 내가 모르고 제희도 모르고 심지어는 그녀 자신조차 모르는 일들이 그녀에게 일어났을 것이다. 나는 그 사이를 상상할 수 없었다."(77쪽) 한 여인의 생이란 그 짧은 여행에서 그녀가 보인 그 감정의 기복만큼이나 부조리하다. 그의 남편도 못지않은 곡절 속에서 살아온 사람이었다. 그들은 감당해야 할 것들을 감당하며 살아왔고, 그 과정에 굳어진 어떤 것들이 단단하게 그들을 붙들고 있었다. 그들은 밥 먹을 만한 장소를 찾아 이동했다. "평평하지 않은 길이나 비탈에서 카트는 자꾸 한쪽으로 뒤집어졌고 그럴 때마다 짐이 흘러내리거나 무너져내렸다."(81쪽) 몇 번 더 반복되는 이 장면이 심리적 긴장감을 고조시킨다. 상황을 설명하지 않고도 그 상황의 팽팽한 긴장감이, 그것을 지켜보는 여자의 심정을 예리하게 표현한다. 단적으로 말하면, 이런 것이 황정은의 소설이 갖는 최량의 매력이다. 이들의 여정은 점점 파국으로 치닫는듯하다. 노부부가 계곡 아래에 자리를 잡자 여자의 마음은 맹렬하게 요동친다. "나는 거기 내려가는 게 싫었다. 그렇게 행동해서는 안 되는 공공의 장소라는 검열도 작동했으나 무엇보다도 직관적으로 그 장소가 싫었다. 나는 그곳에서 뭔가가 비참하게 죽었을 거라고 생각했다. 그렇지 않으리란 법은 없었다. 수목원이지만 본래는 숲이니까. 눈물이 날 정도로 그리로 가고 싶지 않아서 다른 곳을 찾아보자고 나는 말렸다."(83쪽) 결국 그들은 어색하게 그 자리에 앉아 식사를 한다. 모두 피곤함을 느꼈고, 자리를 털고 일어나 이동을 하는데 안내판에 그들이 앉아서 식사를 했던 계곡 위쪽에 맹금류 축사가 있다고 적혀 있다. 여자는 그들에게 그 사실을 알린다. "저 물이 다, 짐승들 똥물이라고요."(86쪽) 그 나들이 이후 2년이 지나서 여자는 제희와 헤어졌다. 여자는 지금 다른 남자와 결혼해서 살고 있다. 그리고 이따금 그 나들이의 기억을 떠올린다. 제희와 함께 하지 못하게 된 지금, 그녀는 버려졌다는 생각으로 외롭다. 그때 그 계곡 바닥에 자기가 먼저 자리를 깔았다면 더 좋지 않았을까, 후회도 해 본다. 그러나 여자는 할 말이 많다. "모두를 당혹스럽고 서글프게 만든 것은 내가 아니라고 말이다."(88쪽) 여자가 탓을 돌리고 있는 것일까. 그것만은 아닐 것이다. 분명, 그들이 그렇게 하지 않았다면 더 좋았을지도 모른다. 그럼에도 그들이 그렇게 하게 만든 것은 무엇인가. 가족이라는 것의 심연에 대해 이런 식으로 풀어낸 소설을 읽어본 기억은 거의 없지 싶다. 그리고 여자가 그날에 보인 기묘한 태도가 타자의 윤리에 대해 생각하게 한다. 그들의 이상한 결정을 받아들이지 못하는, 그 거부의 의미는 간단하지가 않다. 이렇게 중층적인 파탄으로 드러나는 여행을 본 적이 있는가. 그리고 그 여행의 기억이 여전히 여자에게서 떠나지 않고 있다는 것에 나는 거듭 생각이 미친다. 「上行」도 그랬지만, 역시 상류의 악덕이 무섭다는 것을 실감하게 된다.

황정은의 소설은 과잉에 대한 절제가 특유의 소설적 정조를 만들어낸다. 문장도 그렇고 인물도 그렇다. 인물들은 그 격앙됨마저도 무심함으로써 표출한다. 인물들의 그런 자의식을 드러낸 문장들이 무상無想의 격동으로 차분하게 열렬한 이유가 그 때문이다. 감정이 참아지지 않을 때는 말줄임표를 통해 그 과잉을 문체의 형식으로 다스리려고 한다.[3] 중요한 것들을

---

3. 이번 소설집에는 그런 말줄임표가 잦다. 이와 관련해 스베틀라나 알렉시예비치의 '목소리소설'에서 두드러지게 나타나는 말줄임표의 의미를 간파한 김은실의 견해가 중요한 참조가 된다. "침묵으로만 재현될 수 있는 개개인의 가슴 깊은 곳에 묻혀 있는 정말 중요한 기억에 대한 조은의 질문에 러시아적인 것 혹은 묵시록적인 영성주의 등을 이야기한 알렉시예비치의 답보다는 김은실의 또 다른 질문이 더 적절한 답인지도 모르겠다. 김은실은 '기억상실증과 제주 4·3을 겪은 제주 할망들과 작업해온 자신의 경험을 반추하면서, 알렉시예비치의 '목소리 소설'에 자주 등장하는 수없이 많은 '말줄임표'에 주목하였다. 김은실은 이 '말줄임표'의 존재야말로 침묵을 재현할 수 있는 유일한 표현 수단이며, 증인들이 말하지 못한 부분들에 대해 독자들이 개입해서 공감을 만들어내는 통로가 아닌가 하고 되물었다."(임지현, 「정말 중요한 이야기는 침묵으로 기록된다 ─ 스베틀라

짐짓 사소하게 표현하는 것도, 진정 사소한 것들의 중요성을 일깨우는 그이의 특유한 화법이다. 사회적인 것들을 전면화하지 않고도 그 어떤 사회적 항의보다 강력한 인상을 주는 것도 그 때문이다. 그는 주목해야 할 것들을 주목하라고 떠들어대는 한심한 사람이 아니다. 환상성이란 합리적인 것으로 회수되지 않는 낯설고 신비한 영역에 대한 미학적 돌파구이다. 이번 소설집에서 특유의 환상을 찾기 힘든 것은, 합리 너머의 애매하고 이질적인 것들을, 환상 대신에 인물들의 내면적 산란으로 드러냈기 때문이다. 더불어 사건 자체가 합리를 초월하는 것이라 굳이 환상을 통한 돌파를 필요로 하지 않았기 때문이기도 하다. 황정은의 소설을 읽으면 원숙함에 대하여 생각하게 된다. 그 원숙함은 무엇보다 윤리적인 것의 미학적 자질이며, 문학적인 것의 정치적 표현이다. 그것이 정치적인 것의 문학적 표현이 아니라는 점에 유의하자. 바로 그렇기 때문에 그의 소설이 윤리적으로 아름다운 것이니까. 그 또한 미학적이라서 윤리적인 것이 아니라 윤리적이기 때문에 미학적인 것이다.

---

나 알렉시예비치 초청 토론회」, 『문학과사회』, 2017년 가을호, 243쪽.) 황정은의 소설에서 급증한 그 말줄임표는 역시 용산참사, 세월호 사건 등의 일들을 겪으면서 나타난, 그 적나라한 사회악에 대한 미묘한 반응이 아닐까. 작가는 그의 작품에서 일어난 변화를 이렇게 설명하였다. "무표정에서 표정으로 일그러져 왔다는 자각은 있다."(황정은·정용준, 「낙담하는 인간 분투하는 작가」, 『Axt』, 2017년 9/10월, 45쪽.)

# 박람강기의 저작술, 넝마주이의 글쓰기

## 정지돈 소설집 『내가 싸우듯이』[1]

　정지돈의 소설을 읽고 그 엄청난 고유명사들의 끝 모르는 연쇄를 지켜본 사람은 아마 놀라게 될 것이다. 그 '이름'들이 가리키는 것이 사실이든 아니든 말이다. 거기서 '사실'이란 사실이 아닌 것들과 뒤섞일 수 있는 그 모호한 가능성으로써 어떤 힘을 갖게 되는 것이니까. 이런 글쓰기가 겨냥하고 있는 것이 바로 그 가리킴, 말이 무엇을 지시한다는 오래된 믿음이다. 말이 의미를 담아내는 투명한 소통의 도구가 아니라고 여겨질 때, 말은 그 자체의 사물성으로 부각된다. 그렇게 사물로서의 말은 의미가 아니라 이미지로써 스스로를 드러낸다. 물론 이런 식의 사색은 이미 오랜 연원을 갖고 있지만, 그것을 이미지들의 존재론으로 가장 파격적으로 드러낸 사람 중의 하나가 고다르이다. 지금 나는 1998년에서야 267분의 시간 분량으로 일단락된 〈영화의 역사(들)〉이라는 영화를 이야기하려는 것이다. 19세기의 예술이지만 20세기에 만들어진 영화는 21세기에 이르러 무엇으로 되었는가. 고다르는 작품과 감독과 배

---

1. 정지돈, 『내가 싸우듯이』, 문학과지성사, 2016.

우와 영화사적 사건들을 연대기적으로 정리하는 따위의 영화사에는 일말의 관심도 없는 사람이다. 그에게 영화사 100년이란, 그 시간에 자기의 영화적 체험의 기억들이 중첩하는 지극히 개인적이고 주관적인 기억의 잔해들이다. 그러니까 영화사 100년이 고다르의 인생을 가로지르는 것이 아니라, 그의 영화적 체험들이 '혼잡한 고독'(들뢰즈) 속에서 그 100년의 시간을 흐를 뿐이다. 개인적 체험들의 조각들이 무리지어서 역사가 되기 때문에, 그것은 균질적인 하나의 역사가 아니라 이질적인 여럿의 역사(들)이다. 알랭 바디우는 고다르의 영화사(들)이 그 이미지들의 파편임을 이렇게 설명하였다.

> 고다르의 〈영화의 역사(들)〉에는 무정부주의적인 플라톤주의가 내재한다. 놀랍게도 이 영화에서, 모든 이미지는 동시다발적으로 다양한 텍스트를 동반하며, 또 다른 이미지를 떠올리게 한다. 이미지는 결코 어떤 지시대상도 지칭하지 않고, 어떤 것도 모방하지 않는다. 오히려 이미지는 말해지거나 보여지는 것에서 드러나는 전체 이미지와 이미지 그 자체 간의 간극을 잘 보여준다. 그래서 이 영화는 중첩되고 뒤엉킨 간격의 운동이다. 따라서 부여된 영화의 소명은 연관성이 부재한 이미지를 한데 묶어내며, 구체적으로 '간격이라는 방식을 통해' 다성적으로 가깝게 하고, 함께 어울리게 만들며, 엮이게 한다.[2]

2. 알랭 바디우, 「장-뤽 고다르의 〈영화의 역사(들)〉(Histoire(s) du cinéma) 고찰」, 『알랭 바디우의 영화』, 김길훈·김건·진영민·이상훈 옮김, 한국문화사, 2015, 205쪽.

시네마테크의 자식인 고다르에게 앙리 랑글루아가 만든 그 영화박물관은 영화의 역사가 파편과 조각들로 한데 모이고 엮인 엄청난 다성악의 장소였다. 따라서 그에게 영화의 역사는 애초부터 하나의 전체가 아니라 분절하는 여럿의 이미지들이었다. 영화의 역능이 무력화된 파국의 시대에 고다르는 영화의 역사(들)을, 그 격발하는 이미지의 충동과 운동으로서 사유하였다. 랑시에르는 그것을 이렇게 하나의 문장으로 집약한다. "〈영화사〉 전체를 통해 그는 이미지/아이콘이 지닌 구원의 효력을, 영화와 그 증언의 역량을 상실하게 만든 원죄('이미지'를 '텍스트'에 종속시키고 감성적인 것을 '이야기'에 종속시킨 원죄)에 대립시킨다."[3] 고다르는 오직 영화만이 할 수 있는 것, 그것의 힘을 입증하기 위해 그림과 글자와 영상과 소리를 필사적으로 오려내고 붙이고 병치하고 겹쳤다. 그가 이미지들의 몽타주를 통해 보여주고 싶었던 것은 절멸(수용소)에 응대하는 영화의 힘이었다. 그렇게 그는 "영화적 괴물들의 우화들을 삶의 본질적인 순간들을 드러내는 방명록으로 변형"[4]하였다. 그 방명록에 기입된 이름들, 고다르의 영화는 그 고유한 이름들로써 파열된 인류의 역사를 기록한다. 요컨대 이름이란 의미의 지시가 아니라 이미지이다. 영화의 역사(들)을 가로지르는 그 많은 이름들은 그것들이 한데로 모여야만 형체를 가늠할 수 있는 별들의 무리, 즉 성좌Konstellation를 이루는 이미

---

3. 자크 랑시에르, 『이미지의 운명』, 김상운 옮김, 현실문화, 2014, 80쪽.
4. 자크 랑시에르, 『영화 우화』, 유재홍 옮김, 인간사랑, 2012, 289쪽.

지들의 숭고한 반짝임이다. 물론 이 '섬광'에 대한 사유는 돌발하는 진리를 '정지상태의 변증법'으로 서술한 벤야민에게서 유래한다.[5] 보이지 않는 것을 보이게 하려는 역사적 의지, 그것을 '모든 것을 무릅쓴 이미지들'로써 확인하려고 했던 조르주 디디-위베르만, 그는 특히 벤야민과 더불어 영화의 '계시하는 기능들'revealing function에 주목했던 지크프리트 크라카우어에 기대어 그 의지의 중요한 사례를 고다르의 영화에서 찾는다. 폭력이 파괴를 일으키고 파괴된 것들은 잔해의 흔적으로 남는다. "그것은 살해가 잔해들을 만드는 한에서 살해이다."[6] 역사는 그 잔해의 흔적, 파편과 조각들로 폭력의 잔혹함을 상기한다. 역사가는 그 파편과 조각을 수집하는 넝마주이와 같고, 그들은 그 깨어지고 찢긴 흔적으로부터 재현될 수 없는 것들의 숨은 사연을 읽어낸다. 몽타주는 여러 가지 이질적인 것들을 그냥 한데 뒤섞어버리는 기계적 혼합이 아니다. 기계적인 혼합이 전체주의적이라면 몽타주는 유기적인 전체가 파열된 그 파편들의 민주적 아우성이다. 그것은 그것들의 '차이와 관계'를 통해 이해할 수 없는 것의 이해에, 보이지 않는 것의 보임에 근접하려는 기투이다. 쇼아라는 절멸의 폭력, 고다르는 그에 대항하는 영화의 몽타주라는 반폭력의 힘을 발굴하려고 한 사

---

5. 루카치의 별이 유기적인 세계의 총체성을 구현하는 이상적 관념으로서의 진리를 표상한다면, 벤야민의 성좌는 파국의 잔해로써 자기를 암시하는 역사적 실존으로서의 진리를 표현한다. 그러니까 성좌와 섬광의 사상은 전체상(중심)의 상실이라는 역사적 사태를 반영한다.

6. 조르주 디디 위베르만, 『모든 것을 무릅쓴 이미지들』, 오윤성 옮김, 레베카, 2017, 258쪽.

람이다. 살해가 남긴 잔해를 거두어들이는 이미지들의 몽타주, 그것이 돌발하는 섬광으로서 역사의 진실에 바투 근접하는 것이라면, 고다르는 역사가가 아니고 무엇이란 말인가.

정지돈의 소설을 앞에 두고 고다르에 대하여 길게 이야기한 데에는 이유가 있다. 그것은 반드시 정지돈의 소설이 그렇다는 것은 아니지만, 모더니티의 수도 파리의 감각, 그 역사적 감수성이 불러일으킨 예술적 기투와 정치적 대항에 대한 (반)주변부 지식인들의 매혹과 동경, 모방과 이식, 그리고 그 과정에서 어쩔 수 없이 벌어지는 구체적인 맥락의 제거 내지는 결락, 그리하여 반복적으로 노출되는 어떤 부박함에 대하여 생각해 보는 기회를 얻을 수 있기 때문이다. 모방과 동화는 식민자의 문화가 피식민자에게 흘러드는 유력한 방식이로되, 그 횡단과 충돌의 단면에서 발생하는 어긋남과 분열상, 즉 혼종성과 양가성의 틈새에 주의를 기울인 것은 디아스포라 지식인 호미 바바였다. 그에 따르면 문화는 일방적으로 흘러드는 것이 아니라 만나고 충돌하는 역동적인 교섭의 과정을 통해 연결되는 것이며, 그 과정에서 발생하는 카니발적 혼동과 생성의 역사성에 유의해야 한다. 그 낯설고 불안한 교섭의 공간을 살아내는 견고한 자의식이 일방적인 침식이나 함몰로부터 식민지적 주체의 분열상을 구할 수 있다. "'고향(가정)을 넘어선 낯선 unhomely' 세계에서 사는 것, 소설(허구)의 집에 구현된 그 세계의 양가성과 모호성을 발견하는 것, 그리고 예술작품에 수행된 그것의 파열성과 분열성을 보는 것, 이는 모두 사회적인 연대관계에 대한 근원적인 열망을 확인하려는 것이다."7 고향에 대한 향수를 품고 밖으로 떠도는 망명자와 실향민의 감수성, 그 예민한 자각 속에서 타자를 반겨 맞을 수 있는 연대의 자의식이 싹튼다. 매번 경계의 횡단면을 통과해야만 하는 홈리스에게 안락한 고향의 감각에 기반을 둔 안정적인 정체성이란 무망하다. 그러나 정주하지 못하는 자의 고독을 거절하고 안락 속에서 연명하려는 자, 망명이 아니라 투항을 통해 자기를 건사하려는 식민지의 적자들은, 이 모든 탈식민의 담론들과 혁명의 언설들조차도 인용의 유희를 위한 자재로 동원하는 사람들이다.[8] 고다르가 영화의 힘으로 맞섰던 것은 절멸의 게발트Gewalt였으며, 그것에 살해당한 것들의 잔해들을 몽타주하는 것이 그의 영화적 실천이었다. 그렇다면 주변부의 매혹된 자들이 그러모으기를 좋아하는 조각들이란 무엇인가. 대체로 그것은 양차 세계대전 이후 저 유럽의 역사적인 살해와 잔해

---

7. 호미 바바, 『문화의 위치』, 나병철 옮김, 소명출판, 2002, 59쪽.

8. 정지돈은 로베르토 볼라뇨의 소설 『야만스러운 탐정들』에 나오는 '내장(內臟)사실주의'를 패러디했다는 '후장사실주의' 그룹의 성격을 이렇게 요약했다. "내가 제일 잘하는 건 인용이다. 문학은 세계의 인용이다. … 후장사실주의는 문학의 인용이다. 그러므로 후장사실주의는 세계의 인용의 인용이다."(정지돈, 「『Analrealism vol.1』에 붙이는 짧은 글」, 『Analrealism vol.1』, 서울생활, 2015, 286쪽.) 정지돈과 더불어 동인 중의 한 사람인 강동호는 '후장사실주의 선언에 붙이는 주석'에서 그 "인용의 기술을 통해 세계를 전혀 다른 곳으로, 일종의 무대로 바라볼 수 있다고" 한 벤야민의 언급을 인용하면서, 인용이라는 것이 재현 가능한 실체로서의 리얼리티가 아니라 발굴해야 할 정치적 효과로서의 리얼리티와 결부된 능동적 행동이라고 설명하였다.(강동호, 「인용-텍스트」, 같은 책, 280쪽.) 그럴듯한 설명이지만, 세계를 전혀 다른 곳으로 만들어내는 것이 '인용의 기술'에 우선하는 '인용의 윤리'라는 점에서, 인용하는 주체의 문제를 리얼리티를 발굴하는 그 정치적 역량의 문제로 정리하는 것은 일종의 비약이며 단순화라 하겠다.

들, 그러니까 여기가 아닌 그곳을, 지금이 아닌 그때로 눈을 돌리는 낭만적 경이로움의 감수성과 깊이 연루되어 있다. 유럽의 역사에서 끔찍하고 경이로웠던 것들이, 그 맥락이 제거되어 들어왔을 때는 생경하고 특이한 것으로, 다시 말해 진귀하고 신기한 것으로 변모한다. 파국과 구원을, 묵시와 유토피아를, 요한과 바울을, 슈미트와 벤야민을, 그러니까 신학적인 관념을 정치적인 것의 사상적 자원으로 전유하게 된 소이연所以然을 따지지 않는 (반)주변부의 사상적 모색이란, 생명을 잔해로 만드는 생생한 폭력 대신에 혁명의 담론을 제작하는 놀이 ─ 이른바 저항에서 유희로! ─ 에 빠져들 수 있다.9 그것은 대화적인 것이 아니라 독백적인 것이고, 몽타주가 아니라 인용이고, 패러

---

9. 종말과 파국, 묵시와 유토피아 담론의 일반화와 관련하여 미술평론가 윤원화는 '폐허 애호'라는 개념을 통해 그 역사적 맥락을 사유한다. "폐허가 출현하는 것은 이 같은 근대화의 시간, 더 나은 미래를 향한 일방통행로가 무너지는 신호다."(윤원화, 『1002번째 밤 : 2010년대 서울의 미술들』, 워크룸프레스, 2016, 40~41쪽.) 파국과 폐허에 대한 매혹은 그 폐허를 생산하는 역사적 힘의 질주에 대한 예민한 감각과 함께 고려되어야 한다. 김신식은 '폐허 애호'에 대한 윤원화의 질타를 인용 ─ "결국 폐허 애호는 밝은 미래를 불러오지도 과거를 진지하게 탐구하지도 못하면서 그저 현재를 낯설고 기괴하게 소비하는 데 불과하지 않은가?"(같은 책, 39~40쪽) ─ 하면서, 문학이 그 힘의 질주에 대한 고려 없이 자기의 폐허화를 거듭 반복하면서 연명하는 역설을 이렇게 신랄하게 꼬집었다. "문학은 문학 안에서 자신을 혐오함으로써 그 혐오로 인해 파괴된 상태를 흠모해왔다. 언젠가부터 문학은 자기 자신을 저주했으며, 자기 자신을 멸시함으로써 문학임을 증명받고 천명하고자 했다. 문학은 능숙한 매저키스트였다. 누군가에게 혼쭐이 나고 누군가에게 싫은 소리를 듣는 것은 문학을 향한 성찰의 계기이기보다 문학이 즐겨온 특수성, '자학의 나르시시즘'이었다."(김신식, 「후기 아닌 후기」, 강동호 외, 『지금 다시, 문예지』, 미디어버스, 2016, 143~144쪽.)

디가 아니라 패스티시이며, 세속화profanazione가 아니라 환속화secolarizazinoe이다.10 그렇게 떼어내서 가져다 붙이는, 다시 말해 절단과 용접으로 점철된 인용들의 모자이크는, 대항과는 거리가 먼 투항의 정신사를 그려낸다. 후지타 쇼조는 전후의 정신사를 비판적으로 고찰하는 가운데, 낯선 사물(타자)과의 충돌을 통해 상호주체성을 겪어내는 '경험'의 말살 현상을 지적했다. 새로움의 조성을 위해서 사물을 나르시시즘적으로 절취하는 인용의 반경험적 행태를 그는 이렇게 간파하였다.

그에 비해 경험의 결정結晶은 사물과 교섭하는 개별적 방식에 수반돼 생겨나는 일회적인 고유성을 어딘가에 포함하고 있다. 그것이 상호성의 흔적이며 사회적인 것의 씨앗이다. 무수한 복제 부품을 무수한 직선의 복합적 배선에 따라 합성하여 만드는 오늘날의 신품에는 그러한 상호교섭의 흔적이 없다. 그들은 조합이라는 점에서 일견 몽타주와 닮았지만, '중단'과 '인용'과 '삽입'을 통해 몽타주가 만들어 내는 '부분 상호 간의 저항 관계'와 '매개'와 '화해'와 '변신'을 허락하지 않는다는 점에서, 닮은 듯하면서도 상반된다. 오히려 그 자체 내부에 조합을 갖지 않는 싸구려 복제품만이, 이를 몽타주의 소재로 삼을 수 있다는 점에서 상호성의 요소로 살려 낼 수 있는 가능

---

10. "환속화가 권력의 실행을 성스러운 모델로 데려감으로써 권력의 실행을 보증한다면, 세속화는 권력의 장치들을 비활성화하며, 권력이 장악했던 공간을 공통의 사용으로 되돌린다."(조르조 아감벤, 『세속화 예찬』, 김상운 옮김, 난장, 2010, 113쪽.)

성을 지닌다. 복잡한 구성을 가진 신품은 일절 흔적이 없다는 점, 상처도 얼룩도 없다는 점에서 그저 매끈매끈한 소여에 다름 아닌 것이다.[11]

정지돈에게 발랄한 대화의 상대자라고 할 수 있는 금정연이 그와 이야기를 나누면서 이렇게 토로한 것에서 나는 뜻밖의 진실함을 느낀다. "제가 의지한 건 일종의 수용이론적 수법입니다. 독서 행위가 만들어내는 의미 작용과 텍스트 안팎의 코드를 모두 참조하기. 무엇보다 책과 삶을 나란히 놓기. 말이야 좋습니다만 테리 이글턴에 따르면 그런 접근은 때론 소비주의적 사육제로, 혹은 즉각적으로 나타나는 읽기 국면에 대한 페티시즘으로 귀결될 수 있습니다. 저 역시 동의합니다. 그렇지 않다면 제가 지금 처한 위기를 설명할 수가 없으니까요."[12] 로켓이 대기권을 무사히 통과하기 위해서는 엄청난 물리적 충격을 견뎌내야 하는 바와 같이, 전유와 전이의 과정에서 발생하는 불안과 동요를 견뎌내지 못하는 인용은 모방을 모조로, 교섭을 답습으로 만들어버린다. 그러므로 어떻게 쓸 것인가라는 물음은 어떻게 읽을 것인가와 겹쳐진 물음이며, 결국 그것은 어떻게 살아낼 것인가에 대한 물음으로 제기될 수밖에 없다.

---

11. 후지타 쇼조, 「신품 문화」, 『정신사적 고찰』, 조성은 옮김, 돌베개, 2013, 233쪽.
12. 금정연, 「한국문학의 위기」, 금정연·정지돈, 『문학의 기쁨』, 루페, 2017, 102쪽.

정지돈의 소설은 마치 엄청난 물량의 인용들이 펼쳐지는 대형 전시장처럼 보인다.[13] 우선은 이 소설집의 제목부터가 프랑스 영화감독 아르노 데스플레셍의 두 번째 장편영화 〈나는 어떻게 싸웠는가 … 나의 성생활〉Comment je me suis disputé ... ma vie sexuelle(1996)과 관련이 있다. 그리고 학술서에서나 볼 수 있는 '찾아보기'의 수준이 만만치 않고, 요아킴 트리에의 〈리프라이즈〉reprise에서부터 플로베르의 『부바르와 페퀴셰』에 이르는 방대한 목록의 '참고문헌'도 이색적이다.[14] 참고문헌의 목록 앞에 적어둔 다음의 문장이 이 작가의 창작에 대한 태도를 집약한다. "이 목록을 읽는 것만으로 작품을 대신할 수도 있으며 다른 작품을 생각할 수도 있다."(307쪽) 목록만으로 작품을 대신할 수도 있다는 것, 그 목록의 조합에 따라서 다른 작품을 생각할 수 있다는 것은, 창작에 대한 관습적 인식을 이

---

13. 그의 등단작에 대한 심사평에서 언급되었던 '지식조합형 소설'이라는 명명이나, 우찬제의 다음과 같은 평가가 그런 막대한 인용의 글쓰기를 설명한다고 할 수 있다. "다채로운 책 모티프와 책-사랑 모티프를 바탕으로 새로운 문학의 테마를 형성해나가는 정지돈의 문학 하기, 기존의 자리를 바꾸어 새로운 운동성으로 새로운 이야기와 의미 맥락을 형성하는 정지돈의 소설 쓰기에, 나는 콜라주 스토리텔링이라는 이름을 붙여 주고 싶다." (우찬제, 「도서관 작가와 콜라주 스토리텔링 ― 정지돈 소설에 다가서기」, 『문학과사회』 2015년 여름호, 334쪽.)

14. 이런 참고문헌의 수록 역시 작가가 여러 글에서 인용하고 있는 데이비드 실즈의 그것을 본뜬 것이다. 실즈는 방대한 인용의 편집으로 쓴 책을 출판하는 과정에 대해 이렇게 적었다. "결국 랜덤하우스와 나는 타협점을 찾았다. 본문에 각주를 달지 않는 대신, 맨 뒤에 깨알 같은 글씨로 인용 출처를 밝히는 부록을 두기로 했다."(데이비드 실즈, 『문학은 어떻게 내 삶을 구했는가』, 김명남 옮김, 책세상, 2014, 146쪽.)

반한다.[15] 창작이 작가의 독창적 아이디어로 이루어지는 것이 아니라, 작가의 외부에 있는 아이디어 목록들의 편집을 통해서 생산되어지는 것이라는 믿음. "소설은 작가가 알고 있는 것을 쓰는 것이 아니라 알고자 하는 과정을 보여주는 것"[16]이라는 생각. 물론 이런 생각이 전혀 새로운 것은 아니다. 진실은 더 이상 전체적인 것으로 감지될 수 없다는 생각이 폐허의 시대를 지배한다. 그러므로 우리는 부스러기들 속에서 겨우 진실의 그 전체성을 예감할 수 있을 뿐이다. 일시적인 머무름, 진실은 꿈에서 깨어나는 애매한 순간처럼 휘발되기 직전의 강렬한 순간으로 기억된다. 그러므로 이 폐허 속에서 우울한 현대의 작가들은 자잘하고 쓸모없이 보이는 것들을 그러모으는 수집가이거나 넝마주이라 하겠다. 진리는 전체적이며 총체적이라는 고루하고 완강한 관념을 반박하는 정지돈이 바로 그

---

15. 데이비드 실즈에 따르면 인용의 글쓰기는 '나'라는 확고부동한 정체성을 유동화하는 것이며, '창작물'과 '현실'을 하나의 고형적 실체로 확언하는 것에 대한 비판적 태도의 표명이기도 하다. "내가 의도한 대로 책을 읽는 독자라면 아마도 유명한 인용구를 한 줌 정도 알아봤을 것이고, 많은 대목에서 (딱 꼬집어 어디에서 인용했다고 말할 순 없어도) 인용구가 아닌지 의심했을 것이고, 결국 내가 말하는 나는 유동적이고 포괄적인 자아로서 하나의 목소리('나 자신')와 여러 목소리를 동시에 아우른다는 사실을 깨달았을 것이다. 책의 모든 단어가 저자의 '창작물'이 아니라 인용일 수도 있다는 가능성이 떠올랐을 것이다. 그런 형태의 책으로 내가 주장하려는 바는 '현실'에 사중으로 인용 부호를 치는 것이었다. 현실은 확연한 것이 아니고, 쉽게 접근할 수 있는 것도 아니다. 현실은 모호하고, 종잡을 수 없다. 작가가 누구인지 애매한 것처럼, 지식은 미심쩍고, 진리는 알려지지 않으며, 알려진다 한들 기껏해야 상대적이다. (나는 이 단락 전체를 조너선 라반[Jonathan Raban]이 내게 보낸 이메일에서 베꼈다.)"(같은 책, 145~146쪽.)
16. 정지돈, 「새로운 문학은 가능한가」, 『문학의 기쁨』, 31쪽.

런 작가이다. 소설을 읽다보면 그의 수집벽은 고다르의 그것과 밀접한 것으로 여겨진다. 예컨대 그 제목에서부터가 고다르를 떠올리게 하는 「주말」은 데이비드 스테릿이 편집한 인터뷰집 『고다르 × 고다르』(이모션북스, 2010)에서 일정 부분을 착안했다고 할 수 있을 것이다. 특히 그중에서도 다섯 번째 인터뷰로 수록된 「긴급한 속삭임」의 인터뷰어 페넬로페 질리아트의 삶과 작가적 경력을 재구성한 것이 단적이다. 그녀의 삶에 연관된 숱한 인물과 작품과 사건들의 등장은, 어느 정도의 개연성을 갖는 내러티브가 선형적으로 펼쳐진다는 점을 빼면 그 인용된 고유명사들의 물량에 있어 고다르의 〈영화의 역사(들)〉을 방불케 한다. 페넬로페가 자크 타티에 대해서 "그저 우아하고 우아하고 우아해서 이해할 수 없지만 말하고 싶다고 생각하고 싶은 인물"(132쪽)이라고 한 것과 마찬가지로, 정지돈의 소설은 이해의 여부보다는 그 어떤 끌림에 이끌리는 대로 진행될 뿐이다. 이 소설은 페넬로페를 초점인물로 한 서사의 바깥에 일인칭의 화자가 펼치는 이야기와 그의 논평이 병치되어 있다. "삶은 어떤 이미지에 대한 어떤 이미지고 고다르에 따르면 영화는 현실과 차이가 없고 영화는 현실의 반영이라는 현실이기 때문에 어떤 이미지에 대한 어떤 이미지에 대한 어떤 이미지가 영화라면 삶이 곧 그 어떤 이미지라고 말했다."(143~144쪽) 이런 식의 논평과 자의식, 인물의 대화와 생애의 요약적 진술들이 혼재한다는 점에서 '대화적'이라는 비평적 술어를 떠올릴 수 있겠으나, 도스토옙스키 소설의 대화성에 대한 바흐친의 설명에 착안하면 그것을 대화적이라 하기는 어렵다. "객체로서 그의 소설은 다른 의식들을 객체로서 자신 속으로 끌어들이는 어느 한 의식의 전체로서가 아니라, 절대로 다른 의식의 객체로 되지 않는 몇몇 의식들의 상호작용의 전체로서 짜여져 있다."[17] 무엇보다 이 소설에서 찾기 힘든 것이 '다른 의식들의 객체로 되지 않는 의식들의 상호작용'이기 때문이다.[18] 페넬로페가 고다르를, 일인칭의 화자가 이들을 객체화한다고 단언할 수는 없을지라도, 그렇다고 그 의식들 간의 상호작용이 이루어지고 있다고 하기는 어렵기 때문이다. 더불어 여기에는 무수한 영화사적 인물과 사건들이 사실과 허구의 무차별 속에서 인용되고 있는데, 그 인용의 조각들 중에서 페넬로페 질리아트의 스펠링 철자의 표기 오류를 지적한 부분이 시선을 끈다. 질리아트는 'gilliatt'로 적어야 하는데 한국어판이나 영어판 모두 'gilliat'로 마지막에 한 번 더 들어가야 하

---

17. M. 바흐찐, 『도스또에프스끼 詩學』, 김근식 옮김, 정음사, 1988, 28쪽.
18. 다음과 같은 비판은 타자의 타자성을 말살하는 자기 동일화의 그 독백적 구조에 내재하는 폭력성을 간파하고 있다. "요컨대 우연의 체계에 응답하여 객관화되는 것은 오로지 우연을 우연으로 경험한 이의 주관성뿐이다. 그것은 외부에 의해 파악되거나 외부를 향해 의미론적 확장을 시도하는 순간 산산이 부서진다. 이것이 후장사실주의가 추구하는 재인용의 세계가 갖는 폐쇄성이다. 한편 그 우연들의 질료는 철저히 외부의 지성적 담론으로부터 빌려온 것이며, 이는 우연의 체계 외부를 향해 물신화된 지성의 아우라를 투사함으로써 외부와 허위적으로 관계를 맺는다. 문학장은 그들이 선별하는 텍스트로부터 철저히 소외되어 있으나, 허위적 관계를 매개로 지성의 아우라를 제도의 권위에 재투사할 수 있으므로 피차 아쉬울 것은 없다. 제도와의 이러한 허위적 관계를 공모하는 한에서 후장사실주의의 세계는 보수적이다."(이은지, 「누가 후장사실주의를 두려워하는가」, 『자음과모음』, 2017년 가을호, 209쪽.)

는 't'를 빼먹었다는 것. 이를 두고 사소한 것을 문제 삼는다고, 그것이 쇄말주의라고 비난하는 것은 섣부르다. 역사의 진실은 사람들이 흔히 주목하지 않고 놓치는 그런 사소한 곳에 있는 것인지도 모르기 때문이다. 그럼에도 사실과 비사실의 혼재 속에서 스펠링의 오류 하나가 갖는 그 사건성을, 다른 사건들과의 상호작용 없이 그냥 해프닝으로 처분해버린 것에서 어떤 의심이 자꾸 고개를 쳐든다. 그의 글쓰기가 한국문학이라는 관료제, 그 폐쇄적인 시스템이 만든 강고한 전통에 대한 반박이라는 데까지는 수긍할 수 있다. 그는 이렇게 비판하였다. "강고한 관료제일수록 더욱 자신의 시스템 밖으로 벗어나는 것을 싫어합니다. 그게 아무런 해악을 끼치지 않음에도 단지 시스템을 벗어난다는 이유만으로 싫어합니다. 왜냐하면 시스템이 곧 목적이고, 시스템을 벗어나려는 이들은 진리를 공격하는 자들이니까요. 그래서 단지 소설의 형식을 흔드는 것만으로도 충격과 공포를 느끼는 것입니다."[19] 오인된 진리를 옹위하는 자들의 시스템을 뒤흔들고, 균열시키고, 마침내 거기에서 빠져나오는 것, 그것은 두말할 필요 없이 옳은 일이다. 그러나 문제는 과연 그의 글쓰기가 정말 시스템 밖으로 벗어난 것인가, 하는 데에 있다. 그의 글쓰기가 소설의 형식을 흔들고 있는가에 대한 충실한 검토가 필요하다는 말이다.

「건축이냐 혁명이냐」에서는 프랑스 정부의 의뢰로 고다르가 연출한 건축가 김중업의 기록영화 〈김중업〉(1972)에 대한

---

19. 정지돈, 「새로운 문학은 가능한가」, 『문학의 기쁨』, 151쪽.

이야기와 함께, 〈주말〉 이후 그의 영화적 변신에 대한 언급이 나온다. 미루어 짐작건대 정지돈에게 소설은 이미 근대적 장르로서 고형화된 문학의 한 형식이 아니다. 고다르에게 영화는 에크리튀르이고, 카메라는 펜이며, 찍는다는 것은 쓴다는 것과 다르지 않은 행위이다. 그러므로 어쩌면 그에게 가장 위대한 소설의 작가적 전범이 고다르인지도 모를 일이다. 그러나 고다르에 대한 애호가 느껴지는 그의 소설들에서, 정작 역사가로서의 고다르를 발견할 수가 없다는 것은 어떤 의미일까. 가령 고다르에 대한 이런 서술이 그의 영화적 정치성과 무슨 관련이 있다는 말인가. "고다르는 〈주말〉(1967) 이후 장 피에르 고랭과 지가 베르토프 그룹을 결성하며 완전한 선회, 그러니까 그의 영화 속에 어느 정도 남아 있던 기성 영화의 문법을 거의 파괴하는, 그리고 완전히 정치적인, 물론 그에 따르면 정치적이지 않은 영화는 없으며, 정치적인 영화라는 말 자체가 정치적이기 때문에 정치적인 영화를 찍는 것이 아니라 영화를 정치적으로 찍어야 하는 것이지만, 아무튼 소위 말하는 급진 좌파 영화를 찍고 있을 즈음이었고, 예술가로서의 명성은 정점이었지만(늘 정점이긴 하지만) 산업적으로는 파멸적인 징후를 드러내고 있을 즈음이었다."(163쪽) 내용의 이념보다는 형식의 고유성을 지지하는 작가가, 여기에서는 고다르적인 스타일이 아니라 그 내용의 요약으로써 고다르에 대하여 이야기한다는 아이러니가 이색적이다. 「건축이냐 혁명이냐」는 이 소설집에서 가장 중요한 작품이 아닌가 한다. 소설은 이 나라의 근대화에 굴절된 갖가지 얼룩들, 그 우악스런 폭력의 흔적들을 이구라는 역사적 인물의 자취를 따라 더듬는 가운데, 그에 연루된 많은 사람들과 사건들을 다대한 문헌과 증언과 취재를 통해서 제시한다. 앞서 본 「주말」이 외화外話의 화자가 읽기를 수행하는 형식이었다면, 이 소설은 이구라는 인물에 대한 글쓰기의 형식으로 펼쳐진다. 이구의 행적을 좇는 일은 흡사 추리소설의 그것을 떠올리는 치밀한 논거들의 축적을 통해서 이루어진다. 이구에 대해서 쓰는 것은, 다시 말해 이구의 흔적을 그와 관련된 여러 단편적인 정보의 조각들로써 모으는 일은, 역사가의 작업에 비견할만하다. 그리고 그 추적의 동기가 역시 그러하다. "서울은 6백 년이 된 수도지만 도시의 측면이나 건축의 측면에서 우리가 느낄 수 있는 역사는 사실상 거의 없었고, 이제야 비로소 역사가 형성되어 과거를 회고하거나 하는 등의 태도가 생겨나는 것은 아닐까 하는 생각이 들었고, 서울의 현대식 건물은 흉하고 무성의하지만 아이러니하게도 그래서 매력적인 오브제가 되었으며 많은 사람의 관심을 끌게 된 건 아닐까 하는 생각이 들었다."(162쪽) 그러나 도시에 축적된 역사의 빈곤, 그 가난을 지우기 위해 섣부르게 옮겨다 채워 넣은 것들, 그 흉하고 무성의한 것들에서 느끼는 매혹에는 그 빈곤의 공간에서 살았던 사람들의 남루한 삶에 대한 관심이 빠져 있다. 이런 태도를 일러 바흐친은 '다른 의식들을 객체로서 자신 속으로 끌어들이는 어느 한 의식의 전체'라고 꼬집었다. 자기의 매혹이 대상을 객체화하고 소외시키는 감정이라는 것을 모르는 자는, 자기의 그 외사랑의 감정에 빠져 상대의 외로움과 슬픔을 쉽게 간과한다. 그러므로 이구를 둘러싼 그 방대한 사료의 조각들은, 역사의 진실을 예시하는 섬광이 아니라 자기의 박학을 과시하는 인용의 레퍼런스로 여겨진다. 조르주 디디-위베르만과 아르노 지쟁거의 〈환영의 새로운 역사〉라는 전시를 소묘한 대목에서도, 보이지 않는 것들을 보이게 하려는 역사적 의지들의 이미지들의 몽타주 대신에, 그 몽타주에 대한 위베르만의 해설을 이렇듯 직핍하게 옮겨다 적고 있을 따름이다. "언뜻 봐서는 연관을 찾을 수 없는 다양한 이미지와 수집물로 가득하며 그러한 이미지는 통상 말하는 예술적인 무언가가 아닌 단순한 기록사진과 사소한 물품이 뒤섞인 것들로, 이를 통해 기획자들은 이미지의 도서관, 그러나 원하는 정보를 정확히 찾을 수 없고 고정된 정보가 존재하지 않으며 기묘한 확장성과 통일성이 있는 이미지의 궁전을 만들어냈다고 말하며 이는 아비 바르부르크로부터 이어져온 프로젝트에 연원을 두고 있다고 했다."(165쪽) 그러니까 정지돈은 왜 조르주 디디-위베르만과 아르노 지쟁거의 작업을 갱신하는 작가가 아니라, 그것을 소개하는 기자가 되려고 하는가. 왜 그의 글쓰기는 저 전시회와 같은 것이 아니라, 그 전시회를 소개한 누군가의 글을 다시 옮기는 필경筆耕의 사역으로 바쁠 뿐인가. 왜 그는 서울의 도시 개발의 역사에서 희생된 밤섬의 주민들을 오키나와와 홋카이도의 역사적 지평에서 읽어내지 않고, 그것을 프루이트 아이고의 흥망성쇠와 병치하는가. 김현옥은 조지프 다스트가 아니고 서울은 세인트 루이스가 아니며, 무엇보다 모던에의 매혹과 모던에의 미혹은 구별되어야 하지 않는가.

인용과 편집의 글쓰기가 글쓰기 자체를 자기반영하는 데

몰두하게 되는 것은 자연스러운 수순이다. 이 소설집의 소설들은 모두 읽고 쓰는 자들의 이야기다. 그 중에서도 「만나는 장소는 변하지 않는다」에서 정지돈이라는 본인의 이름을 등장시킨 것은 새로울 것까지는 없지만 징후적이기는 하다. 그는 미술관에 다녀온 어느 저녁에 집으로 찾아온 사람들에게 붙잡혀 콜호스kolkhoz로 끌려간다. 구소련의 집단농장이지만, 사람들은 마치 지상의 낙원처럼 그곳을 동경한다. "콜호스는 박물관이며 유적지다. 수족관이 있는 동물원이며 문화재 보호구역이며 엑스포고 만국박람회며 우주정거장이다."(266쪽) 그러나 그것은 기대와는 달리 박제된 것들의 인공적인 전시장일 뿐이다. 현실 사회주의의 붕괴가 그 기대들의 미망을 일깨운 것처럼, 그 여정은 이미 깨어버린 꿈을 계속 꾸기 위해 다시 잠으로 빠져드는 행위에 비견할 수 있겠다. 그렇게 느닷없는 여정이 시작되고, 그 길에서 여러 사람을 만나고 꿈을 꾸고 환상에 빠져들고 하면서 내면에 깃든 자의식의 일단들을 드러낸다. 가령 "우리에겐 새로운 형태의 삶이 필요했다. 체제는 한계에 달했고 사람들은 지루함을 느꼈다."(263쪽) 카자흐 병사들의 공격을 받고 열차가 전복된다. 일행은 콜호스가 지척에 있는 보르타쿠타에 이르고 거기에서 만나는 사람들은 에밀 쿠스트리차의 영화에서처럼 몽환적이다. 그 현실적 상황도 마찬가지다. "그전까지는 어떤 전쟁을 치러도 진영이 있었다. 그러나 5차 대전에서는 세계가 세계의 적이었다."(274쪽) 만인의 만인에 대한 투쟁이 벌어지는 그 세계에서 이념의 적대로 구분되는 진영의 논리는 낡아빠졌다. '새로운 형태의 삶'이 필요하다고 생각하는 수르코프는 이렇게 말한다. "저는 긴즈버그와 마릴린 먼로와 히틀러를 사랑하고 금융업에 종사하며 자본주의와 공산주의를 콜라보한 사람입니다."(274쪽) 그리고 만물박사 버크민스터 풀러는 콜호스를 이렇게 찬양한다. "콜호스에는 전문가가 없고 사유재산이 없습니다. 우리는 공통의 지평에 모든 것을 둡니다. 이것이 우주의 방식입니다."(279쪽) 한한은 또 이렇게 이야기한다. "중력이 없는 곳은 진리가 없는 곳이야. 사람들이 무중력에 매력을 느끼기 시작한 이후 인류의 몰락이 시작됐어."(283쪽) 이들의 말은 모두 역사의 종언 이후, 극점에 이른 현대예술의 어떤 국면을 보여주는 듯하다. 척도와 경계는 희미해졌거나 사라져버렸다. 따라야 할 이념의 준거는 없고, 스스로가 알아서 길을 찾아야 하는 각자도생의 삶이 주어져 있을 뿐이다. 콜호스는 로도스 섬이다. 헤겔과 마르크스가 인용했던 이솝우화의 유명한 구절. "여기가 로도스 섬이다. 여기서 뛰어보라!"Hic Rhodus, hic saltus! 이 소설은 그러니까 저 허풍스런 유토피아의 꿈이 들통 난 시대에 글쓰기란 무엇인가를 묻고 있다. 그러나 아마도 여정의 끝에서, 그 절실한 물음에 대한 답을 찾기란 어려울 것이다. 지금 우리는, 길은 열려 있으나 여행은 끝나버린 역설의 시대를 살고 있으니까.

목적지가 없는 여행, 떠남도 없고 도착도 없는 여행, 밑도 끝도 없이 기표로만 존재하는 여행에 대한 이야기가 「여행자들의 지침서」다. 톰 매카시가 우연의 점철 속에서 사이먼 크리칠리를 만나 소설을 쓰고 책을 출간하기까지의 사연을 풀어냈으니, 그 과정 자체를 일종의 여정이라 보아도 좋겠다. 톰은 자기 내부의 기이한 열정을 참지 못했고, 사이먼은 그 열정이 유빙처럼 부서지고 떠다니는 욕망이기 때문에 소설을 씀으로써 그것을 견뎌낼 수 있다고 충고했다. "너는 일종의 유빙이야. 깨어진 커다란 얼음 조각, 부서진 파편이자 찌꺼기, 녹아내리는 떠돌이 빙산. 욕망은 해류고 바다고 다른 빙산이며 심해이고 북극곰이며 오로라야."(235쪽) 글을 쓸 만한 장소를 찾는 중에 사람을 만나고, 글이 안 써져서 고민하다가 사이먼의 공상을 제안받고, 그렇게 겨우 완성한 소설은 이랬다. "내용은 하나도 연결되지 않았고 1차원적인 수준의 마조히즘과 사디즘의 나열, 바타유의 어설픈 모작 같은 졸작이 나왔다."(249쪽) 이어서 알퐁소라는 편집자를 만나고, 그의 문학편력과 주변 사람들에 대한 장황한 이야기를 듣고, 마침내 자기의 소설과 어울리지 않는 표지의 책을 내는 것으로 톰의 정신적 편력은 마무리된다. 그러나 역시 책을 냈다고 톰의 마음속 열기가 진정될 리는 만무하다. 왜냐면 톰은 유빙이고, 그것의 깨진 파편이며 찌꺼기이기 때문이다. 해류 속에서 떠다니며 자기의 부서진 조각들을 써 내려가는 것, 그것이 가능한 글쓰기의 한 양상임은 틀림이 없다. 다시 말해 온전한 내가 아니라 부서진 나의 찌꺼기들을 그러모으는 것, 자기의 정체성을 살해한 것들의 폭력을 그 잔해들의 조각모음으로써 흔적으로 남기는 것이 종언 이후의 문학에 남은 어떤 가능성이니까.

"내가 생각하는 나는 가장 왜곡된 형태의 나 아닌가"(206쪽)라고 생각하는 인물을 등장시켜, 소설을 쓴다는 것의 그 난해함에 대한 지난한 망상을 펼쳐내고 있는 것이 「나는 카페웨이터처럼 산다」이다. 여기에는 그 망상의 연쇄가 어떻게 이루어지는가를 짐작할 만한 대목이 나온다. 미술가 김광우의 저서를 검색하던 중에 그의 블로그에 접속하게 되었고, 거기에서 미술가 야마구치 가쓰히로를 알게 되고, 그가 쓴 책을 통해서 건축가 프레드릭 키슬러에 이르게 된다.(207쪽) 네트워크의 시대, 검색과 접속이야말로 세계상의 파편들을 수집하는 유용한 방법이다.[20] 주인공은 "다른 차원을 요구하는 것, 다른 차원을 원하는 것"이자 "나를 꿈꾸게 하는 것"(210쪽)인 '비전'이라는 말에 호응하고, "진정한 예술가는 혁명 정도로 만족해서는 안 된다. 세계의 근본 체계를 새롭게 만들어야 한다"(211쪽)고 말하는 사람이지만, 정작 그의 소설은 그러한 평판을 얻지 못한다. 중요한 것은 그런 비전이나 새로움에 있는 것이 아니라, 모르면서도 인용할 수 있고 몰라도 쓸 수 있는가 라는 창작의 정당성과 타당성에 대한 물음이다. "모르는 사람들도 뭔가를 할 수 있구나, 뭔가를 하기 위해 꼭 뭔가를 알아야 하는 것은 아니다라는 생각을 했고, 결국 뭔가를 알긴 알아야 하는구나라는 생각을 하게 됐지만 그럼에도 우리는 무엇을 알고 무엇을 몰라도 되는가, 우리가 알아야 하는 것의 가장 적절한 수위는 무엇인가라는 생각을 했는데, 이는 얼마 전에 본 영

---

20. 정지돈과 그의 '후장사실주의자' 동료인 오한기를 두고 "인터넷이라는 소통 환경의 변화 속에서 성장한 '아카이브와 네트워크의 아이들'"(서희원, 「헤테로토피아의 설계자들 혹은 희망적 괴물 ─ 오한기와 정지돈의 단편소설에 대하여」, 『문학동네』, 2015년 여름호, 385쪽.)이라고 한 것은, 디지털 기술을 기반으로 한 멀티미디어 시대 글쓰기의 한 유형으로서 그들에 대한 유효적절한 명명이라고 하겠다.

화 「안더스, 몰루시아」(2011)의 주요한 모티프를 이루는 것으로 〈안더스, 몰루시아〉*Differently, Molussia*의 감독 니콜라 레Nico-las Rey는 영화의 원작인 귄터 안더스Günther Anders의 소설 『몰루시아의 카타콤』*The Molussian catacombs*(1932)을 읽지 않고 영화를 만들었다고 했다."(224~225쪽) 읽지도 않은 원작으로 영화를 만들기, 그것은 창작이 모사나 전사轉寫가 아니라는 것의 분명한 증명이다. 저 인용한 문장의 유려한 호흡처럼, 말은 일종의 즐거운 사물로써 우리를 기쁘게 한다. "삶의 어느 순간을 완벽하게 재현하려는 망상에 빠진 인물"(227쪽)을 주인공으로 한 톰 매카시의 『찌꺼기』(2010)에 대한 언급도 같은 맥락의 인용이라고 하겠다. 도저히 알아먹을 수 없는 소설을 남긴 레이몽 루셀에 대한 이야기와 소설 말미에서 인용하고 있는 플로베르의 편지 내용도 재현 체계의 거부이자 소통을 위한 글쓰기의 거부로 읽을 수 있다. "플로베르는 1847년 편지에 자신은 잠을 자거나 담배를 피우듯 나 혼자만을 위한 글을 씁니다라고 썼다. 우리는 묘지 위를 걷습니다. 나는 한 사람의 인간-펜입니다. 나는 바위입니다."(230쪽) 독자와의 소통을 전제로 하는 글쓰기는 마찬가지로 독자 앞에 마주한 한 인격체로서의 작가를 상정한다. 르네상스 이후의 인본주의 전통에 닿아있는 그 작가는 낭만주의에 와서 독창성의 주체로 자리매김했다. 바르트에 의하면 그런 작가는 벌써 묘지 속으로 들어갔고, 지금의 작가는 편집자이자 스크립터이고 펜이자 바위이다.

이 소설집에는 모두 아홉 편의 단편이 수록되어 있는데, 그것을 '장'과 '우리들로 크게 갈라놓았고, 지금까지 살펴본 작품들은 모두 후자에 속한다. 전자는 이름 그대로 '장'이라는 인물이 등장하는 네 편의 단편으로 묶여있다. 장은 각각의 작품들에서 그 비중은 다르지만, 해외를 떠돌고 있다는 공통점을 가지고 있다. 먼저 "벤야민의 용어를 빌리자면, 경험Erfahrung이 일천하고 단지 단발적인 체험Erlebnis의 스펙터클만이 가능한 시대의 세대가 최대한으로 보여줄 수 있는 자기 분신焚身적인 형태의 이야기의 경험성을 만들어내고"[21] 있는 것으로 심사평을 받았던 등단작 「눈먼 부엉이」. 어느 날 갑자기 노르웨이에서 소설을 쓰는 에리크 호이어스[22]라는 청년이 찾아와, 친구 장이 소장하고 있다는 『눈먼 부엉이』라는 테헤란 출신 작가 사데크 헤다야트의 소설책을 달라고 한다. 에리크는 장의 전 연인 미주의 친구라고 자기를 소개한다. 소설은 에리크가 왜 그 책을 찾아서 한국에까지 왔는지를 추적하는 방식으로 전개된다. 에리크가 여덟 살이던 1991년 4월 4일에 아버지가 죽었고, 사데크는 1951년 4월 4일에 죽었다. 그 당시에는 카프카도 플로베르도 몰랐지만 에리크는 그때부터 추리소설을 거쳐 고전소설에 이르기까지 엄청난 양의 소설책을 읽었다. 소설

---

21. 문학과사회 편집동인, 「신인문학상 심사 경위 및 심사평」, 『문학과사회』, 2013년 여름호, 444쪽.

22. 에리크는 요아킴 트리에의 〈리프라이즈〉(2006)라는 영화의 주인공 에릭과 관련이 있다. 영화에서 문학청년 에릭과 필립이 선망하는 작가가 은둔하는 선지자와 같은 스탱 에길 달이다. "나는 등단작 「눈먼 부엉이」에 에릭을 조금 바꿔서 등장시켰다. 스탱 에길 달은 나의 판타지이기도 했고 내가 생각하는 문학관 또는 예술관의 포르노적 형상화이기도 했다."(정지돈, 「All good spies are my age」, 『문학과사회 하이픈』, 2017년 가을호, 102쪽.)

을 쓰면서부터는 카프카와 사데크의 작품만 정독했고 스물네 살에 첫 소설을 출간했으며 이듬해에 두 번째 소설 『의인법』을 잇따라 출간했다. 두 번째 소설은 어느 문학잡지의 기자로부터 카프카 이후 가장 카프카다운 소설이라는 평을 들었다. "소설은 보여주기 위한 것이 아닙니다. 소설은 쓰이기 위해 존재하는 것입니다."(15쪽) 에리크는 이 말이 사데크의 것이라고 하고, '나'는 그것이 카프카의 것이며 장도 같은 말을 했던 것으로 기억한다. 사데크는 카프카에게 큰 영향을 받았고 파리 유학 중에는 브르통의 초현실주의에도 영향을 받았다. 모더니티의 수도 파리에서 발원하는 예술적 견해들은 (반)주변부 국가들의 지식인과 예술가들에 빠르게 확산되었다. 중요한 것은 사데크가 당국의 검열과 탄압 때문에 망명 작가로 살아야 했다는 것이며, 『눈먼 부엉이』도 인도 망명 중에 쓴 작품이었다. "사데크의 작품은 반식민주의 열풍을 타고 네그리튀드의 바이블로 추켜세워졌다."(17쪽) 에리크는 여러 나라의 언어로 번역된 판본들을 수집했고, 마지막 남은 것이 장이 소장한 한국어 판본이다. 인종주의 테러범을 옹호하는 평론가가 자신의 소설을 유럽 내에서 문학의 순수성을 지킨 대표 케이스로 극찬을 하자 에리크는 "문학의 순수성이란 말하자면 라코스테 스웨터 같은 것"(23쪽)이라고 조롱했다. 그 테러범이 범행 직전에 트위터에 "나처럼 고상한 사람은 라코스테 스웨터를 입어야 한다"(23쪽)고 남겼기 때문이다. 에리크의 아버지도 실은 어머니와 내연의 관계에 있던 아랍인에 의해 살해되었다. 그런데 이런 사실들이 에리크가 『눈먼 부엉이』를 모으기 시작한 것과 무슨 상관이 있는가. 상관이 있다. 그 책을 찾아나서는 여행을 통해 에리크는 유럽의 순수성에 대한 의문을 키워나가고 있는 것이 아닐까. 그의 두 번째 소설이 "모든 언어의 뉘앙스를 포괄하는 무슨 절대 언어를 찾는 소년의 이야기"(25쪽)였다는 것을 기억한다면, 그 여정은 그에게 그런 유일하고 절대적이고 무한하고 영원한 것에 대한 형이상학적 동경의 무망함에 대한 자각을 가져다주었을지 모른다. 그래서 그는 세 번째 소설로 자전적인 줄거리의 『사데크』를 구상하게 된 것이 아닐까. 그러니까 에리크에게 그 책을 찾아 떠도는 여행은 순수성의 난폭함에 대한 저항의 몸짓이다. 그 여행은 유럽중심주의라는 형이상학에서 벗어나는 고행의 길이다. 시는 잘 안 쓰는 대신 돈은 잘 벌고 있는 '나'는 이제 책을 구해서 떠나는 에리크에게 이렇게 고백한다. "나는 가끔 무슨 말을 하고 싶은데 무슨 말을 하고 싶은지 모르겠다고 했다. 아무 말이나 하고 싶지만 아무 말이나 들어줄 사람이 없다고 했다."(34쪽) 에리크는 자기도 그런 고민을 가지고 있으며, 글을 써보라고 조언을 해 준다. 비참함에 빠지면 기쁨을 찾기가 수월할 것이라고. 여기에 굳이 더 무슨 설명을 할 필요가 있을까. 그런데 왜 유럽의 청년이 저토록 열심인데도 불구하고, 장은 해외를 떠돌고 '나'는 아무것도 쓰지 못하는가. 유럽의 청년에게 그 무기력을 하소연하고 조언을 구하는 것은, 파국의 현실에 대한 구원의 처방마저 가져다가 쓸 수밖에 없는 주변부의 무능을 드러낸다.

「뉴욕에서 온 사나이」도 사데크 헤다야트와 같은 망명 작가에 대한 이야기다. '나'는 뉴욕에서 귀국한 날 교통사고로 기억의 일부를 잃어버린다. 역시 해외를 떠돌고 있는 장은 뉴욕에서 그가 '말라노체'라는 제목의 단편을 썼다는 사실을 알려준다. 그 단편은 "내러티브가 아니라 문장으로 말하는 소설"(45쪽)이라고 한다. 앞에서 보았던 느닷없는 에리크의 방문처럼, 레이날도 아레나스라는 남미 출신의 망명 시인이 '나'를 찾아온다. '나'는 그 중년의 남성이 뉴욕에 있는 동안 자기와 사랑을 나누었다는 사실을 믿지 못한다. 그리고 이야기는 동성애자이자 알아먹을 수 없는 소설을 쓰는 레이날도가 쿠바 당국의 탄압으로 수감과 망명에 이르는 과정에 초점을 맞춘다. 레이날도는 사데크와 마찬가지로 유럽에 소개되어 반혁명 작가로 이름을 떨쳤다. 어떤 의미에서 유럽은 이처럼 주변부 국가의 쓰라린 역사마저도 자기들의 것으로 발 빠르게 절취해간다. "망명자는 도망치는 존재야. 행복을 느낄 여유가 없어. 레이날도가 말했다. 나는 무엇으로부터 도망치는 거냐고 물었다. 레이날도는 의자 깊숙이 묻고 있던 몸을 일으켰다. 나로부터 도망치는 거야, 친구. 나로부터."(58쪽) 그렇다면 부재하는 존재로 출연하는 장 역시 망명객이라 할 수 있지 않을까. 그러니까 자기로부터의 망명, 이 소설이 앞의 소설과 같이 글을 쓰는 인물이 겪는 어려움을 1인칭의 시점으로 토로하고 있는 것도 그와 무관하지 않겠다 싶다. "문제는 내가 「말라노체」를 전혀 이해 못 한다는 거다. 내가 쓴 소설인데 내가 이해 못 하다니."(60쪽) 작가의 죽음이라는 것, 현대예술의 막다른 끝에서 울리는 구슬픈 조사弔辭가 레이날도의 죽음과 겹쳐진다. 에이즈에 걸렸던 그는 뉴욕으로 돌아가 권총으로 자살했다. "그는

더 이상 글을 쓸 수 없기 때문에 죽노라고 했다."(64쪽)

　죽음은 남은 두 편의 소설에서도 중요한 모티프다.「창백한 말」에서 드디어 우리는 모스크바에 있는 장을 만날 수 있지만, 인종주의자들의 손에 그는 어이없는 죽임을 당하고 만다. 장은 그의 연인 미주가 유학하고 있는 모스크바로 떠나면서 세 권의 책을 챙겼다. "『러시아 미술사』와 발터 벤야민의 『모스크바 일기』, 보리스 사빈코프의『창백한 말』."(67쪽) 이 단편에 영감을 준 텍스트의 출처가 이렇게 분명하게 명시되어 있다. 여기에서도 유럽에서 반체제의 전설로 추앙되었던 이오시프 브로드스키라는 러시아의 망명 시인에 대한 이야기가 나온다. 장은 마치 자기가 망명자라도 되는 듯이,『창백한 말』을 읽고 그것을 인용해가면서 일기를 쓴다. 그 소설의 작가 보리스 사빈코프도 망명 작가이다. 그는 사회혁명당원들과 함께 세르게이 대공암살을 주도하다가 체포되었지만 프랑스로 망명하는 데 성공했다. 장은 모더니즘을 옹호하는 예술지상주의자로서 이런 혁명의 작가들에 경도되어 있다. 장은 이렇게 탄식한다. "2차 대전과 포스트모더니즘, 이제는 신자유주의까지. 이것들이 모든 걸 망쳐버렸어."(74쪽) 현대성에 대한 그의 생각을 좀 더 들어보자. "현대란 현재를 일컫는 말이 아니라 특정한 시간이나 시대를 지칭하는 거라고 장은 말했다. 그는 다시 현대는 시간이 아닌, 인물이나 작품으로 오는 거라고 말하며 그런 의미에서 요즘은 전혀 현대적이지 않다고 했다."(67~68쪽) 보시다시피 장의 모더니즘은 매슈 아놀드나 엘리엇, 오르테가 이 가셋의 그것과 같은 보수적이고 엘리트적인 성격을 드러낸다. 그래서 미주는 장의 말을 대부분 이해하지 못했고, 장은 무지한 자들의 교양 없음을 경멸했다. 그에 반해 친구인 '나'는 이른바 현대의 대중으로 포스트모던을 살아가는 사람이다. "나는 운이 좋게 취직을 했고, 돈도 꽤나 벌었다. 시는 읽지 않은 지 오래였고, 영화는 멀티플렉스에서만 봤으며, 소설을 읽을 시간이 없었다."(75쪽) 진실을 믿으며 역사의 끝장을 냉소하는 장은 20세기의 사람으로 그려진다. 장은 빅토르 세르주라는 망명객에 대해 듣고 그에게 끌린다. 미주와 미술관에 갔다가 관람 시간을 놓치고 심하게 다툰 뒤에, 그는 그 이방의 땅에서 극우민족주의자들에게 살해당한다. 망명 작가를 동경했던 장의 죽음은 마치 현대예술의 종언을 가리키고 있는 듯하다. 극우민족주의들은 이제 더 이상 정치적 망명을 그냥 내버려두지 않는다. 망명도 할 수 없는 사람은 떠도는 난민으로 버티거나 죽을 수밖에 없는 것이다.

「미래의 책」에서도 한 죽음을 만나게 된다. 한국에 온 지 10년이 된 프랑스 출신의 평론가 알랭, 그는 파리로 유학 온 한국 남자와 사랑에 빠지면서 한국문학에도 빠져들게 되었다. 작가인 진은 알랭으로부터 장이라는 사람의 소설 원고를 건네받는다. 그 원고를 읽고 반드시 장을 만나보라는 당부를 남기고 알랭은 잠시 고국으로 돌아간다. 평범한 회사원이었던 장에게 어느 날부터 갑자기 이상한 문장들이 떠올랐고, 그는 그것을 기록하게 되었다. 장의 소설에는 무언가가 있었다. "그것은 그의 글이 우리가 쓰는 일상 언어와 다른 곳에 위치한, 말하자면 소설 속의 '나와 그'가 나누는 텔레파시 같은 내면의 언어로 느껴졌기 때문이다."(100~101쪽) 내용이 아닌 내면의 언어에 대한 언급은 「만나는 장소는 변하지 않는다」에서도 볼 수 있었다. "내용이 아니라 전파가 중요해."(280쪽) 글쓰기는 의미를 나누어갖는 소통의 과정으로만 국한될 수 없다. 글쓰기는 느낌을 나누는 사랑의 행위이다. 죽기 전의 알랭이 희망했던 것이 바로 그것이었다. 그는 가로막힌 동성의 사랑을, 글을 씀으로써 흐르게 하려 했다. 그것은 불가능을 넘어서는 일이다. 그러나 알랭은 죽어버렸고, 그의 마지막 기획은 진에게 남겨졌다. 진은 그것을 받아 그가 남긴 여백을 마저 채우려 한다. "알랭의 죽음에 대해, 장의 이야기들에 대해. 나는 그것들에 대해 아무것도 알지 못했다. 그러나 그것을 아는 것에 무슨 의미가 있을까, 안다 한들 제대로 쓸 수 있을까. 그건 불가능했다. 그러나 불가능이 모든 것을 가능케 해 주었다."(118쪽) 진이 글을 쓰는 동안 외출했던 장은 여전히 돌아오지 않는다. 장의 외출이란 이 소설집 전반의 어떤 부재하는 실존을 징후적으로 암시한다. 무엇이 문학인가, 이 소설을 그 질문에 대한 응답의 하나로 읽어도 무방하지 않을까.

정지돈의 소설은 진담인 듯 농담 같은 이야기들로 가득 차 있다. 진짜인지 가짜인지, 허구인지 사실인지도 구분하기가 쉽지 않다. 1인칭의 시점이 압도적이고, 대체로 그들은 내면의 공허를 견디기 위해 글쓰기를 종용받는다. 비서구의 망명 작가들은 서구의 지성계에서 소비되고, 글을 쓰는 자들은 그 망명자들처럼 외로움을 안고 길 위를 떠돈다. 여정의 끝에는 성장이나 해답 대신에 종종 허무와 죽음이 기다린다. 그들이 떠도는 길은 국외이거나 국내의 지방이다. 대구, 통영, 춘천은 서울이라는 보편을 소외시킨다는 점에서 뉴욕이나 모스크바와 다르지 않다. 그러니까 그들은 보편이 아닌 특수성의 지평에서 세계를 본다. 읽고 보고 들은 것들의 목록이 하이퍼텍스트처럼 연쇄의 다발을 이루고, 아이를 낳을 수 없는 동성애는 불모의 시대를 쓸쓸하게 소묘한다. 그리고 언어는 소통되지 못하는 그 결렬로써 존재의 흔적을 더듬는다. 그것은 내용이 아니라 전파라는 말로 압축될 수 있는, 합리성의 너머 직관의 힘에 기대를 모은다. 역사적인 것의 운명 속에서 나는 세계와 어떻게 이어져 있는가. 나는 그 세계와, 타자와 어떻게 만나는가. 세상은 나에게 모더니즘적 독아론에서 벗어날 것을 요구한다. 포스트모던은 나를 넘어 타자성의 이질적 지평 속에 혼융하기를 요청하는 흐름이다. "하지만 타자성이 제한 없이 인정된다 하더라도, 자기 자신의 관점을 무의미의 지경에 이를 정도로 상대화하고 다원화할 필요는 없다. 결국 타자는, 내가 나 자신의 관점을 진지하게 주장할 때 비로소 윤리적, 이론적 관점을 보일 것이다. 나도 그에게는 타자이기 때문이다."[23] 지마는

---

23. 페터 V. 지마, 『모던/포스트모던』, 김태환 옮김, 문학과지성사, 2010, 458쪽. 타자성의 문제와 관련해, 〈영화의 역사(들)〉의 제작을 앞두고 고다르와 세르쥬 다네가 벌였던 대담에서 다네가 했던 다음의 발언에 주의를 기울일 필요가 있다. "하지만 오늘날 유일한 목적은 완전히 혼자서 작용하는 이미지를 갖는 것 같아 보인다. 혹은 공중 그네 타기에서처럼 완전히 허공에 떠 있는 이미지 같다고 할 수 있다. 더 이상 환경을 보려고 하지 않는다. 환경이란 우리가 타인과 맺는 관계 혹은 세계의 나머지 부분과 맺는 관계라고 할 수 있다."(「대담 : 장 뤽 고다르 대 세르쥬 다네」, 임재철 옮김, 『필름 컬처 vol. 3』, 한나래, 2000, 133쪽.) 타자와의 관계가 단절된 채 허공에 뜬 그네

보편성과 특수성 간의 양가성이라는 변증법적 사유를 제기하였다. 정지돈의 소설을 타자로 변이할 수 있는 주체의 잠재성에 기대를 거는 것으로 받아들여도 괜찮을까. 그렇다면 폐허 속의 그 잔해들, 조각들, 파편들을 특수화된 타자성이 흔적이 아니라 상호주체적인 대화성의 기미로 여겨도 좋으리라. 그러나 정지돈의 소설은 아직 모호하다.[24] 그는 새로 출간한 장편에서 이렇게 적었다. "그는 그냥 글을 쓰길 원했다. 그런데 그냥 글이라는 게 존재할 수 있나. 짐은 생각했다. 글에 그냥, 이라는 게 있을 수 있나. 아무것도 표현하지 않고 의미하지 않는 글."[25] 이를 아감벤의 말을 빌려 새로운 '사용'을 창안하는 '목적 없는 수단'이라 할 수도 있겠으나, 어떻게 보면 오히려 그것과는 정반대로 읽힐 수 있다. 제의가치 대신에 전시가치에 중독된 환속화의 사례로써. 그러니까 그의 소설이 그 조각들의 분리를 가지고 놂으로써 분리된 것들을 공통의 사용으로 되

---

처럼 홀로 고립된 이미지들의 범람, 인용하는 자는 바로 이 범람의 문제를 간과하지 말아야 하겠다.

24. 검색의 우발성이 가져다주는 의외의 즐거운 충돌과 접속이라면 어떨지 모르겠으나, 검색과 서핑의 놀이에 빠진 순진무구함이 그 자체의 만족 속에서 놓치게 되는 어떤 것들을 생각하지 않는다면 그 주체에게 타자는 무엇인가. 타자의 존재를 망실할 때 그 검색의 주체도 자기로부터 멀어진다. "요컨대 아카이브와 네트워크를 서핑하며 우리는 본래 찾길 원하던 정보로부터 멀어짐과 동시에 우리 자신으로부터도 멀어진다. 이것이 도서관장으로서의 자의식, 곧 수많은 책들의 관리자라는 자의식을 가지고 있던 보르헤스와, 마침내 읽고 쓰는 저 자신까지 잃어버리고 마는 정지돈, 정확히는 정지돈의 화자 '나'와의 결정적 차이다."(황현경, 「문학이냐 혁명이냐 — 최근 한국 소설의 한 징후, 정지돈론」, 『삶』 2016년 상권, 192쪽.)

25. 정지돈, 『작은 겁쟁이 겁쟁이 새로운 파티』, 스위밍꿀, 2017, 22~23쪽.

돌려놓는 세속화가 아니라, 시선에 노출되어 있음에 대한 자각 속에서 그 현란한 인용의 조각들을 과시하는 음탕한 포르노그래피로 간주될 수 있다는 것.[26] 나는 아직 그의 소설을 두고, 타자로 변신할 수 있는 주체의 잠재성에 대해 어떤 확신을 가지고 말을 하기가 어렵다. 그의 치열한 위반의 실험들이 지극히 혼란스럽다.

---

26. 조르조 아감벤, 『세속화 예찬』, 127~135쪽 참조.

# 아, 개인은 영원히 어리석다[1]

### 편혜영 장편소설 『홀』[2]

　"소설가란 예술가이기 이전에 자유인이어야 합니다."[3] 무라카미 하루키의 말이다. 그의 소설을 둘러싼 분분한 이견들이야 어떠하든, 분명한 것은 그가 '예술가'라는 낭만주의적 작가의 이념, 그 같은 근대적 문학의 정의나 규범에 얽매이지 않고 글을 써왔다는 사실이다. 엘리트주의에 대한 미묘한 반감, 이 때문에 그의 글쓰기는 언제나 포스트모던의 유력한 증상으로 여겨졌다. 순수하거나 고급하다고 하는 이념들이 비루하거나 천박한 것들을 가려내고, 그렇게 비천한 것들에 대한 배타를 통해서 자기를 고고하게 정립시키려는 야욕. 노예의 존재가 주인의 자기의식을 가능하게 하는 것과 같이, 그렇게 고고한 것들은 비루함의 지반 위에서 자기를 신비롭게 고양시킨다. 나는 편혜영의 장편소설 『홀』에 대하여 무언가를 말하려고 한다. 그런데 왜 무라카미 하루키인가? 상상과 영감, 그 창작의 내밀

---

1. 김영민, 『동무론』, 한겨레출판, 2008, 13쪽.
2. 편혜영, 『홀』, 문학과지성사, 2016.
3. 무라카미 하루키, 『직업으로서의 소설가』, 양윤옥 옮김, 현대문학, 2016, 150쪽.

함을 주재<sup>主宰</sup>하는 예술가, 그런 것과는 거리가 먼 인공적인 제작으로서의 소설쓰기, 편혜영의 『홀』이 그렇게 읽혔다. 나는 그런 인공성에 기대를 걸었다. 그것이 낭만적 거짓(근대문학이라는 이데올로기)을 탈구축하는 소설적 진실의 어떤 양상이라 여겨졌기 때문이다. 소설은 국민이라는 상상의 공동체를 자연적인 실체로 받아들이게 하는 낭만적 거짓이었다. 소설의 그 막강한 이념이 근대적 주체를 성립시키는 일종의 주술이었다면, 마치 설계도를 보듯 투명하게 드러난 소설의 저 반자연적 인공성에 그 주술을 푸는 새로운 역사의 힘이 내재해 있으리라 기대할 수 있었다. 그러니까 그것은 비속함으로써 고귀함을 벗겨내고, 범용함으로써 독창성의 이념에 흠집을 내는 유능한 방법일 수 있겠다.

무라카미 하루키의 문장을 몇 대목 더 인용하고 싶다. "무엇이 오리지널이고 무엇이 오리지널이 아닌가, 그 판단은 작품을 받아들이는 사람=독자와 '합당한 만큼 경과한 시간'의 공동작업에 일임하는 수밖에 없습니다."[4] 그는 오리지널이라는 것이 작가에 의한 일방적 결과물이 아니고, 독자의 참여 속에서 구성되는 것이라고 말한다. 그런데 근대 예술의 핵심적인 개념인 오리지낼러티, 그러니까 '독창성'에 대한 하루키의 견해는 다분히 모호하다. 바로 그 모호성이 그의 소설에 대한 역사철학적 논란을 부추겨 왔음은 주지의 사실이다. "오리지낼러티는 바로 그러한 자유로운 마음가짐을, 제약 없는 기쁨을, 많은

---

4. 같은 책, 100쪽.

사람들에게 최대한 생생한 그대로 전하고자 하는 자연스런 욕구와 충동이 몰고온 결과적인 **형체**에 다름 아닌 것입니다."5 그는 근대적 예술 개념에 저항하면서, 창조적 주체로서의 작가보다는 소비적 주체로서의 대중에 더 호의적이었다. 특히 그는 기존의 '관례'나 '전례'가 새로운 것을 이끌어내는 독창성의 적이라고 지목한다. 하루키가 '제약 없는 기쁨'과 '자연스런 욕구와 충동'을 짚어낼 때, 그것에서 나는 그의 만만치 않은 내공을 느낀다. 그러나 관례라는 이름의 규범을 그는 어떻게 돌파하는가? 전례에 대한 그의 거부가 어떻게 소비적인 독자로의 편승이라는 의혹을 떨치고, 예외의 결정이라는 위험한 결단으로 나아가는가? 그 물음 앞에서 그의 글쓰기는 자유로운 근대적 주체의 이념, 그 이상의 응답을 들려주지 않는다. 규범의 군주적 지배를 용납하지 못하지만, 예외의 결단으로 돌파하지도 못하는 아리송함. 근대적인 것에 대한 불만 속에서도 여전히 그 바깥으로 뛰쳐나오지 못하는 어정쩡함, 그런 모호성으로 인해 그의 소설은 언제나 뜨거운 논란의 중심이었다. 그의 글쓰기가 그 리버럴한 주체의 감각을 탈각할 때, 그리하여 규범에 대한 위반으로써 예외의 창안으로 돌진할 때, 그를 향한 우려의 시선들은 비로소 불식될 수 있을 것이다.

소설의 인공성은 주체의 죽음이라는 포스트구조주의적 명제에 대한 주목할 만한 예시가 된다. 그 인공성의 두 가지 사례를 든다면, 먼저 글 쓰는 자의 내면을 당당하게 고백하는

___

5. 같은 책, 109쪽.

글쓰기의 계보와 관련이 있는 이인성과 한유주의 소설이 있다. 다음으로 이야기는 기능(모티프)의 구조적 배치(편집)라는 블라디미르 프롭의 계보와 관련이 있는 이인화와 김탁환의 소설을 들 수 있겠다. 앞의 형식은 고백의 전면화를 통해 주체의 자의식을 강조함으로써 저자의 죽음에 항거한다. 그러니까 그 과잉된 자의식은 주체의 죽음에 대한 반증이라고 하겠다. 뒤의 형식은 투입함으로써 산출되는 내러톨로지의 알고리즘으로, 저자의 역할을 창조에서 생산으로 바꾸어놓았다. 그렇게 생산자로서의 저자는 계획하고 수집해서 배열하는 편집자의 기능으로 객관화된 존재가 되었다. 『홀』은 바로 그 생산으로서의 글쓰기, 움베르트 에코가 역시 한 시대를 풍미했던 그 인공성의 소설로 읽힌다. 이른바 SF라는 장르소설의 형식을 전유해 글을 쓰는 듀나가 자주 그러한 것처럼, 편혜영은 이 소설의 말미에 창작의 영향관계를 확인할 수 있는 레퍼런스를 부기<sup>附記</sup>해 두었다. 베른하르트 알브레히트의 『닥터스』, 허연의 「슬픈 빙하시대 2」, 대실 해밋의 『몰타의 매』, 제리 브로턴의 『욕망하는 지도』, 에밀 졸라의 『전진하는 진실』이 그것이다. 근래의 예술 창작에서 표절, 패스티시, 패러디, 이런 개념들의 사용이 빈번한 것은, 역시 독창성이라는 근대적 이념의 쇠퇴와 밀접하다. 이와 관련하여 이 소설을 언어 속에 어떤 균열을 도입하는 것이라는 아감벤의 패러디 개념과 연결해 볼 수 있겠는데, 그것은 신비한 것의 세속화<sup>profanazione</sup>라는 그의 또 다른 개념과 맞물려 있다. 패러디는 인용이나 모방이라기보다는 균열이다. 참조한 다른 텍스트들의 목록을 명시적으로 밝히고, 그 이질적인 것들을 글쓰기의 과정 속으로 끌어들이는 것 자체로써 독창성이라는 이념에는 균열이 일어난다. 그 삽입으로써 균열을 일으키는 패러디는 "성스러운 것의 영역으로 분리됐던 것을 공통의 사용으로 되돌린다."[6] 『홀』을 일종의 패러디 소설이라고 할 수 있다면, 이 소설이 세속화하는 것은 이미 임계에 도달한 근대적인 소설의 양식 그 자체라 하겠다. 그러나 이 소설은 패러디의 불충분성, 다시 말해 서사의 인공성을 한계점까지 밀어붙일 수 없었던 그 불철저함으로 인해 근대 소설의 세속화에는 미달한다. 이 소설은 "성스러운 것과 세속적인 것, 사랑과 섹스, 고상한 것과 저속한 것을 가르는 문턱을 혼란에 빠뜨리고 식별불가능하게"[7]하는 패러디의 역량을 충분하게 발휘하지 못하였다. 아감벤의 설명을 더 경청하여 보자. "서사화할 수 없는 것을 재현하고 싶어 할 만큼 자신의 에고이즘을 밀어붙일 수 없다고 느낄 때, 예술가는 일종의 정직함을 통해 패러디를 신비의 형식 그 자체로 취하는 것이다."[8] 작가가 정직하지 못했다는 것, 자신의 에고이즘을 솔직하게 자인하지 못했다는 것, 그러므로 결국은 자기의 내면이라는 그 황홀한 이념 속으로 복귀하는 길 말고는 다른 출구를 찾을 수 없었다는 것. 그것이 패러디를 불충분한 것으로 만들었고 결국은 어중간한 절충으로 귀결되도록 했다. 이 소설은 예

---

6. 조르조 아감벤, 『세속화 예찬』, 119쪽.
7. 같은 책, 64~65쪽.
8. 같은 책, 62쪽.

술가도 아니고 직업으로서의 소설가도 아닌, 창작 실기 교사로서의 위치에서 쓰인 글이 아닐까, 라는 마음을 가지게 한다. 창작의 과정을 가시화하는 실기 교과서로의 글쓰기 말이다.

소설은 다음의 질문에 대한 응답의 서사로 펼쳐진다. "어떻게 삶은 한순간에 뒤바뀔까. 완전히 무너지고 사라져서 아무것도 아닌 게 되어버릴까."(28쪽) 오기라는 남자, 그의 인생에는 몇몇 분기점이 있었고, 그때마다 결정적인 것이 여자였다. "여자들은 종종 오기의 삶에서 전환점이 되었다."(15쪽) 오기가 10살 때 어머니는 스스로 목숨을 끊었다. "엄마의 죽음으로 인해 오기는 아동기와 완전히 결별했다."(17쪽) 어머니가 자살한 이유는 명확하지 않지만, 아마 아버지의 이런 성격과 무관하지 않았을 것이다. "그들은 의지가 빼어난 나머지 박약한 의지를 손쉽게 비웃었다. 운에 의지하려는 태도를 비난했다. 사소한 우연의 연쇄를 인정하지 않았다. 고집과 독선이 지나쳤고 자신의 자부가 폭력이 된다는 걸 의식하지 못했으며 남들에게 늘 가르치는 투로 말했다."(20쪽) 그런 아버지는 무심했고, 오기는 자신을 놀려대는 아이들과 홀로 싸우며 견뎌내야 했다. 그리고 대학에 진학했고 드디어 아내를 만났다. "오기를 아동기에서 데리고 나온 게 엄마였다면 어른의 세계로 이끈 것은 아내였다."(18쪽) 아내는 그에게 부모의 자리를 대체해줄 수 있는 그런 사람이었다. "어머니와 아버지는 단절된 인생에 제각각 존재하는 인물들이었는데, 아내에게서 그 둘이 자연스럽게 공존했다."(21쪽) 그런데 아내는 허영이 있었고, 자신의 욕망에 비해 능력이 부족한 사람이었다. 그래도 오기는 유일한 가족인 아내를 사랑했다. 결혼 3년 전 아버지는 약간의 빚을 남기고 죽었고, 아내는 결혼 이듬해 출판사에 취업했다가 대표의 성희롱 사례들을 고발하고 퇴사했다. 그리고 오기는 박사논문을 준비했다. "미래는 기약 없이 멀었고 현재는 단조롭고 비슷한 일이 반복되었다. 그러나 평온했다."(25쪽) 그런 평온함 속에서 오기는 박사학위를 받고 교수로 임용되었고, 아내는 집필하던 책을 끝내 출판하지 못했으며, 그들은 정원이 딸린 집으로 이사를 했다. 이사를 하고 그들은 집 안팎의 모든 불을 켜고 다가올 미래를 희망찬 마음으로 기대하였다. 그러나 지금 오기는 말을 할 수도 몸을 움직일 수도 없는 처지가 되어 병실에 누워있다. "도대체 그 빛은 언제 사그라든 것일까."(28쪽) 소설의 내러티브는 바로 이 질문에 대한 응답으로써 전개된다. 그러니까 이 소설에는 두 개의 커다란 질문이 주어져 있다. 하나, 어떻게 삶은 어느 한순간에 아무것도 아닌 것으로 되어버리는가? 둘, 찬란할 줄 알았던 미래의 희망이 자각하지도 못한 어느 순간에 신기루처럼 사라져버린 것인가? 이 둘을 다시 하나의 문장으로 포개면 이렇게 말할 수 있겠다. 사람은 왜 어쩌다가 '구멍'에 빠지게 되는가, 그 구멍 난 인생이란 무엇인가?

오기는 큰 사고를 당했다. 아내와 둘이 차를 타고 떠났던 여행에서 어떤 이유로 다투게 되었고, 아내가 운전 중인 오기를 심하게 흔들었다. 그리고 차는 벼랑 아래로 굴러떨어졌다. 아내는 현장에서 죽었고, 겨우 목숨을 건진 오기는 중증의 외상을 입었다. 말을 할 수 없게 되었고 몸을 움직일 수도 없게 되었다. "과거의 자신과 현재의 자신 사이에 존재하는 불일치를 어떻게 대처해야 할지 알 수 없었다."(37쪽) 빛의 세계와 빛이 사그라든 세계, 미래를 낙관할 수 있었던 때와 미래를 가늠할 수 없는 지금, 아내가 곁에 있었던 때의 삶과 아내가 죽고 없는 지금의 삶, 어느 날 갑자기 이 당혹스런 불일치와 어긋남과 단절 앞에 놓이게 된 사람. 불운은 언제 어디서부터 시작된 것일까? 말과 움직임을 잃어버린 몸, 그래서 그는 제어되지 않는 육체에 갇힌 채 멀쩡한 자의식만으로 버텨야 한다. 그에게는 오직 '자의식'이 남았다. 그의 어머니가 죽고 난 뒤에 그랬던 것처럼, 오기는 이제 홀로 견디며 그 고독한 수동성에서 벗어나야한다. 절망적인 신체의 장애만큼 회복에 대한 환상이 그를 괴롭힌다. 그가 그렇게 된 사연은 특별하고 특수한 것이었지만, 그의 병증은 그런 사고를 당한 이들이 일반적으로 겪는 범주의 것이었다. 오기의 특별한 운명과 그 일반적 병증의 어긋남. 그가 그 어긋남을 이겨내는 방법은 일반성으로 자기 운명의 특수함을 지양하는 것이었다. 일종의 정신승리법. "오기는 안도했다. 보통의 절차를 밟는다고 생각하면 마음이 편했다. 지금의 자신이 특별한 걸 참을 수 없어서였다."(46쪽) 여전히 중증의 상태였지만, 얼마간의 시간이 흐르고 오기는 정원이 딸린 그 집으로 돌아온다. 이 집은 한때 불빛으로 온통 환하게 빛나던 집이었다. 결혼 15년 차의 부부가 함께 여행을 떠났다가, 아내를 잃은 남자는 8개월 만에 홀로 집으로 돌아왔다. 그리고 그의 인생에 세 번째 전환점이 되어줄 여자, 장모가 그를 보살피게 되었다. "오기에게 가족이라 할 사람은 장모뿐이었다. 실제로 장모는 오기의 법정 후견인 자격을 갖추고 있었다."(48쪽) 결혼 전에 처가를 찾았을 때 오기는 아내의 부모에게서 이런 마음을 느꼈다. "이유 없이 자신을 따돌리던 아이들을 상대할 때와 비슷한 심정이었다. 그들은 모두 오기에게 부모가 없는 게 결함임을 알려주었다."(56쪽) 이 소설의 심연에 가족이라는 음험한 관념이 꿈틀거리고 있음을 예감하게 된다. 장인은 수다스럽고 직설적이었다. 반면에 장모는 교양을 중시하는 사람이었지만 차가웠다. "반듯하다는 말, 자격지심이 있을까 걱정했다는 말, 그 말들이 장인이 식사 내내 했던 노골적인 핀잔보다 더 마음을 후벼 팠다. 장모는 간파한 것 같았다. 오기는 가지지 못한 것 때문에 자격지심을 가질 만한 인간이라는 걸, 그다지 반듯하게 자라지 못했다는 걸 말이다."(62쪽) 오기에게 가족은 자격지심의 기원이다. 가족에 대한 질문들은 자신이 다른 사람들과 다른 특별한 인간이라는 것을 자각하게 만들었다. 그날의 저녁 식사 뒤에 오기는 아내의 위로가 필요했다. 그러나 진정으로 위로받아야 할 사람은 저 이상한 부부의 딸로 자란 아내였을지 모른다. "시간이 지나고 나서야 그 순간 먼저 손을 내밀어야 하는 것은 아내가 아니라 오기 자신이었을지도 모른다는 생각이 들었다. 오기는 아내에게 위로받고 싶어 했지만 아내는 오기에게 사과하고 싶어 했다."(62쪽) 위로와 사과의 차이, 뒤늦은 깨달음, 이런 어긋남의 사례들이 운명의 급전환을 가져오게 된 단초가 아니었을까.

모친이 일본인이었던 장모는 중학교 때까지 일본에서 자랐고, 부모가 이혼하면서 한국으로 돌아오게 되었다. 장모의 부친은 그녀가 일본어를 사용하는 것을 금했고, 그것을 어기면 크게 화를 냈다. 그러니까 장모에게도 가족사의 상흔 내지는 아버지의 억압이 중요한 흔적을 남기고 있다. 이 소설의 주요 인물들은 이처럼 모두 가족이라는 관념의 폭력에 노출되었던 공통성을 갖고 있다. 오기는 어머니가 없는 가족, 무심하고 이기적인 아버지만 남은 가족을 벗어나, 단란한 가족을 꾸리고 싶었는지 모른다. 정원이 딸린 그 집은 '홈 스위트 홈'의 꿈을 실현하는 소중한 공간이었으리라. 그러나 그 집은 모든 불행의 단초가 은폐된 곳이었고, 잠재되어 있던 내면의 폭력성이 발현되는 장이었다. 그들은 왜 가족이라는 덫에 걸려 불행한 가족사를 답습할 수밖에 없었을까. 실패를 통해서 배우지 못했기 때문이다. 지리학을 전공한 오기의, 지도에 대한 이런 생각이 아프게 들린다.

아무리 애써도 끝내 정확할 수 없다는 것. 지도를 연구하면서 오기가 깨달은 것은 그것이었다. 지도로 삶의 궤적을 살피는 일은 불가능했다. 지도 없이는 세계를 이해할 수 없지만, 지도만으로 세계를 표현할 수 없다는 것에 회의가 들었다.

의미가 있기는 했다. 정확히 살필 수도 없고 선이 보이지도 않는 궤적을 누군가는 구태여 실체가 있는 공간으로 바꾸려고 애썼다는 점이었다. 때로는 바로 그 이유로 시시해졌다. 정확히 알 수 없고 하나로 분명하게 해석될 수 없으며 온갖 정치적 의도와 편의에 따라 해석이 달라지는 세계라면 지금 이 세계와 별반 다르지 않아서였다. 그래도 지도는 실패를 통해서 나아졌다. 그 점에서는 삶보다 훨씬 나았다. 삶은 실패가 쌓일 뿐, 실패를 통해 나아지지는 않으니까.(75쪽)

지도는 가족이다. 정확하게 말한다면 그들의 부모이다. 부모의 삶은 불완전하지만 자식에게 길을 제시한다. 가야 할 길이든 가지 말아야 할 길이든, 혹은 갈 수 있는 길이든 가야만 하는 길이든. 인류의 역사는 부모와 자식이라는 원초적 관계를 제도적인 규범으로 정착시키려는 노력을 멈춘 적이 없다. "'가족'은 원래 국민국가에 의해 만들어져 국가의 관리 단위로 기능했으며 국가와 무관한 곳에 존재하는 것이 아니다. 권력은 '가정'의 외부에만 있는 것이 아니라 내부에도 존재하고 있다."[9] 그것은 국토와 국경의 구획이 근대적인 국민국가의 탄생과 맺는 관련과 크게 다르지 않다. 그러니까 가족은 권력의 기제로 작동하는 혈연의 집합이다. 보르헤스의 단편 「과학적 정확성에 관하여」에 나오는 제국의 크기만 한 제국전도 이야기는, 대상에 대한 총체적 인지를 통해 그 대상을 완벽하게 장악할 수 있다는 근대적인 인식론에 근거한 정치적 권력론을 함의한다. 부모는 자식을 인지적으로 장악함으로써 그들을 완벽하게 통제하려고 한다. 그러나 저 1:1의 지도가 불가능한

---

9. 센다 유키, 『일본형 근대가족』, 김복순 옮김, 논형, 2016, 58쪽.

것처럼, 그런 완전한 인식은 불가능하며, 따라서 권력의 완벽한 장악이라는 것은 가능하지 않다. 지도의 역사는 그런 불가능성에 대한 자각을 거듭하면서 지금의 내비게이션과 같은 것으로 변이해왔다. 그러나 자식을 신경증자로 만드는 가족주의의 폭력은 점점 더 난폭해지기만 하다가, 근래에 이르러 마침내 가족 그 자체의 해체라는 조짐 속에서 새로운 폭력의 양태로 전이되고 있다.

오기의 나이는 마흔일곱이다. 어머니는 마흔에 자살을 했고 아버지는 그 무렵 회사에 자리를 잡고 바깥으로 나돌았다. "말하자면 사십대는 세상에 적응하거나 완벽하게 실패하는 분기점이 되는 시기였다."(77쪽) 오기는 그의 인생의 전환점에 여자가 있었다고 했지만, 사실 그는 아버지의 길을 따라 세상에 완벽하게 적응하기를 바랐다. 누구나 눈치챌 수 있는 바와 같이, 인생의 구멍은 오기가 따라간 길, 바로 그 위험한 선택으로부터 비롯되었다. "사십대야말로 죄를 지을 조건을 갖추는 시기였다. 그 조건이란 두 가지였다. 너무 많이 가졌거나 가진 게 아예 없거나."(78쪽) 오기는 후자가 아니라 전자를 선택하였고, 잉여가 되느니 속물로 살 수 있음을 인정해버리고 말았다. "뭔가를 성취하려고만 드는 아버지를 비난했지만 자신역시 이미 비슷한 가치로 살아가고 있었다."(79쪽) 그에 반해 아내는 자기의 바람에 비해 성취해낸 것이 없었고, 계속되는 좌절로 낙담하였다. 그녀가 정원을 가꾸는 데 열을 올리기 시작한 것이 그 무렵이었다. 그러니까 정원의 빈터는 성취되지 못한 그녀의 욕망을 대리 충족하는 장소가 아니었을까. "그 눈빛을 떠올려보면 삶의 허기를 메울 심산으로 식물에 **빠져든** 것은 아닌가 싶어졌다."(80쪽) 대학에 자리를 잡은 남편이 동료들을 불러들여 파티를 벌이던 곳, 아내는 그 정원을 **빼앗고** 싶은 것이었는지도 모른다. "아내가 정원을 가꾸기 시작한 시점을 생각해보면 그럴 수도 있겠다."(80쪽) 그 시점이란 정원에서의 파티 후에 아내가 오기와 제이의 관계를 의심하게 된 그때를 가리킨다. 제이는 오기와 대학원을 같이 다녔던 동료였다. "오기가 지난 시간을 제 영역을 확장하는 데 보냈다면 아내는 시간을 보낼수록 홀로 남겨졌다."(84쪽) 제이의 존재는 두 사람의 그런 어긋남을, 단란한 가족이라는 환상의 균열을 드러내는 계기가 되었다. 오기는 외로움 속에서 죽음을 선택할 수밖에 없었던 어머니의 모습을 이미 망각해 버렸다. 그리고 그는 그렇게 미워했던 아버지의 모습을 그대로 닮아가고 있었다. 그러므로 파국은 예정된 수순이었다.

"아내는 장인이 죽고 나서 부쩍 애착이 심해진 장모를 어떤 때는 힘들어했고 어떤 때는 외면했다."(95쪽) 가족은 이렇게 서로에게 집착하고, 또 서로를 외면하거나 증오하면서 스스로를 황폐하게 만든다. 가족은 나르시시즘적 개인의 확장판이다. 가족이라는 에고이즘, 그것의 가장 큰 폭력성은 타자의 타자성을 말살하는 자기중심주의이다. 아오야마 신지의 〈도모구이〉共喰い(2013)는 가족 안에서 아들에게로 유전하는 그 자기중심적 폭력성을, 여자의 성을 착취하는 부자父子의 공모를 통해 그려낸 영화이다. 아비의 그 폭력을 비난하면서도 그의 폭력을 답습할 수밖에 없는 아들. 쇼와 천황의 죽음을 배경으

로 하여, 전후까지 단절하지 못한 제국의 폭력성을, 대를 이은 저 부자의 폭력성에 견주었다. 이 영화에서도 그러했지만 아들은 아비를 증오하면서 닮는다. 그 저주스런 닮음을 자각하고 벗어나려 하지만 쉽지가 않다. 오기는 어머니의 죽음을 깊이 기억해야 했다. 그 죽음을 단지 자기 유년의 결핍으로만 생각하는 자기중심주의를 벗어나야 했다. 그러나 그는 가여운 어머니 대신에 증오했던 아버지를 따랐다. 그것이 그의 인생에 커다란 구멍을 내고 말았다. 그는 아내에게서 어머니를 보지 못했고, 장모에게서 어머니를 발견하지 못했다. 그래서 그는 죄스러운 사십대를 보내며 세상의 아버지들이 간 길을 답습하고 말았다.

"오기가 보기에 아내는 상상이 불러일으킨 가상의 고통 속에서 그 일이 실제로 일어날 확률을 과대평가하고 불안해했다."(100쪽) 그는 아내의 불안을 공감하려 하지 않았고 분석하려고만 들었다. 그 과오의 대가는 지금의 오기가 처한 참혹한 상황으로 되돌아왔다. 이 소설에서 남자와 여자의 젠더적 편견은 다분히 기계적인 이분법에 의거한다. 오기와 그의 아버지, 장인, 심지어는 간병인의 아들까지 남자란 족속은 죄다 투박하고 이기적이고 폭력적이다. 그에 비할 때 여자들은 모두 희생당하고 상처 입은 자들이다. 성난 여자의 반격, 소설의 중반부터는 〈미저리〉(1990)나 〈올가미〉(1997)와 같은 스릴러물을 연상할만한 스토리가 펼쳐진다. 그를 가엾어 했던 장모는 조금씩 기괴하게 변해가면서 오기를 궁지로 몰아간다. 오기를 외로움 속에 방치했고, 제때에 식사나 치료를 제공해주지 않았으며, 서서히 죽어가는 상태를 관망했다. "장모는 아내가 쓴 것들을 모두 찾아 읽을 것이다. 딸이 그간 말하지 않은 많은 얘기들을 알게 될 것이다."(129쪽) 장모는 아마도 아내가 기록한 둘 사이의 불화를, 딸의 외로움을, 그녀의 불안을 읽었음이 분명하다. "장모는 많은 걸 알고 있었다. 자신이 알고 있다는 걸 오기에게 숨기지 않았다. 어쩌면 아내가 안다고 믿었던 걸 모두 알게 되었을 수도 있었다. 문제는 오기가, 도대체 아내가 알고 있던 게 뭔지 잘 모른다는 것이었다."(158쪽) 장모는 제이를 포함해 문병 온 오기의 동료들 앞에서 이런 말을 했다. "바람피우는 남편보다야 일찍 죽는 남편이 훨씬 낫죠."(147쪽) 소설 후반부는 장모가 오기에게 내리는 처벌의 서사라 할 만하다. 그는 차라리 사고가 났을 때 죽는 것이 나았을 것이라고까지 생각한다. "그땐 모든 게 끝나는 줄 알았다. 두려웠지만 편안하기도 했다. 지금은 끝이 아니었다. 무엇인가 시작될 것이다. 이미 많은 일을 겪었다고 생각했는데 앞으로 더 많은 일을 겪게 될 것 같았다. 그 일들은 이제껏 치른 고통에 비할 바가 아닐 터였다."(134쪽)

장모는 정원을 다 뒤엎고 그 중앙에 커다란 구멍을 팠다. 그 구멍에 살아있는 걸 풀어놓을 것이라고 하자, 근사하겠다고 누군가가 대답했다. "산 게 근사합니까? 추접하죠. 악착같이 그 좁은 구멍에서 살려고 해댈 텐데…"(149쪽) 장모의 응징은 냉정하고 가혹하다. 피로 맺어진 직계혈족(딸)은 결혼의 제도로써 성립된 친족(사위) 따위에 견줄 바가 되지 않는다. 장모는 나무를 심어서 울타리를 치고 담쟁이로 오기가 거하는 방의 창문을 가린다. 간병인에 이어 물리치료사의 방문도 막아버린다. 그렇게 장모는 오기를 철저하게 고립시킨다. 그는 그제야 알게 된다. "모두 잃게 될 줄도 모르는 채, 얼마나 오래전부터 인생에 헌신해온 걸까."(173쪽) 그는 타인에게 헌신하는 법을 배우지 못했다. 오로지 자기 자신의 인생에 헌신하는 것만 알았던 사람, 그래서 아내의 좌절과 불안 따위에는 안중에 없었다. 그녀를 단지 자기 삶의 결여를 채우고 행복한 가족이라는 환상을 유지하기 위한 존재로서만 필요로 했다. 그 결핍이 채워진 듯 여겨지고, 그 환상이 문제없다고 생각한 오기는 사회적 성공을 위한 야욕에 눈떴다. 그러나 채울수록 허기진 것이 욕망이라는 구멍이다. "매사 충실했지만 계속해서 무언가를 잃어가는 기분. 그래서 더 악착같이 굴 때가 있었다."(176쪽) 그래서 그는 그 허기진 마음을 채우기 위해 제이를 필요로 했다. 그는 한없이 이기적이기만 했고, 그럴수록 헛헛할 수밖에 없었다. "인간은 그런 식의 빈구석을 가질 수밖에 없고 그것이야말로 내면의 진실일지 모른다"(180쪽)고 생각했다. 그는 자기의 구멍을 채우기 위해 다른 이의 구멍에는 마음을 두지 않았다. 다른 여학생과의 관계 때문에 제이와도 결별했고, 동료 케이의 약점을 사람들에게 알려 그를 도태시켰다. 그러나 그럴수록 그의 구멍은 점점 깊어져갔다. "오기는 무력해졌고 내부의 공동이 걷잡을 수 없이 커지는 것을 느꼈다. 그 구멍 속으로 자신이 아예 빠져버릴 것 같았다."(189쪽) 그러나 그것은 너무 늦은 자각이었다. 그리고 그날의 사고가 있었다. 그런데 그 사고는 모호하다. 사고를 낸 것은 아내였을까, 오기였을까? "아내가 질주하는 오기를 살리려던 것인지 오기의 질주를 도우려던 것인지 알 수 없는 채로, 오기는 살아남았고 아내는 죽었다."(186쪽) 어쨌든 구멍은 그것이 욕망의 암연이든지, 삶의 안정을 무너뜨리는 동공이든지, 빠지면 헤어날 수 없는 죽음의 올가미든지, 걸려들면 결국은 모두 파멸에 이른다. 오기는 상체를 이용해 가까스로 탈출을 감행하지만, 장모에게 발각되어 정원 한가운데의 구덩이에 빠진다. 홈 스위트 홈을 꿈꾸었던 집을 탈출하려고 하는 오기의 그 역설, 그는 이제는 덫이자 무덤이 되어버린 그 정원의 구덩이에 누워 아내와의 단란했던 어느 때를 떠올린다. 아내는 소설책을 읽고 있었다. 소설 속의 남자는 간발의 차로 사고를 모면했지만, 그 순간 비로소 무언가를 깨닫고 가족과 동료들을 남겨둔 채 그냥 사라져 버린다. 그의 아내가 탐정을 동원해 남자를 찾아냈지만 그는 새로운 가정을 꾸리고 잘살고 있었다. 오기는 구덩이에 누워서 그 소설을 읽고 눈물 흘리던 아내를 생각한다.

> 깊고 어두운 구덩이에 누워 있다고 해서 오기가 아내의 슬픔을 알게 된 건 아니었다. 하지만 자신이 아내를 조금도 달래지 못했다는 건 알 수 있었다. 아내가 눈물을 거둔 것은 그저 그럴 때가 되어서였지, 더 이상 슬프지 않아서는 아니었다.
> 오기는 비로소 울었다. 아내의 슬픔 때문이 아니었다. 그저 그럴 때가 되어서였다.(209쪽)

이 소설은 이 마지막 구절과 함께 끝이 난다. 마지막의 이 자각, 느닷없는 깨달음에 이르는 서사의 흐름은 대단히 성급하고 가파르다. 어떻게든 마무리를 지어야 한다는 작가의 조급함이 느껴진다. 결국 두 개의 질문은 아내의 슬픔에 대한 자각, 아니 그보다는 타인을 위해 울음을 울 수 있는 숙성의 시간에 대한 자각으로 해소된다. 질문에서 자각으로, 그렇게 소설은 의문에서 시작해 그 의문의 해명이라는 선조적인 인과론의 수순으로 전개되었다. 그리고 그것은 죄지음에서 처벌로 이어지는 필연적인 심판의 논리를 따른다. 이러한 구성을 떠받치는 서사의 프레임은 스릴러 장르물이다. 자기를 극복하고 타인의 아픔에 공명하는 것이라고 그 내용을 간단히 정리해버리면 작가는 아마 분개할지 모르겠다. 인과론적인 상투형 속에 담긴 그 주제를 타인에 대한 윤리의 차원에서 읽어내는 것은 지나치거나 안이한 일이다. 문제는 그 내용의 알속이 아니라 그것을 이끌어내는 흐름과 배치의 형태이다. 다시 말해 문체와 양식의 차원에 주목해야 한다. 이 소설은 그 내부로 여러 형태의 언어들을 틈입시켰다. 그 틈입이 만들어내는 어떤 작용과 반작용, 고귀한 것의 전락을 볼 수 없었다는 것, 그것이 이 소설을 실패한 패러디로 읽을 수밖에 없게 만든다. 그러니까 여기에서 패러디된 것들은 작가의 창작을 돕기 위해 그냥 이끌려온 것일 뿐이다. 이 소설은 구상한 것을 서사화하는 창작의 의도나 의지가 지나치게 투명하게 드러나 있다. 특히 후반부의 전개는 전반부와의 조화를 의도한 기계적인 조합으로 여겨진다. 근대적인 것들을 패러디함으로써 그것을 세속화하는, 그래서 마침내 포스트모던한 감각을 표출하는 그런 소설들과는 거리가 먼 소설. 결국에 『홀』은 하루키 소설의 그 모호함을 반복하는 데 그쳤다. 그 작위성과 인공성, 포이에시스의 자각적 변용을 시도했음에도 불구하고, 결국은 탈각하지 못하고 답습하는 데 그쳤다. 되풀이하건대 패러디는 균열이다. 그러니까 틈입시켜서 분란을 일으키는 세속화는 내파內波인 것이다. 내파되지 못한 소설은 외파外波되는 운명을 받아들이지 않을 수 없다. 그 외파가 근대적인 문학의 종언을 앞당기고 있다.

# 믿을 수 없는 공동체

윤대녕 장편소설 『피에로들의 집』[1]

11년 만의 장편, 그 시간을 믿었던 사람들은 아마 허탈해하지 않았을까. 기다림이란 허기진 시간을 참고 견디는 일이니까. 그러므로 기다리게 한다는 것은 위험을 무릅쓰는 일이다. 만족하게 해주길 바라는 마음들을 감당해야 하는 것이니까. 하물며 윤대녕은 그 기다림의 의미를 모르지 않는 작가이지 않은가. 그것을 두고 어느 비평가는 이렇게 적었다. "'영원의 나라'처럼 충일한 생의 비의를 한번 보아버린 인간들이 무의미한 일상을 거부하고 자신만의 세계에서 어떤 기다림 속에서 살아간다는 이야기는 윤대녕 소설의 오랜 구도이기도 하다."[2] 이번 소설에도 그런 기다림은 여전하다. "아시겠지만 무슨 일이든 항상 시간이 필요한 법입니다."(53쪽) 좋은 커피 맛을 내기 위해서는 서두르지 말아야 한다고, 그렇게 시간을 두고 기다릴 줄 알아야 한다고 하지 않았는가. 그러나 나는 그 11년 만의 장편으로 허기진 마음을 달랠 수가 없었다. 소설의 맛이 더 깊

---

1. 윤대녕, 『피에로들의 집』, 문학동네, 2016.
2. 정홍수, 「강물처럼 흐르다」, 『소설의 고독』, 창비, 2008, 103쪽.

어지기는커녕, 여느 커피들처럼 심심해져버린 것이 아닌가하는 의심마저 들었다. 그도 만만치 않은 시간을 보냈을 터, 그럼에도 그는 젊음을 잃은 아센바하처럼 긴장의 끈을 놓아버린 것일까. 이해는 가지만 이런 말을 그대로 믿을 수는 없을 것 같다. "계간지 연재가 시작될 즈음 세월호 사고가 발생했다. 나는 그만 말문이 막혀버렸다. 이후 만성적인 우울과 불안에 시달리며 쓰다, 말다를 반복하면서 작가임을 스스로 한탄하기도 했다. 결국 연재가 한 차례 중단된 뒤, 미완의 원고를 들고 밖으로 나갔다."(「작가의 말」, 248쪽) 그는 북미로 떠났고, 이내 그리움을 얻어냈다. 그리고 돌아가야 할 곳, 돌아갈 수 있는 곳에 대한 그리움을 안고 귀환의 그날을 기다릴 수 있게 되었다. 그제야 안심할 수 있었고, 쓸 수가 있었을 것이다. 이번 소설에서 해산물을 애호하는 마마의 모습에 그런 마음이 어느 정도 투영되어 있는 것이 아닌가 싶다. "테이블 위에는 물메기탕과 마른메기찜, 복수육, 생대구탕, 마른홍합꼬치, 참돔회 등 해산물 위주의 음식들이 무슨 잔칫날처럼 푸짐하고 정갈하게 차려져 있었다."(54쪽) 각자의 사연 속에 슬픔을 머금고 모여든 이들을 위해 마마는 바다의 맛으로 만찬을 차린다. 그리고 소설에 번번이 등장하는 노량진이나 구리 수산물 시장, 마포 수산시장은 물론, 소설 말미의 그 여정이 기장의 대변항에서 끝나는 것도, 바다의 이미저리에 어떤 사연이 깃들어 있음을 추정하게 한다. 다분히 상식적이라 하겠지만, 그것은 역시 고향이나 모성과 같은 원초적이고 근원적인 것에 대한 이끌림이다. 작가는 이 소설의 출간 얼마 뒤에 낸 산문집의 책머리에서,

그 1년의 외유 동안에 가지게 되었던 그리움을 이렇게 고백하였다. "제주도가 가장 그리웠고 그 다음엔 통영과 부산과 여수와 속초가 늘 눈앞에 어른거렸다. 모국에서 먹던 해산물을 북미에서는 좀처럼 구하기 힘들었다. … 귀국하자마자 나는 어머니를 찾아가 된장찌개로 저녁을 먹었다."[3] 작가는 왜 그 험한 여정의 끝에 어머니에게 곧장 달려가고 말았는가. 그렇게 위로받으려 하지 말고, 그리워하다가 미쳐버리거나 죽어버렸다면 어떠했을까. 최소한 바다의 맛에, 어머니가 끓여준 된장국의 맛으로 포만감을 얻으려 하지 않았으면 어땠을까. 그러니까 결국 이 소설은 어머니로의 귀환, 마마의 죽음과 함께 내쫓기고 방황하던 자들이 서로의 타자성을 포용하며 하나의 가족으로 되는 이야기가 아닌가. 여행은 도착으로 끝나고, 질문은 해답으로 명확해지는 그런 이야기. 어떤 모호함도 암시도 허용하지 않겠다는 듯이 분명한 전언. 불화는 조화로, 갈등은 봉합으로, 상처는 치유로, 의문은 해명으로 매듭지어지는 사건들. 우리가 기다려온 것이 이런 것이었을까.

삼십 대 중반의 명우라는 남자, 그가 서술자이자 중심인물이다. 단테의 『신곡』에서 그 나이를 일컬어 고뇌로 가득한 '인생의 반 고비'라 하지 않았는가. 극작가이자 연출가였고, 사회성 짙은 작품을 무대에 올려 언론의 주목을 받아보기도 했다. 이런저런 이유들로, 또 어떤 이유도 알 수 없이, 삶이 나락으로 떨어지는 것은 순식간이다. 그는 어찌하여 연인을 잃었고, 분

---

3. 윤대녕, 『칼과 입술』, 마음산책, 2016, 7쪽.

노와 자기파괴의 충동에 빠진 상태에서 소위 누드연극을 무대에 올려 연극계에서 퇴출당했다. 온갖 잡일로 겨우 연명하면서 술로 나날을 보내던 그에게 공황장애가 찾아온 것은 당연한 일. "그즈음의 내 인생이란 비 내리는 아침에 난데없이 유실물 처리장으로 끌려간다 해도 달리 불평이나 저항을 할 만한 상태가 아니었다."(8쪽) 마지막 한 번의 기회를 얻고자 아는 선배에게 연락을 하지만 그 마저도 거부당한 처지에서, 그는 자포자기의 심정으로 어느 영화 하나를 보게 된다. 구스타프 도이치의 〈셜리에 관한 모든 것〉(2013)이 그것. 영화는 1930년대에서 1960년대에 이르는, 그러니까 전전과 전후의 역사적 배경과 함께, 미국의 화가 에드워드 호퍼의 그림을 독특한 질감의 영상으로 옮겼다. 영화는 디테일을 생략한 과잉 추상의 미장센과 정적인 카메라의 운용으로 한 여성의 격동하는 내면을 섬세하게 붙잡는다. 극단적으로 정적인 영화의 스타일은 그 시대의 격동과 한 여성의 격렬한 내면을 도드라지게 한다. 영화의 마지막은 어떤 단호한 결정과 함께 기차를 타고 떠나는 셜리를 보여주며 끝이 난다. "누구나 그의 작품을 보면 자기 안의 고독과 공허함을 응시하게 될 거라고 생각합니다."(20쪽) 호퍼의 그림에 끌리는 이유를 그는 그렇게 대답한다.[4] 남자도

---

4. 그런데 왜 하필 호퍼일까? 남자는 그의 그림이 '자기 안의 고독과 공허함'을 응시할 수 있게 해 준다고 했다. 타자들의 무리 속에 놓인 낯선 자기를 발견할 수 있다는 것이다. 호퍼의 그림은 세계 내 존재로서의 그 이물감을 감각적으로 표현한다. "호퍼의 그림은 무척 낯익은 장면들이지만, 볼수록 낯설고 심지어는 완전히 생소한 장면처럼 느껴진다. 사람들은 공간 속을 들여다본다. 그들은 마치 다른 세상에 있는 것 같은데 그림이 말해주지 않는, 우

셜리처럼 고독과 공허를 떨쳐내고 지금의 자기로부터 벗어날 수 있을까.

　남자는 영화관에서 어느 노파를 만난다. 그 여인은 이미 그를 세 번째 만나는 것이라고 한다. 그 노파가 바로 마마(남희정)이며, 이 우연한 만남으로 남자는 지하 단칸방을 벗어나 그녀의 저택 아몬드나무 하우스에서 새로운 시작을 할 수 있게 된다. 그 집 일층의 북카페를 맡기로 한 것. 이 집에 모여든 이들은 하나같이 마음에 슬픔을 숨기고 있는 피에로들이다. 그들은 저마다의 사연 속에서 상처를 입었고, 그 고통에서 벗어나기 위해 버둥거리고 있다. 작가는 이들의 내력을 그 인물들의 입을 통해 자세하게 전달하는데, 그래서 소설에서 대화의 비중은 지문을 능가한다. 마치 앞의 그 영화가 극도의 정적임과 간결함으로 인물의 격렬한 내면을 드러내는 바와 같이, 인물들 각자의 침울한 사연에 비할 때 소설 자체는 대단히 수다스럽다. 마마와는 이모와 조카 사이인 방송국 작가 현주는 태생의 비밀을 모른다. 국어교사로 일하다가 여행 작가가 된 윤정은 불행한 결혼으로 내상을 입었다. 윤정이 어렸을 때 그

---

리로서는 추측만이 가능한 어떤 비밀스러운 일에 정신이 팔려 있는 듯하다. … 무언가 숨겨진 것의 존재감, 확실히 있긴 하지만 드러나지 않는 것의 존재감을 느낄 수 있다. 홀로 있음에 어떤 형태를 부여함으로써, 침범하지 않고 목격할 수 있는 공간을 만듦으로써 말이다."(마크 스트랜드, 『빈방의 빛』(개정판), 박상미 옮김, 한길사, 2016,105쪽.) 에드워드 호퍼의 이런 형이상학이 세속의 상처로 얼룩진 남자에게 구원의 빛으로 여겨졌는지 모른다. 그러나 이 남자가 보려는 것이 세속의 저 너머, 관념화된 자기의 내면에 국한되어 있다는 것에 주의해야 할 것이다.

녀의 어머니는 죽임을 당했고, 미군 장교와의 관계라든가 성폭행과 관련된 소문이 나돌았다. 마마와는 먼 친척뻘의 고교생 정민의 가족은 교통사고를 당한 후에 서서히 망가져버렸다. 알코올 중독자로 전락한 아버지는 폭력을 일삼았고, 어머니는 이 집에 정민을 맡기고 한 달 뒤에 자살했다. 휴학생 윤태는 학교에 들어갈 무렵 부모의 이혼으로 줄곧 외가에서 성장했고 정민을 위한 입주교사로 들어와 함께 살게 되었다. 이모의 권유로 이 집에서 살던 이십 대 유치원 교사 상희는 가난한 집의 딸이었다. 그녀는 윤간을 당한 뒤에 집에 틀어박혀 괴로워하다가 끝내 자살하고 말았다. 그녀와 사귀었던 윤태는 죄책감에서 벗어나지 못하고 있다. 명우는 처음 이 집에 들어와서 알 수 없는 악몽에 시달리게 되는데, 그것은 그 방에서 살다가 자살한 상희의 남은 기운을 그가 감지했기 때문이다. 그러니까 소설의 중심적 인물이자 서술자인 명우는 남다른 예민함, 타자에 대한 감수성을 갖고 있다고 할 수 있겠다. 그리고 그 집에 사는 이들의 모든 사연들이 그렇게 명우에게 흘러든다. 그런 명우까지 불러들인 마마는 이들을 거두어 보살피는 대모신과 같은 존재, 그 상처들을 보듬어 영혼을 구제하는 지고의 여성이다. 이 집에 사는 "모두가 실은 난민이나 고아 같은 존재들"이고 마마는 "난민을 거둬 보살피는 대모 같은 분"(93쪽)이다. 시한부 삶을 사는 마마도 사실은 남모르는 과거를 갖고 있는 사람이니, 그들은 모두 서로를 필요로 하는 슬픔의 공동체인 것이다. "사람은 고통스러울수록 함께 있어야 하는 거잖아요."(96쪽) 이것은 환몽 속에서 명우가 죽은 상희에게 하는 말이다.

세상의 폭력을 피해 숨어든 이들에게 아몬드나무 하우스, 다시 말해 '피에로들의 집'은 피에로의 짙은 화장처럼 자기를 숨기는 은폐의 공간이고 상처를 회복하는 치유의 공간인 셈이다. 그들의 상처가 대체로 가족이라는 징글징글한 피의 결사로부터 비롯되고 있음을 생각할 때, 혈연과는 무관한 이들의 연합은 새로운 형태의 공동체라고 할 수 있겠다. 윤정은 이들을 일러 가족이라고 했다. "내게도 가족이 있다는 사실에 더할 나위 없는 안도감이 느껴지고요."(101쪽) 여행사진작가인 윤정에게, 떠났다가 다시 돌아올 수 있는 집이 있다는 것, 그리운 얼굴들이 있다는 것은, 서로 멀어졌다가 가까워지기를 반복하는 달과 태양처럼, 그 순환하는 자연의 이치에 부합한다. 그녀는 절기에 대해 이야기하면서 신비로운 자연의 이법에 대하여 설명한다. "자연의 리듬에 따라 몸의 체계가 순환을 거듭한다는 것은 매우 신비로운 현상이라고 할 수 있죠. 때문에 그 리듬이 깨지면 순환작용에 문제가 생길 수밖에 없는 거고요."(90쪽) 그러니까 문명의 야만성은 자연의 그 리듬을 어긋냈을 때 발생하는 일종의 '시스템 에러 현상'과 같은 것이다. 소설에서는 그 에러를 세월호 사건, 장자연 사건, 갑질 논란과 같은 세속의 어떤 일들을 떠올릴만한 예시들을 통해 비교적 분명하게 암시한다. "결론적으로 말하면 남들보다 조금 안정적이고 조금 더 기득권을 갖고 살아가기 위해 그동안 경쟁적으로 자신을 소모시키면서 살아왔던 거죠."(91쪽) 이걸 깨달았기 때문에 윤정은 영화의 셜리처럼 결단하고 떠날 수가 있었다. 가정으로부터 떠나고, 국어교사라는 직업으로부터 떠나고, 안정과 기득권에 대한 욕망으로부터 떠날 수 있었던 것이다. 이 소설에서 떠난다는 것, 여행이란 매우 중요한 의미를 갖고 반복되는 이야기의 모티프다. 명우의 연인 난희의 떠남이 그러하다. 배우로서의 자존심과 가족 부양이라는 책임감 사이에서 번민하다가 끝내 연예산업의 포로가 되어버린 그녀는 가족도, 사랑도, 일도 모두 버리고 유럽으로 떠나버렸다. 마마의 과거도 마찬가지. 그녀도 역시 남편과 고향과 가족과 하던 사업 모두를 버리고 떠나와서 새로운 삶을 꾸렸다. 결국에는 이 집에 모여든 그들 모두가 어딘가로부터 떠나온 사람들이다. 명우는 현주와의 제부도 여행을 통해 같은 집에 거주하는 이들의 사연들을 듣게 되었고, 윤태도 고통스런 기억을 떨치고 새로 시작하기 위해 그 집을 떠나 여행의 길에 나선다. 윤태가 여행을 떠나기 전에 먼저 어머니를 찾아갈 것이라고 한 것에서, 그 여정이 기원(정체성)에 대한 탐색이 될 것이라는 암시를 읽을 수 있다. 그리고 윤정이 다녀왔던 여정을 그대로 따르는 명우의 여행, 목포에서 부전(부산)에 이르는 경전선의 여정으로 소설이 마무리되는 것도 의미심장하다. 떠나고 돌아오는 여행이란 "삶의 생태를 복원"(92쪽)하는 행위이며, 자연의 일부분으로서 생명의 순환에 대한 자각을 실천하는 일이다. "누구나 자신의 삶을 꾸려가야 하는 것이다. 자신의 고유한 리듬에 맞춰, 순환의 반복이 가져다줄 신생의 순간을 고대하며."(99쪽) 어느 고매한 비평가는 여행을 일컬어 이렇게 단언하지 않았는가. "소생은 무려 16권의 여행기 책을 썼거니와 이를 한마디로 줄인다면 '아득한 회색, 선연한 초록' 혹은 '황홀경의 사상'이라 하면 어떨까요."[5] 이 비평가의 생애 자체가 한국의 근대문학이라는 텍스트의 현장을 찾아 헤매는 무구한 여행이었던바, 그 떠돎이란 그리 상찬할만한 것이 못 되는 황홀에 빠진 자기 확인의 과정에 지나지 않았다. 그러니까 아득한 회색의 형이상학에 대한 그리움을 선연한 초록의 답사로써 돌파하려는 어느 근대인의 시시포스적 몸짓. 말년의 그도 그것을 알고 이렇게 겸연쩍어하지 않았는가. "벗이여, 제발 석가세존의 말씀으로 나를 소유욕에 눈멀었다고 야단치지 마시라. 떠날 때는 다 두고 갈 터이니까."[6] 결여를 앓는 자들의 여행이 그처럼 어떤 갈구 속에서 이루어질 수밖에 없음을 이해하지 못하는 바는 아니다. 그러나 그 결여를 채우기 위해, 다른 무엇을 소유하기 위해, 잃어버린 것들을 보상받기 위해, 헤어날 수 없는 구렁을 벗어나기 위해, 알 수 없는 무엇을 알아내기 위해 떠나는 여행이, 그 결여를 더 크고 깊게 만들 뿐이라는 것은 왜 말하지 않는가. 자기의 정체를 확인하겠다고 나선 여행이 결국은 자기를 분열시키고 만다는 것을 왜 모르는 척하는가.

소설에서 여행은 여러 형태의 변이를 보이기도 한다. 가령 현주가 영화감독과 8년간 사귀면서 헤어지고 만나는 것을 거듭하는 것도 떠나고 돌아오는 여행의 변주이다. "어쩌면 그녀는 스스로 버림받기 위해서 이때껏 영화감독이라는 사람을

---

5. 김윤식, 『내가 읽은 기행문들』, 서정시학, 2015, 5쪽.
6. 같은 책, 487쪽.

**360** chapter 2A : 오직 문학만이

만나왔는지도 몰랐다. 그것이 결코 자기 보상이 되지 않는다는 걸 알면서도 말이다. 그런 식으로 자기를 힘들게 하면서 실은 자신을 버린 사람들에게 원망을 드러내고 있는지도 몰랐다. 이런 나를 제발 보아달라고 말이다."(119쪽) 그러니까 현주에게는 결별과 재회를 반복하는 연애가 타인의 인정을 갈구하는 애틋한 방법이다. 그러나 이런 여행은 타인을 목적으로서가 아니라 수단으로 이용한다는 점에서 풍경을 소비의 대상으로 삼아버리는 관광에 비견될 수 있다. 그렇지만 명우와 정민의 보행步行은 간단하지 않다. 그들은 종종 말없이 서울 시내를 걸었다. "정민과 나는 곧장 집으로 가지 않고 미리 약속이나 한 듯 서울 곳곳을 몇 시간씩 쏘다녔다."(210쪽) 걷는다는 것의 의미를 보행과 산책이라는 고유의 용법으로 주목한 어느 비평가는 이렇게 썼다. "자본주의가 이동이면서 동시에 '교환'이라면, 산책의 탈자본주의적 창의성은 무엇보다도 너와 나 사이의 관계를 자본제적 교환의 바깥으로 외출하도록 돕는 데 있다."[7] 그의 말에 의하면 산책의 주체는 '상처받은 사람'이다. 자본주의라는 체제에 피폭된 자들의 상처, 그것을 매개로 함께 걷고 걸으면서 서로를 감응하고, 그리하여 체제의 바깥으로 나아갈 방법을 궁리하는 '동무'가 된다. 저들의 말 없는 걷기가 예사로워 보이지 않는 이유다. 마마의 아몬드나무 하우스, 그 피에로들의 집이 상처 입은 자들의 공동체, 결여를 앓고 있는 자들의 공동체라고 한다면, 그들은 '가족'이 아

7. 김영민, 『산책과 자본주의』, 늘봄, 2007, 27쪽.

니라 '동무'가 되는 것이 좋겠다. 그리고 슬픔과 결여를 견디는 방법이 '여행'이 아니라 '산책'이었다면 어떠했을까. 여행이 아닌 산책이란 들뢰즈가 말하는 탈영토와의 흐름, 외부와의 접속을 갱신하는 새로운 배치의 창안, 그러니까 영원한 노마디즘의 운동이다. 그 운동 속에 함께 있는 자들을 일컬어 동무라 할 것이다. 그러나 윤정의 여정을 답습하고 있는 명우의 그 여정은, 역시 목포와 부산이라는 '바다'를 목적지로 하는 기원 탐색의 여로이다. 그의 이런 깨달음이란 그래서 매우 퇴행적으로 들린다. "내가 다시 아몬드나무 하우스로 돌아가기 위해 떠나왔다는 사실을 저절로 알게 되었다."(244쪽) 소설의 마지막 문장은 또 어떤가. "먼 바다로 나갔던 배들이 등대의 불빛을 보고 항구로 돌아오는 게 보였다."(245쪽) 결국은 귀환의 아르케타입, 오디세이아의 반복이 아닌가. 이는 명백히 11년이라는 시간을 흘려보낸 작가의 자기반영이라 하지 않을 수 없다. 이 문장이 그 단서이다. "그리고 오랫동안 글을 써오지 않았다는 사실을 깨달았다. 그것은 새삼스럽고 뼈아픈 자각이었다. 모든 것을 잃었다는 생각이 들 때마다, 그것의 일부라도 되찾을 수 있는 방법은 언제나 글을 쓰는 것이었다. 그렇다면 다시 시도해봐야 하지 않을까?"(243쪽) 〈사라반드〉와 〈파르티타〉를 들으며 자기를 위안하는 글쓰기, 그것이 종언 이후의 문학에 남은 유일한 희망이란 말인가.

이 소설의 여행에 대하여 생각을 하면, 코엔 형제의 〈인사이드 르윈〉(2013)이 견주어진다. 무일푼의 포크 뮤지션 르윈이 온갖 시련들을 겪으며 떠나고 돌아오는 귀환의 서사. 그러나 돌아온 르윈에게 승리나 희망이 기다리고 있지는 않다. 궂은 일상은 그대로 반복되고, 어둠 속에서 엎어지고 주저앉은 르윈의 마지막 얼굴. 돌아옴이란 아포리아다. 그 아포리아를 아포리아로써 다가갈 수는 없는가. 내러티브에 숨겨진 비밀의 열쇠를 쥔 인물이 마마라고 할 때, 마마의 죽음으로써 모든 것은 해명으로 귀결된다. 애매함을 품고 있던 대목들도 그 죽음과 함께 명명백백해진다. 현주의 아버지는 누구인가, 라는 의문. 그녀의 정체성에 대한 탐색. 그것이 이 소설의 중요한 축이라고 한다면, 그녀의 생부가 마마의 남편이었다는 사실의 확인으로써 서사는 착잡하게 봉합된다. 마마의 한 생애야말로 긴 여정이었다고 하겠는데, 죽음을 목전에 둔 그녀가 고향인 마산 — 이 역시 바다를 낀 해항海港도시이다 — 을 그리워하는 것쯤이야 이해해줄 수 있다 해도, 망가진 가족사를 복원하기 위해 유사가족을 재건하려 했던 그녀의 이기적인 기획을 좋게 봐주지는 못하겠다. 그녀는 난민들의 집합소를 만들었다. 저마다의 사연을 품고 집으로 모여든 자식들에게 삼겹살을 구워 먹이는 천명관의 『고령화 가족』(문학동네, 2010)의 그 어미처럼, 마마는 그 유사 자식들에게 해산물로 가득한 밥상을 차려주었다. 그래서 나는 마마의 이런 훌륭한 말도 믿지 못하겠다. "절대적인 타인이 존재하지 않듯이, 절대적인 자아라는 것도 존재하지 않아. 다만 관계라는 게 존재할 뿐이지."(107~108쪽)[8] 나는 이른바 '집밥'이라는 이데올로기,

8. 지금 이 구절은 이미 오래전에 그의 소설이 보인 변화에 기대를 걸며 황종

식구食口라는 입들의 공동체를 믿지 못하겠다. 그리고 한 가지 더, 이 소설에 유독 지명이 두드러지게 제시된 이유가 무엇일까. 타국에서 집필 작업을 했던 작가의 마음이 반영된 것일 수도 있겠으나, 지리적 감각을 공유하는 자들의 공감대, 나에게는 그 애틋한 집단주의가 드러난 것으로 읽혀진다. 체제의 바깥을 함께 도모하는 동무가 되기 위해서는, 서로 공감하는 것에 앞서 먼저 함께 몸을 움직이는 산책의 동반자가 되어주는 것이 좋겠다.

연이 인용했던 「신라의 푸른길」의 다음 대목을 떠오르게 한다. "우리는 모두가 타인이며 이렇게 모두가 타인이 아니다." 황종연은 "자아 내부에 숨어 있는 타자에서 허구적 동일성의 패각을 깨뜨리는 심리적 충동을 찾아냈던 그는 이제 사람 사이의 소통과 유대를 가능케 하는 동력"을 발견하는 데까지 이르렀다고 하면서, 자아-타자의 분별을 넘어서는 삶에 대한 지향으로 깊어진 윤대녕의 소설적 변성에 기대를 보였다.(황종연, 「유적의 신화, 신생의 소설 — 윤대녕론」, 『비루한 것의 카니발』, 문학동네, 2001, 169~171쪽.) 지금에 와서 본다면, 그 기대는 섣부르거나 지나친 희망이었다고 하겠다.

# 나르키소스의 끈질김에 대하여

## 손보미 장편소설『디어 랄프 로렌』[1]

　현대예술의 몰락은 기정사실인가? 낭만주의적 개인의 이상은 지금도 가능한가? '세상의 이치'를 일러주었던 지혜로운 어른들은 다 어디로 가버렸는지 그 자취조차 찾기가 어렵다. 모더니즘은 외상을 입고 숨을 헐떡거리고 있다. 프랑코 모레티는 그 외상의 징후를 이렇게 읽어낸다. "외상은 소설의 시간성에 단절을 가져왔고, 단편소설과 서정시로 향하는 구심적인 경향들을 생성해냈다. 그것은 자아의 통일성을 깨뜨렸고, 자의식의 언어를 소용없게 만들었다. 그것은 중립화된 공간을 벗겨버리고 퇴행적인 의미론적 불안감을 만들어냈다. 결국 교양소설의 형식에서는 아무것도 남지 않았다. 서구적 사회화의 한 국면이 종말을 고했다. 교양소설이 대표하고 또한 기여했던 한 국면이."[2] 이런 진단은 1898~1914년에 이르는 시기의 유럽의 문학적 성취들에 대한 분석을 토대로 한 것이다. 그러니까 1차 세계대전이 일어난 해에 유럽의 교양소설은 예상치 못

---

1. 손보미, 『디어 랄프 로렌』, 문학동네, 2017.
2. 프랑코 모레티, 『세상의 이치』, 성은애 옮김, 문학동네, 2005, 437~438쪽.

한 종결을 맞았다. 그 전쟁의 발발과 동시에 모더니즘은 정신적 외상을 입었다. 근대적 개인의 자유 위에서 활력이 넘쳤던 유럽의 정신사는, 말살과 폐허의 황무지에서 교양의 가능성을 봉쇄당했다. 상실과 고독의 경험을 통한 갱신의 가능성, 그 '변신'의 길은 닫히고 오직 '변조'의 선택지만 남았다. 그 시기가 조금 뒤늦을지는 몰라도, 신자유주의의 질서가 일반화된 비유럽의 주변부 국가들에서도 그런 봉쇄는 어김없이 반복되었다. 손보미의 첫 장편을 읽고 든 생각은 우리에게 아직도 이런 교양소설이 가능한 것일까, 라는 의문이었다.

　이 소설은 전통적인 서사의 형식을 크게 벗어나지 않는다. 수미首尾가 상관한 구조가 그렇고, 알지 못했던 것을 알아가는 해명의 수순이 그러하며, 무엇보다 인간에 대한 그 순정한 믿음의 근대성이 결정적이다. 한 편의 영화를 견주어보면 어떨까. 압바스 키아로스타미의 〈체리 향기〉(1997)가 그것. 인생을 끝장내려는 한 남자가 자동차를 몰고 다니며 도움을 줄 사람을 찾아 헤맨다. 그는 자살하고 난 뒤에 그의 시신을 흙으로 덮어줄 사람을 찾고 있다. 여러 사람들을 만나지만 모두 거절당하고, 어떤 사람은 그에게 욕을 퍼붓는다. 그러던 중에 손자의 치료를 위해 돈이 필요했던 어떤 노인을 만나게 되고, 마침내 그의 허락을 얻어낸다. 확답을 받고 그를 데려다주는 길에 노인은 젊었던 시절의 이야기를 들려준다. 그는 어떤 일로 비탄에 빠졌으며, 죽음을 결심했고, 목을 매기 위해 체리나무로 올라갔다. 뜻밖에도 싱싱한 체리 향기에 취해서 살아야겠다는 의욕이 생겼고, 생각을 바꾸어 땅으로 내려왔다. 남자는 그 순간 문득 알게 된 것이 있었다. 그 이야기를 들려주는 노인의 마음, 누군가를 위하는 그 타애他愛의 마음. 그리고 보니 세상에는 그 누군가를 위해 기꺼이 무언가를 내어주는 사람들이 있었다. 돌이켜보면, 남자의 차가 웅덩이에 빠졌을 때 일하던 사람들이 일손을 놓고 달려와 차를 꺼내주었고, 누군가는 일면식이 없는 그에게 아무런 조건 없이 따뜻한 차를 권했다. 남자는 어쩌면 타인 때문에 상처를 입었는지도 모른다. 그러나 그는 또 다른 타인들 때문에 살아야겠다는 마음을 갖게 되었을지도 모른다. 이 뒤늦은 깨달음, 죽기 위해 나섰던 여정 끝에서 남자는 살아야 하는 이유를 찾을 수 있었다. 타인의 폭력에 잠식되었던 자기를 타자의 발견을 통해 다시 회복하는 주체성. 그리고 영화는 그 각성의 메타적 각성을 위해 카메라를 뒤로 물리면서, 그 장면을 촬영하고 있는 영화현장을 롱테이크로 붙잡아둔다.

압바스 키아로스타미의 영화를 길게 소개한 것은, 〈시민 케인〉(1941)에서 케인이 죽기 전에 남긴 '로즈 버드'라는 말의 의미를 탐색하는 추리의 서사처럼, 이 소설의 구조가 역시 그와 크게 다르지 않다는 생각 때문이다. 길 위에서 만나고, 그 만남들 속에서 깊어지다가, 마침내 그 깊음과 더불어 알아채게 된다는 점에서 영화의 남자(바디)와 이 소설의 남자(종수)는 다르지 않다. 소설은 1954년이라는 시점, 그 시간에 연루된 네 개의 인연들을 설명하는 것으로 시작한다. 하나, 전설이 된 야구 선수 조 디마지오와 결혼한 메릴린 먼로가 도쿄로 신혼여행을 갔다가 비행기를 갈아타고 한국으로 날아와 주한미군

위문공연에 나선 때가 바로 그해이다. 둘, 세계 최초의 원자력 발전소가 건설된 해다. 여기서는 핵무기와 관련된 1930년대 후반의 맨해튼 프로젝트와 그것을 이끌었던 오펜하이머의 반전 운동을 기억해 둘 필요가 있다. 셋, 헤밍웨이가 노벨문학상을 받은 해이다. 그는 비행기 사고를 당해 시상식장에 참석하지 못했다. 넷, 랄프 로렌과 조셉 프랭클이 만난 해이다. 앞의 세 기억이 소설의 어느 부분에서 인물들과 어떤 미묘한 인연으로 연결되어 있음을 보게 되겠지만, 마지막의 사실은 소설의 전체적인 서사에서 압도적인 비중으로 펼쳐지게 될 것이다. 앞의 세 기억이 공적인 성격을 띠고 있으면서 이와 연루된 인물들의 사적인 삶의 어떤 국면을 부각시킨다면, 마지막의 그것은 주관적이고 전면적이며 포괄적인 성격을 띤다. 1954년의 네 기억들은 각각의 사연과 함께 소설 전반을 유기적으로 연결시키는 서사적 기능을 한다. 말하자면, 장편의 서사적 용량을 풀어내는 데 있어 저 각각의 기억들은 내러티브의 일탈과 균열을 예방하는 거멀못이다. 이를 통해 짐작할 수 있는 바와 같이, 소설은 대단히 치밀한 계획하에서 인물과 사건을 배치하고, 시간의 흐름을 편집하였다. 그것은 그만큼 사건의 우발성이 만들어내는 서사적 활력을 제압하고 있다는 뜻이기도 하다.

소설은 종수라는 남자가 모르고 있었던 것들을 '뒤늦게' 알아가게 되는 정신적 여정의 서사로 전개된다. 그 여정이 모름을 해소하는 알아감의 과정이라는 점에서, 그것은 추리소설의 구성법과 통한다. 애거사 크리스티의 모든 작품을 읽고 해제한 시모쓰키 아오이는 『죽음과의 약속』을 논평하면서 이렇게 적었다. "크리스티는 등장인물들의 인간관계라는 드라마를 통해 무엇과도 비할 수 없이 재미있는 이야기를 만들어내는 재능을 지녔고, 작은 미스디렉션을 축으로 한 '의외의 범인'을 놀라운 반전의 핵심으로 삼기를 즐겼다. 그러기 위해서는 등장인물의 수와 인간관계의 폭을 일정한 범위로 한정할 필요가 있었다. 그러므로 '여행지'인 것이다."[3] 그렇다면 종수에게 닥친 비극적인 사건은 무엇인가. 그것은 두 개의 표층으로 이루어져 있다. 하나, 유학을 와서 과학자로 성장해나가고 있는 자기의 경력이 지금 끝장나게 되었다는 것. 그는 인생의 큰 실패를 모르고 살아온 수재였다. 이제 종수는 그 실패를 받아들여야만 하는 처지에 놓이게 되었다. 그는 지금의 그 실패가 무엇에서 비롯된 것인가를 알아내야만 한다. 다른 하나, 그의 첫사랑일지도 모르는 수영과 보냈던 어느 여름, 그녀는 갑자기 냉담하게 변했고 그의 사랑은 거기서 끝나버렸다는 것. 그 사랑은 왜 이루어지지 못했는가, 종수는 이제 그것을 알아내야 한다. 소설 전체의 주요한 축이면서, 이 두 개의 사건을 이어주는 것이 랄프 로렌의 생애에 대한 추적이다. 그렇게 종수는 어느 날 갑자기 난해한 의문 앞에 놓이게 된다. 그 의문에 대한 답을 구하는 추리의 과정은 곧 자기에게 닥친 비참한 운명을 극복해나가는 과정이기도 하다. 해답을 찾아나서는 정신의 여정은 곧 자기 치유와 위안의 여정이기도 하다. 애거사 크리스티 추리소설의 미스디렉션,

---

3. 시모쓰키 아오이, 『애거사 크리스티 완전 공략』, 김은모 옮김, 한겨레출판, 2017, 79쪽.

나르키소스의 끈질김에 대하여　**369**

반전, 의외의 범인, 한정된 범위의 인간관계, 여행지라는 제한된 공간은 일종의 장르 클리셰이다. 앞으로 보겠지만, 그것은 이 소설에서도 정교하고도 적확하게 활용되고 있다.

종수는 어느 날 갑자기 지도교수 미츠오 기쿠 박사로부터 학업 중단을 권유받는다. 그는 종수에게 이곳이 그에게 어울리지 않는다고 말하면서 이렇게 덧붙인다. "종수, 인생은 길어, 정말이지 길어."(25쪽) 비참한 실패를 맞은 그에게 가장 곤란한 것은, 실패 그 자체라기보다 그 실패를 바라볼 타인들의 시선이었다. 그만큼 그는 취약한 사람이다. 그는 다른 사람들의 눈을 피해 집에 틀어박힌다. 술에 취한 채 짐을 싸다가 열리지 않는 서랍 하나를 망치로 박살낸다. 그리고 거기엔 앞으로 펼쳐질 이야기의 단서가 되는 메모 하나가 들어있다. 수영이 보낸 청첩장 안의 메모. "디어 종수, 나는 아주 잘 지내. 곧 결혼식을 올릴 거야. 나는 무척 행복해. 너도 잘 지내길 바란다."(32쪽) 그것을 보고 그는 분노와 좌절감, 패배감과 슬픔, 외로움에 빠져든다. "어떻게 이 모든 것을 잊어버릴 수 있었을까?"(33쪽) 그것은 아마 의도적인 망각이었을 것이다. 받아들이기에는 너무 고통스러운, 그래서 그는 서랍 깊숙한 곳에 그것을 은폐했고, 망각 속에서 겨우 안주할 수 있었을 것이다. 도피로서의 위락과 안락. 그러니까 종수는 얼마나 취약한 사람인가. 그러나 이제 그는 더 이상 안주할 곳을 잃어버렸다. 첫사랑을 이루지 못했고, 9년간의 유학 생활은 타의에 의해서 끝나게 되었다. 그 모든 것을 누구의 탓으로 돌리는 것은 쉬운 일이지만, 지금 그는 서른을 앞둔 나이가 아닌가. 그는 스스로 알아내야 한다, 그 모든 실패의 이유들을. 그러나 그는 엉뚱한 일에 몰두하면서 귀국을 지연하는 도피의 방법을 선택한다. "대체, 랄프 로렌이 **누구지?**"(43쪽) 왜 수영과 그는 랄프 로렌에게 편지를 보내려고 했던 것인가. 수영은 랄프 로렌 수집가였다. 그 브랜드의 모든 아이템을 구했지만, 시계는 구할 수가 없었다. 수영에게 한국 본사의 직원은 랄프 로렌에서는 시계를 생산하지 않는다고 답해주었다. 수영은 그 '생산'이라는 말에 불만을 터뜨리며 '탄생'이나 '창조'와 같은 다른 대체할 말을 생각하지만 마땅한 답을 찾지 못한다. 생산이 아닌 창작으로서의 랄프 로렌, 그것의 물신을 숭배했던 수영의 모더니즘적 감각은 랄프 로렌의 그 포스트모던한 대중성과 기묘한 아이러니를 이룬다. 수영은 완전한 컬렉션을 위해서 랄프 로렌에게 시계를 만들어 달라는 청원의 편지를 보내려고 했고, 그 편지의 번역을 위해 수재였던 종수에게 도움을 구했다. 랄프 로렌은 왜 시계를 만들지 않았는가, 수영의 메모를 통해 옛 기억을 되찾은 종수는 이제 그 해답을 찾아 나섬으로써 지금의 곤경에서 벗어나려고 한다. 일종의 도피전략인 셈.

랄프 로렌이 왜 시계를 만들지 않았는가, 라는 물음은 일종의 미스디렉션이다. 그런데 그것이 왜 독자들을 엉뚱한 방향으로 유도하는 미스디렉션인가. 이를 다시 압바스 키아로스타미 영화의 '체리 향기'에 비견할 수 있겠다. 생의 의욕을 일깨운 것은 체리 향기가 아니라 노인의 그 타애적인 이야기 자체였던 바, 랄프 로렌이 왜 시계를 만들지 않았는가 하는 것 자체가 핵심은 아니다. 어떤 의미에서는 랄프 로렌이라는 인물 그 자체가 체리 향기와 같은 미스디렉션이다. 랄프 로렌이 누구인가를 알아내는 과정, 그가 왜 시계만은 만들지 못했는가를 알아가는 그 과정이 중요하다. 그 과정에서 만나게 되는 진실의 조각들이 중요하다. 그러므로 이 소설에서는 수집가의 열정에 특별한 주의를 기울여야 한다. 진실은 하나의 전체가 아니라 그것의 부스러기들, 그러니까 파편과 조각들을 통해 가늠된다. 발터 벤야민의 수집가란 그렇게 넝마주이로서의 역사가를 일컫는다. 별 하나하나가 따로 빛나며 서로를 비추는 가운데 하나의 성좌를 이루는 것과 같이, 각각의 조각들을 수집하면 역사적 진실의 어떤 반짝임을 볼 수가 있을까. 그렇게 모은 자료의 조각들로 랄프 로렌의 생애를 덮은 베일을 투시하는 과정에서, 알려지지 않았던 비밀들이 밝혀지고, 의도적으로 은폐되고 누락되었던 그의 생애사가 조금씩 복원된다. 에머슨 씨의 버거 가게에 있던 잡지의 비닐 커버엔 이렇게 적혀 있었다. "절대, 찢지 마시오. 절대로. 절대로."(91쪽) 그러나 심란함에 치를 떨던 어느 새벽에 종수는 그 가게로 찾아가, 랄프 로렌의 여동생 메이지 그랜트의 인터뷰가 실린 부분을 몰래 찢어간다. 진실은 반듯한 전체가 아니라 그렇게 찢어진 것들의 불확실한 잔해로써 가늠될 뿐이다. 인터뷰에는 절대 시계를 만들지 말라는 랄프 로렌의 유언이 소개되어 있었다. 소설에는 무수한 인명과 저작들이 소개되고 있으며, 그 각각의 고유명사들이 모여 랄프 로렌이라는 성좌를 이룬다. 그 하나하나의 별들이 조합되어 이루어지는 성단, 예컨대 조지 캠벨이라는 저널리스트는 그의 저서 『합리적 숭고』에서 랄프 로렌의 패션을 이렇게 평가한다. "랄프 로렌에게 창조는 조합에 가까운 것이다. 그는 무엇이든 가져와서 변형시킨다."(64쪽) 그는 모방과 변형을 통해서 독창성이 아니라 새로운 조합을 만들어냈다. 그런 의미에서 그는 포스트모던한 디자이너였다. 그것은 캠벨의 이런 악평이 뒷받침해 주기도 한다. "랄프 로렌에게서는 어떠한 예술적 영감도 받을 수 없다. 랄프 로렌이 파는 것은 이미지일 뿐이다. 거기엔 실체가 없다."(65쪽) 실체가 없는 이미지의 매혹, 그러나 이 디자이너의 포스트모던은 창발적인 차이화 대신에 패션의 특정 프로토콜을 일반화 ― "의상디자인이라는 영역을 완전히 산업화해낸 그의 역할"(307쪽) ― 하는 후기자본주의의 문화논리에 가깝다. 그의 이런 말이 그런 추정에 확신을 갖게 만든다. "내 옷은 인종과 국가의 경계를 무너뜨릴 겁니다. 멋진 사람들은 누구나 제 옷을 입고 싶어할 겁니다. 그들은 내 옷을 입고 싶어서 안달을 낼 겁니다."(46쪽) 사람들을 사로잡은 랄프 로렌의 이미지는 '정확함'과 '단순함'이었고, 그것은 오늘날 미국적인 것의 어떤 성향을 가리킨다. 그렇다면 그 포스트모던한 동물적 정체성의 기원이란 무엇일까. 종수는 랄프 로렌이 누구인가를 알아내기 위해서 그와 관련된 자료들을 필사적으로 그러모으는 중에, 조셉 프랭클이라는 문제적 인물과 조우하게 된다.

텍사스 깡촌의 가난한 소작농의 자식으로 태어난 티모시(랄프 로렌)는 열한 살이 되었을 무렵 부모의 돈을 훔쳐서 집을 떠난다. 뉴욕으로 흘러든 그는 구두닦이로 전전하다가 조셉 프랭클을 만나 그의 집에서 함께 지내게 된다. 티모시에서 랄프 로렌으로의 개명은 과거와의 단절, 곧 존재론적 변신을 함의한다. 1954년은 그 둘의 운명적인 만남이 이루어졌던 해이자 '랄프 로렌'이라는 새로운 실존이 탄생한 시점이다. 그리고 이야기의 중심축은 이제 랄프 로렌에서 그의 유사 아버지인 조셉 프랭클로 이동한다. 종수도 이제는 조셉 프랭클의 흔적을 추적한다. 그가 실력은 형편없지만 오랫동안 권투를 했다는 것, 그리고 그것이 랄프 로렌이 컨디션이 좋을 때 안락의자에 앉아 마치 권투선수처럼 두 팔을 휘두르며 '딱 한 번만 더, 딱 한 번만 더'라고 외치곤 했다는 여동생 메이지 그랜트의 인터뷰 내용과 연결되어 있다는 것을 눈치 챈다. 여러 사람들을 찾아다니며 조셉 프랭클에 대한 증언을 수집하는데, 그 다양하고 엇갈리는 기억들 속에서도 그가 형편없는 권투선수이면서 훌륭한 시계공이었다는 증언은 모두 한결같았다. 그러니까 이는 랄프 로렌 패션의 신조였던 정확함과 단순함의 출처가 어디에 있는가를 가늠할 수 있게 하는 대목이다. 증언에 따르면 그는 뛰어난 수리 실력뿐 아니라 제작에도 훌륭한 솜씨를 갖고 있었다. "그에게 시계 브랜드를 론칭해보라고 줄기차게 권유했지만, 그는 그렇게 하고 싶어하지 않았습니다. 그는 훨씬 더 유명해지고 부자가 될 수 있었지만, 그는 그렇게 하지 않은 겁니다."(138쪽) 왜 그랬을까, 왜 뛰어난 재능으로 부를 쌓을 수 있었지만 그렇게 하지 않은 것일까, 왜 칠십이 넘어서까지 링 위에서 얻어맞기를 자청했던 것일까. 그리고 또 하나, 그는 왜 생면부지의 티모시(랄프 로렌)를 데려다 키웠던 것일까. 후반부의 서사는 이런 의문들에 대한 일종의 응답으로써 펼쳐진다. 그 서사적 전환의 분기점이 되는 인물이 레이첼 잭슨 여사이다. 오랫동안 조셉 프랭클의 집안일을 돌봐주었다는 그녀는 거의 모든 증언자들의 이야기에서 빠지지 않고 나왔던 인물이다. "나는 아마도 잭슨 여사를 랄프 로렌과 조셉 프랭클에 대한 이야기를 찾아가는 일종의 종착역으로 여겼던 것 같다."(152쪽)

종수는 그녀가 죽기 전까지 거의 몇 달간 주기적으로 방문을 해서 녹음기에 그녀의 이야기를 담는다. 백 살이 넘은 그녀가 잠이 들면 그는 영어나 한국어로 수영에 대해서 이야기했다. 그런 행위는 "나의 말이 나의 기억을 불러오는군요"(129쪽)라는 어느 증언자의 깨달음을 실천하는 것이기도 했다. 종수는 그렇게 다른 사람들의 이야기를 듣는 과정 속에서, 회피하려고 억압해 놓았던 수영과의 기억을 용기 내어 마주할 수 있게 되었다. "확실히 사람들의 목소리를 기록하는 동안, 견딜 수 없을 정도로 괴로운 불면이나 자책감이나 걱정 같은 것은 사라졌다."(151쪽) 누군가의 말을 귀 기울여 들을 줄 알게 됨으로써 누군가에게 자기에 대하여 말할 수 있게 되는 것, 그렇게 듣고 말하는 대화를 통해서 타인과 나를 교류시키는 소통의 실현. 그는 조금씩 고통에서 벗어나고 있었고, 타인들의 이야기들 속에서 숨겨져 있던 자기의 모습을 발견할 수 있게 되었다. 한때 랄프 로렌과 염문설이 났던 더너웨이가 어머니의 역할로 출연한 〈엄마의 두 얼굴〉이라는 영화. 종수는 잠이 오지 않는 밤이면 이 영화를 보며 잠을 청했는데, 여기엔 이런 대사가 있다. "얘야, 모든 건 다시 돌아오게 되어 있단다. 그냥 사라지는 건 없어. 알아듣겠어?"(167쪽) 종수는 이 대사를 듣고 자기도 모르게 눈물을 흘리는데, 그에게 이 영화와 더너웨이는 무엇이었을까. 자기의 어떤 결여, 어머니의 빈자리를, 수영이 떠난 자리를 채우는 일종의 환영이었던 것일까. 어쨌든 그는 억압했지만 사라지지 않았던 그 오래된 기억들의 회귀를 더 이상 거부하지 않고 마주할 수 있게 되었다.

레이첼 여사의 기억에 의하면 젊은 날의 조셉 프랭클은 야망가처럼 보였다고 한다. 그랬던 청년이 왜 자기의 탁월한 재능으로 성공을 바라지 않고 링 위에서 두들겨 맞기를 바랐던 것일까. 왜 연고가 없는 티모시를 데려다 키웠던 것일까. 알고 보면 그것은 일종의 속죄 행위였다. 그 비운의 사연에는 2차 세계대전이라는 역사의 참극이 개입되어 있다. 유대인이었던 프랭클은 아리아인 여성과 약혼을 했고, 그들은 가족의 반대 속에서 결혼했지만 여러 이유로 인해 당장은 함께 살 수가 없었다. 프랭클은 스위스 국적이 없었지만, 그의 뛰어난 재능을 알아본 시계 장인 슈빌라의 도움으로 제네바 시계학교에 입학을 할 수 있게 된다. 생활이 안정되면 아내와 아이를 스위스로 불러들이려고 했지만 역사적 상황이 그것을 허용하지 않았다. 그리고 그들은 마지막까지 끝내 서로 만나지 못하고 각자의 운명을 달리했다. 조셉 프랭클이 죄책감을 지울 수 없었던 것은, 야망에 눈멀어서 저질렀던 자신의 기만적인 행동 때문이다. 그는 스위스에서 성공하기 위해 슈빌라에게 결혼했다는 것을 숨기고 그의 딸 이렌과 교제하였다. 이렌이라는 여자는 반전을 이끄는 '의외의 범인'으로서, 그 출연의 분량은 약소

하나 그 서사적 역할은 막대하다. 맨해튼 프로젝트를 지지했던 이렌은, 은폐되어 있던 조셉 프랭클의 야망을 폭로시키는 폭발력을 가진 인물이다. 레이첼 여사는 프랭클이 끝내 아들의 이름을 말하지 않았다고 한다. 그러니까 이 소설의 인물들은 저마다 죄의식에 사로잡혀 있다. 그의 가족들에 이어 프랭클에게 한 마디 작별의 말도 없이 떠나버린 티모시의 그 두 번째 야반도주는 평생에 걸쳐 그의 마음에 깊은 죄의식으로 남지 않았을까. 그래서 그는 남은 혈육인 여동생에게 거금의 유산을 남겼고, 홀로코스트의 희생자들을 위한 기부를 아끼지 않았으며, 끝까지 시계를 만들지 않았던 것일 게다. 배은망덕, 이 말은 그들에게 따라붙은 죄의식의 꼬리표로 그들의 한평생을 지배하였다. 잡지를 찢어간 일을 사과하기 위해 다시 에머슨 씨의 가게를 찾았을 때, 에머슨은 종수에게 이렇게 말하지 않는가. "세상에, 난 당신에게 호의를 베풀었는데 당신은 완전히 배은망덕하게 굴었어!"(255쪽) 종수는 취약한 인간이었고, 용기가 없었으며, 우물쭈물했고, 결과적으로는 수영에게 상처를 주었다. 그 여름에 대한 그의 망각이란 무엇인가, 그리고 레이첼 여사의 입주 간호사 섀넌 헤이스에게 계속 거짓말을 했던 이유는 무엇인가. "나는 그저 도망친 것뿐이었다. 누군가에게 상처를 줬다는 사실로부터, 혹은 (아마도 이 편이 더 적절할 것 같은데) 내가 누군가에게 그토록 미움을 받을 만한 사람이라는 사실로부터."(274쪽)

이제 소설의 최종 장은 그 모든 이야기들의 수집가였던 종수에게 할애된다. 그는 지금껏 그 정신의 여정을 통해 많은 사람들의 기억과 언어를 만났고 기록했다. 그는 그 기록들을 가지고 한 권의 책을 썼다. 그러므로 그 여정의 끝에 결산된 말들이 놓여 있다. 그 책은 무엇인가. 타인들의 말들이 담긴 그 책은, 사실은 자기의 정체성을 재구성해낸 책이다. 그러니까 그것은 상호텍스트적이며 상호주체적이다. 이를 황지우라면 '나는 너다'라고 간명하지만 충격적으로 표현하지 않았을까. 종수는 어떤 사람이었는가. "어쩌면 나는 굉장히 통제된 상황 속에서 자라난 축에 들지도 모른다는 생각이 든다."(71쪽) 그는 자기의 의지를 침해받는 통제된 상황에서 자라났다. 그의 부모는 그에게 이렇게 가르쳤다. "너보다 더 못한 사람을 늘 생각해야 해."(51쪽) 이 말은 역설적으로 인간의 위계를 일깨웠고, 남들보다 못난 사람이 되지 않아야 한다는 자각을 심어주었다. 종수에게 수영은 무엇이었는가. 그 답답한 가르침의 속박에서 자기를 해방시킬 수 있는 무엇, 사랑이었다. 그런 그에게 부모는 말했다. "우리를 창피하게 만들지 말아라."(295쪽) 그리고 그를 미국으로 보내버렸다. "그 시절에 부모님은 내가 공부하는 데 아무런 불편함이 없기를 바랐다. 그건 '특별한 일'이 아니었다."(284쪽) 그런 것이 '특별한 일'이 아니라고 알고 자란 종수는, 그것을 특별하게 생각하는 사람들의 마음을 몰랐다. 그래서 그는 수영에게 더플코트를 주겠노라고, 그렇게 말해버릴 수 있었던 것이다. 수영이 원한 것은 랄프 로렌이라는 브랜드의 더플코트가 아니라 그것을 수집하는 성취의 의욕이었다. 그러나 이제 율리시스의 시간을 돌고 돌아온 그는 알게 되었다. 독신의 작은 이모와 가정에 자기를 걸었던 어머니의 삶 중에 어떤 것이 진짜 행복이었는가를. "우유부단하고 결단성 없고 지지부진"(317쪽)했던 그 태도가 누군가로부터 용서받을 수 있는 기회를 잃게 만들었다는 것을. 랄프 로렌과 조셉 프랭클, 레이첼 여사와 섀넌 헤이스, 조지 캠벨과 앤 라이스, 페이 더너웨이와 메릴린 먼로⋯ 그들 각자의 삶이 그래도 저마다 숭고했다는 것을. 미츠오 기쿠 교수가 매년 노벨상 시상식 다음 날마다 아이스링크에서 절망과 열패감을 떨치기 위해 그 애처로운 점프를 할 수밖에 없는 마음을. 이제 그는 지아 류가 자신의 닫힌 문 앞에서 매일 같이 문을 두드리던 그 노크의 의미를 헤아린다. "나는 내가 진짜 현실을 영원히 외면하게 되기를, 그래서 랄프 로렌과 관련된 그 자료들 속에 영원히 머물 수 있기를 원했지만, 다른 한편으로는 누군가가 나를 이 랄프 로렌의 세계에서 벗어나게 해 주기를 바랐던 것이다."(78쪽) 그 노크는 일깨움이며 위로고, 사랑이며 구원의 두드림이었다. 외면하거나 도망가서는 죄의식에서 벗어나지 못한다. 랄프 로렌은 언론에 노출되어 엄청난 말들을 남겼고, 조셉 프랭클은 일기를 썼으며, 종수는 한 권의 책을 썼다. 쓴다는 것은 과거를 더듬어 현재에 이르는 과정이며, 그 자체로서 하나의 여정이다. 소설의 배경은 시종 뉴욕이라는 공간으로 제한되어 있다. 그 이역異域의 공간이 갖는 의미는 애거사 크리스티 소설의 '여행지'에 비견될 수 있는 어떤 제한성과 더불어, 귀환서사의 여정에서 이른바 고향을 벗어난 이질감과 낯섦을 표현한다. 이른바 성장의 수순을 위한 이계異界로의 떠남과 방황. 자라기 위해서는 멀어지고, 격리되고, 단절되어야 한다. "그리고 이제 정말로 내가 '어디론'가 돌아가야 한다는 것을 깨달았다."(342쪽) 그들은 글을 쓰고 말함으로써, 키클롭스의 공포와 세이렌의 유혹을 물리치고 비로소 귀환할 수 있게 된다. 소설에서 거듭 반복되는 '돌이켜보면'이라는 말, 그것은 돌아볼 수 있는 위치에서만 가능한 말이다. 그러니까 긴 여정 끝에 무사히 귀환한 자들만이 그들의 지나온 자취들을 돌아볼 수 있다. 자기만을 아는 사람이 타인의 마음을 알 수 없는 바와 같이, 앞만 보는 사람은 뒤를 돌아보지 못한다. 타인들의 말을 수집해 한 권의 책에 이르는 그 여정이 바로 그런 것이었을까. 돌아볼 수 있다는 것, 그 반성적 거리만큼 그는 키가 더 자랐을까.

종수는 추리소설에서 탐정이나 형사가 맡는 이른바 '이성적 영웅'이라고 할 수 있는가. 이 소설은 이성적 영웅으로서의 종수가 미스터리한 사건을 파헤쳐 종국에 그 비밀의 문을 여는 그런 이야기가 아니다. 이 소설은 이성적 영웅으로 되어가는, 그러니까 험난한 고행의 길을 걸으며 숱한 난관에 봉착하지만, 이런저런 타인의 도움과 자기의 성찰을 통해 그 난관을 돌파해나가는, 마침내 뜻을 이루고 귀환하는 영웅의 서사이자 성장의 서사이다. 이성적 영웅은 탁월한 추론의 능력, 그 이성적 역량의 월등한 예외성으로부터 출발하지만 종수는 그 역량의 결핍에서 시작한다. 랄프 로렌의 생애사를 추적하는 조각모음의 과정은, 선험적 역량의 초월성이 아니라 그 결핍의 내재성에서 추동되는 교양의 길이다. 선험적인 역량으로 세계를 추리하는 것이 아니라, 추리하기 위해서 추론의 역량과 기술을 연마하는 그 교양의 과정에 방점이 있다. 그 배움이 시행착오와 그것의 교정을 거듭하는 전래의 영웅서사적 방법이 아니라 검색과 수집이라는 방법, 넝마주이의 그것으로 이루어지고 있다는 것은 지식의 편집으로 세계의 상을 가늠하는 오늘날의 풍조와 관련이 있다. 그것의 가장 전범적인 사례는 브리태니커 백과사전의 구성과 편집을 글쓰기의 전략으로 삼은 보르헤스에게서 찾을 수 있을 것이다. 그렇게 수집(배움)의 여정 끝에서 종수는 그 지난한 시간을 되돌아볼 수 있는 사람으로 자란다. 보르헤스의 영향 아래에 있는 사람들은 교양을 위해서가 아니라 그것을 불능으로 만드는 세계사의 흐름을 거스르기 위해 수집한다. 그리고 그것들을 새롭게 편집함으로써, 기성의 세계가 일러준 세상의 이치가 따를 만한 것이 못 된다고 반박한다. 그런 반박의 패기란 언제나 아름답다. 그럼에도 그 수집과 편집이 결국은 하나의 유기적인 전체, 자기라는 환상의 재귀로 끝나버린다면 아쉬운 일이다. 수집가의 열정은 그 적분(축적)의 끝에 미분(분열)되는 자기의 해체를 늘 염두에 두어야 한다. "인용이 그 조각내는 힘에 의해 미리 텍스트를 파괴하는 것이라면, 인용이 텍스트로부터 떼어져 나온 것일 뿐만 아니라 그 이상이 되지 않을 정도로 텍스트를 고양시키는 것이라면, 텍스트도 문맥도 없이 생겨난 파편은 철저하게 인용 불가능한 것이다."[4] 인용 불가능한 파편이라는 것, 그것에 대한 모리스 블랑쇼의 사색은 나르시시즘을 넘어 또 다른 자기를 찾는 비인칭과 익명의 사상을 향하고 있다.

---

4. 모리스 블랑쇼, 『카오스의 글쓰기』, 박준상 옮김, 그린비, 2012, 79쪽.

# chapter 2B

## 치명적인 것들

# 내 안의 장님이여, 시체여, 진군하라!

### 권여선 소설집 『안녕 주정뱅이』[1]

취한다는 말이 새삼스럽다. 사람을 도취시키는 많은 것들 중에서도 그것이 바로 술과 같은 물질이라면, 정신을 취하게 하는 그 숙취의 이벤트는 충분히 유물론적이라 하겠다. 『안녕 주정뱅이』는 그렇게 인생사 도취의 형이상학을 유물론의 이치로 심오하게 품어낸 소설집이다.[2] 그러니까 그 단편의 면면들은 명징한 이성의 논리로는 쉽게 접근하기 어려운 미묘한 지대를, 알코올의 화학적 힘에 기대어 더듬거린다. 취하지 않고서는 견딜 수 없는 일들 앞에서, 우리는 그 무엇에라도 기대려고 하

---

1. 권여선, 『안녕 주정뱅이』, 창비, 2016.
2. 예술에서 음주의 의미는 시대의 흐름에 따라 변해왔다. 도취하게 만드는 매개물들의 양과 질은 현대에 이르러 압도적으로 진화하였으며, 그것은 예술에서 알코올의 지위를 크게 흔들어놓았다. 그럼에도 술과 문학의 근대적 친연성은 이렇게 분명하게 정리할 수 있다. "술은 어쩌면 보들레르 이후 문학의 혁신에 가장 크게 기여한 동인 가운데 하나인지도 모른다. 그것은 작가들의 생활양식은 물론이요, 형식상의 탐구들에도 영향을 미쳤다. 그러한 탐구들을 보다 즉흥적인 방향으로 발전하게 했던 것이다. 술은 인간으로 하여금 자신의 의식을 분열되고 와해된 것으로 간주하게 만든 동향에 동참했으며, 도덕적 질서를 뒤흔들었으며, 폭력과 성에 대한 인식을 변화시켰다. 또한 수많은 소설들에 분위기 또는 소재를 제공했다."(알렉상드르 라크루아, 『알코올과 예술가』, 백선희 옮김, 마음산책, 2002, 155쪽.)

는 미약한 존재라는 것. 난폭 앞에서 항거하지 못하는 자기의 무력함을 증명이라도 하려는 듯이, 술에 취해 비틀거리는 삶들. 그렇게 취한 말들과 함께 바르게 서 있지 못하는 어떤 비틀거림이, 오히려 각각의 작화作話를 논리적인 완결로 미봉하지 않게 만들었다. 인생의 독배가 예술의 축배가 되는 이 아이러니야말로 권여선이라는 고단수의 주객酒客이 얻어낸 고귀한 행운이 아닐는지. 그래서 이 작가의 주흥을 두고 마르그리트 뒤라스를 떠올리는 것은 아무래도 어울리지 않는다. 두 작가에게 있어 알코올은 전혀 다른 매질로써 그들의 글쓰기를 이끌어내었다고 할 수 있으니까. 무엇보다 죽음과 음산한 부패를 떠올리게 하는 뒤라스의 술은 타락과 깊이 연루되어 있었다. 그에 반해 권여선의 술은 어루만지는 것이고, 북돋우는 것이며, 무엇보다 함께 나누는 것이 아닌가.

일곱 편 모두가 고르게 단단한 이 소설집을 다 읽은 뒤에 곧바로 든 생각은 이런 것이다. 무엇보다 '작가의 말'에다 이렇게 적어놓은 권여선이라는 사람은 누구일까. "술자리는 내 뜻대로 시작되지 않고 제멋대로 흘러가다 결국은 결핍을 남기고 끝난다." 홍상수의 영화에서 남자와 여자가 그렇게 마셔대는 징한 차이의 반복이 바로 그 '결핍'과 관련된 것이 아니었던가. 끝내 헛헛할 뿐이지만 '짝'을 찾는 그 애틋한 몸짓의 무한한 도전과 좌절을, 그럼에도 그렇게 되풀이할 수밖에 없는 '홀'들의 그 채워지지 않는 실존의 구멍. 채우려고 마시는 술이지만 취할수록 게워내고, 끝내 텅 빈 걸음으로 구역嘔逆의 밤길을 걸어갈 수밖에 없게 하는 통음의 덧없음.3 그러니까 술이란 영원히 해결될 수 없는 자기의 고독을 확인하는 단독성의 매개물이다. 그것을 아는 지독한 사람과 함께 술을 마신다는 것은 얼마나 농염한 희롱의 시간일 것인가.

「봄밤」은 제목이 같은 김수영의 시를 이렇게 인용하고 있다. "아둔하고 가난한 마음은 서둘지 말라. 애타도록 마음에 서둘지 말라. 절제여 나의 귀여운 아들이여. 오오 나의 영감靈感이여"라는 구절. '절제'라는 어휘가 이 시구를 지배한다면 '아둔하고 가난한 마음'이 바로 그 절제의 대상이다. 그러니까 '절제'는 '서둘지' 않는 행동이다. '아둔하고 가난한 마음'이지만 서두르지 않고 절제해야 한다는 것. 그래야 아둔과 가난이 마치 '귀여운 아들'과도 같은 무엇을 낳는 위대한 '영감'의 순간으로 비약할 수 있다는 것. 그러니까 소설은 그 절제로써 사랑했던 여자의 이야기다. 수환과 영경, 아내에게 배신당한 남자와 남편의 식구에게 자식을 빼앗긴 여자. 그렇게 서로의 아픔을 이해하는 사람들이 어느 봄밤에 만나서 꾸린 가정. 그러나 남자에게 찾아온 악성의 류머티즘과 여자를 사로잡은 알코올 중독이 이 가정을 흔들어버린다. 상처받은 자들의 애틋한 만남이 불

---

3. 영원히 채워지지 않는 결여를 견디는 무한한 채움의 행위. 그 덧없는 반복의 유용함에 대해서는 이런 견해를 참조해 보아도 좋겠다. "마지막 잔을 마시는 순간을 무한히 늘일 수만 있다면 그것이 알코올 중독자에게는 가장 이상적인 일일 것이라고 들뢰즈는 『천 개의 고원』(Mille plateaux)에서 말하고 있다. 알코올 중독자는 매번 자신이 마시고 있는 잔이 마지막 잔이며 그것만 마시고 나면 그만 마실 거라고 자기 자신과 주변을 납득시키려고 애쓴다. 따라서 알코올 중독자의 현재는 '마지막 잔의 연속'과 마찬가지이다."(같은 책, 119~120쪽.)

운의 덫에 걸렸으나, 남자와 여자는 서둘러 절망할 수 없었다. 밤이 봄을 삼키듯 병이 육체를 뒤덮으나, 끝끝내 그들은 서로를 포기하지 못했다. 더는 참지 못하고 술을 마시러 나갈 수밖에 없는 여자를 기어이 붙잡지 않는 남자의 마음이, 서둘러 절망하지 않는 예의 그 '절제'였으리라. 여자가 마지막 외출을 나간 사이 남자가 죽고, 장례가 끝난 뒤에야 의식불명이 되어 요양원으로 실려 온 여자는 마침내 알코올성 치매로 정신을 놓아버린다. 그러나 이 여자의 언니들은 그것이 또한 견디기 힘든 것을 견뎌낸 엄청난 '절제'였음을 알았다. "연경의 온전치 못한 정신이 수환을 보낼 때까지 죽을힘을 다해 견뎠다는 것을, 그리고 수환이 떠난 후에야 비로소 안심하고 죽어버렸다는 것을, 늙은 그들은 본능적으로 알았다." 여자는 금주禁酒를 견뎌내지 못한 것이 아니라 음주를 통해 죽어가는 남자와의 이별을 견뎌내었던 것이다. 그러니까 술은 그녀를 절제할 수 있게 해 준 유일한 방법이었다. 봄밤에 만나서 봄밤에 헤어진 두 사람의 사랑은 그 절제로 인하여 하나의 '영감'으로 빛나게 되었으리라. 정신을 놓아버린 여자를 온종일 울게 한 그 '귀여운 아들'은 "조숙한 소년 같기도 하고 쫓기는 짐승 같기도 한, 놀란 듯하면서도 긴장된 두 개의 눈동자"로 그녀를 찾아왔다. 봄이 밤을 지새웠듯이 그들의 병든 육체는 술로써 절제를 얻어 '귀여운 아들'을 잉태할 수 있었다. 다른 여자에게 연인을 빼앗기고도 말없이 참았던 한 여자, 이 여자의 남자였던 간병 소년 종우의 그 가벼운 삽화마저도 봄밤의 절제를 현상하는 이야기로 연결해내는 섬세함. 마찬가지로 「봄밤」은 남자와 여자의 가족들이 내뱉은 짧은 탄식마저도 가벼이 넘겨버릴 수 없는 생의 이치로 무겁다. 그러므로 나는 이 소설에 대해 이렇게 말할 수 있겠다. 시를 녹여낸 소설의 연금술, 하나의 쉼표마저도 아득한 비밀을 품은 세계.

「봄밤」이 절제의 고통으로 이룩한 사랑의 한 모습이었다면, 「삼인행」은 당도함으로써 끝나는 여정이 아니라 도착 없는 여행을 통해 유예될 수밖에 없는 남녀의 이별을 그리고 있다. "우리 다시는 서울로 못 돌아가도 괜찮을 것 같지 않냐?" 이들의 여행기는 재귀함으로써 완결되는 여타의 여행서사들과 다르다. 그 귀환의 불투명함과 더불어 이 여행이 특이한 것은, 주란과 규, 이 부부의 이별 여행에 친구 훈이 함께하는 '삼인행'의 형식이다. 훈은 여행의 동반자이자 관찰자다. 그 관찰의 예리함으로써 훈의 서사적 기능은 미학적 감응을 불러일으킨다. 소설의 처음과 끝에 대한 관찰이 이러하다. 여행을 떠나기 위해 부부를 기다리는 훈이 주차장 축대를 묘사하는 첫 장면. "축대를 구성하는 회색빛 축석들은 찍어낸 듯 모양과 크기가 똑같았는데, 표면에 새겨진 무늬가 아무리 봐도 불가해하고 불균형했다." 반복 속의 차이, 같음 속의 다름, 그러니까 지속 가운데의 단절을 이 문장은 그렇게 표현했다. 회색빛 축석의 똑같은 크기와 모양이 무미건조한 지속이라면, 그 표면에 새겨진 불가해하고 불균등한 무늬는 우연한 단절인 것이다. 무료한 반복을 견디게 하는 것은 그 느닷없는 단절이 발생시키는 놀라운 차이들이다. 그러므로 차이는 반복을 구원한다. 그러나 차이는 반복 가운데서 태어나고 우연이란 필연을 극복한 창조이기에, 마찬가지로 반복은 차이의 씨앗이다. 그러니까 이 삼인행은 바로 그 반복과 차이를 부정의 변증법으로 돌파하는 만만치 않은 여정임을 알 수 있다. "갑자기 뭔가 중단되었을 때에야 그것의 지속을 얼마나 갈망해왔는지 알게 되듯, 훈은 잘린 시간의 단애 앞에서 화들짝한 분노와 무력한 애잔함에 사로잡혔다." 그리고 훈이 묘사하는 소설의 마지막 구절. "눈 내리는 창백한 회색 풍경 속에서 알아볼 수 있는 거라곤 세로로 비스듬히 뻗은 길의 윤곽선과 왼편에 있는 작고 네모난 창고, 오른편의 널찍한 타원형 텃밭 정도였다." 눈이 천지인 세상에서 경계의 완고함은 힘을 잃는다. 눈에 묻혀 보이지 않는 것들 속에서, 보이는 것들을 가까스로 분별해 내는 것, 그것은 역시 반복의 따분함 속에서 깨닫게 되는 차이의 경이로움에 비견될 수 있을 것이다. 보이지 않는 풍경 앞에서 보이는 것들을 분별해내려는 것은, 반복 속에서 간절하게 차이를 소망하듯, 이 여행의 길 위에서 그들이 얼마나 애타게 무엇인가를 갈구하였는지를 가늠케 한다. 그러나 찾지 못하였으니 쉽게 돌아갈 수가 없다. 서울로의 귀환을 망설이는 것은 그 때문이다. 앞서 첫 장면의 주차장 묘사가 '회색빛 축석'을 가리키고 있었던 것을 상기할 때, 마지막 장면의 묘사가 '창백한 회색 풍경'이라는 것이 흥미롭다. 이 의외의 호응이 '회색'으로 공통되고 있음이란, 그 어두운 빛깔이 세계에 대한 어떤 태도의 시종일관을 가리키는 것이리라.

명확한 서술은 없지만, 어느 새벽마다 규에게 찾아온다는 '그놈'이 규를 술 마시게 했고, 그 불면과 음주의 여파가 이 부부의 관계를 흔들어놓지 않았을까. '그놈'은 감각적 실체가 아니라 일종의 환영인 것처럼 여겨지며, 그리하여 그 헛것을 감각적으로 표시한 것이 '회색'이 아니었을까. 부부의 관계를 뒤흔드는 보이지 않는 힘의 실체, 관찰자이자 여행의 동반자 훈은 그것을 회색으로 시각화함으로써 보이지 않는 관념을 감각적인 것으로 육화하려 했다. 그러나 결국 그것은 육화되지 않았으며, 아무리 술을 마셔도 끝내 그 실체를 볼 수는 없었다. "옅은 취기로도 그들은 위태했다." 이별여행이로되 이별해야하는 근원적인 이유에 이르지 못하는, 끝끝내 목적지에 도달하지 못하는 여행. 길가메시도, 율리시스도, 바리데기도 힘겹게 찾아갔지만 다시 돌아와야만 하는 곳이 있었다. 그러나 도착하지 못한 이들은 쉽게 되돌아오지 못한다. 그렇다면 나는 이 소설에 대해 이렇게 말해야겠다. 그 회색빛의 떠돎을 통해 완결되지 않는 이 세계의 아포리아에 눈뜨기. 더불어 이 소설에서도 여행이라는 주선율의 서사 곳곳에 간간이 삽입된 에피소드들이 다채롭다. 한참을 우회해 들른 식당의 개가 졸음을 참은 이유를 두고 벌인 규와 훈의 토론, 만종분기점을 지나며 박종철 열사를 떠올린 규의 뜬금없는 연상에 대한 두 사람의 동의 등등. 이들은 여정의 곳곳에서 우연하게 마주친 것들에 대하여 마치 필연적인 행동인 것처럼 대립하거나 동의한다. 그러나 그들의 의사소통은 번번이 결렬되고 말았다. 이런 도돌이표 같은 결렬 역시 종착 없이 떠돌 수밖에 없는 이 세계의 어떤 불가해함을 현상하는 것이겠다.

　소통 불가능한 말들, 도착 불가능한 여행, 그것을 발신과 수신의 어긋남이라는 우편의 존재론으로 사유한 데리다의 언술에 기대어 살펴볼 수 있겠다. 그것의 심오한 요지를 아즈마 히로키는 이렇게 서술한다. "존재자와 존재 사이의 존재론적 차이 대신에 시니피앙과 에크리튀르, 존재자와 그 유령 사이의 차연이 목소리의 수면에 계속해서 미세하게 거품을 일게 한다."[4] 이 소설집이 주시하는 것이, 역시 그 비밀스런 어긋남이 불러일으키는 미세한 거품이라 하면 어떠할까. 그리고 대체로 그것은 끝내 맺어지지 못한 남자와 여자의 굴곡진 사연으로 드러난다. 「이모」, 「카메라」, 「층」이 그러한데, 어떤 오인과 오해가 결렬로 이어지는 나머지 두 작품에 비해, 「이모」가 그것을 풀어내는 방식은 매우 심원하다. 글을 쓰는 조카며느리를 화자로 삼은 일종의 액자식 구성을 통해 '이모'가 초점인물로 제시되는 서사의 형식은 자못 현란하다. 「삼인행」의 서술자이자 관찰자인 훈이 맡았던 역할을 조카며느리가 맡고 있는 셈인데, 그녀는 시어머니가 그의 언니(이모)가 남긴 '편지'에 서려 있던 무섭고 서러운 기운에 대해 말했을 때, 그것을 감지할 수 있는 공감의 역량으로써 이모를 대신해 말할 수 있게 되는 자격을 얻는다. 그렇다면 그녀를 통하여 재현되는 이모는 어떤 사람인가. "그녀는 오로지 자신만을 위해 요리하며 일인분의 음식을 만드는 데도 정성을 다한다." 오로지 자기만을 위해 요리하는 이런 자각적이고 의식적인 행위는, 그동안 타인의 삶을 위해 탕진되었던 자신의 삶을 애써 보상하려는 것이라는

---

4. 아즈마 히로키, 『존재론적, 우편적』, 조영일 옮김, 도서출판b, 2015, 366쪽.

점에서 일종의 강박적 행위라고 하겠다. 오직 자기만을 위한 담배와 술 그리고 사치스럽다고 여겨질 정도의 안주는, 희생당했던 자기 삶의 공백을 채우는 애틋한 보상의 매개물이다. 그 희생의 근원이 가족이라는 데에 주목해야 하는데, 엄청난 술꾼 남편을 인내로 받아냈던 어머니의 희생적 삶은 이모에게 그대로 대물림 되었다. 맏딸로 태어난 이모는 평생 결혼도 하지 못하고 가장의 책임을 떠맡아야 했다. 그리고 남동생의 사업 실패를 고스란히 떠안았다. 이모는 췌장암에 걸린 뒤에야 '편지' 한 장을 남기고 그 집에서 놓여났고, 혼자 2년을 살다가 가볍게 세상을 떠날 수 있었다. 그러니 그 2년으로는 보상받을 수 없는 여자의 회한이 그 편지에 어떤 기운으로 서려있는 것은 너무도 당연하다. 맥주와 간식 따위를 사 온 조카며느리에게 하는 이런 말 속에 이모의 신산한 생애가 아른거린다. "우리 서로 만나는 동안만은 공평하고 정직해지도록 하자. 나는 네가 글을 쓴다는 것도 좋지만 내 피붙이가 아니라는 것이 더 좋다. 피붙이라면 완전히 공평하고 정직해지기는 어렵지." 공평과 정직에 대한 바람과 피붙이에 대한 의심 사이에는 이모의 고통이 선명하다. 그런데 그 고통은 빼앗긴 과거에 대한 고착으로 인해 더 깊고 진하다. "그녀는 시간 가는 줄 모르고 과거에 깊이 몰입했다 한참이 지난 후에야 몽유에서 깨어나듯 현실로 돌아오곤 했는데, 그럴 때면 몹시 화가 났고 풀 길 없는 원한에 사로잡혔다." 그리고 이제 소설은 이모가 과거에 사로잡혀 있던, 그 희망 없는 원망의 시간에 대한 사연을 들려준다.

지폐를 건네자 손을 내미는 노숙자와 눈이 마주치던 때의

"기이한 섬뜩함", 얼어붙은 수도 계량기를 드라이어로 녹이던 옆집 남자의 등허리를 노려보며 느꼈던 "오싹한 증오", 이런 갑작스런 감정의 동요에는 오래전 사랑했던 한 남자에 대한 기억이 작용하고 있다. 그 노숙자의 눈빛과 옆집 남자의 등허리는 "그녀 인생에서 가장 아름다웠던, 병아리 빛깔의 수채화 같던 그 봄날의 오후"와, 그 환희의 시간을 빼앗아버린 것들, 그것에 대한 "어두컴컴한 증오"를 불러왔다. 아마도 동생의 부도를 대신 감당해야 했던 그때에, 4~5년간 사귀었던 그 남자와 결별해야 했던 것이 아니었을까. 이모는 교통사고로 남자가 죽고 난 뒤에도, 그 남자의 어린 부인에 대한 소식에 집착하였다. 이모는 대학 시절의 어느 날 자기에게 구부정하게 등을 구부리고 손을 내밀었던 남자의 그 손을, 알 수 없는 충동에 사로잡혀 피우고 있던 담뱃불로 지졌다. 그 미지의 '충동'에 대해 이모는 이렇게 말한다. "성가시고 귀찮았던 거지. 단지 그뿐이었어." 이 말을 그대로 믿어도 좋을까. 이모는 한때 "'나는'이라는 글자를 쓸 때마다 자신이 앉은뱅이가 되어 다시는 일어설 수 없을 것 같은 공포 때문에", 그 말을 쓰지도 입에 담지도 못했을 만큼 '나'를 억압당한 채 살아야 했다. 자기를 억압당한 여자가 자기에게 호의를 보이는 남자의 손바닥을 담뱃불로 지지는 것은 일종의 발작적 행동이다. 어찌어찌하여 몇 년을 사귀었지만, 끝내 헤어질 수밖에 없었던 그 발작의 사랑. 그렇다면 이모가 그런 과거를 기억하며 술을 마시고 이야기를 풀어낼 수 있었던 생의 그 마지막 시간은 얼마나 고귀한가. "이모 스스로도 그 겨울밤에 대해 몇 번이나 되풀이해 얘기했고, 얘기를 할 때마다 뭔가 조금 달라진 것 같지 않으냐고 물었고, 나도 그런 것 같다고 대답하곤 했다. 어쩌면 기억이란 매번 말과 시간을 통과할 때마다 살금살금 움직이고 자리를 바꾸도록 구성되어 있는 건지도 모르겠다." 술을 마시며 이야기할 상대를 필요로 했으며, 매번 달라지지만 되풀이해 말할 수밖에 없었던 한 여자의 삶이란 무엇인가. 이야기를 하는 것으로도, 술로도 달랠 길 없는 이 여인의 이루어지지 못한 사랑이란 무엇인가. 남은 시간을 수녀처럼 검소하게 살았으며 가족들에게 유산을 남긴, 그러나 끝끝내 "불가촉천민처럼, 아무에게도, 가닿지 못하게" 살아온 여자의 한 생애. 피붙이를 위한 삶 때문에 다른 누구와도 함께할 수 없었던 천민의 삶. 그럼에도 질기게 살아온 한 생애, 그렇게 살아낼 수 있었던 것은 무엇 때문이었을까. 헌신이라고는 도저히 말할 수 없는 그 시간들에 대한 증오와 분노, 그리고 서러움. 이모의 인생이란 과연 그런 것으로 견뎌낸 삶이었을까.

자기의 마지막 남은 시간을, 조카며느리에게 과거의 사연을 들려주며 보냈던 것은, 언제 도착할지도 어떻게 읽힐지도 모르는 그녀의 유언과도 같은 '편지'를 대필하게 한 것이었으리라. 그 편지에는, 집을 나올 때 두고 온 편지에 담겨 있던 분노와 원망을 찾기 어렵다. 이모는 생의 마지막 시간을 수녀와도 같은 엄격한 기율을 통해 단련함으로써 자멸적인 증오의 정념을 다스릴 수 있는 인간으로 거듭날 수 있었다. 간소한 생활의 반복 속에서 최대한의 검약을 실천하였으며, 과거의 구속에서 벗어나 비로소 지금의 나를 되찾았다. 그리고 이제 그녀는 가족에게 희생당했다는 원망의 마음에서 놓여나, 자기의 것을 남은 가족에게 기꺼이 다 주고 떠날 수 있었다. 그렇다면 이모가 죽음의 그 순간까지 살아냄으로써 써낸 이 편지를, 어긋남의 우편적 존재론 속에서 우리는 어떻게 읽어야 좋을까. 그녀는 죽음을 살아내는 그 끝의 과정을 통해, 발병 이후 새롭게 태어난 자기의 갱신된 존재론을 전달하고 싶었을지도 모른다. 그리고 그 편지는 집을 나오면서 써 놓고 왔던 편지를 지양하는 전혀 새로운 전언과 형식의 편지여야만 했다. 대리인을 통해 발송된 이 편지가 언제 누구에게 어떻게 수신될지는 모르지만, 최소한 "불가촉천민처럼, 아무에게도, 가닿지 못하게" 그렇게 되지는 않으리라고 나는 믿고 싶다.

「카메라」와 「층」은 우연히 개입된 부주의한 오인이 오해로 비등해 남녀의 결별로 이어진 안타까운 어긋남의 이야기다. 먼저 「카메라」의 문정과 관주, 이 둘의 결별에 관한 이야기에도 「삼인행」의 훈이나 「이모」의 조카며느리가 그랬던 것처럼, 관주의 누나 관희가 중요하다. 그녀는 한때 문정과 직장 동료였다. 어느 자리에서 다시 만나게 된 문정과 관희, 그리고 이어진 두 사람의 술자리에서 문정은 비로소 관주의 죽음을 뒤늦게 알게 된다. 두 사람이 영화관에서 가벼운 실랑이를 벌였던 날 이후에 관주는 어이없이 죽고 말았다. 그런 사정을 알지 못했던 문정은 아무런 연락이 없는 관주를 오해했고, 그녀 역시 연락을 하지 않았고 둘은 그렇게 다시는 만날 수가 없었다. 관주는 어느 불법 체류자로부터 그를 고발하기 위해 사진을 찍었다는 오해를 받고, 실랑이 끝에 마침 구청에서 새로 간 돌길의 바닥에 머리를 찧고 죽었다. 관주의 죽음은 사진을 찍고 싶다고 이야기를 꺼냈던 문정 때문인가, 불법 체류자 때문인가, 아니면 구청에서 새로 깐 돌길 때문인가. 그 우발적인 죽음의 인과론을 따지는 부질없음에도 불구하고, 그런 느닷없음이란 필연을 초과하는 삶의 어떤 불가해한 비밀을 암시하는 듯하다. 관주의 누나 관희는 동생의 연인이었던 문정에게 말한다. "나는요, 문정씨, 가난하고 못 배우고 생각 없는 사람들이 미워요." 아마 동생을 죽게 만든 불법 체류자를 염두에 둔 말이겠지만, 잔혹함은 언제나 그런 순진과 무구에서 비롯된다는 아이러니를 가리키는 것이리라. 그녀로서는 동생의 죽음을, 그 인정하기 싫은 상실을 받아들이기 위해서라도 누군가를, 또 무엇인가를 탓할 수밖에 없었는지 모른다. 언젠가 술에 취한 관주는 관희에게 이렇게 말한 적이 있다. 누나는 "나쁜 사람이 될 능력이 없는 사람"이고, 그것은 "꼭 착한 사람이어서가 아니라 악에 대해서 무능한 사람"이라고. 착함의 이런 무능력이 아무 이유 없이 사람을 죽게도 만든다는 역설. 문정과 관주는 서로를 배려하다가, 아니 자기의 그 착한 배려를 상대에게 고집하다가 서로를 오해했다. 하지만 이제 관주는 죽고 카메라만 남았다. 그렇게 인생이란 우연에게 잠식당한 필연의 늪에서 뒤늦은 안타까움으로 질퍽거리는 낯선 후회인지도 모른다. 그래서인가, 소설의 마지막은 어떤 갑작스러운 고지로 인해서 충격적이다. "흔적도 없이 사라진 그들의 아이와 달리 카메라는 흠집 하나 없이 말짱했다." 영화관에서의 작은 실랑이는 그 이면에 이런 사연을 숨기고 벌어진 일종의 표면이었구나. 그러니까 이 소설은 결연되지 못한 남자와 여자를 통해 우연의 이면에 잠복한 필연을, 착함의 이면에 내재한 폭력을, 잉태했으나 출산하지 못한 비극으로써 드러낸 것이다.

관주의 죽음에 대한 인과론적 설명이 무망한 것처럼, 여자가 떠난 이유를 다른 데서 찾고 싶은 「층」의 남자는 역시 무망한 인과론에서 위로를 구하려고 한다. "그때 그 모든 일이 사촌 탓이라고 생각했다. 아니, 인희 탓이라고 생각했다. 하여튼 자기 탓은 아니라고, 자기 잘못은 아니라고 생각했다." 이 단편은 인태와 예연의 시점을 교차적으로 병치하면서, 그 어떤 오인과 오해로 인해 두 사람이 결별에 이른 사연을 사후적으로 회고한다. 남자는 자신이 없었고 여자는 너무 성급했다. 라디오에서 흘러나오는 〈돈데 보이〉를 단서로 남자는 오래 전 연락이 끊긴 여자를 떠올리고, 그 어감 때문에 돈을 연상하고, '돈데 보이'의 뜻을 헤아리고는 집나갔다가 애를 배고 돌아온 정신지체의 누이 인희를 생각한다. 그러니까 지금 남자는 여자의 부재를 쓸쓸한 연상의 놀이를 통해서 견디고 있는 것이다. 인희의 존재를 여자에게 들키고 싶지 않은 남자의 마음이 오해의 빌미가 되었다. "자신의 삶에 낯선 무언가가 들어와 오래 머무르거나 지속될 수 있다는 감각을 그는 가진 적이 없었다." 이러한 감각의 결여, 그 결여를 가져온 것이 인희의 존재와 결부된 가족의 내밀한 사연인지는 모르겠다. 그러나 여자가 그 결여를 채우는 대리보충의 존재로 현전할 수 없다는 것은 분명하다. 그러므로 남자가 느끼는 여자와의 '거리'는 절대로 해소될 수 없는 궁극의 아포리아다. 여자 역시 넉넉한 부모에 의존하던 시기를 끝내고 홀로 자립하는 과정의 힘겨움 가운데 남자를 만났고, 그 만남이 힘겨움을 덜어줄 것이라고 믿었는지는 모르지만, 그것은 어디까지나 자립이 아니라 의존일 뿐이다. 박사과정을 마친 여자가 대학에 자리를 잡는 과정도 회식 자리의 불판 위에서 꿈틀거리는 꼼장어처럼 징그럽지만, 그것을 견뎌야만 그 자리에 안착할 여지라도 얻을 수 있는 세속의 이치가 무섭다. 그 회식 장소가 남자의 부모가 한다는 꼼장어집인지 확인할 수 없고, 남자 강사가 일행들을 데리고 가려 했던 민태인지 진태인지 하는 초밥집이 남자의 그 인태초밥인지도 분명하지 않지만, 이런 우연한 접점들마저도 남자와 여자의 이루어지지 못한 인연을 애틋하게 환기시킨다는 점에서 놓치지 말아야할 디테일이다. 꼼장어 토막을 보고 남자들의 고추를 떠올리는 여자, '돈데 보이'와 연관된 '초추의 양광'이라는 말에서 '꼬추의 발광'을 떠올리는 남자. 이렇게 닮은 듯 다른 남자와 여자는 그 불가촉의 거리를 견디지 못하고 결별할 수밖에 없었다. 남자는 너무 소심하였고, 여자는 너무 이기적이었던 것일까. 서로의 존재를 각자의 결여를 채우기 위한 대상으로 삼으려 했던 마음은, 결국은 그렇게 실패로 귀결될 수밖에 없는 것이리라. 소설의 마지막, 여자는 집을 비운 사이 누군가가 머물다 갔다는 불안한 의심 속에서 그 불청객의 흔적을 찾아내려고 한다. "생전 처음 어떤 어리광도 없이 견딜 수 없는 것을 홀로 견뎌야 하는 어린애처럼 그녀는 식은땀을 흘리며 무엇인가를 견디고 있었다." 발견 불가능한 흔적을 찾는 무모한 행동을 시작하는 그 순간이, 홀로 무엇인가를 견디는 참다운 자립의 순간이라는 것을 여자는 이제 알게 되었을까.

권여선의 인물들은 이처럼 관계의 결렬 속에서 깊숙한 외로움으로 침잠한다. 술은 진정 외로움의 친구가 아니던가. 사람들 사이의 뒤틀림이나 어긋남이야말로, 홀로 잘난 체하며 살 수 없는 인간에게는 가장 가혹한 일이다. 「실내화 한 켤레」는 14년 만에 만난 여고 동창들의 이야기였다. 혜련과 선미와 경안, 14년이라는 시간은 그들에게 무엇이었을까. 「삼인행」의 구성법은 여기에서도 새롭게 변주되고 있으며, 훈의 역할에 가까운 것은 경안이다. 14년 만의 만남을 가능하게 한 것은 TV에 출연한 경안 때문이었다. 만남은 각자의 외로움을 타개하는 방법일 수 있지만, 그 만남이 어떠하였기에 그들은 다시 흩어져 제자리로 돌아가 버린 것일까. "어떤 불행은 아주 가까운 거리에서만 감지되고 어떤 불행은 지독한 원시의 눈으로만 볼 수 있으며 또 어떤 불행은 어느 각도와 시점에서도 보이지 않는다. 그리고 어떤 불행은 눈만 돌리면 바로 보이는 곳에 있지만 결코 보고 싶지가 않은 것이다." 그 만남이 결국은 자기의 불행을 다시 한 번 확인하는 것이었기에, 그들은 다시 만날 수 없었던 것인지 모른다. 불행의 '거리'가 제 각각이듯이 각자의 삶을 살고 있는 그들 간의 거리 또한 불가촉의 암연으로 '층'이 나 있었던 것은 아닐까. 부유한 집안의 혜련이 원시遠視라는 것이 상징적인데, 학창 시설의 경안은 적당한 거리를 두고 이들을 바라보았다. "적당한 거리감을 두고 바라본 그들은 언제 어디서 마주쳐도 싱그럽고 은은한 행복감을 주는 꽃이나 노을 같은 존재였다." 그러나 선미에 대해서는 잘 알지 못했고, 지금도 그녀는 미묘한 비밀들로 의심스럽다. '실내화 한 켤레'는 14년 전의 어느 기억에 덮여있던 비밀스런 선미의 존재를 일깨운다. 혜련으로부터 경안을 떨어뜨려 놓으려 했던 선미의 의심스런 행동은, 예쁘고 부유한 친구를 독점하고 싶었던 먼 시절의 어린 마음만은 아닌 것 같다. 거실 벽면에 실물 크기의 자기 독사진을 걸어놓은 선미의 나르시시즘, 어렸을 때 오빠 둘이 동시에 죽었다는 그녀의 고백, 실존의 인물인지가 의심스러운 그녀의 남편과 쌍둥이 아들. 이미 혜련과 서로 교류하고 있던 선미는, 14년 만에 다시 경안이 나타나자 불안했던 것이 아닐까. 그날 밤새 술을 마시고 혜련은 다급히 경안의 집을 나가버렸고, 그들이 다시는 같이 만나지 않게 된 것도 '실내화 한 켤레'의 기억처럼 선미의 알 수 없는 거짓말 때문이 아니었을까. 경안은 선미의 집을 방문하고 나오면서 "선미를 휘감고 있는 묘한 분위기가 비밀스런 안개라기보다는 치명적인 가스에 가깝다는 생각을 했다." 죽음의 분위기에 감싸여 그 속내를 알기 어려운 선미의 삶은 어떤 비밀스런 사연을 품고 있는 것일까. 세상에는 그런 비밀스런 사연들이 너무도 많고, 그래서 세상은 알 수 없는 수수께끼와 같다는 진부하지만 부정하기 어려운 세속의 이치.

이 소설집에 실린 하나하나의 단편이 모두 수작秀作이라고 여겨지는 것은, 누구도 알 수 없는 세상의 수수께끼에 대하여, 함부로 가벼이 답하지 않으려는 그 신중함 때문이다. 알고도 모르는 체하는 경지가 만만치 않다고 하지만, 모르는 것을 아는 척하고 싶은 알량한 의욕을 누르는 것도 만만치 않은 내공이다. 그런 내공의 글쓰기는 자칫 방심하면 내상을 가져오는 바, 그래서 철저한 자기반성의 포이에시스에 대한 각성이 중요하다. 나는 「역광」을 글쓰기의 압박에 눌린 작가의 자기분석이라고 읽었다. 점점 눈멀어가는 위현이라는 소설가와의 긴 술자리는, 레지던스에 참여해 악몽에 시달리고 있는 신진 작가의 내면적 강박이 만든 환상이라고 할 수 있겠다. 더불어 위현의 존재 역시 또 다른 자아이자 자기 안의 초자아라고 볼 수가 있다. 위현의 언어가 전혀 구어적이지 않고 뭔가 어색한 번역투의 문어체처럼 여겨지는 것도, 강박에 따른 징후적 표현으로 여겨진다. 육안의 눈멂이 심안의 통찰을 상징하는 동서와 고금의 이야기들처럼, 눈이 멀어가는 위현은 지혜의 눈으로 난처한 자기를 구원해 줄 일종의 현로賢老인 것이다. 다음의 문장은 신진 작가인 여자의 증상을 이처럼 간결하게 압축한다. "날씨와 풍경, 꿈이나 사물 등에 오래 압도당하고 난 뒤면 그녀는 잠깐 동안 자신으로 되돌아오는 일에 어려움을 겪었다. 되돌아오는 게 두려운지 되돌아오지 못할까 두려운지 알 수 없었다." 두 사람의 대화는 어딘가 환몽적인 분위기를 자아내는데, 비빔밥의 독특한 맛을 "유사와 인접이 협조하여 만들어낸 복합적 결과"로 설명하는 위현의 말은 압축과 전치를 풀어내는 프로이트적인 꿈의 분석에 비견될 수 있을 것 같다. 그렇다면 대화 도중에 언급된 목에 사슬을 두른 개는 글쓰기의 정신적 압박을, 간간히 울려 퍼지는 새소리는 해방의 염원을 의미한다고 할 수 있지 않을까. 위현의 이런 말은 그런 강박으로부터의 해방에 대한 염원을 압축하고 있다. "나는 점점 비인칭이 되어가고 있습니다. 내가 보지 못한다고 아무도 나를 주체로 여기지 않아요. 그걸 받아들이는 게 아직도 때로는 분하고 힘이 들어요. 하지만 가끔은 여전히 명랑한 주체인 양 거울을 보고 명령합니다. 내 안의 장님이여, 시체여, 진군하라!" 나는 이 소설집이 바로 그 진군의 결과라고 믿는다. 자기를 비인칭으로 만드는 순간을 불러온다는 것, 그것이 술의 기묘한 힘이라면, 음주로 대작하는 폭주의 나날들은 자기를 포기함으로써 타자와의 솔직한 만남을 염원하는 쓸쓸한 갈구의 시간이라 하겠다. 다자이 오사무의 『인간실격』에서 요조는 마시다 만 압생트를 떠올리며 보상받을 수 없는 영원한 상실감을 이렇게 표현한다. "그림 얘기가 나오자 제 눈 앞에 그 마시다 만 한 잔의 압생트가 아른거렸습니다. 아아, 그 그림을 이 사람한테 보여주고 싶다. 그리고 내 재능을 믿게 하고 싶다는 초조감에 몸부림치는 것이었습니다."[5] 마시다 남긴 압생트의 여분에 대한 간절한 갈망, 그 갈망이 불러일으키는 초조함이란 예의 그 형이상학적 결여와 관련이 있을 것이다. 물론 남은 술을 다 마셔버린다고 그 결여가 말끔하게 해소될 리는 없다. 잠에서 깨어 꿈의 허망을 자각하듯이, 술에서 깬 뒤에도 결여는 쓰라린 숙취처럼 여전히 어떤 갈망을 불러일으킬 것이다. "알코올의 메시아"는 그렇게 도래하자마자 떠나버리고 없다. 그럼에도 우리는 마시고 깨는 그 폭음과 숙취의 반복 속에서, 알고도 속고, 속으면서도 모른 척하며 해갈되지 않는 결여를 견뎌낼 뿐이다. 살아있는 시체 혹은 눈 뜬 장님이 살아가는 것, 죽은 듯이 못 본 듯이 그렇게 살아가는 것, 그것을 일러 '진군'이라 한 것이겠다.

---

5. 다자이 오사무, 『인간실격』, 김춘미 옮김, 민음사, 2004, 88쪽.

# 연결되어야만 하는

정이현 소설집 『상냥한 폭력의 시대』[1]

당연한 말이겠지만, 외로움은 지극히 자기중심적이다. 그에 반해 홀로 있다는 자각이 주는 통각을 숙성시키는 것이 고독이다. 고독이 스스로를 깊게 함으로써 타자와 함께 살아갈 수 있는 공통성의 지반이라면, 외로움의 끝은 타자에 대한 극단적인 증오가 아니면 숭배로 귀결된다. 타자를 끌어들여 외로움으로부터 벗어나려는 수작, 그것이 증오와 숭배라는 극단의 타자 지향을 이끌어낸다. 그러나 증오와 숭배마저도 실패한 사람에게 남는 것은 오직 자기애뿐이다. 나르시시즘의 출현이란 대체로 이러한 배경을 갖는다. 타자에 대한 증오와 숭배, 자기에 대한 병적인 집착이란 결국은 그것이 나르시시즘이라는 데에 있어서는 하나다. 자본의 체제는 사람을 타인과 단절시킴으로써 나르시시즘을 만연케 한다. 그러한 체제를 일컬어 한병철은 '피로사회'라 명명하였거니와, 성과의 압박 속에서 자기에게 몰두하게 되는 그 사회에서 타자에 대한 사랑의 불가능성을 그는 다시 '에로스의 종말'이라 일렀다. 타자에 대한

---

1. 정이현, 『상냥한 폭력의 시대』, 문학과지성사, 2016.

사랑이 가능하기 위해서는 자기를 무無로 만드는 강력한 자기 초극의 실현이 필요하다. 그러므로 혁명이란 자기의 죽음 속에서 타인의 존재를 발견하려는 부단한 노력을 요구한다. 자기애로 비뚤어진 동일자의 세계에서 벗어나는 것, 타자와의 사랑을 통해 소진된 자기를 다시 일으켜 세우는 것, 그것이 자기를 넘어섬으로써 가능한 체제 바깥으로의 비약이며, 도래할 공동체를 기다릴 수 있는 유일한 조건이다.

정이현이 그리는 세계는 타자에 대한 사랑이 위기에 처한 피로사회의 단면이다. 그것을 일컬어 작가는 '상냥한 폭력의 시대'라고 했을 게다. 폭력이로되 겉으로는 상냥한, 그래서 더 무자비한 타자에의 침식, 그런 나르시시즘의 배타적 척력이 지배하는 시대. 그래서 정이현의 인물들은 대체로 그렇게 잔인하고 무서운 이들이다. 자기에게 사로잡힌 외로운 이들은 타자에 대한 존중을 모른다. 타자를 존중할 줄 모른다는 것보다 더 무서운 것은, 그런 존중의 필요성을 느끼지 못하는 자들의 무감각한 자기 탐닉이다. 에로스의 욕망이 거세된 자들이란 얼마나 무서운가. 그들은 타인을 부정하는 것으로써가 아니라 자기를 긍정함으로써 타자의 존재를 말살한다. 이른바 낭만적 거짓의 일종으로 유포되었던 연애소설에 대한 패러디를 통해 소설적 진실의 어떤 면면을 엿보고자 한 그녀의 데뷔작 「낭만적 사랑과 사회」(2002)가 그려낸 인물이 이미 그러했다. 유리구두를 신은 신데렐라가 되기를 꿈꾸는 스물두 살의 유리, 그녀의 성性은 그녀를 유리의 성城으로 인도할 수 있는 왕자에게만 허용되었다. 그러니까 순결이란 그녀에게 신데렐라의 유리

구두였다. 순결의 지고지순함을 수단으로 루이뷔통을 얻어내려는 그녀의 약은 계산은 끝내 실패하지만, 그 계산에 여러 남자들이 철저하게 유린당하고 말았다. 그녀에게 사랑은 루이뷔통에 이르는 '고진감래'의 수순에 지나지 않았을 것이다.

9년 만의 소설집이라 한다. 세상이 변하기에는 너무 짧은 시간일지 모르지만, 한 작가에게 그것은 결코 짧은 시간이 아니다. 세상을 바라보는 작가의 생각은 더 많이 비관적이고 날카로이 변한 것 같다. 극단적으로 이기적인 인물들이 그 변화의 여하한 면모를 가늠하게 한다. 특히 「아무것도 아닌 것」과 「우리 안의 천사」를 읽고 그런 생각이 들었다. 자기가 살기 위해서 타인을 죽일 수도 있는 선택을 앞에 두고 망설이는 사람을 지켜보는 일은 끔찍하다. 「아무것도 아닌 것」이라는 심상치 않은 제목에서 눈치 챌 수 있듯이, 무엇인가를 아무것도 아닌 것으로 치부해버릴 수 있는 마음이란 결코 아무것도 아닌 것이 아니다. 지원은 가족이 모두 곁에 없는 상황에서 산통이 느껴지자 침착하게 병원으로 향하면서, "지금이 자신의 인생에서 가장 독립적인 한 순간이라는 기분"(39쪽)을 느낀다. 연애해서 결혼을 하고, 임신해서 출산을 하는 것, 그것은 그 전에는 살아보지 못했던 새로운 배치 속에서 전혀 경험해보지 못한 낯선 것들을 겪어내는 일이다. 그러나 통과제의와도 같이 누구나 비슷하게 겪는 삶의 그 수순이 누구에게라도 같은 의미로 느껴지는 것은 아니다. 그녀가 독립적인 것을 경험했던 그 순간을, 지금 16살이 된 그 딸은 어떻게 겪어내고 있는가. 고등학생인 딸이 부모 몰래 사랑을 나누고, 갑작스런 사고처럼 출산이 임박해 병원을 찾았다. 딸의 아이는 일곱 달 만에 조산으로 태어났고 신생아중환자실에 누워있다. 지원은 딸의 그것이 전혀 '독립적'이지 않은 수치스런 일이라고 생각하는 것일까. 그녀는 딸의 출산을, 조산으로 태어난 아기의 존재를 인정하려 하지 않는다. 그것을 자라면서 딸에게 일어났던 이런저런 가슴 쓸어내렸던 일들 중의 하나로 그냥 믿고 싶다. 그렇게 또 별 탈 없이 지나가야 할 일로 생각하고 싶은 것이다. 딸을 낳을 때 그랬던 것처럼 지금 그 순간에도 남편은 출장을 가고 없다. 그녀에게 그 순간은 또 한 번의 '독립적인 한 순간'이라고 할 수 있을까. 미영은 딸을 임신하게 한 남자 아이의 어머니다. 소설은 이 두 어미의 시점을 교차로 편집한다. 그녀는 이혼했고 혼자 아이를 키웠다. 아이가 수학여행을 떠난 날 남자친구를 집으로 불러 둘만의 시간을 보낸다. "아이를 위한 돈은 점점 많이 필요할 것이고, 아이는 금세 엄마 곁을 떠날 것이다."(42쪽) 이 이율배반의 두려움을 이겨내기 위해 그녀는 누군가가 필요했다. 남편 없는 세상에서 어미가 된 여자는 어떤 어려운 일들이라도 독립적으로 해내야만 했다. 여자는 남자를 위해 요리를 하다가 프라이팬의 유리 뚜껑이 폭발하는 일을 당한다. 고객센터에 전화를 했지만 연결이 쉽지 않았고, 겨우 연결이 되었을 땐 피해 접수가 쉽지 않았다. 미영은 낙담하고 분노했다. 그래서 그녀는 더 끈질기게 연락을 하고 항의했다. "이런 경우 더 크고 더 강하게 목소리를 높이는 사람이 결국 이기는 사례를 그녀는 너무 많이 보아왔다."(52쪽) 세상의 이치란 이런 것인가. 그리고 방금 격렬하게 항의를 했던 미영은 지원의 전화를 받는다. 그녀는 이제 항의를 받는 처지가 되었고, 역시 세상의 이치를 아는 지원은 어떻게 해야 할지 방법을 내놓으라고 더 세게 항의한다. "더, 더 지독해져야 했다."(57쪽) 그녀는 문제를 해결하기 위해선 만만하게 보여서는 안 되는 것이 세상의 이치라고 굳게 믿고 있다. "그래도 해결되지 않으면 더 큰 소리로 이야기하는 수밖에 없었다."(59쪽) 그렇다면 세상의 이치를 아는 두 여자는 이제 어떻게 아이들의 문제를 해결할 것인가. 세상의 이치를 아는 그들의 해결책이란 지극히 이기적이고, 그래서 타인에 대해서는 극단적으로 잔혹한 방법이다. "태아가 24주가 아니라 30주가 넘었어도, 지구 끝까지라도 끌고 가 수술시켰을 것이다. 거기 담겨 있는 것을 감쪽같이 없앴을 것이다."(48쪽) 수술을 하지 않으면 아기의 생존 가능성이 희박하다는 병원 측의 말에 그녀는 희망을 발견한다. "지원의 가슴이 뛰었다. 어쩌면 길은 끊어졌다고 생각한 바로 그곳에서 희미하게 다시 연결되어 있는지도 몰랐다."(60쪽) 이런 희망이란 딸을 위한 것인가, 세상의 비난으로부터 자기를 지켜내기 위한 것인가. 그렇다면 미영은? "전액은 아니어도 성의껏 아기 병원비를 부담하는 것이 도의적 책임"(64쪽)이라고 생각한다. 또 한편으로는 그 돈이 "모든 것을 이쪽에서 끌어안고 가겠다는 뜻으로 오해받을 수 있"(64쪽)다는 것을 염려하기도 한다. 프라이팬 뚜껑을 보상받지 못하는 것에 억울해하던 그녀의 태도가 이렇게 뻔뻔하다니. 두 어미가 그렇게 회피하려고 드는 동안 인큐베이터의 아기는 서서히 죽어간다. 이것이 그녀들이 아무것도 아닌 것이라고 믿고 싶은 현실이다. 그러나 그들의 그 욕된 바람이, 그들의 자식들이 낳은 아기를 죽이고 있는 비극적인 아이러니를 어찌해야 할 것인가. "진정한 사랑은 동일한 인격을 가진 자와 동일하지 않은 관계를 맺는 것이다."[2] 저 아이들의 아비들은 집을 비움으로써 가족의 지배력을 강화하고, 어미들은 그 결여의 자리를 대신 충족하는 자리에서 가족의 붕괴를 저지한다. 그렇게 가족의 동일성이 상속되는 가운데, 그 자식들이 일으키는 반복 속의 차이를 노심초사 제거하려드는 것, 그것이 부모의 내리사랑에 담긴 속뜻이겠다.

자기 삶의 처지가 아무리 비관적이라고 해서, 혈육의 누군가를 죽인다는 대담함이 용인될 수 있는가. 「우리 안의 천사」에서 동우는 자기의 가난을 벗어나려고 그런 대담한 일을 저지르려는 남자다. 동우와 동거하는 여자도 공범이다. 콘돔마저도 초저가를 사용하는 이 가난한 연인들은, 같이 살면서도 서로를 위해 돈을 더 쓰지 않으려는 민감한 계산으로 신경질적일 수밖에 없었다. "그런 속내를 아무에게도 드러낼 수 없다는 데에 짙은 외로움을 느꼈다."(74쪽) 서로 사랑하지 못하고 계산할 수밖에 없는 처지의 사람들이 함께 살 때, 그 함께는 각자의 외로움을 더 뼈저리게 한다. "얼마 정도가 있으면 평생 살 수 있을까?"(75쪽) 돈이 생기면 그 외로움에서 벗어날 수 있을까. 절실한 동우 앞에 이복형이라는 사람이 나타나 놀라운 제안을 한다. 그 존재마저 잊혀있던 아버지를 살해하고 그의 엄청난 재산을 나누어 갖자고. 동거하는 두 사람에게는 가족이

---

2. 스레츠코 호르바트, 『사랑의 급진성』, 변진경 옮김, 오월의봄, 2017, 164쪽.

라 할 만한 이들이 없었다. 그들의 부모는 일찍 이혼했고, 기댈 사람은 서로뿐이었다. "반쪽짜리 형인지 온전한 형인지보다 중요한 건, 뺏어가는 쪽인가 쥐어주는 쪽인가 하는 것이다."(78쪽) 이것이 이들이 생각하는 세상의 이치이다. 이복형이 알리바이를 만들기 위해 해외로 떠나 있는 동안 동우는 당뇨를 앓고 있는 남자(아버지)의 주사제를 고농도 인슐린으로 바꿔놓으려 한다. 그리고 두 사람이 일을 벌인 뒤 10년이 흘렀다. 이복형에게서는 연락이 없었고 노인의 생사여부는 알지 못했다. 그들은 그동안 임신을 하고 결혼을 하고 쌍둥이를 낳았다. 남자는 반복성 우울장애로 이따금씩 폭력성을 드러냈고, 그래서 고정된 직장을 얻기 어려웠다. 그들은 그렇게 늘 단죄의 두려움 속에서 나날을 살아낸다. 그들은 정말 서로를 사랑한 것일까. 그들은 감히 죄지을 수 있었던 것은, 그들이 사랑한 것이 서로가 아니라 오직 자기 자신이었기 때문이리라. 그것이 만약 지극한 타애의 사랑이었다면 속죄와 구원을 바라야만 하는 지금의 그 시간은 아마 없었을 것이다.

박완서의 소설이 그랬다. 특히 그이의 단편들은 이른바 중산층의 알량한 마음가짐, 그 낯 뜨거운 것에 대한 집요한 응시였다. 「안나」에서 나는 그런 낯뜨거움과 만난다. 박완서와 정이현의 거리, 그 세대 간의 거리는 저 낯뜨거움 앞에서 아무것도 아니다. 박사학위가 있고 지방대의 몇몇 강의를 맡기도 했던 경이라는 여자, 서른두 살에 결혼했고 남편은 뷰티클리닉을 운영하는 의사. 경은 라틴댄스 동호회의 지인으로부터 남편을 소개받았다. 학위논문이 미뤄지고 사귀던 남자와 헤어져 고립감을 느끼던 서른한 살에 경은 도망치듯 동유럽 여행을 떠났으나 달라진 것은 없었다. 그녀를 다시 일어서게 해 준 것이 그 동호회였다. 그 관계는 경이 그전에 알던 다른 관계들과는 다른 것이었다. 그녀는 기존의 환경과는 다른 곳에 자기를 배치시켰다. 그렇게 배치를 변화시키는 이동이 진짜 여행이다. "그들은 과도하지 않을 만큼 친절한 태도로 서로를 대했다. 처음 보는 사람들과도 금방 속을 터놓고, 도움과 농담과 우정을 주고받았다. 서로 아는 것이 이름과 나이뿐인 사람들과 말이다. 경이 자라온 세계에서, 그건 그 사람에 대해 아무것도 모른다는 것과 마찬가지였다. 경은 놀라웠고 그 놀라움은 이내 감동으로 이어졌다. 이름과 나이 정도만 오픈하면 더 이상 사생활을 공개할 필요가 없다는 점도 좋았다."(195쪽) 서로에 대해 책임질 필요는 없지만, 서로에 대한 친밀함을 유지하는 이런 느슨한 관계를 아즈마 히로키는 '약한 연결'이라고 했다. 그는 들뢰즈의 '매끈한 공간'과 '홈 파인 공간'에 비견되는 개념으로 '약한 연결'과 '강한 연결'이라는 개념을 제기했다. 강한 유대관계가 계획성의 세계라면 약한 유대관계는 우연성의 세계이다.[3] 경은 계획적인 여행에서는 실패했지만, 우연하게 동호회에 가입함으로써 다시 활력을 얻었다. 그리고 무엇보다 이곳에서 전에 없던 새로운 사람들과 연결될 수 있었다. 사람과 사람이 투명하게 소통할 수 없다는 것이 자명하다면, 그렇게 말의 무기력에 대해서 인정한다면, 가능한 것은 사물이고 몸이

3. 아즈마 히로키, 『약한 연결』, 안천 옮김, 북노마드, 2016, 140~141쪽 참조.

다. 아즈마가 루소에게서 터득한 것이 사람과 사람을 잇은 바로 그 실질적 감정으로서의 연민이었다. 댄스가 몸의 교류라고 할 때, 그것만큼 루소적인 소통에 걸맞은 사례는 달리 없을 것이다. 춤추는 자들은 투명하게 소통함으로써 합의하려는 것이 아니라 땀을 흘려 움직임으로써 서로를 감각한다. 밀고 끌고 당기고 버티면서, 그렇게 서로 몸의 흐름을 느끼면서 서서히 지쳐갈 때, 그때야 비로소 서로의 타자성을 감각하게 되는 것이다. "그 전에는 알지 못했던 세계의 문을 열고 한 발자국 들어선 느낌이었다. 육체의 해방감이란 이런 것인지 모른다고 경은 생각했다."(196쪽) 그러나 남편을 만나고서부터 새로운 세계로 열린 그 문은 닫혀버렸다. 남편은 경이 늦은 시간에 동호회에 나가는 것을 원하지 않았고, 그렇게 약한 연결은 연애와 결혼이라는 강한 연결로 서둘러 대체되어버렸다. 그 동호회에는 안나라는 여자가 있었다. 잘 알지 못했지만 모호한 느낌을 주었던 이십 대의 여자, 경이 다시 그녀를 만난 것은 딸의 유치원에서였다. 안나는 그곳에서 보조교사로 일하고 있었다. "서른한 살에서 서른아홉 살이 되는 동안 경은 가장 중요한 것이 무엇인지 좀 더 신속히 알아채고 실행에 옮기는 사람이 되었다고 자각했다. 그러지 않으면 뒷감당을 해야 할 귀찮은 일들이 너무 많이 생기고 그건 온전히 자신의 몫이라는 사실을 알았기 때문이다."(203쪽) 경은 이처럼 세상의 이치를 아는 사람이 되었고, 생기를 잃었지만 여전히 안나는 가난한 삶을 성실하게 견뎌내고 있었다. 옷차림이 계급의 표지라고 믿는 경은 딸이 다니는 영어유치원 학부모들과의 만남에서 비싼 모피코트를 입고 나간다. 경은 그런 사람으로 변해 있었고, 팔 년 만에 만난 안나를 불러내기 시작한다. 그를 위해서가 아니라 자기를 위해서. "사람에게는 사람이 필요하다. 원망하기 위해서, 욕망하기 위해서, 털어놓기 위해서."(215~216쪽) 경은 안나가 살아온 이야기를 들으며, 그 고단한 삶이 너무 현실적이어서 비현실적이었다고 느낀다. 그리고 "덕분에 경은 자신의 현실을 잠시 잊을 수 있었다."(218쪽) 그렇게 타자를 자기화하는 지독한 나르시시즘. 그 치 떨리는 자기중심주의로는 절대 그 가혹한 외로움에서 벗어날 수 없으리라. 어떤 사건으로 안나는 유치원을 그만둔다. 경은 결국 그 유치원에 적응하지 못하는 딸을 다른 유치원에 보내면서 이미 납부한 원비를 악착같이 받아낸다. 남편은 지난 유치원보다 원비가 싸졌다고 반긴다. 그리고 경과 안나의 만남은 완전히 끊어진다. 둘 중에 누가 가엾은 사람인가. 누가 더 고단하게 사는 사람인가. 상냥한 미소를 품고 안나를 동정하던 경의 친절이란 무엇인가. 굳이 누가 대답해주지 않아도 되는 물음들이 아닌가.

"개입은 존재의 방식이다. 선불仙佛조차 이를 피할 수 없으니, 독존의 풍경은 대개 자기-기망欺罔이다. … 존재의 형식은 곧 이웃이며, 다함이 없는 사방존재의 쉼 없는 참입參入의 현장이다."[4] 보행과 산책의 철학자 김영민의 말이다. 산다는 것은 사람이든 무엇이든 간에 서로 어떠한 관계를 맺는다는 것이다. 아즈마의 논법대로, 강하게 연결된 관계는 계획(규범)의 틀

---

4. 김영민, 「존재의 介入과 新生의 윤리」, 『신생』, 2017년 겨울호, 154쪽.

안에서 사람을 피로하게 한다. 그런 강한 연결로부터 벗어나 새로운 배치 속에 자기를 놓음으로써 다른 삶의 가능성을 여는 행위가 여행이다. 여행이란 우연한 만남(예외) 속으로 자기를 투신하는 것이다. 문명의 장악력은 계획으로써 예외를 차단하려고 한다. 그 단적인 사례가 사람을 빚지게 함으로써 평생을 채무 탕감의 노역으로 살게 하는 것이다. 빚이 죄이며 채무 변제의 노역이 벌이라는 신학적 비유는 더 이상 낯설지 않다. 「서랍 속의 집」이 그런 부채사회의 한 단면을 포착하고 있다. "집을 산다는 것은 한 겹 더 질긴 끈으로 삶과 엮인다는 뜻이었다. 부동산은, 신이든 정부든 절대권력이 인간을 길들이기 위해 고안해낸 효과적인 장치가 분명했다."(184쪽) 이 나라에서는 집 한 채 없어서 겪게 되는 설움이 지대하고, 집 한 채 가짐으로써 잃게 되는 것이 너무 크다. 부채는 현재를 미래에 저당잡히게 만든다. "전달의 외상값을 다음 달에 갚아가는 시스템 말고 또 다른 방법으로 사는 현대 가족을 진은 거의 본 적이 없다."(169쪽) 다달이 고지되는 채무 통지와 입금의 절차처럼 영속 회귀하는 죄 사함의 의례, 그 속에서 사는 자들의 주체성이란 무엇인가. 건조하기 짝이 없는 설명이긴 하지만, 이런 서술은 그 핵심을 적확하게 정리한다.

통화는 노동의 표상 혹은 기호가 아니며, 미래의 예속화와 지배, 착취의 양식을 규정하고 부과하는 하나의 권력, 힘의 비대칭성을 표현하는 것이다. 통화는 무엇보다 먼저 **무로부터**Ex nihilo 창조된 **빛-통화**Monnaie-Dette이다. 통화는 사회적 관계,

특히 주체화 양식의 파괴와 창조의 역능을 제외한다면, 어떤
물질적 등가물도 갖지 않는다.[5]

무로부터 창조된 빚-통화의 체제에서 살아가는 사람들
을 지배하는 정조는 외로움과 우울이다. 1703호의 여자가 목
을 맨 것도, 그날 이후 그녀의 남편이 집을 쓰레기더미로 만들
기 시작한 것도, 모두 다 그 외로움과 우울 때문이 아니었을
까. 한 채의 집만큼, 그 질량만큼의 빚을 진 사람들은 노역 속
에서 살 수밖에 없다. 그러니 어떤 새로운 관계에 대한 희망은
구원처럼 절박하다. 여고의 평교사로 25년을 근속한 쉰세 살
의 여자, 「밤의 대관람차」의 양은 대학 졸업 후에도 공부를 계
속하겠다는 딸을 위해서, 직장을 그만둔 뒤에 "재취업도, 창업
도, 출가도, 자살도 염두에 두지 않는"(138쪽) 남편 때문에 쉴
수가 없다. 오늘과 다르지 않은 내일을 반복하는 지루한 노역
의 나날들 속에서 양을 견디게 하는 것은 출근길의 라디오에
서 듣는 남자 진행자의 목소리와, 이루어지지 못한 어떤 불안
했던 사랑의 옛 기억이 전부다. 고통스런 기억 속의 그 남자는
쓸쓸하게 죽었다. 그리고 그와의 인연을 통해 에둘러 만나게
된 장이라는 남자, 학교재단의 이사장인 그를 향한 미묘한 감
정은 해외 교류 프로그램으로 함께 간 요코하마 여행에서 비
롯되었다. 배치가 바뀌면 일상의 감각도 미묘하게 흔들린다.
동행했던 음악 교사와 영어 교사가 귀국 후에 증발해 버린 것

5. 마우리치오 라자라토, 『부채인간』, 허경·양진성 옮김, 메디치, 2012, 63쪽.

도, 여행이 만들어준 어떤 감각의 변이 때문이 아니었을까. 그러나 양은 다시 일상으로 돌아왔고, "그녀에겐 여전히 긴 오후가 남아 있었다."(160쪽) 낯선 것들과의 만남이 두려워서 떠날 수 없는 사람은, 그렇게 안주하는 대가를 치르며 살아가야만 한다. 여행은 새로운 연결의 고리를 만들어주지만, 다시 떠나지 않고 주저앉아버린다면 반복되는 노역의 시간은 영원히 끝나지 않을 것이다.

「영영, 여름」이라는 단편. 한국인 어머니와 일본인 아버지, 도쿄에서 태어난 열세 살의 소녀 와타나베 리에. 우량아로 태어난 소녀는 아이들에게 부타메, 돼지라는 놀림을 받았다. 소녀에게는 그 놀림의 세계로부터 달아날 수 있는 계기가 필요했고, 누군가와의 연결이 필요했다. 무역회사의 해외영업자인 아버지 덕분에 그의 가족은 여러 나라를 순회하며 살았고 소녀는 국제학교를 다녔다. 소녀의 어머니는 사랑을 믿었고, 그래서 모국을 떠날 수 있었다. "그땐 영원히 지속될 줄 알았어, 행복이, 우린 참 사랑했거든."(106쪽) 그 과거형의 시제가 여자에게서 일어났던 많은 변화들을 짐작하게 해준다. 남편에 대한 마음이 시들어버린 것일까, 아니면 그 사랑이란 애초에 그를 향한 것이 아니라 도피처를 찾던 그녀의 간절함이었던 것일까. 앞서 경이 안나에게 그러했던 것처럼, 소녀의 어머니는 자기의 말을 들어줄 상대가 필요했다. "어릴 때부터 엄마가 내게 열심히 한국어를 가르쳐온 이유는, 모국어에 대한 깊은 애정의 발로 따위와는 전혀 관련이 없었다. 엄마는 자기가 하고 싶은 말을 완전히 이해하는 타인, 모국어의 청취자를 간절히 원했을 뿐이다."(106쪽) 이 소설집의 어머니들은 사랑을 명분으로, 대체로 이렇게 자기를 확인하는 대상으로 자식을 대한다. 소녀의 어머니는 한때 공채 탤런트였으나 그 장래를 기대할 수 없다는 것을 일찍 깨닫고 일을 그만두었다. 남편을 따라 떠날 수 있었던 것, 그것은 우발적인 만남을 반겨 맞는 마음이라기보다 회피하고 싶었던 안주의 마음이 아니었을까. "문제가 분명해 보일 때 어떤 사람은 원인을 제거하는 쪽을 택한다. 그러나 모두가 그런 것은 아니었다. 어떤 사람은 방 안으로 조용히 숨어들어 문을 걸어 잠근다. 인생이 반드시 순간순간의 암흑을 돌파하며 앞으로 나아가는 고단할 여정일 필요는 없지 않은가?"(111쪽) 어린 소녀가 하기에는 좀 이른 말인 것처럼 여겨지지만, 이 아이는 자기를 보호하기 위해 그렇게 조숙해지지 않으면 안 되었을 것이다. 이 가족은 이제 남태평양 부근의 K로 이주하게 되었고 그 와중에 어머니의 티파니 목걸이를 분실한다. 사실은 소녀가 몰래 목걸이를 숨긴 것이다. "아무래도 변하지 않는 것, 사라지지 않는 것을 나도 단 하나쯤 가지고 싶었다."(129쪽) K의 국제학교에서 소녀는 메이(장매희)라는 북한 아이를 만난다. 도시락을 바꿔먹고 공기놀이를 하고, 함께 수다를 떠는 친구라는 것이 생긴 것이다. 그러나 어떤 사고로 메이는 본국으로 돌아가고, 소녀는 그에게 영원을 의미하는 어머니의 티파니 목걸이를 선물한다. 그리고 한참 뒤에 곧 다시 K로 돌아올 것이라는 메이의 답장을 받는다. 늘 쉽게 빛이 바래고 변하는 것들 속에서 소녀는 영원한 것의 위로를 알게 된 것이다. "단단하고 부서지기 쉬운 것들, 부서지지 않는 것들에 대하여 생각하는 동안 해가 완전히 사라졌다. 어둑한 하늘에 해가 있던 흔적처럼 투명한 원의 테두리가 남았다. 어떤 비밀들을 이해하기 위해서라면 한동안 여기 더 머물러야 한다는 것을 알았다."(131쪽) 소녀가 머무르는 동안 과연 메이가 돌아올까, 그리고 소녀는 비밀들을 이해할 수 있을까. 그 기다림이, 머무름이 헛되지 않을 것이라 생각하지만, 그것이 헛되지 않은 이유는 메이가 돌아오거나 비밀을 이해할 수 있게 되어서가 아니라, 그 기다림의 배반을 통해서, 영원한 것에 대한 믿음의 상실을 통해서 소녀는 세상의 이치를 깨치게 될 것이다. 사람들은 이를 일컬어 성장이라고 하지만, 그렇게 어른으로 되어간다는 것은 얼마나 가혹한 것인가. 성장이란 비밀을 잃어버리는 것이며, 더 이상 오지 않는 무엇인가를 기다리지 않게 되는 것이다.

「우리 안의 천사」에서 남우는 여자에게 이렇게 따졌다. "왜 너는 항상 미리 걱정하지? 문제는 생기기 전에 걱정하는 게 아니라 생긴 후에 해결하는 거야."(74쪽)「미스조와 거북이와 나」에서 희준도 이런 생각을 갖고 있다. "아직 일어나지 않은 일은, 가장 깊은 안쪽에 가만히 모아두고 싶다. 그것이 영원히 일어나지 않을지라도."(9쪽) 아직 일어나지 않은 그 일을 비밀이라 할 수 있겠다. 비밀을 간직한 사람만이 저 어른들의 세계, 채무의 세계, 통화의 세계, 놀림의 세계 바깥을 상상할 수가 있다. 희준은 아버지의 옛 애인이었던 미스조(조은자)가 키우던 거북이(바위)를, 그녀가 죽은 뒤에 맡아서 키우게 될 줄을 알았을까. 아니, 아버지가 죽고 난 한참 뒤에 그녀를 다시 만나게 될 것을 상상이나 했을까. 헝겊으로 만든 고양이 샥샥이와 함께 사는 희준은 사귀던 여자와도 결별했다. 그에게는 세상의 누군가와 연결되고 싶은 간절함이 있다. 외롭기 때문일 것이다. "침대에 누워 한 손으로 샥샥의 목덜미를 천천히 쓰다듬을 때에 나는 세계와 이어져 있다고 느낀다. 희미하게나마, 끊어지지만 않으면 되는 것이 아닐까, 라고 생각했다."(10쪽) 이 얼마나 처절한 묘사라 할 것인가. 그러나 미스조의 거북이를 키우게 된 희준은 소설의 말미에서 방금 적은 문장을 뒤집는다. 세계와 자신이 반드시 이어져 있어야 할 필요는 없을 거라고. "샥샥과 나 사이에, 바위와 나 사이에 연결되어 있는 줄은 처음부터 없었는지도 모른다. 그래도 우리는 살아갈 것이고 천천히 소멸해 갈 것이다. 샥샥은 샥샥의 속도로, 나는 나의 속도로, 바위는 바위의 속도로."(33쪽) 소설의 이 인식론적 역전이 의미하는 것은 무엇인가. 희준은 그 비밀스런 우연들을 거치며, 강한 연결에의 집착 대신에 약한 연결의 의미를 알게 된 것이 아닐까. 희준은 이제 동일화된 세계에서 비동일적인 방식의 사랑을 실현하는 것, 그것이 진짜 사랑이라는 것을 알게 되었으니까. 미스조와 거북이와 나와 샥샥이, 이들 각자의 속도를 알게 되었으니까. 인간과 동물과 사물이 각자의 성질을 보존하면서 함께 살아갈 수 있는 길을 찾아갈 수 있게 되었으니까. 연대란 무엇이고 연합이란 무엇인가, 동무는 무엇이고 공동체란 무엇인가. 아즈마는 이성이 아니라 신체나 감정의 맹목적인 힘을 믿었던 루소의 공동체론에서 네트워크 시대의 새로운 민주주의를 구상하였다.[6] 동일화된 세계의 외로운 개인들을 연결시키는 것은 지성적 개인의 내면을 소통시키는 것으로서 가능한 일이 아니다. 어떤 배치 속에 놓이는가에 따라, 그 우연한 만남이 일으킬 예측 불가능한 사건들 속에서, 지성을 넘어서는 새로운 마음의 역능을 통해서, 너와 나는 사람이든 동물이든 사물이든, 그렇게 서로 다르다는 자각 속에서도, 이어지기 어렵지만 연결되리라는 소망을 포기할 수 없는 것이다. 고립에 대한 두려움이 만들어낸 연고주의에 굴복하지 않고, 외로운 심사를 자기의 유한성에 대한 자각으로 이끌어, 마침내 자기를 구조해 줄 유일한 존재로서 타자의 얼굴을 바라보게 될 때, 그들과 나는 비로소 함께 자유를 향해 한 걸음 나아갈 수 있게 될 것이다.

6. 아즈마 히로키, 『일반의지 2.0』, 안천 옮김, 현실문화, 2012, 221쪽 참조.

# 박해받는 자들을 대신하다

조해진 소설집 『빛의 호위』[1]

한 소설가의 거칠다면 거칠고 빤하다면 빤한 비판의 말로 시작하려고 한다. "한국문학은 대체로 자의식 과잉이다. 90년대 이후 줄곧 그래왔던 것 같다. 작가 자신의 내면적 자아가 투영되고 스토리 대신 작가의 직접적인 생각이 아포리즘으로 포장되어 독자에게 전달된다. 그것은 뭔가 특별한 예술가적 자의식이 작용하기 때문이다. 현실은 초라하고 누추하니까."[2] 사실 이런 자의식이 그 자체로 비판되어야 할 이유는 없다. 우리의 간난한 문학사에서 그것은 오히려 더 깊어졌어야 했는지도 모른다. 깊어지기는커녕 초라한 현실로부터 눈 돌리는 일종의 도피처가 되어버린 내성의 공간, 그 수동적인 주관성이 아마 저 소설가가 비판하는 자의식일 게다. 그 내성적 자의식은 역사와 현실을 고발하는 외향적 자의식에 대한 대타적 의식이기도 했다. 역사와 현실이라는 외부는 그 주의와 주장과는 달리 대단히 막연한 관념이었다. 그것은 객관적이라기보다는 지

---

1. 조해진, 『빛의 호위』, 창비, 2017.
2. 천명관·정용준, 「나는 그것을 문단마피아라고 부른다」, Axt 편집부, 『이것이 나의 도끼다』, 은행나무, 2017, 15쪽.

극히 주관적인 신념과 결부되어 있었다. 그것으로 문학의 정치를 주장했으나, 거의 정치적이지 못했다. 그러니까 역사와 현실에 대한 의식은, 그 수동적 주관성으로서의 자의식과 크게 다른 것이 아니다. 폐색적인 자의식과는 다른 차원에서 정치적이고 윤리적인 자의식의 문학은 어떻게 가능한가. 자기의식으로서의 자의식에 제한되지 않는 것, 그것을 타자의식으로 열린 자의식이라 할 수 있겠다. 타자는 낯설고 기괴하고 불편하다. 타자의 그런 기이함을 나의 동일성으로 환원하지 않으려는 태도, 그 타자성을 보존해주려는 의지, 그런 태도와 의지의 주체성으로부터 가능한 문학을 기다릴 수 있다. 그 가능성의 문학으로부터 미학은 정치나 윤리와 배리하지 않는다. 합의consensus의 미망을 물리치고 이견dissensus들의 난투극이 벌어지는 장소를 만드는 일, 배당된 자리를 박차고 배분된 몫을 거부하는 일, 그것이 바로 랑시에르가 말하는 '미학 안에서의 불편함'이다. 우리에게 그런 불편함을 견뎌낼 것을 요청하는 문학,『빛의 호위』를 읽으면서 그 요청의 소설적 응답에 대하여 생각해보게 된다. 조해진의 소설은 자칫 진부해보일 정도로 담백하고 질박하다. 서사의 형식에 있어서 이 작가는 전통적인 것을 크게 거스르려고 하지 않는다. 문장은 탄탄하지만 번득이는 재치는 찾아보기 어렵고, 몇몇 대목들에서는 고루한 감상까지 드러낸다. 그런 것보다는 다른 것이 더 중요하다고 믿기 때문이었을까. 이 작가가 열중해서 공을 들이는 것은 다른 것이다. 이른바 취약한 자들을 향한 자의식, 무엇보다 그 타자의식의 일관됨이 도드라진다. 그러니까 그 형태적 소박함이란, 작가에게는 어떤 윤리적인 태도일지도 모르겠다. 그렇다면 그의 그 타자의식을 믿어도 좋을까? 그 타자의식이 박해받는 타자를 시혜의 대상으로 보는 것이 아니라, 조건 없이 책임져야 할 절대적 타자로서 인정하는 것인가? 대답을 잠시 미루고 그 면면을 먼저 더듬어보자.

"사람을 살리는 일이야말로 아무나 할 수 없는 가장 위대한 일이라고 나는 믿어요."(30쪽) 「빛의 호위」는 바로 이 한마디 말로 그 소설의 모든 전언을 압축하고 있다. 일인칭의 서술자는 기자다. 기자는 알려야 할 사실을 기록하고 전하는 사람이다. 헬게 한센의 〈사람, 사람들〉이라는 다큐멘터리는 서사를 풀어내는 단초가 된다. '나'에게 이 영화를 소개해 준 사람이 그가 취재했던 보도사진 작가 권은이었다. 서술자인 '나'는 권은이 누구인가를 이 영화를 고리로 짐작하게 되는데, 권은과 영화 속 알마 마이어를 겹쳐서 보게 됨으로써 그는 모종의 앎(자각)에 이른다. 그 자각으로의 여정이 서사구조의 기본적인 얼개인 셈이다. 권은은 불우한 급우였다. 보호해 줄 누군가가 없는 집에 혼자서 지내는 소녀였다. 선생님의 부탁으로 '나'는 며칠째 결석 중인 소녀의 집을 방문한다. 그는 보았고, 느꼈고, 알게 되었다. 소녀에게는 태엽을 감은 만큼의 멜로디를 들려주는 스노우볼만이 유일한 친구였다. 모른 척할 수가 없었다. 소녀가 죽어버릴 것이라는 환영에 시달리기도 한다. 타인이 불러일으킨 불안이 자아를 잠식한다. 그렇게 타인의 불편함을 앓아내는 자는 드디어 책임의 주체로 전개된다. 그는 집에 있던 카메라를 소녀에게 가져다준다. 사진을 찍으라고 준 것이 아니라 팔아서 생존하라고 건넨 것이었다. 그러나 소녀는 카메라를 팔아서가 아니라 사진을 찍음으로써 살게 되었다. 소녀는 그 건넴을 통해서, 그 카메라를 통해서, 혼자가 아니라는 것을 알게 되었다. 소녀에게 그것은 자기를 호위해주는 타인의 빛으로 환하게 비추이지 않았을까. "평소에는 장롱 뒤나 책상 서랍 속, 아니면 빈 병 속처럼 잘 보이지 않는 곳에 얄팍하게 접혀 있던 빛 무더기가 셔터를 누르는 순간 일제히 퍼져나와 피사체를 감싸주는 그 짧은 순간에 대해서라면, 사진을 찍을 때마다 다른 세계를 잠시 다녀오는 것 같은 그 황홀함에 대해서라면, 나는 이미 모든 것을 기억하고 있었다."(32쪽) '나'는 소녀가 누구인지를 알게 되었고, 잊고 있었던 책임짐의 기억을 다시 떠올릴 수 있게 되었다. 그리고 그 영화에서 홀로코스트의 역사를 겪어냈던 유대인 여성 알마 마이어에게 그 험악한 폭력으로부터 자기를 보호해 주었던 연인 장 베른의 사랑, 숨어 지내던 그녀에게 그가 건넸던 악보가 바로 자기의 그 카메라와 같은 것이었음을 알게 된다. 그들을 살게 한 것은 카메라나 악보라기보다 그 건넴의 행위였을 터. 그것은 타자의 존재론적 불편함을 견디고 건너는 윤리적 결단의 행동이다. 그런데 그는 그 건넴의 순간을 잊고 있었다. 그 망각은 아마도 그를 윤리적 주체로 살아갈 수 없게 만들었던 어떤 악력의 탓일게다. 그러나 기억을 회복하자 다시 그는 깨닫게 된다. "태엽이 멈추고 눈이 그친 뒤에도 어떤 멜로디는 계속해서 그 세계에 남아 울려퍼지기도 한다는 것 역시, 나는 이제 이해할 수 있었다."(31쪽) 그리고 기자인 그에게 그 영화를 연출한 감독의 이런 말이 그의 직업적 윤리를 일깨웠을지도 모른다. "나는 생존자고, 생존자는 희생자를 기억해야 한다는 게 내 신념이다."(16쪽) 그러니까 소설은 그 정신적 여로의 끝에서 대오각성으로 마무리된다. 일종의 교양소설로 완성된 것이다. 그래서 나는 이 소설이 전하려고 하는 전언의 윤리성과 그것을 전하는 형식의 상투성이라는 어긋남에 대해서 말하지 않을 수 없는 것이다.

문제는 서사의 구조적 정교함이 삶의 난해한 진실에 바투 근접하지 못한다는 데 있다. '개인의 교양Bildung의 플롯'에 관한 피터 브룩스의 말을 참조해 보자. "낙원은 상실을 비추는 시각 장치 역할을 수행합니다."[3] 가혹했던 시간을 견딜 수 있게 해 준 그 건넴의 기억, 권은과 알마 마이어는 그 기억의 '낙원' 때문에 실낙원의 현재도 견딜 수 있었다. 그처럼 실낙원의 현실을 살아내며 잃어버린 낙원의 기억을 다시 회복하는 서사, 그것이 근대적 개인의 교양을 다룬 소설이다. 이런 상투화된 형식의 기능부전에 대해서는 이미 프랑코 모레티의 분석[4]이 적절한 실례들을 제시하였다. 성장이 불가능한 시대의 삶을 기존의 교양의 플롯에 짜 맞추는 것, 그것은 미분적인 것을 적분해버리는 해석학적 폭력이다. 미분적인 것을 보존하기 위한 내러티브는 어떠한 것인가. 전통적인 내러티브를 패러디함으로써 '세속화'(아감벤)하는 것이 그 하나의 형식이다. 이때

---

3. 피터 브룩스, 『정신분석과 이야기 행위』, 박인성 옮김, 문학과지성사, 2017, 175쪽.
4. 프랑코 모레티, 『세상의 이치』, 성은애 옮김, 문학동네, 2005 참조.

중요한 것은 패러디가 아니라 세속화의 여부이다. "모방을 요구하는 것들을 보다 분명하게 포기하고, 내러티브의 자의성과 권위 부재를 보다 명백하게 무대에 올리며, 허구성을 보다 드러내고 유희한다."[5] 브룩스는 보르헤스의 「끝없이 두 갈래로 갈라지는 길들이 있는 정원」을 사례로 들며 이렇게 적었다. "끝없이 갈라지는 길과 교차로들은 — 오이디푸스가 부지불식중에, 하지만 예견되었던, 부친 라이어스를 살해한 교차로처럼 — 무작위인 동시에 결정되어 있다. 미로는 궁극적으로 내러티브 문학의 미로이며, 시간을 계속 재생하며 이 시간이 단지 '잃어버린 시간'이 아님을 주장하기 위해 전복하기도 하고 비틀기도 한다. 하지만 항상 이 상실이야말로 내러티브가 관계하기를 요구하는 의미들의 조건임을 알고 있다."[6] 전통에 대한 무작위적인 위반이나 혼성모방 따위의 일탈은 새로운 내러티브의 창안과는 전혀 무관하다. 나는 지금 상투적인 습속의 답습을 반대하는 태도, 불편함을 제거하는 것이 아니라 그것의 불안함을 표현해낼 수 있는 방법의 모색, 그렇게 미학적으로 성실한 노력을 포기하지 않는 열정에 대해서 말하고 있는 것이다. 조해진의 소설에서 절실하게 요구되는 것이 그것이라고 말하고 싶은 것이다.

권은과 알마 마이어에게는 타인이 손을 내밀었던 그 건넴의 순간, 그러니까 실낙원을 살아낼 수 있는 활력으로서의 낙

---

5. 피터 브룩스, 『플롯 찾아 읽기』, 박혜란 옮김, 강, 2011, 461쪽.
6. 같은 책, 463~464쪽.

원에 대한 기억이 있었다. 그러나 잃어버린 낙원을 회복하는 교양의 서사는 모성과 고향이라는 초월의 형이상학을 답습한다. 그에 비할 때 「작은 사람들의 노래」의 처절한 고립은 낙원을 믿을 수 없는 절망에 대하여 치밀하게 묘파한다. 그 고립과 절망은 초월되지 않고 내재적인 것으로 남아있다. 균이라는 사내, 버려진 아이였고 보육원에서 학대를 받고 자랐으며, 누구에게도 동정받지 못했던 사람. 그는 타인의 애정에 굶주려 있는 사람이다. 그의 기억은 낙원이 아니라 지옥이다. 학대하는 어른들보다 그것을 보고도 모른 척했던 어른들에 대한 증오가 더 컸다. 보육원과 인연을 맺은 교회 성가대의 아주머니들은 간절한 구제의 눈빛을 무시했다. 그들은 잔인한 방조자들이었다. "균의 상처, 균의 증오심, 균의 기억, 그런 건 **그들**에게는 의식조차 되지 않는 제로와 다를 것 없었다."(243쪽) 그들은 저 인용된 글자(그들)의 타이포그라피처럼 비뚤어진 인간들이다. 그들은 계산적이고 이기적이고 위선적인 인간들이다. 그러니까 그들은 박해받는 타자에 대한 책임을 회피하는 주체들이다. 균이 용접공으로 일하는 조선소에서 추락사고가 났다. 그는 죽은 동료를 위해 증언하지 못하고 있다. 그것은 균이 사측의 압력에 굴복해서라거나 윤리적으로 타락한 인간이라서가 아니다. 그는 그런 이타적인 행동보다도, 그 동료의 어머니가 겪고 있는 상실감을 파고들어 자기의 외로운 마음을 의탁하려고 한다. 타자의 이타적 손길을 받아본 적 없는 균은, 그렇게 타인을 위해서 손을 내밀 수 있는 사람이 되지 못했다. 가난한 필리핀 소녀 앨리를 후원하는 것도, 무상증여로서의 타자에 대한 책임이 아니라 자기의 위로를 위한 일종의 수수授受였다. 어머니의 무연고 시신을 확인하고 오던 날, 구호단체의 광고를 보고 그는 후원을 결심했다. "아빠의 건강과 평화를 죽을 때까지 기도할게요."(237쪽) 고립무원의 균에게 이런 답신은 유일한 희망이었다. 그러나 그마저도 앨리가 익사했다는 구호단체의 연락을 받고 끝이 난다. 앨리의 후원자들께, 라는 글귀는 그를 분노하게 만들었다. 그는 앨리의 죽음을 슬퍼하기보다, 앨리의 마음이 자기만을 위해 특별하지 않았음에 분노한다. "상처는 영혼과 함께 성장하는 것이 아니라 강박적인 성실함으로 영혼을 좀먹는다."(240쪽) 외로움은 괴물을 만든다. 외로움을 방치하는 것은 이기적인 마음들에 거름을 뿌리는 일이다. 타자와의 관계에서 결렬을 거듭하는 인간은 극도의 나르시시즘으로 타자를 동일화한다. 타자성의 말살이란 이처럼 타자성의 윤리가 실패하는 곳에 뿌려진 재앙인 것이다. 하지만 이 소설이 분노의 감정에 머무르지 않고, 그것이 어떻게 타자 말살의 재앙으로 번져나가는가를 그려 보여주었다면 더 좋았겠다.

버림받았지만 다시 구난救難받은 자는, 그렇지 않은 사람보다 타인을 느끼는 감성에서 더 민감함을 보인다. 「문주」가 그런 이야기다. 읽고 나서 오랜 여운이 남은 소설이었다. 기찻길에 버려진 아이가 있었다. 그 아이를 처음 발견해서 문주라는 이름을 지어주고 시설에 위탁하기까지 애틋하게 보살핀 기관사가 있었다. 그가 누구인지는 알 수 없지만, 그의 사랑이, 그의 명명과 호명이 버림받은 아이에게 무언가를 불어넣어주었다. 이름을 얻는다는 것은 만만한 일이 아니다. 문주라는 아이는 프랑스의 어느 부부에게 입양되어 나나라는 이름을 얻는다. 앙리와 리사, 아이를 입양한 사람들은 사랑을 주는 것으로 그들의 어떤 허허로움을 채우려고 했다. 구원받기 위해서는 먼저 구제할 줄 알아야 한다는 것을 그들은 알고 있었는지 모른다. 그렇게 아이는 자라 독일에서 극작가로 활동하는 한국계 프랑스인으로 살고 있다. 서영은 그녀의 이야기를 다큐멘터리로 만들기로 하고, 그녀도 좋다고 응답을 해온다. 그렇게 그들이 만나서 그 이름의 기원을 탐색해나가는 고고학적 여정이 시작된다. 문주와 나나로 나뉘었던 그녀의 정체성, 여정이 끝났을 때 그것을 알게 되었다고 하면 얼마나 허망할 것인가. 그녀가 찾게 되는 것은 다른 무엇이어야 할 것이다. 숙소 옆의 복희식당, 그 주인 할머니. 그녀는 갑자기 뇌출혈로 쓰러진 식당 할머니의 병실을 지킨다. 그녀는 복희라는 이름이 누구의 것인지를 궁금해 하다가, 마침내 그것이 자기일 수 있다는 데까지 생각이 미친다. 자기 정체의 인지 불가능성이, 자기가 다른 누군가들일 수 있다는 것으로 반전되는 이 지점이 중요하다. 그녀는 잠시 동안 문주도 나나도 아닌 복희가 되어 할머니의 곁을 지킨다. 내가 누구인가를 확정하기 위한 정체성 찾기란 나르시시즘의 길이 아니고 무엇인가. 오히려 그 길에서 타자감각을 얻게 되었다면 어떠한가. 그러나 그 타자감각의 획득은 자기파열의 고통스런 과정을 동반해야 하지 않겠는가. 자기의 진정한 한계 속에서만 타자의 맨얼굴을 마주할 수 있으니까.

탈국경을 말하는 것이 진부해져 버릴 만큼, 한국소설의

지리적 상상력은 국민국가의 구속력으로부터 자유롭다. 물론 그 이면에는 여전히 국가라는 권능의 보이지 않는 역학이 존재하지만. 그런 역학 따위에 아랑곳하지 않고 세계를 누비는 무정부주의적 인간들의 유희적 배회마저도 어쩌면 국가적 권능을 향한 일종의 어깃장인지 모른다. 조해진의 소설에서는 경계를 넘는 것의 난처함이 생성한다. 경계를 건너는 자들은 대체로 살기 위해서 그 분단의 선을 가로지른다. 그들은 대개 가난한 이민자나 밀입국자들이다. 경계 너머에서 그들의 타자성은 더욱 가중된다. 조해진은 이미 『로기완을 만났다』(창비, 2011)에서 그렇게 월경하는 타자의 박해받는 형상을 집요하게 파고들었다. 이 소설집에서도 이방인들의 고역은 여전하다. 「번역의 시작」, 「산책자의 행복」, 「잘 가, 언니」, 「시간의 거절」이 그렇다. 여자가 다섯 살일 때 그녀의 아버지는 가족들을 부양하기 위해 미국으로 떠났다. 그리고 그림노트와 몇 가지 소지품만을 남기고 그는 사라져버렸다. 가난한 이민자 하나가 사라져버리는 일, 그 누구도 크게 관심을 갖지 않지만 그 사실 때문에 누군가의 삶은 완전히 달라질 수도 있다. 「번역의 시작」에서 그 다섯 살 난 딸의 운명이 그런 것처럼. 여자는 자기를 속이고 미국으로 떠나버린 남자에게 채무를 변제받기 위해 찾아간다. 채권자의 권리도 있었겠지만, 그보다는 사라져버린 아버지의 부재에 대한 감각이 여자를 떠나게 했을 터. 여자는 그곳에서 안젤라를 만난다. 그녀는 남미에서 국경을 건너 들어온 밀입국자다. 국경을 넘어올 때 남동생을 잃어버린 그녀는 힘든 일들을 마다하지 않으며 동생을 찾고 있다. 여자는 그런 안젤라에게서 연대감을 느낀다. "안젤라의 그 웃음은 그날 내게 찾아온 두 번째 열쇠였을 것이다. 그 열쇠가 열어 준 곳은 뜻밖에도 고향이었다. 신분증이 없어도 불안하지 않고 아무 데나 전화를 걸어도 소통이 되는 곳, 언어가 곧 거리감으로 치환되지 않는 곳…"(45쪽) 여자에게 안젤라는 고립무원 속의 유일한 이웃이며 친구였다. 결여된 자들은 서로의 결핍을 가늠할 수 있기 때문에, 그렇게 공감으로 결속될 수 있는 데에 유능하다. "안젤라에겐 언어를 초월하는 교감능력도 있었다."(47쪽) 자기의 한계를 예민하게 자각하는 이들은 타자의 감각에 있어서도 지극히 섬세하다. 그러나 알고 보니 안젤라는 난폭한 남자친구에게 착취당하고 있었다. 그런 그녀가 어느 날 갑자기 자취를 감추어버린다. 여자는 실종된 아버지와 안젤라가 나오는 꿈을 꾼다. 그녀의 뒷마당으로 두 사람이 탄 기차가 들어오고 여자는 손을 뻗지만 끝내 닿지 못한다. 그들은 입술을 움직이며 무언가 말을 하지만 소리가 되어 나오지 않는다. 여자는 그 반복되는 꿈의 의미를, 안젤라의 흔적을 더듬은 뒤에 귀국하는 공항에서 깨닫게 된다. "공항에 도착해서야 그 소리가 내게만 들리는 사라진 사람들의 언어라는 걸 깨달았다. 아직 번역할 수 없는 먼 곳의 언어였지만, 뚜렷하게 감각되는 위로이기도 했다."(58쪽) 여자는 안젤라라는 이방인과의 만남을 통해서 아버지의 결여가 남긴 근원적 외로움을 반성하게 된다. 그렇다면 여자의 그 짧은 여정이란 어떤 결핍을 채우는 충족의 시간이었다는 말이다. 그런데 여자는 떠나버린 안젤라를 그렇게 자기 위로의 타자로 삼아버려도 괜찮은가. 그들의 사라짐은 관념적인 실종이 아니라 어떤 구체적인 폭력의 결과이다. 그렇다면 반복되는 꿈은 그런 구체성의 문제를 회피하는 서사적 알리바이로 읽혀질 수가 있다. 그러니까 그 꿈은 조우하기 힘든 '기이한 낯섦'unheimlich을 회피하는 일종의 방어기제이다.

차학경의 『딕테』는 중첩된 소수성의 주체가 역시 다중적인 타자화의 악력을 돌파하는 고투를 얼룩처럼 남긴 그런 텍스트다. 「잘 가, 언니」는 차학경의 여동생 차학은의 편지[7]에서 주요한 모티프를 구했다. 어릴 때부터 심장이 좋지 않았던 동생과 그 동생의 미래를 책임져야 한다는 이유 때문에 자기의 꿈을 포기해야 했던 언니. 언니는 화가의 꿈을 접었다. 그녀는 대학 졸업 후에 취업을 하고, 얼마 안 있어 결혼해서 미국으로 이주했다. 그리고 이혼을 했고, 불법체류자로 있으면서 귀국을 준비하다가 강도의 총에 살해당했다. 이민자의 삶은 녹록하지가 못했다. 동생은 그런 언니를 잊고 있었다. 차학경의 여동생이 요절한 언니에게 보낸 편지를 읽고서야 동생은 그 무심한 망각을 자각한다. "그녀의 편지를 읽고 또 읽으면서 어느 순간 저는 깨달았지요. 제가 오랫동안 당신을, 당신의 생각과 말과 행동과 소망들을 잊고 살았다는 걸."(151쪽) 그래서 동생은 '차학경 아카이브'를 찾아 샌프란시스코로 힘든 여행을 떠난다. "우리의 여행은 끝이 없는 듯했어요."(148쪽) 소설

---

7. 콘스탄스 M. 르발렌 엮음, 『관객의 꿈 : 차학경 1951~1982』, 김현주 옮김, 눈빛, 2013.

은 그 여정의 서사를 여동생이 언니에게 보내는 편지의 형식으로 풀어낸다. 동생은 죽은 언니의 희생을 마음의 빚으로 짊어지고 있다. "미국 땅에 처음 발을 내딛었을 땐 당신이 완성하지 못한 꿈을 기억하고 말하고 기록하며 살겠다고 결심하기도 했지요. 우리는 닮았으니까, 우리에게는 함께 걷던 길이 있었으니까, 제가 갈 수 있는 제 세계의 가장 먼 곳에는 늘 당신이 있었으니까."(161쪽) 동생은 언니와 인연이 있는 인도계 미국인과 결혼을 해서 미국에 정착했다. 그러므로 동생의 여행은 그 빚을 청산하는 여정이자 죽은 언니를 애도하는 여정이다. 목적지에 도착하면 애도는 가능할 수 있을까. 아마 애도는 도착 이후에 펼쳐질 기록자로서의 삶, 그 아카이브에서 얻은 경험의 실현을 통해 이루어질 수 있지 않을까. 소설은 그런 여지를 남겨두고 끝이 났다.

「시간의 거절」에서는 재미교포 화가 제인이 겪는 미국의 그 인종주의적 장벽을 이야기한다. 그녀의 아버지는 마치 생존을 위해 괴물이 되어버린 〈피와 뼈〉(최양일, 2004)의 자이니치 김준평처럼, 이방인으로 살아남기 위해 악착같았고, 사람들에게서 욕을 들을 정도로 지독했다. 그녀는 그런 아버지를 수치스러워했지만, 그도 역시 인종의 장벽 앞에서 타협할 수밖에 없는 자신을 발견한다. 제인은 한국의 신문에서 어떤 사진 한 장을 보고 충격을 받는다. 시위대들에 대한 진압이 이루어지고 있는 중에 떨어지는 꽃잎을 바라보는 평온한 여자의 얼굴. 제인은 그녀에게 초청의 편지를 보낸다. 소설은 바로 그 꽃잎의 여자 석희와 제인의 이야기, 두 층위의 서사가 병치되다가 마침내 둘이 만나는 것으로 모아진다. 신문사의 기자로 노조 활동을 하다가 사직을 하고 나온 석희도 역시 자신의 타협적 행동에 대해서 회의하는 중이었다. 석희는 제인을 만나러 미국으로 떠난다. 제인이 초대했지만, 자기의 그 타협을 극복하기 위해, 그 폭력 앞에서의 의연함에 대해 이야기를 나누기 위해, 두 사람 모두 서로를 필요로 했다. 소설은 만남을 앞둔 석희의 이런 바람으로 끝이 난다. "비가 온다 해도 피하지 않고 젖은 몸으로 오래오래 서 있고 싶었다. 생은, 그곳에도 있을 터였다."(195쪽) 역시 소설은 「잘 가, 언니」와 마찬가지로 여정의 끝에서 그 만남의 이후를 여지로 남겨둔다. 그 여지가 결말의 플롯을 처리하는 일종의 도식으로 답습되지 않기를 바라지만, 그것이 마치 「번역의 시작」에서 반복되는 꿈이 맡았던 역할이라면 더더욱 아쉽다. 그 꿈이 구체적인 것의 회피를 위한 것으로 읽힐 수 있었던 것처럼, 그 여지가 분명한 것을 회피하기 위한 모호한 얼버무림으로 읽힐 수 있기 때문이다.

여러 소설에서 편지의 형식이 반복되는 점도 가벼이 넘길 수 없다. 서간의 형식은 그것이 성공적일 경우, 서로를 주체화하는 대화적 구성을 가능하게 한다. 그래서 박해받는 타자의 문제에 집중하는 조해진의 소설이 서간의 틀을 구사하는 것은 충분히 납득할 만하다. 「산책자의 행복」도 편지의 형식이다. 메이린이라는 중국인 유학생은 그를 가르쳤던 전직 대학강사 홍미영에게 편지를 보낸다. 편지를 매개로 두 여자의 각자 이야기를 병치한다는 점에서 「시간의 거절」과 유사한 서사구조의 패턴이다. 다만 이 소설에서 소통은 쌍방향적이지 않고 일방적이라는 점이 특징적이다. 유목하는 자와 정주하는 자의 대비. 메이린은 한국에 유학 왔다가 지금은 독일에 유학 중이다. 그녀는 경계를 넘나드는 배움의 길 위에 있으면서 미영에게 거듭 편지를 보낸다. 그러나 미영은 이와 정반대의 처지에 놓여 있다. 나가던 대학의 학과가 폐과되어 일자리를 잃었고, 어머니의 치료비로 재정은 파산났다. 기초생활수급자가 되었고 편의점 알바를 하면서 가르쳤던 학생들을 만나는 창피함을 당하기도 한다. 그녀의 외할아버지는 전쟁 때 즉결처분을 당했고, 어머니는 죽음의 문턱에서 그 끔찍한 기억을 헤매고 있다. 그런 비관적인 상황 속에서 미영은 답장을 쓰지 못한다. 미영의 어머니가 전쟁의 기억에 매여 있는 것과 같이, 메이린의 하숙집 할머니는 러시아 출신의 이민자로 그녀의 언니가 전쟁의 참화를 겪었다. 그리고 메이린은 그곳에서 독일의 극우 단체들이 난민들의 입국을 반대하는 시위를 보고, 쿠르드계 독일인 청년 루카스가 겪었던 인종차별에 대해서 듣는다. 메이린은 유목하는 사람이기 때문에 타자와의 만남에 능동적이다. 그녀는 한국에서 친구 이선의 죽음을 겪었고, 그 죄책감으로부터 더더욱 타자의식에 예민하게 되었다. 그래서 메이린은 연락을 끊고 있는 미영에게 계속 손을 내미는 것이다. 건넴의 손길, 그것이 타자를 살린다. 그러나 외로움에 빠져 익사 직전에 있는 미영은, 누군가가 내미는 그 손을 잡을 수도 없을 만큼 위태로운 상황이다. 그녀는 자살충동이라는 극도의 자기의식, 그 어떤 타자도 보지 못하는 인지협착의 상황에 빠져있다. 미영은 친구의 죽음 앞에서 상심했던 메이린에게서 유대감을 느낄 만큼 이기적이었다. "타인의 고유한 고통을 알게 되면 애틋함이 생기고 그 애틋함은 결국 스스로를 보듬는 도구가 된다."(131쪽) 타자를 자기화하는 것이 이런 것이다. 메이린의 편지는 그녀를 살리기 위한 필사적인 책임의 행동이다. 메이린은 미영이 했던 이 말을 다시 돌려준다. "살아 있는 동안엔 살아 있다는 감각에 집중하면 좋겠구나."(136쪽) 그리고 미영은 마침내 살고 싶다는, 다시 살아야겠다는 의지를 되찾는다. 이 소설에서 메이린의 끈질긴 편지는 감동적이다. 책임의 윤리라는 것은 타자의 생존을 위해 절대로 포기하지 않는 것이기 때문이다.

이번 소설집에는 남한의 현대사에서 그 폭압의 시대가 만든 역사의 타자를 파고든 두 편의 단편이 포함되어 있다. 이른바 동백림 사건을 다룬 「동쪽 伯의 숲」과 재일조선인 유학생 간첩단사건을 다룬 「사물과의 작별」이 그것이다. 둘 다 분단체제하의 독재정권에 의해 조작된 사건이었다. 거대한 역사의 희생자가 된 이들의 개인사를 두 작품 모두 사랑의 결렬이라는 형식으로 풀어냈다. 먼저 「동쪽 伯의 숲」은 역시 편지 형식이라는 점이 두드러진다. 작가교류 행사에서 만난 독일의 작가 발터와 한국의 시인 희수가 주고받는 편지 형식. 희수는 현실의 참여에 대한 고민 속에서 번민하고 있다. "작가가 작품 이외의 다른 채널로 말을 거는 게 합당한 건지 알 수 없었고, 그리 유명하지도 않고 작품활동도 하지 않는 내가 시인이라는 이름으로 사람들 앞에 나서도 되는 것인지 판단이 되지 않았다."(97쪽) 그런 희수에게 발터는 그의 할머니와 마음이 닿았던 안수 리의 행방을 알아내기 위해 편지를 보낸다. 발터는 암투병 중이지만 그의 가족사와 연루된 역사의 문제를 푸는 데 남은 생을 건다. 한나는 아버지가 나치에 부역한 언론인이라는 것을 알게 되어 괴로워했고, 조국의 암담한 현실에 고뇌하는 안수 리를 만나 사랑에 빠지게 된다. 그러나 동백림 사건에 연루되어 그는 갑자기 사라져버렸고, 안나는 끝내 그를 다시 만나지 못하고 눈을 감았다. 희수와 발터, 두 사람은 서간을 왕래하면서 앞선 세대의 남은 문제를 해결하기 위해 분투한다. 그리고 마침내 이수철로 개명한 안수 리를 찾아낸다. 역사의 소용돌이에 휘말려들었던 그는 부끄러움을 견디는 것으로써 살아낼 수가 있었다. 희수는 그를 만난 감상을 이렇게 표현했다. "내 마음속엔 삶의 끝자락에 깃발을 꽂고 어제보다 더 큰 부끄러움을 좇아 욕망 없는 정복자처럼 한걸음 한걸음 혼신의 힘으로 걸어왔을 한 인간의 긴 발자취가 그려지기 시작했다."(114쪽) 그렇게 희수는 한 인간이 살아낸 삶 앞에서 자기의 번민을 떨치고 다시 시를 쓸 수 있게 되고, 죽음 앞의 발터도 마음의 평안을 얻는다. 서사의 구도는 변증법적인 논리를 정확하게 답습한다. 희수와 발터는 안수와 안나의 역사적 희생을 매개로 그들의 고뇌를 지양한다. 희생당한 타자들을 통해 자기의 곤궁한 처지를 극복하는 이런 구도야말로 이 작가가 자주 빠지는 함정이다. 역사적인 것은 해원과 상생의 논리로 극복되어야 하는 과제가 아니다. 역사적 희생자들, 그 타자들의 얼룩진 시간 속으로 들어가 자기가 살아가는 시간을 혼융하는 결단의 행동들이 그들과 연합할 수 있는 가능성을 만든다. 그 가능성의 실현을 위해서 살아가는 것이 남은 자들의 책임이자 윤리적 몫이다.

「사물과의 작별」은 앞의 소설과 다르다. 고모의 첫사랑, 재일조선인으로 조국에 유학을 왔다가 간첩단 사건에 연루된 남자. 폭력의 시대에 연루된 그들의 이루어지지 못한 사랑은 주인을 잃은 유실물과 같다. 너무 많은 시간이 지났고 이제 두 사람은 늙고 병들어 서로를 알아보지도 못한다. 그들의 사물화된 사랑은 때를 놓쳐버렸고, 끝내 잃어버린 시간은 재회로 구제되지 못한다. 이처럼 역사적인 폭력에 의해 유실되어버린 것들 중에는, 증언되거나 기록되지 못한 채로 잊힌 것들이 얼마나 많을까. 그들의 뒤늦은 재회를 추진하는 조카 환은 앞의 소설에서 희수나 발터의 역할에 비견할 수 있을 것이다. 그러나 그는 자기애로 그들의 희생을 동일화하지 않는다. 그렇다고 그들로 인해 분열에 빠지지도 않는다. 온건한 거리를 유지하며 그들의 재회를 추진하는 객관적 관찰자로 자기의 역할을 제한한다. 앞서 메이린의 그 포기하지 않는 열의와 비교하면 좀 아쉽다. 그래서 환을 두고 책임의 윤리적 주체라고 하기에는 부족함이 있다. 소설의 후반부가 환의 독백과 함께 여전히 맥없이 정리되고 마는 것도 이와 무관하지 않다.

박해받는 타자들을 위하려고 하는 마음은 책임의 윤리로 이어지지 않는다. 위하는 마음은 그들을 수혜자로 만들고 자기를 시혜자로 만들기 때문이다. 그들을 위하는 것이 아니라 그들을 향해야 하고, 또 대신해서 해야 하는 것이다. 조해진의 소설은 바로 그 둘의 사이, 위함과 대신함 사이에서 아직도 혼란스럽다. 그 난제를 타개하기 위한 방법으로써 레비나스는 '자기포기'의 길을 제안했다. 우치다 타츠루를 경유해 그 내용을 들여다보면 이런 문장과 만난다. "자기 자신에 의해서는 자기를 기초지울 수 없다고 고백하는 것, 자신의 기원이 자신 안에는 없음을 받아들이는 것. 이때 나는 몸을 내던지는 것인데, 그것은 몸을 내던진다는 모험적 경험을 통해 나 자신을 부유화시킨다든지, 더욱 확고한 존재로 단련하기 위해 그렇게 하는 것이 아니다. 그것은 '돌아갈 길이 없는'sans retour 자기포기인 것이다."[8] 자기를 포기한 만큼의 공간 속으로 타자를 불러들여 환대할 수 있다. 반면에 포기하지 못한 만큼의 비좁은 주체는 타자를 받아들이기 어렵다. 그러므로 그 숭고한 공간을 확보하는 것은 공동체의 가능성을 타진하는 것과도 이어진 문제이다. 문학의 윤리는 바로 그 자기포기의 아포리아에 근접하는 기투로써 실현된다. 그렇게 문학의 윤리와 함께 자기의식을 타자의식으로 개방하는 연습과 함께, 결국에는 자기포기로서의 절대타자를 발견하는 일이 이루어지리라 믿는다. 조해진의 소설이 그런 믿음을 위해 조금씩 진전해가고 있는 것은 분명한 사실이다.

8. 우치다 타츠루, 『레비나스와 사랑의 현상학』, 이수정 옮김, 갈라파고스, 2013, 280쪽.

# 농담처럼, 그렇게 슬픔은 웃음이 되고

고은규 장편소설 『알바 패밀리』[1]

이른바 순정함과 고상함에 이끌리는 주류적인 흐름은 진지함에 반하는 속된 경거망동에 의혹의 눈길을 보낸다. 그러니 이런 풍토 속에서 해학이란 얼마나 낯선 어휘란 말인가. 요사이의 이른바 각광을 얻었다는 소설들에는 특유의 쿨cool함, 그러니까 건조하고 냉담한 어조의 문체들이 깊은 인상을 남긴다. 아마도 그것이 이 웃지 못할 세상을 대하는 어떤 유력한 감수성의 표현이리라. 사정이 그렇다 보니 라블레적인 웃음과 능글능글한 해학으로 요상한 세상에 응대하는 소설들은 점점 더 희귀한 것이 되어가고 있다. 비극이 존귀한 자들의 숭고한 운명과 관계된 것이라면, 희극이란 비천한 사람들의 절박한 생활과 밀착되어 있다. 웃음은 사실 속악한 현실에 대한 엄중한 도발이다. 웃음은 존귀한 것들의 허망함을 폭로함으로써 그 완고한 정체를 뒤흔든다.[2] 또 한편으로 웃음은 깜깜한

---

1. 고은규, 『알바 패밀리』, 작가정신, 2015.
2. 비참함에도 화끈하게 웃을 수 있다는 것은, 지양되어야 할 세계에 눌리지 않는 당당한 정치적 기세를 표현한다. 전복하는 민중의 힘이 구현되는 축제의 장에서, 웃음은 엄숙함을 가장한 자들의 비속한 실체를 폭로한다. 그

밤길을 홀로 걷는 자의 목청 높은 노래처럼, 두려움 속에서 그 나약함을 떨쳐내려는 안쓰러운 허세이기도 하다. 그래서 웃음은 당당하면서도 또한 애절하다. 웃음의 그 역설이야말로 이 땅에서 성했던 민중적 이야기의 유장한 형식이기도 하였다. 다시 말해 웃음이란 역시 몸으로 일하는 사람들의 감각으로부터 발효된 무서운 힘이다.

고은규의 소설은 우습고도 슬프다. 비통한 슬픔 앞에서 턱없는 웃음이 터져버리는 것. 나는 어떤 지면의 대담에서 이 작가에 대한 나의 생각을 이렇게 노골적으로 정리해버린 적이 있다. "세계의 음울함에 대한 비판적 인식과 그것을 희화화된 형태로 표현하는 발랄한 감수성. 인식과 표현의 이런 선명한 대비는 소설의 아이러니를 발생시킵니다. 저는 그 '아이러니'가 바로 고은규 작가의 글쓰기에 내재한 어떤 매력이라고 생각합니다."[3] 그이의 소설에서는 비참하거나 비극적인 상황에 응대하는 특유의 유머가 진부한 악덕을 낯설게 하는 강력한 장치

---

폭로는 여린 것들을 눕히고서야 바람처럼 일어서는 자들의 세계를 무너뜨리려는 위험한 도발이다. 그러나 웃음은 그 도발로써 격렬하고 끝내는 것이 아니라, 생산하는 힘으로써 그 전에 없던 세계를 창안하려고 한다. "현상적 위력이 파괴에 맞춰져 있어도, 웃음은 전적인 부정과 허무주의에 함몰되지 않는다. 웃음의 본원적인 능력은 해체 이후의 사태, 즉 새로운 종합과 통일을 향한 구성적 차원을 향할 때 더욱 근본적인 것이 된다. 웃음은 기성의 권위와 질서를 파열시키는 동시에 이전에는 존재하지 않았던 세계, 현상에 가려져 있고 보이지 않던 '낯설고 새로운' 세계를 열어 보여준다."(최진석, 『민중과 그로테스크의 문화정치학』, 그린비, 2017, 323쪽.)

3. 전성욱, 「암울한 세계, 명랑한 이야기」, 『불가능한 대화들 2』, 산지니, 2015, 76쪽.

로 기능한다. 그리고 대개 그 유머는 재미있다기보다는 차라리 안타깝다. 폭력과 죽음의 기억 속에서 근원적인 내상을 앓고 있는 남자와 여자가 일종의 유모차(삶)이자 관(죽음)이라고 할 수 있는 자동차의 트렁크에서 살아간다는 독특한 발상의 소설 『트렁커』(뿔, 2010)가 그랬다. 고독사를 관리하는 회사를 차리게 된 어떤 여자의 이야기 『데스케어 주식회사』(뿔, 2012)도 죽음이라는 암연을 농담처럼 활달하게 풀어낸 소설이다. 고통스런 과거의 기억을 떨쳐내지는 못하지만, 그들은 결코 그 과거에 사로잡혀 현재의 삶을 탕진하는 유약한 사람들이 아니다. 그들은 사랑의 인연에 충실하고, 무엇보다 삶을 유쾌하게 끌어안는다는 점에서 견실한 사람들이다.

「반품왕」, 「보라보라 스포츠센터」, 「버몬트 씨, 옷 벗기기」, 「애드밸리」, 「빵을 던져라」. 이 다섯 편의 단편이 연작으로 결속되어 하나의 장편을 구성하였다. 휴먼마케팅학과를 다니는 스물두 살의 로민과, 대학을 다니면서 '세일즈 프로모션'의 리뷰왕으로 활약했던 스물한 살의 로라는 남매다. 다섯 편의 단편은 이 남매의 시점을 순차적으로 교차한다. 그리고 시점의 교차와 어긋남 속에서 관찰되는 것은 이들의 가족이 처한 어떤 역설과 아이러니이다. 당당하고 알뜰한 소비자였던 엄마는 대형마트의 종업원으로 취업을 할 수밖에 없게 되었고, 가구 공장을 운영하는 아버지는 반품된 물건들을 처리하지 못해서 돌아올 어음을 걱정하고 있다. 그러니까 교차와 전도 속에서 살아가는 이 가족은, 그 기묘한 교환의 회로 속에서 이 시대의 병리를 드러내는 증상들이다. 이 가족이 봉착한 난제는 사랑과 집착, 인정과 적대 따위의 형이상학적 문제가 아니라, 아파트 관리비를 내지 못해 단수가 될지도 모르는 생활상의 곤경이다. 무엇보다 가정 경제의 파탄은 집을 담보로 사업을 하고 있는 아버지의 무능에서 비롯하는 면이 크다. 호두처럼 단단한 가구를 만들겠다는 아버지의 순진한 마음은, 제조와 판매의 역학 사이에서 시대착오적인 것으로 드러난다. 제품의 내구성에 집착하는 아버지는 홈쇼핑에서 원 플러스 원 행사를 하는 경쟁사에 밀려 반품된 물건들을 처리해야 하는 것이 일이 되어버렸다. 고객들의 환불요구를 들어주어야 하고, 직원들의 체불된 임금을 지급해야 하며, 돌아올 어음을 막아내야 하는 아버지. 이런 아버지 앞에서 "물건이 너무 흔한 시절이 돼버렸어. 물건을 함부로 취급하는 시절이 온 거야"라는 최 부장의 넋두리는 씁쓸할 뿐이다. 그러므로 로민의 시선에 포착된 아버지는 '부서진 호두껍데기'나 다름없다. 아버지는 끝내 미수금을 돌려받지 못해 폐업하고, 가족들 몰래 시간제 아르바이트로 인간 광고판 일을 하게 된다. 살벌한 경쟁사회에서 아버지들의 몰락이란 이미 그 오랜 내력만큼이나 익숙하다. 그래서 이른바 소비자본주의의 살풍경에 초점을 맞추어 이 소설을 읽는다면 어떤 진부함과 마주하게 될지도 모른다.

제조와 판매의 어긋남 속에서 반품되어 돌아온 물건들의 역습 때문에 아버지의 공장은 파산했다. 앞서 이 작가의 글쓰기에 내재한 심층의 원리로 '아이러니'를 거론했거니와, 반품의 역습과 파산은 생산자와 소비자의 결렬 속에서 아버지와 로라의 역설적인 입지를 부각시킨다. 다시 말해 '세일즈 프로모션'

의 리뷰왕 로라는 결국 복잡한 마케팅의 회로 속에서 판촉의 도구에 지나지 않았으며, 그 실체는 다만 체리피커이고 블랙컨슈머에 불과했다. 그러니까 생산자인 아버지가 마케팅의 논리 때문에 반품의 역습을 당했던 것처럼, 소비자인 로라는 역시 반품을 거듭하다가 그 마케팅의 논리 때문에 소비자보호법의 역습을 당한다. 제품의 견고함에 사업의 성패를 거는 아버지의 순진함이나, 블로그를 매개로 타인의 소비 욕망을 자기화해 전시했던 로라의 영악함은, 뫼비우스의 띠처럼 어긋나 있으면서도 결국은 그렇게 하나로 이어져 있다. 부녀가 그렇게 농락을 당하는 동안, 그러니까 영세한 '생산'과 영악한 '소비'가 파국에 이르는 동안, 사악한 '유통'은 그 사이에서 탐욕스레 이익을 챙긴다.

특히 자본 축적의 야비한 논리가 로라의 심신에 가한 폭력은 심각하다. 로라는 타인의 소비욕망을 부추기기 위해 그들의 욕망을 내면화했고, 그렇게 내면화된 자기의 욕망을 사용후기와 사진으로 시각화해서 타인들에게 다시 돌려주었다. "로라는 사람들에게 무언가를 보여주려고 부단히 노력했다." 일종의 노출증이라고도 할 수 있는 그런 집착과 함께, 로라는 신경증적인 증상으로 다이어트에 몰입한다. "나는 로라가 신경증을 앓고 있는 줄 알았다. 밤마다 옷을 갈아입고 진한 화장을 하고 높은 목소리로 제품에 대해 떠들어대다가 돌연 키르륵 소리를 내며 웃었다. 꼭 혼을 도둑맞은 사람 같았다. 로라는 더 마른 몸을 갖고 싶다며 닭의 가슴살만 먹었고, 그것들을 냉장고에 꽉꽉 채워두었다." 그 대가로 로라에게 주어지는 것은 현금으로 교환가능한 마일리지, 명절 때마다 보내오는 갈비세트와 얼마 정도의 수표, 그리고 파워블로거로서 얻는 사람들로부터의 인기 따위다. 쉽게 말하자면, 로라는 타인의 인정을 얻기 위해 자기의 몸을 변형시켜야 할 만큼 외롭고 결핍된 사람이다. 그런 결핍이 로라를 도착적인 페티시즘으로 몰아갔을 것이며, 신경증적인 증상 속에서 포악한 발작을 부추겼을 것이다. "그러고 보니 리뷰를 쓰기 시작하면서 로라는 부쩍 포악해졌다. 아무 때나 나한테 발길질을 하고 머리카락을 움켜잡았다. 로라 입에서 욕이 부글부글 끓어 넘쳤다."

어긋남은 또 다른 형태의 어긋남으로 반복된다. 얼마 전까지만 해도 엄마는 사은품에 예민한 손님이었고, 불친절한 직원을 고객만족센터에 신고하는 당당한 소비자였다. 그러나 이제 엄마는 그 마트의 종업원이 되어 누군가의 항의를 받는 입장으로 뒤바뀌었다. 이런 전도 내지는 전락이란 그것이 바로 웃음을 유발하는 아이러니이거니와, 이 소설이 시대를 증언하는 하나의 유력한 방식이다. 한때의 리뷰왕, 아니 반품왕이었던 로라도 이제는 다른 알바보다 시급이 많다는 이유로 보라보라 스포츠센터의 '수질 관리 요원' 자리에 연연하는 입장이 되었다. 카드 대금과 학자금 융자를 갚기 위해서 로라는 참고 일해야만 한다. 보라보라에서는 종업원이지만 그런 로라도 고리가 고장 난 브라를 판매한 마트에서는 따질 수 있는 자격이 있는 소비자다. 이 자본의 시대에 보라와 브라, 종업원과 소비자는 언제나 그렇게 자리를 바꾸어가면서 사람의 정체를 뒤흔든다. 항의하고 때로는 항의당하면서, 당당한 소비자는 그렇게 다시 생업의 자리에서 굽실거리는 종업원으로 변신한다. 역시 그 와중에도 대망스포츠센터는 보라보라스포츠센터로 이름을 바꾸고, 다시 보라보라는 또 그 주인마저 바뀐다. 그렇게 자본이 교묘하게 변태하는 사이에 일하던 사람들은 일자리를 잃고, 또 어떤 고객은 종업원이 되어 그 빈자리를 채우게 될 것이다. 물론 이런 마법과 같은 전도의 회전 속에서도 부는 끊임없이 생산될 것이며, 누군가는 그것을 독점할 것이 분명하다. "왜 이곳은 누군가에게는 낙원이면서 누군가에게는 지옥이 되어야 하는 거지?"

　　로민의 나이는 어느새 한 살을 더했다. "내 나이 23살, 전 재산 9,820원. 어제 현금 인출기 앞에서 180원 때문에 절망했다. 이런 나에게 손해 배상을 청구하겠다는 R컬렉션이 원망스럽다." 로민은 지질한 루저의 전형처럼 보이지만, 그래도 진솔함이 느껴지는 선량한 사람이다. 로민은 남루한 옷차림으로 추위에 떠는 걸인 노숙자 버몬트 씨에게, 알바로 일하면서 소각시켜야 했을 R컬렉션의 얼룩무늬 외투를 입혀주었다가 시비에 휘말린다. 패션 전문 쇼핑몰 'R컬렉션'은 '보라보라스포츠센터'와 마찬가지로 착취하고 축적하는 자본의 거점이다. 그야말로 이 회사의 경영이나 판매 전략은 '혁명'R의 대상이 되어야 할 만큼 고약하다. 어쨌든 혁명마저도 코스프레하는 자본의 저 기민함이란 혀를 내두르게 한다. 고가 정책을 고수하기 위해 그들은 다품종을 소량으로 생산한 다음, 팔다 남은 상품들이나 메인 윈도우에 걸렸던 상품들도 가차 없이 소각시켜 버렸다. 로민이 버몬트 씨에게 입혀준 그 우스꽝스러운 옷도 그렇게 소각시켜야 했을 물건이다. 그렇게 R컬렉션은 물건(사용가치)을 폐기하면서 가격(교환가치)을 부풀리는 방식으로 이익을 취했다. 그 옷들은 전혀 실용성이 없어보였지만, 상품에 덧씌워진 물신의 환각이 사람들을 R컬렉션의 상품에 열광하게 만들었다. 그러나 그런 고가의 옷이 불티나게 팔려나가도, 정작 그 옷을 만드는 노동자들의 사정은 열악하기만 하다. "지하에는 물류 창고 말고도 디자이너와 어시스턴트들의 작업장이 있었다. 그들은 산업혁명 당시의 노동자처럼 무표정하고 피로한 얼굴로 늘 작업대에 붙어서 재단을 하고 재봉틀을 돌렸다. 자고 먹고 화장실 가는 것 빼고 죽도록 일만 하는 것 같았다." 게다가 가격관리를 위해 R컬렉션은 멀쩡한 상품들을 소각시켰고, 또 그만큼 자원을 탕진하고 자연을 오염시켰다. 이를 '소외'alienation라는 건조한 개념으로 설명해 볼 수도 있겠으나, 그 생경한 개념으로 다 설명되어지지 않는 악덕의 실체를 파고드는 것이 급선무다. 로민과 로라는 이런 곳에서 하루 7시간씩의 아르바이트를 하게 되었던 것이고, 바로 여기에서 로민은 "물건에 대해 반감"을 갖게 된다. 그리고 소외의 자각과 반감에 이르는 로민의 여정은 이 소설을 일종의 성장서사로 읽힐 수 있게 한다. 그러나 자각만으로 부족함이 있듯이, 개인의 성장이 곧바로 변혁의 동력이 될 수는 없다. 그러므로 성장이나 자각마저도 불가능한 세상의 불모성을 어떻게 드러내야 할 것인가, 라는 질문을 거듭 되새겨 보아야 하겠다. 모범 답안과 같은 이상적인 세계의 제시로써 지금 이 세계의 불미함을 되비추는 것도 하나의 방법이리라. 태워버리는 것은 괜찮지만 추위에 떠는 걸인에게 입혀서는 안 된다는 역설. 문명이 상처 낸 자연의 아픔. 버몬트는 바로 그 모순과 아픔을 상징적으로 집약하고 있는 이름이다. "어느 한 시절, 버몬트란 곳에서 반 자본적이며, 조화로운 삶이 무엇인지 생각하던 사람들이 살았다네. 그들은 소유와 축적의 삶보다 희망과 노력의 삶을 가꾸려 했던 사람들이었다네. 그들이 첫 번째로 그 꿈을 펼친 곳이 버몬트의 작은 마을이었다네." 그러나 버몬트 씨는 결국 옷을 빼앗기고 말았다. 걸인의 옷을 빼앗는 무자비함은 타자에 대한 윤리를 압도하는 합리적인 자본의 셈법이다. 이런 세상에서 인간이란 고전적인 휴머니즘이나 근대적인 인권의 개념으로도 닿을 수 없는, 단지 잉여가치의 극대화를 위해 동원되는 사소한 도구에 지나지 않는다. "실체를 알 수 없는 프로그램에 의해 내 운명의 레벨이 정해진 것 같다." 우리는 모두 그렇게 빠르게 회전되도록 설계된 거대한 트레드밀 위의 존재들이다.

한때의 리뷰왕 로라는 스포츠센터의 수질 관리 요원으로, R컬렉션의 시간제 알바생으로, 또 애드밸리의 중심에 있는 편의점 알바로 전전하고 회전한다. 그러나 변신하고 있는 것처럼 보이지만 갱신되는 것은 아무것도 없다. 전전하면서 서서히 거덜 나고 있을 뿐. 신도시의 중심 상가 애드밸리는 역시 R컬렉션이며 보라보라스포츠센터이다. 로라가 변신을 거듭하듯 이들 역시 그 모습을 수시로 바꾸지만, 사실 우아함을 가장한 착취자의 그 정체란 크게 다를 것이 없다. 그 어디서든 사람들은 트레드밀 위의 존재처럼 주어진 속도에 적응하거나, 아니면 지쳐 쓰러지게 될 것이다. 우리의 로라는 더 나은 시급을 찾아 이

리저리 전전하면서도, 쓰러지지 않고 끈질기게 버틴다. 대신에 로라의 가냘팠던 몸은 날이 갈수록 비대해져간다. "호두가구가 망하고 집안이 어려워질수록 체지방이 쌓였다. 경제적 어려움과 체지방의 증가는 분명히 비례 관계가 있었다. 뿐만 아니라 경제적 어려움과 고독감도 비례 관계가 있었다. 기분 나쁜 비례식이다. 나는 자주 허기졌다. 그 때문이다. 언젠가부터 폭식이 습관이 되었다. 폭식 후에는 더 큰 고독감이 밀려 왔지만 당장의 고독 앞에서 무릎을 꿇을 수밖에 없었다." 트레드밀의 속도가 빨라질수록 비만해지는 역설, 이 역설을 살아내야 한다는 것은 그 자체로 얼마나 우습고 또 슬픈 일인가. 엄마는 결국 마트에서 해고되었고, 로민도 R컬렉션에서 해고되었다. 쉽게 해고당하는 만큼 그들은 아마 또 쉽게 일자리를 얻게 될 것이다. 그러나 그 노동의 질이란 사람의 자존감을 지키기 어려운 허드렛일이고, 그 대우는 언제나 각박하고 야박할 것이 분명하다. 로민과 엄마는 '리플렛 컴퍼니'에 고용되어 애드밸리에서 전단지를 돌리는 일을 시작한다. 그러나 애드밸리의 편의점에서 일하는 로라에게 가장 골치 아픈 일거리는, 쉼 없이 편의점 앞을 가득 채우는 그 전단지들을 치우는 것이다. 여기서도 이 가족의 그 유별난 어긋남을 다시 만나게 된다. "그럼 엄마랑 너는 전단지를 마구 뿌리는 거네. 누구는 뿌리고 누구는 치우고. 야, 잘 한다." 그렇게 이 가족은 온 식구들이 시간제 아르바이트로 강행군이다. 호객을 위한 애드밸리의 전단지들은, 가격의 거품을 만들기 위해 제품을 쓰레기처럼 소각시켰던 R컬렉션과 마찬가지로 세상을 더럽게 오염시킨다. 그 공격적인 전단

살포에도 불구하고 상가의 업주들은 대체로 **빠듯**할 것이고, 전단지를 돌리는 사람들의 생활도 팍팍하기는 마찬가지일 것이다. 이 와중에도 오직 리플렛 컴퍼니만 날마다 호황이다.

지금까지 거의 존재감이 없던 아버지는 애드밸리의 인간 전단지로 돌아왔다. 결국은 폐업을 하고 미수금도 해결하지 못한 채 집으로 돌아와 주눅이 든 모습으로 그 지질한 존재감을 드러낸다.(「**빵**을 던져라」) 엄마는 밀린 관리비를 해결하기 위해 시에서 주최한 지역 상인과의 모임에 온 가족을 이끌고 진행요원으로 일할 만큼 적극적이고 책임감이 크다. "우리는 총체적 난국에 직면해 있다. 우리는 이 위기를 다 함께 이겨내야 한다." 엄마는 결전을 앞둔 장수처럼 결연한 의지로 로민과 로라 앞에서 비장하다. 전란戰亂의 소설들에서 그 어머니들이 대체로 억척어멈인 것처럼, 역사적 난국에서 어머니의 위상은 아버지들의 부재와 무능을 대신한다. 한심해 보이지만 아버지도 나름은 가정 경제의 파국을 벗어날 궁리로 고뇌가 깊다. 그러나 여기서도 이 가족들의 어긋난 행보는 어김이 없다. 아버지는 소규모 점포를 운영하는 친구들과 함께 가족들이 진행요원으로 일하고 있는 '지역 상인들과의 만남' 자리에 나타나, 국회의원과 시장이 앉아 있는 연단에 **빵**을 던지며 시위를 한다. 엄마는 이 거사의 주인공이 남편이라는 것을 전혀 눈치채지 못한다. 그날의 일당으로 소비자로서의 지위를 되찾은 것에 만족해하는 엄마의 모습이 그저 우습고 슬프다. "엄마는 어떤 썩을 놈의 자식들이 이런 짓을 한 거냐며 걸레질을 하면서 연신 투덜거린다. 로라와 나는 썩을 놈의 자식 중의 하나가 우리 아버지였다고는 이야기하지 않는다. 엄마는 일이 끝나면 에이마트에서 세제를 살 거라고 말한다. 신문 사이에 끼어온 전단지에서 하나 사면 하나를 더 주는 할인행사를 봤다고 말한 후 빙그레 웃는다." 아버지의 엉뚱함과 순진함, 그리고 엄마의 억척스러움. 어떻든 이들은 살아가려고 발버둥치고 있다는 점에서는 똑같이 안쓰럽다. 일가족이 모두 시간제 알바로 연명하는 삶이란 결코 지나치다고 할 수 없는 우리들의 현실이니까. 빵 투척사건의 당일은 부모의 결혼 24주년이 되는 날이었다. 기념 케이크를 들고 돌아온 아버지는 가족들 앞에서 저금리의 캐피탈에서 대출을 해서 다시 사업을 시작하겠다는 뜻을 내비춘다. "여보, 캐피탈에 저금리가 어딨어? 아, 또 빚이야. 또 마이너스야." 그러나 저금리의 캐피탈이라는 역설 앞에서 가족들은 또다시 희망을 걸어본다. 그래도 가장 분별력이 있는 로민의 분석은 홀로 예리하다. "아버지가 증오하는 홈쇼핑 회사, 엄마를 해고시킨 에이마트는 새 희망의 근간이라 믿는 에이캐피탈의 계열사이다. 우리는 이 촘촘한 거미줄에서 벗어날 수 없는 것인가." 절망으로 되돌아올 희망을 꿈꾸며 그래도 살아내야 한다는 것, 이 가족이 처한 역설은 또 얼마나 우습고도 슬픈가. 시점의 교차 속에서 전개되는 이 가족의 어긋난 행보란, 결국은 늘 내쫓기고 새로 시작하는 그 악순환적인 반복의 회로를 벗어나지 못한다. 영악하거나(로라) 순수하거나(로민) 억척스럽거나(엄마) 순진무구한(아버지) 이 가족에게, 그 반복회귀는 도저히 벗어날 수 없는 어떤 질곡이 아니겠는가. 그럼에도 다시 시작할 수밖에 없다는 것, 그 비극 속에서도 웃음을 잃지 말아야 한다는 것, 그것이 이 무참한 시대를 살아내는 하나의 유력한 방법이라는 것.

가족의 평화와 화목은 허술하기 짝이 없다. 내일이 되면, 아니 모레가 되면 천천히 무너질 것인가. 그런데 지금, 엄마와 로라가 웃는다. 희망을 거는 눈치이다. 그 모습을 보고 아버지가 웃는다. 나는 결혼 24주년을 축하합니다, 라는 글자가 손상되지 않게 가장자리 쪽 케이크를 포크로 조금 떠서 먹는다. 그리고 난데없이 헤헤거려 본다. 오늘만은 그 누구도 이 평화를 깰 자격이 없다.

소설은 이렇게 희망으로 절망을 봉합하지만, 저 잠깐의 평화는 이내 또 절망의 반복회귀로 산산이 부서질 것이다. 이 소설은 시종일관 어긋남의 아이러니로 비극적인 세계를 농담처럼 발설한다. 교차와 반복으로 표현되는 그 어긋남은 치밀하게 계산된 것이며, 따라서 서사의 가공은 대단히 정교하게 느껴진다. 그러나 서사의 그 정밀한 계략이 정합적인 구조로 정립할 때, 현상하는 이야기는 부조리한 현실을 그 정합적인 구조의 틀 속에서 추상화시킬 수 있다. 그러므로 의식의 세계에 균열을 내는 것이 농담의 무의식에 잠복한 힘이라면, 의식을 뛰어넘는 무의지의 우연한 흐름에 인물과 사건들을 내버려두는 것이 어떠할까. 희망을 품는다는 것만으로 견뎌내기가 어려운 절망의 세계에서, 나는 소설이 할 수 있는 것에 대하여 오래 생각한다.

III

고독의 역사

# chapter 3A
## 드러나지 않는 것들

# 역사의 끝에서 드러나는 것

## 재난의 상상에 드리운 것들

### 1. 역사의 종언과 묵시의 서사

재난은 이미 우리들의 일상에 내재하는 원리가 되었다. 만연한 공포 속에서 예외적인 것들은 상시적인 것이 되었고, 그렇게 비상시非常時의 감각이 일상의 질서를 규제하는 통치성의 한 방편이 되었다. 지금까지 재난의 참사는 사후적인 보도를 통해 널리 알려지고 전파되어 왔지만, 이제 아비규환의 참상은 사건의 발생과 더불어 거의 즉각적으로 전달되고 있다. 2001년 9월 11일의 스펙터클은 뉴스를 통해 세계 각지의 사람들에게 곧바로 전달되었고, 그 장면들은 거의 기계적으로 되풀이 방송되었다. 그것은 마치 재난영화의 한 장면처럼 비현실적으로 보였다. 그러니까 사람들에게 전송되는 것은 재난 그 자체가 아니라 영상으로 재현된 재난의 이미저리였다. 그래서 슬라보예 지젝은 그 사건을 두고 이렇게 단언하였다. "세계무역센터의 붕괴는 20세기 예술의 '실재에 대한 열정'이 클라이맥스에 달한 결말이다."[1] 2014년의 4월 16일에도 우리는 끔찍한 재난의 현장을 반복되는 영상을 통해 그냥 바라볼 수밖에 없었다. 400여 명이 넘는 승객을 태운 여객선이 깊은 바다 아래로 서서히 가라앉는 모습을 지켜보고 있을 수밖에 없는 답답함. 그 생생한 화질 앞에서 망연자실하는 것 말고는 달리 할 것이 없는 무력감. 애타게 구조를 기다리는 그들에게 결국 아무것도 해 주지 못했다는 죄책감. 오늘날 재난은 그런 피동적인 주체들의 무력감과 죄책감을 통해 '현실의 가상화'를 심화시킨다. 연민과 공포 속에서 재난의 긴박한 장면들을 지켜보았던 사람들은, 그 절박한 정념에도 불구하고 결코 재난 그 자체를 실감할 수는 없었다. 오히려 우리는 그 반복적인 보도에 적극적으로 응대하지 못하고, 잔혹한 아이러니처럼 그 장면들을 억지로 즐겼어야 했는지 모른다. "이때 우리 모두는 '반복 충동'compulsion to repeat과 쾌락원칙을 넘어선 향락jouissance이 무엇인지를 강제로 경험했다. 우리는 그 이미지를 보고 또 보고 싶어 했다. 동일한 장면이 지겹도록 반복되었고, 우리가 거기서 얻은 으스스한 만족은 가장 순수한 향락이었다."[2] 그렇게 재난이 향락의 대상으로 소비되는 이면에는, 가장 극단적인 폭력과 희생을 수요로 창출하는 통치 패러다임의 어떤 비정한 논리가 작동하고 있다.

　신화적인 세계의 지루한 반복으로 펼쳐지는 낡은 역사의 연속성을 중지시키고 절단하는 것, 벤야민은 바로 그 '정지상태의 변증법'으로 구원론의 신학을 밀고나갔다. 그는 삶의 생

---

1. 슬라보예 지젝, 『실재의 사막에 오신 것을 환영합니다』, 이현우·김희진 옮김, 자음과모음, 2011, 24쪽.
2. 같은 책, 24~25쪽.

기와 온기를 절취하는 신화적 폭력에 대한 비판을, 무경계적으로 파괴하고 내리치는 신적 폭력에 대한 사유와 결합함으로써, 혁명의 유물론을 정치의 형이상학으로 예리하게 파고들었다. 오늘날 재난서사의 갑작스런 부상이란, 이처럼 파국을 통한 구원과 절멸을 통한 재생을 염원하는 구제의 소망을 표현한다. 그러니까 묵시의 서사는 종말의 시간을 견뎌낸 뒤의 아포카타스타시스를 상상적으로 실현한다. 다시 말해 유토피아의 전망이 상실된 곳에서 종말론적인 디스토피아의 매혹이 자란다.[3] 에로스와 타나토스의 절합처럼 유토피아와 디스토피아는 전혀 다른 표정의 한 얼굴이다. 가장 비참한 비극이 가장 강력한 카타르시스를 이끌어낸다. 마찬가지로 디스토피아의 상상력은 유토피아에 대한 갈망의 아이러니이며, 파국과 종말로의 이끌림은 회생과 재생에 대한 굴절된 욕망을 반영한다. "침묵이 말 속에 섞여 있듯이, 구원은 재앙 속에 깃들어 있다."[4] 다시 말해 죽음에의 미혹은 삶에 대한 최대의 매혹이다. 목적론이 봉착한 난관을 종말론으로 돌파하려는 의지가 묵시의 서사를 급증하게 만들었다. 그러나 그 의지가 '역사

---

3. 묵시 담론의 역사적 유래와 그 정치적 함의에 대해서 존 그레이의 다음과 같은 견해를 참조할 수 있다. "종말이 새로운 유형의 삶을 가져올 것이라는 초기 기독교의 신념은 중세 천년왕국주의를 거쳐 세속적 유토피아주의와 그것의 또 다른 모습인 진보에 대한 신념이 되었다. 유토피아 시대는 근본주의자들이 경쟁하는 와중에 철저하게 파괴된 도시 팔루자에서 막을 내렸다. 자유주의적 인본주의자들은 세속의 시대가 미래에 있다고 믿지만 사실 그것은 우리가 이해해야만 하는 과거에 있다."(존 그레이, 『추악한 동맹』, 추선영 옮김, 이후, 2011, 263쪽.)

4. 문광훈, 『가면들의 병기창』, 한길사, 2014, 233쪽.

의 종언'에 대한 일종의 발작이라면, 묵시의 서사가 재현하는 것은 '역사'가 아니라 '종언' 그 자체일 수밖에 없다. 역사가 불가능한 곳에서 가능한 것은 그 불가능성을 서술하는 것일 뿐이기 때문이다. 그러므로 재난의 서사를 독해하는 데 있어, 역사의 불가능성을 사유하는 그 태도에 유의해야 할 것이다. 거대서사가 쇠퇴하는 역사 종언의 시대(포스트모던)에 그 증상으로서의 오타쿠계 서사에 대한 아즈마 히로키의 진단은 이러했다. "그들은 '세계의 종말'에 대해 사고하고 있지만 '세계'에 대해서는 사고하지 않고 있습니다. 왜냐하면 '세계'에 대한 적절한 사실을 보증해야 할 상징계가 그들에게는 더 이상 기능하고 있지 않기 때문입니다."[5] 상징계의 파열에 대응하는 서사적 형태론은, 단단한 것을 녹여내고 거대한 것을 작게 쪼개어 유기적인 전체를 산란散亂시키는 '작은 이야기들'의 분산으로써 드러난다. '세계의 종말'이라는 테제는 분명 거대서사의 장대한 스케일을 보여주지만, 그것은 알코올 없는 맥주나 카페인 없는 커피와 마찬가지로 '진짜 세계'의 가상화이거나 '역사'가 소거된 유사 역사학일 뿐이다. "오타쿠들의 이야기가 내용적으로 장대하고 기괴한 엉뚱함으로 가득 차 있다고 해도, 그것은 다양한 소비자의 기호에 부합할 수 있도록 조정되고 '맞춤화customized된 것이다."[6] 그러므로 역사의 종말을 암시하는 묵

---

5. 아즈마 히로키, 「우편적 불안들」, 김영심 옮김, 『동서문학』, 2001년 겨울호, 434쪽.
6. 아즈마 히로키, 『게임적 리얼리즘의 탄생』, 장이지 옮김, 현실문화, 2012, 11쪽.

시의 서사에서, 역사적인 것의 구원에 대한 형이상학적 깊이를 발견하려는 섣부른 조급함에 유의해야 하겠다.

근대문학의 막다른 길목에서 소설은 '문제적 개인'(루카치)으로부터 '문제성'을 제거하고, 대신 그 문제성의 빈 자리를 상투적인 '캐릭터들의 기능'으로 떠넘기고 있는 중이다. 그렇다면 '세계의 끝'에 대한 사유는 장르소설(서브컬처)을 전유해 근대문학의 종언을 비켜나가려는 꼼수에 불과한 것인가. 누군가의 말마따나 "한국소설은 재난의 상상력 덕분으로 현재의 연장 또는 단절로서의 미래를 상상하기 시작했다."[7] 여기에서 그 '미래'가 역사적 전망으로서의 미래가 아니라 '현재의 연장 또는 단절로서의 미래'라는 것에 주목해야 한다. 미래는 명백하게 예정된 시간도 아니고, 그렇다고 그저 불확실성으로 내던져지는 시간도 아니다. 미래는 현재의 지속과 끝장 사이에서 요동치는 역사의 긴장 그 자체이다. "경험과 기대 사이의 간격은 현재가 미래 안으로 파열되어가면서, 이미 소멸되었다. 우리는 미래란 곧 도래하는 그 무엇, 즉 앞뒤로 내다볼 수 있게 하는 지평이 아니라 이미 발생했다는 인식을 가지게 된다."[8] 재난의 파국으로 '세계의 끝'을 예감하는 묵시의 서사가, 역사의 종언과 근대문학의 종언을 비켜나가려는 꼼수인가 묘수인가는, 그 난해한 '미래'를 대하는 어떤 복잡한 감수성을 통해 드러나게 될 것이다.

---

7. 복도훈, 『묵시록의 네 기사』, 자음과모음, 2012, 198쪽.
8. 마크 포스터, 『포스트모던 시대의 새로운 문화사』, 조지형 옮김, 이화여자대학교출판부, 2006, 102쪽.

## 2. 재난의 상투화와 닫힌 미래의 시간 : 정유정의 『28』, 이재익의 『싱크홀』

인류의 역사를 '도전과 응전'이라는 개념으로 적절하게 집약했던 역사학자 토인비. 가뭄과 홍수, 급격한 기후 변동과 같은 자연계의 예상치 못한 요동들은, 오히려 그 응전으로서의 문명화 과정의 역설적인 계기로 작용했다. 그러니까 인류의 역사에서 재난은 문명의 적이 아니라 문명화의 조건이기도 했다. 그러나 방재기술의 진화가 인류를 재난의 두려움에서 완전히 벗어나게 해 줄 수는 없다. 어떤 경우에는 방재 그 자체가 오히려 더 큰 재난의 원인이 되기도 한다. 미시시피강과 미주리강이 범람해 미국 최악의 수해로 기록된 1993년의 홍수는, 주거지와 경작지의 보호를 위해 쌓았던 제방이 그 참사의 결정적 원인이었다. 세균을 박멸하기 위해 동원된 항생제가 슈퍼박테리아를 불러온 것 역시 마찬가지.9 재난 앞에서 대책이 없는 인간의 무능은 여전히 적나라하다. 2011년 3월 11일 일본 도호쿠東北 일대를 덮친 지진과 해일, 그리고 뒤이어 발생한 후쿠시마 원전 사고는 인간이 기술을 이성적으로 완벽하게 통제할 수 없을 뿐 아니라, 이성으로 구축한 문명의 이기가 얼마나 큰 재앙으로 다시 되돌아올 수 있는가를 여실하게 보여주었다. 이처럼 자본의 축적을 위한 약탈적 계략들은 거의 반드시 재

---

9. 주일우, 「재난의 실재와 파국적 상상력」, 『문학과사회』, 2010년 겨울호, 314쪽 참조.

난의 위험을 증가시켜왔다. 와우아파트가(1970), 성수대교가(1994), 삼풍백화점이(1995) 그렇게 무너져 내렸고, 세월호가(2014) 또 그렇게 가라앉았다.

재난이란 인류의 역사에서 결코 새삼스러운 무엇이 아니다. 그러나 그 재난을 인지하는 방식에는 크나큰 변화가 있었다. 재난의 서사가 자극적인 스펙터클을 통해 광범위하게 소비되고 있는 지금, 진짜 재난은 오히려 실감 없는 허구처럼 인식된다. 언론의 상투적이고 선정적인 보도는 재난의 실재를 가상화하는 데 앞장서고, 재난영화의 도식에 익숙한 사람들은 구조와 희생의 극적인 영웅주의가 현실에서 실현되기를 고대한다. 사람들은 이처럼 익숙한 재난의 서사를 진짜 재난의 현장에 투사해 자기의 욕망을 충족시키려고 한다. 대체로 할리우드의 재난영화들은 백인 남성들의 영웅적인 구조활동과 그 숭고한 희생을 재현해왔다. 이때 그 숭고는 '진짜 눈물의 공포'를 망각하게 하는 일종의 아편이었다. 마찬가지로 "2000년대 이후의 한국영화에서 등장한 재난과 파국에 대한 상상력은 남성 주체들의 희생적 자살과 자기 연민의 테두리를 벗어나지 못하는 경우가 많았다. 특히 재난과 파국을 다루는 많은 영화들에서 남성 주체들의 희생적 자살이 빈번하게 등장했는데, 이와 같은 희생적 자살은 재난과 파국에 대한 한국영화의 상상력이 퇴행적임을 시사한다."[10] 영화 〈타워〉(김지훈, 2012)

10. 하승우, 「포스트-정치 시대, 한국영화의 재난과 공포에 관한 상상력」, 『라깡과 현대정신분석』, 한국라깡과현대정신분석학회, 2013년 겨울호, 85쪽.

의 지훈은 〈아마겟돈〉(마이클 베이, 1997)의 헤리 스탬퍼처럼 자기를 희생함으로써 세계를 구원하는 바로 그 퇴행적 휴머니즘의 주인공이었다. 아버지의 희생은 혈통을 보존하는 고귀한 멸사봉공이다. 그렇게 숭고한 희생의 신화는 가부장적인 이데올로기의 외피를 두르고 국가주의를 공고하게 떠받힌다.[11]

영웅적인 희생을 통해 구조를 구원으로 신화화함으로써 재난의 비상시를 간단하게 봉합하는 상투형의 나태한 반복이 재난을 통속화한다. 정유정의 『28』(은행나무, 2013)과 이재익의 『싱크홀』(황소북스, 2011)에서 그런 도식성과 유형성을 확인할 수 있다. 『28』의 서재형과 『싱크홀』의 김혁은 구제의 사명감으로 재난에 응전하는 영웅적인 희생자의 전형이다. 재난이라는 압도적인 상황에서 이들의 분투는 폐허를 극복하는 한 줄기 희망을 암시한다. 소설의 구성에 있어서도, 두 소설 모두 '프롤로그'를 통해 주인공의 특별한 사명감의 근거를 사전 정보의 형식으로 제공해준다. 『28』의 프롤로그에서는 서재형이 알래스카의 '아이디타로드'라는 세계 최대의 개썰매 경주에 참가했다가 당했던 사고를 들려주고, 『싱크홀』의 프롤로그에서는 김혁이 동료들과 함께 낭가파르바트를 등반하고 내려오다가 처남 영준을 사고로 잃게 되는 이야기를 소개한다.[12] 이

---

11. "멸사봉공이 고귀한 행위로 숭상될 때, '이에'의 확장 형태인 국가, 즉 '국(國)의 가(家)'를 위하여 몸을 바치기를 강요하는 전체주의적 파쇼체제가 상식으로 산포된다."(배병삼, 『유교란 무엇인가』, 녹색평론사, 2012, 74쪽.)
12. 산악등반과 아이디타로드는 자연에 대한 인간의 도전이라는 메타포로 읽을 수 있으며, 두 소설 모두 문명과 야만의 이분법에 바탕을 두고 자연(예외)의 습격에 처한 문명(규범)을 위기를 이야기한다.

는 디지털 게임의 스토리텔링에서 게임의 전반적 줄거리를 통해 임무 수행의 동기를 숙지하게 해 주는 오프닝 동영상의 '기반적 스토리'back story 13에 비견할 수 있다. 그러니까 『28』의 서재형과 『싱크홀』의 김혁은 마치 MMORPGMassively Multiplayer Online Role Playing Game에서 롤플레잉의 미션을 수행하는 캐릭터들과 같다. 따라서 두 소설 모두 '미디어 믹스'media mix의 관점에서는 디지털 영상 매체에 친화적인 서사 구성을 취하고 있다고 할 수 있겠다.

두 작가 모두 '작가의 말'에서 언론을 통해 보도된 재난의 충격이 창작의 동기였음을 밝히고 있다. 『28』은 구제역으로 인한 대량 살처분을 지켜보았던 작가의 충격이 창작의 동기가 되었다고 하며, 『싱크홀』의 작가는 TV 뉴스에서 싱크홀 보도를 보면서 착상을 얻었다고 한다. 재난의 상상력은 이처럼 때때로 끔찍한 현실의 살풍경에서 영감을 얻는다. 언론을 통해 얻게 되는 참사의 정보들은 무엇보다 그 시각적인 자극성으로 인해 깊은 인상을 남긴다. 그 장면들은 종말의 미래를 암시하는 것이 아니라 현재로 인입引入된 미래의 파국을 재현한다. 두 소설은 그것을 다시 장르소설의 클리셰를 통해 재서사화함으로써, 참사 이후의 폐허를 희망으로 해소하고픈 대중의 욕망

13. 한혜원, 『디지털 게임 스토리텔링』, 살림, 2005, 26쪽. 디지털 게임의 서사에는 세 가지 층위가 있다. 게임의 수행에 필요한 사전 정보를 제공하는 '기반적 스토리', 플레이어가 게임을 수행하는 과정에서 주어진 퀘스트를 해결하면서 발생하는 '이상적 스토리'(ideal story), 게임의 온라인화가 전제된 상태에서 게임 설계자들의 의도를 넘어 플레이어들이 직접 만들어나가는 '우발적 스토리'(random story)가 그것이다.

을 상상적으로 충족시켜준다. 먼저 『28』은 그 제목에서부터 대니 보일이 연출한 영화 〈28일 후〉(2002)를 연상시킨다. '분노 바이러스'에 감염된 침팬지들이 사람들을 물어뜯기 시작한 지 28일이 지난 후, 사람들은 모두 사라지고 세상은 어느새 좀비들로 가득하다. 대니 보일은 이 영화를 통해 진짜 무서운 것은 좀비로 가득한 세상이 아니라, 재난 이후에 표출되는 인간의 사악한 본성이라고 전한다. 인간성의 비판을 통해 휴머니즘의 가치를 옹호하는 이런 전언은 『28』의 그것과 그대로 겹쳐진다. 그러므로 『28』의 '화양'이라는 도시는 〈28일 후〉의 런던에 비견될 수 있겠다. 그 공간은 다른 세계로부터 철저하게 단절되고 고립된 폐쇄공간이다.

인구 29만의 화양에 갑자기 인수공통전염병인 '빨간 눈 괴질'이 창궐한다. 질병의 창궐이라는 재난 그 자체의 공포만큼이나 무서운 것이, 재난과 함께 적나라하게 일깨워지는 인간의 사악한 본성이다. 이처럼 비상시의 한계상황은 잠재되어있던 인간의 본성을 현실화시킨다. 재난이라는 예외상태는 기존의 법질서를 무력화시키고 끝내는 와해시킨다. 질서가 무너진 공간은 인간의 숨어있던 욕망이 어떤 통제도 받지 않고 분출되는 혼돈의 세계가 된다. 『싱크홀』의 주현태나 남태성 국장이 재난 이후의 파국 속에서 초자아의 제어 없이 날뛰는 사악한 이드의 단면을 드러내는 것처럼, 『28』에서 박동해는 전형적인 사악함의 화신으로 드러난다.[14] 그는 가족들의 냉대에 대한

14. 『싱크홀』의 현태가 보여주는 악마성은 다음과 같은 문장에서 고스란히

피해의식으로 원망에 가득 차 있었다. 잠재되어 있던 원한은 재난의 발발을 계기로 하여 무차별적인 폭력성으로 분출된다. 피터 셰퍼의 〈에쿠우스〉에서 살아있는 여덟 마리 말의 눈을 쇠꼬챙이로 찌른 알런의 극단적 폭력성은 역시 가족이라는 원초적 억압의 공동체에서 발원하는 것이었다. 살부와 보복의 욕망에 사로잡힌 박동해의 잔혹한 폭력성은 알런의 그것을 상기시킨다.

> 동해의 복수는 점점 전위적이고 실험적인 방향으로 진화해갔다. 걷어차기, 혀 자르기 같은 아마추어 수준에서 산 채로 매달고 패서 곤죽 만들기, 목젖 부위에 화인 찍기, 나무에 못 박고 화형시키기 같은 프로의 차원으로, 장소도 마당 창고에서 뒷산 비탈로, 백운산 쉼터로 확장돼갔다.(83쪽)

재난 이후의 사악한 폭력성은 박동해라는 캐릭터를 통해 선명하게 묘사되고 있지만, 그보다 더 조직적이고 막강한 것은 국가에 의해 자행되는 폭력이다. "보건 당국은 물론 질병관리본부조차 상황 파악을 제대로 하지 못하다가, 둑이 터지듯 환자가 몰려들자 그쪽으로 통하는 도로 통행부터 막고 본 모양이었다."(154쪽) 언제나 그렇듯 정부는 재난에 대처하는 자기

---

드러난다. "많은 연쇄살인범이 그렇듯 현태의 뇌 속에는 심각한 망상증이 진행 중이었다. 그는 종종 세상의 질서가 붕괴되는 장면을 상상했다. 큰 불이 나거나 일본처럼 쓰나미가 몰려오거나 하는 식의. 법과 경찰력이 힘을 잃는 상황에서 악마성을 마음껏 발연해보고 싶었다."(209쪽)

의 무능을 은폐하기 위해 무력(법 보존적 폭력)의 실행으로써 권위를 확립하려고 한다. 우선은 통행을 비롯해 여러 가지 제한조치를 취하고, 재난의 원인을 하나의 대상으로 지목해 모든 책임을 그 일자적 대상에 전가한다. 여기서는 개가 그 괴질의 원흉으로 지목되어 대대적으로 살처분된다. 사태가 진정되지 않자 대통령이 국가비상사태를 선포하고 도시를 봉쇄한다. 그 다음은 도시의 구호를 포기하고 재난의 확대를 막기 위해 봉쇄선을 차단한 뒤에, 그 안의 시민들을 학살하는 절멸작전을 전개한다. 언론은 통제되고 통신마저 차단되어 화양은 완전하게 고립된다. 실추된 정부의 권위를 비판하는 시민들에게 그들은 가혹하고 단호한 진압으로 화답한다. "도로를 포위하고 있던 군인들이 곤봉을 빼 들고 시위 차량 속으로 뛰어들었다고 했다. 마침내 진압이 시작된 것이다."(281쪽) 비상계엄하의 잔혹한 진압은 광주의 5월을 환기시킨다. 광주의 5월을 목격했던 작가의 체험은, 고립된 도시 화양의 잔학한 학살을 묘사하면서 정치적 무의식으로 굴절되었는지도 모른다. 특히 다음과 같은 구절은 최정운이 '절대공동체'로 명명했던 그 운명의 결사에 대하여 말하고 있는 것 같다.[15]

윤주는 종종 궁금했다. 사람들은 왜 가만있지 않는지. 안전한 자기 집을 두고 감염의 위험과 무장 군인, 추위와 허기가 기다리는 광장에 모이는 진짜 이유가 뭔지. 이 방에 홀로 남

---

15. 최정운, 『오월의 사회과학』, 풀빛, 1999, 152쪽 참조.

은 지금에야 그녀는 답을 알 것도 같았다. 그들은 '누군가'를 향해 모이는 것이었다. 자신이 아직 살아 있다는 걸 확인시켜 줄 누군가, 시선을 맞대고 앉아 함께 두려워하고 분노하고 뭔가를 나눠 먹을 수 있는 누군가, 시시각각으로 조여드는 죽음의 손을 잊게 해줄 누군가를 만나고자 그곳으로 달려가는 것이었다.(404쪽)

괴질의 창궐이라는 1차적 재난은 그로 인한 질서의 파괴와 더불어 인간의 이기적 본성이 분출되어 서로를 해치는 2차적 재난으로 확대된다. 『28』은 바로 그 악마적 폭력의 본성에서 비롯되는 재난들에 맞서는 인간의 이타적 선의 — 이것을 공동체에 대한 정치적 자의식이라 할 수 있을 것이다 — 에 희망을 거는 소설이다. 유기동물을 구호하는 수의사 서재형을 비롯해, 진실의 증언자로서 재난의 현장을 누비는 신문 기자 김윤주, 119구조대원 한기준, 통합거점병원 응급실의 간호사 노수진, 치안부재의 도시에서 자기의 맡은 역할을 끝까지 수행하는 형사 박주환에 이르기까지, 이들은 모두 절망적인 세계에서 희망을 대변하는 인물들이다. 이 소설에서 각각의 인물들은 서로 유기적인 전체로 연결되어 서사의 인과적 개연성을 떠받친다. 그 인물들은 각자의 서사적 역할을 배분받은 기능소이며, 특히 서재형과 김윤주, 한기준과 노수진, 심지어는 유기견 링고까지도 초점화focalization된 인물로서 그들 각자의 시점으로 사건을 입체적으로 전달하는 데 기여한다. 그러나 그 인물들을 유기적인 전체로 연결하는 동일성의 서사적 회로는,

그 시점의 다중화가 다성악적인 효과를 발휘하지는 못하도록 가로막는 장애물이기도 하다. 결국 서사의 정합적 구조는 절망의 재난을 휴머니즘에 대한 희망으로 초월하려는 계몽적 의도와 만나 사건의 어떤 우발성들을 질식시킨다. 그리고 그 통속성을 떠받치고 있는 것은 인간중심주의의 비판을 통해 정화된 휴머니즘의 이데올로기이다.

> 수의사로서 동물을 만날 때, 재형은 자신이 누군지 잊으려 애썼다. 인간으로서의 정체성을 놓지 못하면 그의 손에 놓인 생명은 대상으로 전락하기 마련이었다. 생명을 목적이 아닌 대상으로 인식하는 인간이 얼마나 비열한 짓을 저지를 수 있는지는 이미 오래 전에 학습한 바 있었다.(115쪽)

이것은 인간에 대한 혐오를 넘어선 인간성의 회복에 대한 절실한 염원이다. 대량 살상의 전란 이후에 실존주의와 휴머니즘이 부각되었던 것처럼, 괴질의 창궐이라는 재난의 파국 이후에 생명의 존귀함이 역설적으로 자각된다.

『싱크홀』의 휴머니즘은 가족애를 근간으로 드러난다. 산악인의 삶에 몰두하는 대신 생활인의 삶을 등한히 김혁은 그 대가로 가정의 불화를 감내해야 했다. 김혁의 캐릭터는 직업의식에 투철한 〈타워〉의 소방대장 영기나 〈해운대〉(윤제균, 2009)의 지질학자 김휘를 떠오르게 한다. 그는 김휘와 마찬가지로 가족들과 떨어져 별거 중에 있다. 종합병원에 근무하는 서른세 살의 정형외과 의사 동호는 어머니와 함께 50억이 넘는 펜트하우스에서 요리사와 식모를 부리면서 살고 있지만, 그런 삶은 그의 어떤 결핍을 더 일깨울 뿐이다. 그의 어머니 양회장은 억척스럽게 부를 일군 탐욕스런 자본가이다. 어머니로부터 받지 못한 모성애를 그는 스물일곱 살의 꽃집아가씨 서민주에게서 찾는다. 〈해운대〉에서 쓰나미라는 자연의 재난이 인물들의 불화를 화해로 역전시키는 서사적 기능을 했던 것처럼, 이 소설에서 싱크홀은 역시 사랑의 회복을 유인하는 서사적 장치로 기능한다. 이 소설은 마치 영화로 만들어질 것을 염두에 두고 쓰인 시나리오처럼 시각적인 장면의 묘사에 특별히 충실하다. 지면 구성의 대부분이 대화와 상황설명의 디에게시스로 이루어져 있다. 그것은 마치 대사와 지문으로 이루어진 영화의 시나리오와 같은 구조이다. 맨 앞의 프롤로그를 포함해, 싱크홀의 발생을 한가운데 두고 그 이전의 7일과 그 이후의 7일, 이렇게 모두 16개의 시퀀스로 재난 전후의 15일 동안을 각각의 장으로 구성한 것도 대단히 작위적이다. 단기간에 엄청난 희생을 가져오고 끝나는 재난에 비해, 핵전쟁이나 새로운 빙하기와 같은 피해의 장기 지속을 특징으로 하는 재난은 주로 재난 이후를 다루는 포스트 아포클립스의 디스토피아로 전개된다. 그러나 괴질이나 싱크홀, 지진이나 쓰나미, 화재나 선박침몰과 같은 단시간의 재난을 다루는 서사의 '이야기 시간story-time'은 대체로 이 재난을 전후로 한 짧은 시간에 집중된다.

　『싱크홀』은 캐릭터의 설정에 있어서도 장르문법의 도식을 충실하게 따르고 있다. 김혁과 이동호를 중심에 두고 그 주변의 인물들까지, 다른 장르서사에서도 얼마든지 볼 수 있는 상투형의 캐릭터들을 등장시킨다. 이동호의 친구 배달봉과 서민주의 꽃집 동료 주리가 극적 긴장을 완화하고 주인공에게 용기를 불어넣는 장난꾸러기trickster라면, 양 회장의 충실한 비서 이준석과 재난현장에 접근할 수 있도록 돕는 윤지훈 총경은 위기에 처한 주인공들을 돕는 일종의 현로mentor-wise old man or woman인 셈이다. 전과 6범의 연쇄살인마 현태나 비리공무원인 남 국장, 방송국의 기자 김윤진과 김혁의 후배 산악인 소희도 주인공과 적대적인 관계 혹은 우호적인 관계로 얽혀 도식적인 캐릭터의 기능을 수행한다. 장르서사의 도식성과 함께, 극적인 전개에 우연성을 도입해 인물과 사건의 유기적 관련성을 인위적으로 조작한다. 이동호와 서민주의 로맨스는 서로 전혀 다른 계급적 성분이라는 혼사장애의 상투적 모티프를 차용하고 있는데, 이 둘의 만남은 비현실적일 만큼 우연적이고 급작스러우며 또 부자연스럽다. 같은 기종의 휴대폰 바탕화면에 서로 똑 같은 에베레스트 산의 사진과 문구를 저장하고 있던 두 사람이, 어쩌다가 서로의 휴대폰이 뒤바뀌면서 맺어지는 설정이란 지나치게 인공적이다. 그러나 그 무엇보다 싱크홀로 함몰하게 될 123층의 초고층 빌딩 시저스 타워라는 공간에, 주인공이 구조해야 할 그 다채로운 인물들을 바로 그 재난의 시간에 딱 맞추어 한꺼번에 배치시키는 시공간의 설정 자체가 너무 작위적이다. 그러니까 이 소설은 그런 작위성으로 서사의 개연성을 가공함으로써 재난이라는 극적 상황을 극복하고 사랑을 회복하는 감동적인 휴머니즘을 연출한다.

사랑을 통해 죽음을 초월하는 『싱크홀』의 주제의식은 희망으로 절망을 해소해버리는 전형적인 봉합의 서사이다. 이때 미래는 구조를 기다리는 예정조화의 시간으로 닫히고 만다. 다지마 마사키는 3·11 이후의 시간에 대해 이렇게 말했다. "그것은 미래의 꿈을 말하려는 모든 '적극적 시도'와 과거를 청산하고 미래를 향해 걸어가려는 모든 '건설적 노력'을 헛수고처럼 느끼게 만드는 '중력의 혼'의 속삭임이다."[16] 그냥 '종말'이 아니라 '세계의 종말'은 바로 그 미래의 황폐한 시간을 확인하는 특이성의 사건으로 전유되어야 한다. 장르의 문법을 변태perversion적으로 도구화하지 못하고 그것을 그냥 도식적으로 답습할 때, 재난이라는 예외적 사건의 특이성은 그 장르의 프레임 속에서 질식할 수밖에 없다. 그것은 독자에게 예상 밖의 충격을 통해 자기성찰을 유인함으로써 진지한 즐거움에 도달하게 만드는 '즐김의 텍스트'가 아니라, 예상되는 독자의 기대를 충족시킴으로써 수동적인 만족감에 빠트리는 '즐거움의 텍스트'에 불과하다.[17]

3. 발명된 재난과 비판적 상상 : 정용준의 『바벨』, 윤고은의 『밤의 여행자들』

---

16. 다지마 마사키, 「시작도 끝도 없다」, 쓰루미 슌스케 외, 『사상으로서의 3·11』, 윤여일 옮김, 그린비, 2012, 150쪽.
17. 롤랑 바르트는 '변태'라는 개념을 기존의 질서를 뒤집어엎는 전복적인 글쓰기라는 함의로 사용한다. 그리고 '텍스트의 즐거움'은 바로 그런 변태적인 행위를 통해 도달할 수 있다. 롤랑 바르트·모리스 나도, 『문학은 어디로 가고 있는가?』, 유기환 옮김, 강, 1998, 21~22쪽 참조.

재난의 상상은 대체로 현실에서 발생하는 자연적 재해나 사회적 모순으로 인한 인재에 착안한다. 대규모의 희생자를 내는 재난의 참사에는 지진이나 쓰나미, 홍수와 가뭄, 화산폭발이나 태풍, 기아나 전염병과 같은 자연재해에서부터 전쟁, 테러, 학살, 폭동, 핵폭발, 원자력 누출, 화재, 선박 침몰, 기차 탈선, 전산 장애 등의 인공재해에 이르기까지 그 종류도 광범위하다. 물론 이 외에도 좀비의 습격이나 외계에서 온 존재의 침공과 같은 비경험적인 재난을 가상한 서사들도 하나의 장르를 이룬다. 예컨대 한국에서는 드물게 윤이형의 「큰 늑대 파랑」(『큰 늑대 파랑』, 창비, 2011)이 좀비를 등장시켜 독특한 묵시의 서사를 창안하기도 했다. 그러나 "최근 한국문학에서는 재난에 어쩔 수 없이 수동적으로 대처하는 인간이 아니라 스스로 재난을 (무)의식적으로 창조하는 인간에 대한 근원적인 성찰이 담긴 소설들이 늘어나고 있다."[18] 정용준의 『바벨』(문학과지성사, 2014)이나 윤고은의 『밤의 여행자들』(민음사, 2013)이 그렇다. 재난의 발명은 재난, 종말의 서사에서 상상력의 진화를 반영한다. 그러나 그 유례는 아마도 메리 셸리의 『프랑켄슈타인』(1918)에서 찾을 수 있을 것이다. 그것은 발생 가능한 재난들이 속출시키는 피해나 희생보다도, 인간의 근원적인 창조의 열정에 내재한 재앙의 가능성을 부각시킨다.

『바벨』은 인간의 말이 인류의 재앙이 되는 바벨의 시대

---

18. 정여울, 「구원 없는 세계에서 살아남기」, 『문학과사회』, 2010년 겨울호, 338쪽.

를 이야기한다. 사람들은 그 재앙이 한 사람의 무모한 열정에서 비롯되었다고 생각한다. "단 한 사람의 증오심과 열등감으로 세계는 지옥으로 변했다. 그 때문에 인류의 역사는 퇴행했고 부패했으며 이제 종말을 향해 달리고 있다."(39쪽) 여기서 지목된 단 한 사람은 "열등감과 자폐적 성향이 있는 말더듬이 교수"(59쪽) 닥터 노아다. 노아는 자신의 언어장애에서 비롯된 콤플렉스를 극복하기 위해 말에 관한 특이한 연구를 진행했다. 그는 말의 기호학적 차원이 아닌 그 생물학적인 물질성에 주목했다. 이런 연구에 영감을 준 것이 닥터 노아가 유년시절부터 성경처럼 읽어왔던 동화 『얼음의 나라 아이라』이다. 아이라에는 문자가 없고, 대신 말은 얼음처럼 응결되어 시각적으로 보존된다. "존재하나 아무도 본 적 없는 세계, 불가능한 것으로만 이루어진 얼음의 나라, 처녀의 몸처럼 누구의 발자국도 허락하지 않은 순백의 대지" 아이라는 유년의 노아에게 유토피아의 환상을 심어놓았다. 하지만 유토피아는 불가능한 열망이고, 닥터 노아의 실험은 재앙을 부른다. 이제 사람들의 입에서 나온 말은 '펠릿'이라는 유기체적인 물질로 변형되어 몸을 타고 흘러내려 발목에 들러붙는다. 펠릿에서는 시취(屍臭)가 나고 그 색깔은 말의 성질에 따라 결정된다. 펠릿은 인류의 집단적인 죄의식에 대한 자기 처벌의 대상물이다. 펠릿을 특유의 커터로 제거하지 않으면 온몸이 펠릿에 파묻혀 질식해서 죽게 된다. 그러나 제거된 펠릿은 더럽고 위험한 물질이기 때문에 그 처리는 국가에 의해 엄격하게 통제된다. 함부로 소각해서도 안 되고, 합법적인 처리비용도 만만치가 않다. 그래서 사람들은 문자가 없는 아이라와는 달리 침묵을 강요당하고, 대신 문자로써 일상의 삶을 영위한다. 부유한 이들은 스피커를 고용해 대신 말하게 함으로써, 어쩔 수 없이 말을 팔아야 하는 가난한 사람들을 죽음으로 내몬다. 재난의 계급적 불평등은 여기에서도 심각한 문제로 제기된다. 재난은 국론의 분열을 초래한다. 이 모든 재앙의 원흉인 노아를 처단할 것을 주장하면서 노아를 비호하는 국가를 비판하는 극렬 세력들은 'NOT'NOAH OUT으로 규합했고, 말이 펠릿이 되는 바벨의 삶에 순응할 것을 계몽하면서 정부와 노아를 지지하는 사람들은 '레인보'로 연합했다. 그러나 바벨의 삶에 대한 저항과 순응은 둘 다 생존의 의지라는 점에서는 다르지 않다. 결국 이 소설은 정부의 생명관리 통치술에 대한 시민들의 저항을 다루고 있는 것이다. 정부는 '모닝 바벨'이라는 언론을 통해 국가의 정책을 합리화하고, 철저한 비밀주의로 노아를 비호하면서 시민들의 생존에 대한 욕망을 통치의 기제로 활용한다. 그러나 10년이 지나도 바벨의 타개가 불가능해지자, 국가는 시위대에 대한 강경진압과 언론탄압이라는 강압적인 통치술로 방향을 돌린다. 그러나 이미 "사회의 기능이 완전히 마비된 도시는 통제 불능이었다. 질서는 무너졌고 제도는 무의미했으며, 임계점을 넘은 사회적 분노는 통제 불능이었다."(216쪽) 소설은 정부에 비판적인 잡지 『횃불』의 편집장이자 서사의 중심인물인 요나를 통해 종말의 시대를 증언한다. 구약의 '요나'는 야훼로부터 회개의 전언을 임무를 부여받았던 사람이다.

우리는 종말이라는 미래를 향해 달려왔다. 도래하지 않은 종말을 기다리는 동안 우리의 오늘은 늘 고통스러웠다. 하지만 그것은 어리석은 생각이었다. 오래전부터 이 세계는 종말이었다. 종말은 미래가 아닌 현재였고 과거였다.(273쪽)

상징계의 질서가 작동하지 않는 세계에서 대타자의 보증을 받지 못하는 존재는 우울할 수밖에 없다. 도시의 "많은 사람이 펠릿으로 자살하고 대부분의 사람이 우울증에 걸려 있다".(93쪽) 재난 속에서 항거하지 못하는 무력한 주체는 상실된 대타자에게 자기를 동일시함으로써 자기 상실에 이른다. 요나의 아버지 장은 생의 기쁨을 노래하지 못하는 혀를 잘라버렸고, 정부는 노아의 죽음과 이 재난의 해결책이 없다는 것을 공식적으로 발표한다. 소설은 그렇게 구원 없는 종말의 이야기로 끝이 난다. 노아는 방주의 희망으로 몰락 이후의 재건을 함의하는 이름이다. 노아는 이 소설에서 단 한 번도 직접 등장하지 않는다. 그는 재난의 멜랑콜리 속에서도 사람들의 일상을 유지할 수 있게 하는 숨은 신이었다. 그러니까 노아라는 대타자의 소멸은 이 상징계적 삶의 완전한 종식을 의미한다.

『바벨』의 상상력은 흥미롭지만, 지금의 현실에 대한 비판의 알레고리로서는 많이 아쉽다. 아이라는 끝내 가둘 수 없는 실재계이며, 봄의 메타포로 희망의 전언을 암시하는 프롤로그는 소박하다. 요나와 마리, 노아와 룸의 말이 필요하지 않은 특이한 교감, 그 신비한 소통으로서의 '공통감각'을 암시하는 것은 억지스럽다. 말의 억압을 이야기하고 있으나 데리다의 음성중심주의에 대한 비판을 참조한다면 언어의 존재론에 대한 그 성찰의 깊이는 너무 얕아 보인다. 구원 없는 종말이라는 결말에도 불구하고, 어설픈 희망의 암시로 인해 그 완전한 파국의 비극성은 심각하게 훼손된다. 노아와 요나의 성서적 호명도 작위적일 뿐이다. 태초에 로고스가 있었다는 성경의 모티프를 더 밀고나가지 않았다. 깊이 파고들 수 있는 소재를 잡았지만, 기독교적 아이디어의 적당한 '환속화'에 머무르고 만 것이 참으로 아쉽다. 다시 말해 기발한 상상력에도 불구하고 현실에 대한 비판의 알레고리로 깊어지지 못한 것이 아깝다.

『밤의 여행자들』은 '진해'의 쓰나미 소식으로부터 시작해 쓰나미로 폐허가 된 '무이'라는 섬에서 끝이 나는 소설이다. 진해를 덮친 쓰나미가 쓸고 간 해양 쓰레기는 먼 바다를 돌아 무이를 강타했다. 그러니까 이 소설은 서로 맞물려 돌고 도는 재난의 연쇄에 대하여 이야기한다. 느닷없이 우리의 일상을 폐허로 만드는 재난은 그저 우연한 재앙이 아니다. 어떤 의미에서 이 소설은 그 재난을 발명하고 창작해내는 재앙의 그 작위성에 대한 알레고리이다. 흥미롭게도 이 소설의 주인공도 『바벨』에서처럼 '요나'라는 이름을 갖고 있다. 요나는 재난여행을 기획해서 상품으로 만드는 '정글'이라는 회사의 수석 프로그래머다. "일상에서 위험 요소를 배제하듯, 감자의 싹을 도려내듯, 살 속의 탄환을 빼내듯, 사람들은 재난을 덜어 내고 멀리하고 싶어 했다."(11쪽) 그러나 한편으로 사람들은 그 죽음의 공포를 유희의 대상으로 길들여 재난의 위협에 저항하기도 한다. "이 모험을 통해 확인할 수 있는 것은 재난에 대한 두려움과 동시에 나는 지금 살아있다는 확신이었다."(61쪽) '정글'은 바로 그런 인간의 역설적인 생존 욕망으로부터 이윤을 축적한다. 그 이름에서 선명하게 드러나는 것처럼, 이 회사는 직원들을 생존경쟁으로 내몰아서 도태한 부류는 마지막 단물까지 빼먹은 뒤에 매몰차게 버린다. 직원들에게 내려지는 '옐로우 카드'나 '파울'은 다가올 재난의 징후처럼 공포스럽다. 소설은 요나가 겪는 바로 그 착취의 여로를 그리고 있다. 뒤에서 보겠지만, 요나는 심지어 죽어서도 돈벌이의 수단으로 이용당한다.

요나는 5박6일 일정으로 '사막의 싱크홀'이라는 상품을 평가하기 위해 무이로 출장을 떠나게 된다. 뒤늦게 알게 되지만 그 여행에서 요나가 체험한 것은 대부분 연극처럼 연출된 것이었다. 어쩌다 요나는 일행과 떨어지면서 혼자 무이에 남게 되었고, 드디어 무이의 실체를 조금씩 알아가게 된다. 무이는 '폴'(파울)이라는 선박회사에 완전히 장악돼 있었다. 그리고 '정글'로부터 퇴출의 압박 속에 있던 요나는 이들 세력과 함께 새로운 재난 여행을 기획한다. 그것은 작가의 대본을 바탕으로 재난을 인공적으로 연출하는 것이었고, 이 위험한 공연에는 가난한 원주민들을 희생자로 동원하게 되어있었다. 그들은 교통사고로 죽은 이들의 냉동된 시체들까지 인공재난의 소품으로 활용할 계획을 세운다. 무이는 거대한 세트장이었고, 그것은 결국 돈벌이를 위한 대규모 학살의 프로젝트였다. 이 계획의 전말을 아는 사람은 매니저와 작가 그리고 요나 이렇게 세 사람뿐이다. 그러나 아마도 매니저의 뒤에는 악랄한 기업 폴이 도사리고 있을 것이다.

어찌 보면 이것은 누군가가 말한 대로 학살의 한 형태였으나, 학살의 책임자는 없었다. 모든 것이 분업화되어서, 사람들은 자신에게 주어진 일에만 열중했다. 요나 역시 마찬가지였다.(182쪽)

어쩌면 재난은 이렇게 분업된 시스템 그 자체이다. 학살의 책임을 모호하게 만드는 이 거대한 시스템이 '악의 평범성'을 일반화한다. 예정된 학살이 시작되기 전에 요나는 교통사고로 죽고, 드디어 인공재난의 막이 열리는 8월의 첫 번째 일요일이 다가왔다. 그러나 그 위험한 공연이 시작되기도 전에 거대한 쓰나미가 무이를 덮쳐버린다. 심판은 이루어졌고 살아남은 사람들은 맹그로브 숲으로 피신했던 이 섬의 가난한 원주민들이었다. "재난은 우울증 같은 거라 어디에든 잠재"(12쪽)하고 있다가, 절망적인 자살처럼 어느 한순간에 모든 것을 끝장내 버린다. 파국은 새로운 시작의 조건이 될 수 있다. 그래서 무이를 삼킨 쓰나미는 최후의 심판 내지는 혁명의 알레고리로 읽을 수 있다. 그러나 재난 이후의 무이에는 더 많은 관광객들이 찾아온다. 정글과 폴은 그렇게 누군가들의 희생 위에서 더 큰 이윤을 축적하게 될 것이다. 그러니까 "취소는 가능하나 환불은 안 된다"(14쪽)는 자본의 야멸찬 논리는, 스스로 재난을 만들고 또 소비하면서 이윤을 축적하는 자본의 본원적 생리를 적확하게 표현한 것이다. 소설은 이렇게 재난 이후의 상상을 통해 혁명 이후의 곤경을 암시한다. 그러나 이 소설은 재난을 구원으로써 미봉해버리지는 않았음에도, 재난 이후를 지배한 자본의 위력을 평면적으로 제시함으로써 자본주의 비판이라는 미심쩍은 계몽적 언술을 되풀이한다. 이런 결말은 도래할 미래의 시간을 규정하는 초자아의 시선으로부터 단단히 결박되어 있다.

## 4. 재난의 멜랑콜리와 알레고리 : 손홍규의 『서울』, 박솔뫼의 「겨울의 눈빛」, 김애란의 「물속 골리앗」

종말의 시간은 구제의 대상으로 확정되지 않는다. 구제란 예외적인 상황을 일상적인 것으로 되돌려 놓는 것이 아니기 때문이다. 그러나 장르의 패러다임에 안존하는 재난의 서사들은 종말과 구원의 구속사救贖史를 상투적으로 세속화한다. 자본의 축적과정은 인간의 마음 깊은 곳에 메울 수 없는 커다란 구멍을 만들고, 그 텅 빈 구멍의 결핍을 현란한 환등상으로 채워 넣는다. 요컨대 재난을 상투적인 장르의 문법 속에서 반복하는 서사들은 바로 그 기만의 판타스마고리아phantasmagoria이다. 그렇다면 그 뻥 뚫린 구멍의 공허함이 만드는 시대의 우울을 어찌할 것인가. 벤야민은 독일 바로크의 비애극에서 바로 그 멜랑콜리의 비애감을 표현하는 미학적인 장치로서 알레고리의 가치를 발견했다. 알레고리는 드러난 것과 함의된 것의 어긋난 차이를 통해 텍스트의 창조적인 해독을 유도한다. 근대적인 것이 불가능한 처지에 놓일 때, 알레고리는 바로 그 불가능한 것의 미학적인 현전을 돕는 예술의 방법으로써 등장한다. "사물 세계에 대한 충성이 불가능한 상황, 그럼에도 불구하고 사물 세계를 떠올릴 수밖에 없는 시적 회상이 곧 멜랑콜릭한 근대 작가(보들레르)의 문학적 과제가 된다."[19] 그러니까 불가능한 것에 근접하는 그 심란한 토성적 정조로부터, 가능한 미학의 전위로써 알레고리가 도출되는 것이다.

손홍규는 단지 종말 이후의 폐허로 남은 '서울'을 담담하게 보여줄 뿐이다. 그래서 그의 소설은 파괴적인 재난의 참상을 흥밋거리로 소비하지 않는다. 『서울』(창비, 2014)은 그렇게 서울의 황폐 그 자체를 전경화하는 소설이다.

> 어디선가 몰려온 적운이 서울 하늘에 위태롭게 떠 있었다. 잿빛 도시가 산성비에 젖어갔다. 도랑을 이룬 빗물이 차도와 인도를 넘나들며 흘러갔다. 빗물은 폭격으로 생긴 구덩이들로 모여들었다. 소이탄에 검게 타버린 사체들이 둥둥 떠다녔다. 하루 종일 내린 비는 밤이 되어도 그치지 않았다.(11쪽)

서울의 이 폐허는 역사가 정지해버린 종말의 시대에 대한 알레고리처럼 읽힌다. '폭격'이나 '소이탄'이라는 단어, 그리고 "사람이 사람을 사냥"(65쪽)했다는 표현을 통해서 전쟁이라는 참상을 유추할 수 있지만, 전쟁이라면 있어야 할 점령군은 보이지 않고 그 자세한 내막은 끝내 알려지지 않는다. 그러나 여기에서 전쟁인가 아닌가 하는 재난의 유형이 중요한 것은 아니다. 이 황폐함 가운데 덩그러니 살아남았다는 것, 재난 속의

---

19. 최문규, 『파편과 형세』, 서강대학교출판부, 2012, 201쪽.

그 실존적 기투가 문제적일 뿐이다. 죽음이 만연한 황폐한 도시는 사나운 개들이 차지했다. 사람을 따르는 개에서 태어난 강아지는 사산했으며, 그마저도 기형이었다. 소년은 그 죽음의 도시에서 동생을 보호하는 것만이 오직 중요할 뿐이다. 이 끔찍함의 한가운데서 숨은 신은 저주의 대상일 뿐이다.

> "형 … 신이 있을까?"/ "없어."/ "그래도 있다면?"/ "없어."/ "만약에 말이야, 정말로 신이 있다면."/ "없어."/ "혹시라도 있다면 한번쯤 보고 싶어."/ "넌 볼 수 없을 거야. 내가 죽여버릴 테니까."(16쪽)

신을 저주하는 소년의 내면은 폐허로 인해 삭막한 이 세계를 비추는 거울이다. "소년은 때로는 폐허가 된 이 서울이 오래전부터 자신의 내면에서 설계되고 건설된 도시가 아닐까 싶었다."(21쪽) 신을 의지할 수 없는 세계에서 자기를 지킬 수 있는 것은 소독약과 아스피린, 권총과 맹견 퇴치기, 작은 나이프와 헬멧 따위들이다. 특히 잠을 잘 때도 벗지 않는 동생의 헬멧은 세계의 공포로부터 자기를 보존하려는 강박증적인 심리를 반영하는 정신분석학적인 대상물이다. 신을 믿지 못하므로 미래도 구원의 시간이 되지 못한다. "앞으로 어떤 미래가 도래할지 알 수 없었다. 소년은 그런 걸 알려고 노력하지 않았다. 소년이 아는 건 과거와 미래라는 개념이 무의미해졌다는 사실 뿐이다."(16쪽) 서울이란 이처럼 역사의 시간 자체가 소멸되어버린 허무의 공간이며, 더 이상 아무것도 가능하지 않은 결정 불가능의 공간이다. "서울은 이전의 서울이 아니었으며 앞으로 무엇이 될지도 알 수 없었다. 서울은 거대한 중음신이었다."(17쪽) 소년은 '신음과 비명'만 남은 도시에서 공포를 알게 되었고, 그 공포는 소년에게 "삶이 얼마나 무의미한 것인가 하는 깨달음으로 이끌었다." 죽음에의 저항만이 삶을 지속하는 유일한 이유가 되는 처절한 니힐리즘. 허무로 가득한 이 소설의 세계를 압도하는 것은 역시 멜랑콜리이다.

폐허의 도시는 소년의 황폐한 내면에 대한 알레고리이다. 소년의 아버지는 지난 겨울에 심각한 화상을 입고 죽었고, 어머니도 목을 매 자살했다. 이제 그의 곁에 남은 사람은 동생뿐이다. "어느 순간 현실은 이해의 영역을 벗어났고 그와는 무관한 또 다른 진실이 되었다."(30쪽) 오로지 이해할 수 없다는 것만이 진실이 되는 세계에서 현실은 악몽이다. "서울이 폐허가 된 뒤 악몽이 아닌 꿈은 없었다."(31쪽) 소년의 내면은 서울이 폐허가 되기 이전에 이미 폐허였다. 어느 날 입에서 술 냄새를 풍기던 아버지는 그와 함께 동생을 데리고 옥상으로 올라갔다. 그 때 아버지는 아이들과 함께 삶을 끝내려고 했으나, 빚을 갚겠다는 고모의 전화 한 통으로 그들은 살아남을 수 있었다. 그러나 죽음의 근방에 이르렀던 소년은 아버지에 대한 깊은 증오를 거둘 수 없었다. "세상이 이렇게 변해버리기 전에 이미 이 세상이 아버지를 해치워버렸다."(60쪽) 살부의 욕망이 실현되기도 전에 아버지(대타자)의 세계(상징계)는 붕괴되어버렸다. 아버지가 죽었으나 도래한 것은 낙원이 아니라 종말의 폐허였다. 소년의 이루지 못한 욕망은 꿈을 통해서만 충족될 뿐이다.

소년은 예전의 서울로 이루어졌으나 예전의 서울은 아니면서 또한 지금까지 존재하지 않았던 새로운 서울이었으나 폐허가 된 서울과 전혀 무관한 서울도 아닌 새로운 도시를 맨발로 거닐었다.(60쪽)

여기 인용된 문장은 이 소설에서 몇 번에 걸쳐 다시 반복된다. 그러니까 이 꿈은 고통스런 현실을 견디기 위한 소년의 '반복 강박'compulsion to repeat을 반영한다.[20] 소년은 아버지를 그리고 신을 저주하지만, 사실은 '실재'the real를 동경하기도 전에 몰락해버린 상징계로 인해 불안해하고 있다. 그러므로 신(아버지)에 대한 저주는 구원을 기대할 수 없는 절망의 심리를 역설적으로 표현한다. "아무리 황폐한 내면이라 해도 손톱만큼도 잘라낼 수 없었고 아무리 유서 깊은 종교라 해도 영혼을 구원해줄 수는 없었다."(85쪽) 그래서 소년의 꿈에 반복적으로 나타나는 서울은, 구원의 희망과 함께 떠나가 버린 신을 대신

---

20. "하나의 온전한 도시가 완벽하게 폐허가 되면 도시의 일부였던 먼지가 어디엔가 차곡차곡 쌓여 새로운 사막이 탄생하는 거였다. 소년은 허물어진 서울이 이곳이 아닌 다른 어느 곳에서 새롭게 태어나는 광경을 꿈인 듯 보았다. 그 서울은 예전의 서울로 이루어졌으나 예전의 서울은 아니었고 지금까지 존재하지 않았던 새로운 서울이었으나 폐허가 된 서울과 전혀 무관한 서울도 아니었다."(36쪽) 그리고 이 구절은 소설의 끝에서 다시 한 번 반복된다. "소년의 마음속에서 폐허로 남아 소년의 꿈에서 날마다 새로 태어나던 도시가 눈을 떴다. 예전의 서울로 이루어졌으나 예전의 서울은 아니면서 또한 지금까지 전재하지 않았던 새로운 서울이었다. 소년은 폐허가 된 서울과 전혀 무관한 서울도 아닌 새로운 도시를 맨발로 거닐었다."(279쪽) 강조는 인용자의 것임.

하는 심리적인 대응물로서의 공간이다. 그리고 그것은 소년이 가닿고 싶은 실재의 세계이기도 하다. 그러나 그것은 어디까지나 꿈을 통해서만 엿볼 수 있는 세계일 뿐이다. 다시 말하지만, 몰락한 서울의 황폐함이란 상처 입은 소년의 내면을 암시하는 일종의 증상이다. 그것은 역시 다른 대부분의 사례와 마찬가지로 가족으로부터 기원한다.

어머니는 구청에서 청소를 했고 아버지는 경찰서에서 난동을 부렸다. 그 맞은편 성당에서 소년과 동생은 누가 듣는지도 모른 채 기도를 했고 더 쓸쓸하고 허우룩해진 채 그곳에서 나왔다. 서울이 폐허가 된 뒤 성북구청과 성북경찰서가 완파된 걸 확인하던 날 소년은 알 수 없는 증오를 느꼈다. 소년은 제 손으로 거길 부숴버리고 싶었다. 돈암동 성당이 파괴된 걸 알았을 때에는 기뻤다. 더는 그곳을 찾을 수도 그럴 필요도 없을 테니. 그러나 꿈에서는 파괴된 건물들이 봄을 맞은 다년생 화초처럼 다시 자라났다. 서울이 죽고 새로운 건물이 태어난다면 구청도 경찰서도 성당도 없는 서울이기를 바랐다. 그러나 꿈에서는 서울이 죽어도 구청과 경찰서와 성당만은 죽지 않았다. 집요하게 생존했다. 소년처럼.(83쪽)

이 인용문은 징후적이다. 꿈과 현실의 사이를 단속적으로 왕래하는 소년의 상태는 정신증psychosis에 가깝다. 자기를 죽이려 했던 아버지가 화상을 입어 죽었고, 어머니도 목을 매 자살을 했다. 심지어 소년은 죽은 어머니의 시신을 매장하지 못하고 그 부패를 지켜본다.(118쪽) 어머니의 죽음을 애도하지 못하는 것은 홀로 남는 것에 대한 그 격심한 '분리'의 공포 때문이다. 소년의 이런 원외상은 일종의 '고아 환상'[21]을 통해 자기를 버림받은 존재로 각인하게 만든다. 버림받은 주체는 자아에 대한 나르시시즘적인 집착에 사로잡힌다. "언젠가부터 소년은 가난한 집안을 신경 쓰지 않게 되었다. 대신 자신에게 몰두했다. 자신에게 몰두할수록 외로웠다."(103쪽) 그래서 소년은 망상과 환각 속에서 동생을 만나고 또 헤어진다. 동생에 대한 광기에 가까운 집착, 어쩌면 그 동생은 소년의 망상이 만들어낸 허상일지도 모른다.

> 동생은 이미 오래전에 죽었을지도 모른다. 지금까지 소년이 동행한 동생은 어쩌면 동생이 아니었을지도 모른다. 동생은 다른 많은 사람들처럼 서울이 폐허가 되었을 때 폐허의 일부로 거기에 남았을지도 모른다.(146쪽)

소년에게 동생은 자기의 외로움을 견디기 위해 만들어낸 환각일 수 있으며, 또 한편으로 동생은 아버지의 살해를 기도했던 자기의 죄의식일 수 있다. 고독한 소년의 존재론적 불안은 자기애착과 자기부정 사이에서 정신증을 격화시킨다. "나인 동시에 내가 아니고 싶은 욕망과 내가 아니면서 나이고 싶은 욕망이 늘 소년의 내부에서 부딪쳤다."(197쪽) 이런 충돌 속

---

21. 임진수, 『환상의 정신분석』, 현대문학, 2005, 246쪽.

에서 소년은 자기를 처벌함으로써 그 고독과 불안으로부터 벗어나려고 한다. 그것은 구체적으로 자해와 자살시도로 표출되었다. 자해 후의 만족감을 소년은 이렇게 표현한다. "서울이 폐허가 될 수도 있다는 가능성을 생각해본 적 없는 소년에게 폐허가 된 서울이 일종의 경이로움으로 느껴졌듯이 스스로에게 상처를 준 소년은 아주 잠시 동안이지만 어느 정도 자신에게 감탄했다."(82쪽) 누누이 되풀이해서 말했지만, 서울은 곧 소년이며 소년이 곧 서울이다. 전쟁의 참화로 폐허가 된 서울에서 소년은 자기처럼 눈앞에서 부모를 잃은 아이들과 자식을 잃은 의사를 만나기도 했다. 그러나 '군화를 신은 아이'와 '대낮을 점령한 자들'과 '짐승'의 위협 속에서 소년을 견딜 수 있게 해준 것은 아마도 총을 든 노인과 남편을 잃은 여자와 그녀의 어린 딸, 그리고 자기를 따르는 '성대 없는 개'와의 만남이었을 것이다. 그들은 고아인 소년에게는 일종의 유사 가족이라고 할 수 있겠다.

『서울』은 재난의 알레고리를 통해 종말의 멜랑콜리에 접근한 소설이다. 끝이 나버린 역사의 시간 속에서 미래를 상상할 수 없는 사람들은 존재론적 결핍에 시달린다. 그것을 이 소설은 소년의 황폐한 내면을 통해 표현했으며, 재난으로 파국에 이른 서울은 소년 그 자신이었다. 소설은 소년의 심리적 내상을 집요하게 파고들면서 문명의 멜랑콜릭한 미래에 착근한 수작秀作이다. 무엇보다 미래를 구제의 시간으로 간단하게 긍정하지 않으면서도, 미래의 아포리아를 끝내 포기하지 않았다. 노인의 입을 통해 시를 말하는 대목에서 그 아포리아가 생생하다. "시인은 종말을 예감할 수는 있을지라도 이처럼 종말이 명백해져버린 세상을 노래할 수는 없는 존재란다."(187쪽) 예감할 수 있지만 노래할 수는 없다는 것, 그것이 이 소설의 윤리적 태도이다. "인간의 해방, 즉 구원이란 결국에는 상실과 소외와 분리를 상실과 소외와 분리 그 자체로 경험함으로써 열리는 삶의 지평"[22]이라고 한다면, 이 소설이 바로 예의 그 윤리적 태도를 통해 그 몰락과 파국을 몰락과 파국으로써 보여주고 있다고 하겠다. 다케우치 요시미가 입버릇처럼 말했던 '아포리아를 아포리아로써' 표현한다는 것이 바로 그런 것일 게다. 소설의 마지막 장면은 희망과 절망의 소박한 이원론에서 벗어나, 역사의 종말 이후를 재생의 역사로 변혁하려는 의지가 아련하다. 범종이 울리는 가운데 세계는 종말을 고한다. 소년은 죽었지만 동생의 몸으로 다시 일어나, 수태한 여자와 함께 시를 이야기하고, 그들은 함께 따뜻한 햇살을 맞으며 길을 떠난다. 그들이 향하는 곳은 소년이 수차례 반복해 꾸었던 꿈의 서울, 그러니까 아마도 '실재'의 세계일 것이다.

고리원자력 발전소 사고를 배경으로 한 박솔뫼의 「겨울의 눈빛」(『창작과비평』, 2013년 여름호)이나, 홍수로 온 세상이 물에 잠긴 김애란의 「물속 골리앗」(『비행운』, 문학과지성사, 2012)이 마주하는 재난도, 재난의 참상 그 자체가 아니라 지금의 청년 세대가 처한 어떤 곤경의 알레고리로 읽어야 한다. 먼저 「겨울의 눈빛」에서는 원자력 발전소의 사고를 그냥 무덤덤

---

22. 김항, 『종말론 사무소』, 문학과지성사, 2016, 304쪽.

하게 대하는 여자의 태도가 인상적이다. 그 사고로 고리와 그 인근 지역은 물론 해운대까지 사람이 살 수 없는 불모지가 되어버렸지만, 여자의 그 덤덤함이란 몇 년 전의 그 사고를 압도할 만큼 현재의 삶이 곤란하다는 것을 의미한다. 소설에서 원자력 발전소의 사고는 그 재난의 끔찍함에도 불구하고, 마치 먼 곳의 풍문처럼 심드렁하게 소개되고 있다. 이런 아이러니가 노리는 것은 그 심드렁함의 이면에 있는 젊은이들의 비참과 절망이다. 사고는 당장의 재난이 아니라 여자가 얼마 전 발견한 노트 속의 일기에 기록된 다큐멘터리의 소감으로 서술되어 있다. 게다가 여자는 그 영화의 대사를 따분한 것처럼 말하고 있지만, 사실은 매우 성실하게 그 내용들을 정리해서 소개하고 있다. 그러므로 우리는 그 표면적인 심드렁함의 이면에서 여자의 진의를 탐문해야 한다. 여자는 1인칭의 서술 내내 잡다한 상념들을 떠올리고 말장난을 즐긴다. 예컨대 이런 식이다.

겨울의 초입, 사람들은 외투를 벗어 무릎을 덮은 채로 영화를 보고 있다. 나는 어깨까지 외투를 끌어올려 얼굴만 내민 채로 화면을 바라보았다. 며칠 전에는 눈이 펑펑 내렸고 사람들은 우산을 들고 마스크를 쓰고 거리를 오갔다. 눈을 맞지 말라고 했지. 나는 방에 누워 창에서 나는 물 냄새를 맡으며 물을 끓였다. 차를 마시려고, 극장에 앉은 우리는 K시는 K시니까 부산이 아니니까 생각하다가 우울해졌다. 우리의 우울함으로 극장이 앓을지 몰랐다.(140쪽)

마치 자유연상처럼, 떠오르는 생각들에 두서가 없다. 단정하게 한 가지 생각에 집중을 하지 못하는 데는 나름의 이유가 있을 것이다. 아마도 그것은 그들 세대의 삶 자체가 그렇게 한 곳에 뿌리내리지 못하고 두서없기 때문일지도 모른다. 이런 말장난도 마찬가지. 그들은 이렇게 심각한 현실을 유쾌한 척 견디고 있다.

> 남자는 네모가 쌓여서 더 커다란 네모가 되고 그것은 다시 또 큰 네모가 되는데 네모와 네모가 만날 때는 비눗방울이 한 번씩 터지고 그렇게 네모가 점점 커지고 비눗방울이 연이어 터지는데 그게 지루하지 않고 흐물흐물하고 즐거운 영화가 있었으면 좋겠다고 했다.(146쪽)

이런 말장난은 여기저기에서 계속된다. 박솔뫼는 이미 다른 소설들에서도 심각한 상황을 이런 식의 말놀이로 비틀곤 했다.[23] 이런 말장난 가운데서도 재난 이후의 계급적 불평등과 같은 현실의 부조리를 분명하게 꼬집는다. 오히려 그 두서 없어 보이는 서술들은 현실에 대한 언급들을 낯설게 부각시킨다. 그러니까 이런 반어적인 문체는 나름의 전략이다. 결국 이 소설이 그 재난의 이야기를 통해 전하려고 한 것은, 재난보다 더한 일상의 비참을 견디며 끝까지 살아남아야 한다는 끈질

---

23. 광주의 5월을 다룬 소설에서도 그런 구절을 볼 수 있다. "무얼 듣지? 무얼 듣나. 무얼 부르지? 무얼 무얼 무얼 말하다 보니 부엉 부엉 하는 것 같다."(박솔뫼, 「그럼 무얼 부르지」, 『작가세계』, 2011년 가을호, 118쪽.)

긴 생존의 의지이다.

> 국민연금을 내지 않으며 의료보험료는 언니인가 오빠의 회사
> 에서 내준다. 친구들은 결혼을 했거나 회사를 다니거나 못 다
> 니거나 오래도록 못 다니거나 드물게 안 다니거나 한다. 그때
> 나 지금이나 내가 아는 누가, 때로는 내가 가장 잘 아는 내가
> 무얼 하며 하루를 보내는지를 이야기하는 것으로 어째서 참
> 을 수 없이 화가 나는지는 알 수 없고 그리고 또 언제나 내가
> 견뎌야 할 모멸감은 나보다 크다. 그러나 나는 그 모든 것들과
> 함께 오래 살아남을 것이다.(151~152쪽)

서사의 전반에 걸쳐 재난의 사고를 전해주면서도, 그 재
난보다 더한 비참한 자기의 상황에 주목하게 하는 아이러니
가 이 소설의 요체이다. 그리고 그 아이러니의 효과를 극대화
하기 위한 나름의 서술적 전략이 적절하다. 고리와 해운대라
는 재난현장에서 멀리 떨어진 K시와 인근의 해만이라는 도시
를 이야기를 서술하는 '담론discourse의 공간'으로 설정하고, 사
고가 일어난 지 몇 년이 지난 시점을 '이야기story의 시간'으로
잡았다. 재난의 사건을 직접적으로 서술하지 않고 다큐멘터리
영화를 통해 간접적으로 전달한 것도, 표면과 이면의 거리를
넓혀 아이러니의 효과를 극대화하기 위한 전략의 일환이었을
것이다.

김애란의 「물속 골리앗」은 재난이 지나간 뒤의 회고담이
라는 형식을 취하고 있다. 소설은 지금의 시점에서 "태양 아래,

잘 익은 단감처럼 단단했던 지구가 당도를 잃고 물러지던 날들"(85쪽)을 회상한다. 엄청난 홍수를 불러올 장마는 아버지가 죽고 얼마 지나지 않은 뒤에 시작되었다.『서울』이 그러했던 것처럼, 아버지의 죽음으로써 상징계적 질서의 붕괴를 재난의 파국과 등치시켰다. 아버지는 크레인에 올라가 체불임금 지급을 요구하는 고공시위를 벌이다 실족했다고 한다. 홍수가 아니더라도 소년이 사는 '강산아파트'는 이미 폐허에 가까웠다. 재개발구역으로 지정되어 사람들이 다 빠져나간 뒤에 전기와 수도까지 끊겨버렸다. 재난은 언제나 가난한 약자들에게 먼저 가혹하다. 계속 내리는 비 때문에 아파트는 조금씩 물에 잠겨간다. 물의 수면이 높아질수록 불안은 더해가고, 결국 어머니는 이상행동을 벌이다 혈당쇼크로 사망한다. 마침내 집이 물에 잠기자 소년은 어머니의 시신과 함께 밖으로 탈출한다. 온통 물에 잠긴 도시에서 고층빌딩(자본)과 교회첨탑(종교)만이 고개를 내밀고 있다. "세계는 거대한 수중 무덤"(112쪽)이다. 소년은 거친 물살에 어머니의 시신을 놓쳐버린다.『서울』에서의 소년과 마찬가지로, 어머니의 시신마저도 떠나가 버리자 이제 소년은 천애의 고아로 남는다. 소년은 크레인 기둥에 몸을 의지한 채 울부짖는다. "왜 나를 남겨두신 거냐고. 왜 나만 살려두신 거냐고. 이건 방주가 아니라 형틀이라고. 제발 멈추시라고…"(118쪽) 체온이 내려가고 죽음의 기운이 가까이 다가오면서 소년은 아버지에게 수영을 배우던 일을 떠올린다. 아버지는 죽었지만 소년은 여전히 그의 영향력 아래에 있다. 비가 잦아들고 소년은 구조를 기다린다. 소설의 첫머리가 회고로 시작하기 때문에 우리는 소년이 무사하게 구조되었으리라는 사실을 짐작할 수 있었다. 「물속 골리앗」의 알레고리는 소박하다. 그것은 자본의 사악한 근성을 대홍수의 재앙으로 일소하는 기독교적 우화의 세속화된 판본이다. 결말은 아버지(신)로부터의 구원을 암시한다. 소년의 멜랑콜리는 그 행방이 묘연하고, 생존의 문제는 「겨울의 눈빛」만큼 절박하지 못하다. 소년이 양친의 상실과 그 고립의 경험을 통해 어떤 미래와 만날 것인가를 전혀 예감하기 어렵다. 소년의 구조로 모든 것이 일단락되어버린 탓이다. 그러니까 파국과 구원의 도식으로는 아무것도 말하지 못한다.

멜랑콜리는 자아의 상실에서 비롯되는 비애의 정조이다. 그러니까 "멜랑콜리에서 문제가 되는 것은 자기애 기능의 파열이다."[24] 『서울』은 폐허의 공간을 헤매는 여정을 통해 자아 상실의 주체가 겪어내는 분열의 과정을 추적했다. 그리고 그 분열의 과정은 자아 상실의 구멍으로 실재계의 열망을 채워가는 과정이기도 했다. 「겨울의 눈빛」은 회고의 시간적 추체험을 통해 공간을 떠도는 여정을 대신한다. 그 추체험의 과정은 재난과 회고의 아이러니와 더불어 자아의 상실된 공허감을 산만한 잡념과 언어유희로 탐닉하는 시간이었다. 「물속 골리앗」에서 문제가 되는 것은 멜랑콜리가 아니라 죽은 아버지와 어머니를 떠나보내는 애도의 과정이다. 멜랑콜리가 자아의 상실에 관련된다면 애도는 대상의 상실과 결부된다. 그것은 실재

---

24. 임진수, 『애도와 멜랑콜리』, 파워북, 2013, 70쪽.

계를 향한 욕망이 아닌 리셋된 상징계로의 재진입에 관한 우화였다. 그러나 그 우화는 파국과 구원의 정합적인 서사로 절충되고 말았다. 이처럼 알레고리의 깊이는 멜랑콜리에 대응하는 그 윤리적 태도의 깊이에 따라 판가름이 난다.

## 5. 재난과 종말, 그리고 윤리

재난의 스펙터클에는 희생자들의 고통에 대한 공감을 압도하는 잔혹한 즐거움이 있다. 재난서사가 비등하는 것은 일종의 징후이다. 그것은 어쩌면 그 아비규환의 아마겟돈 서사들에서 지금의 자기가 처한 작은 위험들을 위로받으려는 대중의 속악한 욕망을 반영하고 있는 것인지 모른다. 그러나 그 재난의 희생에서 자기가 제외되었다는 안도, 그것을 부도덕한 이기심이라고 비난하는 것은 무망한 일이다. 자기 보존의 이기적 욕망은 자연적인 생명의 이치이기 때문이다. 그럼에도 타인의 고통에 공감하는 역량을 통해 그 윤리의 문제를 고뇌할 수 있어야 또한 인간이다. 재난의 서사가 재난을 방재하는 계몽의 도구가 될 수는 없다. 그러나 문학은 타인의 고통에 반응하는 감응력과 감수성을 자극함으로써 사회정의에 기여할 수 있다. 문학의 이런 공리적 성격에 대한 자유주의적 논리가 자칫 진부하게 들릴지도 모르지만, 문학적 상상력의 공적 기능에 대한 마사 누스바움의 신뢰는 인상적이다. "소설 읽기가 사회정의에 관한 모든 이야기를 들려주지는 않을 것이다. 하지만 소설 읽기는 정의의 미래와 그 전망의 사회적 입법 사이에 다리를 놓아줄 수는 있을 것이다."[25] 물론 소설이 인간의 윤리적 행동에 미치는 영향을 너무 과장해서도 안 되고, 그 영향의 복잡한 메커니즘을 간단하게 간과해서도 안 된다. 하지만 이런 과장과 간과를 충분히 고려한다면, 우리는 재난과 종말의 참상을 다루고 있는 서사들에 대하여 어떤 가능한 기대를 품어도 좋겠다.

타인에 대한 인간적인 동정이나 연민은 자칫 타인에 대한 모독이 될 수 있다. 그러므로 윤리는 단지 타인을 향한 우호적인 태도가 아니다. 예컨대 재난을 세계의 모든 악을 일소하는 정화의 의미로 사유하는 것은, 악의 소멸을 바라는 그 의지만으로는 충분히 윤리적이라고 하기 어렵다. 나는 재난의 서사에서 그 윤리가 미래의 시간을 대하는 태도로써 드러날 수 있음에 주목하고 싶다. 미래는 명백하게 예정된 시간도 아니며, 그렇다고 그저 불확실한 것으로 내버려진 시간도 아니다. 미래는 현재의 지속과 끝장 사이에서 요동치는 역사의 흔들림 그 자체이다. 재난 서사의 윤리는 바로 그 요동치는 역사의 멜랑콜리를 어떠한 알레고리로써 표현하는가의 문제로 드러난다고 할 수 있겠다. 역설과 모순으로 암시되는 역사의 아포리아를 정합적인 서사의 규율로 질식시키지 않는 것, 다시 말해 아포리아를 아포리아로 표현하는 것의 지난함에 대한 헌신이야말로 재난과 종말이라는 역사의 곤경을 대하는 문학의 가장 견실한 태도이다.

25. 마사 누스바움, 『시적 정의』, 박용준 옮김, 궁리, 2013, 46쪽.

# 이물감에 대하여

## 이주노동자는 어떻게 드러나는가?

### 1. 거대한 전환

세계는 가파르게 변해왔다. 그 변화를 추동해온 것은 자기의 이익을 관철시키려는 사람들의 이기적인 욕망이었다. 끝없는 충족의 과정 속에서도 결코 만족을 모르는 욕망은 시장이라는 경쟁의 전장에서 서로 첨예하게 충돌한다. 어떤 경쟁에서도 자신감 넘치는 강자들에게, 여럿이 함께 이익을 나누어 갖는다는 것은 우승열패의 이치를 거스르는 지극히 부도덕한 발상으로 취급된다. 그렇게 세계는 패자들의 절망을 담보로 우월한 소수의 최대 행복을 보장하는 효율과 도덕의 세계로 변형되어 왔다. 강요 없는 착취와 흔적 없는 약탈이 일상이 된 세계에서 사람들은 경쟁의 '구조'가 잘못이 아니라 무능한 '주체'가 문제라는 식으로 불행의 원인을 그 사람의 역량 탓으로 돌린다. 가진 것이 자기의 신체뿐인 자들은 노동력을 팔아서 생존을 부지한다. 임금은 자본가들의 잉여자본을 늘리기 위해서 필사적으로 축소되어야 한다. 그러나 임금의 축소를 통해 이윤을 확대하는 것이 점점 어렵게 되자, 이제 자본가들은 금융투기의 불확실한 공간으로 이동해 노동자를 채무자로 변형시킨다. 이윤율의 감소라는 위기에 대해 자본은 거대한 전환을 통해 반격에 나섰다. 이른바 세계경제의 근대적 체제는 탈근대적 체제로 전환하고 있다. 탈근대적 체제의 노동력 착취는 비물질적 노동, 그러니까 인지적이고 정동적인 영역으로 심화되고 확대된다. "우리 시대의 거대한 전환으로 지금 우리가 주목하고 있는 현상은 노동력의 인지화이다. 초기 자본주의의 노동력이 숙련집약적이었다면 성장기 자본주의의 노동력은 기계집약적이고 현대자본주의의 노동력은 인지집약적이다."[1] 이와 같은 노동력 착취의 질적인 전회 속에서 근대적 의미의 산업 노동자들은 생산의 현장에서 참혹하게 처리되거나 추방당하고 있다. 이 거대한 전환의 야비한 질주는 노숙과 항의, 분신과 투신으로도 저지할 수가 없다.

당연한 말이지만 인지자본의 착취라는 새로운 국면에서도 산업노동은 부정되지 않는다. 선진 자본국들은 임금의 착취를 쉽게 하려고 저개발국으로 생산기지를 이전해 왔다. 저개발국의 노동자들은 자국으로 옮겨온 초국적 기업의 노동자로 편성되거나, 국경을 넘어 선진 자본국의 노동시장으로 이주함으로써 고도화된 산업노동력의 착취 구조 속에 편입된다. 근대적 체제에서 탈근대적 체제로의 거대한 전환 속에서, 다국적의 저임금 노동자들로서 여전히 근대적 체제의 산업노동을 담당하고 있는 이들을 우리는 이주노동자라고 부른다. 냉전체제

---

1. 조정환, 『인지자본주의』, 갈무리, 2011, 126쪽.

의 해체에 따른 이념적 장벽의 철폐와 더불어, 극소전자공학과 정보통신기술의 발달로 자본주의의 전지구화가 가속화됨으로써 국경을 가로지르는 자본과 인구의 활달한 이동이 가능하게 되었다. 이주노동자라는 정체성은 바로 이 같은 글로벌 자본의 역학 안에서 생명정치적인 통치의 대상으로 구성되어왔다.

## 2. 이중구속의 이주노동, 초국적 자본주의와 민족주의

자본주의 최초의 노동력 이동은 아마도 16세기 유럽의 노예무역에서 시작되었을 것이다. 19세기에 미국으로 건너가 부자유 채무노동자로 일했던 중국의 쿨리coolie들 역시 국제적인 이주노동의 역사적 사례를 제시한다. 20세기 초반 하와이의 사탕수수 농장이나 멕시코의 에니깽 농장으로 떠났던 구한말의 노동자들이나, 1960년대에 독일로 파견되었던 간호사, 광부들과 1970년대의 중동 산유국의 건설 노동자들에 이르기까지, 한국은 오랫동안 노동력의 송출국이었다. 그러나 글로벌 세계경제의 흐름 속에서 탄생한 새로운 정체성으로서의 이주노동자는, 냉전체제의 해체기인 1980년대 후반 이후부터 본격적으로 등장한다. 자본주의 경제체제에서 국가 간의 불균등 발전과 빈부의 양극화는 인구의 세계적 이동을 촉진한다. 현대의 주권국가들은 이주노동자들에게 국적은 허용하지 않으면서 노동력만을 요구하는, 이른바 '포함하는 배제'(조르조 아감벤)의 형식으로 그 생명정치적 통치술을 관철시킨다. 아감벤이 말하는 현대의 정치는 분명한 구분과 구획에 의한 지배가 아니라, 식별 불가능한 뒤섞임 속에서 발생하는 지배의 메커니즘으로 작동한다. 합법적인 체류 기간을 초과할 수밖에 없는 불리한 고용구조 속에서, 이주노동자들은 국민도 난민도 아니고, 여행자도 노동자도 아닌 모호한 신분으로 규정된다. 까다로운 입국절차와 단기간의 체류기간으로만 허용되는 저개발 국가 노동력의 국내 유입은, 상당한 우대 조건으로 서구의 전문기술직 인력을 적극적으로 유치하려는 노력과는 묘한 대비를 이룬다. 이주노동자들은 그 나라 노동 시장의 필요에 의해 고용된 것임에도 불구하고, 국가 간의 경제력 격차를 명분으로 저임금의 고강도 노동을 받아들여야만 한다. 그것은 자본의 탈근대적 세계화의 흐름 속에서 근대적 주권국가들의 이해관계가 서로 상호작용한 결과이다. 자국 노동자들의 임금 상승과 복지에 대한 요구를 받아들일 수밖에 없게 된 선진 자본국들은, 감쇄분의 이윤을 만회하기 위해 자국의 노동력을 인지화하는 한편, 열악한 임금과 조야한 복지로 저개발 국가의 노동자들을 고강도로 수탈한다.[2]

오랫동안 노동력의 송출국이었던 한국이 노동력 유입국으로 전환하게 된 것은, 민주화의 요구와 노동자 대투쟁의 열기가 뜨거웠던 1980년대 후반의 일이다. 민주화의 성숙과 함께 국내 노동자들의 권익이 상대적으로 상승하자, 저개발 국가의 노동자들을 통해 잉여자본의 축적을 벌충하려고 했던 것. 그

---

2. 다큐멘터리 〈위로공단〉(임흥순, 2014)은 한국의 산업화 과정에서 벌어진 여공에 대한 수탈과 저항이, 캄보디아로 진출한 국내기업의 현지 노동자들에 대한 착취와 폭력으로 전이되어 지속되고 있음을 보여주었다.

럼에도 빈곤과 실업, 정치적 혼란에 시달리는 저개발 국가의 이주노동자들로서는, 타국에서의 불리한 조건마저도 일종의 기회로 받아들일 수밖에 없었다. 세계화하는 자본은 이처럼 국민국가의 약한 고리를 놓치지 않고 약탈한다. 이주노동자들은 초국적 자본의 이윤축적을 위해 동원되면서, 한편으로는 이주한 나라의 배타적인 민족주의에 다시 차별받는 이중구속의 상황에 놓인다. 대개의 선진 자본국들은 자국민의 고용기회를 보호한다는 명분으로 이주노동자에게 체류허가residence permit와 취업허가work permit를 내 주는 대신 국적을 허용하지 않는다. 기존의 산업연수생제도를 폐지하고 고용허가제를 시행3하고 있는 한국의 이주노동자 정책 역시 그 배타적인 성격으로 인해 여러 문제들을 지적받아 왔다. 1년 단위의 고용 계약(합법적 노동기간은 기본 3년, 최장 5년을 넘지 않는 범위로 제한), 사업장 이동의 제한, 가족 동반 초청 금지 등의 조항들은 이주노동자들의 현실적 욕구들을 제대로 반영하지 못하는 것으로 비판받아왔다. 이들은 한국에 입국할 때 빚을 내면서까지 막대한 비용을 들여야 하는데, 장시간의 노동과 임금체

---

3. 이주노동자에 대한 관리제도는 1991년 "외국인산업기술연수사증발급등에대한업무지침"이라는 법무부 훈령에 따라 '산업연수생제도'가 처음으로 마련되었다. 이는 1993년 '외국인산업기술연수제도'로 변형 시행되었으며, 1998년 다시 '외국인연수취업제도'로 변형되었다가 2007년에 폐지되었다. '고용허가제'는 2004년 8월부터 시행되어 2006년까지 산업연수생제도와 병행되다가 산업연수생제도의 폐지 이후 2007년부터는 이주노동자 관리제도로 단독 시행되고 있다.(정정훈, 「이주노동자운동, 혹은 국가를 가로지르는 정치적 권리 투쟁」, 『진보평론』, 2011년 가을호, 37~38쪽 참조.)

불에도 불구하고 임의로 직장을 옮길 수 없다. 이런 조건에서 짧은 체류기간은 빚을 갚기에도 벅찬 시간이고, 그리하여 결국 어떤 이들은 체류 기간을 넘기고 사업장을 이탈해 미등록자(불법체류자)의 신분으로 전락하게 된다. 정부는 이주노동자의 최대 체류기한을 5년으로 한정함으로써 이들의 정주화를 방지하여 비보장 노동자로서의 불리한 지위를 유지시켜왔다. 미등록 이주노동자는 이제 상시적으로 감시당국(출입국관리사무소)의 단속과 강제추방의 위협에 시달리게 되는데, 그들의 불리한 조건을 악용하는 어떤 기업들은 여권압수, 외출금지, 감금노동, 성폭력 등의 인권침해를 일삼는다.

이주노동자들은 사업장에서뿐만 아니라 일상에서도 인종주의적인 편견에 노출되어 있다. 다문화주의multiculturalism에 대한 이해가 깊어지고 있다고는 하지만, 단일민족에 대한 환상은 여전히 우리에게 유력한 이데올로기이다. 이주노동자들은 국민이라는 정체성의 동일성을 훼손하는 이물스런 타자들로 여겨진다. 유럽계 백인들을 향한 흠모의 태도와 비교되는 비서구 저개발 국가에 대한 차별의 시선은, 그 자체로 서구적 근대화를 추종해온 우리들의 식민성을 반영한다. 자본주의의 세계화라는 대세를 받아들여야만 하는 이유가 민족의 번영과 국익 때문이라고 말하는 사람들이 있다. 그러니까 그들은 세계화의 개방성과 민족주의의 배타성을 동일한 지평 속에서 사유하는 모순을 간과한다. 국경을 횡단하는 초국적 자본은 국가의 도움 속에서 확장하면서도, 결코 국가를 위해 양보하거나 희생하는 법이 없다. 그 모순 속에서 경쟁력 없는 패자들은 언제나 수탈당하지만, 포함하면서도 배제하는 분열적인 통치는 특히 저 이주노동자들에게 가혹하다.

## 3. 이주노동자의 재현에 대하여

전지구적 자본주의와 배타적인 민족주의의 이중구속. 이로 인해 고통 받고 일그러진 타자들의 얼굴. 쉽게 망각하고 말았지만 결코 낯설지 않은 그 얼굴들은 멀지 않은 과거, 바로 우리들의 자화상이다. 지금 우리는 참혹했던 고통의 기억만큼 빨리 망각하고, 더 야비한 차별로 그 타자들의 얼굴을 일그러뜨린다. "우리의 코는 악취나 맡고 독한 신나 냄새나 맡다가/ 끝내 소처럼 맞구멍 뚫리라고 만들어진 것이 아니라네/ 우리의 손목은 생선토막이 되기 위해서/ 우리의 입은 불평불만이나 쌍시옷 소리나 내뱉으라고 만들어진 것이 아니라네"[4] 노역으로 고단했던 저 몸, 지금 우리는 그 몸이 겪었던 고통의 감각을 벌써 망각해버린 것일까. 우리와 그들의 분별 속에서 그들에게 악취를 떠넘겨버린 '우리'는 "기계 사이에 끼여 아직 팔딱거리는 손을/ 기름먹은 장갑 속에서 꺼내어/ 36년 한 많은 노동자의 손을 보며 말을"[5] 잊지 못했던 바로 '그들'이다. 그러나 이제 손을 잃고 말을 잊은 것은 '우리'가 아니라 또 다른 '그들'이다.

---

4. 박노해, 「우리의 몸」, 『참된 시작』, 창작과비평사, 1993, 76쪽.
5. 박노해, 「손무덤」, 『노동의 새벽』, 풀빛, 1984, 85쪽.

삭정이가 툭, 부러진다. 순간 하얀 뼈다귀들이 무더기로 쏟아져나온다. 그러면 그렇지. 나는 주머니에서 손가락을 꺼낸다. 휴지에 말렸던 검붉은 손가락을 뼈다귀들 틈에 놓는다. 물든 감잎 하나가 손가락 위로 살며시 내려앉는다. 나는 구덩이에 흙을 푹, 밀어넣는다. 수돗가 쪽으로 침을 퉤 뱉고 나서 두 손을 모은다. '파괴의 신 시바님, 이 정도면 충분해요. 더는 제물을 바라지 마세요. 특히 아버지하고 제 손가락만큼은 절대.'[6]

스파이크 리의 〈똑바로 살아라〉(1989)는 뉴욕의 할렘을 배경으로 이탈리아 이주민과 흑인들 간의 인종갈등을 다룬 영화이다. 주제의 무거움에도 불구하고 특유의 발랄함과 경쾌함으로 가득한 이 영화에는 작은 슈퍼마켓을 운영하는 한국인 부부가 등장한다. 영화에서 이들은 흑인들을 언제나 의심 가득한 눈으로 바라보는, 어눌한 영어로 악착같이 생존하려는 동양인으로 표상되고 있다. 미국의 흑인들에게 한국인은 대개 이처럼 돈을 밝히는 의심 많은 사람들로 인식되고 있다.

미국으로 이민가서 사는 교포들까지 무의식 속에 배달민족, 단일민족, 박혀 있으니까 흑인, 멕시칸, 무시하게 돼. 여러 민족 여러 인종이 어울려 살아가는 방법 모르는 거야. 우리 가족이 겪은 비극도 그런 의미에서 보면 자업자득인 면도 있어. 도대체 다르다는 걸 인정하지 않으려고 하거든. 백인들은 우

6. 김재영, 「코끼리」, 『코끼리』, 실천문학사, 2005, 20쪽.

리와 다르기 때문에 오히려 존중하면서 말야.[7]

"한국사람들은 단일민족이라 외국인한테 거부감을 갖는다
고? 그래서 이주노동자들한테 불친절하다고 웃기는 소리 마.
미국 사람 앞에서는 안 그래. 친절하다 못해 비굴할 정도지.
너도 얼굴만 좀 하얗다면 미국 사람처럼 보일텐데…."(김재
영,「코끼리」, 17쪽)

　　타자에 대한 인종주의적 '멸시'나 '인정'은 사실 배타적인
민족주의의 쌍생아이다. 민족이라는 이념의 주체는 적대적 타
자와의 갈등을 통해 자의식을 강화하고, 우호적인 타자로부터
의 인정을 통해 자의식을 확장한다. 민족주의nationalism와 초
국주의trans-nationalism의 변증법은 배제(지양)하면서 포함(지
향)하려는 현대정치의 메커니즘을 그대로 반영한다. 그렇게 자
기를 드높이 고양하려는 민족주의의 정치적 무의식은, 저개발
국의 이주노동자를 지양하면서 세계열강으로부터의 인정을
지향한다. 이처럼 간교한 정치적 무의식은 이주노동자라는 타
자의 형상에 그 이념적 편견의 흔적을 남긴다. 그러므로 타자
표상의 정치를 독해하는 것은 곧 이념적 편견의 굴곡을 살피
는 일이기도 하다.
　　타자는 동일성의 지평 위에서 익숙함의 감각으로 평온한
주체에게 낯선 이방인으로 출현한다. 기괴한 이물감으로 감각

---

7. 박범신,『나마스테』, 한겨레신문사, 2005, 133쪽.

되는 타자는 주체의 안온한 일상을 위협하는 존재로 여겨진다. 하지만 너무 많은 것을 알아버린 우리는 타자에 대하여 이미 친절하다. 주체의 구원에 가닿는 고통 받는 타자의 얼굴을 응시하라는 레비나스의 윤리는 물론이고, 타자에 대한 절대적 환대라는 데리다의 언명은, 우리가 그것을 얼마나 잘 이해하고 있는가의 문제와는 상관없이 이미 상투적인 비평의 술어가 된다. 그래서 우리는 타자 재현의 정치가 윤리의 문제와 겹쳐 있다는 것을 잘 알고 있다. 윤리는 질서와 규율을 강요하는 엄숙한 도덕주의와 구별된다. 오히려 윤리는 기성의 도덕률을 위반하는 도발적인 불온함으로써 드러난다. 그리하여 재현의 윤리는 이른바 전형적 실체(본질)로서의 현실이라는 정태적 관념을 전복한다. 타자를 연민 혹은 연대의 대상으로 바라보는 시선은, 편견으로 만든 정형화된 틀 속에 그들을 가두는 일종의 상징적 폭력이다. 무엇보다 타자는 재현 가능한 분명한 실체가 아니다. 그들은 재현 가능한 실체가 아니라 표현의 우발성 속에서 겨우 그 존재를 드러내는 '이웃'이다. 이웃은 "그 근본적인 차원에서 **얼굴 없는 괴물이다.**"[8] 그래서 우리는 타자의 재현에 대한 "참된 윤리적 조치는 **제3자**를 향해 타자의 얼굴을 **넘어서는** 것, 얼굴의 파악을 **중지하는** 것, 얼굴에 **저항하여** 선택하는 것"[9]이라는 생각에까지 이를 수 있다.

타자의 낯섦을 선의와 정의라는 대의로 참아내는 것이 윤

---

8. 슬라보예 지젝, 『이웃』, 정혁현 옮김, 도서출판b, 2010, 294쪽. 인용문의 강조는 원저자의 것임.
9. 같은 책, 291쪽. 역시 인용문의 강조는 원저자의 것임.

리의 실천은 아니다. 오히려 우리는 그들과 우리의 뚜렷한 차이가 만들어내는 어떤 불편함을 시인해야만 한다. 그들과 우리의 간극과 틈새를 상상적으로 동일화하여 봉합하는 것은 타자와의 진정한 화해라고 말하기 어렵다. 그들과 우리의 뚜렷한 차이는 반목과 차별의 근거가 아니다. 오히려 그것은 공통성의 지평을 모색하는 단초가 된다. 서로의 차이가 촉발시키는 갈등과 분쟁, 그 격렬한 교섭의 과정 속에서 자아와 세계는 드디어 마주하여 서로를 응시할 수 있다. 그러므로 그 교섭의 과정이란 결국 우리 모두를 창조적으로 변화시키는 새로운 주체구성의 과정이다.

이 세계에서 자본의 외부는 없다. 단일민족이라는 위험한 이데올로기의 위력은 그것의 동일성을 교란하는 낯선 이방인들로 인해 점점 더 무망해지고 있다. 그럼에도 그 진부한 이념의 힘은 동시에 그 이방의 타자들로 인해 더 공고해지고 있다. 그렇게 오늘날 이방의 이주민 혹은 입국자들은 진부한 동일성의 감각으로 안주하면서 버텨왔던 동일성의 주체를 뒤흔드는 침입자들이다.[10] 특히 결혼이라는 가족의 제도 안으로 포섭되는 이주여성들은 노동자 계급의 이입과 마찬가지로 저개발 국가의 생산력 너머에서 생존의 길을 모색한 이들이다. 성(性)과 사랑이라는 외피를 띠고 있으나 그 사회학적 의미는 대체로 생

---

10. 사람들의 자유로운 이동을 통제하는 장치로서의 '자기증명'(identifica-tion)은 그 '침입자들'을 효율적으로 관리하고 통치하기 위한 수단으로서 나날이 정교해지고 있다. 이에 대해서는 성공회대학교 동아시아연구소에서 펴낸 『나를 증명하기』(한울, 2017) 참조.

존투쟁의 현실에 닿아있다. 한국에서 이른바 '다문화가정'의 양적 증가는 계급과 성이 결합한 새로운 노동 시장의 전지구적 맥락으로부터 비롯되었다. 시장권력의 위원회 구실을 하는 국가는 이런 상황을 다문화주의라는 정책으로 수렴하여, 그 사회적 비용을 최소화하고 자본의 이윤축적을 성실하게 조력한다. 그러나 그것은 대개 동화나 통합에 치우침으로써 차이를 해소하는 방향으로 실현되었고, 다양성의 인정과 상대주의라는 포스트모더니즘의 논리를 답습할 뿐이었다. 그렇다면 차이를 보존하면서 갈등을 해소시키지 않는, 조화로운 분란의 역설을 가능케 하는 방법이란 무엇인가.

영화, 드라마와 같은 영상 미디어는 물론이고 시와 소설에서도 이주노동자들의 형상은 이미 분명하고 주요한 현상으로 자리 잡았다. 특히 이주와 노동의 문제를 문학적으로 재현하는 텍스트에 대한 고찰은, 언어의 재현 (불)가능성에 대한 미학적 아포리아와 더불어 정치적이고 윤리적인 문제들을 다차원적으로 제기해왔다. "이 재현의 과정이 재현될 수 없는 대상을 재현하려는 불가능성으로 인해서 애초의 의도와 달리 하위주체를 '타자화'한다는 것, 동시에 지식인 엘리트에 의한 재현 과정이 선*한 의도와 상관없이 엘리트의 지식 권력을 강화하는 결과를 초래한다는 것"[11] 등의 논의들로, 이미 그 재현의 문제에 대한 합당한 비판들이 적지 않았다.[12] 이주노동

---

11. 고봉준, 「현대시에 투영된 이방인과 다문화」, 『한국문학논총』(제64집), 2013, 96~97쪽.
12. 한국소설에서 이주노동자의 타자적 재현에 대한 연구로는 천연희, 『현대

자의 재현에 깔린 연민과 동정의 시혜적 정념과 더불어, 그들을 국제적인 노동자 연합의 대상으로 간주하는 일방적인 계급주의적 접근은, 역시 '엘리트의 지적 권력 강화'라는 혐의를 수반한다. 몇몇의 예외를 고려하더라도 1980년대의 노동소설들은 대체로 당파성이라는 선험적 테제를 작품의 세부에까지 관철시키려는 목적론적 의지로 완고했다. 계급적 적대와 현실 변혁의 의지를 전면에 내세운 방현석의 「새벽 출정」(1989)과 정수리의 『우리 갈 길 멀고 험해도』(1990), 정화진의 「쇳물처럼」(1987)과 『철강지대』(1990), 안재성의 『파업』(1989)과 『사랑의 조건』(1991). 이 소설들은 당시로서는 당파성과 전망, 전형과 총체성이라는 생경한 비평적 술어들을 통해 고평되기도 했던 시대의 문제작이었으나, 지금 돌아본다면 그 선구적 저작들은 재현의 문제를 지극히 관념적인 수준에서 착근한 추상적 이념형의 범작이었다. 그러니까 그 소설들은 노동의 재현을 대체로 계급의식의 각성이라는 성장서사의 맥락 안에서, 자본가에 대한 적대와 노동자의 연대라는 간명하고 선명한 플롯으로 풀어냈다. 그렇게 지배와 저항의 복잡한 메커니즘을 정치적 계급주의로 소박하게 환원함으로써 노동과 재현의 난해한 문제를 간단하게 회피해버린 것이다.

민주화 이후의 민주주의에 대한 반성과 함께 노동문제 자체가 위기에 도달했다는 여러 논의들 속에서 '노동'이라는 의

소설을 통해본 이주노동자에 대한 한국인의 태도』(전북대 석사학위논문, 2008)와 강진구, 「한국소설에 나타난 이주노동자의 재현 양상」, 『어문논집』(제41호, 2009)을 참조.

제는 한동안 한국문학의 주요 의제로 다루어지지 못했다. 동구권의 몰락이라는 역사적 시간을 통과하면서 소비자본주의가 일상의 모든 부문들을 잠식함으로써 노동은 더 이상 문학의 참신한 주제로 등장하지 못했다. 그러나 이른바 제국주의에서 제국으로의 전회와 함께 자본의 새로운 포섭 전략이 관철되는 가운데, 국경을 넘는 월경越境의 현안이 문학의 시야로 들어오기 시작했다. 입국자들에 대한 하종오의 기획적 탐구가 연속적으로 이어졌고, 더불어 2000년대 노동시의 가능성에 대한 조심스런 전망들이 제출되기도 했다.[13] 소설에서도 역시 이주노동자의 존재론이 쟁점화하면서, 기존의 노동소설과는 다른 차원에서 노동의 문제가 다시 포착되었다. 박범신의 『나마스테』는 김재영의 「코끼리」와 더불어 이주노동자의 문제를 소설로 극화한 선구적 작품이다. 이 소설은 한국인 여자와 네팔인 남자의 결연結緣이라는 외피적인 서사 구도를 통해 이주노동의 실상을 건드리고 있다. 그러나 이주노동자의 문제를 장편의 분량으로 재현한 선구적 작품임에도 불구하고, 이 소설은 인종적 차이를 이성애적 동일성으로 극복한다는 그 통속

---

13. 하종오는 『반대쪽 천국』(문학동네, 2004)의 2부에 실린 이른바 '코시안' 연작에서부터 시작해 『국경 없는 공장』(삶창, 2007), 『입국자들』(산지니, 2009), 『제국』(문학동네, 2010), 『남북상징어사전』(실천문학, 2011), 『세계의 시간』(도설출판b, 2013)에 이르기까지 탈북자를 비롯해 결혼 이주 여성과 이주 노동자의 시적 재현에 천착하고 있다. 하종오의 이런 기획에 대한 연구로 허정, 「하종오 시에 나타난 이주민의 재현양상」, 『동남어문논집』(제32집, 2011)을 참조할 수 있다. 더불어 2000년대 노동시의 가능성에 대한 논의로는 장성규, 「2000년대 노동시의 새로운 가능성'들」, 『사막에서 리얼리즘』(실천문학, 2011)을 참조할 수 있다.

성을 전경화함으로써 이주와 노동의 난경을 파고들지 못했다.

『나마스테』의 그 연인들이 인종적, 문화적 차이를 뛰어넘어 서로 사랑할 수 있게 된 것은, 그들 모두가 결핍을 앓았던 사람들이기 때문이다.[14] 여자는 미국에서의 가혹한 이주생활에서 아버지와 막내 오빠를 잃었다. 그리고 귀국 후 한국에서의 첫 번째 결혼은 무참하게 실패로 끝났다. 남자는 어린 시절 히말라야 안나푸르나의 마르파에서 보낸 유년의 기억에 붙들려 있다. 그곳에서 어머니가 죽었고, 고향 마르파를 떠난 이후의 삶은 모성의 상실만큼이나 가혹했다. 그들은 모두 잃어버린 것들 때문에 슬펐고, 그래서 둘은 서로의 슬픔을 헤아릴 수 있는 공감의 지대에서 결속될 수 있었다. 소설은 전형적인 영웅서사의 신화적 구조를 답습한다. 네팔 사람 카밀은 고향(원초적인 모성의 공간)으로부터 떨어져 나와 한국이라는 이방의 땅에서 시련을 겪는다. 그는 한국 여자의 도움으로 고난을 견뎌내고, 드디어 세상의 모순에 저항하며 자발적인 죽음을 선택하는 이주노동자의 영웅으로서 거듭난다. 이와 같은 이야기 구조의 상투성 위에서, 카밀을 비롯한 여러 이주노동자들의 삶이 여자의 시점으로 옮겨져 있다. 서술자이자 조력자라는 서사구조의 담론discourse 기능을 맡고 있으면서 이야기story의 중심인물이기도 한 여자.

---

14. 가족들에게 환영받지 못하는 용대와 조선족 출신의 이주 노동자 명화의 사랑을 그린 김애란의 「그곳에 밤 여기의 노래」(『문학과사회』, 2009년 봄호)가 역시 그러한 결핍된 자들의 공감과 결속을 그린 소설이다.

무엇보다도 나는 세상에 순결한 것들이 아직 남아 있다고 믿는 어린 소녀가 아니었다. 세상은 차갑고 잔인한 구조로 단단히 짜여 있었다. 믿을 건 아무것도 없었다. 어느 편이냐 하면 나는 오히려 의심이 많은 사람이었으며, 내가 그렇게 된 것은 서른 살이 될 때까지 세상이 내게 그만큼의 상처를 주었기 때문이었다.(20쪽)

그렇게 상처받은 여자 앞에 카밀이라는 이방인이 나타났고, 그것은 갑작스런 출현이라 할 만한 것이었다. 여자는 그에게서 아버지를 본다. "끝내 그리운 내 나라에 묻히지도 못한 아버지. 외양으로 닮은 게 하나도 없었지만 먼 이역에서 온 그 청년의 웃음이 아버지의 그것과 너무 닮아 신기했다."(26쪽) 그러니까 카밀은 여자에게 아버지의 현전을 대리보충하는 존재로서 출현했다. 여자에게 '아버지'는 실존의 아버지이면서 동시에 나이 서른에 잃어버린 모든 것의 다른 이름이었다. "나이 서른에, 이미 내가 다 상실하고 만 것들을 카밀은 너무도 많이 갖고 있었다. 그는 사랑을 믿었고 세상을 받아들였으며 그가 품고 있는 신들에게 언제나 경배했다."(44쪽) 그러므로 카밀 역시 여자에겐 조력자이고 구원자이다. 하지만 여자의 예감은 날카롭다. 아버지의 운명에 카밀의 운명을 포개는 여자.

이곳은 어느덧 자본주의의 경쟁논리에 의해 산성화한 사람들이 단단한 카르텔을 이루고 있는 구조화된 세계였다. 그는 결코 그 구조의 중심에 편입될 수도 없을 것이고, 그 구조로부터 자신의 순정을 끝까지 지켜낼 수도 없을 터였다. 아메리칸 드림을 좇아서 미국으로 갔다가 이상과 현실을 다 잃어버린 아버지의 삶이 그 증거였다. 아버지의 삶이 그랬듯 그의 삶도 그럴 것이라고, 내가 구체적으로 느끼기 시작한 것은 철쭉이 한창 만발해 있는 4월 중순쯤이었다.(47쪽)

자비 없는 경쟁이 일상이 된 저 문명의 도시에서, 주변부 국가 출신의 이주노동자 카밀은 여자의 아버지처럼 실망하게 될 것이다. 그래서일까? 참혹한 자본의 세계에서 카밀은 자주 고향 마르파를 그리워한다. 어머니와 함께 행복했던 유년의 기억을 떠올리고, 할아버지가 살았었다는 티베트의 카일라스 산을 상상하고, 티베트의 불교와 힌두교의 신들에 의지한다. 문명과 자연의 분법은 오래된 것이다. 고향과 모성, 그러니까 '자연'은 오염되지 않은 순결한 대지로 추상화된 낭만적 동경의 처소이다. 가진 것 없고 기댈 곳 없는 이들에게 그런 관념이 아니라면 현실의 무엇이 위로가 될 수 있겠는가.[15] 그럼에도

---

15. 김재영의 「코끼리」에서도 그것은 마찬가지다. "밤마다 아버지는 낡은 춤바를 입고 고향 마을로 찾아가는 꿈을 꾼다. 노란 유채꽃 언덕 너머 보이는 눈부신 설산과 낯익은 황토 집, 정다운 마을 사람들이 있는 곳으로. 꿈에서 아버지는 가녀린 퉁게꽃과 붉은 비저꽃이 흐드러진 고향집 마당으로 들어서서는 가족과 친지에 둘러싸여 달과 바트, 더르가리(야채 반찬), 물소고기에 토마토 양념을 발라 구운 첼라를 실컷 먹는다고 했다."(22~23쪽) 그러나 이주노동자들의 2세는 그리워할 고향조차도 없다. 「코끼리」의 화자인 열세 살 소년 아카스는 네팔인 아버지와 조선족 어머니 사이에서 태어난 혼혈이다. 그는 말한다. "난⋯태어난 곳은 있지만 고향이 없다."(23쪽) 그렇다면 이들은 무엇으로 위로받을 수 있을까?

그런 이상화된 기원의 공간은 세속의 현실을 탈속화함으로써 역사를 신화로 만든다. 이주노동자들에게 희망의 낙토로 여겨졌던 한국은 열악하고 참혹한 노동의 현장일 뿐이었다. 희망의 관념이 절망의 현실로 깨어날 때, 코리언드림은 말 그대로 백일몽이다. 한국의 노동 현실은 법이 있어도 지켜지지 않는, 법 적용의 정지 상태에서 법의 효력이 발휘되는 역설적인 상황으로 그려진다.

연수생들, 법대로만 해주면 월급 작아도 다 열심히 일할 거예요. 강제 적립금도 법대로라면 안돼요. 기숙사 문 잠그는 거, 법대로라면 안돼요. 한국 와서 새 계약서 강제로 만드는 일도 안 돼요. 아프면 병원 치료비, 사장이 대줘야 법대로 되는 거예요. 여권 빼앗아 두는 것도 법대로라면 안 되고, 강제로 쫓아내는 것, 안돼요. 사장님 자기 맘대로 쫓아내거나 벌주지 못하게 한국의 법, 돼 있어요. 연수생 보호지침, 근로기준법, 우리도 알아요. 법, 훌륭해요. 그러나 법대로 하는 사장님, 부장님, 관리업체 직원, 없어요. 노동부도 다 알고 있다고 우린 생각해요. 법대로 해 달라고 우리가 말하면 우린 바로 카트만두로 돌아가야 돼요.(92쪽)

법은 스스로의 적용을 유예함으로써 작동한다. 법 적용의 정지라는 형태로 법이 적용되는 역설.[16] 법은 배제 속에서 포함

16. "주권적 예외란 법 적용의 정지라는 형태로 법이 적용되기 위한 전제조건

하고 추방령 속에서 포획하는 현대성의 정치를 통해 발효된다. 법은 방임과 집행 사이의 모호함으로 이주노동자들을 통치한다. 삶이 참혹할수록 고향과 모성에 대한 그리움도 커진다. 카밀이 여자에게 그러한 존재였던 것처럼, 여자는 카밀에게 그리움 속의 결핍된 대상으로 현전하는 모성의 대리보충이다.

> 그의 삶에서 유랑은 어머니를 잃고 고향 마르파를 떠날 때부터 비롯된 셈이었다. 해발 8167미터 다울라기리 봉이 마르파를 등 뒤에서 받치고 있었다고 했다. 그의 머리를 팔로 받치고 나란히 누우니 내 영혼의 뜰에도 사과 향기가 풀풀 날리기 시작했다. 나는 블라우스 단추를 열고 그의 손을 끌어당겨 내 가슴에 얹어주었다. 음란한 마음은 전혀 들지 않았다.(159쪽)

서른 살의 한국 여자와 스물다섯 살의 네팔 남자, 그렇게 둘은 인종과 국적의 차이를 메워가면서 서로의 결핍 속으로 스며든다. 그 채움의 과정은 생명을 빚는 과정이기도 했다. 그들은 딸에게 '이웃'에 대한 사랑이라는 뜻의 애린愛隣이라는 이름을 지어주었다. 하지만 그들에게는 시련이 다가오고 있었다. 인권침해와 비리의 온상이었던 산업연수생 제도를 보완하는 고용허가제의 국회통과가 이루어졌고, 그것은 나름대로 의미 있는 진전이었지만, 기왕의 불법 체류자들에게는 추방령의 강

─────

을 이룬다."(조르조 아감벤, 『호모 사케르』, 박진우 옮김, 새물결, 2008, 65쪽 참조.)

력한 법 집행이 기다리고 있었다. 그런 상황에서 "어찌하여 조국과 가족이라는 말이 때로는 서로 배타적이어야 한단 말인가."(243쪽)라는 여자의 한탄. "사랑보다 더 강한 것이 민족일 수 있다는"(243쪽) 여자의 자각. 그 배타적인 불일치에 대한 고뇌 속에서 카밀은 조국을 위해, 여자는 가족을 위해 자기의 온몸을 내던진다.

> 그는 처음으로 뚜렷하게 개인적인 삶으로부터 전체적인 공동체의 삶으로 나가는 길을 보고 있었던 셈이었고, 나는 한사코 그를 내 가정 안에 한 개인으로 붙잡아 주저앉힐 길을 찾고 있었던 셈이다.(251쪽)

여자에게 가족은 그 자체가 민족의 차이를 초월한 지고의 대의이다. 미등록 불법체류 노동자들의 잇따른 자살 소식에 카밀과 친구들은 농성에 돌입한다. '강제추방 반대', '미등록 이주노동자 전면 합법화'를 요구하는 농성이었다. 투쟁의 경험 속에서 여자도 변한다. 자각하지 못했던 그동안의 가족이기주의에 부끄러움을 느끼고, 결국은 카밀의 투쟁을 인정하면서 받아들인다. "나는 아름답고 환한 카밀을 잃고 그 대신 어느덧 싸움꾼이 된 전사의 목에 매달려 울고 있었다."(301쪽) 물론 그것은 투사가 되어버린 카밀을, 이전의 모습으로 다시 되돌려 놓을 수 없다는 어쩔 수 없는 체념이기도 했다. 시민단체와 연대한 소수 이주노동자들의 투쟁만으로 국가의 정책적 변화를 이끌어내기에는 역부족이다. 강성파 원칙론을 고수했던 카밀이었지만 결국 농성의 중단을 받아들여야만 했다. 그리고 어느 날 여자에게 '아마'(어머니라는 뜻의 네팔 말)라는 말을 남기고 집을 나간 카밀은, 다시는 그 집으로 돌아오지 못한다. 고층 건물에 올라가 '더 이상 죽이지 마라'는 글이 적힌 현수막을 내걸고 그가 투신한 것이다. 그리고 농성장으로 달려간 여자는 떨어지는 카밀을 몸으로 받았고, 식물인간이 되었다.

모순의 축적은 봉기를 부른다. 카밀의 투신은 하나의 징후이다. 우리는 "이제 이주노동자 당사자들을 중심으로 전개되는 이주노동자들의 노동운동을 통하여 자신들을 값싸고 통제하기 쉬운 노동력, 무기력한 희생자로 만드는 통제체제에 맞서 자신의 권리를 스스로 구축해가는 새로운 형태의 정치적 주체"[17]의 탄생을 지켜보게 될 것이다. 이 소설은 이주노동자들을 비참하게 착취당하는 희생자의 형상으로 재현하고 있다. 특히 카밀의 연인이었던 사비나를 통해, 가족으로부터의 착취와 자본으로부터의 착취라는 중층적 착취의 구조에 갇힌 여성 이주노동자의 현실을 드러낸 것은 유의미한 대목이었다.[18] 그러나 자본의 착취에 맞서 성장해 가는 카밀의 플롯은 영웅

17. 정정훈, 「이주노동자운동, 혹은 국가를 가로지르는 정치적 권리 투쟁」, 『진보평론』, 2011년 가을호, 44쪽.
18. 같은 맥락에서 김현의 「장미 화분」(『좋은소설』, 2011년 봄호)은 주목해야 할 작품이다. 한국인과 결혼해 남편의 가족들로부터 온갖 폭력을 시달리다가, 결국은 버림받는 이주여성의 이야기다. 이 소설에서 고향의 부모는 딸을 한국인과 결혼시키고 끊임없이 돈을 요구하면서 여자를 이중의 고통으로 힘들게 한다. 소설의 말미에서 여자는 고향 부모의 요구를 단호하게 거절함으로써, '민족'만큼이나 문제적인 '가족'의 착취구조에 저항한다.

이야기의 패턴을 상투적으로 반복하는 데 그쳤다. 그래서 내재하지 못하고 초월하려는 시도들이 통속성으로 이어졌다. 현실은 서사의 도식을 초과한다. 그 초과분의 잉여를 표현하는 것은 물론 가벼운 일이 아니다.

## 4. 공존의 가능성과 재현의 아포리아

세계 경제의 전지구화라는 흐름은 근대적인 체제 속에서 가능했던 합리적 추론들을 점점 더 불가능한 것으로 만들고 있다. 자본의 투기적 성격이 조장한 불확실성은 합리적 이성에 바탕을 둔 모든 것들을 회의하게 만들었다. 주체의 비동일성에 대한 강조가 전통적인 휴머니즘을 해체한다. 그리하여 오늘날 인간의 가치는 그 어느 때보다 열악하다. 인간의 사회적 지위를 가르는 전통적인 계서제의 해체에도 불구하고, 인간의 지위는 유동성 속에서 자주 변동하는, 그러니까 극적으로 성공하고 쉽게 몰락하는 불안정한 처지에 놓이게 되었다. 이주노동자는 어떤 사람들인가? 그들은 저개발의 삶으로부터 갑자기 탈근대적 자본주의의 흐름 속으로 편입된 인간들이다. 이종접맥의 양상으로 편입되는 그 과정은 지극히 폭력적이다. 난민으로 불리는 이들은 불온한 존재로 취급된다. 탈근대의 분열하는 시간 속에서 대지의 한가운데서 자란 저 미개인들은 우리와는 전혀 공유할 수 없는 감수성을 갖고 있는 타자로 여겨진다. 굳이 이주해온 노동자가 아니더라도 우리 내부의 빈한한 주체들은 마찬가지의 멸시와 차별에 노출되어 있다. 모순이

축적되면 변화가 강제되기 마련이다. 임박한 파국의 시간 앞에서 우리가 준비해야 할 것은 무엇인가. 불확실성의 혼란을 수습하고, 유동하는 인간의 지위를 안정적으로 끌어올릴 수 있는 방법은 무엇인가. 국가의 완고한 경계가 흔들리고 인종과 문화의 차이가 뒤섞여 새로운 창신의 에너지로 변환되는 이 혼종성의 시대란, 차이의 갈등과 혼란마저도 끌어안을 수 있는 건전한 보편성의 전망에 대한 사유가 필요한 때다. 이주노동자라는 타자 재현의 문학적 지평 역시 바로 그 보편주의에 대한 고뇌 속에서 진전될 수 있다. 분열 속에서 전체를 사유하는 일, 그것이 보편주의다. 여기 인용한 구절처럼, 아집을 벗고 자기로부터 망명할 수 있는 역량이 보편이라면 그것으로부터 민족주의와 초국주의를 넘어서는 상호주체적 세계시민의 길을 모색해 볼 수 있지 않을까.

전체가 된다는 것은, 한편으로 계속되는 주체화 작용을 위한 중심이 있어야 한다는 말이고, 다른 한편으로는 이 주체가 객체적·객관적 세계에서 개방되고 확장됨으로써 강화된다는 것을 말한다. 여기의 객관적 세계는 사회를 포함한다. 이 사회는 상호주체적으로 형성되는 세계이다. 이러한 문화적 주체가 있음으로서, 개인은 주체로서의 자기정체성을 구성할 수 있다. 집단의 경우에나 개인의 경우에나, 주체 과정 방향은 전체적인 포괄성이다. 주체의 특성은 삶의 사물적 조건을 넘어서 보다 넓은 지평, 즉 보편성을 향하는 데 있다. 단순화하여 말한다면, 동양에서나 서양에서나 인문 교육의 이념은 자아로

하여금 자기극복과 확대를 계속하여 보편성에 이르게 하는 것이다.[19]

물론 보편과 전체에 대한 이런 자유주의적 통찰이 타자를 자기 교양의 대상으로 전락시킬 수 있는 위험에 대하여 유념해야 한다. 이주노동자라는 하위주체의 서사적 재현은 문학적 형상화라는 차원을 넘어, 미학의 아포리아와 타자에 대한 윤리적 책임을 추궁한다. 그러니까 서발턴의 재현이란 반영과 표현 사이의 흔들림 속에서 발화자의 자기 몫을 고뇌하는 일에 걸쳐 있다. 반영과 재현 사이의 고뇌 어린 흔들림은 하위주체의 타자적 존재성과 함께 그들의 주체성을 가시화하는 것의 윤리적 어려움과 이어져 있다. 푸코가 "'타자를 위해서 말하는 것'의 어색함"[20]에 대하여 말했을 때 그것이 바로 재현의 윤리와 미학이 길항하는 그 자리의 곤혹스러움이다. 아직도 우리는 이주노동자라는 하위주체의 문학적 재현과 문화적 표상이 제기하는 그 곤혹스러움에 대하여 적절한 대답을 내 놓지 못하고 있다. 그렇다면 다른 무엇보다 재현이라는 해결 불가능한 난제, 그것을 오래도록 붙들고 그 '어색함'을 견뎌내는 것이 필요하다. 조르주 디디-위베르만은 그런 견딤을 '무릅씀'이라고 적었다.[21] 그리고 자크 랑시에르는 사변적

---

19. 김우창, 「세계화와 보편 윤리 : 수용, 권리, 문화 가치」, 『제1회 세계인문학 포럼 발표자료집』, 2011, 5쪽.
20. 존 베벌리, 『하위주체성과 재현』, 박정원 옮김, 그린비, 2013, 112쪽.
21. 조르주 디디 위베르만, 『모든 것을 무릅쓴 이미지들』, 오윤성 옮김, 레베

과장을 내세워 견디지 않고, 무릅쓰지 않으려는 어떤 안락에의 유혹에 대해 이렇게 적었다. "예외적인 경험에 적합한 예술이 있어야만 한다는 윤리적 요청 때문에 변증법적 이해 가능성의 영역들을 (추정하건대 바로 이것에 맞서야 재현 불가능한 것의 권리를 확보할 수 있다) 과장해 버린다. 사건의 '사고 불가능성'과 어울리는 예술의 '제시 불가능성'을 주장하기 위해서, 이 '사고 불가능' 자체가 완전히 사고 가능한 것으로, 사유에 따른 완전히 필연적인 것으로 만들어져야만 했다. 재현 불가능한 것의 논리는 결국 그것을 파괴해버리는 것으로 귀결되는 과정에 의해서만 유지될 수 있다."[22] 고도의 형이상학적 사유가 재현의 불가능성을 위한 알리바이가 되지 않으려면, 존재의 어색함과 낯섦을 회피하지 않고 견뎌내는 '경험'을 통과해야만 한다. 그러니까 재현하려는 열의에 앞서, 먼저 그들과 함께 불안과 불편함을 감수하며 살아갈 수 있어야 한다. 그렇게 살지 않으면서 재현하려는 자가 있다면, 그는 저주받아야 마땅한 사람이다.

카, 2017 참조.

22. 자크 랑시에르, 『이미지의 운명』, 김상운 옮김, 현실문화, 2014, 236쪽.

# chapter 3B
## 우리 사이의 기호

# 교통, 소통, 교환, 그 불투명한 열의

정영수 소설집 『애호가들』[1]

자크 타티의 〈트래픽〉(1971)은 교통이 발달한 현대에 와서 그전에 없던 정체停滯의 발생을 추적한다. 속도에 대한 욕망이 느림의 여유를 잠식하는 역설. 정영수의 첫 소설집 『애호가들』은 현대성의 그 역설에 대하여 집요하다. 소통을 갈구할수록 서로 통하지 못하게 되는 역설, 그의 소설은 그 역설이 일상의 삶을 완벽하게 장악하고 있음을 거듭해서 그려 보인다. 정체의 순간이란 사람을 고독에 빠져들게 하는 고귀한 시간이며, 그때에야 비로소 목적에서 벗어난 일들이 벌어질 수 있는 우연한 계기들이 생겨난다. 우리는 필연의 속박에서 벗어나 그 우연 속에서 자유를 얻는다. 그러므로 지체되거나 소통되지 못하는 순간을, 해소되어야 할 갈등의 시간으로 여겨야 할 이유는 없다. 오히려 우리는 그런 답답하고 갑갑한 막힘 속에서, 삶의 여하한 진실에 다가갈 수 있는지도 모른다. 막힘이 없는 길 위에서의 인생이란, 서스펜스가 없는 추리소설처럼 얼마나 맥없고 지루할 것인가. 교통의 흐름은 소통과 교환의 그것과

---

1. 정영수, 『애호가들』, 창비, 2017.

크게 다르지 않으니, 현대의 작가들이 그 막힘에 내재하는 비밀스러움에 대하여 관심을 갖는 것은 지극히 당연한 일이다.

출발지가 있고 목적지가 있다. 교통이란 출발에서 목적에 이르는 그 선조적인 길 위의 흐름이다. 교통의 역사는 그 흐름의 원활을 위해 길을 정비하고 사람과 물건을 실어 나르는 수단을 개선하는 것으로 진화되어왔다. 근대는 흐름의 질량이 급격하게 폭증한 시대였고, 그 흐름의 독점을 통해 이득을 얻으려는 욕망이 커지면서 경쟁이 격심해졌으며, 마침내 교통의 주도권을 두고 크고 작은 싸움이 분분하게 일었다. 더 이상 길은 흐름의 완만한 통로이기를 멈추어버렸다. 〈미하엘 콜하스의 선택〉(2013)이라는 영화는 중세의 유럽을 배경으로, 통행을 둘러싼 권력의 횡포와 그에 맞서는 저항을 통해 새로운 역사의 시작을 고지한다. 대체로 세상의 모든 이야기가 길 위에서 이루어진다고 할 때, 서사는 곧 교통의 구조와 흡사하다. 출발에서 목적에 이르는 여정, 그 길 위의 흐름을 가로막는 갖가지 장애물들, 그리고 그것을 극복하는 투쟁과 그 위대한 투쟁을 승리로 이끈 영웅들의 담대함. 혹은 그 장애물 앞에서 끝끝내 좌절하고 마는 문제적 개인의 쓰라린 절망과 비탄.

자본주의는 축적을 위해 더 빠른 속도를 필요로 했고, 그렇게 물량이 폭증하고 길 위의 흐름이 가속화될수록 사고는 빈발하였으며, 그 사고의 정도도 더 치명적으로 되었다. 바로 그 치명상을 다루는 근대소설은 그와 같은 교통의 획기적인 변화와 더불어 탄생하였다. 그 심오한 사정을 루카치는 이처럼 간명한 문장으로 집약하였다. "길은 시작되었는데 여행은 끝이 났다." 근대의 자본주의가 닦아놓은 그 길은 율리시스도 단테도 더 이상 오갈 수 없는, 자본의 교환을 위한 회랑 Corridor으로 고착되어버렸다. 그리고 이제 소설은 여행의 불능에 더해 길의 폐쇄, 다시 말해 흐름의 가로막힘에 대하여 치밀하게 묻고 있다. 교통이 교환을 위한 것으로 고착된 시대의 서사에 내재하는 역사철학적 의미는 바로 저 통하지 않음, 그 불통의 감각에 대한 탐구로 깊어지고 있다. 따라서 종언 이후의 문학이 이른바 소통을 거역하는 독해 불능의 코드로 변태하는 것도, 교통과 교환의 불가능성을 그 소통의 아포리아로써 드러내고 있다고 하겠다.[2]

　교통이 출발지와 목적지 사이에서 이루어지는 흐름인 것과 마찬가지로, 소통은 발신자와 수신자 사이에서 이루어지는 기호의 공유로써 이루어진다. 따라서 소통에서 중요한 것은 그 기호를 나누어 갖는 이들의 관계라고 하겠다. 정영수의 소설은 그 관계를 대체로 연인이나 부부, 어쨌든 남녀의 사이로 표현한다. 「레바논의 밤」에서 연희, 「애호가들」의 은영, 「하나의 미래」에서 오하나, 「여름의 궤적」에서 선영과 미유끼, 「특히나 영원에 가까운 것들」의 재연, 「북방계 호랑이의 행동반경」에서 지영, 「지평선에 닿기」의 서지연 내지는 서주연. 이들은 모두 남자와 결별한 여자들의 이름이다. 「음악의 즐거움」

---

2. 그런 의미에서 『자본론』의 가치형태론을 소쉬르의 언어학에 유비함으로써 그 '가치'와 '의미'라는 숨은 신(형이상학)을 '교환'의 맥락 속에서 탈구축하는 가라타니 고진의 『마르크스 그 가능성의 중심』(이산, 1999)에 주목할 필요가 있다.

에서 전립선암에 걸린 현수는 1년이 되지 않아서 이혼을 했다. 남자들은 대부분 여자와 헤어지거나 헤어지기 직전에 있으며, 그 소통의 결렬은 이처럼 남녀 간의 결별로써 유비된다. 수록된 여덟 편 모두에서 남자가 시점인물이자 초점인물이라는 것은, 그 관계의 일방성의 단면을 암시한다. 여자를 대하는 남자들의 태도는 하나같이 소극적이고, 「북방계 호랑이의 행동반경」 정도를 빼고는 모두 이혼이나 결별을 그저 순순히 받아들인다. 「여름의 궤적」에서 그 부부가 역시 그렇다. 그들은 1년을 함께 살았고 법정에서 이혼 서류를 작성하고 돌아와서 한 이불을 덮고 잔 다음 날 헤어졌다. 박사수료를 하고 와세다 대학에 연구생으로 와서 한국어 강의를 맡고 있던 남자는, 도쿄의 한 서점에서 10년 전에 이혼한 선영을 우연하게 만난다. "우리는 그런 식으로, 피상적이며 무의미한 말을 한번씩 주고받은 것으로 사실상 서로 작별인사를 하고 그대로 헤어질 수 있는 권리를 획득한 셈이었다. 어차피 더 이상 할 말도 없었다."(89쪽) 남자의 이런 데면데면함이란 무엇인가? 사랑이란 느낌을 나누는 교감일진대, 서로에게 이제 할 말이 사라졌다면, 그 사랑은 이미 끝난 것이나 다름이 없다. 더 이상 함께 나눌 것이 없는, 그렇게 소통의 의욕이 모두 탕진되기까지에는, 두 사람이 어찌할 수 없었던 난해한 시간이 흘렀을지도 모른다. 남자의 강의를 듣는 야마다 미유끼가, 자기가 오해한 부분이 있었다고 하면서 마사히로와 헤어졌다가 다시 만나는 것은, 그래도 아직 젊은 그들에게 소통의 의지(사랑의 의욕)가 남아있기 때문이다. 남자의 전공이 언어사학이라는 것과 선영이 출판사에 일하고 있다는 것은, 소통의 결렬이라는 주제와 관련할 때 주의해야 할 대목이다. 언어를 다룬다는 점에서 그들은 소통의 영역에 근접해 있으나, 언어에 대한 남자의 생각은 지극히 원론적이고 보수적이다. "그러니까 자연사가 실제 세계의 역사라면 내가 연구한 역사는 추상 세계의 역사인 셈이다. 손에 잡히거나 눈에 보이지 않는, 누군가 발화하거나 기록하지 않으면 사라져버리는 정신의 산물들. 나는 그런 것들이 더 흥미롭다고 생각했다. 그것들에 비하면 실제 세계의 역사는 어쩐지 조금 시시하게 느껴졌다. 자연사라는 것은 역사의 증거가 너무나 분명히, 실체적 형태를 띠고 남아 있지 않은가. 거기에는 상상력이 개입될 여지가 거의 없었다."(102쪽) 남자는 자연적인 실재가 가시可視적인 특수 사실이고, 언어적인 실재는 가사可思적인 보편 진리라는 플라톤주의적 사고에 사로잡혀 있다. 그에 비할 때 그들이 함께 우에노의 자연사 박물관에서 신생대에 살았던 인드리코테리움이라는 거대한 육상 포유류를 보고 선영이 한 말은 이와는 완전히 대조적이다. "이것들도 … 자기들이 영원할 줄 알았겠지?"(113쪽) 영원하고 절대적인 것에 대한 회의, 그것이 선영의 세계관이라면 이 두 사람의 인식론적 격차는 작다고 할 수 없다. 통역할 사람을 부탁한 선영에게 미유끼를 소개했다는 것도, 역시 소통의 맥락 안에서 놓치지 말아야 할 부분이다. 서로 다른 언어의 전환이라는 통역, 그것은 이질적인 두 언어를 소통시키는 적극적인 교통의 행위이다. 남자와 선영에게 필요했던 것이 바로 그 통역이 아니었다면 무엇이겠는가.

통역에 비견되는 행위가 번역이라고 할 수 있는데, 이 소설집에서 그것의 의미를 특별히 파고든 것이 「애호가들」이다. 소설집에 수록된 여덟 편의 단편들에서 남녀의 관계만큼이나 중요한 반복의 모티프가 인물들의 직업이다. 앞서 남자와 선영의 경우도 그러하였거니와, 이 소설에서 남자는 스페인 문학을 가르치는 대학 강사이며, 가르치는 일보다는 번역일을 더 애호하는 사람이다. 교수로 임용된 후배 오영한에 대한 그의 자의식에 비추어 볼 때, 그가 번역의 애호를 의도적으로 강조하는 것은 일종의 정신승리법이라고도 할 수 있으리라. 종강 술자리에서 석사생 조현수에게 과잉된 화풀이를 하는 것을 보아서도 그렇다. 자극 없는 지지부진한 만남을 이어가고 있던 은영과도 헤어지게 되었고, 그에게 남은 유일한 구원은 번역뿐이다. 그런데 번역에 대한 남자의 생각은 역시 본질적이고 절대적이다. "번역에 번역자의 고유한 무엇이 무언가가 들어갈 수 있다는 생각은 번역의 본질을 몰라도 너무 모르는 것이다. 오로지 작품 그 자체만이 스스로 고유하게 존재한다는 사실을 생각하면 기본적으로 그것이 어떤 언어로 되어 있든 각 언어가 지시하는 대상, 각 문장이 만들어내는 의미는 하나일 수밖에 없음이 당연한 이치다."(43쪽) 그는 자신의 번역관을 뒷받침하기 위해 폴 리쾨르를 인용하고 해롤드 블룸을 비판하기까지 한다. 언어를 고유하고 투명한 것으로 인식하는 그의 생각은, 그러니까 「여름의 궤적」에서 남자가 견지했던 언어에 대한 절대적인 관념과 서로 통한다. '하나의 의미'를 믿는 그에게 "번역은 가능하며 심지어 언제나 가능하다."(44쪽) 그러므로 그는 번역의 불가능성 따위를 역설하는 해체주의적 번역론을 인정하지 않는다. "특정 시대, 특정 언어권에서만 가치 있던 작품을 다른 시대, 다른 언어권에도 존재하게 해 그것이 인류 보편의 가치를 획득하게 할 수 있는 유일한 행위는 번역뿐이기 때문이다."(51쪽) 이런 형이상학적 사고는 대학 강의와 교수의 임용이라는 세속적 차원을 초월하려는 의지로 표명되는 바, 그는 학교일을 때려치우고 스페인으로 가서 앞으로 몇 년간 볕이 잘 드는 그라나다의 이층아파트에서 로뻬 데 베가의 희곡을 번역하며 지내리라 희망한다. 그런데 그런 그에게 당혹스런 일이 벌어진다. 남자가 책을 낸 출판사에서 그의 번역이 다른 번역본을 표절했다는 것을 주장한 것이다. 그는 이렇게 항변한다. "형광펜으로 그어진 문장들은 정확했고 더 이상 손볼 필요가 없었다. 그 문장들을 바꾼다면 그건 원작이 표현하고자 하는 바를 변질시키는 일이 될 뿐이었다. 이미 나온 판본의 오백 문장은 바로 그런 정확한 문장들이었다. 나머지 삼백 문장은 명백히 틀린 번역이었다. 나는 그것을 완벽한 문장으로 대체했고 그래서 내가 번역한 『과수원지기의 개』는 완벽한 판본이 된 셈이었다."(56~57쪽) 초월에 대한 그의 희망은 그렇게 무너지고, 그는 과사무실에 전화를 걸어 후배의 임용 축하연이 언제인가를 묻는다. 형이상학에 근거한 그의 근대적인 언어관과 번역관은 포스트모던한 세계의 소통에서 언제나 실패할 수밖에 없다. 그런 실패를 그리고 있다는 점에서 「여름의 궤적」과 「애호가들」은 궤를 같이 하는 작품이라 하겠다.

의미를 하나의 본질로서 실체화하는 것이 근대적인 언어

관이다. 「레바논의 밤」은 의미를 신으로 절대화하는 그 형이
상학적 언어관(역사관)을 문제삼았다. 도서관에서 근무하는
남자에게는 장이라는 친구가 있다. 장은 그에게 이렇게 말한
적이 있다. "하지만 그는 의미를 이해하고 나면 그 이야기의 의
미에 대해 설명하는 게 얼마나 무의미한 일인지 알게 되리라
고 했다."(16쪽) 어느 날 도서관으로 찾아온 장은 서가의 어느
곳에 알 수 없는 시체를 남기고 사라져버렸다. 돌아온다고 했
지만 장은 끝내 돌아오지 않는다. 돌아오지 않고 연락도 없는
장은 이미 죽음을 맞이한 '의미'라는 신의 알레고리가 아닐는
지. 언젠가 장은 남자에게 체코의 철학자 요세프 도브로프스
키의 『침묵과 사물』에 나오는 현자와 나방의 우화에 대해 들
려준 적이 있다. 어떤 사람이 현자에게 물었다. "왜 신은 우리
에게 말을 걸지 않을까요? 왜 그의 뜻을 전달하지 않는 걸까
요?"(10쪽) 현자는 벽을 하늘인 줄 아는 나방을 가리키며, 그
러면 나방이 이해할 수 있는 방식으로 그것이 하늘이 아니라
벽이라고 나방에게 당신의 뜻을 전달할 수 있겠느냐고 되묻는
다. 남자의 모르겠다는 대답에 현자는 손바닥으로 나방을 죽
이고 이렇게 말한다. "보시오. 이제 나방은 우리가 존재한다는
것과 나의 의사를 알게 되었소."(11쪽) 나방의 죽임/죽음으로
써만 의미의 전달이나 이해라는 아포리아가 비로소 해소되는
것과 같이, 고유한 의미를 투명하게 전달할 수 있다는 그 망상
을 깨뜨림으로써만 소통의 난해함에 대하여 겨우 가늠할 수
있다는 것, 그것이 이 우화의 '의미'가 아닐까 싶다. 그러나 그
렇게 다시 그 우화의 '의미'를 확인하고야 마는 이 반복회귀의

해석학적 환원이야말로 벗어나야 할 무간지옥이다. "나는 어느 것 하나도 이해하지 못하고 있었다. 왜 장이 연희와 나를 같이 자게 했는지, 왜 내가 장을 위해서 얼굴도 모르는 이 사람을 묻고 있는지 말이다. 나는 장이 오늘 왜 도서관에 왔는지도, 그리고 왜 아직까지 연락이 없는지도 알지 못했다. 그는 어쩌면 내가 이 일을 대신 해주길 바랐을까."(30쪽) 가능한 해석으로 의미를 확인하려드는 것보다, 이처럼 아무것도 이해하지 못한 채로 그냥 살아가는 것은 어떠한가. 모름 때문에 가질 수밖에 없는 혼란과 불안을 끝내 제거해버리려 하지 말고, 그것을 내 삶의 일부로 껴안고 살아갈 수는 없는 것인가. 그런 삶을 살 수 있는 가능한 주체를 궁리하지 않은 것, 그것이 이 작가의 소설들에서 내가 아쉬움을 떨치지 못하는 부분이다.

남을 등쳐먹는 위험하고 험한 세상은, 동물원을 탈출한 호랑이가 언제 어디서 사람들 앞에 나타날지 모르는 불안한 상황에 비견될 수 있겠다. 「북방계 호랑이의 행동반경」에서 남자는 상사의 부당한 일처리 때문에 다니던 회사에서 해고되었고, 아내에게 이혼을 요구받고 있다. 험한 세상에 치인 사람에게 혼란과 불안을 껴안고 살아가라고 할 수가 있는가. 다른 한편으로 세상은 무한한 노동의 반복으로, 사람을 참기 어려운 지루함으로 익사시킨다. "지루함은 권태와 다르다. 권태가 아주 천천히 목을 졸라오는 그림자 같은 것이라면 지루함은 역설적이게도 순식간에 목을 잘라버리는 기요띤 같다."(「특히나 영원에 가까운 것들」, 126~127쪽) 사람을 죽게 만드는 그 지루한 반복의 세계에서는 언제 출몰할지 모르는 호랑이처럼, 만연해 있는 공포와 불안은 역설적으로 삶의 활력이 되기도 한다. 그래서 그 남자에게 호랑이 "로스토프가 우리 주변 어딘가에 있기 전과 후의 사람들은 분명히 어딘가 달라보였다."(170쪽) 그러니까 호랑이의 탈출은 동일성을 시간에 균열을 낸 비동일성의 예외적 사건이다. 직장을 잃고 가정을 잃게 된 위기의 남자는 늦은 밤의 길거리에서 그 호랑이를 만난다. 그러나 그는 위험이 아니라 위로를 느낀다. 공포가 아니라 경이를 느낀다. "그가 조금이라도 더 이 세계에 머물렀으면 좋겠다고 생각했다."(179쪽) 신이 사라진 시대에는, 이처럼 불안이 세계를 잠식한다.

「여름의 궤적」, 「애호가들」, 「레바논의 밤」에서 암시된 바와 같이 영원하고 절대적인 것의 임재臨在, presence는 불가능하다. 그것은 '그럼에도 불구하고Trotzdem 요구되는 '규제적 이념'이며 그것의 현실화를 위해 헌신해야 하는 '잠재성'으로서 중요한 의미를 갖는다. 그러나 영원과 절대, 순수와 유일을 가능한 실체로 강제할 때, 역사는 참상으로 얼룩진다. 그러므로 영원과 절대는 매혹적이되 위험하다. 「특히나 영원에 가까운 것들」은 그 시시포스의 형벌, 영원한 반복 회귀의 노동에 대하여 묻는다. "저는 이제 스무 살에 불과한데도 삶이 너무 지루합니다. 견딜 수가 없을 정도로 지루해요. 시간은 개같이 느리게 흐르고요. 이걸 언제까지 견뎌야할지 모르겠다고요."(154쪽) 남자는 무한히 반복되는 노동 앞에서 진저리를 친다. "견딜 수 없이 육중한 시간의 무게"(127~128쪽)를 견디기 위해, 지루하게 반복되는 노동을 견디기 위해 남자는 잔혹한 살해

장면으로 가득한 그리스 비극을 암송한다. 그러다가 마침내 한평생 그리스와 로마의 고전들을 원전으로 번역해온 우정희 ― 고전 번역가 천병희를 떠올려도 좋겠다 ― 라는 노인을 찾게 된다. "나는 그가 그렇게 오랜 시간, 일생이라는 지난한 시간을 견뎌온 방식, 그리고 그 삶에 대한 소회가 궁금했다."(146쪽) 암송(독백)만으로 견딜 수 없었던 남자는 그와의 소통(대화)을 갈구한다. 그리고 노인은 이렇게 응답했다. "그는 나이를 먹을수록 시간은 빨리 가지만 삶이 권태로워진다고, 자신은 이거라도 붙들고 있지만 남들은 어떻게 이 시간을 견디고 있는지 도무지 모르겠다고 취기 오른 목소리로 말했다. 죽는 게 두렵지만 그렇다고 다른 뭔가를 기대할 수도 없어 그 순간이 오기를 기다리는 것 외에는 별다른 도리가 없다는 이야기도 했다."(151쪽) 노인의 응답이 그를 영원에 가까운 것들로부터 벗어날 수 있는 어떤 혜안을 가르쳐주지는 못했다. 그러나 그는 외할아버지가 자연사한 것이 아니라 지루함을 견디지 못해서 자살했다는 것을 알게 되었고, 영원하고 절대에 가까운 것들의 세계를 고스란히 견뎌내야만 한다는 사실을 깨닫는다. 이것이 일종의 교양소설이라면 그 얼마나 가혹한 성장의 이야기란 말인가. 「음악의 즐거움」도 끔찍한 성장의 서사이기는 마찬가지. 앞의 소설에서 청년이 "시간은 개같이 느리게 흐르고요. 이걸 언제까지 견뎌야할지 모르겠다고요."라고 하소연했는데, 이 소설에서는 "시간은 정말이지 염병할 만큼 빨리 흐른다."(121쪽)고 말한다. 너바나, 섹스 피스톨즈, 클래시, 스미스, 프린스, 오아시스, 라디오헤드, 그린데이를 흠모하며 모방하는 동안, 록스타를 꿈꾸었던 청춘의 시간들은 금세 지나가 버렸고, 그 사이에 친구는 전립선암에 걸리고 말았다. 그러니까 그들은 전립선암의 위험(삶의 유한성)을 깨닫는 사이에 음악의 즐거움을 알 기회를 놓쳐버렸다. 「특히나 영원에 가까운 것들」이 영원의 시간이라는 형이상학의 시간에 짓눌린 자의 고통에 찬 신음을 들려주었다면, 「음악의 즐거움」은 생의 유한성 속에서 서둘러 지나가버린 덧없는 세속의 시간이 남긴 회한의 한숨소리를 들려준다. 앞의 것이 초월적이라면 뒤의 것은 내재적이다. 영원이 하루를 잡아먹는 것이 초월적이라면, 하루가 영원을 분열시키는 것이 내재적이다.

영원에 피폭된 자는 분열을 앓는다. 출판사의 외주 편집자로 일하는 남자는 변화를 희망하지만 영원에 붙들려있다. 「하나의 미래」에서 그 남자 말이다. 역설적이게도, 지금 그는 무한한 읽기의 반복 속에서 오비디우스의 『변신 이야기』의 교정지를 붙들고 있다. 반복이 영원을 향하고, 그렇게 하루하루의 차이는 영원의 동일성으로 녹아들어간다. "근원을 알 수 없는 공포감이 밀려왔다. 물속에 있는 것처럼 세상 모든 사물이 느리게 움직였다. 시간은 아주 천천히 흘렀고 나는 늘 숨을 헐떡거렸다."(63쪽) 그의 시간은 '매끈한 평면'으로 흩어지지 못하고 '홈 파인 공간'을 따라 흐른다. 그래서 그는 "원인을 알 수 없는 정신병증"(60쪽)에 시달리고, 신경안정제에 의존해야만 겨우 버틸 수 있다. 그는 고통에서 벗어나고 싶다. 그는 소통 속에서 구원을 얻고 싶다. 그는 영원에서 벗어나 자기만의 하루를 살고 싶다. 그런 그에게 기회가 왔다. 어찌어찌하여 주로 고전 희곡 작품을 같이 읽는 '바르샤바 낭독회'라는 모임에 참석하게 된다. 각자 맡은 배역을 낭송하면서 하나의 작품을 같이 읽는 모임이다. 처음 참석한 후에 그는 접속과 변이의 가능성에 눈 뜨게 되고, 무엇으로도 될 수 있겠다는 잠깐의 희망에 들뜬다. "여럿이 모여 그저 희곡 작품을 읽는 것만으로도 내가 다른 사람이 된 듯한 기분이 들었던 것이다. 같은 공간에 있는 사람들과 어떤 식으로든 연결되어 있다는 느낌이 들었다."(68쪽) 그러나 이내 다시 슬픔을 느꼈고 그는 한없이 운다. 그래도 그는 모임에 계속 나갔고, 같은 증상을 앓고 있는 오하나라는 여고생을 알게 된다. "그녀는 끝없이 이어지는 하루하루가 지긋지긋하다고 했다. 아무리 해도 미래는 다가오지 않고 영원히 현재에만 머물러 있는 것 같다고."(72쪽) 그들은 '정신적 결합'이라고 할 만한 관계가 된다. 현재에 갇힌 그들에게 다가오지 않는 미래는 '여럿'이 아닌 '하나'의 미래일 뿐이다. 대단한 기독교도인 하나의 아버지가 둘 사이를 알게 되었고, 이후로 두 사람은 더 만나지 못한다. "변한 것은 아무것도 없었고 나는 여전히 많은 양의 신경안정제를 먹고 졸음을 참으며 텍스트를 읽어나가려 애썼다."(82쪽) 그리고 오하나의 미래는 영원한 현재에 봉쇄당하고, 끝내 그녀는 스스로 목숨을 끊는다. 다시 있던 자리로 돌아간 남자나, 자살해버린 하나의 이야기는, 미래로 나아가지 못한 실패한 성장의 서사라 하겠다.

여러 소설들에서 이혼하는 부부가 되풀이해서 나오는 것은, 관계의 불능과 소통의 결렬을 소박하게 표현한 것일 수 있으나, 다른 한편으로 그것은 가족-되기의 거부를 통해 개체의 차이를 말소하는 가족주의에 저항하는 것으로 읽을 수 있다. 「지평선에 닿기」가 단적이다. 소통의 단절 속에서 영원에 하루를 저당 잡힌 이들은 출구를 필요로 한다. 앞의 소설에서처럼 이 소설의 남자는 어느 독서모임에서 서지연이라는 여자를 만나서 사귀었고 또 헤어졌다. 「하나의 미래」에 나오는 '바르샤바 낭독회'에서는 주로 광인들이 등장하는 고전 희곡들을 읽었다. 그런데 이 독서모임에서는 이른바 '지하생활자의 수기'형 소설, '수용소 문학'을 읽는다. 「하나의 미래」에서 남자와 하나가 미래의 시간이 막혀버린 분열증적인 정신증psychosis자에 가깝다면, 이 소설의 남자와 여자는 가족이라는 공간에 사로잡힌 편집증적인 신경증neurosis자의 면모를 보인다. 여자의 가족은 기구한 사연들 속에서 해체되었고, 남자는 그 가족의 무리에서 이탈하려고 하지만, 형의 일탈(어떤 범죄 연루)로 인해 오히려 그는 점점 더 그 속으로 휘말려 들어간다. 여자의 가족은 여동생의 유괴살해라는 범죄(피해) 때문에 붕괴되었고, 남자의 가족은 형의 어떤 범죄(가해)를 계기로 더욱 공고하게 되었다. 붕괴되거나 공고하게 되거나, 어쨌든 그 가족들은 그들의 미래를 가로막는 정신적 내상을 남긴다. 이 역시 근대적 역사의 종언, 그러니까 포스트모던의 어떤 징후를 표현하고 있는 것이리라.

내가 읽은 것은 이 작가가 등단 후에 내 놓은 첫 소설집이다. 처음이라고 해서 어떠해야 한다는 것은 멍청한 소리에 불과하겠지만, 처음이라서 그럴 수도 있겠다는 점에 유의하면 내 소견은 이렇다. 이 작가는 역사를 소재로 한 것이 아니라 역사적인 문제를 파고들었다. 그 점에서 나는 그에게 우호의 감정을 느낀다. 그리고 그 소설들은 역사적인 것의 요점을 소통이라는 것의 문제로 포착해 그 불가능성의 조건과 결과들을 두루 살폈다. 그것은 이른바 근대적인 것의 한계지점에서 포스트모던의 세계상을 탐색하는 것과 맞물려 있는 바, 미시적인 것의 분열상이 대세를 이루는 사정을 생각할 때 이 작가의 그 담대한 시각이 더욱 귀하게 여겨진다. 그럼에도 내가 어떤 기대와 함께 기꺼운 미련을 토로하는 것은 두 가지 차원에서 그러하다. 앞에서 논급했던 바, 우선 역사적 전환 이후의 새로운 주체성에 대한 탐색이 아쉽다. 피폭된 주체의 파열상을 그리는 것으로서는 역사에 대한 허무주의를 벗어나기에 부족하다. 다음, 포스트모던한 서사의 문체와 형식에 대한 모색이 아쉽다. 다루는 내용의 급진성에 비할 때 그것을 전하는 방식의 진부함이 선연하다. 읽기를 쓰기로 반전시키는 그 과정이 더 비밀스럽게 드러난다면 어떨까. 그러나 소설을 쓰는 것은 이런 식의 담론적인 비판을 초과하는 일이다. 그이의 소설들은 전통의 구속으로부터 더 자유로워야 하겠지만, 시류의 구속력에 대해서는 열심히 고투하고 있는 것으로 보인다. 그 고투에 나도 기운을 얻는다.

# 정치적인 것이 아니다

조남주 장편소설 『82년생 김지영』[1]

늦은 밤에 홀로 영화관의 로비에서 상영 시간을 기다리며 『82년생 김지영』을 읽는다. 어느 진보 정당의 원내대표가 새로 선출된 대통령에게 이 책을 선물했다고 한다. 〈악녀〉(정병길 감독, 2017)는 진부한 스토리에도 불구하고 고난도의 액션을 담아내는 카메라의 역동이 장쾌했다. 여성 원탑의 액션 히어로라는 것에 마음이 갔다. 그러나 영화는 무협 활극의 장르 클리셰를 내파하지 못했고, 아버지의 피살을 목격한 딸의 복수극이라는 상투형을 답습하는 데 그쳤다. 쿠엔틴 타란티노의 〈킬빌〉(2013)을 떠올리게 하는 부분들이 있었으나, 그만큼의 내공에 미치지는 못했다. 아버지의 죽음은 그 결핍의 정신분석학적 의미가 선명했다. 이런 영화에서 아버지나 사부의 죽음을 맞닥뜨린 여자는, 그 결여의 자리를 다른 남성에 대한 사랑이나 자식에 대한 모성으로 채우는 과정 속에서 복수를 완성한다. 무사의 정체성은 그렇게 편견으로 가득한 여성의 정체성으로 우악스럽게 치환되어버린다. 남성 액션물도 그러하지

---

1. 조남주, 『82년생 김지영』, 민음사, 2016.

만, 특히 여성의 액션에서는 관능적인 신체에 대한 성적 페티시가 강조된다. 미끈한 몸매와 매혹적인 몸짓, 여성의 현란한 칼질에 난자당하는 남성의 몸들, 그 피와 타액과 눈물, 고통스런 신음과 비명은 일종의 포르노그래피를 방불케 한다. 나는 여성이 또 그렇게 기묘하게 남성의 성적 판타지를 위한 대상으로 출연하는 영화를 보고야 말았다.

문학 출판의 불황을 뚫고 이 소설이 베스트셀러가 된 이유는 무엇일까. 그 대중적인 애호의 이유가 궁금하다. 장편 치고는 짧은 분량에다가, 단숨에 읽을 수 있는 평이한 서사 전개가 부담스럽지 않다는 것이 하나의 이유가 될 수 있을까. 마치 드라마 '응답하라' 시리즈를 떠올리게 하는 근과거의 추억을 호출하여 그 세대 공통의 향수를 자아내게 한 것도, 1982년 언저리에 태어난 이들의 마음을 얻는 데 한몫을 하였는지 모른다. 그러나 그보다는 '여성혐오'를 둘러싼 근래의 논란들이 젊은 여성 독자들의 공감과 지지를 이끌어 낸 것이 아니었을까. '노오력'과 '헬조선'이라는 신조어에 담긴 청년들의 피폐한 현실, 이른바 '개저씨'들의 직장 내 발호와 여성의 경력단절, 이에 따른 출산의 기피와 인구학적 위기의식에 대한 격한 공감이 사람들을 이 소박한 이야기에 빠져들게 한 것이 아닐까. 존재하지만 잘 드러나지 않았고, 소리 크게 외쳤지만 들리지 않았던 자들의 목소리, 그것을 이 소설은 1982년생의 여자 김지영을 통해 세상에 현상하였고, 그 목소리의 숨은 주인공들이 열렬하게 응답하였다.

이 소설의 지배소는 시간이며, 더 구체적으로는 한 시대 여

성 생애사의 어떤 일반화된 프로토콜을 재연하는 연대기라
고 할 수 있겠다. 여섯 개의 챕터는 수순에 따른 연도의 배치
로 구성되어 있다. '82년생 김지영'이라는 제목은 그 기원의 시
간을 통해 한 여성의 지난한 삶을 집약한다. 그 지난한 연대기
를 기습적으로 뒤흔드는 사건이 김지영에게 일어난 어떤 기묘
한 증상의 발현이다. "김지영 씨는 한 번씩 다른 사람이 되었
다. 살아 있는 사람이기도 했고, 죽은 사람이기도 했는데, 모
두 김지영 씨 주변의 여자였다."(165쪽) 2015년의 어느 날, 서른
네 살의 김지영은 자기 인생의 곳곳에서 만났던 여성들로 빙
의해 그들의 말로 자기가 겪어낸 고초苦楚들을 이야기한다. 서
사의 얼개는 비교적 단순하고 소박하다. 태어나서(1982년), 학
교를 다니고(1989~2000년), 대학을 나와서 직장생활을 하고
(2001~2011년), 결혼을 해서 아이를 낳아 기르는(2012~2015
년) 그 분기별의 시간을 비교적 요약적으로 서술하면서, 그 이
상한 증상이 어디에서부터 비롯되었는가를 추리하는 구성이
다. 마지막 장은 2016년의 현재 시점에서, 서술자인 정신과 의
사의 소견이라는 형식으로 서사의 전반을 정리한다. "김지영
씨와 정대현 씨의 얘기를 바탕으로 김지영 씨의 인생을 거칠
게 정리하자면 이 정도다."(169쪽) 소설은 이처럼 일종의 액자
식 구성으로, 김지영이라는 환자의 상담 내용을 '거칠게 정리'
하여 재구성한 것이 내화內話라 하겠다. 따라서 내화로 정리된
82년생 김지영의 연대기에는 이상 증상의 병인을 추적하는 의
사의 관점이 투영되어 있다. 이러한 인과론적인 작화 구성은
한국 여성의 일반적 삶을 사회적인 병리로 포착하려는 작가의

분명한 자의식을 반영한다. 그러니까 서사의 형식에 대한 미학적인 열의보다는, 젠더 정치의 적의를 노골적인 방식으로 드러낸 소설이라고 하겠다. 그러나 문제를 미학이냐 정치냐의 양자택일처럼 논급하는 것은 지극히 나태하고 안이한 독법이다. 놓치지 말아야 하는 것은, 작가의 그 자각적인 의도가 서사의 작위성을 강화시킴으로써 내러티브의 무의지적이고 무의식적인 여백을 축소시킨다는 것이다. 작가의 의도와 의지와 의식이 노골적으로 반영된 그런 소설이 독자들의 광범위한 호응을 얻고 있다면, 그 호응 자체가 그 사회의 병리에 대한 징후적 표현이라 할 수 있지 않을까.

그런데 이 소설이 그냥 김지영의 증상을 따라 흘러갔더라면 어땠을까. 그러니까 작가가 그 증상의 병인을 성차별의 사회적 병리로 진단하고 비판하는 계몽의 의지에서 벗어날 수 있었다면 어땠을까. 서술자인 의사의 분석적 시각이 내재된 소설의 언어는 명료하고 이성적이다. 각주를 통해 언론의 기사와 공신력 있는 리포트들을 인용하고 있는 것도, 이 소설이 합리적인 논증의 언술로 되어 있음을 가시적으로 드러낸다. 소설은 작가의 전언을 뒷받침하는 근거들을 하나씩 들추어내어 쌓아나감으로써, 김지영의 증상을 촉발한 성차별과 여성 억압의 사회적 병리를 증명해나간다. 그러니까 이 소설은 적분적이다. 그러나 이 소설이 작가의 의지가 아닌 김지영의 증상 그 자체를 따라 흐름으로써, 미친 언술의 다성악적 발현으로 미분되었더라면 어땠을까. 다시 말해 이성의 언어가 아닌 분열의 언어로 펼쳐질 수 있었더라면 좋았겠다. 병리의 기원을 추적하는 증명의 언어가 아니라, 병리 그 자체의 적나라함을 드러나게 하는 증상의 언어로 표현되었다면 좋았겠다는 말이다. 김지영의 말은 산 자와 죽은 자의 경계를 넘나드는, 마치 무당의 공수<sub>貢壽</sub>와도 같은 것이었다. 그리고 그것은 하나의 목소리가 아니라 여러 여자들의 서로 다른 목소리들로 발화되었다. 소설은 그 미분적인 목소리들의 다성악을 작가의 의도를 증명하는 적분의 언술로 압도함으로써 단성적인 독백의 발화로 만들어버렸다. 여성의 원한을 해원할 수 있는 무녀로서의 대화적 언술은 의사의 분석적 언술로 절취되어 그 광란의 힘을 잃어버렸다. 김지영의 말이 의사의 분석이라는 '매개' 없이 그냥 흘러나왔더라면 어떠했을까. 여성의 삶이 처한 엄중한 사정을 이유로 그런 고고한 독백의 목소리를 관대하게 들어줄 수는 없다. 정치적 긴급함이 전술의 안이함에 대한 변명의 이유가 될 수는 없다. 여성의 삶을 그렇게 사회적인 통념으로 상투화하는 것은 오히려 반여성적이다.

정지원, 정수현, 고분순, 오미숙, 김은영, 유나, 윤혜진, 김은실, 강혜수, 이수연. 이 소설에서 인상적인 것 중의 하나는, 거의 모든 여자들이 그 비중에 상관없이 이름을 부여받고 있다는 점이다. 일반화될 수 없는 여자의 삶, 그 각각의 고유성을 지지하려는 작가의 세심한 의도가 반영되었으리라는 짐작이 간다. 그러나 고유명사가 곧 고유명은 아니다. 그 하나하나에 각자의 특이성을 갖고 있는 것이 고유명이라면, 고유명사는 다만 각각의 특수한 이름일 뿐이다. 그러므로 고유명사로 '단독성'을 드러내지는 못한다. 저 이름들은 '전형'이라고 할 수 없는 어떠한 일반화된 '유형'의 인물들이다. 고유명사를 부여받은 여성 인물들에 비해 남성들은 대체로 이름을 알 수 없는 익명의 존재들이다. 그 이름의 유무로 대비되는 여성과 남성, 그것은 세습 권력을 누리는 남성들과 자매애로 연합한 여성들 사이의 적대를 선명하게 부각시킨다. 그러나 고유명사의 여성이나 익명의 남성이나, 단독성을 함의하는 고유명과는 거리가 멀다는 점에서는 매한가지다. 각자의 단독성을 결여한 여성과 남성의 단순한 성차 적대를 통해 젠더 정치를 표상할 때, 그 미묘한 차별에 내재하는 정치적 무의식의 복잡성이 사상될 수 있다. 남성의 익명화가 남성에 대한 관념적인 적의에서 비롯된 것이라면, 여성의 고유명사화는 여성에 대한 관념적인 동지애로부터 비롯된 것이라고 볼 수 있겠다. 내가 이 소설에 불만을 가지는 것은, 젠더 정치의 세속적인 복잡성을 극히 단순화된 일반론으로 통념화하는 그 추상적인 관념성 때문이다. 다시 말해 성차에 대한 기존의 통념을 교란하거나 전복하지 못하고, 사람들이 생각하는 기존의 방식 그대로를 답습하는 그 인식론적 안이함이 문제라는 것이다.

김지영이 그렇게 된 데에는 여전히 강력한 가부장제의 악력과 더불어, 그 가부장제의 구조 속에서 구성된 여성들의 자발적 동조의 메커니즘이 큰 이유를 제공하였다. 할머니와 어머니, 그들은 모성의 숭고함으로 자기의 욕망을 거세하였고, 가부장적 가족에 멸사봉공하는 헌신의 삶을 살았다. 그 악랄한 대물림이야말로 끝장을 보아야 할 진짜 눈물의 공포이다. 「명랑」에서 진정鎭靜되어버릴 수 없는 여성 삼대의 고단함을 애틋하게 소묘했던 천운영은, 「남은 교육」이라는 단편에 또 이렇게 서늘한 문장을 적지 않았던가. "네게 달콤한 젖을 물리고, 살을 찌우고, 교육을 시킨 엄마. 너를 나쁜 여자로 만든 수많은 엄마들. 너를 가르친 스승들. 네 몸 속에 집을 지은 수많은 악령들. 멀리서도 너를 조종하고 가르침을 주는 악의 어머니들."(『문학동네』, 2008년 여름호, 135~136쪽) 적과 동지의 정체가 선명할수록 정치적 적대는 격렬하게 전개되겠지만, 전투의 그 격렬함을 유인하기 위해 복잡한 적의 정체를 단순하고 명료하게 확정하려는 섣부른 타협이 옳은 일일까. 천운영이 그 정체의 복잡한 모호성을 '악령'이라는 말로 집약하면서도 그 전투의 표적을 이데올로기적인 세습의 장치인 '교육'으로 확언했던 것처럼, 적의 모호함에 대한 깊은 사색을 통해 투쟁의 대상을 꿰뚫어 보는 고단수의 정치적 기술이 미학적인 성취와 배리되지 않는다.

『82년생 김지영』을 읽고 나서 나는 어느 부분에서 이 소설과 겹쳐지는 두 편의 영화가 떠올랐다. 〈소꿉놀이〉(김수빈, 2014)는 예정에 없던 혼전임신으로 갑작스럽게 결혼, 출산, 육아로 내몰린 20대 초반의 한 여자를 그린 자전적 다큐멘터리이다. 이 영화는 결혼과 함께 갑자기 아내와 엄마와 며느리의 정체성을 요구받게 된 그 느닷없는 가부장제의 구속력이 갖는 난폭함을 보여준다. 여성에게 결혼과 출산은 그 이전의 삶, 그 이전의 자기와의 폭력적인 단절을 요구한다. 명랑하고 발랄해 보이는 그 성격만큼이나, 그 폭력 앞에서 속수무책으로 당하는 스물세 살의 여자 수빈의 모습은 혼란스러워 보인다. 어린 며느리의 처지를 이해하는 듯 서로 말이 통할 것 같았으나, 결정적인 순간에 결국에는 어쩔 수 없이 다 드러내 보이고 마는 그 시어머니처럼, 김지영을 면담하고 치료하면서 여자의 삶을 이해하는 듯했던 의사는 이렇게 말하고 말았다. "아무리 괜찮은 사람이라도 육아 문제가 해결되지 않은 여직원은 여러 가지로 곤란한 법이다. 후임은 미혼으로 알아봐야겠다."(175쪽) 이렇듯 자기의 이해利害를 넘어서지 못하는 이해理解란 결국은 서로를 해害하기에 이른다. 아버지의 성애적 구속에서 벗어나, 성적 욕망의 대상이 아닌 향락의 주체로 성장하는 한 여자의 분투를 그린 라스 폰 트리에의 〈님포매니악〉(2013). 쾌락은 허용되거나 주어지는 것이 아니라 스스로 즐기는 것, 그 능동적인 쾌락을 구하는 한 여자의 오딧세이아. 조의 그 모든 여정에 관하여 듣고 차분하게 이해를 표하며 위로를 건넸던 셀리그만, 그러나 이 중년의 남자마저도 결국은 잠든 조를 겁탈하려 한다. 저항하는 조에게 내뱉은 셀리그만의 말. "하지만 당신 수천 명이랑 잤잖아!" 지성과 교양을 드러냈지만 그도 역시 다른 남자들이 그랬던 것과 똑같은 음탕함으로 여성을 자기 쾌락의 대상으로 다루려는 권력의지에 당하고 말았다. 저 두 영화가 드러낸 것과 이 소설이 드러내려 한 것에 대하여 생각해 본다. 이 소설을 읽고 우리가 서로를 좀 더 이해할 수 있는 기회를 얻게 된다면 얼마나 좋겠냐마는, 오히려 성별의 이해利害에 대한 고루한 통념을 더 확고하게 할 뿐이라면 차라리 그 책장을 펼치지 않는 편이 더 나을지도 모른다. 대통령에게 이 책을 선물한 그 진보정당의 원내대표에게 정치란 과연 무엇일까. 그것이 널리 읽히고 만다면, 그렇게 다시 한 번 그런 통념들을 확인함으로써 서로 공감하고 연대할 수 있다면, 그렇다면 그것이 정말 정치적으로 바람직한 것일까. 나는 그런 식의 연대를 신뢰하지 못하겠다. 동일성의 확인과 답습을 공유하는 자들의 연대는 대체로 극렬하게 배타적이기 때문이다. 그런 배타적 연대는, 결국은 오인된 전쟁으로 발발해 선량한 이들을 희생시킬 수 있기 때문이다.

# 실패한 자들의 실존

## 김사과 장편소설 『풀이 눕는다』[1]

그리고 싶었지만 그릴 수 없는 남자와 쓰고 싶었지만 쓸 수 없는 여자. 그래서 오직 사랑밖에 할 수 없는 연인. 그렇다면 사랑은 구원인가 도피인가. 그리고 쓰기 위해서는 무엇이 필요한가. 필요한 무엇이 없다면 그리지도 쓸 수도 없는 것인가. 그 필요의 충족을 요구한다는 것, 그 요구가 권력이고 폭력이라 하면 어떠할까. 그러니까 이 소설은 그 폭력에 대한 이야기다. 자유롭게 표현하고 싶었던 연인들의 좌절과 절망을 그린 소설이다. 끝내 꿈을 이루지 못한 애틋한 사랑의 이야기다. 풀 한 포기 자랄 수 없는 불모의 도시에 대한 이야기다. 그래서 이 소설을 다 읽고 마지막 책장을 덮고 나면 마음에 답답함이 여운으로 남는다. 삭막함이란 이런 것이구나, 어딘가에서 마른 것들이 마찰하는 서걱거리는 소리가 들린다. 김사과가 그린 이 음울한 도시의 사랑 이야기는 무엇일까. 작가는 도대체 왜 이런 소설을 쓴 것일까. 그리고 한참 만에 다시 개정판을 낸 이유는 무엇일까. 세상은 별로 변한 것 없이 여전하니까?

---

1. 김사과, 『풀이 눕는다』, 문학동네, 2017.

나는 밀란 쿤데라의 이 문장을 오래 기억하고 있다. "소설은 실제를 탐색하는 것이 아니라 실존을 탐색하는 겁니다. 그런데 실존이란 실제 일어난 것이 아니고 인간의 가능성의 영역이지요. 그것은 인간이 될 수 있는 모든 것, 그가 할 수 있는 모든 것입니다."[2] 나는 이 문장에 이 소설이 딱 들어맞는다는 생각을 했다. 실제가 아닌 실존을 탐색하고 있는 소설. 될 수 있고 할 수 있는 그 모든 가능성의 탐색. 이 소설은 어떤 가능성을 탐색하고 있는가. 사람이 풀이 되는 가능성, 회색의 도시에서 녹색의 풀로 되는 것. 아무것도 아닌 것 같이 보이는 사람도 그릴 수 있고 쓸 수 있다는 것. 그렇게 그 누구라도 그 무엇이 될 수 있다는 것. 그러나 그 가능성을 가로막는 것들이 너무 많다는 것. 바람이 풀을 눕혀버렸다는 것. 여기서 김수영의 시를 다시 읽는 것은 지극히 당연한 일이다. (따로 시의 전문이나 부분을 인용하지는 않는다.) 모두 세 개의 연으로 이루어진 「풀」에서 1연의 수동성은 2연에 오면 능동성으로 반전한다. 3연에서 풀은 완전히 자유롭다. 풀과 바람, 눕는다는 것과 일어난다는 것, 우는 것과 웃는 것, 먼저와 늦게라는 시어가 미묘한 반복 속에서 질감의 차이를 발생시킨다. 동풍은 풀을 눕혔으나, 결국에 풀은 우악스런 바람을 길들인다. 눕혀지지 않고 눕는다. 스스로 누워 바람의 흐름을 거스르지 않는다. 바람은 누운 풀을 타고 자유롭게 흐른다. 풀이 누움으로써 바람은 우악스런 기세를 꺾고 순하게 흐른다. 눕는다는 것은 흐

2. 밀란 쿤데라, 『소설의 기술』, 권오룡 옮김, 책세상, 1990, 57쪽.

름에 맞서지 않는 너그러움이다. 결국 우는 것이 웃는 것을 이기지 못하게 된다. 너그러운 웃음 앞에서 이기고 지는 것도 쓸모없는 분별지가 된다. 이기는 것이 이기는 것이 아닐 수 있으며, 진다는 것이 꼭 지는 것이 아닐 수 있다. 풀의 유연함 속에서는 먼저와 늦게라는 시간의 수순도 우열의 수순이나 위계가 되지 못한다.

그러나 완악한 세상은 나의 유연함 따위로 넘어설 수 없는 드높은 장벽이다. 이 소설은 세상의 그 완악함이 눕혀버린 풀을 애도하는 이야기다. 그 세상은 그저 세상이 아니라 구체적인 도시이다. "아침부터 밤까지 왜 어디로 가고 있는지도 모르는 채로 온 도시를 헤매고 다녔다."(9쪽) 사람을 헤매게 하는 것이 도시다. 여자는 그 도시에서 갈 곳을 모르고 헤맨다. 무언가 잘못되었다고 느끼지만, 잘못을 저질렀다는 죄책감에 빠져있지만, 그것이 자기의 잘못인 것 같지는 않다. 무엇 때문인가. 도시 때문이다. "엄청나게 커다랗고 고통스럽도록 빽빽하게 들어찬 그 회색 조각들이 정말로 내 눈앞에 있다는 걸 믿을 수가 없었다."(11쪽) 이 회색 조각들의 도시에서 여자는 익사 직전이다. 학교에서도 집에서도 이해받지 못하는 여자의 고통은 소설에 대한 깊은 회의와 더불어 심해졌다. "나 혼자만 끊임없이 괴상한 문제에 시달렸다. 언제나 나만 달랐다. 항상 나 혼자 이상했다. 그래서 다들 나를 피했다. 난 혼자서 시들어가고 있었다."(13쪽) 그렇게 괴리감과 외로움의 한가운데서 허우적대고 있을 때 여자는 소설가가 되었다. 소설에 기대를 걸었다. 소설로 세상을 바꿀 수 있으리라 믿었다. 그러나 소설은 아무엇도 아니었다. "내가 쓴 글은 바닷속 플랑크톤 한 마리만큼의 영향력도 없었다."(12쪽) 결국 알아버렸다. "삶의 정수는 돈이다."(14쪽) 그러나 여자는 다시 소설을 써야겠다고 생각한다. 그것은 삶의 충동이었다. 쓰겠다는 생각에 사로잡혀 다시 도시의 거리를 헤맨다. 그리고 또 좌절한다. "나는 결국 아무것도 쓰지 못할 것이다."(21쪽) 여자는 그렇게 포기를 배우게 되는 것이 성장이 아닐까 생각해 본다. "어쩌면 어른이 되어가는 중인지도 모르겠다."(22쪽) 절망감 속에서 무작정 걷고 있던 그 때에 남자가 저 앞에 있었다. 여자는 이상한 슬픔이 배어 있는 남자의 등허리에서 사랑을 느낀다. "문득 난 그를 이해할 수 있다는, 그의 온 생애를, 과거와 미래를 포함하여, 완벽하게 받아들일 수 있다는 생각에 사로잡혔다."(24쪽) 여자는 무작정 그의 뒤를 쫓는다. 그리고 남자의 팔을 붙잡고 말을 건다. 남자는 이상한 말을 한다. "문이 열려 있어야 하는지 닫혀 있어야 하는지 모르겠어요."(29쪽) 여자는 그 고독한 보행의 끝에서 이런 남자를 만나게 된 것이다. 걷는다는 것, 그것이 어떤 역능인가를 비로소 알게 된 것이다. "나는 걷는 게 그렇게 좋은 건지 몰랐어요. 단 한 번도 상상해 본 적이 없어요. 근데 당신이 느끼게 해줬어요."(31쪽) 함께 걷는다는 것은 쉬운 일이 아니며, 결코 만만치가 않은 비범한 행동이다. "한 사람을 사랑하는 일과, 그 사람과 함께 걷는 일이 어느 만큼이나 병치될 수 있을까? 외곬으로 마음다짐을 굳게 한 개인과 달리, 이미 기하학적 긴장을 품고 있는 어떤 '동반'同伴이, 한 곳을 바라보며, 삶의 지향을 함께 나누면서 건실하게 걷는 일이 도대체 가능하기나 할까?"[3] 그 가능성에 닿고자 여자는 남자와 함께 무작정 걷는다. 걷고 또 걷는다. "우리는 단 하루도 빠지지 않고 만났다. 우리는 온 도시를 헤매 다녔다."(32쪽) 혼자서 걷던 여자가 짝을 이루어 걷게 된 것, 그것은 큰 변화이다. 여자는 남자를 풀이라 부르기로 한다. 그리고 집을 나와 그의 옥탑방에서 함께 살기로 한다. 그곳에서 그들은 같이 음식을 먹고 음악들 듣고 몸의 기쁨을 나눈다. 남자는 하던 일들을 그만둔다. 오직 둘이 함께 있기 위해서. "나는 돈보다 우리가 함께하는 시간이 훨씬 중요하다고 생각했다. 나는 돈을 하찮게 여겼다."(54쪽) 그러니까 그 옥탑방은 돈을 하찮게 여길 수 있는 그들만의 해방구였다. 그곳에서의 시간은 그 바깥의 시간과는 다르게 흘렀다. 그러나 분명한 사실은 일하지 않으면 살 수가 없다는 것. "돈을 벌지 못하면 굶어야 하고 굶으면 죽는다는 것이다."(55쪽) 그럼에도 여자는 사랑의 유일성으로 자본의 일반성에 대항하려고 한다. "돈은 똑같지. 누구한테나 완전히. 하지만 사랑은 유일해."(55쪽) 그러므로 사랑은 돈의 일반적 질서를 거스르는 혁명이라고 하겠다. 여자의 항쟁은 성공할 수 있을 것인가, 그것은 그 사랑의 여하한 사정에 따라 결판나게 되지 않을까.

어떤 사랑이어야 하는가. 자기를 초극하는 것이어야 하겠다. 자기의 충족을 위해 상대를 위하는 것이 아니라 무상의 증여로써 자기를 내어줄 수 있는 사랑이어야 하겠다. 그러나 그

---

3. 김영민, 『보행』, 철학과현실사, 2001, 51쪽.

런 사랑을 아무나 하나? 여자는 남자의 그 타자성이라는 벽 앞에서 어쩔 줄을 모른다. "그는 내가 사랑하는 것들에 아무런 관심도 없어 보였다. 그리고 나는 그걸 받아들일 수가 없었다. 그건 내 세계였다. 그러니까 풀을 받아들인다는 것은 지금까지 내가 살아왔던 세계를 포기해야 한다는 뜻이었다. 내가 그 세계에서 살아남기 위해 세웠던 모든 규칙들을 무너뜨려야 한다는 뜻이었다."(56~57쪽) 여자는 돈을 잘 버는 동생을 이용하는 방법으로 임금노동을 거부하지만, 남자는 자본의 화려한 세계에 관심을 두지 않으면서도 이런저런 일을 해서 생존을 도모한다. 그래서 여자는 자기의 믿음을 바꾸는 대신 남자의 믿음을 인정하지 않는 것으로 응수한다. 남자가 일을 나가지 못하도록 막는다. 보행의 철학자, 그의 말을 들어보자. "연애는 온통 도착증倒錯症이라는 낭비투성이다. 생산에 투입되지 않는 에너지는 원칙상 도착적이기 때문이다."[4] 도착은 주로 집착의 형태로 발현된다. 오시마 나기사의 〈감각의 제국〉(1976)이 그것의 명확한 사례를 인상적으로 제시한 바 있다. 남근의 제국으로부터 벗어나는 방법은 감각의 제국에 집착하는 것이었다. 도시는 발기한 남근들의 정글이었다. "뿌연 어둠 속에서 그것들은 뻣뻣하게 선 채로 우리를 쫓아왔다."(142쪽) 지금 여자는 바로 그 도착증의 낭비라는 방법으로써 생산과 증식을 요구하는 자본의 체제에 불응한다. 그러나 그 철학자는 그런 도착증은 일종의 병증일 뿐이며, 낭비는 다만 비생산적이라고

---

4. 김영민, 『동무와 연인』, 한겨레출판, 2008, 110쪽.

질타한다. 생산적인 상호인정이 창조적 열정의 토대라고 한다. "동무의 길은 인정과 배려를 통해 사랑의 열정을 생산적으로 승화시키는 데에서 트인다."[5] 물론 오시마가 그린 '감각의 제국'은 안으로 퇴폐하다가 깊은 허무와 자멸의 길로 빠져들고 말았다. 그럼에도 나는 여자의 도착적 항거가 갖는 위반의 열정을 가벼이 보지는 않는다. 여자는 남자를 일터로 보내지 않고 함께 거리로 나온다. 걷다보면 웃음이 나온다. 걷다가 서서 깔깔거린다. 여자는 일하지 않는 보행과 산책을 통해 체제의 시간을 내파하려고 했다. "나는 시간이 멈추기를 바라지 않았다. 시간이 사라지기를 바랐다."(62쪽) 그들은 걸었고 음악을 들었으며, 잠을 자고 꿈을 꾸고 또 서로의 몸을 탐했다. 초대받은 문학상 시상식장에서 여자는 술에 취해 진상을 부렸다. "인간은 자유의지를 가지고 있어. 그리고 나는 자유의지 그 자체란 말이야…"(70쪽) 둘은 남자의 그림 전시회에서도 그렇게 깽판을 친다. 저 도시, 그들만의 체제에서 그들은 추방당한 외톨이였다. "난 영원히 저 안에 속할 수 없을 것이다."(79쪽) 배반당한 자의 외로움이 해결되지 않을 때, 그것은 쉽게 적의로 비등하게 되는 법이다.

여름의 습격. 무더위 속에서 옥탑방이라는 저항의 근거지는 제 역할을 할 수가 없었다. 일단 후퇴. "먼저 우리는 산책을 중단했다. 그다음 술을 끊었다. 마지막으로 섹스를 그만두었다."(93쪽) 남자는 여전히 쓰지 못하고 있는 여자와는 달리, 그

---

5. 같은 책, 114쪽.

녀를 모델로 그리기 시작한다. 모델이 된다는 것은 대상이 된다는 것, 시선의 주체에게 종속당한다는 것, 여자는 그것을 불편해한다. "그건 아주 이상하고 기분 나쁜 느낌이었다."(98쪽) 남자의 그림에는 무언가 부족했지만, 다정함이 있었다. 그것은 아마도 위로가 필요한 남자의 어떤 간절함이 배어 있기 때문일지도 모른다. 그에게 그린다는 것은 견딘다는 것이었기 때문이다. 여자도 시를 쓰기 시작한다. 여름의 곤경이 그들에게는 역설적인 돌파구를 열어 준 것이다. 이제 그들은 그림을 전시할 수 있는 갤러리와 시집을 낼 수 있는 출판사를 찾는다. "그때 그건 우리가 세상과 연결될 수 있는 유일한 통로인 것처럼 보였다."(116쪽) 그러나 체제의 바깥에 있는 그들에게 그런 통로는 쉽게 주어지지 않았다. 대신에 그들의 관계에는 변화가 왔다. "그가 사라지기 시작했다. 사랑이 힘을 잃기 시작했다. 그게 그해 가을 내가 도착한 곳이었다. 그리고 우리는 함께 빈곤에 도착했다."(154쪽) 그럼에도 그들은 안정을 구하지 않았고 타협보다는 버티는 것을 택했다. "그러니까 돈 따위가 우리의 사랑을 파괴하도록 내버려두지 않겠다는 것, 사랑 안에서 굶어 죽겠다, 아름답게. 그게 내 꿈이었다."(161쪽) 그러나 버티는 일은 쉽지가 않다. 일하지 않으면 돈을 벌 수 없고, 돈이 없으면 죽어야 한다는 것이 이 세계의 규범이다. "야 돈이 없다고 죽는다니 말이 돼?"(174쪽) 남자는 일용직 일거리를 찾아 나섰고, 일하는 남자 때문에 여자는 집에서 술을 마셨다. 버티는 것이 힘들어지자 여자는 점점 자기를 궁지로 몰아간다. 마치 바닥을 치듯 자살의 충동에 이르자 여자는 다시 반등해 소설을 쓰려는 의욕에 사로잡힌다. 그녀는 이런 소설을 쓰고 싶었다. "더러움의 밑바닥에서 더욱 필사적으로 아름다움을 찾아 헤매는 가엾은 사람들은 내 마음을 흔들어 놓았다."(171쪽) 바로 그들 자신의 이야기. 그러나 여자는 여전히 쓸 수가 없었다. 하지만 남자가 일을 그만두자 다시 균형을 회복하고 마침내 소설의 첫 부분을 쓰기 시작한다.

전시회장에서 그들의 난동을 지켜본 김권이라는 남자가 연락을 해온다. 그는 이른바 엘리트 출신의 동년배다. 그는 그들을 자기들의 무리 속으로 데려간다. 같이 술을 마시고 마리화나를 피운다. 거기에서 여자는 세상의 시간과는 다른 시간을 느낀다. "시간이 이상하게 흘러가고 있었다. 아니, 시간이 흘러가는 것이 아주 조금만 느껴졌다."(224쪽) 여자는 거기서 시상식장에서 만났던 여자와 재회한다. 그리고 당당한 그녀 앞에서 열등감을 느끼고, 외로움을 느낀다. 이제 시간은 다시 예전처럼 흐른다. 그 여자는 김권에게 근엄한 목소리로 말을 한다. 자기의 소설은 모든 끝나가는 것들을 위한 일종의 추모라고. "우리에게 남은 가능성은 그것이 유일해. 그것 외엔 아무것도 남지 않았어. 남은 건 끝없는 종말뿐이지."(231쪽) 덧붙여 그녀는 20세기도 신자유주의도 끝장났다고 말한다. 그러나 여전히 20세기에서 벗어날 수 없는 그 슬픔에 대해서 쓴다고 말한다. 환멸에 대해서 이야기하고, 가라타니 고진의 오류에 대해서 말한다. 그녀의 말을 듣고 여자는 더 이상 열패감을 느끼지 않게 된다. 여자는 종말주의자인 그녀에게 이렇게 충고한다. "당신은 너무 불행하십니다. 그러면 안 됩니다. 그건 안 좋아요. 나도 마음이 아프답니다. 마약을 써보세요."(234쪽) 여자에게 그날의 모임은 또 하나의 벽을 확인하는 자리였을 뿐이었다. 그들은 항쟁하는 자들이 아니라 환멸하는 자들이었다. 견디기보다는 타락하기를 원하는 자들이었다. 그러니까 그들은 퇴폐로써 폭압을 회피하려는 자들이었다. 그 모임을 다룬 챕터 다음인 12장은 두 페이지의 공백으로 표현되었다. 그 공백이 여자가 그 자리에서 느낀 무엇일 게다. 그러나 남자는 김권과 자주 만나서 어울린다. 여자는 남자에게 만나지 말라고 하지만 거절당한다. 그래서 여자는 직접 김권을 만나지만, 술에 취해 돌아와 남자의 그림에 구멍을 내고 만다. 남자는 옥탑방을 나가버리고 여자는 가족들에게 돌아간다. 끝내 둘은 그렇게 헤어지고 말았다. 여자는 정신과 치료를 받고 복학 신청을 한다. 둘이 만나기 전의 그 자리로 그대로 돌아간 것이다. 그녀의 오딧세이아는 그처럼 비참하다. 둘은 한참 뒤에 어느 장례식장에서 다시 만난다. 그러나 둘은 완전히 다시 그 전의 시간으로 돌아가 있었다. "나는 다시 평범한 인간으로 돌아와 있었다. 아무런 해도 끼치지 않는, 안전한, 적당히 겁에 질린 평균적인 현대인 말이다."(273쪽) 그들의 사랑은 실패로 끝났고, 그 혁명의 열정은 맹렬했던 여름처럼 이미 지나가버린 것이 되고 말았다. "모든 것이 끝난 뒤에서 삶은 이어졌다. 그것이 영원히 지속되리라는 걸, 우리는 마침내 깨달아버렸다."(276쪽) 삶은 끝나버렸지만, 그들은 여전히 살아 있었다. 다시 외로웠고, 도시에 아름다움은 없었다. 돈도 없고 다른 것도 가진 것 없는 그들에게 살아있다는 것은 형벌이었다. 둘은 예전의 그 옥탑방으로 가 보기로 한다. 가는 길에 시위대를 만난다. 행복한 낯빛의 시위대와 어두운 낯빛의 시위대. 어쩌면 촛불과 태극기 무리가 아니었을까. 그들은 옥탑방이 있는 옥상에 이른다. "나는 시간이 소용돌이 치는 소리를, 다시 오지 않는 순간들이 영원히 흘러가는 소리를 들었다."(290쪽) 그들은 먼 곳으로 떠나기로, 다시 여행의 길에 오르기로 한다. 남자는 춤을 춘다. 그리고 꿈같은 환상이 펼쳐진다. 하늘은 거대한 상앗빛 달이 되고 남자의 온몸에 풀이 돋아난다. 온 도시와 세상이 풀로 뒤덮이고 세상은 초록빛 바다를 이룬다. 남자는 창고의 상자들을 꺼내 던지고 불을 붙인다. 그때 경찰이 와서 남자를 제지하려 했고, 그는 경찰을 피해 옥상 아래로 뛰어내렸다. 풀이 죽었다. 풀이 눕는다. 시간이 흐르고 여자는 이렇게 다짐한다. "영원히 그를 기다릴 것이다. 그리고 우리는 함께 할 것이다. 영원히. 영원히. 영원히. 우리는 그곳에서 돌아오지 않을 것이다."(302쪽) 그러나 이런 식의 다짐이 무슨 소용인가. 그것이 어떤 희미한 희망의 기다림이라면, 너무 작위적인 결말의 처리라 하지 않을 수 없다. 오히려 나는 그들의 실패한 사랑에 마음을 둔다. 그 실패가 풀을 눕히는 바람의 난폭함을 여실히 드러내기 때문이다.

함께 걸었으나 동무로 되지 못한 연인. 다시 그 보행의 철학자를 인용해 본다. "인정망각Anerkennungsvergessenheit은 연인을 물화物化시키는 짓이며, 사랑이라는 그 무시무시한 맹목의 동력을 상호인정의 호혜적 의사소통의 관계로 승화시키는 길만이 연정의 생산성을 보장하는 방법이다."6 그들은 서로를 인정하지 못하였다. 특히 여자의 그 단호한 비타협의 의지는 남자를 물화시키는 역설로 이어졌다. 그를 죽인 것이 경찰일까. 물론 그렇다. 그러나 그 죽음은 경찰의 물리력이 아니라 서로를 인정하지 못하게 하는 이 시대의 통치적 주권, 그것의 난해한 작용 때문이다. 그러나 상호인정과 호혜적 의사소통이라는 저 철학자의 언표들이 맥없이 느껴지는 이유는 무엇인가. 그것이 다만 말이기 때문일 것이다. 그러므로 밖으로 나가야 하고, 함께 걸어야 한다. 만나야 하며 변이해야 한다. 밀란 쿤데라는 무엇으로 될 수 있는 가능성을 탐색하는 것, 실제가 아닌 실존의 탐색을 소설가의 역할이라고 했다. 이 소설은 그 가능성의 봉쇄, 아무것도 될 수 없었던 자들의 실패한 실존을 이야기한다.

---

6. 같은 책, 113쪽.

# 바깥에서 찌르고 들어올 때, 안에서 일어나는 일들

### 김애란 소설집 『바깥은 여름』[1]

고통과 슬픔에 대해서 말을 한다는 것은 곤혹스러운 일이다. 대의하려는 의지는 대신할 수 없는 말의 운명을 마주할 때마다 속절없이 무너진다. 겪어낸다는 것과 그것에 대해 말한다는 것의 간극은 내 오만을 일깨우는 아득한 심연이다. 재현의 불가능성이라는 말은 너무 쉽고 성의가 없다고 느껴진다. 물론 '불가능'하다는 그 말이, 쉬운 단념이나 포기일 리는 없을 것이다. 그럼에도 나는 타인의 고통과 슬픔을 불가능이라는 심오한 좌절의 말로 경원시하는 것이 불편하다. 그것을 도달하기 힘든 미지의 무엇인 것처럼, 형이상학적인 탐미의 대상으로 위하려는 마음이 밉게 여겨진다. 그러니까 불가능한 체념 속의 그 위함이 견뎌내야 할 것들을 회피하려는 고고한 알리바이처럼 보인다. 닿지 못하는 타인의 고통을 심미적으로 이상화하거나 윤리적 결렬의 심오함으로 거론하는 것은 무례한 일이다. 그것은 '경험'하지 않으려는 나태와 안일, 그 '안락'과 '위락'으로의 순순한 도피인 것처럼 여겨지기 때문이다.

---

1. 김애란, 『바깥은 여름』, 문학동네, 2017.

김애란의 소설은 늘 그렇게 타인의 고통과 슬픔에 근접하려는 노력이었다. 진부하지 않는 방법으로 그것을 표현하려는 의욕은, 그것을 상투적으로 위로하거나 애도하는 나태한 윤리주의에 대항한다. 타인의 고통을 진부하게 반복하는 것은, 그 누군가들의 고유한 슬픔을 통념적인 연민의 대상으로 통속화한다. 그 슬픔에서 유일한 타자의 낯선 얼굴을 마주하는 난처한 견딤 속에서만, 슬픔은 연민의 대상이 아니라 분유分有할 수 있는 유일한 고통으로 실감될 수 있다. 이번 소설집에서 「침묵의 미래」를 빼고 나머지는 모두 세월호 사건 이후에 발표된 단편들이다. 표 나게 세월호를 언급한 작품은 단 하나도 없다. 그렇지만 그 면면에서 그 일이 있고난 뒤의 어떤 드센 마음이 느껴진다. 어린 자식을 잃은 젊은 부부(「입동」), 아비를 잃은 아이(「노찬성과 에반」), 남편을 잃은 여자(「어디로 가고 싶으신가요」)의 이야기들이 다 그렇게 느껴졌다. 그 느닷없는 잃어버림, 갑작스런 상실은 그것에 직면한 인간을 격심한 혼란에 빠뜨린다. 그 상실은 곧 그 전의 일상이 앞으로 계속 이어질 수 없게 된 충격적인 단절이기 때문이다. 다시 살아가기 위해서는 그 단절이 동강 낸 삶의 연속성을 회복하지 않으면 안 된다. 그 회복의 과정을 일러 애도라고 한다. 상실이 막대할수록 단절은 우심尤甚하다. 그러므로 막대한 상실에 직면한 사람이 애도한다는 것은 너무나 어려운 일이다. 그런데도 애도를 강요하는 사람과 사회가 있다면, 그 무참한 사람을 그리고 그 난폭한 사회를 어떻게 말해야 하는가. 세월호의 유가족들에게 애도하지 않는다고 호통하는 사람들을 보았다. 그들이 사람인가, 라는 생각으로 분노했지만, 사람이니까 그렇게 잔인하겠지, 라는 생각으로 그 분을 참아낼 수밖에 없는 잔혹한 아이러니. 이번 소설집에는 특히 그 아이러니에 대한 분명한 자의식이 압도적이다. 「입동」의 한 구절. "많은 이들이 '내가 이만큼 울어줬으니 너는 이제 그만 울라'며 줄기 긴 꽃으로 아내를 채찍질하는 것처럼 보였다."(36~37쪽) 타인에게서 일어난 일들을 자기의 어떤 상대적인 안락으로 삼는 「풍경의 쓸모」의 이런 대목. "타인이 아닌 자신의 도덕성에 상처 입은 얼굴로 놀란 듯 즐거워하고 있었다. 나도 잘 아는 즐거움이었다."(153쪽) 타인의 고통을 재미로 즐기는 윤리적 무감함은 「건너편」에서도 이렇게 표현되어 있다. "걱정을 가장한 흥미의 형태로, 죄책감을 동반한 즐거움의 방식으로 화제에 올랐을 터였다."(92쪽) 타인의 낯섦을 낯설게 받아들이지 않고 일방적으로 순치시키는 동일화의 폭력에 대해 「가리는 손」은 "타인을 가장 쉬운 방식으로 이해하는, 한 개인의 역사와 무게, 맥락과 분투를 생략하는 너무 예쁜 합리성"(200쪽)이라고 했고, 그것이 디지털의 망을 타고 시시각각으로 번지는 세태를 이렇게 꼬집는다. "온갖 평판과 해명, 친밀과 초조, 시기와 미소가 공존하는 '사회'와 이십사 시간 내내 연결돼 있는 듯해."(212쪽) 「어디로 가고 싶으신가요」에서는 남편을 잃은 여자에게 전해지는 사람들의 무례한 시선, 그 예의 없음을 서늘하게 이야기한다. 애도는 누가 하라고 해서 되는 것도 아니고, 하려고 노력한다고 되는 것도 아니다. 상실은 그것을 잃은 자가 견뎌낼 수 있게 될 때, 그때가 되어서야 가능할 뿐이다. 그러니까 가능한 윤리란 그 때를 같이 함께 기다려주는 것이다.

「입동」은 애도하려고 하지만 애도되지 않는 자들의 이야기다. 안주할 곳 없이 떠돌 수밖에 없던 사람은 정착을 희망한다. 결혼을 하고 아이를 낳아 기르고, 채무를 담보로 한 것이지만 이제 막 집을 사서 행복한 정착을 꿈꾸는 가족이 있다. 아시다시피 김애란의 소설에서 가족은 단 한 번도 중요하지 않은 적이 없었다. 가장의 근심은 바로 그 가족의 평안을 위한 책임감에서 비롯한다. "세상 모든 가장이 겪는 불안 중 그나마 나은 불안을 택한 거라 믿으려고 애썼다."(14쪽) 정착을 위해 빚을 지는 것은 가장이 감당해야 할 불안 중의 하나일 뿐이다. "어딘가 가까스로 도착한 느낌. 중심은 아니지만 그렇다고 원 바깥으로 튕겨진 것도 아니라는 거대한 안도가 밀려왔었다."(32쪽) 집을 갖는다는 것은 그런 것이다. 그러나 이 가족은 그 채무를 변제하기도 전에, 그러니까 집에서 안주해보기도 전에 정착의 이유를 잃어버렸다. 그러니까 이 가족이 잠시 동안 맛본 안도는 아이의 죽음과 함께 엄청난 상실감으로 반전하였다. 그러나 언제까지 그 고통 속에서 살 수는 없고, 가장은 불행을 딛고 다시 살아갈 희망을 찾아내야 한다. "잘못된 걸 바로잡고 고장난 데를 손보는 건 가장의 일이었다. 나는 그렇게 배우고 자랐다."(22~23쪽) 남편이 아내와 함께 도배를 하는 장면이 바로 회복하려는 몸짓, 애도하려는 의지를 드러내는 부분이다. 그들은 얼룩진 벽면 위에 다시 벽지를 덧바르는 도배를 통해 새로이 시작해보려고 한다. 그러나 끝내 이 부부는 오열하고 마는데, 애도가 의지만으로 되지 않는다는 것을 그 처절한 울음이 아프게 일깨운다. 결국에는 시간이, 인내해야 할 시간이 필요한 것이다. 슬픔에서 벗어나고 싶다고 벗어나게 되는 것이 아니라, 슬퍼지지 않을 때까지는 슬픔을 겪어내야 하는 것이다. "한파가 오려면 아직 멀었는데 온몸이 후들후들 떨렸다."(37쪽) 겨울의 한파를 얼마나 더 견뎌내야 할지는 모르지만, 그 한파의 계절을 건너뛰고 봄을 맞을 수는 없는 것이다. 단단히 마음먹고 겨울을 맞아야 하는 이유이다.

애도하기 위해서 떠나는 사람도 있다. 슬픔이 고여 있는 자리에서 벗어나보는 것도 슬픔을 이겨내려는 하나의 행동이다. 「어디로 가고 싶으신가요」가 그런 애도의 여행을 이야기한다. 교사였던 남편은 물에 빠진 아이를 구하려다가 숨을 거두었다. 아이를 갖기로 하고 남편이 금연을 결심했던, 새로운 것들을 시작하려고 했던 어느 봄날의 일이었다. 스코틀랜드에 사는 사촌이 그녀를 위해 제안을 했고, 사촌 언니 부부가 집을 비우는 몇 달 간을 여자는 그곳에서 보내기로 한다. 역시 애도에는 시간이 필요하다. "에든버러에서 나는 시간을 아끼거나 낭비하지 않았다. 도랑 위에 쌀뜨물 버리듯 그냥 흘려보냈다."(234쪽) 여자의 몸에 반점이 하나둘 늘어나기 시작하고, 시간의 흐름에 대해 민감했던 자의식은 그 시간을 견디지 못하고 무너지기 시작한다. "에든버러에서 시간은 더 이상 쌀뜨물처럼 흐르지 않았다. 화살처럼 지나가지도 않았다. 그것은 창처럼 세로로 박혀 내 몸을 뚫고 지나갔다. 나는 어떤 시간이 내 안에 통째로 들어온 걸 알았다. 그리고 그걸 매일매일 구체적으로 고통스럽게 감각해야 한다는 것도. 피부 위 허물이 새

살처럼 계속 돌아날 수 있다는 데 놀랐다. 그건 마치 '죽음' 위에서, 다른 건 몰라도 '죽음'만은 계속 피어날 수 있다는 말처럼 들렸다."(242쪽) 치유되기 위한 여행이었는지 모르지만, 깊어지는 병증 속에서 여자는 오히려 파열된다. 그러나 그 파열이 이 여행의 참다운 의미이다. 허물어짐으로써 다시 일으켜 세울 수 있고, 죽음에 대한 끈질긴 자각 속에서만 삶에 대한 작은 의욕이라도 발견할 수 있는 생의 역설. 여자는 이역異域의 땅에 스스로를 고립함으로써 남편의 상실에 응대하고 있는 것이다. 여자는 극단의 외로움 속에서 그곳에 유학 중인 친구를 만나기도 하고, 휴대폰의 음성인식 서비스인 '시리'Siri에 의존해 보기도 한다. 그러나 그렇게 타자를 자기 위로의 대상으로 삼는 독아론적 방법으로는 회복하기가 어렵다. 마침내 여자는 귀국을 결심하고 일정보다 서둘러 집으로 돌아온다. 그리고 편지 한 통을 받는다. 남편이 구하려고 했던 아이의 유일한 가족인 그의 누이가 보낸 편지. 그 편지가 새삼 낯선 타자의 존재에 눈뜨게 한다. 남편의 죽음이 자기를 버린 죽음이 아니라 타자에 대한 책임이었음을 알게 된다. "놀란 눈으로 하나의 삶이 다른 삶을 바라보는 얼굴이 그려졌다. 그 순간 남편이 무얼 할 수 있었을까… 어쩌면 그날, 그 시간, 그곳에선 '삶'이 '죽음'에 뛰어든 게 아니라, '삶'이 '삶'에 뛰어든 게 아니었을까. 당신을 보낸 뒤 처음 드는 생각이었다."(266쪽) 애도함으로써 여자는 윤리적 주체로 거듭날 수 있을까. 이 소설은 그 가능성을 신뢰하는 듯하지만, 깨달음에 이르는 이야기의 그 평면적인 수순이 못내 아쉬웠다.

「노찬성과 에반」이 묻고 있는 것이 이른바 그 타자에 대한 책임의 윤리이다. 찬성은 아비를 잃은 아이다. 아이는 태어나서 한 번도 어머니를 본 기억이 없다. 할머니가 홀로 생계를 책임진다. "당시 찬성이 맡은 가장 중요한 일은 잘 크는 것도 노는 것도 아닌, 어른들의 잠을 깨우지 않는 거였다."(43쪽) 아이는 시련과 더불어 성장한다. 그의 아버지는 골육종을 앓았고, 교통사고로 죽었지만, 자살인 것으로 드러나 보험금을 받지 못했다. 이따금 할머니는 한숨처럼 하느님께 용서를 구했다. "그럴 땐 종종 할머니가 일러준 '용서'라는 말이 떠올랐다. 없던 일이 될 수 없고, 잊을 수도 없는 일은 나중에 어떻게 되나. 그런 건 모두 어디로 가나."(45쪽) 아이도 안다, 용서해버림으로써 잘못에 대한 책임을 면제할 수는 없는 것이라고. 할머니가 일하는 고속도로 휴게소에는 버려진 개들이 많았다. "검은 눈동자 안에는 주인을 향한 미움이나 원망보다 '내가 뭘 잘못한 걸까' 하는 질문과 자책이 담겨 있었다. 전에도 찬성은 그런 개를 본 적 있었다. 한밤중 갓길에 버려진 뒤 앞차를 향해 죽어라 달려가던 개들이었다."(47쪽) 아이는 저 개들에게서 자기를 보았을 것이다. 버림받은 개 중에서 아이의 내면에 '묘한 자국'을 낸 개가 있었고, 그 늙은 개를 집으로 데려와 에반이라는 이름을 지어준다. 그 이름 지음은 참으로 애틋하다. 할머니가 허락하지 않자 아이는 자기가 책임지겠다고 약속한다. "그러니까 에반을… 자기가 '책임'지겠다고 한 거였다. 태어나 처음 해본 말이었다."(50쪽) 아이의 부모는 그를 책임지지 못하고 모두 떠나버렸다. 그러므로 아이에게 책임진다는 것은 배반당한 자기의 운명을 극복하는 것이기도 하다. 자기를 책임져주지 못했던 부모에 대해, 그는 책임지는 인간이 되는 것으로써 응대하려고 한다. 그러나 과연 이 아이는 책임질 수 있을까. 이제는 다 컸으니 혼자서 자라고 할머니가 아버지의 방을 내어주고부터, 아이는 아버지의 죽음과 관련된 악몽을 꾸게 된다. 하지만 에반을 데려온 날부터는 악몽을 꾸지 않고 깊이 잠들수 있게 되었다. 서로를 위안하는 타자들, 이들은 상호주체성의 타자들이라 하겠다. 그런데 에반이 암에 걸려 가망이 없게된다. 아이는 돈을 모아 안락사를 시켜주려고 한다. 그러나 아이가 휴대폰에 매혹당하는 동안에 에반에 대한 책임은 무뎌진다. "자신이 스마트폰 만지는 걸 많은 이들이 봐주길 바랐지만 사람들은 찬성을 신경쓰지 않았다."(73쪽) 아이에게 그 물건은 그의 결핍을 메워주는 신기루 같은 것이었으리라. 결여를 앓는 자들은 그처럼 어떤 대상에 고착되거나 집착함으로써 견디려한다. 아이가 그 신기루와 에반에 대한 책임 사이에서 윤리적고뇌를 거듭하는 동안에, 에반이 사라져버렸다. 찾아 나선 도로 옆에 피가 흥건히 배어나온 자루가 놓여있다. 주위에 있던 아이들의 말로는 그 개가 도로로 뛰어들었다고 한다. 그렇게 아이는 그의 할머니가 저질렀던 과오를 반복하고 말았다. 할머니는 아이의 병든 아버지를 책임지지 못했다는 자책 속에서 용서를 구해야만 했다. 아이도 아마 용서받기 힘든 자기의 무책임 때문에 가혹한 자책의 시간을 견뎌내야 할 것이다.

연약한 주체라고 해서 책임에서 면제될 수는 없다. 「가리는 손」의 아이는 아버지가 동남아 사람이라서 인종적인 편견을 감당해야 했다. 부모가 이혼했기 때문에 아이는 아버지 없이 어머니와 둘이 살았다. 이른바 다문화가정, 한부모가정의 아들 재희. 이 아이가 어느 노인의 죽음과 연루하게 되고, 소설은 아이를 지켜보는 어머니의 시점으로 전개된다. 또래의 아이들이 폐지 줍는 할아버지를 폭행해 죽게 만들었고, 그 때 근처에서 그 사건을 목격하는 재희의 모습이 카메라에 찍혔다. 아이가 직접 폭행에 가담한 것은 아니지만, 목격하고도 아무 것도 하지 않았고, 심지어는 쓰러진 할아버지를 지나 뽑기 기계에서 인형을 갖고 서둘러 자리를 뜬다. 왜 그랬을까. 아이의 어머니는 이해하지 못한다. 여자는 아이에게 수유하면서 애를 먹었다. 아들을 보면 제대로 해 주지 못했다는 미안함이 앞선다. 그런 미안함이 쌓여 아이를 그렇게 무책임하게 키운 것일까. 요양병원에서 계약직 영양사로 일하고 있는 여자는 다른 이들의 무례한 시선과 뒷말에 시달린 적이 있다. 동남아 남자와 결혼을 했다고, 이혼을 했다고, 혼자서 아이를 키운다고. 여자에게 가해진 그런 폭력이 아이에게 이월된 것일까. 여자는 자책하면서도 혼란스럽다. 아이의 열다섯 번째 생일, 같이 저녁을 먹으면서 여자는 아이에게 노인의 장례식에 참석하자고 말을 건넨다. 아이는 생각해보겠다고 말한다. 노인에 대해서 말하다가 얼핏 아이의 입가에 도는 웃음을 본다. 여자는 카메라에 찍힌 아이가 폭행당하는 노인을 보고 입을 가리고 있던 장면을 떠올린다. "웃음 고인 아이 입매를 보자 목울대가 매캐해지며 얼굴에 피가 몰린다. 불현듯 저 손, 동영상에 나온 손, 뼈마디가 굵어진 손으로 재이가 황급히 가린 게 비명이 아니라 웃음이었을지도 모른다는 생각에."(220쪽) 스마트폰에 빠져 사는 아이들, "가끔 아이 몸에 너무 많은 '소셜'social이 꽂혀 있는 게 아닌가 걱정"(212쪽)이 들 정도다. 앞서 본 소설의 찬성이도 그랬지만, 핸드폰의 그 가상의 소셜이 아이들로부터 현실의 실감을 앗아간다. 게임에서 대상을 때려눕히고 잔혹하게 살해하는 것처럼, 실상에서 타자를 느끼는 감각은 마치 그 게임처럼 추상적인 것이 된다. 그렇게 어떤 아이들은 타자의 존재를 가늠하지 못하는 무능한 사람으로 자란다. 책임지지 않는 이들이 바로 윤리적으로 무능력한 자들이다.

김애란의 소설은 줄곧 가족이 주체 생산의 공장이라는 사실을 핍진하게 그려왔다. 그렇게 아이들이 타인의 고통에 무감한 무책임한 어른으로 자라면, 그들이 바로 상처받은 이웃들을 멸시하는 괴물이 된다. 교양이 불가능한 현실은 그처럼 무서운 사회의 도래로 드러난다. 가족을 이룬다는 것은 교양의 어느 문턱을 지났음을 의미한다. 그렇다면 연애도, 결혼도, 출산도 하지 못하는 청춘에게 교양이란 무망한 것일 뿐. 그들은 언제까지 어른의 세계로 진입하지 못하는 아이들로 살아야하는가. 육체적으로 다 자랐으나 정신적으로는 어른이 되지 못한, 그러니까 수염 난 아이들의 세계는 얼마나 징그러운가. 「건너편」에서 그리는 것이 경쟁 속에서 좌절하거나 체제 속에서 타협하는 청춘의 살풍경이다. "파이프에서 물이 새듯 미래에서 봄이 새고 있었다."(87쪽) 경쟁에서 승리한 청춘은 어른의 세계로 진입하지만 패배한 이들은 그 '바깥'에서 맴돌 수밖에 없다. 공무원이 된 여자와 그 시험에서 떨어진 남자, 오래된 연인은 그렇게 안과 밖으로 단절되어 버렸으며 끝내 둘이 함께 미래로 도약하지 못한다. "당시 이수를 가장 힘들게 한 건 도화 혼자 어른이 돼가는 과정을 멀찍이서 지켜보는 일이었다."(98~99쪽) 노량진을 벗어나지 못하는 청춘들, 성장에 이르지 못하는 미생<sup>未生</sup>의 존재론은, 「자오선이 지날 때」(2005)와 「서른」(2012)을 지나 「건너편」(2016)에 이르는 하나의 계열체로 계속되고 있다. 그러니까 이수의 이런 생각은 김애란이 지켜본 그 청춘들의 십여 년에 대한 회한이 아닐까 싶다. "인생의 작은 우연과 돌이킬 수 없는 결과, 교훈 따위 없는 실패를 떠올렸다. 지난 십 년간 자기 삶에 남은 것 중 가장 귀한 것이 뭘까 생각했다."(93쪽) 변하는 듯 변하지 않고 끈질기게 지속되는 악덕, 「침묵의 미래」는 묵시의 정조로 세계의 그 악마적 본성을 무겁게 소묘한다. 그러나 나는 이 갑작스런 관념의 요설들이 의심스럽다. 소멸 직전의 말, 절멸 직전의 그 소수 화자들을 대하는 세상의 태도는 이런 것이다. "그들은 잊어버리기 위해 애도했다. 멸시하기 위해 치켜세웠고, 죽여버리기 위해 기념했다."(132쪽) 유한한 것들의 소멸 속에서도 그 소멸을 이용하는 절멸의 양식은 끈질기게 지속한다. 애도와 추앙과 기념이 바로 그 지속하는 위선의 절멸 양식이다. 이 소설의 유별난 추상성은 일인칭의 화자가 사람이 아니라, 마지막 말을 간직했던 자의 그 유일한 언어라는 데서 비롯한다. 그러나 절멸을 이용하는 '중앙'에 대한 선명한 비판을 생각하면, 그 추상의 가치는 별로 생산적이지 못한 것 같다. 이 단편에 이상문학상이 주어졌다는 사실이 그저 놀랍기만 하다. 김애란의 소설이 신파와 추상 사이에서 미묘한 포즈를 취하는 것은, 그 어떤 실패를 만회하고픈 세속적인 마음 때문이 아닐까.

『두근두근 내 인생』(창비, 2011)에는, 조로증이라는 기이한 질병에 걸린 한아름이 쓴 소설 「두근두근 그 여름」이라는 소설이 일종의 '소설 속 소설'로 들어 있다. 유고로 남겨진 그 한철의 여름 이야기란 무엇인가. 이 소설집의 제목 '바깥은 여름'의 직접적인 모티프가 담긴 「풍경의 쓸모」를 읽고 나면, 나도 모르게 그런 생각에 빠져들게 된다. '바깥'이라면 '안'이라는 것을 의식하지 않을 수 없는데, 그것도 바깥'이'가 아니라 바깥'은'이라고 한다면, 그것은 단순하게 바깥의 사정을 알려주려는 것이 아니라 '내부'와의 단절이나 어긋남을 강조하려는 것이겠다. 남자는 스노우볼을 보고 이렇게 생각한다. "구 바깥은 온통 여름일 누군가의 시차를 생각했다."(182쪽) 그렇게 이 소설은, 아니 이 소설집 전체의 이야기들은 바로 그 '시차'(어긋남)가 일으키는 파열의 고통에 근접한다. 교단에 섰던 남자의 아버지는 아마 어떤 추문에 휩싸여 학교를 그만두게 되었는지 모른다. 그는 테니스 심판이 되었고, 가족을 떠나 다른 여자와 새롭게 시작했다. 가족의 바깥으로 떠나버린 아버지는, 그 안에 남아서 살아내고 있는 아들과 어긋나 있다. 주면 받을 수 있다고 생각했던 남자는, 무언가를 내준 대가로 교수 임용을 기대하지만 그 기대는 어긋나고 말았다. "나는 공짜를 바란 적이 없다."(183쪽) 이 소설의 제목에 착안하여 말한다면, 그들은 결국 풍경의 쓸모로부터 배반당한 자들이다. "풍경이 더 이상 풍경일 수 없을 때, 나도 그 풍경의 일부라는 생각이 든 순간 불안이었다. 서울 토박이로서 내가 '중심'에 얼마나 익숙한지, 혜택에 얼마나 길들여졌는지 새삼 깨달았다. 그리고 그 때문에 내가 어떻게 중심으로부터 멀어지고 있는지 잘 보였다."(158쪽) 풍경을 배경으로 관상하는 것이 풍경을 풍경으로 보는 것이라면, 그 풍경은 자기와 무관한 신기한 타자의 영역일 뿐이다. 그러나 풍경이 풍경이기를 멈추는 때가 오면, 그때 그는 풍경 속의 일부이며 그것과 유리되지 않는 단짝을 이룬다. 무릇 그렇게 풍경과 짝을 이루는 것이 윤리라면, 남자는 윤리보다 성공을 바라는 서열주의자다. 윤리를 배반하는 성공이라는 역설, 그 만큼 남자의 욕망은 배타적이며 이기적이다. 이런 사람이 애도를 강요하고 절멸을 찬양하는 위선자라고 하겠다. 거듭 말하지만, 버림받았다고 해서 면책되지 않는다.

이번 소설집이 유독 비관주의로 채색된 이유는 무엇 때문일까. 윤리의 주체로 되기 어려운 세계의 악력에 대해 특별하게 집요한 이유가 있을 터. 안과 밖의 그 시차에 예민할 수밖에 없었던 사정은 무엇인가. 세월호 때문이라고 한다면 너무 노골적인가.[2] 굳이 그렇게 제한함으로써 읽기의 자유를 한정

---

2. "어릴 때는 비관이 세련돼 보이기도 했어요. 희망이나 낙관 자체가 나쁜 게 아니라 제가 능력이 없다보니 희망에 쉽게 도착했을 경우 투박해지는 것에 대한 두려움이 있었거든요. 저조차 잘 모르는 낙관에 사뿐히 내려앉는 게 망설여졌어요. 그러다 말씀드린 대로 '틈'이 '면'이 된 순간 모든 걸 다 빼앗긴 뒤에도 무언가 하고 있는 사람들을 보며 놀랐던 것 같아요. 당시 광화문에서 단식하는 분을 비롯해 많은 유가족 분들을 뵈며, 국가와 권력이 모든 걸 가져가도 한 인간으로부터 끝끝내 빼앗아갈 수 없는 게 있구나란 생각이 들었습니다."(김애란·김혜리, 「낭떠러지의 다음」, 『문학동네』, 2017년 가을호, 69쪽.)

할 필요가 있을까. 그럼에도 그것은 너무 압도적인 사건이 아니었는가. 세월호가 가라앉고 나서 그 바닥을 드러낸 사람들과 사회의 적나라함, 그것을 보아버린 이는 그전의 그것과 같을 마음으로 살 수는 없으리라. 재난 속에서 살아가는 사람들에게는 구조가 절실하다. 그렇다고 소설이 재난의 비참함과 구조의 절실함에 매달리기만 한다면 재미가 없다. 어느 인터뷰에서 이 작가는 '감각'보다는 '상황'으로 시작하는 경우가 많아졌다고 했다. 유의미한 자각이라 하겠다. 그러나 '바깥'을 '내부'와의 대비와 어긋남으로만 보는 것에는 뚜렷한 한계가 있다. 그보다 바깥은 '초월'하지 않고 '내재'하려는 의지가 실현되는, 자기 변신의 계기적 단면이라고 하는 것이 좋지 않을까. 이 작가는 이제 슬픔의 정념으로부터 조금 멀어질 필요가 있을 것 같다.

# 비천함의 아방가르드

보수적인 본질주의자 한스 제들마이어는 20세기의 아방가르드를 설명하는 '근원적 현상'으로 다음과 같은 항목들을 제시했다. 순수성의 추구(극단적 유미주의)와 기술적 구성(기법으로서의 몽타주), 광기의 탐닉(초현실주의)과 근원을 향한 탐색(표현주의). 예술의 오랜 관습과 전통에 대한 전면적 부정은 예술의 절대화로 치달았다. 우상을 부정하는 아방가르드의 극단이 또 다른 우상의 숭배로 되돌아왔다는 것. 그러나 우상 숭배에 가담하지 않는 배교자들, 그러니까 그들과는 "다른 식으로 생각하는 사람은 예술을 모르는 속물이거나 수구적이라고 낙인"[1]찍힌다. 그들에게 범속함이란 용납할 수 없는 구태의연함이다. 비범함이란 대체로 완고한 규범에 대한 위반과 일탈로 드러나지만, 범속함을 넘어 차이화하려는 의지가 공공성의 대의를 초과할 때, 그것은 특권적인 엘리트주의로 빠져들게 된다. 고유한 것들의 차이를 정치적인 공통성으로 개방하지 않는 미학적 절대주의가, 예술을 생활로부터 분리시켜 자

---

1. 한스 제들마이어, 『현대예술의 혁명』, 남상식 옮김, 한길사, 2004, 71쪽.

족적인 놀이로 만들었다. 그렇게 예술의 신비화는 사람들을 무용한 것의 아름다움에 몰두하게 만든다. 위반과 일탈의 감행으로써 '예외'를 결정하는 것, 그것은 자기도취에서 벗어나 낯선 타자와의 만남으로부터 발생할 수 있는 '불화'mésentente를 감당하는 일이다. 타자성을 회수해 자기화하는 것, 바로 그 불화의 침식이야말로 오늘날의 미학적 전위가 답보하고 있는 가장 큰 곤란함이다.[2] 상호주체성이 동반하지 않는 상호텍스트성은, 타자를 인용함으로써 자기를 구축하는 극도의 나르시시즘이다. 그렇게 온갖 것들을 자기표현의 자재로 삼는 짜깁기의 명수들, 그들을 일컬어 형식에 중독된 스놉Snob이라 한다. 민주화 이후, 그리고 동구권의 몰락을 역사의 종언으로

---

2. 자기에게 놀라움을 주는 낯선 타자를 통해 스스로를 극복하는 것이 아니라, 그 신선한 낯섦(새로움)을 극단적으로 찬양하고 고무함으로써 자기화(타자들과의 차별화)하는 이기적 야욕이 불인(不仁)한 결과를 초래한다. 타자를 위한다는 발상이 타자를 능멸한다. 위하는 사랑은 위험하다. 맹자의 정치학이 위민(爲民)이 아니라 여민(與民)을 앞세운 것이 이 때문일 것이다. 자기의 직분에 대한 충실함(忠)과 더불어 타인의 처지를 헤아리는 관용의 마음인 서(恕)를 강조한 것도 이와 마찬가지다. 전위가 열망하는 새로움이란 타자를 위하는 것에서도, 타자와의 차별화에서도 얻어질 수 없으며, 오직 타자의 참여를 통해서만 가능하다. 타자 그 자체의 존재가 아니라 타자의 참여로써 함께 하는 그 실천이 절실한 것이다. 새로움은 그렇게 타자가 참여하는 실천을 통해 생성된다. "새로움이란 타자 그 자체가 아니라 가치 있는 타자다. 보존되고, 탐구되고, 논평되고 비판됨으로써, 다음 순간에 금세 사라져버리지 않을 만큼 충분히 가치 있는 것으로 여겨지는 타자다."(보리스 그로이스, 『새로움에 대하여』, 김남시 옮김, 현실문화, 2017, 65쪽.) 보존, 탐구, 논평이라는 참여의 형식이 가장 두드러진 것이 비평이다. 그러므로 비평은 타자성의 참여를 통해 자기를 갱신하는 윤리적 실천이라고 하겠다.

호명한 역사 이후에 우리는 이런 스놉들의 활개를 목도하고 있다.

진정성의 아방가르드는 이런 참상에 대한 응대로써 출현했다. "자기실현을 추구하는 진정성의 태도는 독백적이라기보다 대화적이며 타자와의 호혜적 인정 관계에 기초한 역사적이고 사회적인 지평을 내포할 수밖에 없다."[3] 예술에서 그 고유한 타자성을 말소함으로써 예술을 대상화하고 사물화했을 때, 전위란 바로 그 예술의 소외와 투쟁하는 것이었다. 서로 소통하지 못하는 상호이해의 불가능성을 가리키는 불화, 소통의 불능상태로 빚어지는 그 불화를 통해 정치적 적대가 폭로된다. 그러니까 불화는 참화로 머무르지 않는 정치적인 잠재성이다. 20세기의 아방가르드는 그 불화의 기운을 특히 선언 Manifesto과 강령의 형식으로 표출하였다. 재현적인 '바자리 내러티브'로부터의 단절을 선언한 '그린버그 내러티브' 전통이 대안이 될 수 없는 전망 부재의 시대를 위반하는 부정의 정신으로 돌파하려는 패기가 그 시대의 선언문들에 넘실댄다. 제로 상황에서 다시 출발하기, 그러니까 과거의 일체를 부정한 다음에 새롭게 다시 구축하려는 의지의 충만한 전개. "파괴적 행위를 위해 전신 투구의 주먹질로 항의하는 일"이 다다라고 명시했던 '다다 선언'(1918). "쉬르레알리슴이란 언젠가는 우리들이 적을 향하여 쏘아댈 수 있는 '불가시 광선'이"라고 한 '쉬르

---

3. 심보선, 「1987년 이후 스노비즘의 계보학」, 『그을린 예술』, 민음사, 2013, 44~45쪽.

레알리슴 제1선언'(1924). 이 선언들은 고루한 습속에 대한 적의와 부정의 정신으로 들끓고 있다. 그러나 '파괴의 창조'를 부르짖었던 아방가르드의 선언들은, 그 적의가 생성의 지혜로 초극되지 못하고 마침내 파괴의 열의는 창조의 의욕을 압도해버리고 말았다.

비범함의 원천인 위반과 일탈은 추상적인 관념이 아니라 구체적인 실행이다. 작란作亂으로서의 제작이 주는 재미, 그 아늑한 위안은 세계를 초월하는 대찬 비약이 주는 일종의 가상적 충족감이다. 그러니까 위락慰樂 4에 대한 욕망이 경험에 대한 거부를 불러온다. '안락'에 탐닉해 '경험'의 고투를 거부하는 것, 그것이 전체주의와 연루한다는 것을 일생의 사상적 과제로 천착했던 이가 바로 후지타 쇼조다. 그에게 '경험'이란 이런 것이다. "경험 속에서는 사물과의 만남·충돌·갈등에 의해 자의恣意의 세계는 동요하고 균열이 일어나며 희망적인 관측은 흔들리고 욕구는 혼돈 속에 내던져져 그 혼돈이 초래하는 괴로운 시련을 거치면서 욕구나 희망이 재편성되는 것이다."5 '안락에 대한 자발적 예속'을 거부하고 경험을 통해 겪는 불화의 고난과 혼돈을 그는 '정신의 성년식'이라고 했다. 고귀함에서

---

4. '위락'은 일종의 자기에 대한 집착이며 자기 만족이다. 미키 기요시는 파스칼의 인간학을 통해 그것을 신에 대한 사랑과 같은 지평에서 초극할 것을 요청했다. 그러나 그는 그러한 멸사와 봉공의 논리가 전체주의의 심리로 전이될 가능성에 대해서는 더 깊이 천착하지 못했다. 미키 기요시, 『파스칼의 인간 연구』, 윤인로 옮김, 도서출판b, 2017 참조.

5. 후지타 쇼조, 「오늘의 경험」, 『전체주의의 시대경험』, 이순애 엮고 이홍락 옮김, 창작과비평사, 1998, 21쪽.

비천함으로, 그 질적인 전회는 정신의 성숙(갱신)이며 역사의 뻗어나감이다. 자아로 환수되지 않는 이물적인 타자와의 생생한 만남을 통해 겪게 되는 몸과 마음의 균열과 분열. 여기서 타자는 관념이 아니라 세계의 몸이며, 정신이고 물질이다. 그 만남, 타자와의 충돌을 후지타는 '사물과의 직접적인 갈등'이라는 말로 집약한다. 안락함에 대한 욕구는 사물과의 직접적 갈등이라는 진정성의 경험을 회피하게 만든다. 그는 타자와의 만남을 봉쇄하는 그 회피의 기제를 불안과 불만으로 침식되는 '자기애'에서 찾았다.(「나르시시즘으로부터의 탈각」) 그리고 그 문제가 개인의 나르시시즘에 국한된 것이 아니라 사회와 문명의 차원에 걸쳐 있음을 치밀하게 논증하였다.(「'안락'을 향한 전체주의」) 그에 따르면 억제를 모르는 고도 기술사회의 정신적 기초는 어떤 고통도 불편함도 제거하려는 안락에의 욕망이다. 고통과 불쾌는 타자를 경험하는 실존의 기투 속에서 생겨나는 증상이다. 그 불편한 증상이 비록 고통을 동반하기는 하지만, 그것은 사실 주체를 뒤흔드는 상호교섭의 능동적 경험이다. 그럼에도 그런 고통스런 증상을 일소하여 제거하겠다는 일념은 타자를 인정하지 않는 야만적인 군국주의의 정신과 일통하며, 동시에 그것은 '생활양식에서의 전체주의'와도 결부되어 있다. 타자에 대한 인종주의적 편견이 홀로코스트의 끔찍함으로 드러난 것처럼, 우리의 고귀한 일상이 타자들의 침범으로 혼란스러울 때 사람들은 즉각 그 타자성을 말살하려 든다. 일상의 안락함, 그 고귀함이란 그렇게 끔찍한 말살의 폭력 위에서 평화롭게 지속된다. 후지타는 말살의 정치가 종말과

파국의 상상력으로 비상하여 전체주의로 승천하였던 역사의
참상에 대하여 이렇게 회고한다. "사람에게 있어서 질적으로
가장 새로운 것(경험)은 죽음이며 종말이다. 종말이 지닌 절대
적 미경험성=새로움은 여기서 나타난다. 정치지배의 '묵시록'이
신화적·전설적·예언적 형식으로부터 일변하여 역사적·사실
적·세속적 형식으로 전개되기에 이르렀다. 그 현장에서 살았
던 자에게는, 적어도 그때는 '지겹도록 긴 나날'이었는지 모르
지만 긴 눈으로 지금 바라보면 참으로 눈 깜짝할 사이의 '파
국'catastrophe이었다."[6] 죽음의 미학화, 종말의 신성화는 옥새玉
璽의 지령으로써 그 전체주의적 권능을 확인하지 않았는가. 구
태의연한 것이 신화적이라면 새로운 것은 신적이라 할 수 있겠
다. 고귀함의 아방가르드는 바로 그 낡은 것의 종말과, 새로움
의 신적인 계시와 도래라는 형이상학에 대한 탐닉이다. 후지타
에 따르면 종말의 선언은 종래의 정치지배 형태의 전체적 종말
을 함의함으로써 무사회 상황의 불안정성을 제도화한다. 그
러니까 전체주의는 기존의 정치적 실천들을 모두 제로화한 뒤
에, 무주공산의 혼란과 불안을 독점하여 종말과 파국의 묵시
록이라는 신화로 지배한다.

데리다는 '메시아 없는 메시아주의'를 표방하면서 계몽주
의와 자본주의를 거부했던 낭만주의에 대한 체계적 이론화를
시도했다. 그는 "벤야민처럼 목적론을 비판하면서 종말론을
일반화"했다.[7] 그러니까 데리다의 정치적 기획은 프롤레타리아

---

6. 후지타 쇼조, 「전체주의의 시대경험」, 『전체주의의 시대경험』, 60쪽.

의 해방이라는 '목적'을 형이상학에 대한 비판으로 절취해, 그 것을 사건성의 개시라는 '종말'의 시간으로 탈구축하는 것이 었다. 그 종말의 시간이란 "도착하는 이가 예고되고 있음에도 불구하고 도착하는 이의 어떠한 형상도 미리 규정되고, 미리 형상화되고, 미리 명명되어서는 안 되는 곳"이다.[8] 그것은 환대 로 열려 있는 환원 불가능한 사건성의 시간이며 장소이다.

> 정의로서의 사건을 기대하면서 개방되어 있는 이러한 환대는, 자신의 보편성을 돌보며 감시하는 한에서만 절대적이다. 혁명 적 형태들을 포함하는 메시아적인 것(사실 메시아적인 것은 항상 혁명적이며, 또 그래야 마땅하다)은 긴급하고 임박한 것 일 테지만, 또한 환원 불가능한 역설에 따라, 기대의 지평 없 는 기다림일 것이다.[9]

산종dissemination하는 메시아적 혁명의 시간에 대한 데리다 의 낭만주의적 사유는 아나키즘의 그것과 이어져 있다. 비극 적 현실을 넘어선 새로운 세계에 대한 집단적 간절함이 연합 의 계기가 되고 투쟁의 동력이 된다는 점에서, 공산주의의 역 사가 해방과 구원을 갈구하는 종교와 깊이 연루하였던 것은 당연한 일이다. '새로운 세계'의 도래라는 메시아적 구원의 시

---

7. 윤소영, 『역사적 마르크스주의: 이념과 운동』, 공감, 2004, 76쪽.
8. 자크 데리다, 『마르크스의 유령들』, 진태원 옮김, 이제이북스, 2007, 323쪽.
9. 같은 책, 324쪽.

간은 형이상학적인 근원으로 회수될 수 없는 '환원 불가능한 역설'의 순간이다. 그래서 그것은 '환대'로 개방되어 있는 '정의로서의 사건'이다. '메시아적인 것'messianique을 통해 혁명을 서술하는 데리다의 언술은 이처럼 매혹적이다. 자기 동일성의 진리에 대한 비판에서 그러했던 것처럼, 진리의 사건인 혁명에 대해서도 그는 '확정'할 수 없는 질문을 '제기'한다. '기대의 지평 없는 기다림'은 바로 그 확정되지 않은 애매한 도래의 시간을 가리킨다. 동일성의 일자적 순간으로 회수당하지 않는 발산의 기다림은 애매하기 때문에 신비롭고, 신비롭기에 매혹적이다.

어쨌든 아나키즘은 이행의 객관적 조건에 대해 일관된 설명을 제시할 수 없습니다. 이행의 주체적 요인에 대해서도 마찬가지인데, 아나키즘은 도덕주의를 종말론 또는 결단론과 절충하고 있습니다. 아나키스트의 글은 어떻게 보면 감동적이지요. 도덕주의적일 뿐만 아니라 종말론적이거나 결단론적인 언술로 꽉 차 있으니까요. 그러나 브레히트가 갈파한 대로 이런 식의 감정이입은 약이 아니라 오히려 독이 된다고 해야 할 것입니다.[10]

서구의 정치신학적 탐색이 통치의 구조와 피지배자의 주체성에 대한 사유를 통해 자유의 기획을 도모한다고 할 때, 그 양상은 신화적인 것과 신적인 것, 세속적인 것과 신성한 것, 파

10. 윤소영, 『역사적 마르크스주의 : 이념과 운동』, 공감, 2004, 79쪽.

국과 구원, 규범과 예외, 전체와 개체의 그 미묘한 길항과 삼투의 역설을 파고드는 것으로써 전개되어 왔다. 아감벤은 그것을 빌라도와 예수의 대결이라는 상징적 구도를 통해 인상적으로 표현하였다. "빌라도가 주재하는 재판 과정에는 두 개의 베마bemata, 두 개의 심판, 그리고 두 개의 왕국이 서로 맞서 있다. 즉 인간적인 것과 신적인 것, 시간적인 것과 영원한 것이 대립하고 있는 것이다."[11] 이 대결을 현대의 어떤 정치철학적 사조는 예외적 사건으로서의 종말과 구원으로, 파국과 재생으로, 그 메시아의 파루시아를 통한 아포카타스타시스apocatastasis로 파고든다. 크리스토퍼 노리스는 데리다의 메시아주의를 어떤 오독과 오해들로부터 구출하는 가운데서 이렇게 적었다. "해체적 기획과 '묵시의 어조' 사이에는 선택적 유사성이 있다."[12] 데리다는 자기가 "결코 포기하지 않을 마르크스주의의 어떤 정신"을 "어떤 해방적이고 **메시아적인** 긍정, 약속에 대한 어떤 경험"이라고 하면서 다음의 문장을 이어나갔다. "약속은 지켜진다는 것을 약속해야 한다. 곧 '정신적'이거나 '추상적'인 것으로 남는 것이 아니라, 사건들과 새로운 형태의 활동, 실천, 조직 등을 생산해 낼 것을 약속해야 한다."[13] 데리다가 제기하고 있는 메시아적 긍정이란 추상적인 언술의 차원을 내파하는 구체적인 실천의 약속이다. 그래서 노리스도 데리다의 "수사법

---

11. 조르조 아감벤, 『빌라도와 예수』, 조효원 옮김, 꾸리에, 2015, 30쪽.
12. 크리스토퍼 노리스, 「묵시의 이본들」, 맬컴 불 엮음, 『종말론』, 이운경 옮김, 문학과지성사, 2011, 301쪽.
13. 자크 데리다, 『마르크스의 유령들』, 180쪽.

에는 묵시적인 주제들을 가지고 하는 단순한 기회주의적 유희 이상의 것이 있다"[14]고 한 것이다. 그러나 한국의 지성사로 이입된 묵시의 언어들은 진짜 눈물의 공포를 모른다. 침몰하는 세월호와 울부짖는 노상의 유족들, 용산의 망루와 한진중공업의 85호 크레인, 밀양의 송전탑 그리고 또…이런 것들이 새로운 역사의 시간을 개시하기 위한 묵시의 은유가 될 때, 익사와 화염의 고통, 그 막막한 구조의 기다림은 현란한 수사와 과잉된 사색에 묻혀버린다. 언어의 그 시적 효과가 작가의 명망에 기여하는 바를, 크리스토퍼 노리스는 칸트의 견해를 빌어 이처럼 신랄하게 서술했다.

즉 그들은 자신들이 실제로 무슨 말을 하고 있는지 인지하고 있다는 최소한의 증거도 없이 대단히 설득력 있게 언어를 사용한다는 것이다. 이와 마찬가지로 언짢은 가능성도 있는데, '어조'라는 것은 모방되거나 가장되거나 문맥과 별개로 이용될 수도 있다는 점이다. 이것은 '갑자기 유명해진' 혹은 벼락출세한 철학자가 스스로를 진짜 전문적인 철학자의 수준에 올려놓을 수 있는 비결이다.[15]

노리스가 말하고 있는 것은 묵시의 언어 그 자체가 아니라 '묵시적 어조'이다. 그의 문장에는 그렇게 비의秘意를 전수하

---

14. 크리스토퍼 노리스, 『종말론』, 310쪽.
15. 같은 책, 296쪽.

는 예언자의 목소리를 흉내 내는 것만으로도 충분히 '거물 노릇'을 할 수 있는 지(知)의 풍토에 대한 분노가 배어있다. 노동자들이 점거했던 한진중공업의 85호 크레인은 지금 다시 사측으로 넘어가고 말았다. 그것은 노동자들의 위대한 기념비로 끝까지 사수되어야만 했다. 이때 그 '사수'란 은유의 수사학을 범람하는 역사적 유물론의 행동이다. 그러나 파국 이후에 도래한 것은 탄압의 또 다른 반복이었고, 또 다른 죽음의 반복이었다. "158억 원의 손해배상과 노조탄압이 견디기 힘들다." 그렇게 한진중공업의 노동자 최강서는 유서를 남기고 죽었다.

> 다만 그들이 수행하는 것은 철학에서, 신학에서, 이론 내에서의 작업이다. 더욱이 이들의 이론적 작업은 경험적인 현실 구조를 다루는 사회과학과의 연계 속에서, 그것에 대한 비판적 성찰 속에서 이루어지는 것이라기보다는 주로 사변적인 역사철학이나 정치신학, 문화이론적 차원의 논의라고 할 수 있다. 이 때문에 이들의 주장은 상당히 공허하게 느껴질 수 있다. 항상 혁명과 봉기, 사건, 단절을 주장하고 자본주의의 종말을 외치며 메시아적 시간을 이야기하지만, 그것은 **사변적인 차원**에서의 성찰이고 호소이기 때문이다. 또한 그것을 수행할 만한 혁명적 주체와 그 조직 형성에 관한 고민이 없을뿐더러, 이들이 단절을 외치는 자본주의 질서 및 자유민주주의 체제에 관한 면밀한 분석도 수반되지 않기 때문이다.[16]

16. 진태원, 「좌파 메시아주의라는 이름의 욕망」, 『황해문화』, 2014년 봄호,

사변이 사상으로 급진화하는 것을 기대할 수 있으려면, 사변의 추상성은 세속의 구체성에서 '경험'의 감각을 획득하여야 한다. 사상적 애매함이 논리적 모호함으로 의심받지 않기 위해서는 상황의 예외성 속으로 기투企投하여야만 한다. 조르주 디디-위베르만도 아비 바르부르크의 이미지론에서 착안한 '잔존'[17] 개념을 통해, 반딧불의 미광과 관련하여 내재적으로 '약한' 잔존의 역사적 의미를 초월적으로 강력한 '묵시록적 어조'에 대비하여 서술한 바 있다. "이런 겸허한 경험과는 반대로, 묵시록적 전망은 우월하고도 근본적인 진리의 **계시**가 도래할 수 있도록 우리에게 근본적인 **파괴**의 웅장한 풍경을 제안한다. … 여기서 형이상학자는 그의 대상이 죽어야만 결정적인 지식의 자격으로 그것의 **최종적 진리**에 관해 발언할 수 있다는 사실이 이해된다. 그러므로 최종적 진리를 위해서는 현실이 파괴되어야 한다. 이것이 철학자들의 '묵시록적 어조'일 것이다."[18] 그 철학자들은 산발적이고 잡다하고 미약한 '진리의 미광'보다는 빛 위에 있는 초월적인 빛으로서의 계시되는 강력한 '진리

---

185쪽.

17. 이런 정리가 그 개념을 이해하는 데 도움이 될 수 있다. "잔존은 죽음/부활이 아니다. 죽음이 없기 때문에 부활도 없다. 그것은 어떤 잉여적(nach, sur) 삶이자 유령적 삶이다. 변형의 삶이다. 잔존은 역사적 단절과 연속성의 메타포를 동시에 부정한다. 그것은 끊어짐으로써 이어지는 삶이다. 단절(망각)되었기 때문에, 그 단절 속에서 다시 회귀하는(회상되는) 삶이다. 그것은 추억(souvenir)처럼 평온한 과거의 복귀가 아니라 기억(mémoire)처럼 파국적인 과거의 복귀이다."(김홍중, 『사회학적 파상력』, 문학동네, 2016, 58쪽.)

18. 조르주 디디 위베르만, 『반딧불의 잔존』, 길, 2012, 78쪽.

의 빛'을 선호한다. 그 선호의 대가는 웅장한 파상破狀과 진리
의 계시가 비천한 세속의 진리를 압도하는 것으로 귀결된다.

오늘날의 급진적 좌파들을 이해하기 위해서는 먼저 코뮤
니즘이라는 도래할 이상에 대한 '욕망'에 주의해야 한다. 존 그
레이와 같은 보수적인 정치철학자는 그 좌파적 욕망을 묵시록
적 신화의 코미디라며 욕보였다. "신볼셰비키 운동이나 신레닌
주의 운동은 전적으로 미디어, 문화비평, 폐쇄적 세미나들, 카
바레 식 퍼포먼스들이 만들어낸 것입니다. 세계 어느 곳에서
도 실제적 정치의 형태로 존재하지 않지요. 앞으로도 존재하
지 않을 테고요. 그러니 이것은 코미디입니다. 묵시록적 신화
의 이런 코믹한 재생산은 코믹한 모습을 하고 있는 한 일종의
쇼 같은 것이라고 저는 생각합니다."[19] 보수주의자의 이런 조
롱에 대하여 대담자인 제이슨 바커는 "코뮤니즘에 회의적이
거나 비관적인 사람들은 일반적으로 이 '계시적'의 측면, 고로
'환상적' 측면에 주목한다"[20]고 지적하였다. 그러니까 좌파적
급진 정치철학자들의 '사변성'이란 내재적 결단의 괴로움을 회
피하고 현실의 정치를 해탈해버리는 바로 그 묵시적 초월성을
가리킨다. 그들의 주장이 '실제적 정치의 형태'로 구현되지 않
는 환상에 불과한 것이라는 점에서, 존 그레이는 그것을 일종
의 코믹한 쇼라고 비꼬았던 것이다.[21] 이상적 세계에 대한 열망

---

19. 제이슨 바커 엮음, 『맑스 재장전』, 은혜·정남영 옮김, 난장, 2013, 193쪽.
20. 같은 책, 22쪽.
21. 존 그레이의 보수적 정치철학은 인간의 본성에 대한 비관주의에 연원을
    두고 있다. 그 비관주의가 정치적 현실주의와 결합해 강력한 사상적 힘을

을 이처럼 간단하게 매도하는 것에 불편함을 느끼지 않을 수 없지만, 현실의 정치에 대한 정밀한 분석의 결여가 사변성이라는 암초에 좌초될 수 있다는 지적에 깊이 유의해야 한다. 임박한 파국의 문턱에서 도래할 것을 사유하는 선지자가 되는 것보다, 당장의 현안 깊숙이에서 도착한 파괴를 견뎌나가는 것이 진짜 급진이다.

미학적 아방가르드가 공유하는 것이 있다면, 서구문화의 어떤 특수한 역사적 조건에 결부되어 있는 비극성이다.[22] 크리스토퍼 노리스가 주목했던 해체적 기획과 묵시적 어조 사이의 유사성처럼, 미학적 아방가르드의 비극성에 대한 애착은 묵시적 감수성과 친밀하다. 세기말적 분위기의 퇴폐 속에서 유럽의 한 시대에 출현했던 '저주받은 시인'poète maudit이 그 중요한 일례이다. 그들은 예의 그 미학적 고문으로 대중을 멸시했다. 그

---

발휘한다. 근거가 약한 희망으로 절망의 현실을 봉합하는 묵시 담론과 유토피아주의에 대한 그의 비판은 가혹할 정도로 신랄하다. "우리는 세계가 중단 없는 갈등 상태에 있음을 받아들여야 한다. 그런 갈등에 직면해 그레이는 유토피아에 대한 믿음을 포기하고 현실성에 대처하려 애써야 한다고 조언한다. 삶의 비극적 우연성을 받아들이라는 뜻이고, 아무런 해결책이 없는 도덕적·정치적 딜레마가 있다는 의미다. 보편적 인권의 지배를 받는 코스모폴리탄적 세계 질서 같은 몽상이나 역사에 인간의 행동을 보증해 주는 목적론적인, 또 섭리에 따른 의도가 있다는 그런 백일몽을 포기하는 것을 배워야 한다."(사이먼 크리츨리, 『믿음 없는 믿음의 정치』, 문순표 옮김, 이후, 2015, 145쪽.)

22. "오늘날 급진적 예술은 어두운 예술(art sombre), 근본적 색채로서의 검은 예술을 의미한다."(조르주 디디 위베르만, 『어둠에서 벗어나기』, 이나라 옮김, 만일, 2016, 21쪽.) 제목에서 알 수 있듯, 위베르만은 '어두운 예술'이나 '침묵의 예술'에서 벗어나야 할 것을 당부한다. "어둠에서 벗어나는 일은 망자의 비-존재함(l'inexistence du mort)에 저항하는 일"(53쪽)이다.

들에게 라블레적 웃음은 너무나 경박하고 저속한 것이라서 거들떠볼 만한 가치조차 없는 것이었다. 절멸의 수용소를 임박한 파국의 징조로 여기며, 그 처절한 죽음들에서마저도 메시아의 도래를 염탐하는 것이 오도된 아방가르드의 탐미적 정열이다.[23] 자본과 국가라는 권능 아래에서 죽어가는 것들에 대한 아방가르드의 애호는, 환란과 함께 재림을 기대하고 파국 속에서 구원을 찾는 아마겟돈의 추종자들을 닮았다. 그들은 웃음기 없는 낙관으로 파멸과 종말의 숭고함을 예찬한다. 낡은 체제가 의심에 놓이고 여러 대안들이 쏟아져 나오는 세기말의 혼란, 그들에게는 그때가 바로 새로운 실험의 적기이다. 그러나 그 실험들이란 대개 통념을 거부한다는 그 사실을 반복한다는 점에 있어서 상투적이다. 아방가르드의 언술은 언제나 아포리아를 선호한다. 불가능한 것에서 가능성을 찾고, 무용함에서 아름다움을 찬미하고, 주체의 죽음 위에서 구조의 재생산을 돌아보며, 몰락을 지켜보면서 에티카를 찾는다.

한쪽에는 퇴폐가, 다른 한쪽에는 쇄신 혹은 재생이, 그리고

---

23. 절멸(대량학살)과 관련하여 종말론과 유토피아주의가 서구의 지성사적 특수성에서 유래하는 것이라는 것을 존 그레이는 이렇게 설명하였다. "인간은 지극히 폭력적인 동물이기에 비서양 사회에서도 대량 학살이 수없이 많이 일어난다. 그러나 서양은 역사를 바꾸고 인류를 완전하게 만들기 위해 무력과 폭력을 사용한다는 점에서 독특하다. 중세 후기 유럽에서 요동쳤고 20세기에 재등장한 천년왕국에 대한 열정은 순수한 서양 전통에서 빗나간 현상이 아니다. 그 열정은 항상 서양 역사와 함께 살아 숨 쉬었고 오늘날까지 이어졌다."(존 그레이, 『추악한 동맹』, 추선영 옮김, 이후, 2011, 55쪽.)

그 사이에 과도기가 있다. 때때로 퇴폐와 일신renewal은 구별할 수가 없다. 아니, 차라리 동시에 존재한다고 해야 한다. 세기말 퇴폐사조는 예술에서 실험의 시기이고 새로운 것들을 찾으려는 욕망의 시기이다.[24]

환란과 재림, 목적과 종점, 시작과 끝이 한 짝인 것처럼, 퇴폐와 재생은 서로 짝을 이룬다. 절망 끝에서 도취陶醉를 발견한 데카당스는 자기 파괴로써 세계의 타락에 응대한다. 시가 서정을 버리려고, 소설이 자기를 서술하는 데 몰두하는 것이 바로 그런 퇴폐의 징조이다.[25] 묵시의 어조를 모방하는 이들이 예술의 자기 파괴적 형식에 호의적인 이유는 그 파괴가 새로운 것의 도래라고 믿기 때문이다. (포스트)아포칼립스의 서사 혹은 구원의 서사들은 기존의 낡은 예술적 관습이 세계의 부조리를 피상적으로 묘파하는 것에 대한 어떤 역겨움을 견디려 한다는 점에서 아방가르드와 서로 교감한다. 묵시의 서사는 세계의 모순이 아닌 파국을, 합리적인 인과성의 서술이 아닌 환상과 마술의 기법으로 표현한다. 환각과 혼돈, 비

---

24. 프랭크 커모드, 「종말을 기다리며」, 『종말론』, 333~334쪽.
25. 전위는 내용의 급진화가 아니라 형태의 변태로써 주체성의 자유를 추진한다. "내용 없는 예술의 주체는 이제 도처에서 매 순간 오로지 자기 자신만을 순수한 자아의식 속에 투영된 절대적인 자유로 내세우는 부정의 순수한 힘과 일치한다."(조르조 아감벤, 『내용 없는 인간』, 윤병언 옮김, 자음과모음, 2017, 127쪽.) 그러나 놓치지 말아야 하는 것은 '부정의 순수한 힘'과 일치하는 자유의 주체가 누리는 그 '자유'가 타자성의 존재와 관계하지 않고서는 불가능한 것이라는 점이다. 주체는 시초적으로 자명한 존재성이 아니라 타자와의 연루 속에서 발생하는 비근원적인 존재성이기 때문이다.

약과 초월이라는 아방가르드의 기교들이야말로 묵시의 서사에서 파국의 사건성을 현현하는 유력한 방법이다. 그것은 세계의 모순에 대한 논리적인 비판이나 변증법적 질타가 아니라, 파국 그 자체의 사건성을 암시하려는 미학적 실험이다. 그러므로 인류에게 구원의 욕망을 일깨운다는 아포칼립스의 '사건성'은 그 디스토피아적 파국이 도래시킬 메시아의 현전을 암시하는 '환상성'과 서로 내통한다. 그 내통이 파국의 주제를 형식의 파괴적 실험으로 밀고나간다는 점에 있어서, 그것은 그 자체로 예술의 존재론에 대한 메타적 물음이다. 서양의 비극은 신이 내린 가혹한 운명의 길을 알면서도 가야만 하는 인간, 바로 그 하마르티아hamartia의 덫에 걸린 자의 비참함을 그린다. 조동일은 서양 비극의 미학적 원리인 카타르시스가 "신과 사람은 다르며, 神人不合의 관계는 어쩔 수 없다는 것을 불변의 전제"[26]로 삼고 있는 데 반해, 한국 탈춤의 미학적 원리인 신명풀이는 "사람이 신다움을 자기 안에 간직하고 있다가 밖으로 드러내는 것"[27]이라고 그 차이를 설명한다. 그러니까 신이 내린 결정에 어찌할 수 없는 자기의 운명을 응시하는 인간의 존재론은, 인간 내면의 신기神氣가 바깥의 천지만물과 부딪혀 격동함으로써 신명을 풀어낼 수 있다는 생각과 크게 다른 발상이다. 서양의 근대적 문학이 '저주받은 시인'의 의식으로 기울어간 것도 신과 괴리된 인간의 운명을 미학적으로 찬양하는

---

26. 조동일, 「카타르시스·라사·신명풀이」, 『탈춤의 원리, 신명풀이』, 지식산업사, 2006, 352쪽.

27. 조동일, 「동서양의 희극」, 『탈춤의 원리, 신명풀이』, 453쪽,

유럽의 오랜 비극적 전통과 무관하지 않다. 반면 한국의 근대적 문학은 그런 서구미학의 이식으로 오랫동안 비극적 미학에 기울어 있었으나, 인간에게 내재하는 신성의 신뢰라는 장구한 전통은 해학과 풍자의 전통으로 면면히 이어져왔다. 바로 그 전통 안에 잠재해 있는 여러 가능성들은 '앓는 자들'이 아니라 '앓아낸 자들'에게서 가능한 실존을 탐구하는 문학의 또 다른 길을 상상할 수 있게 해 준다. 그러나 비극의 감수성에 대한 어떤 편향은 그렇게 민족주의적 전통론의 반정립으로 쉽사리 극복되는 것이 아니다. 테리 이글턴은 비극에 대한 일부 포스트모더니즘의 경시와 일부 포스트구조주의의 경도에 주목하면서 이렇게 적었다. "좌파는 비극을 거부하고 우파는 지지할 뿐이다. 그러나 이것이 비극의 유일한 의미는 아니다. 그러므로 좌파는 비극 개념을 시대착오적이고 엘리트주의적인 것이라 섣불리 폐기해서는 안 된다."[28] 더불어 그는 "오늘날의 좌파가 형이상학적·신학적·근본적 담론을 필요로 하지 않는다 하더라도, 그와 같은 담론은 좌파의 편협하고 반복적인 관심의 회로를 확장하고 이론적 시야를 넓히는 데 도움을 줄 것이라는 점"[29]을 꼬집어 교조적 좌파의 그 강퍅한 옹졸함을 머쓱하게 만들었다. 그가 그렇게 당부하고 또 간파하였던 것은, 급진적인 정치의 깊이를 확보하는 동시에 그 담론들의 우파적 전용轉用을 공박하기 위해서였다. 이글턴이 비극의 심오함에 다

---

28. 테리 이글턴, 『우리 시대의 비극론』, 이현석 옮김, 경성대학교출판부, 2006, 61쪽.
29. 같은 책, 24쪽.

시 눈을 돌리게 된 것은, 더 이상 "우리의 정치적 적들이 비극의 정의를 독점하도록 내버려"[30]둘 수가 없다는 분명한 자각 때문이었다. 그러니까 그것은 우파의 지성주의가 점유하고 있는 신학과 형이상학을 급진적으로 전회하기 위한 담론의 탈환전이라는 점에 유의해야 한다.[31]

서구의 미학적 아방가르드가 그들의 급진 정치적 욕망을 예술 그 자체의 파괴로 대체하다가 자멸했다면, 숭고함의 아방가르드는 자기의 미학적 욕망을 충족시키기 위해 타자와의 연합을 해치는 사변적인 독백의 언어를 밀어붙이다가 고립될 것이다. 다시 말해 타자의 속된 응답을 견디지 못하는 에고의 애착은 연대하는 공통의 삶에 불행을 자초한다. 알베르토 토스카노는 '광신'이라는 개념을 통해서 관념화된 열정에 가해졌던 폭력적인 낙인들을 반박한다. 합리성의 추종자들은 계몽적 지성으로 광신을 제거하는 것이 역사의 진보라고 생각하지만, 토스카노는 광기의 정념이야말로 역사를 추진하는 진정한 힘이라고 되받는다. 그래서 묵시적 지혜의 대변인들은 토스카노를 그들의 허장성세를 보상할 만한 구세주라 여길지도 모르겠다. 그러나 그가 "오늘날 여전히 많은 이들이 급진적 해방의 주장을 종교적 욕구의 단순한 전치轉置이자 변질로, 그런 주장

---

30. 같은 책, 12쪽.
31. 담론 투쟁에 대한 이글턴의 분명한 자의식은 벤야민 연구에서도 이렇게 드러난 바 있다. "내가 벤야민에 대한 최초의 영어 연구서일 이 책을 쓴 것은 반대파들보다 먼저 벤야민을 손에 넣기 위해서이기도 하다."(테리 이글턴, 『발터 벤야민 또는 혁명적 비평을 향하여』, 김정아 옮김, 이앤비플러스, 2012, 12쪽.)

을 하는 이들을 구제불능의 '관념주의자'로 인식"[32]하는 것에
는 단호하게 반대하면서도, 그 관념의 정치성에 대한 옹호가
다음과 같은 단서를 전제로 하고 있음을 놓치지 말아야 하겠
다. "정치에서 관념의 권리를 주장하는 데는 실재적 관념의 발
흥, 자율화, 힘을 설명하려는 노력이 동반되어야" 하고, "타협
의 거부에 바탕을 둔 정치를 현시대의 자본주의가 만들어내
는 가능성 혹은 불가능성과 연결시키는 방법들을 반드시 찾
아야만 한다"는 것.[33] 그 '타협의 거부'가 바로 다케우치 요시미
가 루쉰의 '쩡자'諍扎에서 발견했던 저항으로서의 견딤, 그러니
까 위락을 거절하는 사랑의 행동일 것이다. 다시 말하거니와,
문제는 묵시의 사상 그 자체가 아니라 그것을 흉내 내는 묵시
의 어조에 있다. 고도Godot는 오지 않지만 사람들은 다시 그
영도의 지점에서 꿈꾸기를 포기하지 않는다. 기다린다는 것은
견디는 일이다. 도래를 말하기 전에 먼저 그 어떤 고통의 시간
을 버텨내는 것, 기원도 종말도 아닌 오직 그 견딤의 시간이 역
사의 유물론이다.[34]

---

32. 알베르토 토스카노, 『광신』, 문강형준 옮김, 후마니타스, 2013, 405쪽.

33. 같은 책, 407쪽.

34. 에티엔 발리바르는 부르주아 법 이데올로기를 비판했던 알튀세르와 형이
상학을 해체하려 했던 데리다의 '유예된 대화'을 사후적으로 진행한 바 있
다. 그는 "두 담론이 반정립적으로 배치되는 이단점"에 근접한 다음 알튀세
르에 대해 이렇게 정리했다. "나는 헤겔주의적인 '주체 없는 과정'이란 알튀
세르의 최종 발언이 아니라, 목적론에 대한 대안 ─ 종말론이 아니고, 심지
어 '메시아주의 없는' 메시아적인 것조차 아닌 것, 즉 발본적으로 **현세적인**,
또는 그가 선호한 말을 사용하자면 '유물론적'인 대안 ─ 을 향해 알튀세
르 자신이 필사적으로/절망적으로(desperately) 투쟁한 **장소**일 뿐이라고

안드레이 타르코프스키는 인류의 구원을 천착하는 몇 편의 영화를 만들었다. 죽은 나무에 물을 붓는 가망 없는 행동(〈희생〉, 1986)이나, 촛불을 꺼뜨리지 않으려 안간힘을 쓰는 무모함(〈향수〉, 1983)에서, 우리는 그 놀라운 상징의 순간들이 암시하는 고결한 기다림에 대하여 생각하게 된다. 거기에는 어떤 사회과학적 논리도 끼어들 틈이 없이 숨 막히는, 오로지 환상적인 알레고리가 구원의 절실함을 환기시킬 뿐이다. 사실들의 파편을 유기적으로 재구성하려는 어떤 미학적 기획에 대하여, 그것을 다시 파편화함으로써 비유기적인 것으로 탈구축하려는 역행이 일어난다. 발터 벤야민에게 알레고리는 파편들의 형세를 표현하는 유력한 방법이었다. 그러니까 "알레고리는 그 본질상 파편임 셈이며 그에 따라 유기적 상징과 대립된다."[35] 벤야민의 알레고리는 멜랑콜리와 밀접하며, 그 역시 역사적 사건 내지 진실이란 비극성의 현전으로 드러날 수밖에 없다는 아방가르드의 정신에 닿아있다. 그것을 벤야민은 '역사의 죽어가는 얼굴 표정'facies hippocratica이라고 하였다. 타르코프스키는 생애의 마지막까지 자기의 영화에 그 얼굴 표정을 담아내

---

말하고 싶다."(에티엔 발리바르, 장진범 옮김, 「종말론 대 목적론 ─ 데리다와 알튀세르의 유예된 대화」, 진태원 엮음, 『알튀세르 효과』, 그린비, 2011, 580쪽.) 나는 현세적이며 유물론적인 대안을 향해 필사적으로/절망적으로 투쟁한 장소로서의 '주체 없는 과정'이 바로 '쩡자'(挣扎)라는 그 견딤의 태도와 통한다고 생각한다. 발리바르가 그것을 최종 발언이 아니라고 한 것은, 결국 알튀세르가 다시 주체의 문제로 돌아와 필사적으로/절망적으로 투쟁할 수밖에 없었기 때문이다.

35. 페터 뷔르거, 『아방가르드의 이론』, 최성만 옮김, 지식을만드는지식, 2013, 175쪽.

기 위해 필사적이었다. 그의 롱테이크는 현실의 시간이라는 관습적인 리얼리티를 잠식하는 영화의 시간을 창출해내고, 짧지만 절대 끝나지 않을 것 같은 그 길고 긴 시간이 영원을 욕망하는 세속의 인간들을 특유의 지루함으로 고문한다. 알랭 바디우는 진리의 도래를 견인하는 그 지난한 절차로서의 예술에 대해 이렇게 적었다. "예술은 신음하는 성자이며, 구원하고 다시 일으키는 자이다."[36] 기다린다는 것은 그 신음 속에서 견디는 것이고, 견딘다는 것은 자기의 소멸을 받아들임으로써 낯선 타자에게서 느껴지는 불편함을 기꺼이 감수하는 일이다.

'안락'이란 쾌락과는 다른 '불편함의 결여태'다. 후지타는 바로 그 안락을 거절하면서 '경험'이 가져다주는 생기발랄한 불편함을 기꺼이 받아들이는 마음을 '충실함'이라고 했다. 그것만이 '안락에의 예속'에 대한 가장 강력한 저항이다. 그가 말하는 '충실함'은 예의 그 '일상의 비천함'의 또 다른 표현이며, 진부한 인습을 거부하는 불화의 아방가르드와도 통한다. 그러나 '충실함'은 전체주의의 추상화하는 힘에 대하여, 생성하고 변화하며 유동하는 타자들의 실존을 구출하려 한다는 점에서 좀 더 근본적이며 급진적이다. 그래서 그것은 경험의 비용을 지불하는 일상의 전위이며 실사구시적인 삶의 기율이다. 고도의 추상화는 구체성의 난립을 정돈함으로써 그 생동하는 힘을 하나의 벡터로 집중시킨다. 무릇 진정한 추상은 구체성의 경험과 배리되지 않는 상보성의 역학 안에 있다. 그러

36. 알랭 바디우, 『비미학』, 장태순 옮김, 이학사, 2010, 13쪽.

나 그것이 경험적인 대상을 인식 주체의 주관에 획일적으로 수렴하는 동일화의 힘으로 작용할 때, 추상화란 곧 대상의 구체성을 말살하는 전체주의의 마성으로 드러난다. 그러니까 속류적인 아방가르드가 대상의 '재현'에 대한 열정을 멸시하면서 자기 '표현'의 욕정을 충족시키려 들 때, 자의식의 과잉 속에서 이루어지는 그 추상화는 전체주의의 숨은 마성을 드러낸다. 그러므로 경험을 고도의 관념으로 추상하지 못하는 일반화란 일종의 지적 폭력이다. 전체주의의 반지성적 테러리즘에 반대하는 자유주의가 이따금 대중을 속물로 격하하고, 그들의 세속적 일상을 경멸함으로써 거들먹거리는 엘리트주의로 변질하고 마는 것도 이 때문이다. 경험이 타자들의 생기를 매개로 실재the real의 기미幾微에 가닿으려는 열정이라면, 비천함의 아방가르드는 결국 리얼리즘에 걸쳐진 포스트모던한 충동이다. 그렇게 리얼에의 충동이란 어긋나고 뒤틀린 변태적 경험의 즐거움(롤랑 바르트) 속에서도 일그러진 타자들의 얼굴과 마주하는 고통을 감행하게 한다. 다시 말해 비천함의 아방가르드는 단지 기성의 질서를 전복하는 실험적인 전위가 아니라, 그 완고한 질서에 짓눌려 있는 처참한 타자의 얼굴을 똑바로 바라보는 실천이다. 그것은 무엇보다 타자의 얼굴에서 저 질서 너머의 실재를 넘보는 일이다. 끔찍한 타자들의 얼굴을 피하지 않고 똑바로 마주하는 것이 이른바 불화를 무릅쓰는 윤리이다. 단지 타자들의 이질성에 대한 인정을 주장하는 것은 차이와 다양성의 존중이라는 포스트모더니즘의 상대주의와 혼동될 수가 있다. 그러므로 타자의 윤리는 타자의 이질성에 대한 소심한 인정과는 예리하게 구별되어야 한다. 후지타의 스승 마루야마 마사오는, 일본의 사상 속에 내재해 있는 전체주의를 분석하면서, 난립하는 타자성의 혼거를 '잡거'雜居라는 개념으로 비판하였다. '잡거'란 서로 교섭하거나 소통하지 못하고 그저 정태적으로 뒤섞여 있는 타자성의 실존을 가리킨다. 마루야마는 잡거를 변증법적으로 통합하거나 어떻게든 한데로 모아 융합하려는 추상적인 일반화의 의지와 구별하여 '잡종'雜種이라는 개념을 제시했다. 잡거가 불건전한 무질서라면 잡종은 창조적인 혼돈이다. 마루야마는 추상적인 '이론'과 날것의 경험 그 자체로부터 비롯되는 '실감' 사이의 극단화된 대립을 사회과학과 문학, 지성과 정념, 사고와 느낌, 서구와 전통, 제도와 정신, 가족과 관료의 이항적 대립으로 계열화하면서, 그 양 갈래의 극단을 '이론신앙'과 '실감신앙'이라는 개념으로 포착했다. 그러니까 '잡종'이란 바로 그 극단의 대립이 서로 힘겹게 길항함으로써 도달 ─ 결코 도래하는 것이 아니다 ─ 하는 어떤 경지이다. 고귀함에서 비천함에 이르는 정신의 갱신처럼, 잡거는 잡종으로 올라섬으로써 주체에게 타자 경험의 알뜰함을 느끼게 해 준다. 그러므로 아방가르드의 요체는 결국 주체성의 문제로 집약된다. "잡거를 잡종으로까지 끌어올리는 에너지는 인식으로서도 역시 강인한 자기제어력을 갖춘 주체 없이는 생겨나지 않는다. 그 주체를 우리가 산출해내는 것, 그것이 바로 우리 '혁명'의 과제이다."[37] '강인한 제어력을 갖춘 주체'는

---

37. 마루야마 마사오, 『일본의 사상』, 김석근 옮김, 한길사, 1998, 129쪽. 강조

'자기의 테크놀로지'(푸코)를 실현하는 신독愼獨하는 윤리의 주체이다. 아방가르드의 정치적 역능은 권력과 지배의 테크놀로지에 저항하는 자기 절제의 능산적 힘을 발휘하는 주체에게서 나온다. 다시 말해 비천함의 아방가르드는 타자에의 일방적 '재현'도 아니고 주체의 자기 '표현'도 아닌, 그 모두를 '잡종'하는 상호텍스트성의 주체로부터 가능한 미래이다.

타자는 나를 심문하고 추궁함으로써 내 완고한 자의식을 파고들어서 나의 내밀한 무의식에까지 침범한다. 이처럼 타자와의 처참한 불화가 일어나는 시간의 공간을 '상황'이라고 한다면, 이 상황 속에서 자기 조절의 주체는 안락할 틈이 없다. 예외적인 상황 속에 놓인 주체는 결단을 감행하는 그 지독한 '경험'을 통해서만 자기를 갱신할 수 있다. 고귀함이 나를 부를 때 그것을 거부하기란 어려운 일, 매끄러운 교양의 과정과 구분되는 자기 분열적인 주체화의 길은 거부와 패배, 수난과 박해라는 비천함의 경험을 통해서 이루어진다. 역시 그러한 갱신은 도래와 무관한 도착이라 해야 할 것이다. 실천의 역사보다 신앙의 역사에 몰두했던 기독교의 전통에서 푸코가 읽어낸 것은 "포기하지 않고는 자신을 개시할 수 없다는"[38] 중요한 사실이었다. 도래를 사유하는 것이 아니라 도착을 실행하는 것, 그것은 결국 자기의 포기를 통해 역사를 개시하는 비범함의 실천이다. 그것이 바로 비천함의 아방가르드다.

---

는 원저자의 것이다. 여기서 '우리'는 메이지 이후 잡거상태의 답보를 타개해야 하는 전후 일본의 공동적 지향을 함축한다.

38. 미셸 푸코, 『자기의 테크놀로지』, 이희원 옮김, 동문선, 1997, 85쪽.

## :: 감사의 글

나락 한 알 속에 우주가 깃들어 있다고 했는데, 이 보잘 것 없는 책도 숱한 보시布施의 인연들 속에서 출간되어 나올 수 있었다. 지금과는 상당히 다르지만, 애초에 출간하려 했던 책의 원고를 처음으로 읽고 과분한 격려와 적극적인 도움을 주셨던 서영인 평론가님에게 감사드린다. 미비한 원고였지만 나름의 가능성을 보고 기꺼이 출간을 허락해 주신 조정환 선생님께 감사드린다. 이 책에는 내가 흠모하고 사숙해 왔던 선생님의 영향이 알게 모르게 녹아 있을 것이다. 마음 깊은 우정으로 추천사를 써 주신 윤여일 선생님과 조영일 평론가님께도 감사드린다. 나에게 비평가의 자의식을 숙성시켜 주었던 계간 『오늘의문예비평』의 선후배님들께 감사드린다. 여기 몸담았던 십여 년간의 시간은 기뻤고, 보람되고, 때로는 쓰라린 다툼으로 힘겨웠지만, 돌아보면 그 모두 귀한 배움의 날들이었다. 원고를 숙독하고 퇴고에 도움을 준 후배 정기문 선생님과 후학 김무엽 선생님께 감사드린다. 길고 지루한 책을 꼼꼼하게 읽고 의견을 보내주신 프리뷰어 이종호 선생님께 감사드린다. 책의 제작을 위해 최선을 다해주신 김정연 편집자님과 도서출판 갈무리의 모든 식구들에게 깊은 감사의 마음을 전한다. 무엇보다 문턱을 건너고 있는 작가들, 한국의 소설가들에게 경의를 표한다.

## :: 참고문헌

**소설**

고은규,『알바 패밀리』, 작가정신, 2015

권여선,『안녕 주정뱅이』, 창비, 2016

김사과,『풀이 눕는다』, 문학동네, 2017

김애란,『바깥은 여름』, 문학동네, 2017

_____,「물속 골리앗」,『비행운』, 문학과지성사, 2012

_____,「그곳에 밤 여기의 노래」,『문학과사회』, 2009년 봄호

김원일,『비단길』, 문학과지성사, 2016

김재영,『코끼리』, 실천문학사, 2005

김태용,『숨김없이 남김없이』, 자음과모음, 2010

김현,「장미 화분」,『좋은소설』, 2011년 봄호

박범신,『나마스테』, 한겨레신문사, 2005

박솔뫼,「겨울의 눈빛」,『창작과비평』, 2013년 여름호

배수아,「밤이 염세적이다」,『올빼미의 없음』, 창비, 2010

손보미,『디어 랄프 로렌』, 문학동네, 2017

손홍규,『서울』, 창비, 2014

신경숙,「전설」,『감자 먹는 사람들』, 창비, 2005

윤고은,『밤의 여행자들』, 민음사, 2013

윤대녕,『피에로들의 집』, 문학동네, 2016

윤정규,『얼굴 없는 노래』, 창작과비평. 2001

윤후명,『강릉』, 은행나무, 2016

이재익,『싱크홀』, 황소북스, 2011

장정일,『내게 거짓말을 해봐』, 김영사, 1996

정영수,『애호가들』, 창비, 2017

정용준,『바벨』, 문학과지성사, 2014

정유정,『28』, 은행나무, 2013

정이현,『상냥한 폭력의 시대』, 문학과지성사, 2016

정지돈,『작은 겁쟁이 겁쟁이 새로운 파티』, 스위밍꿀, 2017

_____,『내가 싸우듯이』, 문학과지성사, 2016

조갑상,『다시 시작하는 끝』, 산지니, 2015

조남주,『82년생 김지영』, 민음사, 2016

조해진,『빛의 호위』, 창비, 2017

편혜영,『홀』, 문학과지성사, 2016

한유주,『얼음의 책』, 문학과지성사, 2009

_____,『달로』, 문학과지성사, 2006

황정은,『아무도 아닌』, 문학동네, 2016

미시마 유키오,「우국」,『금각사 외』, 김후란 옮김, 학원사, 1983

아즈마 히로키,『퀀텀 패밀리즈』, 이영미 옮김, 자음과모음, 2011

**국내서**

강금실,「장정일을 위한 변론」, 장정일,『장정일 화두, 혹은 코드』, 행복한책읽기, 2001

강동호, 「인용-텍스트」, 『Analrealism vol.1』, 서울생활, 2015

강동호 외, 『지금 다시, 문예지』, 미디어버스, 2016

강진구, 「한국소설에 나타난 이주노동자의 재현 양상」, 『어문논집』(제41호), 2009

강진구·이상갑·채호석 편저, 『증언으로서의 문학사』, 깊은샘, 2003

고봉준, 「현대시에 투영된 이방인과 다문화」, 『한국문학논총』(제64집), 2013

고은규·전성욱, 「암울한 세계, 명랑한 이야기」, 『불가능한 대화들 2』, 산지니, 2015

곽광수, 「비평적 원융의 한 경지」, 『실천문학』, 2011년 봄호

구모룡, 「요산의 발자취와 부산작가회의의 갈 길」, 『부산작가회의 30년사』, 부산작가회의, 2015

권성우, 『고독의 비평』, 소명출판, 2016

_____, 『낭만적 망명』, 소명출판, 2008

_____, 『횡단과 경계』, 소명출판, 2008

_____, 『논쟁과 상처』, 숙명여자대학교출판부, 2006

_____, 『비평과 권력』, 소명출판, 2001

_____, 『비평의 희망』, 문학동네, 2001

_____, 『모더니티와 타자의 현상학』, 솔, 1999

_____, 『비평의 매혹』, 문학과지성사, 1993

금정연·정지돈, 『문학의 기쁨』, 루페, 2017

김남천, 「소설의 운명」, 『김남천 전집 1』, 박이정, 2000

김상준, 『맹자의 땀 성왕의 피』, 아카넷, 2016

_____, 『유교의 정치적 무의식』, 글항아리, 2014

김애란·김혜리, 「낭떠러지의 다음」, 『문학동네』, 2017년 가을호

김영민, 「존재의 介入과 新生의 윤리」, 『신생』, 2017년 겨울호

_____, 『동무론』, 한겨레출판, 2008

_____, 『동무와 연인』, 한겨레출판, 2008

_____, 『산책과 자본주의』, 늘봄, 2007

_____, 『보행』, 철학과현실사, 2001

_____, 『지식인과 심층근대화』, 철학과현실사, 1999

김영희, 『비평의 객관성과 실천적 지평』, 창작과비평사, 1993

김용규, 『혼종문화론』, 소명출판, 2013

김우창, 「세계화와 보편 윤리: 수용, 권리, 문화 가치」, 『제1회 세계인문학포럼 발표자료집』, 2011

김우창 외, 『행동과 사유』, 생각의 나무, 2004

김윤식, 『내가 읽고 만난 파리』, 현대문학, 2004

김중하, 「윤정규 형에 대한 기억 조각 몇」, 『오늘의문예비평』, 2002년 가을호

김지하, 『흰 그늘의 미학 1』, 학고재, 2003

김철, 「우리를 지키는 더러운 것들─오지 않는 '전후'」, 『문학과사회』, 2015년 가을호

김항, 『종말론 사무소』, 문학과지성사, 2016

_____, 『제국일본의 사상』, 창비, 2015

김현, 『김현 예술 기행─반고비 나그네 길에』(김현문학전집 제13권), 문학과지성사, 1993

김홍중, 『사회학적 파상력』, 문학동네, 2016

_____, 『마음의 사회학』, 문학동네, 2009

김형중, 「장편소설의 적」, 『문학과사회』, 2011년 봄호

김혜령, 「레비나스 얼굴 윤리학의 진보적 수용」, 강영안 외, 『레비나스 철학의 맥락들』, 그린비, 2017

마광수, 『즐거운 사라』, 서울문화사, 1991

문광훈, 『가면들의 병기창』, 한길사, 2014

문학과사회 편집동인, 「신인문학상 심사 경위 및 심사평」, 『문학과사회』, 2013년 여름호

박준상, 「문학의 미종말(未終末)」, 『암점 2』, 문학과지성사, 2017

배병삼, 『유교란 무엇인가』, 녹색평론사, 2012

복거일, 『벗어남으로서의 과학』, 문학과지성사, 2007

복도훈, 『묵시록의 네 기사』, 자음과모음, 2012

서동욱, 『익명의 밤』, 민음사, 2010

서희원, 「헤테로토피아의 설계자들 혹은 희망적 괴물 ─ 오한기와 정지돈의 단편소설에 대하여」, 『문학동네』, 2015년 여름호

성공회대학교동아시아연구소, 『'나'를 증명하기』, 한울, 2017

신경숙, 「筆寫로 보냈던 여름 방학」, 『아름다운 그늘』(개정판), 문학동네, 2004

신형철, 『정확한 사랑의 실험』, 마음산책, 2014

_____, 『느낌의 공동체』, 문학동네, 2011

_____, 『몰락의 에티카』, 문학동네, 2008

심보선, 『그을린 예술』, 민음사, 2013

안천, 「'소설의 종언' 이후의 일본소설론」, 『문학과사회』, 2011년 봄호

염무웅, 『자유의 역설』, 삶창, 2012

_____, 『문학과 시대현실』, 창비, 2010

_____, 『모래 위의 시간』, 작가, 2002

_____, 『혼돈의 시대에 구상하는 문학의 논리』, 창작과비평사, 1995

_____, 『한국문학의 반성』, 민음사, 1976

우찬제, 「도서관 작가와 콜라주 스토리텔링 ─ 정지돈 소설에 다가서기」, 『문학과사회』, 2015년 여름호

유홍준, 『안목』, 눌와, 2017

윤대녕, 『칼과 입술』, 마음산책, 2016

윤소영, 『역사적 마르크스주의 : 이념과 운동』, 공감, 2004

윤원화, 『1002번째 밤: 2010년대 서울의 미술들』, 워크룸프레스, 2016

이상갑, 『상상력의 거미줄』, 생각의 나무, 2001

이은지, 「누가 후장사실주의를 두려워하는가」, 『자음과모음』, 2017년 가을호

이진형, 『1930년대 후반 식민지 조선의 소설 이론』, 소명출판, 2013

인디고연구소·가라타니 고진, 『가능성의 중심』, 궁리, 2015

임지현, 「정말 중요한 이야기는 침묵으로 기록된다 ─ 스베틀라나 알렉시예비치 초청 토론회」, 『문학과사회』, 2017년 가을호

임진모, 「대중음악을 지배하는 미국화 경향」, 『경향신문』, 2016. 9. 30.

임진수, 『애도와 멜랑콜리』, 파워북, 2013

_____, 『환상의 정신분석』, 현대문학, 2005

임화, 「소설의 현상 타개의 길」, 『임화 문학예술 전집 ─ 평론 2』, 소명출판, 2009

장성규, 「2000년대 노동시의 새로운 가능성'들'」, 『사막에서 리얼리즘』, 실천문학, 2011

장정아, 『개념 비평의 인문학』, 창비, 2015

장정일, 『실내극』, 『긴 여행』, 미학사, 1995

전성욱, 『남은 자들의 말』, 오월의봄, 2017

정과리, 「전위轉位로서의 전위前衛 서설」, 『숨』, 2016년 상권

_____, 『뫼비우스의 분면을 떠도는 한국문학을 위한 안내서』, 문학과지성사, 2016

_____, 『문학이라는 것의 욕망』, 역락, 2005

정문순, 「통념의 내면화, 자기 위안의 글쓰기」, 『문예중앙』, 2000년 겨울호

정여울, 「구원 없는 세계에서 살아남기」, 『문학과사회』, 2010년 겨울호

정정훈, 「이주노동자운동 혹은 국가를 가로지르는 정치적 권리 투쟁」, 『진보평론』, 2011년 가을호

정지돈, 「All good spies are my age」, 『문학과사회 하이픈』, 2017년 가을호

_____, 「『Analrealism vol.1』에 붙이는 짧은 글」, 『Analrealism vol.1』, 서울생활, 2015

정태규, 「윤정규의 작품 세계」, 『시간의 향기』, 산지니, 2014

정홍수, 「쇠스랑으로 다시 발등을 찍는 시간 − 신경숙 씨를 생각하며」, 『마음을 건다』, 창비, 2017

_____, 「강물처럼 흐르다」, 『소설의 고독』, 창비, 2008

조갑상, 「이야기를 건다」, 산지니, 2006

_____, 「전후의식에서 자유의 바다까지 − 윤정규의 소설세계」, 『오늘의문예비평』, 2002년 가을호

조동일, 『탈춤의 원리, 신명풀이』, 지식산업사, 2006

_____, 『학문에 바친 나날 되돌아보며』, 지식산업사, 2004

_____, 『소설의 사회사 비교론 3』, 지식산업사, 2001

_____, 『우리 문학과의 만남』, 기린원, 1988

_____, 『한국문학사상사시론』, 지식산업사, 1978

_____, 「시인의식론 4 − 시인의 사회적 위치에 관한 역사적 고찰」, 『청맥』, 1965년 5월

조연정, 「왜 끝까지 읽는가 − 최근 장편소설에 대한 단상들」, 김형중 · 우찬제 · 이광호 엮음, 『한국 문학의 가능성』, 문학과지성사, 2015

조정환, 『절대민주주의』, 갈무리, 2017

_____, 『예술인간의 탄생』, 갈무리, 2015

_____, 「'액체근대'에서 개인과 공동체의 문제」, 『오늘의문예비평』, 2012년 가을호

_____, 『인지자본주의』, 갈무리, 2011

주일우, 「재난의 실재와 파국적 상상력」, 『문학과사회』, 2010년 겨울호

진태원, 「좌파 메시아주의라는 이름의 욕망」, 『황해문화』, 2014년 봄호

천명관 · 정용준, 「나는 그것을 문단마피아라고 부른다」, Axt 편집부, 『이것이 나의 도끼다』, 은행나무, 2017

천연희, 「현대소설을 통해본 이주노동자에 대한 한국인의 태도」, 전북대 석사학위논문, 2008

최문규, 『파편과 형세』, 서강대학교출판부, 2012

최원식 · 서영채, 「대담 − 창조적 장편의 시대를 대망한다」, 『창작과비평』, 2007년 여름호

최정운, 『오월의 사회과학』, 풀빛, 1999

최진석, 『민중과 그로테스크의 문화정치학』, 그린비, 2017

최해군, 『작가 최해군 문단 이야기』, 해성, 2005

하승우, 「포스트-정치 시대, 한국영화의 재난과 공포에 관한 상상력」, 『라깡과 현대정신분석』, 한국라깡과현대정신분석학회, 2013년 겨울호

한기욱, 「기로에선 장편소설」, 『창작과비평』, 2012년 여름호

한승헌, 『권력과 필화』, 문학동네, 2013

한혜원, 『디지털 게임 스토리텔링』, 살림, 2005

허 정, 「하종오 시에 나타난 이주민의 재현양상」, 『동남어문논집』 (제32집), 2011

황정은 · 정용준, 「낙담하는 인간 분투하는 작가」, 『Axt』, 2017년 9/10월

황종연, 『탕아를 위한 비평』, 문학동네, 2012

_____, 「유적의 신화, 신생의 소설 − 윤대녕론」, 『비루한 것의 카니발』, 문학동네, 2001

황현경, 「문학이냐 혁명이냐 − 최근 한국 소설의 한 징후, 정지돈론」, 『쓺』 2016년 상권


**번역서 : 동양**

가라타니 고진, 『트랜스크리틱』, 이신철 옮김, 도서출판b, 2013

_____, 『일본 근대문학의 기원』, 박유하 옮김, 도서출판b, 2010

_____, 『역사와 반복』, 조영일 옮김, 도서출판b, 2008

_____, 『언어와 비극』, 조영일 옮김, 도서출판b, 2004

_____, 『마르크스 그 가능성의 중심』, 김경원 옮김, 이산, 1999

고바야시 히데오, 「비평에 대해서 II」, 『고바야시 히데오 평론집』, 유은경 옮김, 소화, 2003

다자이 오사무, 『인간실격』, 김춘미 옮김, 민음사, 2004

다지마 마사키, 「시작도 끝도 없다」, 쓰루미 슌스케 외, 『사상으로서의 3·11』, 윤여일 옮김, 그린비, 2012

다치바나 다카시, 『천황과 도쿄대 2』, 이규원 옮김, 청어람미디어, 2008

다케우치 요시미, 『다케우치 요시미 선집 1: 고뇌하는 일본』, 마루카와 데쓰시·스즈키 마사히사 엮고 윤여일 옮김, 휴머니스트, 2011

_____, 『다케우치 요시미 선집 2: 내재하는 아시아』, 마루카와 데쓰시·스즈키 마사히사 엮고 윤여일 옮김, 휴머니스트, 2011

_____, 『루쉰』, 서광덕 옮김, 문학과지성사, 2003

마루야마 마사오, 『일본의 사상』, 김석근 옮김, 한길사, 1998

무라카미 하루키, 『직업으로서의 소설가』, 양윤옥 옮김, 현대문학, 2016

미시마 유키오, 『미시마 유키오의 문화방위론』, 남상욱 옮김, 자음과모음, 2013

미키 기요시, 『파스칼의 인간 연구』, 윤인로 옮김, 도서출판b, 2017

사카이 나오키, 『번역과 주체』, 후지이 다케시 옮김, 이산, 2005

센다 유키, 『일본형 근대가족』, 김복순 옮김, 논형, 2016

시모쓰키 아오이, 『애거사 크리스티 완전 공략』, 김은모 옮김, 한겨레출판, 2017

쑨거, 『다케우치 요시미라는 물음』, 윤여일 옮김, 그린비, 2007

아즈마 히로키, 『약한 연결』, 안천 옮김, 북노마드, 2016

_____, 『존재론적, 우편적』, 조영일 옮김, 도서출판b, 2015

_____, 『일반의지 2.0』, 안천 옮김, 현실문화, 2012

_____, 『게임적 리얼리즘의 탄생』, 장이지 옮김, 현실문화, 2012

_____, 「우편적 불안들」, 김영심 옮김, 『동서문학』, 2001년 겨울호

야스다 고이치, 『거리로 나온 넷우익』, 김현욱 옮김, 후마니타스, 2013

오타베 다네히사, 『예술의 역설』, 김일림 옮김, 돌베개, 2011

와타나베 모리아키, 『철학의 무대』, 오석철 옮김, 기담문고, 2016

우치다 타츠루 엮음, 『반지성주의를 말하다』, 김경원 옮김, 이마, 2016

_____, 『레비나스와 사랑의 현상학』, 이수정 옮김, 갈라파고스, 2013

하스미 시게히코, 『영화의 맨살』, 박창학 옮김, 이모션북스, 2015

한병철, 『에로스의 종말』, 김태환 옮김, 문학과지성사, 2015

_____, 『피로사회』, 김태환 옮김, 문학과지성사, 2012

후지타 쇼조, 『정신사적 고찰』, 조성은 옮김, 돌베개, 2013

_____, 『전체주의의 시대경험』, 이순애 엮고 이홍락 옮김, 창작과비평사, 1998

**번역서 : 서양**

게오르그 루카치, 『루카치 소설의 이론』, 반성완 옮김, 심설당, 1985

G.W.F 헤겔, 『정신현상학 1』, 임석진 옮김, 한길사, 2005

_____, 『정신현상학 2』, 임석진 옮김, 한길사, 2005

데이비드 실즈, 『문학은 어떻게 내 삶을 구했는가』, 김명남 옮김, 책세상, 2014

롤랑 바르트·모리스 나도, 『문학은 어디로 가고 있는가?』, 유기환 옮김, 강, 1998

뤼디거 자프란스키, 『낭만주의 판타지의 뿌리』, 임우영 외 옮김, 한국외국어대학교출판부, 2012

리처드 호프스태터, 『미국의 반지성주의』, 유강은 옮김, 교유서가, 2017

마사 누스바움, 『시적 정의』, 박용준 옮김, 궁리, 2013

마우리치오 라자라토, 『부채인간』, 허경·양진성 옮김, 메디치, 2012

마크 스트랜드, 『빈방의 빛』(개정판), 박상미 옮김, 한길사, 2016

마크 포스터, 『포스트모던 시대의 새로운 문화사』, 조지형 옮김, 이화여자대학교출판부, 2006
맬컴 불 엮음, 『종말론』, 이운경 옮김, 문학과지성사, 2011
모리스 블랑쇼·장-뤽 낭시, 『밝힐 수 없는 공동체/마주한 공동체』, 박준상 옮김, 문학과지성사, 2005
모리스 블랑쇼, 『카오스의 글쓰기』, 박준상 옮김, 그린비, 2012
미셸 뷔토르, 『새로운 소설을 찾아서』, 김치수 옮김, 문학과지성사, 1996
미셸 제라파, 『소설과 사회』, 이동렬 옮김, 문학과지성사, 1977
미셸 푸코, 『문학의 고고학』, 허경 옮김, 인간사랑, 2015
_____, 『생명관리정치의 탄생』, 오트르망 옮김, 난장, 2012
_____, 『자기의 테크놀로지』, 이희원 옮김, 동문선, 1997
M. 바흐친, 『도스또예프스끼 詩學』, 김근식 옮김, 정음사, 1988
밀란 쿤데라, 『소설의 기술』, 권오룡 옮김, 책세상, 1990
발터 벤야민, 『역사의 개념에 대하여/폭력비판을 위하여/초현실주의 외』, 최성만 옮김, 길, 2008
베네데토 크로체, 『미학』, 권혁성·박정훈·이해완 옮김, 북코리아, 2017
보리스 그로이스, 『새로움에 대하여』, 김남시 옮김, 현실문화, 2017
사무엘 헨리 부처, 『아리스토텔레스의 창작예술론』, 김진성 옮김, 세창출판사, 2014
사이먼 크리츨리, 『믿음 없는 믿음의 정치』, 문순표 옮김, 이후, 2015
샤를 보들레르, 『현대 생활의 화가』, 박기현 옮김, 인문서재, 2013
_____, 「현대적 삶의 화가」, 『보들레르의 수첩』, 이건수 옮김, 문학과지성사, 2011
수전 손택, 『문학은 자유다』, 홍한별 옮김, 이후, 2007
쉬잔 엠 드 라코트, 『들뢰즈: 철학과 영화』, 이지영 옮김, 열화당, 2004
스레츠코 호르바트, 『사랑의 급진성』, 변진경 옮김, 오월의봄, 2017
슬라보예 지젝, 『실재의 사막에 오신 것을 환영합니다』, 이현우·김희진 옮김, 자음과모음, 2011
_____, 『이웃』, 정혁현 옮김, 도서출판b, 2010
아르놀트 하우저, 『문학과 예술의 사회사 4』, 백낙청·염무웅 옮김, 창작과비평사, 1999
아서 단토, 『예술의 종말 이후』, 이성훈·김광우 옮김, 미술문화, 2004
알랭 로브그리예, 『누보 로망을 위하여』, 김치수 옮김, 문학과지성사, 1981
알랭 바디우, 「장-뤽 고다르의 〈영화의 역사(들)〉(Histoire(s) du cinéma) 고찰」, 『알랭 바디우의 영화』, 김길훈·김건·진영민·이상훈 옮김, 한국문화사, 2015
_____, 『비미학』, 장태순 옮김, 이학사, 2010
알렉상드르 라크루아, 『알코올과 예술가』, 백선희 옮김, 마음산책, 2002
알베르토 토스카노, 『광신』, 문강형준 옮김, 후마니타스, 2013
앙투안 콩파뇽, 『모더니티의 다섯 개 역설』, 이재룡 옮김, 현대문학, 2008
에르네스트 만델, 『즐거운 살인』, 이동연 옮김, 이후, 2001
에티엔 발리바르, 『폭력과 시민다움』, 진태원 옮김, 난장, 2012
_____, 장진범 옮김, 「종말론 대 목적론—데리다와 알튀세르의 유예된 대화」, 진태원 엮음, 『알튀세르 효과』, 그린비, 2011
오르테가 이 가세트, 『대중의 반역』, 황보영조 옮김, 역사비평사, 2005
울리히 브로이히, 「추리문학에 대하여」, 진상범 옮김, 대중 문학연구회 엮음, 『추리소설이란 무엇인가?』, 국학자료원, 1997
울리히 하세·윌리엄 라지, 『모리스 블랑쇼 침묵에 다가가기』, 최영석 옮김, 앨피, 2008
자크 데리다, 데릭 애트리지 엮음, 『문학의 행위』, 정승훈 옮김, 문학과지성사, 2013
_____, 『마르크스의 유령들』, 진태원 옮김, 이제이북스, 2007
_____, 『법의 힘』, 진태원 옮김, 문학과지성사, 2004
자크 랑시에르, 『불화』, 진태원 옮김, 길, 2015
_____, 『이미지의 운명』, 김상운 옮김, 현실문화, 2014

_____, 『영화 우화』, 유재홍 옮김, 인간사랑, 2012

_____, 『문학의 정치』, 유재홍 옮김, 인간사랑, 2009

장 뤽 고다르, 『고다르×고다르』, 데이비드 스테릿 엮고 박시찬 옮김, 이모션북스, 2010

장 뤽 고다르·세르쥬 다네, 「대담: 장 뤽 고다르 대 세르쥬 다네」(임재철 옮김), 『필름 컬처 vol. 3』, 한
　　나래, 2000

장 뤽 낭시, 『무위의 공동체』, 박준상 옮김, 인간사랑, 2010

제이슨 바커 엮음, 『맑스 재장전』, 은혜·정남영 옮김, 난장, 2013

조르조 아감벤, 『내용 없는 인간』, 윤병언 옮김, 자음과모음, 2017

_____, 『빌라도와 예수』, 조효원 옮김, 꾸리에, 2015

_____, 『세속화 예찬』, 김상운 옮김, 난장, 2010

_____, 『예외상태』, 김항 옮김, 새물결, 2009

_____, 『호모 사케르』, 박진우 옮김, 새물결, 2008

조르주 디디 위베르만, 『모든 것을 무릅쓴 이미지들』, 오윤성 옮김, 레베카, 2017

_____, 『어둠에서 벗어나기』, 이나라 옮김, 만일, 2016

_____, 『반딧불의 잔존』, 길, 2012

존 그레이, 『추악한 동맹』, 추선영 옮김, 이후, 2011

존 베벌리, 『하위주체성과 재현』, 박정원 옮김, 그린비, 2013

줄리언 시먼스, 『블러디 머더』, 김명남 옮김, 을유문화사, 2012

츠베탕 토로로프 엮음, 『러시아 형식주의』, 김치수 옮김, 이화여자대학교출판부, 1988

카를 마르크스, 『프랑스 혁명사 3부작』, 임지현·이종훈 옮김, 소나무, 2017

_____, 『자본 III-2』, 강신준 옮김, 길, 2010

콘스탄스 M. 르발렌 엮음, 『관객의 꿈: 차학경 1951-1982』, 김현주 옮김, 눈빛

테리 이글턴, 『발터 벤야민 또는 혁명적 비평을 향하여』, 김정아 옮김, 이앤비플러스, 2012

_____, 『우리 시대의 비극론』, 이현석 옮김, 경성대학교출판부, 2006

테오도르 W. 아도르노, 『미학이론』, 홍승용 옮김, 문학과지성사, 1984

페터 뷔르거, 『아방가르드의 이론』, 최성만 옮김, 지식을만드는지식, 2013

페터 V. 지마, 『모던/포스트모던』, 김태환 옮김, 문학과지성사, 2010

프리드리히 니체, 『이 사람을 보라』, 『바그너의 경우·우상의 황혼·안티크리스트·이 사람을 보라·디
　　오니소스 송가·니체 대 바그너』(전집15), 백승영 옮김, 책세상, 2002

피에르 마슈레, 『문학생산의 이론을 위하여』, 윤진 옮김, 그린비, 2014

피에르 부르디외, 『예술의 규칙』, 하태환 옮김, 동문선, 1999

피터 게이, 『모더니즘』, 정주연 옮김, 민음사, 2015

피터 브룩스, 『정신분석과 이야기 행위』, 박인성 옮김, 문학과지성사, 2017

_____, 『플롯 찾아 읽기』, 박혜란 옮김, 강, 2011

프랑코 모레티, 『세상의 이치』, 성은애 옮김, 문학동네, 2005

한스 제들마이어, 『현대예술의 혁명』, 남상식 옮김, 한길사, 2004

_____, 『중심의 상실』, 박래경 옮김, 문예출판사, 2002

호르헤 루이스 보르헤스, 「죽지 않는 사람들」, 『알렙』, 황병하 옮김, 민음사, 1996

호미 바바, 『문화의 위치』, 나병철 옮김, 소명출판, 2002


**영상물**

〈질 들뢰즈의 A to Z〉(L'Abécédaire de Gilles Deleuze, 미셸 파마르, 1996)

〈영화의 역사(들)〉(Histoire(s) du cinéma, 장 뤽 고다르, 1988-1998)

## :: 텍스트 찾아보기

:: 인명 찾아보기